长安小饭馆

樱桃糕——著

青岛出版社
QINGDAO PUBLISHING HOUSE

图书在版编目（CIP）数据

长安小饭馆/樱桃糕著. —青岛：青岛出版社，2021.4
ISBN 978-7-5552-9245-6

Ⅰ.①长… Ⅱ.①樱… Ⅲ.①长篇小说—中国—当代 Ⅳ.①I247.5

中国版本图书馆CIP数据核字（2020）第174577号

书　　名　长安小饭馆
作　　者　樱桃糕
出版发行　青岛出版社
社　　址　青岛市海尔路182号（266061）
本社网址　http://www.qdpub.com
邮购电话　18613853563　0532-68068091
责任编辑　李文峰
特约编辑　张玙璠
校　　对　宋　芸
装帧设计　梁　霞
照　　排　梁　霞
印　　刷　北京润田金辉印刷有限公司
出版日期　2021年4月第1版　2022年4月第2次印刷
开　　本　16开（640mm×920mm）
印　　张　31.5
字　　数　340 千
书　　号　ISBN 978-7-5552-9245-6
定　　价　69.80元（全2册）
编校印装质量、盗版监督服务电话　4006532017　0532-68068050

目　录（上册）

目 录（下册）

第一章　竟然查我户口本

“阿芳——”

“阿兄——”

“阿兰——”

“阿耶——”

宫城安福门外，响起一片此起彼伏的认亲声和哭泣声。

整个春天，京畿、河南一带只下过一场地皮都没湿的雨，护城河里镇河的石头瑞兽都露出了头顶，眼看将干旱成灾。

当今圣人仁德，先是免了春税，又着有司虑囚、平狱，宫里也减膳、食蔬，并把大龄宫女放出来一批。

放宫女的诏令早就贴出来了，但凡顾念点亲情的人，谁不来宫门口瞧瞧？万一这放出来的有自家女儿或姐妹呢？

别人忙着认亲时，沈韶光却在贪看街上景色。这就是长安城啊！街道宽阔平整，路旁榆杨高大，荷担和骑驴的行人或匆忙或悠闲地走着，就连树上雀儿的鸣叫似乎都带着人间烟火气儿，真好……

沈韶光重新背好肩上的包袱，迈步往前走去。

“路远的去那边车里等着，回头送你们回去。”两个差役拦住她道。

沈韶光看他们的服色不像禁军，约莫遣散宫女后续的事是归了京兆府。

沈韶光上前福一福，把惯常讲的雅言转成了长安话，笑道：“家离得不远，儿自行回去即可。”

周围一片哭声，两个差役被她灿烂的笑晃了眼，又听到熟悉的长安音，互视一眼便要放行——上面的人只说，有亲眷的便让亲眷带走，剩下少数家里离得远的便暂送馆驿，回头可随着进京贡举之类的人员一同返回家乡，可没说不让人自己走回家。

“怎么回事？”一位绿袍官员陪着一位绯袍高官巡查过来。

差役行礼道：“此女家离得近，见无亲眷来接，便要自行回去。”

沈韶光对官员们讨好一笑，明媚的杏眼弯出两分乖巧的样子。

绿袍官员目光慈祥，请示性地看向身边年轻的上司。

绯袍高官也许是还不到可以慈祥的年纪，俊雅的面孔上无甚表情：“请出示公验。”

沈韶光见到他们时便觉得不好，此时更是暗叹倒霉，只得从包袱里掏出公验文书递给旁边的差役，差役又转递给绯袍高官。

绯袍高官抬眼看沈韶光，目光有些锐利。这文书上第一行便写着“洛阳人氏”。

沈韶光一脸无辜：反正我没说自己是长安人，至于远近……那是主观概念。

绯袍高官嘴角微抿，接着看文书。

文书后面便是年龄和身世的信息。

沈韶光自知老底被人知道个精光，倒没什么好怕的了。最差不过是将她送去洛阳某个族叔堂伯家，她当个寄人篱下的堂小姐，难道他们还能把她塞回皇宫去？

那族叔堂伯家也是倒霉，被迫接收个沾天不下雨的光放出来的掖庭女奴，父兄皆无的罪臣之女，利益没有，麻烦倒是一堆！

“女郎桃李之年，何故被放出宫？”绯袍高官合上文书，缓缓问道。

也不怪他问，举目望去，别的宫女都比沈韶光年龄大，甚至有几个鬓染秋霜的，沈韶光混在其中，也太扎眼。

沈韶光眯眼假笑：“因病弱出宫。”

这回莫说官员们，便是两个差役也看出了问题。这女郎身材高挑匀称，面色白中透红，病弱……嗯……病弱！

但就像沈韶光想的，明知道有猫腻难道他们还能把她塞回皇宫去？

谁知道这牵扯到什么皇家隐私？便不是皇家隐私，只涉及内宦们，也不好撕扯。

绯袍高官深深地看了沈韶光一眼，而后把文书递给差役，负着手走了。绿袍官员快步跟上。

两个差役愣怔住，这是怎么个意思？

沈韶光笑着对两个差役道：“二位郎君，儿告辞了。”

差役回过神来，互视一眼，把公验文书还给沈韶光，便放了行。

其实沈韶光也有些意外，还以为得去洛阳当小白菜了呢！莫非那穿绯袍的高官以为她能被放出来是有什么大猫腻，幻想出了八十集宫斗大戏？爱幻想的人就是可爱！

绿袍官员与沈韶光英雄所见略同，也觉得这位新来的林少尹虽然冷漠了点，也太年轻了，却懂事体，知深浅。

绿袍官员以自己熬走了十来位京兆尹和少尹的经验来看，在京兆府为官，最要紧的是谨慎。长安城是什么地方？扔块瓦片能砸着三个穿朱着紫的人。街上卖胡饼的，兴许就有个在王府当宠妾的妹妹或者做事的兄弟，人在此地岂能不谨慎行事啊？

沈韶光沿着大路往南走去，城南的房子便宜，先找个地方住下。

关于日后的生计，沈韶光早有盘算——从事餐饮业。

她前世是美食杂志编辑，专门写些吃吃喝喝的东西，这辈子还在御膳房打过一阵子杂，关于做饭，虽实操能力有限，但理论知识过关。沈韶光觉得，以此养活自个儿，应该不成问题。

说到养活，沈韶光就想到银钱，想到银钱，就不免又一阵肉疼。为了这出宫名额，她多年的积蓄十去其八。那负责汰换宫女的钱宦，忒狠！

行不多远，经过崇贤坊，沈韶光停住脚步，原主家有套宅子就在这里。记得前庭有一片修竹——她记忆如此深刻，是因为竹林里曾钻出一条青绿的小蛇来，把原主吓哭过。沈韶光脑子里又闪过原主的父亲在月下对竹饮酒赋诗的景象。

如今对竹吟咏的不知是什么人了，沈韶光有些感慨。

崇贤坊地段不错，在城区中南处，隔着一个坊就是光德坊——京兆府所在地，而光德边上就是著名的长安西市，按沈韶光前世的说法，这崇贤坊怎么也能算到三环以内。

沈韶光按照记忆找到了沈家旧宅。高墙大院乌头门，台阶很干净，角门时有奴仆出入，从外面能看到院内的重檐和一片竹影，不知道此竹子是否彼竹子。

本来想着顺路看看就接着往南走的，然而在考察了坊内的餐饮业现状又看到光明庵后，沈韶光改了主意。

这庵在沈家旧宅后门斜对面，沈韶光的记忆中这里并不是一所庵堂，估摸是什么人把旧宅捐作尼庵了——这在长安贵人中，倒是常事。

负责接待的知客尼，八字眉、三角眼、薄嘴唇，看着不太好相与。

沈韶光反倒放下些心来。这庵里要是一水青春貌美的小姑娘，她是万不敢说借宿的事的。毕竟这道观尼庵做的是神佛生意还是皮肉生意，她还真不好说，想想鱼玄机，想想《红楼梦》里的馒头庵……

知客尼的视线扫过沈韶光半旧的桂布衫裙和只插了两支银钗的发髻，又瞄向她的小包袱。沈韶光恍然想起前世逛奢侈品店的经历。

沈韶光挺直脖子，微收下颌，脸上绷着一个矜持的笑。所谓丢人不丢架势，掉秃了毛也要把翅膀挓挲开。

知客尼为其气势所惑，犹豫了一下，到底带她去见了住持。

住持五六十岁，团团面孔，一脸和善。住持道："沈……莫非是洛下沈氏的淑女？"

沈韶光感慨一笑，轻声道："辱没先祖，不提也罢。"

那便是了。住持点头："怪道如此气韵高华。"

赞人气韵，于本朝体面人来说相当于后世人给淘宝五星好评，都是顺手的人情，沈韶光一笑，便收下了。

住持也确实是个好说话的，对沈韶光提出的借宿一事，一口答应下来。

住持不以为意，但沈韶光坚持要按挂单的钱数付给庵里三个月房租："师太好意收留，但儿不能不知理。"

住持笑道："既小娘子坚持君子之交，那便这样吧。"

沈韶光颇为不好意思，自己这哪里是君子之交？分明是小人之心，人家好意收留，自己却防着人家变卦……但"租"总比"借"让人安心些啊。

碰巧庵里没有别的借住香客，也没有挂单女尼，或许也有"沈"和"气韵高华"的关系，沈韶光分到了两间很不错的正屋禅房。禅房宽敞又明亮。

为表示感谢，沈韶光亲自做了一碗五彩索饼[①]送给住持。

其实这索饼没什么可称道的，就是制作起来比较麻烦，需将葵菜、紫苏砸烂取汁，又用黄米粉、芝麻粉等，分别与白面掺在一起，凑够五色。煮的时候每种都要另起锅烧水，免得汤汁混浊，颜色不美。

索饼负责好看，滋味全靠汤底。汤底用山菇来熬，菇类富含各类氨基酸，能产生类肉的香味，只有这样香浓的汤才能把五色索饼各有特色的味道调和在一起。

沈韶光将索饼送去的时候，住持其实已经吃过暮食了，但这碗索饼实在好看得让人不能不吃。

“葵菜、紫苏、黄米，嗯，芝麻的最香……”住持长了一条很灵的舌头。

看住持把一碗索饼都吃了下去，旁边的亲传弟子净清抿抿嘴，心想：师父今日才说要节食以养身的，她老人家的话真不能信啊！不过这碗索饼……闻起来还挺香的，样子也好看，没想到这位沈施主有这样的手艺。

一碗索饼激起了住持的谈兴。老太太历数自己吃过的各种面：“西北的羊汤馎饦，多多放胡椒，吃得鬓角冒汗才好；杭州的青荠汤饼却适合配清可见底的鸡汤；河朔的酱卤索饼最好用雀肉炸酱，佐以青瓜丝、芫荽末；我们长安的冷淘还是配虾子或鳜鱼最清爽……”

沈韶光含笑听着，没想到住持游历过这么多地方，真好！关键是，老太太吃肉啊……那是不是意味着自己在这里住着，不用戒荤腥？

为了哄老太太高兴，沈韶光顺着她的话胡扯着。

“师太适才所言极是，饮食美否，因时而异，因地而异，因人而异。”

沈韶光做饭的功夫只能算三流，评论却是看家本事。她当下笑道：“腊月吃冷淘，再美，也少些爽快，此因时而异也；杭州吃羊肉胡椒馎饦，未免太过浓重，西北吃青荠汤饼，则稍显寡淡，此因地而异也；士大夫吃冷淘，配鳜鱼才觉清爽，普通百姓恐怕还是觉得豕肉卤，尤其是五花三层的豕肉，才够香、够味道，此因人而异也。”

---

① 索饼相当于面条。

她几句话便拔高了吃的高度。

住持拊掌大笑："妙哉！再没有说得这般透彻的了。我们今天所言，足够写一部《饼经》。"

沈韶光凑趣："《饮食经》非师太这样踏千山万水、品百样甘苦者不可著。若师太写《饼经》，儿愿为师太铺纸磨墨。"

然后她又补上一句："陆处士已有《茶经》，若师太再著《饼经》，这实在是好食饮之人的幸事。"

听沈韶光把自己与陆羽相提并论，师太笑得越发欢畅了，只想着这孩子真会说话。住持刚才说《饼经》不过随口一提，这会儿被撺掇得倒真起了几分这样的红尘俗趣。要不，她就写写看？不然真辜负了那些走过的山水、吃过的美味。

净清半无奈半纵容地一笑，师父没别的喜好，就好口吃的，奈何就像师父说的，弟子们都没长这"慧根"，这会儿师父终于遇见知音了……

沈韶光回去不久，净清便带着那八字眉知客尼净慈过来了。两人各捧着一盆花，一盆牡丹、一盆茉莉，都开得正好。

净清笑道："师父着我等给施主送两盆花，添些香气。"

沈韶光晓得这是住持还礼于她，赶忙表示感谢，又说了几句客套话，方送二尼出去。

"师姐，这沈娘子即便出身洛下沈氏，想来也是沈氏中的枯枝，没落得不像样子，住持为何对她如此礼遇？"净慈看沈韶光屋里实在简素得厉害，又连个奴婢都没有，可见是真穷的。

净清不好说师父嘴馋，全是一碗索饼结下的缘分，只得将师父慈悲当作托词。

净慈颇不以为然地摇摇头，有个好姓氏，还真是好。

既在这崇贤坊光明庵里安顿了下来，沈韶光便开始着手自己的餐饮从业大计。

第一步她先是要细致地进行市场调查。之前她也大略看过，但真要开始做，"大略"是不行的。

庵里众尼因要做早课，第一声晨钟敲响便起床了。沈韶光虽不做早课，却也早早起来，简单洗漱收拾过，揣着几文钱出了门。

到底还早，街上没什么人，只两三家食店开了门。沈韶光老远就能看到烤芝麻胡饼的炉火光，闻到芝麻香气。

烤胡饼的是个浓眉大眼的后生。不知道他是几点起床的，已经烤出了两炉饼，放在竹筐里，用小薄被盖着。

卖饼的后生见沈韶光面生，又是个年轻小娘子，且这个时辰就来买饼，不免诧异地多看了两眼。

沈韶光挑眉。

卖饼的后生耳朵有点发红，赶忙在围裙上擦擦手，从筐里拿出一个饼递给她。

沈韶光趁热啃了一口，皮酥，瓤软，放了椒盐，还挺好吃。这样一个饼只卖三文钱，还真就赚个辛苦钱。

不远处又有一个卖馎饦的人，已经烧开了水预备着。

再往前，有个规模大一些的食店。沈韶光进去，看见有二十几张食案，柜台上挂着食牌，上头写着羊肉蒸饼、古楼子、蜜枣香米粥、羊肉汤饼之类的菜名。

店内只有两个食客，沈韶光拣了最靠边的食案坐下，买了一碗羊肉汤，把之前买的胡饼掰得碎碎的泡在汤里吃。

汤里羊肉只三五片而已，汤的味道很浓厚，爱的人会说香，不爱的人恐怕会嫌太膻气，这样一碗汤，要十文钱。

喝了汤，将几条小街都溜达完，沈韶光来到坊门前。她在这里又晃了一阵子，直等到坊门开了，正式解除宵禁，才回去庵里。

第二日、第三日她又出来，差不多的行程，只是选择的吃食不一样。

等她考察完，终于定了主意，便开始置办家什、采买食材，几乎把存款花个精光，到底算是糊弄着开了业。

暮春时节，天亮得越发早了。东方已露鱼肚白，晨鼓过半，上朝的、行商的、出门办事的，都聚在坊门口等着鼓停放行。

坊门不远处有几个小食摊子，热气腾腾的，做的便是这早起行人的生意。

卖馄饨的赵八、挎着胡饼篮子的邱大、炸捻头的卢三娘都是大家每日见到的老面孔。今天却多了一个生脸的，还是个长相颇为标致的小娘子——杏眼、雪肤、高挑身材，若再丰腴些，就可称为美人了。

她面前放着一个炭炉子，上置平底铁铛，铛旁有小竹架，上面放着一排一色的粗白瓷碗，盛着些油酱之类的作料。

只见那小娘子用刷子在铛上刷一层油，然后舀出一勺面糊倒在铁铛上，小刮板一转，面糊便均匀地摊开。小娘子又敲碎一枚蛋摊到上面，面糊顷刻间便成了饼。

小娘子把饼翻个面，涂抹上酱料，撒葱花芫荽，裹上捻头，在中间一切，折在一起，这饼便算成了。

小娘子不用手拿，而是用小铲将饼铲进备好的粗竹麻纸袋中。纸可是个金贵东西，用来包饼，当真讲究。

当下便有人上前问价，小娘子答十文钱。虽不便宜，但以这般讲究来说，倒也不贵。

这人打开袋子尝一口，嗯——饼皮香软，与平常吃的硬煎饼不同，也许是放了蛋的缘故；里面裹的捻头酥脆，又有鲜香辛辣的酱料并些葱香、芫荽香，味道美得很。

见他吃得好，便有其余人也来买，那些骑马坐车的贵人也有遣了奴仆来的，不一会儿，摊子前挤了一堆人。

京兆少尹林晏撩开车窗纱帘，一眼瞥见不远处的“骚动”，再仔细一看，那人胡服鬟发、柳眉杏眼、嘴角含笑……不就是前两天放出的那个宫人？

旧时王谢堂前燕，她在这里巷街头飞得倒很欢快……

一青衣仆从来到窗前低声问道：“阿郎今日没用朝食，奴去买些糕饼来吧？”其实也就是问一句，他知阿郎从来不爱外面这些腥膻粗粝的东西。

“也好，”林晏点头，放下纱帘，“多买几个。”

还多买几个……青衣仆从怔了一下，隔着窗纱望向主人，再扭头看看那边卖饼的小娘子，顿悟，把马缰绳甩到同伴手里，小跑着朝食摊儿去了。

车内，林晏用手指轻揉眉心。这几日他休息得不好，眼目酸疼。

今日皇帝要去圜丘祭天祈雨。皇帝出行是大事，虽负责保卫的是禁军，沿途疏散排查却是京兆府的事。禁军统领秦祥曾是皇帝近身内侍，颇有气焰，想到这位权宦，林晏觉得太阳穴都疼起来。

林晏又顺着想到京城治安。最近京里物价变化不大，每斗米涨了约莫十钱，只要运河河运还畅通着，又有常平仓存粮，想来京畿百姓的吃食不会出大问题。只是因为干旱，人心有些不稳，有什么“河兽现，天眼关”之类的谣言……

三千晨鼓敲过，坊门开启的时候，青衣仆从才捧着几个煎饼回来：“阿郎趁热吃。”

“你们分了吧。”林晏敲敲车壁，示意前行。

青衣仆从一怔，看看摇晃的车窗纱帘，又扭头看看那边还在忙的小娘子，心想：难道我想错了？

早起出门的这拨人都走了，太阳也出来了。又卖了一拨晚起之人的早点，沈韶光便和其他小摊贩一样收了摊儿。

沈韶光给自己的煎饼的定位是“中高端”早点：这里是高档社区，居民购买力大多不错，饼里有蛋有酱滋味足，比胡饼多上几文钱也会有人买账。配备纸袋，虽然成本增加，但一则卫生，防着讲究人嫌腌臜或怕污了手——酱汁、葱花、饼屑掉在衣襟袖口，到底不雅；再则也方便，走路的，骑马的，单手拿着，走着立着也就吃了。

今天她一试水，这定位倒也靠谱。

沈韶光掂掂钱袋里的钱，估算一下，去了成本，怎么也能挣八九十文钱，那一个月也能挣两千多文钱——一个进士及第的校书郎，一个月也不过一万多文钱。自己一个孤女，一个月两千多文钱，只管花销是肯定够的，但要靠着这一个月两千多文的进账在长安买房，却是个遥远的梦想。同志仍需努力啊。

沈韶光拽着小车回了借住的庵堂，碰见候在门口的知客尼净慈。

净慈斜着三角眼从沈韶光身上打量到那车上的小炉子、小架子上，皮笑肉不笑地问：“沈小娘子一早就挺忙啊？”

沈韶光眯眼笑道：“是啊，出去舒散舒散。”

还出去舒散舒散，她分明是出去做那商贾之事！净慈唇边带着一抹讽刺的笑。平心而论，对商贾，净慈没什么意见，尤其对来上香的大商贾家眷，商贾也是人嘛。但这份宽容显然没普照到街边摆小摊儿的小贩身上。净慈觉得，沈韶光的所作所为简直污了庵里的门楣！不能忍！

沈韶光拽着车子从净慈身边过去，净慈则跟大花蛾子一样转身飞去了净清那里。

“那沈小娘子竟然在街头卖饼，实在不成体统，师姐禀了住持，赶她出去吧。”

净清有些为难地轻咳了一声：“你忘了，人家付了赁屋钱的……”

“那又如何？还给她便是了。”净慈作为知客尼，经手的银钱多，还真看不上沈韶光那点房租。

“话不是这么说的，”净清苦口婆心地劝，“若让人知道我们不守约，难免对庵堂的名声有些影响。”

听净清摆出“名声”二字，净慈到底清醒了些，沉吟了片刻，道：“那便罢了，就让她住满这三个月。”

净清回想起前两日沈施主拿煎饼送去给住持的场景。

师父吃着煎饼，听沈施主说什么“富而可求也，虽执鞭之士，吾亦为之”[①]。当时师父是怎么回答的？“小娘子是真践行了夫子之言，让人钦佩。”

你听听，出摊卖煎饼是践行孔夫子的话！师父在美食前，真的没节操啊。什么三个月期限，照这情况，没准什么时候师父会同意让沈小娘子在庵里开食店呢。

但这些话她是不能对旁的弟子说的，总要给师父留些颜面。

净慈犹自唠叨：“你说这高门仕女，怎么能出去做这营生？这莫不是个假士族吧？”

若沈韶光在这里肯定是要嗤之以鼻的，莫说高门仕女，就是皇帝还有去糊纸盒儿的呢！末代皇帝溥仪了解一下？

摆了些天的摊儿，沈韶光摊煎饼的本事越发好了。她单手磕鸡蛋，食指中指稍一用力，蛋清蛋黄一起滚下，不带半点碎蛋皮，然后一扬手，将蛋壳扔进旁边的小桶里，动作帅气得很；翻饼也不再用另一只手辅助，单手翻面，绝少有破了或者叠在一起的时候；葱花也撒得利落均匀，自我感觉有点天师们撒豆成兵的意思。

她这小摊儿的生意也越发好了，除了回头客，每天都有来尝鲜的人，有一些宅门里的，专门遣下人来买。

---

① 出自《论语·述而》。

“我家娘子很喜欢你的饼，自家试着做，却怎么也出不来这个味儿。”一个十岁上下的小婢子一边等着一边跟沈韶光闲聊。小孩儿团团脸，笑得很喜兴。

“娘子说，你这酱尤其好，里面放了什么？”

沈韶光莞尔：“我每日都在这坊门口卖，喜欢就过来，何必自己费事？”[①]

小婢歪着头想了想，也对。

男人则有醉翁之意不在酒的，“小娘子贵姓？”“小娘子哪里人？”一般这样搭讪的多半是自诩殷实的小商人，或者是嘴碎心眼子花的豪门奴仆。

这种情况下，沈韶光会挑眉看对方一眼，当对方以为她要恼时，她又一笑：“要辣酱还是甜酱？”

这些人碰了个半软不硬的钉子，但对着个笑吟吟的小娘子，若因此发作，实在没有风度，大多也就作罢了。

沈韶光当然更不生气，这种程度的搭讪，比“美女，加个微信吧”还含蓄呢。

今天这位搭讪者却不同：他并不圆滑，也不故作风流姿态，神情中还带着点小羞涩；年纪也轻，二十余岁年纪，穿着九品浅青官服；高挑身材公鸭嗓，脸上有些痘坑，让沈韶光恍惚想起大学时的男生们。

再也回不去的前世时光啊，沈韶光感叹。

因这感慨，沈韶光对他格外有耐心：“这面当然不只是白面，白面粘上牙膛，吃的时候得拿火箸子往下捅[②]。”

那年轻人愣了一下，扑哧笑了。

沈韶光微笑着问：“要辣酱还是甜酱？”

年轻人确定不了自己的口味，当然也可能是为了讨好沈韶光，每种酱的都来了一套。他将饼装到便携的牛皮袋里，笑着对沈韶光道了谢便走了。

第二日，这年轻人又来了，这次一口气儿要了五个煎饼。

沈韶光看他一眼：你这是真当上大学给全宿舍的兄弟带饭呢?

---

① 仿的是梁实秋先生《酸梅汤和糖葫芦》里信远斋老板的回答。

② 拿火箸子往下捅：“火箸子”就是通炉子用的通条。这是郭德纲的段子。

但有钱不赚白不赚，沈韶光利索地给他做了三套辣的、两套不辣的，又玩笑似的道："郎君若买足十个，还赠一个。"

年轻人有些羞涩地看沈韶光一眼，舔了一下嘴唇："多谢。"

沈韶光倒有些不好意思接着调戏他了。

第三日，虽没变成十套，却也变成了七套。

沈韶光已经不知道该说什么好了，但愿这哥们儿是当的早餐代购，若自家垫钱，那九品的俸禄可不大够这么吃的。

京兆府内，几个年轻官员每人举着一个煎饼嚼着。

"幸好有柳录事，不然我等就要饿着肚子办公了。"一个眼睛上还带着眼眵的人道。

年轻人夜生活丰富，睡得晚，起得自然也晚，每日磨蹭到最后一刻从床上爬起来，洗漱完整理一下仪表，便急匆匆地往衙门赶，哪有工夫吃朝食？

录事柳丰住得近，某次多买了一个饼，被饥饿难耐的同僚吃了，同僚顿时惊为天人，这裹着捻头的鸡蛋煎饼在京兆中下层官员中一炮打响，柳录事从此走上了早餐外卖小哥之路。

"这辣的真有味道，吃了一个，倒越发开胃了。柳三，下回多帮我带一个。"

"关键是这饼讲究。何曾见街头小食有用纸袋装的？你们看，这袋子角上有个小小的篆体'沈'字章。"

长得文质彬彬的青年拿帕子拭拭嘴角的酱汁，慢条斯理地把纸袋子抻平，指着角上的字给大家看："这字雍容秀雅中带着淳劲，颇有两分先时李少监的意思，不似时下以楷入篆者。"

本朝楷、草皆有不少大家，读书人平时楷行并用，工于篆隶者却不是很多，小篆大家中最有名的便是玄宗时的李阳冰。

其余几位对篆书说不上有研究，但毕竟都是读书人，当下也都看向自己的饼袋子。

其中一个笑道："我倒觉得有两分闺阁气，莫非这刻章子的是个小娘子？"

众人皆笑。

柳丰脸微红，目露一丝疑惑之色。

适才说闺阁气的那人一抬头，恰好看见京兆尹和少尹走过来，忙放下饼，站起来行礼。

京兆尹白静山是个顶和气的人。白静山笑着对小年轻们摆摆手，少尹林晏则微点一下头，两人便走了过去。

年轻的小官员们互相挑挑眉挤挤眼，两三口吃完饼，拿茶水压了压，便各自回了廨房。

白府尹笑道："闻起来还怪香的，小子们这是吃的什么？"

闻着每天早晨都会在坊门口闻到的香味儿，林晏微笑道："左右不过是糕饼之类的。"

"某[①]年轻的时候也做过待漏院里啃胡饼的勾当。年轻人啊，总是感觉睡不足，吃不饱。"

林晏再微笑了一下。

白府尹转过眼睛看身边年轻的副手："却从没见安然有这等时候。莫非对这些街头货色无甚兴趣？"

"下官口舌驽钝，不辨五味，饮食只求果腹。"

白府尹哈哈笑道："安然出身钟鸣鼎食之家，想来是舌头早被惯坏了。"

林晏只淡淡一笑。

坊门开了，朝食的点也过了，沈韶光终于可以歇歇手。她不紧不慢地拿着抹布擦拭台面、饼铛，清理洒落的酱汁、香葱末之类的。

卖捻头的卢三娘笑嘻嘻地走过来："阿沈的买卖做得越发好了。"

沈韶光手上的活儿不停，只抬眼一笑："那还要多谢卢三娘的捻头炸得好啊。"

捻头类似后代的馓子，把细长条的面放在油锅里炸得酥脆——也有做成臂钏形状的，称环饼——可以放好些天，是寒食日的必备之物，平时也有不少人买了充饥。

沈韶光跟卢三娘订货，让她炸类似后代"薄脆"的面片，竟然也做得

---

① 引申指自称，代替我。

相差无几，只是里面加了少许糖，多了点儿甜味儿。因为自己订这点货，就让人家改和面的配方，那不合适，沈韶光也就改了改自家酱汁的配料，两相综合，做出来的煎饼味道倒也不错。

自摆摊之日起，沈韶光的生意就极好，旁边的小摊哪有不眼馋的？卢三娘虽眼馋，但自家的捻头也因此多卖了不少，不敢表现出什么妒忌来。可这会儿有了后生买饼的笑话，自然要尽情打趣沈韶光。

“我的捻头炸得再好，也不见那小郎君日日来买捻头。”卢三娘挤挤眼，笑道。

沈韶光停下手里的动作，表情认真地琢磨了一下：“哦？那便真是我的饼做得好了。”

卢三娘笑了：“你就装吧。”

沈韶光淡淡一笑，接着擦拭台面。

等收拾好了，她便把炉子架子装上小拉车。

旁边卖胡饼的邱大给她搭把手，帮她把炉子放上车。

沈韶光客气地道谢，邱大讷讷地对她点了一下头，便挎着饼篮子走开了。

卢三娘在心里感慨，年轻貌美就是好啊，又想着，老娘年轻的时候，也曾有人为了来看我，每日一天三顿吃捻头呢。

第二章　有男女就有风月

半夜淅淅沥沥地下起雨来，沈韶光被隐隐的雷声吵醒，听动静不小，这回旱灾能解了吧？她又想起大半个月以前的皇帝祈雨，嘴角就带上一抹坏笑，老天爷好赖算是给他的人间儿子全了这个脸面，不然多尴尬。

沈韶光又裹了裹布被，安稳地合上眼，下雨真好啊，可以不用出摊，睡个懒觉了。

小摊贩可以因为下雨偷懒，上朝的官员却不行。

林晏坐在车上，看到前面不远处的录事柳丰举着伞，穿着芒鞋，蔫头蔫脑地在雨中等着。想来是地滑，他不敢骑马，想走着去上衙。

林晏对车外的仆从示意了一下，其中一个便从马上下来，走去找柳丰。

柳丰回头，先遥遥地对林晏的车驾行了个礼，然后与那仆从说了两句，便与仆从一起走了过来。

上了长官的车驾，柳丰颇为局促，肚子偏又在这时候捣乱，咕咕叫起来。柳丰的脸霎时就热了，他只希望外面的沥沥雨声能将此声遮掩过去。

林晏看了他一眼。

柳丰赧然，叉手道："下官失礼了。"

"无妨。"林晏淡淡地笑道，停顿片刻后又道，"那煎饼这般好吃吗？"那边分明有个披蓑戴笠卖胡饼的人在呢。

柳丰的脸越发红了，他讷讷地道："下官，下官……"

林晏微微抬手。

柳丰闭了嘴，老老实实坐着。

林晏闭目养神。

沈韶光说到做到，果真等到辰正才起。她慢腾腾地洗漱了，举着伞去外面的食店吃了一碗鸡肉馄饨——皮子不够薄，馅儿又小，汤底倒还有些味道。

她溜达了一圈，买了些米粮菜蔬，便慢慢走回来。她行到沈氏旧宅后门处，看到院墙内伸出来的一枝海棠，落下好些花瓣。啧啧，雨打海棠，寂掩重门，多诗意的景象。

沈韶光搜索记忆，对这株海棠还真有些印象。原主的母亲爱收集海棠花瓣，倒不是为了葬它，而是为了兑胭脂用，曾言其“颜色殊无双”。恰好原主的父亲过来，含笑调侃了句“可惜没有香”，母亲先是瞋视，继而绷不住笑了。

她再想到在掖庭的日子。这位夫人就是一株海棠这样的人间富贵花，如何受得那样的磋磨？遂夫人只熬了一年就撒手人寰，留下当年才九岁的原主，原主也熬了一年，终于随她母亲去了，换成了自己这个异乡客。

沈韶光看着这个不曾住过的“家”，想到家中旧事，颇为感慨。

她听说现在这里住着的是一位京兆少尹，不折不扣的绯袍高官。虽做了这么些天的邻居，她却不知这京兆少尹长什么样儿。不知道这位长安市副市长什么时候视察街头小吃的情况……沈韶光被自己的幽默逗笑了，举着伞，踢踢踏踏地走回庵里。

回到庵里，沈韶光泡上糯米，看两页书，写几张字，也就混过了头午的时光。

中午，她简单揪点面片，放些小青菜，磕上一个荷包蛋，做了碗青菜馎饦，盛到碗里后，加了两勺自制的蒜蓉辣酱，倒也有些味道。

沈韶光吃了饭，歇了个懒散的晌儿，便起来鼓捣吃的。

因今日买了些好糯米，她便决定做艾窝窝糕吃。

本朝皇宫里也常做糕，什么水晶龙凤糕、紫龙糕、玉粱糕，过年过节更有茱萸糕、菊花糕、麻葛糕之类的。名字很花哨，却并不很合沈韶光的胃口——大约是因为唐人对甜味儿有些偏爱，想想，吃樱桃还要浇蔗浆呢——故而每到春夏之交的时候，沈韶光便格外怀念前世的艾窝窝。

艾窝窝做起来不算麻烦：把烧得软软的糯米饭揉成糯米面团，分成小剂子，压成皮儿，里面包各种馅料，山楂、芝麻、枣泥、豆沙皆可。

包好后，放在熟糯米粉上一滚，白白的，颇有欺霜傲雪的意思。据说也有放在熟面粉上滚的，但家里一向都是用熟糯米粉，沈韶光也就觉得用糯米粉做的艾窝窝才正宗[①]。

今天沈韶光做的却不是过去吃过的艾窝窝，差别不在粉上，而在馅料上，她用的是前些天做的牡丹花卤子。

庵里有一棵颇大的牡丹花树，全盛时有几百朵花，皆是艳丽的深红色，漂亮得很。沈韶光捡了不少牡丹花瓣，本想附庸风雅地做两个花囊，突想起《红楼梦》中有名的玫瑰卤子，便改了主意，把花拿臼子捣烂，拿糖和蜜腌渍上，过了几天，去了生花气，味道竟然很不错。

这会儿她懒得弄别的馅儿，正好用上。

这牡丹卤子的艾窝窝别的不说，颜值很能打，雪白的皮子，嫣红的馅儿，让人想起粉面檀口之类的香艳词语。

沈韶光把艾窝窝放在白瓷碟子里，端去与美食爱好者住持师太分享。

“好精致的东西！”住持没吃就先笑道，及至咬了一口，更面现讶色，“这是牡丹花吗？”

沈韶光笑道：“可不就是院中那株牡丹吗？我这是正正经经的借花献佛了。”

住持笑着用手虚点沈韶光。两人时常聊一聊，如今有点忘年交的意思。

“我们先前也吃过牡丹花瓣，却是炸着吃，到底不如你这个香甜，颜色也好。”

沈韶光不藏私，把做牡丹卤子的方法说了，两人又讨论了一回如何改进。

就着清茶，那一碟子艾窝窝也就下去了，沈韶光吃了两个，净清吃了两个，余下四个都归了住持。

饶是如此，住持仍意犹未尽。

---

① 艾窝窝一段参照百度资料和邓云乡先生的《云乡话食》。

沈韶光笑道："恰巧碰上这个时节，才有这糖渍牡丹馅儿，平时用豆沙馅儿、枣泥就好。"

住持突然想起来："过几日就要立夏了，与这花糕比，我们往日庵里蒸的豆糕就太粗糙，莫如今年便换成这个吧。"此时有习俗，立夏日吃蒸糕，据说可以不起热痱子。

净清赶忙应了。沈韶光觉得，尼姑当到老住持这份儿上，真好。

哪知过后净清却来求沈韶光帮忙："若这糕只是我们庵里吃，我是不敢来求沈施主的。但每年节庆的吃食，总要给坊里坊外的邻里送一送，若做得不好，惹人笑话。"净清施了个礼，"还请施主指点。"

既借住在这里，这点小忙当然要帮，沈韶光一口答应了。

因人手有限，量又大，沈韶光便建议做豆沙馅儿的艾窝窝。因为不管是蒸、捣、滤，量大量小，都是费一样的事，但豆沙馅儿在这会儿还是个金贵东西，倒不是材料多贵重，而是足够麻烦。

据说天宝时虢国夫人府豆沙做得最好，称"灵沙臛"，又把豆沙放在糯米糍糕里，因这糍糕捶打得呈半透明状，能透出馅儿的颜色，故而称"透花糍"。①

住持一边看沈韶光指挥着掌厨的尼姑炒豆沙，一边跟沈韶光说典故："早些年，长安东市有个糕作坊，透花糍做得就很讲究。因为糕饼做得好，主人由此入赀为员外官，人称'花糕员外'。②"

沈韶光笑起来，行行出状元，果真呢，又觉遗憾，可惜自己是女的，不然也可以考虑考虑走这条路入仕。

净慈站在边上，听沈韶光和住持闲聊，不免惊诧，何曾见住持这样健谈这样欢喜过？莫不是这姓沈的小娘子给住持下了巫蛊？她看着这些豆沙馅儿，又不免算计银钱，花了多少，能从各家得多少压篮钱来。

---

① 出自《品物类聚记》："吴兴米，炊之甑香；白马豆，食之齿醉。虢国夫人厨吏邓连以此米捣为透花糍，以豆洗皮作灵沙臛，以供翠鸳堂。"

② 改自《清异录》上的典故："皇建僧舍旁有糕坊，主人由此入赀为员外官，盖显德中也，都人呼'花糕员外'。"

立夏日，到了敲暮鼓的时候，林晏才从衙署回来。祖母正在等着他吃暮食。

林晏净手洁面，换了日常穿的衣服，来到祖母院中。

“阿兄，你回来了！”江太夫人露出欢欣的笑容。

林晏笑道：“跟您说了不用等我，别饿坏了您。”

“哪能不等？阿耶阿娘都不在，我自己一个人吃饭，怪没意思的。”江太夫人先是嘟着嘴，然后又笑了。

林晏眼形细长，眼尾微微上挑，中间一段却过于平直，算是个非典型丹凤眼。他不笑的时候显得有些不好接近，此时眼睛弯起，整张脸都柔和起来：“您今天在家里做什么了？”

“我与阿长缝香包，今日立夏呢。”

“哦，是吗？”林晏给祖母盛了一晚青菜蛋花汤。

因吃饭的只有祖孙俩，为了热闹，并未分食，而是如后世一样，聚在一张大食案旁。

“就知道你都忙糊涂了！”江太夫人把两碟子糕挪过来，“这是咱们自家蒸的红枣糕，这些是别家送来的，每样拣了一两个，你尝尝哪个好吃。”

林晏想，今日朝会廊下食，圣人就赐下了应节的糕饼，回到京兆府，午膳公厨端上的也是糕，回到家又是两盘子糕摆在面前。对上祖母殷殷的目光，林晏笑着拈起一块。

“我们家今年的枣糕很好，嗯，酪浆放得有点多。”岂止酪浆多，糖放得也多。祖母上了年纪，味觉迟钝，厨下为了照顾太夫人的口味，做得口重。

林晏不动声色地喝了一口清茶，送下过于甜腻的糕点，又拈起一个白圆子形状的糕，一口咬下。糯米皮子颇有嚼劲儿，豆沙馅儿很是细腻，有些宫里胭脂糕的意思，但没那么甜，竟然意外地好吃：“这是谁家送来的？”

太夫人身后的仆妇回道：“是后门的光明庵。”

江太夫人也笑了：“她们的慈明师太做得好什锦馄饨，没想到糕也做得好。”

没有人告诉江太夫人光明庵的住持是圆觉师太，慈明师太是河东静心庵的，且早已于二十年前作古，就如没有人跟她说，面前的是她的孙子，而不是她自以为的长兄。

江太夫人顺着话说起慈明师太做的奶汤鲫鱼来：“汤汁鲜浓奶白，漂着点嫩葱心末，好喝得很。”

“改日有新鲜的鲫鱼，也让他们炖汤喝。”林晏给祖母夹了些笋丝放在小盘中。

吃过饭，林晏又陪祖母说了一会儿话，才退出来。

书房里，周管家递上今日送礼来的各家礼单和自家回礼的礼单。虽名为送立夏糕，又哪有人只送糕的？都是一长串的东西。

周管家做事老练，对收礼回礼这些都有分寸，林晏只略翻一下便递还给他。

周管家又笑道：“还有两家庙宇庵堂也送了糕来，按规矩给了压篮钱。”主人既不崇佛，也不信道，对这些上门的出家人，只按京中大规矩走即可。

林晏浑不在意地点了点头：“你看着处置就好。”

周管家自恃亲近，笑着多了句嘴：“阿郎也该娶新妇了。人情随往有主妇做主才像个样子。”

林晏嗯一声，便低头看起书来。

周管家被主人“嗯”得有点糊涂，这是听进去了还是随口一应啊？

今天沈韶光也吃了一天的糕。庵里来了不少烧香上供的信徒，过后这些供品自然都归了庵里的尼姑们。压篮回礼也有回送夏糕的，以致庵里形形色色的糕饼攒了不少。

净清拣了其中顶好、顶细致的攒了两盘子，亲自送给沈韶光，笑道：“这两日多谢沈施主指点，才做出这样好的夏糕，为庵堂赢了不少脸面。鲁国公夫人、叶侍郎夫人都亲口赞了，说颇有宫中御宴糕点的味儿。”她没说的是给的压篮钱也较往年更丰厚。

过年过节寺庙庵堂往人家中送吃食，一则是维持关系，一则也是打秋风。正经人家哪有让她们空着篮子回来的道理？都要在篮子里放上一些财物，称“压篮钱”，也算寺庙约定俗成的一种赚钱方式。

沈韶光自然说让她不要客气。

“往日吃了不少沈施主的好东西，今日我把供尖留下，施主也尝尝我们的。”

沈韶光笑道：“那我就尝尝，看哪种出色，回头也照葫芦画瓢做来吃。”

净清笑道：“不是我夸，叫我看，再没有比咱们的更好的了。”

沈韶光笑得越发厉害。她知道这是净清感激自己帮忙。净清这个尼姑，佛法不见得参悟得多好，甚至人也不算精明，但忠厚诚恳，庵里的尼姑都信服她。

沈韶光用还剩的一点腌渍牡丹沏了茶来，与净清一块儿喝茶吃糕点。

“这些糕点，净清师父自己去送的？”

“哪里送得过来？我只走了坊里的几家和坊外几家相熟的，另外的，都是别的师姐妹送的。”

沈韶光点头。

也许是今天着实高兴，净清便顺着说起京里宅门的八卦。

“鲁国公家越发阔气了，若非早有来往，只怕都进不得他家的门。可见宫里的淑妃果真得宠。”

沈韶光点点头，淑妃确实得宠。

“不知淑妃是什么样的绝色？”净清低声道，“我看鲁国公夫人虽威严，颜色却并不顶好。不过他家二娘倒是个美人儿。”

跟人聊八卦最忌讳的便是只听不说，沈韶光跟她说：“现在的鲁国公夫人是继室，淑妃是前室夫人留下的，却不晓得这位二娘是哪位夫人所出。”

净清又道：“看面相，不似亲母女，但相处情形，却亲昵得很。”她又感慨，“国公夫人果真仁德娴淑！”

沈韶光随着她道：“果真仁德娴淑。”

“二娘不但出落得越发好了，对佛事也越发热心，听说咱们就在崇贤坊，离着国公府不远，便说要过来住几天，拜佛祈福。”

沈韶光接着送顺嘴人情：“是位善信的女郎。”

没两日，沈韶光便与这位善信的女郎成了邻居。

光明庵占地不大，前院供着菩萨，后院及左跨院住了本庵的尼姑，右跨院给香客们留着。沈韶光占了两间正房，余下正房三间、厢房六间，净清早安排人打扫了出来。

因光明庵就在城里，香客们往来方便，少有来此住宿的，这个院子常常空着，也因此当初沈韶光提出借宿，颇为势利的知客尼净慈没有一口回绝，反而把她带到了住持面前。

看净慈吆五喝六地安排杂役尼着意打扫铺陈，又亲自采了院里的牡丹插瓶，对上自己，言谈神色中带着点“这才是本庵给贵女的待遇”，倒把沈韶光逗笑了，小尼姑真是童稚可爱……

鲁国公府二娘子到的时候，沈韶光正在院子里鼓捣腌糟鱼。

前两天贪便宜，买了好些个头儿很小的鲫鱼，炖了一回汤，还剩了不少，刺儿多，做不了别的，又不好储存，沈韶光便把这鱼洗剥干净，晒了起来。如今鱼已经晒得多半干，她便一层鱼，一层醪糟，一层盐，再一层鱼，一层醪糟，一层盐地将鱼码在陶罐里。她想着等过几个月天凉了，拿出焖到刺酥肉烂，咸咸的，还带着一股子醪糟香的糟鱼，正好就粥吃。

门口传来脚步声和说话声，沈韶光拍了拍粘着醪糟的手，抬眼恰好对上一张桃花面，全副严妆，两条眉毛又长又粗，几乎画到眉心，正是如今宫里盛行的连娟眉。哪怕被这奇形怪状的眉毛荼毒了不短时间，沈韶光依旧不习惯。小娘子一副盛世美颜，真心有点糟蹋了。

净清给双方做介绍："这是在本庵礼佛的沈小娘子，这是鲁国公府女郎庞小娘子。"净清很慈悲地把沈韶光的"租住"说成了"礼佛"，经济问题就变成了宗教信仰。

净清真是个厚道人，沈韶光一笑，擦了手，上前见礼。

然而这样的遮掩，到底骗不过明眼人。庞二娘睨了沈韶光一眼，并未言语，旁边的婢子对净清道："师太竟然让我家女郎与这贫家女同住吗？"

净清抿抿嘴，赔笑道："沈小娘子出身洛下沈氏。"

本来用鼻孔看人的婢子顿时有些讪讪的，看一眼主人，不知道说什么好。

鲁国公府是天宝末年安史之乱时平叛有功才兴家的，那些本朝定鼎时的开国元勋在世家大族眼里尚称"新贵"，更何况鲁国公府这种？况且现在的鲁国公本事不大，门楣全靠宫里的淑妃撑着，底蕴浅，又是外戚，世家大族提起来，只有撇嘴的。

沈韶光虽穷，但有个好姓氏，在这个"以姓氏骄人"的时代，是个"贵人"。

沈韶光含笑看着庞二娘，庞二娘将目光砸在她的脸上，到底不情不愿地回了个礼。

净清有些尴尬，与沈韶光搭讪道："沈施主这是做什么呢？"

沈韶光笑道："用醪糟腌鱼鲊呢。"

鱼鲊实在不是什么高级口味，庞二娘的面色越发不好看起来。怕再起什么争端，净清赶忙对沈韶光点了下头，和净慈一同带着国公府一行人进了正屋。

沈韶光在院子里慢悠悠地封了陶罐的口，本想放在院内树下阴凉处的，但想了想，现在院子里毕竟不是自己一个人住着，还是莫招人烦了，便将罐子搬回了室内，塞在床下。

西边三间房内犹有杂役尼在收拾着。对这样的室友，沈韶光决定采用“有理、有利、有节”的外交策略。不过她想想，对方到底是国公府的女郎，有家有业有爷娘，哪有常在尼姑庵待着的道理？所以彼此并不用忍很久。

然而，对来光明庵住着礼佛这个说法，沈韶光颇为怀疑——这位庞二娘子这性子，怎么看也不像笃信佛教的啊。

可是，她不是来礼佛的又是来干什么的？难道对方看上了庵里的糕点？沈韶光扑哧笑了。

沈韶光“不过”“然而”“可是”地把人家小娘子调侃了一番，心里终于舒坦了。腹诽，实在是一种简便易行的心理治疗方式。

很快沈韶光便知道了庞二娘来光明庵的目的。

傍晚，沈韶光买菜回来——这会儿的菜比晨间的菜便宜，不过是蔫巴点，不耽误吃——恰巧碰见庞二娘带着两个婢子在庵门附近散步。

沈韶光埋汰完了人以后就是个心大量宽的淑女，主动与庞二娘打招呼。

看沈韶光手里的米粮菜蔬，想起婢子绘声绘色地描述这沈娘子在坊门卖饼，庞二娘哼了一声：“没想到与个街头卖饼的为邻！”

沈韶光抽了一下嘴角，一时犹豫：不懂礼貌的熊孩子，我到底是替她爹妈管教一把，还是不与其一般见识等着她闯更大的祸？

沈韶光自视是个良善人，决定还是帮她爹妈一把：“女郎三国庞靖侯之后，自然是不屑与我等引车卖浆者流为伍的。其实，当年庞军师跟着先主想来也委屈得紧，毕竟先主是以贩履织席为业的。”

先鲁国公行伍出身，富贵以后也学着体面人续了家谱，把名字都没留下来的祖宗们编了名号。负责编写家谱的文书门客揣摩主人的意思，一口气儿把庞家祖宗认到了三国庞统那儿。鲁国公大喜，从此以荆州庞氏自称。

这种冒认祖宗的事多了去了，毕竟本朝皇帝还说是老子后裔呢，但还是会被较真儿的人嘲笑。然而一般人嘲都是嘲他们作假，沈韶光却嘲出了新花样：承认他们是庞凤雏后裔，自己却越级碰瓷到了卖草鞋的刘备那儿。

庞二娘读的书不多，因自家认了祖宗，被逼着看过一点三国史，听沈韶光说完，愣了一会儿才明白她的意思，不由得气得粉面泛红，跺脚道：

"你、你——"

却听身后响起扑哧一声笑，沈韶光和庞二娘看去，却是两个年轻郎君：其中一个穿宝蓝圆领袍的，沈韶光认识，是那天出宫门时找碴儿的绯衣高官；发出笑声的是另一个着士子白袍的人。

庞二娘惊骇，瞪那穿白袍的人一眼，然后粉面含羞地对那位高官行礼："儿见过林少尹。"

沈韶光瞬间反应过来，这位恐怕就是邻居京兆少尹了，而庞二娘所为何来，啧啧，莫非……莫非……唐代女子果真大胆开放！沈韶光不由得饶有兴味地看起了恋爱真人秀现场。

那白袍的郎君也促狭地笑看着同伴。

林晏却只淡淡地对庞二娘道："女郎无须多礼。"他的目光又扫过沈韶光。

沈韶光敷衍地给他们补了个礼，林晏点了下头，看朋友一眼，当先往前走。

那白袍士子与沈韶光对上目光，两人同时一笑——猥琐的人总是格外容易心意相通。

立了夏，天气越发热了，沈韶光开始鼓捣各种饮子。

在本朝，"饮子"这种东西，主要发挥的还是疗疾治病的药用保健价值，要到后来的宋代，才发展成解渴解馋的日常饮品。本朝流行的饮料是酪浆、蔗浆，当然还有日渐被人们接受的茶。

酪浆到底有些浓稠腥膻，蔗浆又太甜，加盐加姜加各种东西的茶更是让人一言难尽。沈韶光决定自己熬煮冲泡些消暑解渴的饮子喝，首先是酸梅汤，其次是茉莉花茶和绿豆汤，薄荷蜂蜜饮也很好。

其中，沈韶光又最爱酸梅汤。

把从药饮子店买来的乌梅、山楂、陈皮、甘草等加水熬煮，然后加糖渍桂花。前世沈韶光曾看某大家写的书①上说渍桂花要用白糖，不能用蜂

① "大家写的书"指的是叶广芩老师的《豆汁记》。

蜜，试一试，果然，白糖味道更清爽。大家到底是大家。

此时也有私人藏冰拿到市上出售的，只是价钱太高，沈韶光实在舍不得。好在庵里有井，用井水镇一镇酸梅汤，也很入得口。

这样热的天气，喝着酸甜带着凉气的酸梅汤，住持圆觉师太赞不绝口："前朝有筹禅师，造五色饮，其中扶芳叶为青饮，楥楔根为赤饮，酪浆为白饮，乌梅浆为玄饮，江桂为黄饮。酪浆最为人熟知，其余也有仿制者，我也曾喝过几家的乌梅浆，都不如你这个。"[①]

沈韶光笑，那当然啦，我这方子可是改进了千年的啊。

沈韶光又煮泡了茉莉花茶、绿豆汤、薄荷蜂蜜饮等请住持师太品尝，并道出自己的想法：端午日，去曲江边卖。

圆觉师太虽是出家人，却有点"口不言利"的士人态度，曾对沈韶光一个高门仕女一门心思摆小摊儿赚钱很不理解，如今却有些习以为常了，帮她出主意："绿豆饮到底太平常，不够新鲜，且样数多了，反显不出这乌梅汤的好来，依我看，就乌梅饮，再加——茉莉花茶吧。"

沈韶光却觉得自己熏的茉莉花茶不大好——这自然是跟她前世喝的茉莉香片相比。若说乌梅饮尚能煮出六七分后世酸梅汤的影子，这茉莉香片最多有那么一分半分的意思，淡淡的茉莉香聊胜于无罢了，却不知为何合了住持的心意——大约是因其清淡甘爽中带着些微的苦，合了文人雅士的情怀。

沈韶光觉得圆觉师太作为资深吃主儿，提出的建议应该是可取的，便决定届时煮上几大罐子的酸梅汤，再买些冰放上，算是冰饮；另起茶炉，现烧水冲茉莉花茶，算是热饮。

圆觉击掌，觉得她想得很周到：不少讲究人夏天也爱喝热茶的，且这茉莉花茶刚煎出来时，茶粉上漂着茉莉花，委实漂亮——原本还口不言利的老师太，这会儿都会做客户分析和产品定位了。

卖什么喝的还在其次，关键还是吃的。端午当然首选粽子，红枣的，蜜枣的，红豆的，绿豆的，这些常规甜粽自然不用说；鸡肉粽、山菇瘦肉

---

① 根据《大业杂记》所写，有改动。

粽、咸蛋黄粽这些咸粽标配，似乎也应该让大唐人民开开眼界、饱饱口福。

当初沈韶光初到掖庭，不久便是端午，分到了两个米都没蒸黏糊、里面夹了两个红枣的粽子，她还以为那是女奴待遇——总比窝窝头好吧，要什么自行车？及至后来情况好转还在御厨帮了一阵忙她这才知道，便是皇帝吃的也不过两三种馅儿，只是火候更足些罢了。关键是，他们又爱往上浇蔗浆……沈韶光想想就腻。

另外，因艾窝窝在庵里试水，大受欢迎，沈韶光决定提前做好馅儿，再现场制些艾窝窝。

又要准备材料，又要雇车，又要制作，多亏庵里有大锅灶，沈韶光借了煮粽子，掌厨的尼姑和杂役尼也在帮忙，忙到端午前夜入了更才算准备好。第二日坊门一开，沈韶光便坐着租的驴车，拉上各种食材器具奔赴曲江。

崇贤坊在城西北，曲江在城东南，实在离得不近，但沈韶光到时居然尚算早的，让她找着个不错的地方摆摊儿。这里离江面不远，面对大路，不远处有供人休憩的凉亭走廊，旁边几棵亭亭如盖的大树，树下甚至还有两块乱山石可以坐下歇歇脚。

沈韶光暗叹自己好运气，然后麻利地把桌案支上，摊儿摆开。等到热粽子的锅冒起了热气，烧水的壶开始刺啦刺啦地响，沈韶光手里的艾窝窝也包了有二三十个时，曲江畔的游人才多起来，而等太阳都晒人了，或骑宝马或坐香车的贵人们才络绎到了。

这曲江边儿也有卖吃食的，但一般都是携个筐子，沿街叫卖，少有沈韶光这大费周折地“铺陈”起来的。经过的人不免要看两眼，看的人多，买的人自然也多。

沈韶光的粽子卖得不错——听说有肉馅儿的，接受能力颇好的大唐百姓果真有不少愿意尝尝——但还是不如以颜值胜出的艾窝窝和冰凉酸甜的酸梅汤好卖。而文人雅士的茉莉花茶却因“曲高和寡”，当然也可能是夏天卖热茶有些不合时宜而乏人问津。

沈韶光一边捏着艾窝窝，一边忧心着今天早晨花了不少钱在冰藏铺子买的冰——虽然冰放在小箱子里用小褥子里三层外三层地裹着，但依旧越化越多，照这样后面两桶酸梅汤恐怕会没冰可用了——又顺便听路人闲聊。

两个士子模样的人在聊天子驾临江边看赛龙舟的事，感慨“无缘得见天颜”。沈韶光也很是感慨：皇帝看船赛都是在皇家曲江别苑的楼阁上，断没有沿街溜达的道理。要是把在皇宫里遇见皇帝那几次机会挪到这里该多好，那样就可以碰瓷国家首脑打广告，鼓捣个类似“康熙鱼头”“乾隆爷烧鸡”“老佛爷肉末烧饼”的“圣人酸梅汤”“御用艾窝窝”出来。

广告词都是现成的：“圣人正看龙舟，突觉口渴，恰好看见路边上有个卖酸梅饮子的小摊儿……喝罢，暑热全消，浑身畅快……翰林学士诗云……”沈韶光哽住，虽在掖庭念了两年书，也学了作诗，到底不是这块料，作出来一股子打油诗的味儿。

虽没能“巧遇”皇帝，但富贵人中倒着实有一些图个“野趣儿”的，十文钱一碗的酸梅汤，沈韶光给灌了一水壶，又单给加了小块的冰，对方竟然给了足有二两的小银锭。①

天价酸梅汤啊！沈韶光希望这种富豪顾客越多越好。

“你这是什么饮子？”一个革靴明甲的军官过来问。

“是乌梅饮子，放了山楂、甘草，又加了冰，最是解暑的。”沈韶光突然福至心灵，“郎君且免费尝一碗试试？”

军官看一眼沈韶光，点了点头：“也好。”

沈韶光盛了一碗递给他，军官一饮而尽，然后便决定把剩下的包圆了！

军官让几个兵士来搬，沈韶光非常大方地把剩下的冰都用上了，罐子也作价卖给了他们。

还没到正午，龙舟还没开赛，沈韶光已经售完一样饮品了。算一算，这些酸梅汤竟然赚了有五六千文钱，超过卖煎饼两个月的利润了。

沈韶光心情甚好地接着做艾窝窝，转眼却看见那边凉亭里坐着一群贵女，其中一个挺熟——庞二娘子。

“听闻阿庞最近住在庵堂礼佛祈福呢？”一个穿金泥石榴罗裙的少女笑道。

庞二娘站在亭子边上，听少女这一问，有些受宠若惊地一笑：“正是。”

---

① 唐代的主要流通货币是铜钱，本文半架空，设定白银铜钱并行。

“不知是哪家庵堂？”石榴裙少女笑吟吟地追问了一句。

几个贵女都看向庞二娘。

“便是崇贤坊里的光明庵。”庞二娘想了想，补充道，”她们的住持圆觉师太，佛法很高深。”

“光明庵啊——”石榴裙少女笑得意味深长起来。

旁边一个穿着玉色衫子的少女以团扇轻轻扇着风，挑眉笑问：“今年光明庵送的夏糕不同以往，很好吃，莫不是阿庞的方子吧？”

庞二娘下意识地看一眼那边的沈韶光，想否定，又有些迟疑，难得在人前这样露脸呢。

“庞家也有私方？那想来是荆州或是蜀中的老食谱了。”石榴裙少女笑得眉眼弯起。

庞家根基浅，哪像世家大族一样，有传承多少代的食谱。至于她后面说的荆州、蜀中，则是讽刺庞家冒认祖宗之事。

贵女们的口舌官司惯常是如此，娇俏中带着毒辣，丝绵里藏着尖针的。

几个少女都笑了。

正中一个着盘金绣秋香色衫子的女郎笑着打一下石榴裙少女的手：“十二娘又打趣了！”又对庞二娘笑道：“阿庞莫要见怪。”

庞二娘面色发白，咬着唇，想转身走或者说点什么，终究忍住了。

沈韶光拿火箸捅一捅小炉子，重新把热粽子的锅放上去，在心里啧啧了两声：庞二娘霸王似的人物，今日被挤对得……着实有些可怜。不是一类人啊，还是不要往一堆儿凑的好。

那穿盘金绣秋香色衫子的女郎看着年纪稍长一些，似是这些贵女的头儿：“我们也歇够了，且去那边看看。”

旁边的小婢谏道：“那边人多，五娘仔细被冲撞了。”

石榴裙少女抢先笑道：“不妨事，我看京兆府的人在呢。”说完，她又冲盘金绣衫子的女郎眨眨眼。

盘金绣女郎笑着瞪她一眼，几个女郎便前簇后拥地出了亭子，沿着大路走了过去。

玉色衫子少女恰好挨着沈韶光的摊子过去，看到竹篦子上一圈的艾窝窝，有些纳罕，打量一眼沈韶光，又看向落在身后的庞二娘，心里到底存了一丝厚道，没再提刚才那茬儿。

庞二娘只知道沈韶光卖粽子卖酸梅饮，没想到还卖这个，本就不好看的脸色越发难看起来。

玉色衫子少女放慢脚步，待庞二娘走近，轻声责备道："你可知道轻重些吧！什么人都是你能往上凑的？"然后便快步走了。

庞二娘停住脚，适才本就强忍着眼泪，听见这句略带好意的话，到底忍不住，哭了出来。

沈韶光颇觉尴尬，赶忙把头低一低，假装打盹。

却不想过了片刻，庞二娘走过来，带着些鼻音赌气道："装什么装！我知道你都听见了。"

沈韶光尴尬地笑了一下，摸摸鼻子道："庞小娘子来碗茉莉花茶解解渴？"

沈韶光不过是随口一说，贵女们都讲究，身边婢子都自带了吃食饮品的。

沈韶光本以为庞二娘会拂袖而去，谁想到她看了沈韶光一眼，竟然真接过了那碗花茶。

旁边的婢子轻声提醒道："五娘她们都走远了……"

庞二娘嘟囔："都让人打了脸，还往上瞎凑什么？"

看着庞二娘画着两道滑稽粗眉的清秀小脸，沈韶光心下轻叹，还是十六七岁的小孩子呢。

沈韶光把几个艾窝窝放在小白瓷盘里，推到庞二娘手边，接着低头擀皮儿。

庞二娘竟真吃了起来，几个婢子互视一眼，又都看看沈韶光，没说什么。

庞二娘吃了糕喝了茶，似心情好了一些，低声道："我走了。"她想说声"谢"，憋了一下，到底没说出口。

沈韶光哼笑了一下：小姑娘！

沈韶光长了一颗七窍玲珑的"八卦心"，虽不知贵女们的身份，但听话茬儿也能猜到刚才那场你来我往的口舌之争，似与那位长相不错的年轻京兆少尹有关。

那天与其巧遇后，沈韶光与住持闲聊时问了一句，方知这位京兆少尹出身河东林氏。

林氏，排在《氏族志》前排的老世家，传承了几朝，初唐时还出过两任宰辅，只是武周时被打击得太深，杀的杀，流的流，已是没落了——但即便如此，在崇尚祖宗光辉、旧族荣耀的士族眼里，其不是鲁国公府这种暴发户人家攀得上的。

况且，那位年纪轻轻已经是实职四品官——各部尚书也不过才三品——又是京兆少尹这样的要紧职位，真正是简在帝心、前途无量。

沈韶光摇摇头：庞小娘子这一腔少女心思，八成是要付诸东流了。

沈韶光叹着别人的故事，做着自己的生意。眼看近午，江畔人越来越多，那龙舟赛要开始了。

沈韶光的生意越发好起来，美貌的艾窝窝着实招人喜欢，已经售完了，粽子也是卖了一屉又一屉。只有那茉莉花茶还是不大卖得动。

卖不动就卖不动，沈韶光给自己沏上，端着惯常用的粗瓷大茶缸子，小口小口地啜饮。

江上锣鼓喧天，人们挤成一团，又不时爆发出喝彩声——龙舟赛开始了。

沈韶光所在的位置只能看到人们的后脑勺，江面是看不清的，却也扇着扇子，伸着脖子看。

几轮赛下来，赤队夺冠。赤队是皇太子和几位大王家将组成的“皇家龙舟队”，沈韶光一笑，到处都有潜规则啊。

既已经赛完，能赴御宴的人自然去赴御宴，不能赴御宴的人也有各种聚会或家宴。平头百姓或吃点自带的食品，或随意买一点，然后大多便早早回去了——今天着实有些晒。

沈韶光把摊子往树下又挪了挪，把筐里剩下的一点粽子都拿出来蒸上，看着江畔渐渐稀了的人流，坐在带来的胡床上歇脚，又算着今天赚了多少钱，做自己那没什么影儿的首都置业梦。其实，若钱财够多，她找个山清水秀的地方当地主也是很好的。

御驾回了宫，禁军自然也走了，曲江事尽归京兆府管。白府尹春秋已高，先回署衙，林晏带领留守的官员，值这端午节的最后一拨班。

太阳很大，江面明晃晃的，有些刺眼睛，林晏负着手缓缓走出凉棚。

两个绿袍官员和几个衙差要跟上，林晏微笑道：“我只是随便走走，也不算白来了这曲江池。”

上司说的笑话再不好笑，几个官员衙差也都笑起来，然后便恭敬不如从命地看这位少尹在江边闲步走远。

林晏敲桌子时，沈韶光正头一点一点地在打盹。突然被惊醒，沈韶光眨眨眼睛，抹一下嘴角的哈喇子，站起来笑道："郎君是食粽子还是喝些茉莉花茶？"

想到上午禁军那冰凉的乌梅饮子，林晏淡淡地笑道："便来碗茉莉花茶吧。"

因没人喝茶，沈韶光早把那个烧水的炉子灭了，这时候把铁壶重新加水，挪到热着粽子的炉上，用小扇子扇风煮茶。

林晏在为客人准备的胡床上坐下，静静地等着。

沈韶光烧开了水，涮了碗，放上茶叶，缓缓地浇上水，团茶末和茉莉花都浮起来，茶汤渐渐变成淡黄绿色，是比上午那位女郎秋香色的衫子还要浅淡的黄绿色。①

林晏端起瓷碗，轻饮一口，放下："女郎于市井之中，乐乎？"

沈韶光有些惊诧地看他一眼，他怎么突然问出这么形而上的问题？这是适合与陌生人聊的事吗？她又突然想起前世某闻联播的"你幸福吗"来，难道这是副市长的社会幸福度随机调查？

沈韶光眯眼笑道："如今天下河清海晏，这长安城富庶安宁，儿自是安乐，安乐得很。"沈韶光觉得自己的答案非常标准，马屁拍得响亮又不尴尬。

林晏似笑非笑地看沈韶光一眼，没说什么，缓缓地喝起茶来。

沈韶光便拿着抹布东擦擦，西擦擦，收拾收拾东西，一会儿赶驴车的赵二来接，便要回去了。

林晏喝完茶，站起来。

沈韶光笑道："一碗五文钱，郎君。"

林晏掏出荷包，拿出五文钱放在桌案上，踱着步子走了。

沈韶光有些失望，还以为能得今天最后一笔小费呢。

---

① 唐代也有冲泡茶的方式，称"痷茶"，但是不如煎煮普遍。

第三章　开店赚钱是王道

外面电闪雷鸣，风刮得窗棂子嘎吱响，豆大的雨点往下砸，沈韶光走去关了窗，拿个小胡床坐在门口，看雨，搓糯米圆子——一会儿加醪糟，煮了当早点吃。

沈韶光是北方人，接触南方吃食是在大学的时候。与她同寝室的有个江南妹子，水灵灵的皮肤，软糯糯的声音，最爱鼓捣宿舍料理，一个电饭锅恨不得做出满汉全席，与宿管阿姨打得一手好游击。

这酒酿圆子就是那时候沈韶光跟那位心灵手巧的水乡妹子学的。初次吃，她不觉得如何，后来却爱上了这股子淡淡的香甜味。这酒酿圆子不同于北方饮食的浓墨重彩，但吃到胃里很熨帖，晚自习以后来一碗这样的夜宵，再好不过了。

想想那些幸福时光，沈韶光叹了一口气。

雨天总是格外容易让人感慨旧事。

雨还在下，院子里积水多了起来，上面一个个水泡。沈韶光歪头觑着眼看天色雨势，天似乎有些明朗了，应该过不多久就会停——正好下了晨鼓的时间，耽误了晨间的摆摊。

自从端午以后，老天爷好像突然回过神来，把之前欠的雨水都补上了，三天一大下，两天一小下。奇怪的是，暑热并不因为雨水多而消退，反而以一种让人更难以消受的方式朝大家扑来——湿热，就是后世所谓的桑拿天。

因这天气，沈韶光的摆摊赚钱大计也被耽误了，好在她前阵子攒了些钱，尤其端午曲江龙舟会上，几乎赚出一季的利来，所以倒也不用很急——急也没用不是？

沈韶光捧着碗吃糯米圆子，喝带着糖渍桂花的酒酿汤时，雨终于停了。伴随着停雨而来的，还有一位客人。

他宽肩，长腿，黑脸膛，壮壮的身板把酱色圆领袍撑起。沈韶光略眯眼，想起来了，是那天那位买了所有酸梅汤的军官！

他应该不会是吃坏了肚子算后账吧……

知客尼净慈一副好奇打探的神色，沈韶光也不赶她，只笑问："将军找我有什么事？"

军官不过是个八品宣节校尉，听到这小娘子张嘴给自己升了十来级官，有点讪讪，却也没纠正她，只含笑道："那日小娘子的乌梅饮子甚好，同僚弟兄都念得紧。百般打探，才知道小娘子住在崇贤坊的这庵里，某恰好从坊前过，还想再多买些。"

听说这人是将军，净慈神色一振，听说是买酸梅汤，八字眉又意兴阑珊地耷拉下来，又该这姓沈的赚钱！

却不想沈韶光会把生意往外推："将军不知，那是专为端午日熬的，平日却没有。将军若自家想喝，提前一日告知，儿备下即可；若是——送去军中，请恕儿不敢从命。"

军官皱眉："这是为何？"

"看那日将军服色，想来是禁军的人。禁军守卫天子，防护京畿，责任着实重大，饮食采办也自有定例，儿一介平民，不敢预也。"禁军的水太深，大庭广众之下偶尔卖一次也就算了，现在她还是不要作死的好。沈韶光一向惜命。

军官没想到沈韶光谨慎至此，不由得打量她几眼。

沈韶光笑着任他打量。

"既小娘子不愿，某也不强求，告辞！"军官戴上斗笠，便转身要走。

"其实，也不是没有办法——"沈韶光笑道。

军官皱眉，扭头看她。

"这乌梅在儿的锅里还是在禁军公厨的锅里，熬出来都是一样的，何妨让公厨的人熬？”

那自然是没熬出这个味儿来！往日公厨又不是没做过。

突然，军官反应过来：“女郎是想……”

沈韶光眯眼一笑：“儿愿献上这乌梅饮方子，到时候，公厨愿意什么时候煮，便什么时候煮，愿意煮多少，便煮多少，干净又安全，将军也不用担干系，这多好。”零售跨过批发，直接进入配方买断阶段。

军官缓缓点点头，算是知道了面前这小娘子的精明，不敢以为她是真的要献上方子，便问道：“小娘子索价几何？”

沈韶光略沉吟道：“便二十两银，如何？”

沈韶光自认为没有狮子大张嘴，二十两于小民固然是一年的嚼裹，但于有钱人，不过是两匹中等丝绢钱。衙门各个公厨都有专门拨款的伙食费“食本”，各衙门官署又“置本兴利”，伙食费根本用不了，所以官员们常分伙食尾子。禁军作为皇家直属军队，只有更甚的，还在乎这二十两银子？

军官三十余岁，升了八品官，每月也不过十几两的饷银，听沈韶光张口要二十两，不免皱一下眉头，但想到公厨里的资费、上官们的排场，上面的人或能接受呢？

沈韶光知他官小，恐怕做不了主，便笑道：“事情虽小，到底涉及禁军吃食，将军不妨细细考虑。”

军官对沈韶光点点头，戴上斗笠，手里拎着蓑衣，走了出去。

边上的净慈看着沈韶光，仿佛打开了新世界的大门。

沈韶光觉得，就一个酸梅汤，又不是天上的龙肉，垄断了又能多赚多少？况且现在她实在缺钱——在外面摆摊儿受天气影响太大，而且坊门口地方也小，连个桌案都不能摆，就每天一个小锅灶摊煎饼，什么时候能赚够养老钱？所以，她不如盘个小店。

第二日午后，看到那军官的身影，沈韶光便知道这事成了。

军官不是个爱言语的，既然上官批了，便付给沈韶光二十两银子，对身后仆役打扮的人道：“你与这小娘子学煮乌梅饮。”

沈韶光取出材料，倾心相授，到快敲暮鼓了，一小锅酸梅汁终于熬好，放到庵堂后院的井中镇过，取小碗给军官和杂役品尝。

军官点头：“是这个味儿。”他又问杂役：“可学会了？”

杂役很年轻，二十上下，长了一双机灵的笑眼，见官长问，忙笑道：

“校尉放心，小的尽学会了。”

沈韶光本想手写个方子的——收人钱财，就要敞敞亮亮地银货两讫——但一转念，出于被害妄想症的谨慎，到底没写，只笑道：“若有记不清的，将军尽管来问我。”

军官点头，带着杂役走了。沈韶光掂掂这二十两银子，美滋滋地回了屋。

第二日，卖完煎饼，沈韶光趁着日光不太盛，沿街逛逛，买些杂货菜蔬，顺便问了问租铺子的事。

崇贤坊这块儿做生意确实好做，所以店铺转租率和转卖率很低，沈韶光转了一圈，并没得到什么旺铺出租的信息，反倒买了个人。

这人沈韶光不算陌生，米粮铺子的阿柳。

阿柳虽名叫“柳”，却没什么婀娜招展的风姿，是个高高胖胖的丫头，十四五岁，略憨，走路时踏得地板砰砰地响，一只手能拎起大半口袋粮食，沈韶光时常看她在米粮店搬运倒腾粮食。

“夯婢子，蠢笨如牛，光知道吃！打死你算了！”米粮店主人娘子掐着婢子腰间的嫩肉，恨恨地骂道。

婢子鼓着脸，不躲不闪地任她掐。

米粮店娘子越发生气了：“还甩脸子！你是给谁看？你又不是那小妖精，打量那老妖鬼，能给你撑腰？”米粮店娘子越骂越气，干脆拿起墙角的扫把朝着婢子一顿乱打。

婢子缩肩拱背捂着头脸任她打。

沈韶光看不下去，上前劝解。

米粮店娘子停下手，气喘吁吁地给沈韶光称江米。婢子看一眼沈韶光，低着头，捡刚才撒出来的一点豆子。

沈韶光买完米，去隔壁买蔬菜，打探这个叫阿柳的婢子。

“徐娘子的郎君纳了家里的另一个婢子阿香，徐娘子心里不痛快，就拿这憨婢子出气。”蔬菜店娘子一句话掀了邻居的底子。

“看这婢子怪可怜的。”沈韶光把话题引了回来。

“可不是？前几年江南水灾，奴隶商人从那边贩运来的。徐娘子贪便宜买了两个，原指望有个使唤婢子，长大了还能多卖些钱，如今一个让她家郎君占了，这一个越长越憨，人也不机灵，哪里卖得上价钱？阿徐这桩买卖正经是赔了。”

“可我看这婢子挺勤快啊。”

“阿徐眼睛里可看不着！”蔬菜店娘子嗤笑。

沈韶光拎着蔬菜出来，看米粮店娘子不在，只有那阿柳在店门口蹲着啃黍米蒸饼。

沈韶光走上前问：“你适才怎么不躲呢？”奴婢是人形资产，小米粮店娘子算计到骨头里，断不会把自己的“资产”打伤打死的，阿柳躲一躲，还能少挨两下。

婢子看一眼沈韶光，嘟囔道：“早打完，早吃饭。”

这个理由竟让沈韶光没法辩驳。

沈韶光突然就做了一个决定：“我若买了你，你愿意吗？”

婢子停住啃饼的嘴，瞪大眼睛打量沈韶光：“给饭吃吗？”

“管饱。”

婢子点头：“好！”

沈韶光点头：“吃吧，我去找你家主人。”

这店铺是前店后宅，连着三间屋舍和一个小院。沈韶光拍了拍院门。

那米粮店娘子出来，笑问：“小娘子还要买些什么米粮？”

“却不为米粮而来。不知外间看店那婢子，娘子卖不卖？”沈韶光直言来意。

本以为砸到手里了，没想到会有人问津，米粮店娘子有点控制不住笑容，嘴上说的却不一样：“这婢子我从小看到大，着实有些不舍。”

沈韶光懒得跟她演戏：“既如此，那儿便不夺娘子所爱了。”说着她点了下头，转身便走。

沈韶光走出十几步，那米粮店娘子看沈韶光真是要走，连忙喊住：“小娘子，小娘子——”

讨价还价这事，比拼的就是耐性和火候。沈韶光笑着回头：“娘子有何事？”

“小娘子留步，我们还能再商议商议。”

沈韶光点头，站在那里不动，等那米粮店娘子自己走近，方笑道：“娘子愿意割爱了？”

米粮店娘子讪笑。

“不知索价几何？”

米粮店娘子在这场买卖中已是失了先机，怕走了沈韶光这冤大头，并不敢报得太高：“既蒙小娘子看上，便三千钱吧。”

沈韶光并不说贵，只笑道：“今年先旱后雨，年成不好，待回头收秋税，城外不知道多少卖儿卖女的呢。”

沈韶光顺嘴危言耸听，米粮店娘子却当了真，毕竟当初两个婢子便是荒年的时候买的，价钱便宜得很。况且她还打着主意，卖了现在的大的，转手买两个小的使唤，只是这回要挑好了。

两人一番讨价还价，终于以二两银子的价钱成交。沈韶光回去取了钱，并坚持去官府办了买卖公契，然后便对跟在自己后面的小婢子笑道：“跟我走吧。”

沈韶光顺便给她买些日用品、铺盖，又买了两套简单的成衣——她穿得太不像样，自己的衣服她又穿不上。

两人回去先简单地吃了饭，然后阿柳洗澡洗头一通收拾，换了新衣，终于收拾出个样子来。自己的人自己看着好，沈韶光觉得这丫头拾掇拾掇，还挺清秀的。

阿柳对她傻笑，道：“小娘子做的汤饼真好吃。”

这是还惦记着刚才的晚饭呢，沈韶光点了点头：“有眼光！”

阿柳又笑，半晌，突然道：“小娘子给我取个名吧。”

沈韶光诧异地挑眉看她。

“跟了小娘子，我就不是徐娘子家的阿柳了。”

看着小婢子认真的样子，沈韶光笑了：“便叫阿圆吧。圆圆的脸，多喜兴！”

阿圆笑着点头。

有了阿圆，沈韶光轻松不少：往常搬个炉子，沈韶光累得龇牙咧嘴，现在阿圆轻轻松松就搬到小车上；往常熬酸梅汤，没人打水烧火，现在沈韶光只管灶上的精细活儿；往常擂打糍粑，累得手疼，现在阿圆简直不知疲倦，盯着手里黏黏的糍粑和拌好的豆沙馅儿，眼睛冒光。

沈韶光也终于可以略微拓展一下业务了，提前蒸好的粽子、做好的糍糕、熬好的酸梅饮子，都摆到了坊门口。阿圆虽不会做，但能收钱，而且算数很好，大约是当时在米粮店练出来的。沈韶光觉得自己捡到了宝。

又过了个把月，沈韶光才终于找到合适的店铺。店铺离着坊门不远，也是前店后舍的格局。小铺面不过十来平方米，原是个羊肉铺子，店主人年迈，雨天出门摔了腿，便是好了也做不了这活计了，又没有儿孙，便想着把前面的店租出去，也好落两个嚼裹钱。

坊里的铺子多是前后屋舍一起租的，只出租前头铺面，便不大容易，恰巧遇见沈韶光这暂时有地方住又本钱少的，两方一拍即合。

前面被几个租客挑剔，老叟也没了租高价的心气，这间小店铺，便收沈韶光每月五百文钱。沈韶光一口答应下来，写了契，预付了一年的租金，便带着阿圆收拾起来。

原本屋里墙面年深日久留下好些苍蝇屎、油污，甚至羊肉血水，地面有些坑坑洼洼，又扔着两张满是油渍的破烂桌案，着实不像样子。

沈韶光先打扫了一遍，把破烂都扔了，又找匠人粉刷了墙壁，不辞辛劳地跑到城郊砖窑买了些瑕疵青砖回来铺地，并去木匠那里定做了操作案台和几张食案、几把胡床，又去西市买了些杯盘碗筷。租房子花了五两银子，这一通收拾，又用了五两，把沈韶光花得心疼不已。算了，投资嘛，她总能赚回来的。

没挑什么吉日，沈记食铺就开张了。

因前两日在坊门卖煎饼的时候沈韶光口头推广了一下，一些爱吃煎饼的老食客便找了过来，比如那位早餐代购柳郎君——对方竟然还拿了一小盆芍药来做贺礼。

“贺小娘子食铺开张之喜。”柳丰腼腆一笑，把花盆放在了窗台上。

这就真的超过小贩和熟客的关系了，沈韶光正要拒绝，那柳郎君竟微揖一下，急匆匆地走了，连刚给他做的两个蛋的煎饼都没拿。

“哎——”沈韶光抿抿嘴，无奈一笑，把煎饼递给阿圆。

阿圆晨间已经吃了三个粽子、一个煎饼、一碗粥，看沈韶光递给她饼，二话不说就接了，张嘴开咬。

“小娘子，那柳郎君莫不是看上你了吧？”啃到半截，阿圆突然小声道。

沈韶光赶忙看看门外，刚才买粽子的客人已经走远了。

“这种话以后莫要乱说。”沈韶光告诫。

世间最尴尬的事莫过于自作多情。

阿圆想了想："也对，他若是有意，当遣媒人来，这算什么？"

沈韶光挑眉看阿圆，这倒也是个角度！小丫头难道是传说中的脸上憨心里明白？

阿圆笑道："这两个蛋的煎饼果真比一个蛋的好吃。"

沈韶光笑起来："若这个月我们赚的超过三千钱，每日晨间便给你做加双蛋的饼吃。"

阿圆却摆手："不用、不用，先攒钱，小娘子不是想买屋舍吗？"

没想到自己随口唠叨的，这孩子就记住了，沈韶光拍拍她的胳膊："不差你这一口吃的。"

因为有了自己的地界，沈韶光便把食品种类丰富起来，早晨时间紧，主卖煎饼和头一晚做好的粽子、糍糕，并从豆腐坊买鲜豆浆，拿回来放小炉子上熬了，便是现成的饮品。

日间有的是工夫，沈韶光便可以从容地拌馅儿，包各种出尖馒头，或做时令花糕。

出尖馒头，宫里所谓的玉尖面，其实就是异形包子——上面带尖儿，微微露出一点馅料。

小店的出尖馒头自然没法跟宫里的比，宫里动不动就"消熊""栈鹿"[①]，普通的也是"鹌鹑翅""螃蟹黄"，沈韶光做的却是平民食品——猪肉包。

本朝人多食羊肉，沈韶光却是猪肉的拥趸，认为这是世上最符合"甘肥"的肉类。当然，也因为猪肉相对便宜。

若做普通的菜肉大包子，到底不符合沈韶光这种对吃精益求精之人的习惯，故而她便决定做小笼汤包。

小笼汤包这种东西，在后世做得好的，南北方各地有不少，尤以淮扬菜系的最为出名。但不管是哪个，出汤的诀窍都在肉汤冻子上。汤是出了，至于好不好吃，考验的便是拌馅儿和和面的功力。

---

① 出自《清异录》。"赵宗儒在翰林时，闻中使言：'今日早馔玉尖面，用消熊、栈鹿为内馅，上甚嗜之。'"消熊指熊白，从熊脂肪里提取出来的精华部分；栈鹿指精心饲养过的鹿。参照王赛时《唐代饮食》。

沈韶光不是厨师出身，性格又大大咧咧，不讲究正不正宗，只以好吃为要。她按照自己的口味，做了最常见的纯肉包，又怕腻，做了加竹笋或山菇的菜肉包。

她将包子做出来，先与阿圆一同品尝。

咬开一个，汤马上流出来，阿圆马上用嘴去吸，沈韶光赶忙喊“小心”，却已是晚了，这个憨婢子已经烫了舌头。

即便挨了烫，那口汤阿圆也没舍得吐，到底咽了下去。沈韶光无奈。

阿圆每样馅儿的包子各吃了一笼，在沈韶光“以后尽有的”劝告下，才依依不舍地放下筷子作罢。沈韶光问她哪个好吃，她眨巴眨巴眼，面色为难：“这如何比较得来？”刚才她光顾着吃了。

得，整个一猪八戒吃人参果！

沈韶光自己最爱笋子的，有点淡淡的笋香味，又没那么腻。然而事实证明，她的口味有点跑偏，还是纯肉的卖得最好。

这汤包样子也美，虽不是规规整整的十八个褶，但也颇拿得出手——这是沈韶光前世修的童子功，在津门开过包子铺的外祖母亲手所教，论形状比时下流行的玉尖面和没尖的菜肉馒头要好看不少，况且馅子也香，又有让人称奇的灌汤。

沈韶光的灌汤包子一卖打响，饭时一到，一笼一笼地端出，蒸赶不上卖。顾客挤在店里，甚至排到门口，以至沈韶光不得不用小竹片做了候食号码牌，以免因等候排队发生纠纷。沈韶光不知道原来本坊有那么大的包子客容量。

后来听顾客说话，沈韶光才知道还有外坊的人。沈韶光有些恍惚，照这势头，我是不是可以靠卖包子发家致富，新三板上市了？

也不怪沈韶光痴心妄想，因为是纯肉食，灌汤包子走的也是中高端面食路线，每个包子净利润约莫四文钱，而这么小的包子，一个正常的成人怎么也要吃上六个，这便是二十四文，买胡饼能买七八个呢！

林晏冒着夜禁回到家中，一进门便听说祖母不适。

“太夫人两刻钟以前说肚腹不适，已经着人去请郎中了。”周管家禀道。

“暮食用的什么？”林晏一边快步往祖母院子里走，一边问。

“据太夫人身边的仆妇讲，太夫人晚间吃了几个外面买的玉尖面，喝了半碗荇菜羹，又略吃了几口鱼脍。”

林晏皱眉点了点头。

觑着主人的神色，周管家帮着解释：“坊里新开了一家沈记食铺，肉馒头卖得好，太夫人最近不开胃，厨下便买了些来。”老人家嘴馋，家里的东西吃絮了，厨下为哄太夫人开心，便偶尔去外面买些新鲜物。郎君想是纵宠太夫人，又看他们还算谨慎，便睁一只眼闭一只眼。不晓得这次是不是这玉尖面出了事。

两人进了院子，早有仆妇等着，小声对林晏道：“吐了一回，如厕一次，刚才倒安静些了。”

林晏进了屋，看祖母歪在榻上，肚腹上搭着薄毯，有气无力的样子。

“你莫挂心，我觉得好受些了。”江太夫人睁眼笑道。

这阵子太夫人精神不错，认得孙子。

林晏快走两步，来到榻前，坐在祖母身边，手搭上她的腕脉。

大家都静静地等他诊脉。

“不妨事，约莫是天气热，阿婆脾胃弱，吃了油腻的东西，便不舒服起来。”林晏放开祖母的手腕，又探一探她的额头，温言道。

“阿素还说怕是那玉尖面不干净，我看着倒好，捏着团花细褶，馅子也好，豕肉加些笋末，一咬流汤汁，香得很。”

看祖母都这样了，还惦记着吃的，林晏有些哭笑不得：“等天气凉爽了，您肠胃好了再吃。”

正说着话，郎中来了。林晏出来接，郎中忙叉手行礼。

林晏客客气气地还了礼，亲自领着郎中来到祖母榻前。

两只手都诊过，又问了仆妇两句，郎中道：“太夫人春秋已高，脾胃虚弱，晚间又多用了些油腻饮食，故有此症。一会儿某开两剂补脾益气、调理肠胃的药，熬着吃了，这几日饮食清淡些，也就好了。”

林晏谢过郎中，让管家送出去，看那药方上的剂量十分温和，适合老人家，便又着人拿着药方子出去砸药铺门买药。

扰攘到半夜，老人家吃了药，安静睡下，林晏又守了一阵子才在祖母外间屋里睡下。第二日林晏早起去上朝时，老人家还未醒，他摸了摸祖母的脉搏，已经见好了。

林晏来到自己院子里洗漱过，嘱咐了相关庖厨奴仆，处理了两件家事，因没睡好，并不饿，只略喝了几口粥吃了个煮鸡子，便出门去了，再回来，已是万家灯火了。

林晏先去问祖母安。老人家已经大好了，吃过饭，正在和仆妇婢子玩叶子牌。林晏嘱咐了两句，终于放下心来，回到自己的院子里，换下官服，洗漱一番。

“郎君可用过暮食了？厨下还准备着呢，有很好的羊肉和鸭子。”婢子笑问。

午间有宫宴，林晏吃了不少酒，宫里的饭又重油重盐重糖，现在还都油腻腻地堵在胃里。林晏摆手：“不用了，我出去走走。”

揣着钱袋，对要跟上的侍从仆役摆手，林晏独自走出家门。

他沿着坊里的路慢慢走，满耳都是蝉鸣，街上行人不多了，偶尔见到几个纳凉的，又见到一个买醉的从酒家出来，摇摇晃晃地由奴仆扶着回家。

又往前走了几步，林晏一眼看见写着“沈记”的灯笼在微微的夜风里摇曳。

昨日那惹事的玉尖面便是什么“沈记”的，想来便是这家。林晏突然想起坊门口那卖饼的宫女来，她这些日子没在坊门卖饼，只道她终于熬不住回了洛阳，莫非……

林晏信步走进沈记食店，未见人，却先见了食案上摆的一钵碧莹莹的米粥，还冒着热气，一碟子切开几瓣的腌咸鸭蛋、一盘素淡的莴苣丝、一盘酸笋肉丁，像是客人还没入座的样子。

看着这样素淡普通的家常菜，林晏却突然有了食欲。

大水缸在铺子后面，忙了一天的沈韶光和阿圆舀水洗手净面后，阿圆在后面泼水收拾脸盆皂豆。沈韶光肩膀上搭着布巾，鬓角还带着水滴，开后门走进店里，一眼看见灯光下的那位林少尹。

“客人要吃些什么？厨间有新做的江米蜜枣粽和蛋黄粽。”包子已经卖完，但明晨要卖的粽子已经蒸好了。江米不好烂，沈韶光都是先蒸好，并不启盖，用余火煾着，第二日粽米更加软糯香甜。这会儿已经熟了，她给他拿出几个来，也不妨事。

“便是这个就好。”林晏指指食案上的粥饭，说着自找一张食案坐了。

沈韶光抿抿嘴，到底不愿得罪他，只得拿小碗从钵中给他匀出一碗粥来，菜却不好分，便都给了林晏。好在咸蛋还有，沈韶光便另切了两个。

林晏拿起勺子慢悠悠地搅着碗里的粥，里面有芡实、莲子，还有淡淡的荷叶香——健脾消暑，倒是一碗讲究的粥。

阿圆回来，发现洗个脸的工夫，菜就长腿飞了，不由得噘了下嘴，但那是客人，又不好说什么。沈韶光拍拍她的手安抚她，怕她吃不饱，去大锅里拿了两个江米粽来。

莴苣丝用醋和麻油拌过，十分清爽；酸笋肉丁口味有些重，咸咸的，正适合就粥吃；便是那咸蛋腌得也很好，蛋黄流了油，却不是很咸，口感细腻鲜香。不知不觉，林晏便把一碗粥都吃了，菜也吃了七七八八，只是八瓣咸蛋，只吃了其中的四瓣。

胃部丰足，林晏心里也顺畅起来，似乎白日衙间的事也没那么烦心了；又揶揄自己，这是步了祖母的后尘，迈进的还是同一条小河沟。

林晏站起来，嘴角带着微微的笑，留下一块银子，对沈韶光道："多谢店主人招待。"

灯光摇曳，这人适才一笑，竟有点月夜荷塘清风徐来的感觉。沈韶光一愣怔，心道，果然看美人还是要在灯下看，白日间这位京兆少尹也好看，但总觉得有些冷和不近人情，哪有刚才这样撩人的风姿？

林晏走出去，沈韶光掂着那块有二两重的银子，觉得美人不只美，还很识相！

第四章　有钱任性不嫁人

眼看快到七夕了，沈韶光自然也提前准备起来。

找雕刻师傅做的七夕花糕的木头模子已经到了，沈韶光与阿圆把这些模子仔细打磨了毛刺，上了油，清洗，晾干，再上油，清洗，晾干，如此几次，杨木模子已经有了些色泽，但一时半会儿想让它呈现出漂亮润泽的棕红色是不可能的。

阿圆还是孩子性子，对其中一套木头模子爱不释手："小鱼、仙鹤、乌龟、老虎，这要做出来，都舍不得吃。"

沈韶光说老实话："样子货罢了。馅子还是你平时吃的红豆沙、绿豆沙和枣泥。"

自跟了沈韶光，阿圆各种米糕不知吃了多少，从开头的恨不得都一口吞下去，到现在也当成寻常了。

"样子好看，也就觉得好吃。"阿圆笑道。

沈韶光也笑起来，小丫头这是近乎得道了吗？确实，吃的东西，"色"还排在"香""味"的前面。

也是因为这个，沈韶光才专门跑到西市找雕刻师傅做了这几套模子，福禄寿喜篆字章的一套，梅兰竹菊牡丹玫瑰花朵植物的一套，仙鹤灵龟游鱼老虎动物的一套，还有罗睺罗、织女、牛郎、月宫仙子之类人物的一套。

雕刻的样子都是沈韶光自己画的。

掖庭虽日常劳作辛苦，物质条件差，但文化软件不错，有专门教导宫人的内教博士，教导经史子集乃至书、画、律令、吟咏、算术、棋艺等。

开始内教博士是由士人担任，其中颇多博学之士——能混到帝王面前的人，怎么也有些真才实学，毕竟南郭处士能有几个呢？

先帝崩的那一年，掖庭的这些内教博士却改成了宦官宫女。沈韶光内心龌龊地怀疑是不是宫娥和内教博士出了什么师生恋，但到后来也没听到相关的风声。

后来换的老师里，有一个宫女四十余岁，鬓发已经斑白，气质很沉静，不爱说话，一手草书写得极好，篆书亦佳，沈韶光潜心跟着她练了好几年的书法。这位老师古琴弹得也妙，可惜沈韶光在音乐上没灵性，听还能胡扯两句，弹就不行了。不知这位老师什么身世，沈韶光猜测，可能也是没入掖庭的罪臣家眷。

沈韶光有原主的基础，又带着前世的记忆，曾经很得几个博士看重。可惜后来这位预备役才女却越发俗了，为了口吃的，一头扎进了御膳房……

想到博士们看“仲永”的表情，沈韶光一笑，拼才气样貌玩宫斗博前程？那才是由来征战地，从来少人还呢。

其实，说来说去，她就是比较胆小。

七夕节还没过，沈韶光却先迎来了媒人。不是别个，正是卖捻头的卢三娘。

卢三娘这人挺有意思，有点嫉妒沈韶光赚得来钱，但沈韶光是她的大顾客，故而她并不敢明着得罪沈韶光，又忍不住时常刺沈韶光两句。然而沈韶光不是锯嘴的葫芦，而是成精的三弦，宫里练出来的口齿，要腔有腔，要调儿有调儿，卢三娘每每挑衅败北，隔些时候又来刺两句，又被沈韶光刺回去，如此反复。

沈韶光一度很享受与卢三娘的斗嘴。被人小小地嫉妒一下其实是件挺快乐的事，因为这代表了别人对自己的肯定，当然也因为那么点恶趣味——就喜欢你这看我不顺眼，又干不掉我的样子。

这次卢三娘却是“以德报怨”来了。

“这一桩亲事着实是好！杨郎做的绸缎生意，在西市有铺面，家里也使奴唤婢的，人实诚又精干，一心想找个利索的当家娘子。你可不就是个利索的小娘子？你们真正是天作之合。”卢三娘有些促狭地笑着推一下沈韶光，等着看她害羞。

沈韶光点头：“这亲事，听着果然很好。”

虽没如料想的见到什么害羞的神色，卢三娘听她同意自己说的，心里也舒畅起来——平时可难得见她这样老实。

“只是，这好亲事如何落在我一个无父无母的孤女头上？着实让人有些惶恐啊。”

卢三娘欠着身子，嘴往沈韶光耳朵边上凑一凑，沈韶光便任她凑。

“听说是那日他来我们坊里找人，吃了你的玉尖面，就惦记上了。这郎君与我家郎君认识，故而托到我这里来探问你的意思。”

“为了几个玉尖面，他便决定把厨子娶回家，那日后遇见卖蒸饼的，煮馎饦的，烤羊肉的……”取一堆厨子妻妾……沈韶光被自己的设想逗笑了。

卢三娘知道沈韶光不好糊弄，到底跟她说了实话：“他年纪是比你大些，四十有五，但郎君大些，知道疼人啊。

“前头娘子没了小半年了，也见过几家淑女，不是这样不好，就是那样不好，没想到是等你呢。你进了门就是当家娘子，从此不用辛苦做这些营生了。”

说着说着，卢三娘就真觉得这亲事好了：杨家虽房舍偏远了些，但在西市有铺子是真的，家里也确实使着几个奴仆婢子，杨七郎也确实干练。他比新妇大这么多，沈小娘子又长得这般俏模样，只有疼宠她的，她可不就是掉进了蜜罐里？哪像自己，成日风吹日晒，被油烟熏着炸捻头。

见沈韶光不言语，卢三娘又抛出了“剩女论”：“你年岁大了，又没个父母尊亲，可得为自己打算，莫要因为害羞错过了。以后，年纪再大些，你就只能给那六七十的人当填房了。”

十九岁的沈韶光喝口饮子，点了点头，卢三娘当真好口才，让人有一种三言两语过完一生之感。沈韶光突然又想起出宫时林少尹说的“桃李之年”来，所以，在大唐人心目中，十九岁到底是老还是不老？

大龄剩女沈韶光被攻击了一顿，好脾气地往卢三娘杯里续了些酸梅汤，笑道：“我到底年纪大了，脾气又刚硬古怪。三娘家中女郎也有十五六了吧？何不说与这杨郎君？又知根知底，只有更好的。”

“那如何成——”卢三娘下意识地反驳。因女儿被与一个四十多的商家鳏夫联系在一起，卢三娘感觉被冒犯了，想着：我家阿玉好年岁，好颜色，自是要嫁个耕读人家的年轻郎君，若郎君考中了，阿玉便是进士娘子！

但卢三娘随即便反应过来，这只是沈韶光的揶揄，心里更生气了，有种好心喂草被驴踢的感觉。

想到“读书做官的年轻郎君”，卢三娘绷着的脸露出些讽刺的笑意：“小娘子莫不是惦记着那些日常来买你的煎饼的体面郎君吧？我劝小娘子还是歇了这心的好。他们哪个不是娶门当户对的闺秀？你虽貌美，去了也只有做妾的。这做妾，要每日伺候大妇……”

一会儿工夫，卢三娘就给沈韶光畅想了好几种人生，沈韶光觉得有必要打住了：“三娘不觉得，以我这样的赚钱本事，能靠自己当个富家翁，买宅置地，逍遥自在？”

卢三娘不以为沈韶光真心这般想，只以为这是托词，但想到她的新铺子和玉尖面，一时竟然找不出话来反驳。

“我看上终南山的一座别业好久了。”沈韶光一脸正经地道。

卢三娘抖着手像往常一样铩羽而归。

节前好几天，沈韶光就把七夕节花糕的广告牌子摆了出去。

其实此时七夕还没有成形的应节吃食，晚间乞巧多用瓜果，也有加糕点的，有人家要吃罗睺罗饭。所谓“罗睺罗”，据说是释迦牟尼佛之子，至于为何与七月七联系在一起，便不得而知了。大多数人家祭的还是“牛郎织女”。

沈韶光觉得既是“乞巧”，花巧漂亮的糕点当然要比瓜果梨桃合适，故而推出了“七夕花糕系列”。

花糕广告牌子是用木板钉的，上面贴着广告画，画面中心是用工笔画的点心花糕拼盘，豌豆黄、艾窝窝、山楂糕、冰皮花糕，红的、粉的、绿的、黄的、白的，五颜六色，煞是好看。

牌子旁边题了“七夕花糕”的名字，并着两句广告词：“色香味形俱美，自用馈赠皆宜。”很是简明好懂。

沈韶光又做了样品摆在盒子里，放在店内显眼的位置上，既现卖，也接受预订。

沈韶光确实更适合当厨子，而不是画家，因为本来看见广告画只是好奇的人，见了这样品也心动了。

一个个小点心，不过寸许，有花朵形状的，有印字的，有游鱼灵龟形状的，有的粉团软糯，有的冰亮嫩滑，有的酥脆蓬松，又颜色各异，整整齐齐地摆在纸盒子里，这如何让人舍得吃它？

“您送什么人？做官的……福禄寿喜的一套一定要有，若是文官，便再加上梅兰竹菊，读书人讲究个君子气节，喜欢这些；再加上两个应景的罗睺罗，十个凑一盒子，也算体面了。”

“夫人们吃糕的话，来一套花朵的，都是甜口，颜色也娇嫩。劝您再加上几个小鱼、小龟的，夫人们身边有孩子啊。”

“就您和尊夫人自家过节？按口味挑吧，再加上一对牛郎织女。”沈韶光笑呵呵地帮顾客们配点心盒子。这活儿阿圆帮不了她，她只能自己来。

最后一个要跟娘子过甜蜜七夕节的郎君听了沈韶光的话，脸微微发红，付了订金，微施一礼，走了出去。

沈韶光扭扭脖子，龇牙咧嘴地活动面部肌肉，“卖笑”真是个力气活儿。

阿圆收拾那一摞纸张作坊送来的点心盒子：“小娘子，这盒子也太贵了，又不能吃又不能喝的。”

“没它不行。”沈韶光展开一个盒子放花糕进去。这盒子结实有余，精致不足，凑合着使吧。

本朝这吃食包装实在太简陋，不说比盛化妆品的碧镂象牙筒、雕花白玉盒子，盛香料的各种金银器，盛绸缎的檀木盒子，便是亲戚行业——卖酒的，也比不上，人家还用个白瓷瓶、青瓷罐呢。

吃食大多没有包装，实在不好拿的，草绳一捆，“您拿好”……沈韶光用纸袋装煎饼已经算讲究，这样的印花厚纸盒子，大约得算“过度包装”了，至于如大户人家吃饭用玉盘金盏那样……那不在讨论之列。

原来她做的煎饼、艾窝窝还算“中高端”，这节日花糕经过这么一包装，几乎算是奢侈品了，一盒子十个的，要一百文钱，非普通人能负担的。

为了打开销路，沈韶光又买了好些竹扦子，插在花糕上，把花糕零散地当糖卖，应付馋嘴的孩子们。

广告牌子摆出去后，花糕就开始卖，到节前一日以及正日子的头午，迎来售卖高峰。有一个客人订了三十个“花开富贵”的礼盒，光忙活这个客人的东西，沈韶光和阿圆就用了大半个时辰。沈韶光揉面、包馅儿、扣模子，阿圆帮着装盒，然后把沈韶光早就写好的单子别在盒子上。两人流水作业，倒也忙而不乱。

到下午，订几十盒用于送人的大客户就少了，多是一盒两盒，其次是三个两个买的。也有孩童拿了一把铜钱来买一个当零嘴。

小孩子都有选择困难症，往往徘徊在案前，觉得这个老虎威武，那个花朵漂亮，又都问“甜不甜”。沈韶光一边忙着，一边笑着逗小孩子们说话。偶尔剩个小剂子，沈韶光便随手捏一个糕，给孩子们“买一送一”。

阿圆却不大爱搭理小孩儿，沈韶光将之归结为“大孩子对小不点的看不上”。

到了傍晚，太阳西沉，淡淡的上弦月在天边显出了形状。终于将客人都打发走了，沈韶光松了一口气，问阿圆想吃什么糕，两人晚上就瓜果花糕凑合着吃。

阿圆爱吃冰皮的，要花朵和动物的都来一套，再来一对牛郎织女。

沈韶光笑呵呵地答应了，一边做一边跟阿圆闲聊。

衙门里有人送了林晏两盒子花糕，想着家中祖母爱吃这些花巧的东西，林晏便将其放到车上带了回来。谁想到，婢子揭盒装盘的时候，发现“牛郎”“织女”两块最大的因车身颠簸给挤压坏了。

“这样漂亮，怪可惜的。”婢子轻轻取出“织女”一半的身子，看了看，笑道。

她正待把剩下的糕点摆盘，却听主人道：“让人——罢了，我再去买两块补上吧。”

婢子诧异地看着他，阿郎何曾干过这样的事？然后她又反应过来，这么花巧的糕竟是买的？阿郎如何知道从哪里买？这会儿都关坊门了呢。

看一眼那包装盒角上小小的“沈”字章，林晏淡淡地道：“应景的东西，缺了总不大好。”说着揣了钱袋走出去。

“那牛郎偷看织女洗澡，已是不轨之徒，就该被拿办打板子，更何况还藏了织女的衣服，以此胁迫织女嫁她，并且不许织女还家，简直罪大恶极，流配都算轻的。”

阿圆让沈韶光说得一愣一愣的，似乎小娘子说得对，但大家都不是这么说的：“可那织女愿意啊。”

沈韶光语重心长地教育阿圆：“这便是一种所谓‘斯德哥尔摩综合征’

的病了。斯德哥尔摩是胡人的地方，有个女子被凶徒劫持……后来竟想嫁给那凶徒。

“织女也是这样，她被牛郎胁迫，全无回天上的希望，渐渐地便把自己的性命托付给了牛郎，吃一口饭，喝一口水，得到一句关心话，便觉得那是牛郎的慈悲。其实若不是牛郎，织女在天上不知多逍遥，何用他那一口水一口饭？”

阿圆彻底被沈韶光说蒙了，想了想，问道：“若小娘子是织女，该怎么办？”

“揍他！揍得他哭爷喊娘！”沈韶光恶狠狠地说。

林晏放下要推门的手，想起那糕饼盒子上惆怅寥廓的“河白星繁，天上人间”和风流缱绻的“梧桐鹊影，佳期如梦”，嘴角抿出笑纹，转身走了。

门内隐隐传出声音：“若打不过呢？”

幽幽的声音响起：“一个人若有心，总能找到机会的……”

过完七月七，很快就是中元节。

此时中元节是个大节，城里寺庙道观都做法会，宫里年年都往慈恩、青龙等大寺庙送盛满奇珍异宝的盂兰盆，不少百姓也去寺庙祭祀祈福。在这些大寺庙前，往往还有演百戏的以及讲佛教礼法的，又唱又念，十分热闹。

便是没什么大名气的小寺庙这几天也很繁忙，比如光明庵，早几日便收拾干净。中元节头一日，圆觉师太穿着正式的法衣，念了经，请出了装饰莲花纹金筐宝钿的盂兰盆。

沈韶光献上自己蒸的蜜供糕点，并捐了香油钱，又与其他信众一起听了一回经。

散了晨间仪式，圆觉师太对沈韶光笑道：“好精巧的东西！却又与七夕花糕不同，几层堆在盘子里，当真体面。”

圆觉师太到底是吃主儿，一眼看出这中元节蜜供糕点与七夕花糕的不同：七夕花糕纤巧细嫩，着重口感，不禁放，也不能垒堆；蜜供则大多用奶油、蜂蜜、面粉或蒸或炸或烤，外形挺脱，在盘子里攒三五层，漂亮体面，放六七天没有问题。

她却不知沈韶光做这蜜供糕点，也跟七夕花糕有关。

这个时候，祭祀做供品是个家庭传统活儿，“主祀奉蘋蘩”是主妇们的必修课，所以沈韶光本没想开发这个节日。却没想到有个吃了七夕花糕的客人竟然来店里订糕点，要七月半的时候祭祀父母用。

“先考妣在时，尚家贫，从没吃过这样精巧的东西。如今某幸而赚了些钱，便想让他们也尝尝。”订花糕的是个四五十岁的中年人，穿杭绸袍，面色粗黑，可能是走远路行商的，说这话时一脸恻然。

沈韶光也肃穆起来，但虽然理解这份“子欲养而亲不待”的心，也想做成这份生意，花糕的缺点却要跟人讲清楚，这个玩意儿可供不了中元三天，风一吹，要么裂了，要么散了，或腐败变质了。

客人也知道沈韶光说的是实情，便皱起眉来。

沈韶光想起前世做的专题“逝去的京华满汉饽饽”，便道：“儿改改方子，用蒸、烤、炸之法来做，应该能行。”

第二日沈韶光做了几个，请这客人尝过，客人首肯，沈韶光便做起了这唐代的蜜供点心满汉饽饽来。这跟清宫大内饽饽房的自然没法比，便是跟清末民初点心铺子的“饽饽桌子”也相差甚远，但在这一千多年前的唐代，安慰一位行商怀念父母的心，足够了。

一个是做，两个也是做，沈韶光干脆做了三份，一份给了这商人，一份送到光明庵供奉，给庵里增加点人气儿，还庵里的人情，一份则中元日拿去城外的城隍庙祭祀。

原主的父母兄长以及她自己，都不是寿终正寝，连个尸身坟茔都没有，这种死法的人，据说都要去城外的城隍庙祭祀。故而中元节这天，沈韶光干脆关店一天，一大早就带着阿圆，坐着租的骡车往城外去了。

相比城内各寺庙道观的热闹辉煌，城隍庙要荒凉得多：甬路上铺着青苔，院墙下长着杂草。供桌前摆的米糕水果倒很新鲜丰盛，想是前位祭客留下的。一个五十余岁的瘸腿老道和一个道童在殿里照顾香火。

沈韶光摆好供果糕点，点香烛，化纸钱，祭祀城隍老爷和这世的父母亲人，临出门又布施那道士些银钱。

老道收了钱，宣个道号，行礼道：“本地城隍最是灵验，一定能保佑女郎祭祀之人。”老道刚得了上个祭客不少的银钱，对沈韶光这点钱倒不怎么看重，反而更喜欢她的供果——年轻时在城里大观挂单，贵人们的供果也没这般齐整，等撤了供他且要好好尝一尝。

沈韶光微笑着还礼。

自己尽一份心意吧，希望他们能灵魂安宁，不受饥寒之苦。

既来到郊外，沈韶光便让赶车的车夫稍等一等，自己带着阿圆逛一逛。她还是第一次看到这个时代的乡村。

茅屋草舍，鸡鸣狗吠，坟地里青烟袅袅，路上几个祭祖回家的农人，若是入画，有意境得很；若是在此生活……

河水是真清澈。

河边柳树下，站着一个穿白袍的人，身后不远处几个奴仆牵着马等着。那人回头，竟是光明庵门前笑话庞二娘的那位士子。

两人都一怔，沈韶光先福一福，正要避开，那人却走过来。

“女郎也是来城隍庙祭祀的？”

“是。”沈韶光微笑道。

“不知——祭什么人？”

如今长安流行交浅言深？沈韶光挑眉。这人长了一双风流的桃花眼，此时眼角眉梢却带着些惆怅悲伤之意。

“亲人。”沈韶光回答。

“郎君又是祭什么人？”沈韶光也问。

“师友。”其实是朋友的师友。

沈韶光点点头。对方愿意大老远出城来祭祀，想来是很亲近的师友，又是跑到这里，那便是一段悲伤的故事了。沈韶光想起顾贞观的《金缕曲》词来：“我亦飘零久。十年来，深恩负尽，死生师友。”再看这人一身落拓白衣，不由得便把词中情景代到他身上，调子柔软了两分：“还请节哀。”然后她再福一福，戴上帷帽，带着阿圆走了。

看着沈韶光的背影，白衣士子挑眉微笑：那日伶牙俐齿，今日善解人意，如今的小娘子们都这般有意思吗？

林晏从树林里散步归来，顺着朋友的目光看去。

“你这位女邻居有意思得很啊。”裴斐笑道。

林晏抿了抿嘴：“女郎家，我们还是莫要谈论了。”

“你啊，这般古板！日后若找个这样千伶百俐的新妇，不被人嫌弃死？”

沈韶光回到光明庵，发现庵里来了贵女香客，也是故人——庞二娘，另一位则是端午江边凉亭穿盘金绣秋香色衫子的那位女郎。

想来她们已经拜过佛了，圆觉师太正在带她们看院内壁画，讲佛家掌故。

既然碰见了，沈韶光便上前见礼。

圆觉师太对二女笑道："这便是沈施主了。"之前三人喝茶的时候，圆觉已经提过沈韶光了。

圆觉师太又跟沈韶光介绍："这是秦仆射家的五娘。庞二娘子你是认识的。"

三人均一笑，互相对着一福。

圆觉师太语气亲昵地对沈韶光笑道："我们适才喝了你前次送的茉莉花茶，两位施主都道清雅香甜，你往日还总说我是'过奖'……"

沈韶光抿着嘴笑。

秦五娘微笑着端详这位沈氏。光明庵虽然不是大庵堂，圆觉师太却不是个凡俗人，听祖母说其师是安庆大长公主。那位公主早年在朝堂上翻云覆雨，后来突然看破红尘在洛阳落了发，这圆觉是其关门弟子，陪其游历过不少地方。能得圆觉师太这般看重，沈氏想来不俗。

秦五娘笑道："看着沈小娘子面善得很，莫非在哪里见过？"

沈韶光笑着皱了下眉：大约是那天你渴了，想买我的酸梅汤？嘴上她却笑道："这想来便是缘分了。"

秦五娘与沈韶光英雄所见略同，也觉得是那日在江边见过的，但当时沈韶光正在卖吃食，今天却是"沈氏贵女"，故而秦五娘没想起来。

"我曾与颍州沈刺史家的四娘有数面之缘，想来你们同族小娘子面相上有些相似之处。"

沈韶光对洛阳老家的族人们是真的不熟，不晓得这位沈刺史是什么辈分，但可以肯定不是亲叔伯。"儿江湖飘零，久不回乡，还真不知与姐妹们长得是否相像。"沈韶光笑道。

能这般从容地说起自己困顿的境地，便不是俗人了。秦五娘怎会看不见沈韶光的素服虽是益州单丝罗的，却洗过多次，已旧了，头上也只插了两支小银钗？

沈韶光对这位秦家五娘的评价也不错，对着自己这个贫家女，秦五娘既不高傲，也不故作怜贫惜弱之态，就仿佛你与她是一样的。即便她只是做个姿态吧，也让人舒服——尤其对比当初庞二娘的样子。

想到庞二娘，沈韶光笑着问她："多日不见，二娘一向可好？"端午那日，也许是被"闺密"们刺得狠了，庞二娘回来便搬回家去了。沈韶光许多日子不曾见她，不晓得她怎么又凑到这些贵女面前来了。

要沈韶光说，适合林少尹的，还真是这位秦五娘。不说家世不家世的，单这性子吧，那位林少尹看着有些冷心冷肺，这个年纪就是京兆少尹，想来也是心机深沉的，庞二娘则清浅如小溪流，什么都摆在脸上，风格完全不搭啊。

但她转念一想：或许便是这样才搭呢？心机深沉的冷面郎君配"傻白甜"？这样两人互补啊。沈韶光一边听圆觉师太讲壁画上"大意舀海"的掌故，一边在心里想着前世看过的言情剧。想着想着，沈韶光就想叹气，当时嫌弃故事俗气毫无逻辑，现在再想看一眼也不能了。

秦五娘是领了家里的令来的，晚间还有明日晨间要再各祭拜一次，故而今晚便要住下。圆觉师太请她与自己同住，秦五娘却不愿打扰师太，故而同庞二娘凑合。

圆觉笑道："也好，你们小娘子住在一起热闹。"又道，"晚间坊里挂了灯，虽比不得上元节热闹，但那灯也有可观之处，你们尽可以出去看看，但要带着人。"

三女都笑着应了。

沈韶光自穿越过来，便在皇宫里憋着，哪里见过这个时代的灯会？这中元节虽不像上元节撤除宵禁，全城的人可以通宵达旦地狂欢，而是只能在坊里溜达溜达，但对沈韶光这样的土包子来说，也很有吸引力了。

阿圆孩子性子，听说沈韶光晚间要带她出门看花灯，很高兴："往年徐娘子不管什么节都不许我出门，只让我看家。我偷着跑出去看一眼，怕被知道，就赶紧跑回去。有一回徐娘子回来拿落下的东西，恰巧逮住我，拿扫把狠揍了我一顿。"

沈韶光摸了摸她的头。

阿圆笑道："疼倒没多疼，关键是还饿了三天。那回真把我饿坏了。"

沈韶光拍两下她的头，微微笑了。其实她也挨过揍挨过饿，刚穿到掖庭的时候，拖着十岁的病弱小身板，一时又理不清原主的记忆，也没个亲人庇护，一个懵懵懂懂的异世来客，哪有不行差踏错的？

好在不管好赖，一切都过去了。

沈韶光和阿圆在这边屋里忆苦思甜，那边屋里秦五娘和庞二娘也在说旧人旧事。

“你年纪小，恐怕不大记得。那位崔家姐姐长我两岁，性子很是平和大方，样貌才情也是这一辈女郎中顶好的，我们都不及她。后来，崔尚书坏了事，家眷按律要没入掖庭。”秦五娘轻叹了一口气，“想不到她那样平和的人，竟会自戕，当真……”秦五娘考虑到庞二娘是淑妃的妹子，与皇家牵扯深，到底把“节烈”两字咽了回去。

庞二娘面色发白，无意识地拨着手里步摇上的珍珠流苏——流苏上的珠子与刚换上的泥金衫子和绛丝腰带上的珠子一般大小，想来是一套的。

“没听说林——少尹和崔家娘子定亲啊。”庞二娘咬咬唇道。

“倒确实没有，听说只是两家说定了，崔尚书就出了事。”

庞二娘刚松一口气，秦五娘却道：“可林少尹显然是把崔家姐姐放在心上了，不然何故至今没有娶妻？且崔姐姐刚去那一两年，林少尹绝少参加宴饮……”

庞二娘垂下眼，额间刚贴好的莲花花钿似乎都没刚才鲜艳生动了。

沈韶光带着阿圆从这边屋出来，经过厅堂，恰好隐约听到后几句话，原来林少尹竟是这般深情的人吗？

“小娘子、小娘子，你看那一串大雁灯！风一吹，就跟真会飞一样。

“这莲花灯比光明庵里的还大！

“小娘子、小娘子，这莫不是凤凰？”阿圆在沈韶光耳朵边叽叽喳喳地说着，很兴奋。可见她不是不爱说话，只是被压抑着，如今越来越放飞天性了。

沈韶光仔细端详那灯，又仔细看阿圆：孩子，你这眼神……凤凰在传说里可是一种身披五彩羽毛的漂亮生物啊。

“这是鸵鸟，曾有吐火罗国使节贡献给圣人。它走得很快，不会飞。”沈韶光幽幽地道。

阿圆恍然大悟：“我还只当是凤凰吃胖了呢。”

凤凰吃胖了……沈韶光一口气卡在喉咙里。

身后传来扑哧一声笑，沈韶光和阿圆回头，是那位柳郎君。

沈韶光笑着对他福身。

柳丰把脸上的嬉笑收一收，正正经经地还了礼。

自那日送了开业礼物以后，这位柳郎君好几日没到店里去，后来又照常来当早餐代购，渐渐地晚间也常来吃灌汤包。沈韶光摆出七夕花糕牌子后，这哥们儿还订了好几盒，弄得沈韶光都有点替他的荷包担心了。一个九品官，每月一万多文钱，真扛不住他这样吃啊……

沈韶光现在每月也能赚一万多文钱，这还不算卖七夕花糕这种短线收益——那几日的花糕就几乎赚出平时一个月的利润来。沈韶光赚得多，花得少，守财奴一个，对这种“月光”青年，便不由得操起老母亲的心来。

被操心的“傻蛾子”犹笑道：“街口摆了走马灯，小娘子可去看看？”

沈韶光矜持地点点头，再福一福算是道别，带着阿圆接着逛。哪知那柳郎君带着童仆在身后不远处款步而行，似有随护之意，又似只是同路。沈韶光有些尴尬，却又不好问，要不前面停一停找个地方给阿圆买点吃的？却又不由得想起刚才凤凰胖了变鸵鸟的笑话，她低头看看阿圆又圆了一圈的腰身……算了，还是接着走吧。

端着一张云淡风轻的脸走在“花千树”“鱼龙舞”的长安街头，想的却是食客的花销账和婢子的肥肉，沈韶光真是俗得不分时间，不分地点。

沈韶光转过街口迎面便撞见雅的人物。路旁紫薇花树下，那位林少尹扶着一位鬓发花白的老夫人，秦五娘和庞二娘都在近前。郎君轩轩韶举，小娘子们人比花娇，夜风吹过，灯影摇晃，花瓣飘落，简直可以入画。

沈韶光看见他们，他们自然也看见了沈韶光和柳丰。

沈韶光没有近前，只遥遥地福了福。她身后的柳丰见上司身边有年轻家眷，也只遥遥一揖，便跟着沈韶光拐往另一个方向了。

“那是谁家的郎君和小娘子？”江太夫人笑道。

“是同署的柳录事。”林晏温言道。

江太夫人点头：“小娘子好风华。”

林晏看一眼街口的灯影，微微一笑，并没解释什么。

秦五娘也只是一笑，庞二娘则被林晏那一笑晃了眼，已呆了。

江太夫人对秦五娘和庞二娘笑道：“见到你们这些如珠似玉的小娘子，真好。”

秦五娘笑道："儿见到太夫人也高兴得紧。上次见您，还是好几年前。"

江太夫人看一眼孙子，是吗？她又疑惑，刚才说这两个小娘子是谁家的来着？

"夜风凉了，您站久了累，我扶您回去吧。"林晏轻声对祖母道。

江太夫人早年腿受了寒，不耐久站，此时确实觉得腿沉甸甸的，虽还想再看看，到底力不从心，便点了点头："也好，便回去吧。"

她又不愿扫了年轻人的兴，虽不记得这女郎们谁是谁，但情景还是能看出两分来的，阿晏也确实该娶新妇了："让阿素她们送我回去就好，你……"

林晏已对秦五娘和庞二娘道："不耽误二位女郎看景了，告辞。"

秦五娘微笑着对江太夫人一福，庞二娘只得跟着福身下去。

江太夫人含笑对二女点了点头："你们玩吧。"

林晏扶着祖母缓缓往回走，奴仆婢子们在身后跟着。

进入林宅大门，江太夫人笑道："阿晏啊，我看那两个小娘子甚好。尤其穿绯红衫子的那个。你适才说，那是谁家的女郎来着？"

"那是秦仆射的孙女。"

江太夫人皱了皱眉，想不起什么，只问："做不得亲吗？"

林晏被祖母的直率逗笑了，江太夫人也笑了："你莫嫌我烦。我一时糊涂，一时明白的，也没法帮你做主了，你又是个有主见的孩子。这娶新妇的事啊，你也要上上心。家里没个主妇，没个孩童，只有我们祖孙两个，多冷清啊……"说到后面，江太夫人的神情就寂寥起来。

林晏轻声答："是，阿婆。"

沈韶光在街上转了一圈，觉得看景不如听景，这大唐灯会，也不过如此。或许上元节的灯会能更好看？好看她也不去看了，灯会上人多，是个赚钱的好机会。今天街口卖糖果子的摊贩都卖疯了。

沈韶光给自己和阿圆每人买了一串糖果子举着吃，比自家做的东西要差不少，沈韶光觉得。阿圆把沈韶光剩的半串也拿过去吃了，吃完给出相同的评价。

沈韶光回到庵门口，回头对不远处的柳丰微微一福算是道谢，便翩然闪进了门里。阿圆却对柳丰没什么好脸，咣当关上了大门。

其实沈韶光对这位柳郎君也有点没脾气了，就跟前世那些只每晚微信发“晚安”的男生似的，他们到底是想做什么？

七月十六晚上还有灯会，沈韶光却懒得出去了，只在小店里守着，给了阿圆几个钱，让她自己出去逛。

因时间紧，十六晚上店里只准备了点玫瑰糖糕和艾窝窝。坊里熟客见开着门，便来买，沈韶光备得不多，很快就卖完了。看着簸箩里的铜钱，沈韶光觉得，果然还是赚钱更有乐趣一些。

过完了中元节，又下了一场连绵几天的雨，天便有了秋意。

沈韶光磨刀霍霍，是时候开始“贴秋膘”计划了。

自灌汤包子一炮打响，沈韶光便琢磨着再多增加些猪肉食品。

可能是魏晋以后，中原胡化得厉害，猪肉这种古老的肉食竟然式微起来，此时流行的是吃羊肉，当然牛肉也好——只是律令上对宰杀耕牛限制很多——然后便是各种鱼。

作为猪肉爱好者，沈韶光觉得自己要担负起振兴猪肉菜的重任，然后便想起另一位有同样念头的“猪肉粉”苏学士来——到宋朝的时候，猪肉还“价贱如泥土。贵者不肯吃，贫者不解煮”呢。

要不，她就从东坡肉开始？

第五章　玛瑙肉与狮子头

相比东坡肉，前世沈韶光其实更喜爱普通的红烧肉，原因无他，更省事耳。

这一世沈韶光多了不少耐心。着什么急呢？大家匆匆忙忙地往前赶，就跟洄游的大马哈鱼似的，急着上学，急着毕业，急着赚钱，急着恋爱，急着结婚，急着生孩子，然后急着老，急着死？或者如自己一样，中间还没急完，嘎巴一下穿到了异世界，得，从前的努力都清零，从头来！

感慨着世事无常的沈韶光在大砂锅里铺上竹箅子以防煳锅，箅子上铺葱白、姜片，然后把烫去血水的大方块五花肉均匀地码在上面，再放清酱汁、糖和酒。酒是新酒，有些微绿的泡沫——便是老白所谓的“绿蚁新醅酒”。她这么一想，似乎连这锅猪肉都变得有诗意起来。

沈韶光把有诗意的猪肉用极小的炭火焖炖着，在另一边的小炉子边上和面糊，等着买朝食煎饼的客人上门。

阿圆从豆腐坊搬回鲜豆浆来，一进门便直喊“香”。

把豆浆倒进大锅里，锅底架上柴，看火烧着了，阿圆便走到小灶这边，围着炖肉的砂锅转圈，不断抽鼻子，怎的这般香？

沈韶光笑，若用辣椒炝锅炒回锅肉，那香味儿更蹿鼻子，这傻丫头不得钻锅里去？

说起来，辣椒实在是一种神奇的食材，当它与肉结合在一起的时候，二者简直能迸发出一加一等于十的香味儿——特别是闻起来。所以，后世大川菜的流行，是很有道理的。可惜的是，本朝还没有引入辣椒，这真是一大遗憾。

不只阿圆馋，食客们也都循着味儿朝砂锅看，熟识的人便不免问一句：“小娘子这是做的什么？这般香。”

东坡先生的大名是没法提了，沈韶光便用皇宫御宴命名大法重新给肉起了名——玛瑙肉。

这般华丽堂皇的名字，这样的香气，勾得食客们越发心痒了。

沈韶光笑道：“这是个功夫菜，且得再等些时候呢。莫如午时，或吃暮食时来买。这肉口感丰腴细腻，下酒、下饭都是极好的。”

食客们只好暂时忍耐，就着肉香，越发努力地吃起煎饼来。今日糕饼粥汤比平时多卖不少，沈韶光后知后觉：我是不是大早晨放毒了？

等到沈韶光卖完朝食，把小店拾掇利索，肉便焖得差不多了，但还不算完，还得蒸。

这蒸又有学问，最好是放在密封的罐子里隔水蒸，这也是宫里御厨蒸肉的一贯做法，讲究的是“不近水”，沾了水蒸气便泄味儿了。

如此再蒸两刻钟，肉就彻底好了。

趁着这会儿半早不晚的没有客人，沈韶光带着阿圆先尝鲜。

沈韶光从罐子里取出四块肉来，肉皮朝上摆在雪白的盘子里，浇上原先焖炖时的汤汁。别说，这红润鲜亮劲儿，玛瑙肉的名字取得不虚。

沈韶光又快手快脚地清炒了个葵菜，两人就着黏稠腻乎的稻米粥吃起了“早午餐”。

沈韶光夹了一块肉放在小碗里慢慢品。

也许因这个时代的酒是正经的米酒，也或者因为猪不是吃饲料长大的，长得慢，所以肉质更好，当然也可能是久不食此味，实在想念得紧了，沈韶光觉得这肉似比前世在一些有名的大馆子里吃的还要好，真正腴而不腻，酥软香烂。

即便如此，沈韶光吃了一块就不吃了——一块也不少，有小儿拳头大呢。

剩下三块都归了阿圆，却不想阿圆吃着吃着，突然哭起来。

沈韶光掏出帕子给憨丫头擦眼泪、擦嘴角的肉汁。她这是怎么了？

阿圆抽抽噎噎，有点不好意思地看向自家小娘子：“太……太好吃了。”

原来“好吃到哭”不是一个夸张的形容？

作为一个厨子，能得食者这样的评价，沈韶光有点受宠若惊：“你爱吃，以后我们常做。”

阿圆抽噎得越发厉害了：“原先，我每顿只能吃一碗稀汤寡水的粟米粥，还有一个掺了菜的黍米饼，想不到有今天，呜呜……”

原来她是感怀身世了。

沈韶光拍拍这孩子的头，叹道：“吃吧。只要世道不乱，我们就再也不用吃那些苦了。”

午时，卖灌汤包子的时候，沈韶光把肉热好摆了出来，就这卖相，这香气，立刻吸引了食客们的注意。

要说店里的玉尖面也香，一咬就流汤汁，但那到底包在面皮里，跟这玛瑙肉比，要含蓄得多。而这肉就这么没什么缓冲地直接亮了相，活色生香地刺激着人们的眼目口鼻。

要沈韶光来比喻的话，玉尖面大约算是时装美女，而玛瑙肉……是裸女！[①] 在她面前，什么款式什么优雅，根本没人在乎。

这肉不用沈韶光推销，况且还有晨间便惦记着的客人，顷刻间脱销。

下午的时候，沈韶光又做了一锅，暮食时照旧脱销。

这试水的情况实在比预计的要好很多。沈韶光原本以为本坊富人多，讲究，又不是吃不起羊肉的，之前灌汤包子因为汤汁的卖点以及猪肉确实比羊肉更适合做馅儿的优势，才被人们广为接受的，而猪肉菜推广就不一定那么容易了。

而且这会儿人们吃猪肉，一般都是蒸，然后蘸蒜泥或者各种酱汁，类似后代的白切肉。自己做的这浓墨重彩的猪肉，不一定合大家口味。

如今看来，我们大唐人民，其实是“好吃就行派”？

沈韶光添置了最大号的砂锅，计划先把玛瑙肉发扬光大再说。

她又把原先放花糕广告的木架子找出来支在门口，用大字写上“尝鲜

---

① 该比喻灵感来源于亦舒《喜宝》，里面说现金是裸女。

玛瑙肉”。她计划着，以后这个架子就不撤了，当成菜品公告栏。

沈韶光回头看看自己的小店，有点遗憾：可惜店子太小了，只能做成卖饭的食店，若再大些，能容客人们三五成群地围坐，便可以食店变酒肆，推各种菜品，另带卖酒，利润要高得多。

心急吃不上玛瑙肉，她慢慢来吧。

云来酒肆是崇贤坊里最大的酒馆子，能容客百余位，铺陈得也豪华，又有胡姬唱曲佐酒，虽比不得东西市那些有名的大酒肆，却也很不错了。

云来酒肆的买卖一向好，最近掌柜的却有些堵心，这些日子时常有客人带外食进来喝酒。

酒肆一向不禁带外食，偶尔有客人猎了雁、鹿等物，嫌家厨料理得不好，便拿来店里请代为烹制，店里人都笑呵呵地接了。

当然也有口味特别的客人，偶尔拿着从外面摊子上买的煎豆干、腌鱼鲊之类的粗粝小食进来，店里人看见，也只是笑一笑，还代为装盘子。客人就好这一口，他们还能怎么办？

但最近时常有客人端着小白瓷碟进来，碟里或是两方红润润、颤巍巍的肉，或是小儿拳头大的肉圆。客人又直叫“取羹勺来”，原来那圆子竟如此嫩，不能用箸来夹，只能用羹勺舀。

这样的客人不是一个两个，店家自然就注意到了。让人尴尬的是，客人在本店点的菜有不少剩下的，那小碟子却总是干干净净，甚至连汁都倒在稻米饭里。

何至于此！

掌柜打听着，客人说是从坊里沈记食铺买的。沈记，掌柜知道，店主人是个美貌的小娘子，糕饼和玉尖面做得好。

前阵子过节，自己还让人从那里买了花糕盒子送礼呢。那糕做得着实精致，有些花色便是东西市上专门卖糕饼的糕作坊也没有。

只是不知怎么她卖起了肉食？

此时的食铺和酒肆往往是分着的，食铺专卖胡饼、蒸饼、米糕、馎饦等各种米面食品，甚至不少食铺只卖朝食，酒肆则大多午时才开始营业，卖酒卖菜，也卖酒后的饭，却不以面点为主。

对食铺子卖肉食的越界行为，特别是客人们还拿来酒肆里“打脸”，云来掌柜有些不悦，但对着客人是不能发火的，对着沈记一个小娘子……罢了，让人去买些来尝尝。

果真！云来掌柜也得承认，沈记的肉食确实好。从来没见有人把豕肉做得这般好的，丰腴软嫩不腻口，样子也漂亮，完全可以上得大席面。

云来掌柜让酒肆的庖厨仿制，然而有些东西，若没人告诉诀窍，靠自己还真摸索不出来方法。庖厨做出来的肉，总少那么点劲儿。

沈韶光还不知道自己犯了行业忌讳，点了别人的眼，正指导阿圆切狮子头用的肉馅儿。

做狮子头的肉颇有讲究，五五分的肥瘦肉，抑或是四六、六四。汪曾祺先生说可以肥七瘦三，而梁实秋老先生则认为“七分瘦三分肥”最合适，沈韶光是中庸派，认为大吃货袁枚说的“肥瘦各半”更好。

切更讲究：先剔除筋，然后挨着刀切碎丁，略斩剁——此即最关键的“多切少斩”。切得块儿太大，或者剁成肉泥都不行。

阿圆的肉切得不错。她劲儿大，颇有耐心，关键是，她有兴趣啊，假以时日，或许也能成为一个好厨子。

切完肉，剩下的工序还得沈韶光自己来。她手上沾芡粉，把肉团成大圆子——肉里不能加芡粉，不然口感黏糊——然后下锅炸制成形，再隔水蒸上一个时辰。

这样做出来的狮子头，嫩如豆腐。[①]

天渐渐凉了，又因为自家食店地方小，没地方让食客们堂食，所以沈韶光卖的多是这样费火候、热气腾腾的蒸炖菜。当然，也因为这些是后世名菜，经过百年验证，更容易打响名头。

有了玛瑙肉、狮子头，沈韶光琢磨着要不要再上坛子鸡，又惦记着天再凉一点，就可以腌火腿了。回头她借火腿的味道炖豆腐炖白菜、蒸鸭子蒸鱼，或者干脆做蜜汁火腿、老酒火腿……啧！啧！

这样软烂丰腴的蒸炖菜，不只适合现在的天气，更适合老年人的胃口——比如住在延康坊的礼部尚书李悦。

---

① 狮子头的做法参照网上的资料，也参照梁实秋、汪曾祺两位先生的文章。

李悦现花甲之年，十几年前就是礼部尚书，后来左迁去江南做了两任刺史，去年回来，接着当他的尚书；前阵子又加了同平章事，政事堂四位宰相里有他一个。

老李相公最是风雅的一个人，听说早年也很激进，得罪过不少权贵，宦海沉浮，几起几落，后来性子平和恬淡了，便多寄情于山水歌诗、女乐酒食。

延康坊在崇贤坊边上，老李相公的家仆因为主翁的爱好，时常到处寻摸好吃的，然后便寻摸到了沈韶光这儿。

从玉尖面到各式花糕到玛瑙肉，再到最近的狮子头，都很合老相公的口味。李家仆役时常便要跑崇贤坊。李家便是请客，也会将沈记食铺的肉和圆子摆在席面上。

宴席上李相公还专门将菜名点出来，可见是真心认为好：“寿仁、安然，都尝一尝这玛瑙肉。”

京兆白府尹论年纪，只比李悦小几岁，论官职，也只低一品，却对这位相公十分恭敬，当下品了品，笑着点头：“胭脂玛瑙色，口颊齿生香，名字取得妙！相公家的私菜果真妙不可言。”

李相公笑道：“却不是我家私厨。二位再尝尝这狮子头。”

还没吃，白府尹已经笑了：“好威武的名字！”而后他学着李悦用羹勺舀一块狮子头放在口中，面露异色，“这般鲜嫩！”

李相公又问林晏：“安然尝着如何？”

林晏微笑道：“下官也觉得甚好。”

“这是从你们坊一家食肆买的。安然没吃过吗？”

林晏拿帕子拭了拭嘴：“确实不曾吃过。”这般精致……这菜倒与那灌汤玉尖面一脉相承。

白府尹笑道：“崇贤美食多！我们衙署里，年轻人晨间都吃崇贤的鸡子煎饼，我尝过一回，滋味不错。”

李相公笑着看林晏，打趣道：“某可想不出来安然捧着煎饼吃的样子。”

林晏弯起嘴角，并没解释什么。

白府尹却笑道：“安然却不在此列。共事这么久，下官还没见安然有毛躁的时候。”

李相公微叹：“安然有风度，如当年……”他又突然刹住口，喝口酒，笑道，“不妨让桃蕊舞一段《春莺啭》，春奴琵琶伴之，以答谢二位的救命之恩？”

李悦爱姬桃蕊、春奴去曲江游玩，马惊了，恰巧京兆的几个衙差经过把二女救下，今日李相公便专为这事设宴感谢。

二女上堂来，先谢过京兆两位官员的救命之恩——虽然他们当时根本不在场——然后便歌舞起来。

有酒有乐，岂能无诗词？

“粉面翠眉，檀唇一点，胭脂色……花钿委地，腰肢酥软，娇无力……”

听着两位老上司的词，林晏抿一口酒，把小盘里的玛瑙肉吃掉：怎么感觉这词像是咏这块肉呢？

沈韶光带着木匠来店里丈量，费尽心机地要榨出这十几平方米的最大价值。

原来几张食案是课桌式摆放，沈韶光突然想起前世在家装论坛看到的小户型中吧台代替餐桌的设计，在店里溜达比量了一阵子，便决定让木匠做几张整面墙壁的长条桌案，有点类似后代的吧台，只是更矮些。

座位多了，一地的胡凳恐怕会显得乱，那便地面铺篾席，胡凳一律换成蒲团。烛台、装饰盆栽之类的能上墙的都上墙……

这不是什么大工程，不过三五天她便拾掇好了。白墙壁，原木色长桌案紧挨两墙，另有两张短食案摆在中间，长短错落着，倒也并不显得很拥挤；地上棕色篾席，缃色蒲团；一面墙高处镶嵌搁板，板上摆着白瓷罐，罐里养着兰草、茉莉之类的东西。大片的白、深深浅浅的棕、一点点的绿，居然颇有两分文艺的美感。或许另一面墙可以挂幅字画？留白亦可。

沈韶光拍拍手上的土，颇自得地问阿圆：“如何？”

阿圆点头：“若是再大些就更好了。”

沈韶光咬牙，照着憨丫头的脑袋使劲摁了一下，哪壶不开提哪壶的本事是越来越厉害了！

沈韶光愤愤地立志：总有一天，我要开间这长安城最大的酒楼，几百平方米的大堂，几十个包间，大堂中间专门空一块地方要百戏，吞刀、缘竿、钻火圈，《胡旋》《柘枝》《剑器浑脱》，一个都不能少。

“小娘子，来一笼玉尖面！”

“好嘞！”沈韶光清脆地应着，把灌汤包子给客人放在其自带的盘子里，收了一把铜钱扔进钱簸箩。

在百丈高的大酒楼和豆腐干高的一把铜钱之间蹦跶，沈掌柜倒也没什么眩晕感。

不管怎么说，店里现在有了个能让人坐下喝一杯酒的地方了。

沈韶光去酿酒作坊订了酒，在玛瑙肉、狮子头等招牌菜的基础上，又添了些拌秋葵、炸鱼鲊、炸兰花豆、卤猪头、卤猪蹄之类的简单下酒小菜，沈记这食铺兼营的卖酒买卖也就开张了。

客人们对沈韶光这袖珍小酒肆颇为买账，干干净净的，还有那么点拙朴的调调儿，关键是不用拿着肉圆子、玛瑙肉到处找喝酒的地方了。

客人们吃了沈记的小菜，都觉得，嗯，来对了！

要说这沈小娘子手艺是真好，煎饼不说，主要是新鲜干净；玉尖面和花糕着实精致，据有见识的说，颇有宫中御膳的味儿；玛瑙肉、狮子头也是这一类，可以算得“珍馐美馔”。没想到这沈小娘子把简单的家常小菜也做得这般好。

“店家，再来一盘鱼鲊！”

阿圆迈着大脚板走路如风地上菜。

“小娘子，你家的鱼鲊为何就这般香？”

“这个——婢子不知。”阿圆憨笑，“好吃郎君就多吃点。”这简直与沈韶光被问相同问题时回答的“喜欢就过来，何必自己费事”一脉相承。

厨间正在包玉尖面的沈韶光闻言一笑。其实并没有什么诀窍，不过是她腌鱼的时候加了醪糟——这鱼鲊便是夏天的时候腌的那一坛子——故而多了些醪糟香。炸的时候炸两次，第一次炸熟，第二次调高油温，炸酥，如此而已。

沈韶光自己倒更喜欢这炸兰花豆，兰花豆先煮后炸，又酥又香的，让沈韶光想起前世爱的花生米。

这是沈韶光除辣椒以外的另一大遗憾：花生要到几百年后的明代才传入中国。[①] 据说大才子金圣叹临刑前说：“豆腐干与花生米同嚼，有火腿滋味。”

---

① 据说汉阳陵陪葬坑中出土有花生，但是史料中未见明朝前吃花生的记载，所以我们还是姑且采用花生是明代由南美洲传入中国这一说法。

讲情调的张爱玲喜欢“享受微风中的藤椅，吃盐水花生”；而鲁迅、老舍两位先生则喜欢一边看书，一边吃花生米。可见，文人们对花生是真爱。

沈韶光对花生也爱得深沉——但这不妨碍她在没有花生的时候，拿炸兰花豆解馋。沈韶光觉得自己这行为跟惦记白月光，但不耽误找女朋友的“渣男”形象有点像。

却不想，惦记白月光、没找女朋友的深情男林少尹上门了，而且第一个就点的这兰花豆。

沈韶光琢磨着两人的形象问题，不经意看向林晏指着菜牌的手，修长细致，骨节分明，倒是一双好手！

“店主人？”林晏挑眉。

“此豆以兰花命名，是因为炸制出来的形态有些像兰花初绽。”沈韶光淡定地把眼睛从那双手上挪开，微笑着回答林晏的话。

林晏点头，又要了凉拌秋葵、咸鸭蛋、卤猪耳等物，都是些小菜。

大抵人都有这样的劣根性：看见美好的东西，总想破坏一下。比如，沈韶光就有点希望看到这位风度优雅的郎君做点不那么优雅的事：“郎君要不要尝一尝本店的猪脚？热着吃香酥软烂，冷着吃，弹牙有嚼头儿，最适合下酒。”

林晏看向沈韶光。

沈韶光双目含笑，微弯着腰，姿态殷勤。

“不必，就这些。”林晏把菜单递给沈韶光。

沈韶光颇为遗憾地接过，今天是没法看到长安副市长啃猪蹄子了。没关系，来日方长，以后还会有鸡爪子、羊蹄子之类的东西……

林晏回想刚才那花笺子做成的菜单，一笔小楷不似寻常闺阁笔墨，倒有两分先时李少温的瘦劲。那煎饼袋子和店门幌子上的“沈”字因是篆体，瘦劲又更明显些。

林晏不由得偏头看那边案后忙活的店主人，见她一双杏眼微眯，嘴角也翘着，一副温柔喜兴的样子，与这字风离得甚远，再想到几次相遇时她的伶牙俐齿，多重面孔：巧言令色！

沈韶光不知道自己被人吐槽了，犹问道：“客人的一爵酒温一温吧？”又问，“玉尖面没有了，待会儿给郎君下一碗青菜馎饦？”

林晏收回目光：“也好。”

平日这位林少尹来得晚，店里没别的客人了，沈韶光完全忙得过来。可此时正当饭时，虽然酒菜大多是提前准备好的，又有阿圆帮着，沈韶光还是忙得脚不沾地。

沈韶光一边端菜，一边在她的理想簿子上又添了一笔：以后要搞个厨师团队，并雇百八十个服务员！

沈韶光觑着眼拿着镊子，蹲在店后小夹道水缸旁，找猪头上的毛。

在本朝，猪肉本来就不够高端大气上档次，猪头下货之类的，更是鄙贱之物，但沈韶光就爱这鄙贱之物。

小时候，她家附近有一家熏肉铺子，卖各种猪下货，香肠、熏鸡，偶尔也卖卤牛肉。沈韶光打小爱吃肉，家里大人给点零花钱，她除了买些女孩子喜欢的小零碎儿，夏天就“进贡”给了冷饮店，天凉了就都花在这家肉食铺子里。

沈韶光不爱卤牛肉，总觉得不够细腻，有点干巴，塞牙，也不够香；熏鸡都整个卖，小孩儿那点零花钱买不起，于是就剩下了买猪头肉和香肠。其中，沈韶光又最爱猪头肉。

这家店的猪头肉先卤后熏，没那么腻，带着点奇怪的焦香味儿。

放学路上，沈韶光先买个火烧拿着——要刚出炉的，撕开还冒着热气的——然后到铺子买一小块猪头肉，让店主把肉片成薄片儿，塞在火烧里，就这么双手捧着，张开大嘴开咬。

她一边吃一边跟小伙伴们满大街瞎跑，或者找地方跳皮筋、丢沙包，临到天黑才回家，被爹妈唠叨，匆匆忙忙吃饭、写作业、洗漱……

等后来沈韶光毕业，混起了美食圈，吃过不知多少南北名厨的佳作，却还惦记那个店的猪肉头，每次回老家都会光顾，甚至曾动念要给老阿姨的熟食店写篇小文宣传宣传，也想知道她是用什么熏法，硬是与别家不同。

可她一直拖着，直到有一次去，发现那家店和隔壁的杂货店打通，变成了一个挺大的房屋中介所。据说那个老阿姨跟在海外定居的儿子走了。关于那肉到底是怎么熏的，彻底成了悬案。

沈韶光看着瓦蓝瓦蓝的天空上飘着的丝丝缕缕的白云，幽幽地叹了一口气，低下头接着收拾猪头。虽然不会熏，但沈韶光做卤肉的本事不错。

卤肉，大致红烧的路数，浓酱重料，卤够时候，味道错不了——只是收拾起来麻烦。

沈韶光特意给肉铺子多加钱，让人上心点多给刮一遍猪毛，便是这样也不放心，回来自己还得再检查一遍。若是吃着吃着，让客人发现几根猪毛……这就恶心了。

却不想，她饶是这么小心，还是出了事。

太阳还高，刚开始敲暮鼓的时候，店里进来两位面生的客人，一位着蓝茧绸衫，一位着褐色布衫，都高鼻深目，头发卷曲，是两个胡人。

这长安城胡人多，沈韶光毫不在意，笑着招呼一声，便请他们随便坐了。

两人点了招牌的玛瑙肉，狮子头，卤猪头肉、猪脚，都是大荤的肉菜，又要了三角酒。

一角就是四升，像林少尹那样的公子哥儿只喝一升，这两位竟然要喝十二升……

开饭馆子的人不怕大肚汉，沈韶光快手快脚地准备了，让阿圆拿托盘送过去。

店里的客人越来越多，很快就坐满了，有吃完了走的，又有新来的，有人在这里喝酒，有人单来买玉尖面或者肉食，热闹得很。突然听到里面吵嚷起来，沈韶光忙放下手底下的活儿，走过去察看。

却是那两个点了三角酒的胡人，指着菜盘子道："肉里有毛发！你们这里不干净！"

虽然沈韶光一向自认为干净，做饭时都戴围裙套袖，头上蒙布巾，阿圆也是一般打扮，但万一呢？沈韶光上前赔笑道："客人莫要着急，不知那脏东西在哪里？"

蓝衫胡人也斜着眼看沈韶光，掀起一边嘴角笑一下，用手指着放玛瑙肉的盘子："便是这里。"

盘子里的肉已经被吃光了，只剩下些酱汁，酱汁里果然有一根头发。

余下的客人好些都不吃了，扭过头或者围过来看。

蓝衫胡人打个饱嗝，酒气喷了沈韶光一脸："怎么样，小娘子？"

这玛瑙肉都是上桌之前从陶罐子里盛出来现装的盘子，然后为了颜色红亮，也为了更提滋味，淋上一勺酱汁。这么个过程，若盘子里还有头发，除非沈韶光和阿圆是瞎的。

再看看那满桌的肉已经被吃得七七八八，酒也喝完了，沈韶光便明白，对方这是吃饱喝足要找碴儿……

那胡人还不依不饶地道："小娘子要给我们个交代啊，不然我们出去嚷嚷起来……"他又对周围的食客道："大伙儿说呢？"

当下便有人皱起眉来，回头看自己的盘子。也有人看沈韶光。

阿圆急道："不能！我家吃食最是干净的，怎么会有毛发？！"

那褐衣胡人瞪眼："那你说这盘子里的头发是怎么回事？"

沈韶光仔细看了那头发，笑道："客人们莫急，这盘子里到底怎么来的脏东西，大伙儿看我变个戏法儿就知道了。"

客人们一听说有戏法儿看，也不查看自己的盘子了，纷纷看向沈韶光。

"去拿两个白瓷碗来，其中一个装清水，再拿一双竹箸、一些澡豆、一块白色的干净布巾。"沈韶光吩咐阿圆。

阿圆应声离去，很快便将东西拿了过来。

众人都目不转睛地看着沈韶光。

沈韶光能干吗？她就是给头发洗了个澡。

她学着魔术师的样子，什么都让大家先验看一下，而后把那根头发擦了澡豆，涮洗干净，又轻轻用布巾吸干水分，把它放在另一个空碗里。

"大家可看出什么端倪来了？"沈韶光笑问。

有人眼拙看不出什么："这不就是根头发吗？"也有人眼尖："弯曲，还有点发黄！是这胡人的毛发！"

那头发在汤汁里看不大出原来的样子，洗干净就现了原形。

众人打量了一下那两个胡人，再看沈韶光和阿圆的头发，对比碗里的那根，即便再迟钝的人这会儿也明白了，胡人这是来找碴儿的！

"为何发黄就是我们的？"那褐衣胡人急道。

一个客人幽幽地道："对啊，也可能是猫狗畜生的呢。"

众人一愣，随即都看着那两个胡人哄堂大笑起来。

两人本已经醉了，被众人一激，又看沈韶光弱质女流，便干脆要起了无赖："你们的饭食不干净，还诬赖我们！"说着便要掀桌案。

好在那桌子长，又都是固定在墙上的，两人一掀没掀动。

当下便有见义勇为的客人要上前制伏他们，阿圆却快了一步，上去一把抓住那着蓝衫之人的头发，另一只手则揪住着褐衫的胡人的领口。两人不提防，被胖丫头拽了个趔趄。

那两人要挣扎，奈何喝得着实有点多，如何挣扎得开？

众人不约而同地往后退一步，给阿圆让开场子，想帮忙的也讪讪地收回了手。

沈韶光是嘴把式，刚才见阿圆动手了着实有些紧张，这会儿气定神闲起来："拽到外面去！"

门口正扰攘着，坊丁竟然来了。

沈韶光忙上前陈述，众人也帮着说，几个坊丁拽着两个犹骂骂咧咧的无赖走了。

趁着人还没散，沈韶光赶紧为消除以后发生类似的祸事打埋伏——把自己洗得干干净净，把这事说得明明白白，以后再有类似的祸事也没人信了。

她向众人道："您说，若不是胡人，胡须是黄的、弯的，或者这无赖逮个蝇子、蛾子、飞虫扔到菜汁里，今天这脏水，还怎么洗得清？"

诸人点头，果真是。

她再陈情："小店里，便是最热的时候，我和婢子也做了全套的防护，诸位可以去店里看看，我们是不是干净。"

熟客们都在点头，这点也毋庸置疑。

她再卖惨："儿一介女流，流落于此，蒙坊里左邻右舍看得起，卖些糕饼菜蔬，没想到会遇到这种事……"

众人同情心起，觉得这沈小娘子着实不容易。

一个灰衣仆役来到街边树下停着的马车前，低声禀道："回阿郎，已经垫了话儿，让他们仔细审审。"

林晏瞥了一眼不远处小店门口神情哀婉的沈韶光。

"多谢各位君子法眼如炬，帮儿分辨清楚……"沈韶光对众人轻施福礼。

众人虽然都只是当了一把"见证奇迹"的观众，这会儿却觉得似乎自己也参与了抓无赖的活动，帮了这可怜的小娘子，纷纷回礼。

"阿郎，还买狮子头和兰花豆吗？"

林晏落下车窗纱帘，吩咐道："不买了，走吧。"

第六章　月饼抽签得佳妇

周管家敲了敲小食店的门。

沈韶光抬头，见是一位五十岁左右的老者，相貌颇慈和，后面还跟着两个年轻仆从。沈韶光笑道："老丈请进。老丈是吃酒还是买些什么？"

周管家笑道："小娘子，我家主人要订些中秋糕饼。"

这些天沈韶光忙着上新菜、装修，不觉时间过得飞快，马上就是中秋节了。七月七卖花糕挣了不少钱，沈韶光自然不会错过中秋卖月饼的机会。

说是"月饼"，其实本朝并没有这叫法。这个时候，八月十五人们也阖家团圆，赏月，饮酒赋诗，但中秋节还没有发展成月饼节。至于月饼什么时候得名、什么时候"家家习为俗"，沈韶光就不知道了。

沈韶光怀旧，按照后世月饼的样子，做了烤月饼和冰皮月饼。月饼馅儿则选了豆沙、枣泥、桂花、黑芝麻、咸蛋黄，还有后代被"全网黑"的五仁。

沈韶光从小就是个"五仁黑"，最厌烦吃带青红丝的五仁月饼，觉得老祖宗把这玩意儿造出来就是为了不让孩子好好过节的，真是比黎明前还要黑的黑暗料理啊。

直到上初中时，沈韶光吃了同学家自己做的五仁月饼……才知道不是五仁月饼不好吃，而是她没吃到好吃的！这月饼甜度适中，松子仁、核桃仁、花生仁各种仁儿酥香，不噎人，不齁嗓子，没有油哈喇味儿，关键是没有青红丝。

后来读《红楼梦》，沈韶光看到里面的“内造瓜仁油松瓤月饼”，心想，这是御膳房做出来的五仁月饼，贾母这富贵了一辈子的人都没嫌弃，那应该是很好吃的——想来也没有青红丝。

再后来，看大吃主儿袁枚的《随园食单》，沈韶光彻底没了嫌弃五仁月饼的心，只恨不得吃上两块。

沈韶光前世没机会自己做，这会儿当然要做起来。

其实这五仁月饼做起来也简单，因此沈韶光分析着，前世吃的五仁月饼不好吃，主要还是馅料不精细，甚至不新鲜，尤其有的摆着卖了好些天，吃起来怎能不败胃口？

沈韶光便尤其在选料上用心，去西市干果子店挑了顶好的松子仁、核桃仁、杏仁、芝麻、栗子，又让人磨成细粉，回来做就简单了，加糖、加猪油，裹皮儿，印模子，下炉烤制。烤完，她自己先尝一块，觉得还不错，但说惊为天人，却不至于。

她又试着换了冰皮，哪知一样的馅儿，口感竟然上了好几层！袁子才所谓的“甘而不腻，松而不滞”就是这样的吧？就是这样的吧？

沈韶光对五仁月饼满意，对别的馅儿也满意，一心算计着要靠月饼再大赚一笔。因有前面的七夕花糕，这回不等沈韶光摆广告，不少回头客便来下订单了。

沈韶光不知道周管家是哪家的仆从，只笑问：“老丈要订多少？订什么样儿的？”她又指着样品介绍各种口味、花色。因为印花不同，显得月饼品类就更多了。

周管家久不做这些采买小事，实在不知一个小小的店铺，糕饼竟然有这么多花色。但周管家是做事老练之人，只略琢磨了一下，便笑道：“除了自家吃用的，其余都买这‘锦绣团圆盒’就好。要烤皮的，不然送去人家里，散了就不好了。我们自家……”

周管家略沉吟：“还是要这软嫩的冰皮儿吧，各种馅儿的都要一盒。家里太夫人牙口不好，爱吃软的。花纹倒没什么，家里郎君不讲究这个。”

沈韶光点头，看来这家主人是个孝顺的，也好说话，故而这老仆买东西只考虑老太太的口味。但过节嘛……沈韶光还是建议：“本店新出了一套月签饼，专为高门大户中秋夜宴做的，或许家里郎君、娘子喜欢？”[①]

“每块糕饼上面都有句旧诗，背面则是解签，不过是游戏，宴会时博众人一乐。”沈韶光翻开一块给他看。

周管家是世家老仆，读过几卷书，问了几句，果然都是吉利话，便笑道：“这个有意思，便来上一盒子。”自家郎君每日寡淡得很，不似年轻人，很该玩乐一下。

沈韶光笑着又添上一笔。写到客人名字时，她问：“请问老丈，令主翁怎么称呼？”

“便是本坊林少尹府。”

沈韶光抬眉，笑了一下，低头记上：“好。”

周管家不知道阿郎为什么点名要这家店的糕饼，想来是味道好，这家的玉尖面就颇得太夫人喜欢——哪怕那回吃坏了肚子。

回到府里，周管家去书房禀告主人。

林晏点点头，道声辛苦，便不再说什么。

周管家退出去，站在林晏身后的侍从刘常却犯了思量。

刘常是日常跟着主人出门的。他总觉得自家阿郎对这位沈记的小娘子不一般，别的不说，就说先头让自己去坊门买煎饼吧，买了又不吃……

再说前两日，阿郎经过沈记食店，让自己去买兰花豆和狮子头。阿郎鲜少在外吃饭，是怎么知道这家店卖什么的？

恰好自己看到小娘子“智破无赖”，出去禀与阿郎，阿郎立刻让自己去找坊丁，车也不走，竟就在路旁等着。这点小事，何至于此？

衙门审了那两个无赖，知道跟云来酒肆有些关系，而云来酒肆是赵王的买卖，阿郎便让周管家大张旗鼓地去订中秋糕饼……

刘常觉得，这里面有事！有事啊！

裴斐又来林家混饭。

裴斐与林晏本是同乡，家世也差不多——都有个好姓氏，又都没落了，

① 游戏抽签月饼的灵感来自《红楼梦》占花签。

区别在于林氏是整个儿垮了，裴斐家则是裴氏大树上的小枯枝。两人在河东时一同求学，一起结社，一起投行卷，蒲州太守崔洵见二人都年少有为，风姿秀雅，曾称其为“连璧”。

然而两人的官运却差太多。裴斐先守祖孝，又守父孝，一蹉跎就是好几年，终于参加礼部试及第，却又卡在了吏部试上，三载不得授官。今年春，他终于通过制科，授了九品校书郎职，而此时林晏已经穿上绯袍，做到京兆少尹了。

人比人得死，货比货得扔啊！好在裴斐是真的心大，不然真没法跟这昔日旧友一起混。

因是昔日旧友，又是同辈，裴斐与林晏一同陪江太夫人过中秋节。

江太夫人记性不好，却记得裴斐，叫他“十二郎”，叫得他与林晏这“大郎”宛若亲兄弟般。

“一家人”在后园小轩中赏月吃酒。

江太夫人掰了一块枣泥的冰皮月饼慢慢吃：“似与前些日子吃的七夕花糕味儿差不多……”

林晏笑了，祖母这记性有时候又好得紧。

太夫人喜欢软烂甜腻的东西，对枣泥的馅子很满意，便劝裴斐和林晏：“十二郎、大郎，你们也尝尝。”

裴斐笑着拿一块烤皮的月饼，正要掰开，却注意到上面的字：桂林一枝，昆山片玉[①]。

饼后也有字：锦绣前程，共贺一杯。

蟾宫折桂，倒真是个好口彩；桂树也应景，中秋嘛。

林晏也取了一块，看了上面的字神色一怔，然后便若无其事地掰开吃了一口。

裴斐想知道别的月饼上面写了什么，便又拿了一块，正面是“月是故乡明”，背面则是“共敬远方亲友一杯”。

哎哟，这还真有些意思。

---

① 《晋书》原句：“桂林之一枝，昆山之片玉。”蟾宫折桂一词的出处。

旁边斟酒的婢子笑道："这糕饼说是叫'月签饼'，如同庙里的签子，席间游戏用的。"

"这是谁的促狭点子？"裴斐笑问。

"这个——婢子不知，只知道是从外面买的。"婢子笑道。

裴斐抽了个好签子，不能免俗地有点高兴，便问林晏："安然，你那个饼上是什么？"

林晏淡淡地道："没有什么，不过两句吉祥话罢了。"

裴斐却已经伸手把他那半个月饼拿了过来，正面只剩了"皎兮""僚兮"四个字，背面则是"佳妇""一杯"字样。

裴斐哈哈大笑，把那半块饼递给江太夫人："恭喜太夫人，想来安然的好事近了。我们要按这饼上说的，共贺一杯才好。"

江太夫人对经书很熟，一眼便看出这是"月出皎兮，佼人僚兮"，刚才又听了婢子的解释，又有裴斐的话，便猜出后面头半句是"必得佳妇"，当下也笑了，欢喜地对林晏道："很该一起喝一杯！"

裴斐对江太夫人眯了眯眼："刚才安然还想混过去……"

江太夫人故作严厉地道："一定要喝。"

婢子仆妇们虽不懂诗词，但是听懂了话，都笑起来。

林晏抿抿嘴，也举起杯来无奈一笑。

喝了一口酒，江太夫人也好奇地拿起一块烤皮月饼来，读上面的字："海上生明月，天涯共此时。"背面则是"嘉时嘉宴，举杯共饮"。

江太夫人笑道："真好！真好！合情合景。"

林晏和裴斐都端起酒杯，共同敬江太夫人。

江太夫人有年纪的人，吃几口酒，时候也不早了，便困乏了，先回房歇息，又不让晚辈们送："你们玩你们的，我有阿素她们。"

林晏和裴斐只送到园门口，便折返回来。没有太夫人在，裴斐更加自在，把那盘子月签饼端到自己跟前，挨个儿翻看，便终于知道自己手气好的原因了——这里面的"签解"就没有不好的，"宦途顺遂""富贵平安""高才雅量"……

若单是这样，也没意思，这做饼的人又要滑稽，比如这块，前面的是"举杯邀明月，对影成三人"，后面的字竟然是"醉了，莫喝了"。裴斐一口茶喷了出来。

林晏笑着皱眉看他。

裴斐笑得手抖，把这块饼递给他看。

林晏也忍俊不禁，笑完又抿起嘴，小娘子家，这般促狭！

沈韶光不知道自己因为幽默感被人吐槽了，正卖月饼花糕。

七月半有灯，八月半坊里也挂灯，逛的人不少，沈韶光给阿圆一把铜钱，放了她的假，自己守在店里。

沈记如今卖糕的名声在坊里已经打响，连小孩子都知道，逛街看灯经过，便缠磨着家里大人进来买。

便是之前嫌弃这月饼太贵的人，这会儿也多半会买几块，过节嘛，再说，整盒子整盒子地买自然贵，但买两三块还是买得起的。

沈韶光原本还怕剩下，毕竟这玩意儿过了今天，可就得大甩卖了，一则不禁放，一则应节的东西过了节就不值钱了。她没想到卖得很快，转眼月饼便不剩多少了。

沈韶光把几块烤皮月饼放在装煎饼的袋子里，递给一对夫妻："您拿好。"把收的铜钱丢进钱簸箩，沈韶光抬头，门口树下站的不是那位柳郎君又是谁?

这阵子柳郎君虽常来吃饭，说话却少了，有时候似乎还偷偷地看沈韶光，沈韶光看过去，他却转开眼，有时候似要说什么，却又不说。

沈韶光很想像前世一样开玩笑："嘿，兄弟！你是不是暗恋我啊？"但到底顾忌时代因素，没敢造次。

这会儿又见到了这位那么默默地站在树下，跟景似的，沈韶光颇感无奈，却也对他笑了笑。

沈韶光觉得人家像景，柳丰觉得沈韶光像画。

竹牖里，灯光下，风姿绰约的美人，美目盼兮，巧笑倩兮，月间仙子也不过如此吧?

秋风习习，正是吃鱼蟹的时候。

高雅的文化人讲究"莼鲈之思"，沈韶光却拎回两条两尺多长的鲇鱼来。

鲇鱼不是什么高价货，跟鳜鱼、鲤鱼、鲂鱼、鲈鱼这些没法比，有诗说它“涎恶最顽愚”[①]，登不得大雅之堂。但沈韶光一个街头小店的老板娘，讲究什么大雅之堂？

鲇鱼这玩意儿是肉食鱼，生命力极强，离了水还能扑腾会儿身子。要是人不提防，鱼尾巴拍在腿上生疼——别说，这性子，确实有点“顽愚”。

沈韶光有点犯愁，不知道一会儿怎么杀它，又不禁怀念起前世不只管杀，还管切块、削片儿的水产店来。

旁边布匹肆的李娘子看见沈韶光拎的鱼，有些惊讶：“这鲇鱼真肥！只是恐怕一股子土腥气！”转即又笑了，“沈小娘子巧手，烹出来的东西自然不一样。”

沈韶光教给她：“烧的时候放些酒、姜去腥。”

李娘子算是沈韶光的一个小粉丝，听了沈韶光的话，忙问：“放什么酒？放多少？”

沈韶光停下脚，把鱼换一只手拎着——这两货还挺沉，手上都被勒出了印子——然后点拨李娘子烧鱼的诀窍：“鱼腹内的黑膜要撕干净”“姜、酒是都要的”“也放些醋，去腥，而且熟得快”……

李娘子不断点头，可惜不识字，不然肯定要拿小本记下来。

终于给李娘子授完了机宜，沈韶光把两条鱼拿到店后的小夹道上。

知道沈韶光不会杀鱼，阿圆拿个木棒道：“我来！”

沈韶光赶忙闪开，把位置让给女英雄。

阿圆掐住鱼，拿木棒砸它的头。

看她那武二郎怒杀吊睛白额大虫的劲儿，再想到她手拽俩醉汉的情形，沈韶光忙喊：“别砸烂了！”

阿圆赶忙收劲儿，谁知那鱼滑溜得紧，存了最后一股子劲儿，竟然一挺一蹦，从阿圆头上跳了过去。沈韶光和阿圆都吓了一跳。

两人惊完，又都笑起来。

沈韶光笑道：“算了，把这俩货扔这儿，我就不信，离了水，它就不死！”

---

① 出自卢仝《观放鱼歌》。

阿圆不似沈韶光那么胆小，这回找到了诀窍，把那鱼死死地按在水缸旁的青石板上，拿木棒狠砸了两下，鱼就彻底不动了。

沈韶光冲阿圆比大拇指，阿圆得意一笑，拿起另一条鱼，如法炮制。

“今天这大鱼头归你！”沈韶光笑道。两人都爱吃鱼头。

鲇鱼脂肪多，肉质细腻，但不够清新，有股子土腥气，最适宜红烧。

沈韶光把阿圆收拾好的鱼块裹芡粉煎一下，然后另起锅放油、糖，炒颜色，然后放鱼、葱、姜、花椒、豆蔻、莳萝子，再放用酒、清酱汁、醋兑好的料汁……浓油重酱，简单粗暴地红烧。

沈韶光又拿了个茄子切了大滚刀块，等鱼快炖好的时候扔进去——这是曾经一个东北邻居哥哥教的，说“鲇鱼炖茄子，撑死老爷子”。

那个邻居哥哥是个正经的吃主儿，最大的爱好是夏天开车去树林子里逮知了回家炸着吃……

这样的鲇鱼茄子，会不会让唐代的老爷子撑着沈韶光尚不知道，实在太冲的香味，倒招来了不速之客：“这是炖的鱼吗？我在门口就闻出来了。”

沈韶光笑了笑：“闻香下马，知味停车，三娘也算我道中人。”

其实就是没闻见味儿，卢三娘也时常来看看，讽刺沈韶光两句，再被反刺回去，乐此不疲。沈韶光觉得这个大姐可能有受虐倾向。

闻香而来的不只卢三娘，又有两个老主顾在店门口经过，竟然也专门进来问：“今天要卖鱼吗？”

沈韶光一共只买了两条鱼，哪里够卖？坊里又没有专门的鱼肆，今天纯粹是碰上了，想来是那卖鱼人自己网的或钓的。没法保证货源的东西，沈韶光自然没法推出当新菜。

“不是新菜。客人若觉得好，晚间来吃酒时，送客人一碗就是。”沈韶光客气话说得很漂亮。

那食客便知道了，这是人家自吃的，忙笑着拒绝：“那怎么好？是某唐突了！”他又真心建议，“小娘子是该上些鱼。”

沈韶光谢过他，那客人又问晚间是不是还有玛瑙肉，看样子想来喝几杯。

待客人走后，卢三娘啧啧了两声：“小娘子还是这么会说话！”

沈韶光摇头叹气：“这种事我也不想的，天生伶俐，没办法啊。”

卢三娘显然没法接受这网络时代无厘头厚脸皮的聊天方式，抿抿嘴，转而打量沈韶光的小店。店里几时添置了胡毯地衣？一块就要好几百文，看来这店真是赚钱！

沈韶光去厨下看看锅和火，嘱咐阿圆两句，回来便看见卢三娘一脸的嫉妒神色……好吧，也挺下饭的，今天自己可以多吃一碗鱼。

两人正说着话，进来一个四五十岁的妇人，圆脸圆身材，酱色团花绸衫，头上插了两支大大的银钗，未说话先笑："小娘子饭食做得好香！"

不就是炖个鱼，大伙儿至于这么捧场吗？沈韶光觉得确实应该推出点鱼类菜品了。

沈韶光以为这位也是闻见味儿来的，却不想人家另有来意："给小娘子道喜了！"

卢三娘刚才听这妇人夸赞"饭食好香"，以为又是来买吃食的，心里越发不痛快，正抬屁股要走，听了这句"道喜"，又坐了下来。

沈韶光请新客人坐了，也给她倒上一杯酪浆："不知喜从何来？"

"老身姓蒋，是个官媒娘子，有人托老身向小娘子提亲来了。"

卢三娘眼睛睁得越发圆了。

沈韶光笑着皱了皱眉："哦？不知是哪家贤郎君？"

"便是京兆府录事柳郎君。"官媒娘子笑道。

难得有让沈韶光没法应答的时候。这哥们儿还真是暗恋她啊！而且他还郑重其事地遣了媒人来！

沈韶光忘了前世听谁说过"对女人最大的尊重，便是与她结婚"，虽然话有点偏颇吧，但在此时，以柳丰和自己的情况来说，这确实是极大的诚意。

人家给了尊重，她就要还以尊重。沈韶光正在想怎么回复，卢三娘拽住沈韶光的袖子："这京兆府录事是哪个？"

见沈韶光沉吟，官媒娘子笑道："我把柳郎君的家世讲给小娘子听。柳郎君是邓州人，祖父曾做过南阳令，是正经的书香门第，官宦门庭。现下家中有老母，还有一个弟弟，都在家乡呢。"

官媒娘子说完家世，又说柳丰个人的情况："柳郎君今年二十有五，前年明经及第，又考制科授了这录事之职。人忠厚，又通达，若小娘子跟了他，错不了。"

沈韶光点头，经济适用男，确实挺好。若家里单单是没落，自己没有罪臣之女这重身份，嫁给这哥们儿，两人慢慢培养感情，好好过日子，生两个儿女，说不得自己在这唐朝的一辈子就这么顺顺遂遂地过下去了。

然而，现在……她还是莫祸害人了吧。

沈韶光微笑着跟官媒娘子说："这婚姻之事，总需慎重，让儿思索几日可好？"

没有立刻逼着人答应的，且小娘子总要矜持些，官媒娘子笑道："这是自然。"

沈韶光又笑道："家里爷娘不在了，有些事便只能儿厚着面皮自己来做。儿有些话想当面与柳郎君讲，还请娘子转告。"

官媒娘子点头。精明漂亮的小娘子，听说还是士族女，可惜家道中落了……

沈韶光送走官媒娘子，回头便看见卢三娘愤愤不平的脸。

"小娘子不答应……莫不是这柳录事长相丑陋？"卢三娘又转了脸色，怀疑中带着点希冀。这阿沈何德何能，能得这样的好亲事？一定是那郎君面丑如鬼！

也许是考虑到自己婚姻市场的悲观现状，也许是卢三娘的神色太赤裸裸，沈韶光着实有点恼了，当下似笑非笑地道："丑倒是不丑，便是卢三娘讽的那个买七套煎饼的。"

卢三娘的神色又变了变。那个郎君穿着一身青色官服，浓眉大眼，青春正好，与丑陋半点不沾边！

"卢三娘若相中想让他当女婿……刚才那官媒娘子没走远，还追得上。"沈韶光淡淡地道。

她这显然是讽刺自己找不到这样的郎子，又似说她不要的，让自家去捡。卢三娘再次被沈韶光气得说不出话来，半晌才道："小娘子家莫要太傲气的好！你有什么值得这般傲气的？"

沈韶光琢磨了会儿，道："大概是做菜手艺好，灵慧，能赚钱？"

卢三娘被她气得跺脚走了出去。

沈韶光转头吩咐切肉的阿圆："以后晨间的捻头去坊南张家捻头铺子买！"

阿圆应得很爽快："要我说，早该换地方了！"

沈韶光让她一说倒没了脾气，悻悻地道："张家老丈的捻头炸得总不够酥脆。”

沈韶光从来不跟钱和口福置气，这回算是为卢三娘破了例。

晚间客人都走光时，柳丰来了。

沈韶光请柳丰坐在单张小食案前，自己坐在对面，又让阿圆奉上酪浆。

柳丰看沈韶光一眼，面色微红，转而盯着桌案上的木纹：“不知小娘子要与某说什么？”

“郎君可知道儿的身世？”沈韶光温声问道。

“听光明庵的净清师父说过。”

沈韶光点点头，可以想象净清说的是什么：“洛下沈氏淑女”“虽家道中落，被迫做些小营生，但熟读诗书，见识广博”乃至“贤顺淑德”“温良恭俭”之类的夸赞也可能不要钱地奉上——净清是个善心人，一定觉得自己若能找个柳丰这样的郎君，免除街头操劳之苦是件幸事，故而多有美言。

“儿只是借住在光明庵，有些事，净清师父并不知情。”沈韶光微笑着对他解释。

“儿出身洛下沈氏，是今年春放出的掖庭宫人。”

柳丰猛地抬头。世家大族女儿，进宫多为妃嫔，鲜少有当宫女的，除非家人获罪，其被没入掖庭。沈小娘子能被放出来，显然不是妃嫔，那就只能是……

沈韶光知道他听懂了自己的意思。人家给自己尊重，她当然不能让人有“嫌贫爱富”“出尔反尔”之嫌，这婚姻不成的表面借口沈韶光已经找好：“儿如今无意于婚姻，只想着安身立命、赚钱养家、买房置地、烹鸡宰鸭……”说到后面就有了玩笑的性质，沈韶光自己先笑了。

柳丰也微微笑了。

“是某唐突了。”沉默了一会儿，柳丰站起来对沈韶光叉手一揖。

沈韶光也站起来，正经地回了个福礼，微笑道：“是儿的荣幸。”

柳丰舔舔嘴唇，想说什么，终究没说，低着头走了出去。

他没想到在门口遇到了上司林少尹，对方这是来吃饭？

柳丰对林晏行礼。

林晏点点头，走进店去。

“客人要吃点什么？莫如煮碗鸡汤馎饦吧，再配点凉拌胡瓜和虾酱炒鸡子？”

“好。”

隐隐听到沈小娘子报菜名还有上司言简意赅的“好”字，柳丰觉得是自己想多了，沈小娘子和林少尹……不可能。

柳丰猜，林少尹估计是被鸿胪寺卿张公折磨到晚上犯夜禁回来，晚间想必没吃好，这会儿出来垫补点小食。

最近外藩使团扎堆来朝，虽然接待使团的主要是鸿胪寺，但其中有不少事情要京兆配合，京兆的负责人便是林少尹。

两司常打交道，柳丰对鸿胪寺卿也略有了解。这位张公最是细致讲究的人，便是两辆车驾的事，也要“再商讨商讨”，然后便是“《礼》云……汉朝的时候……本朝太宗时……高宗时……玄宗时……”，真是让人头痛欲裂。

今天头午柳丰去找林少尹签批文书，他便不在，说是去了鸿胪寺……柳丰同情起这位年轻上司来：官高爵显有官高爵显的麻烦。

沈韶光有点无奈：这位怎么老是这个点来吃饭啊？吃的都卖完了好吗？

她只能有什么给做什么：坛子鸡的鸡卖没了，还剩了些鸡汤，揪点面片儿、放点青菜，煮碗鸡汤馎饦吧；再拿根黄瓜削皮儿，啪啪地拍了，放蒜末、清酱汁、麻油凉拌；再用两个鸡子、一绺韭菜、一勺虾酱，爆锅炒一炒。她做的都是快手菜，一会儿就得。

砧板切菜声，油锅刺啦声，虽因店里做了改造，外面的人看不见橱间的情况，便只这声音就是满满的人间烟火气儿。

林晏扭回头来，目光放在墙壁上的一幅图上：黛山隐隐，一弯流水，半座茅屋，屋门旁插酒幌，酒幌下坐着一个童子，在剥莲蓬。不设色，只用水墨勾勒洇染。画画得不算多么高明，但自有股子灵动恬淡之意。虽无题无跋无章子，林晏也知道，这是店主人自己画的。

林晏突然想起那日在宫门口的事。

那天朝上议的是抗旱的各项举措，下了朝，他便顺便去安福门看看。疏散宫女的事情虽小，却是抗旱德政，莫要出了纰漏才好。

他远远地便看见一群哭天抹泪的年老宫娥中站着一个笑吟吟的年轻小娘子。

当今圣人还不到而立之年，又没立后，便是高位嫔妃也不多，按说正是宫人们……

她却一脸飞出牢笼的鲜活劲儿，怎么说的？“病弱”……他想也知道不是被排挤走的，而是自己立意求去，说不得还使了多少手段钱财。当时他被这股子鲜活劲儿感染，一时心软，便放了她一马。

她出来，也一直鲜活着，带着一股子高门子弟身上少有的“野气儿”，就像春天的草，让人有点儿想看她到底能蔓延成什么样。

从宫里出来，她就奔了这春韭黄粱、茅屋小店。有趣味儿吗？林晏目光扫过小小的店面，又看了那幅画一眼，倒也确实有些趣味儿。

大约每个居庙堂之高的人都有个隐士梦，就如同每个在野的人都有个权柄梦一样，林晏确实有两分被画里的隐逸味儿打动……想及刚才柳录事没精打采的样子，还有之前他宁可饿着也要买沈氏煎饼的事，莫非……

林晏突然皱眉。他想这些不相干的事做什么？幼时自己看见个蛾子，都能给编一段传奇出来，毛病还没好？然后他便转而思考起使团的事情来。

沈韶光把菜和馎饦用托盘端过来，摆在小食案上。沈韶光发现，这位林少尹从不坐在那些长桌案前，估计是不喜欢“面壁”……

“客人慢用。”

林晏点头道谢。

阿圆从后面搬了洗干净的杯盘碗筷进来，沈韶光已经差不多把厨间收拾利索，便让她拎着热水先回庵里洗漱，一会儿自己锁店门。

“我等小娘子。”

沈韶光轻声道：“你先去，外面街上还有不少人呢，没事。”小孩儿白天累，总睡不饱似的，沈韶光让她早点回去洗漱睡觉。

阿圆摇头，见没活儿了，便去店外台阶上坐着，等沈韶光。

沈韶光没脾气地笑了。

她站在柜台后，手托着下巴，想柳丰的事。

哪有那么多一见钟情，非卿不娶？这才是正常人正常事。只是，沈韶光前世没男朋友没结婚就穿越了，这世看来也是个单身的命，难怪住在尼姑庵里。以后老了，寂寞了——沈韶光想象自己住在一个大宅院里，身边仆妇婢子围着，冬看雪，夏吃瓜，专门找个认字儿的人给念传奇……也挺好的！

所以，她还是先赚钱吧！

林晏吃完饭，扭头便看见沈韶光一脸的安详："店主人——"

"来了！客人吃好了？"沈韶光转眼便换上客气殷勤的笑。

林晏点头。

"一百钱，客人。"其中二十文是成本，其余都是人工费和加班费。这哥们儿几次来都这个点，吃的都是专门的小炒，她多收一点，不算宰客。

林晏从荷包里掏出一小块银子放下，便走了出去。

又是二两左右，沈韶光觉得自己离地主婆的生活又近了一步，心情大好！

洗完了碗筷，熄了灯，锁上门，沈韶光拍拍坐在台阶上已经睡着的阿圆："走了，回去睡！"

第七章　火腿帅哥的关系

沈韶光继续在扩大菜品种类的道路上行进着。

买完鲇鱼，没隔两日，竟又遇到那卖鱼的，沈韶光赶忙上前搭话。

那卖鱼的人就住在城郊，如今忙过收秋，得了空闲，便偶尔去小河沟子网鱼。若网得多，便养在缸里，第二日晨间送进城来卖。

沈韶光又问："每次能网多少？"

那人笑道："小娘子问的外行话！这怎么说得准？一尺多长的大鱼有时候两三条，有时候六七条。巴掌大的要稍微多一点，但也有一些时候只能网到一寸两寸的鱼崽子。"又说网到的以鲢鱼、鲤鱼、鲫鱼为主。

沈韶光笑问："这么说，那日两条大鲇鱼是让我碰着了？"

卖鱼的大叔也笑："着实是碰着了，我网到鲇鱼的时候不多。这东西奸猾着呢，更何况那么大的。"

沈韶光跟卖鱼的商议，让他每次网到鱼直接送去自己的店里，不管大小，只要鲜活就好。

不用到处叫卖，卖鱼的大叔自然千肯万肯，连忙答应着。

每次的鱼大小、种类都不一样，做法自然也不一样，菜牌上不好写，沈韶光斟酌了一下，便只笼统地分两类：银玉尺鳞、锦口小鲜。前者大，后者小，不分种类做法，按大小定价，简单粗暴。

今天沈韶光得了三尾一两尺的花鲢鱼，和些一两寸长的小鲫鱼。

小鲫鱼好办，照旧腌鱼鲊就是。

至于花鲢鱼，最好吃的是鱼头，个大、肉质细嫩，若是前世，放上剁椒清蒸，出锅浇花椒油，麻辣鲜香，不知道多好吃。但现在没有辣椒，那她便只好加豆腐，用砂锅炖了吃吧。至于鱼身，她便做鱼肉丸子好了。

花鲢头炖豆腐没什么大诀窍，但好些人炖不出浓郁奶白的汤汁，卖相上便差了一层。

这奶汤的诀窍在于鱼先油煎，加水后用大火煮沸。

所谓奶汤者，不过是油脂乳化的结果。旺火翻滚有助于脂肪微粒乳化，与水充分结合变成水包油的乳化液。若没有充分的油脂，或者像炖玛瑙肉一样始终“柴头罨烟焰不起”地微火慢炖，是出不来那样浓郁的奶白色汤的。

沈韶光看着面前如牛奶一般洁白浓郁的汤汁，啧啧两声，这不是一锅汤，这是一锅脂肪啊。

但毋庸置疑，它很好喝！世间最美味的不过胆固醇，最不好吃的就是——健康菜[①]，这话诚不我欺。

坊丁刘金、王青点了一角酒，炸兰花豆、凉拌香芹两个小菜，还有两个大猪蹄子，吃得满嘴流油。

阿圆奉上一钵鱼头豆腐。

刘金虽喝了不少酒，但还没很醉：“我们没要这个啊。”

沈韶光走过去笑道：“这是小店送的。平日多得郎君们照顾，小店才得以安生做买卖。”这说的便是那日两人带走无赖的事。

刘金个头儿不高，不大周正的三角脸，眼睛有些鼓，乍一看有点像蚂蚁成精，却是崇贤坊武侯府的头儿，自有一股子精明劲儿。他笑道：“小娘子恁客气！”

沈韶光拿两个空碗，亲自给两人盛鱼汤。

刘金却有些惶恐，站起来接碗，笑道：“某自己来便是。”

同伴王青也后知后觉地站起来。

---

① 蔡澜先生的观点。

沈韶光到底帮两人盛了汤，笑道：“两位郎君尝尝，可还吃得？”

刘金先笑了：“这若还吃不得，街上卖的那些都该扔进沟渠了。”

两人到底都尝了，哪怕刚才吃了酒和肥厚的猪蹄子，这会儿依然被汤的丰腴鲜香激了一下：“好！真好！”

王青低头猛吃，刘金却不忙着吃，而是对沈韶光笑道：“小娘子无须担心太多，您是有福之人，自有祥云罩着。”

沈韶光笑着挑眉：这是怎么个意思？

这店主小娘子为何又送菜又亲自盛汤的，刘金自然懂。那两个无赖是长安县法曹参军审的，作为崇贤坊武侯府的头儿，刘金在法曹参军那里多少有点儿颜面，故而知道那两个无赖是怎么判的。

吃人嘴软，刘金便实话告诉她：“那两人都受了杖刑，断不敢再来捣乱了。”

在宫里时，沈韶光也曾看过一点唐律，打五十以下称为笞刑，六十到一百，才称为杖刑。这俩人受的刑罚不轻啊。

沈韶光点头：“想来那无赖欺我是女子，故而上门捣乱。”她又摇头叹息，“女子立身于世，着实不易。”

也许是喝得有点多，也许是看美人叹气有些不忍，当然，更主要的是卖某人的人情，刘金看左右无人，低声道：“小娘子提防些，听说是因小娘子做食店，却卖酒肉，卖得又这样好，落了大酒肆的面子。”他又故作神秘地用手蘸了酒水在桌上写了个“云”字。

沈韶光本来只当自己有被迫害妄想症，随口诈一下，没想到竟然真有猫腻！自己的小店与云来酒肆差着段位呢，对方至于吗？

沈韶光又要打听那笼罩自己的“祥云”，刘金却笑了，这怎么好说？那日来找自己的是京兆少尹林府的刘侍从，长安县法曹参军把那两个无赖汉判得这样重，想来也是因他在那里说了话。这店主小娘子年轻貌美，那刘郎血气方刚，这个……

宰相门房七品官，林少尹虽不是宰相，却也是绯衣高官了，关键他做的还是这京兆的官，他的贴身侍从出面，法曹参军都买账。关键是林府就在这坊里，低头不见抬头见的，与其打好关系，没坏处。

更或者，那刘侍从是替贵人做的这事……那就不得了了！刘金眯一下醉眼看沈韶光，确实是个美人儿，谁知道以后会有什么造化呢？这长安城啊，从来不缺奇人奇事！

沈韶光见他不说，也就罢了。兴许哪位食客是深藏不露的大佬，比如当朝宰相什么的，当时义愤填膺了一把，救自己和阿圆两个弱女子于困厄之中？

“弱女子”阿圆一手拎着一袋米进来：“小娘子，你来验看一下米。”

沈韶光答应着，又笑着对刘金二人说了两句，便去了厨间。

晚间回去，相对泡脚的时候，沈韶光告诉了阿圆两个无赖是别的酒肆派来捣乱的这件事。

对无赖她敢挥拳头，但听说对上的是大酒肆，阿圆便有些胆怯：“若他们再出什么招怎么办？”

“怕蝲蝲蛄叫，还不种地了？”沈韶光笑道，“该怎么的就怎么的，咱们更小心些就是了。”

阿圆迟疑一下，到底说了自己的意思：“要不我们收一收，不卖那么多酒肉了？”

沈韶光跟她解释：“若依照他们的意思，我们只在坊门口卖煎饼才好。便是卖煎饼，恐怕也碍了有些人的眼。”说完，她对阿圆意有所指地眨了眨眼。

阿圆笑了，知道她说的是卢三娘。

“活在这世上啊，就可能有人觉得你喘了他想喘的那一口气儿，可我们也不能因这个就不喘气儿了吧？”

阿圆琢磨了会儿：对啊！不喘气儿不就死了？

“我们不但要喘气儿，还要光明正大地喘，大喘！特喘！”沈韶光凶巴巴地道。

沉默片刻，阿圆道：“听说大喘特喘，叫‘喘症’……”

沈韶光咬牙，拿起臭袜子要砸她的头，阿圆笑起来。

沈韶光也笑，放下袜子，琢磨着怎么“大喘特喘”：既然食店卖酒肉不合规矩，那就扩大店面，正式更名，做酒肆算了——名正则言顺嘛。

当然，沈韶光也做好了被人家掐脖子的准备：那就换个地方重打锣另开张摆摊儿卖煎饼呗，又不是没卖过……

沈韶光在这儿做好了咬牙硬扛的准备，却不知云来酒肆那边已经萎了。

冯掌柜指着魏三使劲点了两下："尽给我惹事！"

魏三有点委屈：当初勾连两个胡人泼皮去那沈记小店捣乱也不是没跟你说，你当时可是笑呵呵的，说什么"别让他们太过了，给点教训就完了。小娘子家家的，别让人过不下去"。

这会儿知道那小娘子跟京兆少尹府有些关联，你就埋怨起我来了。

虽腹诽，魏三面上却赔笑道："不过是少尹身边一个小小的侍从，掌柜不用太过担心。"

"侍从？侍从能支使管家亲自去买糕饼？"冯掌柜怒道。

都这么些日子了，这狗东西才来报，说那两个无赖被架去了法曹那里，且被判了杖刑！自己觉得不对，找街面上的人打听，又听说中秋前林府管家亲自去沈记买了好些糕饼。这架势，可不像一个侍从能做到的啊。

"您说是——林少尹？"魏三惊骇地睁大眼睛，"不能吧？"

"怎么不能？那小娘子可是个美人儿。"

"美人儿，这长安城不多了去吗？再说，林少尹世家子，能看上这街头卖饼的人？"魏三不以为然。哪怕林少尹看上平康坊的艺伎娘子们也好呢？她们又妖媚，又会吹拉弹唱，有的还能吟诗作赋。

冯掌柜也有点犹疑。

魏三跟着冯掌柜不短时间了，说话很能掐准地方："我劝您老也莫太焦急。便是林少尹又如何？别看现在赫赫扬扬的，保不齐什么时候就得罪了人，被外放到什么海沿子、山沟沟去了呢。这京兆的官换得多快啊！"

看冯掌柜不语，魏三又加了一句："就咱们，都经历几个府尹少尹了？简直比咱们酒肆的杯子盘子换得还勤快呢。"

冯掌柜踢魏三一脚，笑骂道："事办不好，耍贫嘴倒是一等一的。"他嘴上这样说，神色却已经松了下来。

且不说魏三说的这个，就说这林少尹，也不是那种纨绔，会为了个小娘子怎么样的。再说那俩无赖到底也没惹出什么大事来。刚才着急，他主要是怕给主人惹麻烦，主人最是淳厚谨慎，每次拜见，都嘱咐大伙儿在京里要安分，要老实。他又听说王府每年要花好些钱给朝里的大臣们……

"行了，反正已经这样了。不管那小娘子与林府有什么关系，都莫要惹她了。"他又多嘱咐了一句，"你以后老实些，莫弄这些有的没的。"

冯掌柜也告诫自己，以后一定要谨慎，这京里人和人的关系盘根错节，街上跑只耗子都可能是宰相的爱宠啊……

沈韶光则在自己店旁的布匹肆里说店面转租的事。

沈韶光与布匹肆的女主人李娘子算是熟人，两人时常交流些做菜心得。沈韶光跟她微露要租个大店面的心思，本来是想她在这里人头熟，让她帮忙打听着，没想到李娘子拍掌："你便把我们这店面也租了，两个合一个，不是很好？"

李娘子的郎君郭大郎十几岁来长安城，在西市一个大绸缎布匹肆当学徒，二十余岁上娶了李娘子，成婚后李娘子用嫁妆租了个小铺面，两口子也做起了布匹买卖。

勤勤恳恳二十多年，郭家夫妇也积攒了些钱财，如今父母年老，孩子在老家都娶了亲，夫妻俩便想着回乡共享天伦去——好些"安漂"都是这样的。

回乡安居是好事，沈韶光不知道自己什么时候能够财务自由，也过上退休生活，笑着恭喜了李娘子，又打听这房东以及租金。

李娘子自从儿子娶了新妇，这阵子一直盘算着回去享享当阿家的福，但之前把租金交到了明年。若有人这时候接手，这租金想来还能拿回来，她当下对沈韶光笑道："小娘子放心，这房主最是省事的。每次都是管家出面收钱，我们租这店也有七八载了，从来不啰唆，也不曾加租。"

沈韶光也看上这地方了。直接扩大店面，好啊，她好不容易卖出点名声，能不搬地方还是不搬地方。况且这里租金也不贵，前面的店铺有三四十平方米的样子，后面三间屋舍，一个小院，每月一千五百钱。若是当初在坊门卖煎饼的时候她肯定租不起，如今却轻轻松松租下。

沈韶光便请郭大夫妇帮着牵线。

那来谈事签契的果然是个管家模样的人，听说沈韶光要做酒肆，又听她说要把店与隔壁打通，不由得皱起眉来——好些小酒肆邋遢得很，弄糟污了，以后再想外租还要来粉刷，太麻烦，何况还要在墙上开口子！

沈韶光请他去隔壁自己的小店看看，又笑道："等儿退租的时候，会找泥瓦匠把墙再砌回去，断不敢留下麻烦，这可以写到契里。"

那管家看见的是粉墙棕垫、白罐绿竹、整齐桌案、擦得发亮的铜水壶，不由得一怔，恍惚想起当初这里是个肉铺子，里面黑漆漆的墙、坑坑洼洼的地、油腻腻的案台，又听沈韶光愿意以后把墙砌回去，略想了想，便答应了。

郭家夫妇归心似箭，把交房日子定在一个月后，那管家也没难为，果真把他们的租金退还，这边又与沈韶光立了契，收了钱，三方交割清楚。如此沈韶光便只等着下个月搬家，装修新店面。

阿圆对自家小娘子越发佩服起来，小娘子真是说到做到啊，说“大喘特喘”，就“大喘特喘”！

阿圆又欣喜地道：“我们这回也有自己的地方了！省得住在庵里，看净慈那姑子的眼色。她对庞家二娘那般客气，对小娘子却冷淡得很，当我们看不出来？”说到后面便有些愤愤不平。

沈韶光哑然失笑，人家就是怕你看不出来呢！

沈韶光突然觉得有点愧对阿圆，人家世家女的婢子一个个趾高气扬、养尊处优的，就像《红楼梦》上说的堪比“副小姐”，自己这世家女的婢子，每天洗碗擦地、择菜剁肉，保不齐还得动手揍无赖……

沈韶光回头看阿圆，她已经乐呵呵地去收拾自己的东西了。

“你急什么？且等些日子，李娘子搬了家，我们也把那屋子重新收拾过，才好搬家呢。”

“我高兴！提前收拾着。”

高兴，好。

沈韶光不管阿圆，自己在那琢磨：既然扩大了店面，只有两个人，是势必忙不过来的，还要添加些人手。

西市便有奴隶市场，沈韶光带着阿圆去了。

本朝畜奴情况普遍，雇工却少，若是需要劳力了，都是直接购买奴仆婢女。

沈韶光分析着，一则是因为这种关系安全牢靠。奴仆婢女就是主人的私人财产，轻易不敢违拗主人的意思，甚至“奴婢听为主隐”，除谋反等大罪以外，奴仆不得首告主人，否则便要被处刑。再则就是奴仆便宜，一个有些技能的成年男仆也不过几两银子的事。

自穿越后，沈韶光早已节操全无，在买奴仆这件事上，选择入乡随俗。

奴市离着马市很近，沈韶光浏览着各色或羸弱或皮毛油亮的骡马，不觉便来到了奴市。

奴市规模不小，有卖传说中的昆仑奴、新罗婢的，有专卖漂亮歌姬舞女的；有规模小只卖一两个、三四个的，也有圈了一圈儿手里几十个奴隶的大奴隶商人。

沈韶光问了几个散卖的人，都不合适。想也知道，若是出色的厨子，主家轻易不会发卖。

沈韶光来到一个四十余岁的奴隶商人面前，他不远处圈着二三十个奴仆，正在发卖。

两个买主像买牲口骡马一样，扳着奴隶的脸看“成色”，很快三四个稍有姿色的婢子被挑了出来，自有人带着去市署办理买卖书契。

见沈韶光走到近前，奴隶商人客气地问：“女郎有什么吩咐？”

“儿要买个男仆，最好懂些厨艺。”

各个奴仆的出身、年岁、旧主、技艺，奴隶商人都有记录。好些奴隶商是团队合作，上头的买家和下头的卖家不是一人，这记录很有必要。

虽沈韶光只买一个，那奴隶商人却不怠慢，笑着对她道：“女郎稍等，待某翻翻册子。”

“巧了，这个于三原先就是厨子。”奴隶商人指着站在最边上的一个男仆道。

沈韶光看那于三，二十六七岁，高个子，平头正脸的，甚至说得上清秀，只是皱着眉头，目光冷漠，一副“老子不想过了，爱咋咋”的样子。

嗯，这人有个性！

沈韶光走到近前去看。不知是出于对美女的风度，还是职业操守，那奴隶商人陪着她走进奴隶圈。

“你懂厨艺？”沈韶光问。

于三抬起一点眼皮看看沈韶光：“懂。”

“最擅长做什么菜？”

于三声音平平地道：“葵汤、藿羹。”

奴隶商人沉下脸：“好好回女郎的话！”葵菜很常见，而藿羹几乎可以算粗粝，哪有厨子说擅长这两种菜的？

估计是出于好汉不吃眼前亏的心理，于三到底回答：“早年旧主还有钱的时候，也做过些烧仔鹅、烤羊肉、鲤鱼脍这样的菜。”

沈韶光点了点头：“为何被发卖？”

“主人穷，卖了我换了顿玉柳楼的全鱼宴。”

行吧，沈韶光有点理解这哥们儿为什么一副生无可恋的样子了，也理解他的旧主为什么穷了——卖了厨子换顿饭，这是多么亏本的买卖！

奴隶商人却觉得一定是这庖厨的厨艺不好，又或者在是胡说八道，在心里埋怨前面购买奴隶的同伴不靠谱，对沈韶光赔笑道：“小娘子若不着急，后天还到一拨，届时小娘子再来看看？”

沈韶光对奴隶商人笑道：“不用，就这个吧。多少钱？”

这个男仆在三两银的档上，如今看来他这厨艺有点水，又这副半死不活的德行，奴隶商人也懒得搁手里再调教他，自动降了点价钱，只索要两千七百文钱。

沈韶光觉得这价钱还算公道，便谢过这奴隶商人，交了钱，去办买卖奴仆的公契。

沈韶光领着昂首挺胸的阿圆和垂头耷脑的于三回家去了。

西市东西全，路上沈韶光顺便给于三买了些铺盖等日用品。

见花这许多钱给于三买东西，他还是那副“爱咋咋，死了便埋我”的样子，阿圆颇为生气，连甩了好几个白眼儿给于三。

沈韶光失笑，不知道阿圆竟然还有欺生的特性……

因为租的房子还不能搬，庵里又不留男客，沈韶光便让于三先住在店里。

回到店里，太阳还老高，没到准备晚饭的时候，沈韶光先拿着顺便在西市买的糖去谢隔壁李娘子帮着看店门和炉子，而后回来看于三，道：“先去后面洗手洗脸。”

于三没什么表情地应着，自去了后面。

沈韶光让阿圆去邱大郎那儿买几个胡饼，又盛了些红烧排骨放在食案上——出门的时候炖上的，这会儿已经骨酥肉烂。

这个时代，有些余钱的大家才一天吃三餐，没钱的只吃两餐，沈韶光觉得于三肯定没吃午饭。

等于三回来，沈韶光道：“吃饭吧。”

于三看沈韶光一眼，坐在案前吃起来。想来他是真饿了，吃得不慢，但样子并不粗鲁。

等他吃完了，沈韶光问他味道如何。

“糖放多了，盐放少了。”

沈韶光挑眉。

“比我做的好。”

行吧，至少他有个好舌头。沈韶光一向擅长发现自己人的优点。

沈韶光跟于三解释，长安人嗜甜，又是空口吃的下酒菜，故而糖要放得多一点，盐要少一点。

于三点了点头。

“你能做鱼吗？后面还有条一尺多长的鲤鱼。”既然他吃饱了，就可以干活儿了，店老板当然要考校一下新厨师的实操水平。

于三再点头，问沈韶光：“现在就做吗？得趁热吃。”

沈韶光笑道：“没客人的话，我们自己吃。”

于三便什么也不说了，自去厨下小水缸里抓了鱼，拿到后面杀。

见到他杀鱼的手法，沈韶光心里一松：嘿，至少以后杀鱼不犯愁了。

每次看阿圆那货拿个棍子砸鱼，沈韶光看着都觉得浑身疼。关键有时候是砸蒙了没砸死，收拾的时候，那鱼还拍打拍打尾巴，身子一抽一抽的。

所谓“见其生，不忍见其死；闻其声，不忍食其肉”，沈韶光不是君子，也不能远庖厨，但心里还是有点不落忍。

于三就干净利落多了，一刀毙命，绝对的刽子手水平。

杀鱼干净利落的于三，取肉也干净利落，将头尾剁掉，只要中间肉厚的部分，去皮切段，然后略码一码味儿，裹了薄薄的蛋清芡粉，便下锅油炸。

看看被无情抛弃的鱼头鱼尾，沈韶光这会儿觉得，就这食不厌精的样，于三的前任主人八成是吃穷的。于三说他的前任主人卖了厨子换顿宴席，保不齐是真话。

于三将鱼炸得金黄，盛出来，另起锅，放油，放花椒、葱、姜爆香，再放兑了黄酒、清酱汁、醋、糖等调料的汁，然后下鱼，大火收汁。

出盘上桌，鱼块边缘微微翘起，汤汁浓郁油亮，看起来不错，闻起来也很香。这鱼不是红烧，不是炖，不是糖醋，倒有点像后世的瓦块鱼。[①]

沈韶光还没来得及尝鲜，便看见一位时常来买玉尖面的熟客进来。

这熟客看见鱼，眼睛一亮，笑问沈韶光："我们太夫人午间没好生吃饭，这会儿吃粥，想吃点有味儿的东西，让我们上这儿来看看。这鱼——卖吗？"

对上那殷殷的眼神，沈韶光抿了抿嘴："您端走吧。"她又嘱咐一句，"趁热吃。"

那熟客笑道："多谢，多谢，回头我给您送盘子回来。"饭馆子卖菜，不卖盘子，这是规矩。

新出锅的鱼被卖了，沈韶光一口鱼没吃着，拿手指抹一下还没来得及刷的锅，嗯，整体咸香口儿，带一点酸甜，味儿不错。

林晏就比沈韶光有口福多了，到底吃上了一块鱼。

他一进祖母的屋子，就闻见一股子鲜香的鱼味儿。祖母坐在榻上，面前摆着小食案，食案上摆着还剩半碗的粥和几盘小菜。

"阿兄回来了？"江太夫人笑道，然后便招呼人也给林晏盛粥。最近老太太又开始糊涂了。

"你尝尝这个鱼，从外面的会仙楼买的。"盘子里还剩了两块鱼，江太夫人很大方地夹给自家"阿兄"一块。

会仙楼是杭州有名的酒肆，至今已屹立百年，祖母这是又回到外曾祖父在杭州任太守的时候了。

林晏尝了尝："嗯，不错。"

"是不错吧？但我觉得这跟上回的糖醋鱼，不是一个庖厨做的。"江太夫人断言。

林晏看祖母身边的仆妇，仆妇比了个口型："沈记。"

林晏无奈一笑，祖母竟还记得前两天沈记的糖醋鱼，只是后面说什么不是一个庖厨……却是又错了。

---

① 瓦块鱼做法参照百度资料及梁实秋先生的文章。

新厨师于三的烹鱼技术让沈韶光有点惊喜，自烹了第一道鱼菜，后面他又陆续烹了醋鱼、清蒸鱼、鱼羊鲜之类的鱼菜。

对这些鱼菜，食客们也很捧场，特别是鱼羊鲜，最受欢迎。

这道菜的做法颇为复杂，羊肉先烫，再炖，然后放入鱼腹中煎煮，精致复杂得很，沈韶光狠狠地把它定了最高价。

本朝有些菜，复杂讲究得沈韶光一头雾水，比如鼎鼎大名的“浑羊殁忽”：要特选嫩鹅，鹅腹内填上肉和糯米饭，加料码味儿，放在羊腔里，用明火烤羊，等到烤熟了，羊却不吃，只吃那鹅……

还有炮豕[①]：把猪肚子里塞满枣子，用苇草包上，苇草外面裹上泥，放到火里烤，烤完剥落泥块苇草，猪毛自然也被剥了下来，露出嫩肉——类似后世的叫花鸡。但这是贵族吃的，自然比叫花子吃的叫花鸡还要麻烦。这肉还要再过油，再隔水炖，炖三天三夜，然后调味儿……

皇宫御膳中有几种这东西，沈韶光把它们统一归为“爷吃的不是饭，而是麻烦”系列。该系列菜品大约是国家承平日久，贵族没处挥洒精力，瞎琢磨瞎讲究出的产物，类似于清代旗袍上繁复讲究的绲边儿。

但本店的鱼羊鲜，沈韶光还是认可的。羊肉提前处理是因为羊肉不好熟烂，提前煮到八分熟再放到鱼腹内，鱼羊相互借味儿，合成一个“鲜”字。

但也许是本朝人不讲究吃猪肉，于三做猪肉菜不在行。

事实上，于三对沈韶光的玛瑙肉、狮子头也感到很惊讶：竟然有人能把豕肉烧出这般口味……

讨论猪肉菜价值的时候，沈韶光正带着阿圆和于三出来秋游。

重阳节秋游登高是旧俗，沈韶光又卖了一回重阳糕，但那是节前一日卖的，重阳这日，大家都早早骑马坐车出门游玩了。

本来沈韶光还琢磨着要不要再找个旅游胜地摆摊儿去，但这秋游的地方没那么集中，图省事的人选乐游原，不怕麻烦的人选终南山，也有文人雅士选曲江亭、临渭亭曲水流觞，吟诗作赋。还有城里城外的寺庙道观，

---

① 《周礼》上说的八珍之一。

也都是秋游的好去处。

人流不集中，再说登高是个运动的过程，能有多少人停车下马来买吃的？

这么估算一下，沈韶光便作罢了，干脆带着阿圆和于三出来散散心。

沈韶光懒，不想赚钱的时候也不愿往人群里扎，比较了一下乐游原和曲江边，选了后者。但沈韶光觉得，这或许是因为相比“仁者”，自己更是一个“智者”。

沈韶光这回确实明智，曲江边今天来的人着实不多，毕竟重阳首选还是登高。

深秋的天空瓦蓝瓦蓝的，曲江的水碧绿碧绿的，江面上两三只游船，间或有骑马的郎君带着奴仆从大路上行过，沈韶光估计是曲江亭那边有宴会。

那不与自己相关。“智者”沈韶光带着她的奴仆婢子沿着曲江亭相反的方向溜达了一会儿，看见一片风景不错的地方，便铺开布毡子，取出装酪浆的壶，打开装胡桃饼、豌豆黄、艾窝窝、菊花糕的点心匣子，又拿出一包用纸袋子装着的肉末饼。

阿圆欢呼一声，相比各种甜食，她明显对咸香的肉食更感兴趣。

看看阿圆腰间的肉，沈韶光到底没说啥——过节不兴凶孩子。

这饼里塞的便是做狮子头的肉馅儿，虽有些凉了，却依旧香。

最近，沈韶光猪肉饭菜做得越发出神入化了，常能化腐朽为神奇。

阿圆啃一口，吹嘘道：“小娘子做饭菜顶香！”她又说，“再没有比小娘子做的豕肉更好吃的东西了。”

对店里这些精致美味的猪肉肴馔，于三开始还有些惊讶，过了这些天，也当作寻常了。

听了阿圆的话，于三慢悠悠地插上了一句：“那是，不然怎么以贱作贵呢？”一盘四个狮子头几乎与一盘子扒羊肉价钱等同，但豕肉什么价？羊肉什么价？

阿圆最受不了于三的阴阳怪气：“你怎么这么说？！”

沈韶光觉得于三的话虽也算是事实，但还需拨开表象看实质。

抬手止住阿圆，沈韶光给自己的厨师进行经济学培训：“你所谓的‘贱’只是材料，没算人力成本、时间成本、智力成本这些。

“一块豕肉固然便宜，但我们又是烫，又是煸，又是炖，又是蒸，放以作料，盛以美器——”沈韶光停顿一下，才继续道，“当然现下还没有美器，以后会有的。经过这一番作为，这块豕肉就不是以前的豕肉了——”

阿圆和于三都抬眼看她。

“它是上得大宴席、入得贵人口的豕肉！”

于三无言以对。

想了想，阿圆猛点头。

沈韶光说着说着就开始旁征博引起来：“就譬如南边有所谓‘养母’者，买贫家幼女，教导以琴棋书画、吹拉弹唱各色技艺，等到了年纪，便卖往两京贵人府邸，或者平康花楼，又或者两淮巨贾那里。”沈韶光说的是后世的“扬州瘦马”，不知此时是不是也有。

“她买那幼女时，不过一两银，卖时却有千八百两银子。”

阿圆抽气，算一算千八百两银子能买多少个自己。

于三看看自家的新主人，觉得有点一言难尽。

“所以然者何？因为中间有‘养母’的教育成本啊！就像我们的豕肉菜……”

突然听到身后树林中有声音，沈韶光回头——阿圆和于三也扭过头来看——是一个穿鸦青色圆领袍和一个穿月白袍子的郎君，那穿月白袍子的郎君正笑得花枝乱颤。

来人不是林少尹和他那朋友，又是哪个？

沈韶光在心里翻了个白眼儿，两人偷听人说话还这么嚣张！她又琢磨这两人从哪儿来的，估计是从那边曲江亭酒宴逃席出来，顺着树林子绕到了这边。这都能碰上，他们这是孽缘吗？

沈韶光心里吐着槽，面上却一派和煦。她对两人一福，笑着问好：“两位郎君安好。”

林晏微抿嘴角颔首还礼，裴斐则笑道：“又见到小娘子了。”

沈韶光微笑。

“上次吃了小娘子做的月签饼，甚好！”若没有后半段“养娘”那部分，裴斐或许就拿沈韶光刚才说的话打趣了，但她旁征博引了那么一下子，再提起，未免轻薄下流，故而只说上次月饼的事——后来裴斐到底问了周管家，知道那饼是这位沈小娘子所制。

穿越到大唐，沈韶光遵照淑女原则行事，脸皮薄了不少，刚才胡扯让这两人听到，本有些讪讪的，但对上裴斐这似乎也有点龌龊的人，那点讪讪的感觉也就散了，当下笑问："想来郎君运道不错，抽了个好签。"

"哈哈哈，那当然、那当然。"裴斐笑道。

沈韶光继续微笑。那签子里就没有不好的……果然爱听好话是人类的天性！我要不是厨艺惊人，就凭这份本事，做个女冠或姑子，在寺庙观宇门口摆摊子抽签解签，也能奔小康。她觉得自己是一个被厨艺耽误的半仙！

"某觉得小娘子的签准得很，堪比青龙寺的了尘师父。"裴斐再次与沈韶光心有灵犀了。

这人有慧眼！真知音！

沈韶光半垂着头，矜持一笑："郎君说笑了。"

听这两人有来有往地胡说八道，想及刚才这位沈小娘子的惊人之语，林晏再次抿抿嘴角，然后对沈韶光微颔首："如此就不打扰女郎秋游了。"他又看裴斐，便要告辞离开。

裴斐也对沈韶光颔首道别："秋高气爽，小娘子秋游安乐。"

沈韶光再福一福，也笑道："两位郎君秋游安乐。"

阿圆和于三也行礼。

裴斐追上林晏："难道你觉得自己抽的那月饼签子不准？你对小娘子们总这般冷冷淡淡，那签子没法准啊……"

习习秋风带来隐隐的说话声，沈韶光看着两人的背影，猥琐一笑：难道那位林少尹抽到了"必得佳妇"签？

啧！啧！那我的签子可是太准了！那仆射的孙女，论样貌，论风度，怎么也称得上"佳"了，关键是那女孩儿似乎对这位少尹颇为有意……其实便是庞二娘也挺可爱的。林少尹高大、富有、帅气，即便是个面瘫，女孩子们也会前仆后继地喜欢。

过完了重阳节，郭大郎夫妇的余货处理得差不多了，两人便开始收拾行李，准备启程。

沈韶光送了一大盒子花糕："路上若错过打尖的食铺子，可以垫补垫补。"

李娘子看着那一盒子各式各样的漂亮花糕，笑道："我可舍不得路上垫补吃了，拿回家去，让他们也看看、尝尝这京里的东西。乡下地方可没这个。"毕竟在长安待了这么些年，没走的时候成天惦记着走，这会儿真要走了，她又念起它的好来。

"又不远，你们什么时候愿意回来逛，再回来逛就是了。"沈韶光说话始终带着点后世地球村时代的影子。

李娘子只道她是安慰自己，颇不舍地拉着她的手："关键是，再不能有小娘子这样的好邻居了。"

沈韶光笑道："可是有女、媳在身旁侍奉啊。一家子安安乐乐地住在一起，多好。"

听了这话，李娘子笑着点头："可不就是图这一样？"

送走了前任租户，沈韶光便约了泥瓦匠和木工，开始装修新店面。在此之前，沈韶光与旧店的房东谈好了，并多续了两年约。

如今店里收入多且稳定，虽交房租又装修，银钱上也并不为难。

装修不用琢磨节物节料，想方设法省钱，而且有旧店做底子，两边连通起来，总要一致才好，沈韶光也就不用想什么新花样——这种装修再简单不过了。

粉刷得雪白的墙，上面装木搁板，放些花盆绿植和西市淘来的小零碎儿，什么陶土胡人、胡马，草编的雀鸟，牛角的乐器之类的，回头再挂两幅画，调调儿就够了。

新店一式的原木色食案，地方够大，就不装"面壁"的吧台了。旧店的保留原样——也许有人独酌，就喜欢这个样式呢？

地上铺胡毯地衣——原来旧店铺的是篾席，但用上才发现，不大经用，很快就有竹条子被踢了出来，若戳上客人的脚就麻烦了，而且篾席不好清理，沈韶光便把主要的地方铺了胡毯。这回干脆都统一换了。

胡毯这东西，可能是用骆驼毛、牛毛、羊毛之类的混在一起编织而成的，深深浅浅的棕色中杂着些白，很粗的麻花纹理，有点类似后代的呢子，当然要粗得多。

别看这是异域之物，其实并不很贵，跟有名的宣城红线毯没法比，便是长安本地的丝绒地衣也比不过。但铺在小酒肆中，也算不错了，况且整体颜色风格也搭得很。

厨房当然也扩大了，请泥瓦匠砌了薄墙，木匠做了木门，对大堂内留个传菜的窗口。向外开的窗户却是不动的。

最让沈韶光欢喜的是，新租店铺后院里就有一眼小井，这就不用出去挑水吃了，夏天又可以做各种冰镇小食。

至于后院房屋的装修就更简单了。原本的李娘子就算个讲究人，那地上是铺了地砖的，又有房主配置的床榻和橱柜，沈韶光只把墙刷一刷，把破了的地砖补一补，配了合适的帐子铺盖，就能入住。

沈韶光和阿圆用大卧室和堂屋，小一点的那间屋子有朝着院子的门，正好给于三。

搬家时，住持带着净清、净慈等送沈韶光出庵门，沈韶光恭恭敬敬地又给住持行了一礼。刚出宫时没个落脚的地方，圆觉师太不嫌自己清贫，不只收留，还多加厚待，沈韶光铭记于心。

圆觉师太对她慈祥一笑。

沈韶光笑道："师太的《饼经》写完，请一定容儿拜读。"

圆觉师太和净清都笑起来，只净慈有些不高兴。原来一心算计着什么时候撺掇住持赶这贫女走，如今人自己走了，净慈心里倒不痛快起来。就譬如一个男人看不上自己的女朋友，想分手，但女朋友先提了分手，这男人又觉得屈辱。

沈韶光搬过来，又是一通打扫、收拾，跑了两趟西市添置东西，如此又扰攘了好几日，天都有点冷了，才算彻底消停下来。

前面收了铺子，关了店门，沈韶光洗漱过，在屋里看了两页书，趿拉着鞋出来，指着院内厦子下挂的腊肉、猪腿和几种野味，对才洗漱回来的于三道："这肉怎么还不红硬红硬的呢？"

于三进屋拿根竹扦子出来，戳了戳："小娘子莫要常来看了。让你看得一点变化都没有。"

不是……这怎么赖我呢？

沈韶光却突然想起传说中的"量子芝诺效应"来："如果我们持续观察一个不稳定的粒子，它将不会衰变"，因为"量子力学中，所谓的'观测'

将产生经典力学的物理量。高频率的观测会减缓系统的跃迁”。[①]

所以，真的是因为我老来看，所以这肉就腌不好？

看沈韶光竟然当了真，于三先是惊讶，然后就笑起来。他平时老是一副半死不活的鬼样子，说话也时常含讽带刺，没想到笑起来的样子，竟很干净温良。

沈韶光知道自己被耍了，也不生气，反而对于三笑道：“你就该多笑笑嘛，这多好看！”

估计于三对自己表情管理出现失误有点不好意思，没理沈韶光，扭头径直回屋去了。

沈韶光撇撇嘴，学个于三垂眉耷拉眼的表情，又接着看钩子上挂的腌肉，想象着这些肉变成蜜汁火方、金银蹄子、冬笋火腿……

这腌渍风干肉类的技术，古已有之，毕竟孔子就收十条干腊肉当学费。唐人中不少爱吃腌渍的鱼、肉的。据说先帝就喜欢吃鹿脯子，但今上不大喜欢，宫里做得也就少了，沈韶光便没能偷得什么师。

幸亏于三的旧主人是南边人，也庆幸那是个吃主儿，所以于三虽然对腌猪腿不是很在行，但很会腌野味儿。

沈韶光实操水平不行，但理论知识很过关。她曾做过一期专题，专门说腌制火腿的，还曾亲自跑到江浙一带采访腌腿子的师傅。

腌火腿是个讲究活儿，选腿子就要选好，最好选当地“两头乌”猪的后腿，且以瘦多肥少、十至十五斤之间的为宜。

取猪腿的时候下刀要小心，腿形要正，真真正正的“割不正不食”，所以后面还有“整形”这道工序。

腌制的时候，一次次地上盐，用什么盐有讲究，给猪腿按摩的手法也有讲究。

经过几次上盐，约莫一个月的时间，再进行清洗、晾晒，后面还有发酵、堆叠等多道工序。不只工序繁多，且步步讲究，头年的秋冬腌制，次年夏才算腌好，而讲究的，则吃两年腿、三年腿。

---

① 量子芝诺效应解释来自百度百科。

曾看八旗贵胄、杂文大家唐鲁孙先生说腌火腿时要放一只戌腿提鲜，沈韶光问那被采访的师傅——这种有点玄学，又很市井的事出现在稿子里，可比单纯介绍工序有意思多了。

不知是不是这道手续失传了，那个正正经经穿无菌操作服，像个外科医生的年轻腌腿师傅坚定地对沈韶光摇头。沈韶光很遗憾没能给自己的稿子加点“狗腿”料。

其实沈韶光并不是从一开始就对火腿这种东西抱有如此好感的。她是北方人，家里并没有这些腌腊货。

幼时，曾有南边的亲友送给她父亲一只正宗或者不甚正宗的金华火腿。那只腿被炖得油腻腻、咸得很，一股子怪味儿，沈韶光只吃了一口就再也没下筷子。后来她才知道，或许是母亲没有把肉面或者滴油处理好的缘故。

沈韶光正经吃各种火腿菜，是工作以后。各种以火腿为主或者为辅的大菜小肴，差点鲜掉沈韶光的舌头。[①]

与鲜肉比，火腿自有一股子岁月发酵的香醇味道，就像拿大叔与小帅哥们比一样，那阅尽千帆的眉眼、看破不说破的笑容，哪怕褶子，都带着时光打磨过的味道。两者一比，年轻小伙子们未免太急促直白，缺了那么点“灵魂”。

前世，中外娱乐圈颇有几个沈韶光看好的“叔”，现在，沈韶光看看天上如钩的新月，惆怅地想，他们并不知道在异时空还有一个自己的“老婆粉”。

穿越以后，沈韶光也见过几个长相好看的男人，比如今上，长相就不错，又有身份加成，说句龙章凤姿，虽略嫌拍马屁，倒也不离谱；还有几位大王，相貌也很好。

李氏本就是陇西士族，是择偶有优先权的那类人，后来得了天下，后宫里更都是美人，一代代美貌基因遗传下来，想丑也难。

说到士族长相，沈韶光不由得想起同坊那位面瘫的林少尹，想来也是一代代优良基因遗传的产物。他那眉眼，着实有点如诗如画的意思；气

---

① 关于火腿的内容参照唐鲁孙先生的《宜酒宜饭宜茶宜粥的火腿》、梁实秋先生的《火腿》及百度百科。

质也好，美而不娇，威而不悍，既有文化人的雅致，又有权臣的威仪，啧啧……可惜是个面瘫！

其实林少尹那位朋友长相也不错，是个风流面相，尤其一双眼睛，很是招人。但看见他，沈韶光就想起“十年一觉扬州梦，赢得青楼薄幸名”来。

对着一条条的腌肉，沈韶光盘点了一遍认识的帅哥们，最后喟然长叹：等肉腌好了，要先用黄酒和糖蒸一盂来吃。

第八章　沈韶光身世之谜

沈韶光支使着于三登梯子换下原先食店的幌子，挂上新做的酒肆招牌，阿圆也在边上指挥："高了、高了，低了、低了……"惹得于三回头瞪她。

对阿圆的敌意，于三本来不大搭理，但后来也许是觉得这样太吃亏，又或者是小店的日子着实无聊，便也回击起来，两个人针尖对麦芒，活似一对冤家。

不过这也有好处：在于三的刺激下，阿圆的口才一日千里，几乎已经找不到曾经憨婢子的影子了。沈韶光对此感到十分欣慰。

沈韶光一边摊着煎饼，一边与食客们提前道歉打招呼："后日十五，小店正式更名，以后专营些酒肉菜肴，也有各色面点饼食，只是晨间不再卖朝食了。还请各位客人也似如今一样，常常光顾。"

当下就有食客惋惜："啊？那我们以后去哪里买这样的好煎饼吃？"

旁边的人也七嘴八舌地道："哎呀，小娘子继续卖朝食不好吗？"

"我家小郎君每日都要吃过这饼才去上学，突然跟他说没有了，他不去上学怎么办？"

一个白衣士子摇头："某将远游，本以为回到长安时还能吃到小娘子的煎饼，没想到……"

有这些遗憾和盛赞，沈韶光觉得圆满了。人心大约便是这样，若自己走时，没个挽留的，就太没有滋味儿，虽然这挽留并不会改变远行者的心意。

但这“挽留者”中有一个特别的人——柳丰。

自那日提亲未遂之后，柳丰便少来店里了。但他不来，他的仆从来，依旧经常几套几套地买煎饼。

沈韶光自然也跟他这仆从说了。晚间柳丰亲自过来恭喜沈韶光，又不无遗憾地笑道：“以后再难吃到小娘子的煎饼了，衙里那帮馋鬼可如何是好？”

沈韶光除了回以微笑，不知道说什么。这位柳郎君真是个君子。

关于晨间朝食停业的事，沈韶光是认真思考过的。

如今她晨间卖煎饼的收入所占比额很小，占的精力却不少，头一晚要准备，第二日又要早起。忙活到太阳高升再买菜准备午餐，她一天三餐地忙活，着实有些累，是到了有所取舍的时候了。

况且，如今的酒肆是惯常不卖早点的，既改了酒肆，那就按照规矩来吧——免得被人挑理不是？沈韶光嗤笑。

沈韶光这两三个月一直惦记着云来酒肆的事，奇怪的是，那边没什么动静。

他们莫不是憋着什么坏呢？又或者这事根本是那两个坊丁蒙人的？再或者，真有什么“祥云”笼罩着自己，帮自己打点了？沈韶光有点种田文跳到悬疑文的感觉。

其实云来酒肆那边也郁闷，尤其看到沈韶光光明正大地干脆换了酒肆的牌子，冯掌柜没脾气地笑了。小娘子，有贵人疼的漂亮小娘子，果真都硬气得很。

沈韶光不知道冯掌柜想象的是言情宠文戏，决定踏踏实实地走她的市井种田路线。

根据规模、位置、背景和自己的本事，沈韶光给沈记酒肆做了市场定位——中档特色酒肆。

崇贤坊属于中高端社区，不说达官显贵、豪商富贾，便是普通住户也有余钱。在这里，破旧小馆子利润低不说，还容易被嫌弃。大酒肆毕竟曲高和寡，又不是东、西两市，只单一个坊恐怕养不起——当然，沈韶光也开不起——那么，一个干净、有点情调儿的中等酒肆应该是合适的。

其实，沈记这点面积，和正常的中档馆子相比是有点小，但考虑到是面对坊内，客流就这么多，也就勉强算是了。

说到酒店的档次，就要提菜品，这就涉及另一个定位——特色。

沈记酒肆的特色是小菜大做，或者如于三所说的“以贱作贵”，通过精工细做的方式使这些普通食材升值溢价。

如今的中等酒肆，经营的多是鱼、羊肉、牛肉类菜品，高端酒店除了地方豪华，菜做得更精细，食材也更高级，除了鱼、羊肉、牛肉类菜品，多有鹿尾、熊掌、驼峰一类珍肴。

沈韶光却要玩个差异化营销，坚定猪肉菜不动摇，再加上鸡鸭等家禽——在这个时代，鸡不算肉，价钱也便宜。

说到鸡不算肉，还有个挺逗的事。贞观时一代名臣马周喜欢吃鸡肉，一到地方上就吃鸡。有人去告状，太宗说：“我禁御史食肉，恐州县广费，食鸡尚何与？”[①] 看看，看看，李二陛下亲口说的，鸡肉不算肉！

鸡肉不算肉，据说是因为鸡小，不用专门的屠户宰杀。沈韶光却觉得，可能是因为喂鸡用的粮食少，养起来也方便省事，不管乡村还是城市多有养殖的，所以鸡肉便宜，又因为便宜，所以被认为不是“肉”。

其实鸡肉、猪肉都很好吃啊，也完全可以烹制出精美的菜肴，提升它们的档次。沈韶光决心扛起振兴食鸡肉、猪肉的大旗，觉得自己责任重大。

为了配合精致的烹调方法和中档菜品的价格，沈韶光甚至专门淘换了一批瓷器，有杯有壶，有大、中、小三个型号的盘子，又有汤碗、饭碗、汤匙等，一色的洁白匀净胎质，细腻光润釉面，没什么花纹雕刻，有种朴素淡雅的美感。

那瓷器商人说是邢窑瓷，沈韶光对瓷器名窑没研究，不知道是不是真的，但单以品质来说，是很好的。关键是，价钱不是很贵。

瓷器商人说，邢窑虽然是老牌名窑，但如今有些式微，好多人更认定窑。

“定窑哪有这样匀净又薄的胎子？这样柔润的色泽？”瓷器商人一副为邢窑不平的样子，活像忠臣蒙冤。

---

① 出自《新唐书·马周传》。

沈韶光笑着付了账，在瓷器店主人那里得了伯乐的美誉。

沈韶光又跟于三讲摆盘的门道、颜色的搭配、留白的魅力……乍一听，会让人以为她在教于三国画。

“按小娘子的摆法，一盘能分成三盘了！”于三有些怀疑地看向沈韶光。

沈韶光被人怀疑了也不生气：“少放点菜不是目的，美才是目的。当然，也不能因形而损质，毕竟人家是来吃饭的，不是来吃盘子的。”

于三点点头，觉得小娘子还有的救。

沈韶光又督促于三练习雕萝卜花、黄瓜花什么的。

学国画的人多少能自己鼓捣鼓捣章子，沈韶光给自己刻过一个沈字章，就是盖在煎饼袋子上的那个，但让她刻萝卜花就不大行了。没想到于三新上手就像模像样，这大概就是天生的巧手。

阿圆看他们玩得有趣，也加入进来，雕了半截，看看于三手里的萝卜，再看看沈韶光手里的，气愤地把自己雕的塞在了嘴里，咔嚓！咔嚓！从此绝了学雕花的心。

有前面食店时期的积累，沈韶光的酒肆运行起来比真正的新酒肆要容易得多——不管是客流方面，还是自家经营的方式上。

中午店里生意要差一些，毕竟做官、经商的人好些都不在。晚间的时候几乎天天客满，其中不乏豪富。

沈韶光正盘账的时候，走进来一个留三绺美髯、穿锦面裘衣的老者。

时候还早，店里没什么人，沈韶光请老者随意坐了，又用小托盘端过一杯饮子来，笑道：“老丈喝些热热的红枣枸杞饮子暖一暖。”

已经到了深秋初冬，不知什么时候初雪即至。为了驱寒，沈韶光用姜、红枣、枸杞煮了这红枣枸杞饮子，喝下去，全身都暖融融的。

自从多了于三，又不做早点生意，沈韶光多了不少闲情逸致，比如煮点私房饮子。后来有熟客来她便分出去两杯，再后来便干脆成了店里的免费饮品。

听沈韶光叫“老丈”，老者有些感慨地一笑，道了谢，端着饮子，又打量店内布置，目光落在那幅山村野店图上。

沈韶光递上菜单，老者看看菜单上的字，又看一眼那画：“小娘子这菜单是请何人写的？”

“市井小店，讲究不起，是儿自己胡乱写的。”

老者有些惊讶地看着沈韶光：“那墙上的村店图也是小娘子所画？”

“是。胡乱涂抹，让老丈见笑。”

“不知小娘子师从何人？”老者说完自己先笑了，想：自己可是魔怔了，小店主人能师从何人？或许她是没落了的大家子弟。又想到这店名“沈记”，老者便仔细地打量沈韶光，似想从她脸上看出另一个人的影子来。

沈韶光胡扯：“是一位舂米的李娘子。”她也不算全胡扯，那位四十余岁的宫女老师，原先确实做过舂米的活儿，哪怕后来转司教学，手上曾经磨出的茧子也还在。

老者没能从这娇艳的女郎脸上看出什么故人影子，便点了点头。民间能人异士很多，坎坷际遇者也很多，今日老者故地重游，心头缠绵着陈年旧事，故而见什么都生出些疑惑来。

老者随意地点了招牌的狮子头、玛瑙肉、鸡脯茄丁、炸仔鸡、鱼羊鲜、芙蓉肉，又要了醋鱼、烩菘菜、香醋芹梗、八宝豆腐，酒也要了一角。

菜陆陆续续开始上，阿圆一盘一盘端过去，摆在食案上。

阿圆长于市井，又本是粗枝大叶的性子，沈韶光虽也教了她一些，动作上仍不够细致。老者轻皱一下眉头，却没说什么。

沈韶光接过阿圆手里的热水壶，笑道：“儿给老丈先烫一小壶吧？”

老者点头。

沈韶光在旁边正坐，缓缓地把热水注到烫酒的皿子里，忖度着时间，手指碰一下壶壁，温度适宜了。她拿起酒壶，略摇一摇，使壶里的酒热度均匀，用雪白的布巾子擦过壶底，才给老者倒上一碗。

老者微笑着点下头，赞的却是别的：“小娘子玛瑙肉做得好。”

还没吃，先说好，要么是恭维，要么是曾经吃过的，这老者想必是后者。

沈韶光笑眯眯地道谢，又请客人慢用，便拎着壶去了厨房。

其实店里一般都是直接端上烫酒的皿子，倒好水，就不管了，由客人自己烫酒。但刚才阿圆动作大，似惹人不快了，沈韶光便去补救补救。

想来这老丈非富即贵，家中规矩严，婢子们都屏声静气、小心谨慎，没见过阿圆这样的……

沈韶光护短，觉得阿圆动作虽大了些，但算不得粗鲁，最多算——率真可爱。看来旁人并不这么想。唉，服务业啊……

沈韶光又疑惑：这老丈非富即贵的身份，怎么身边没带个随从奴仆，就自个儿跑到外面吃酒来了？

她正琢磨着，老丈的仆从来了，还带来一个熟人——林少尹。

“安然，来！”老者笑着招呼林少尹。

以字相称，见到林少尹依然安坐，恐怕老者不只年龄高，身份也高。沈韶光猜，这位老者想必是朝中大员，三品及以上的。

果然，林少尹上前行礼，称“李相公”。

嚯！当朝宰辅。

两位高官寒暄，那位宰辅的仆从过来要求包场。

沈韶光笑着答应了。包场这种事，她最喜欢了，干活儿少，又有钱拿。她当下利利索索地在纸上写了“贵客包场，敬请见谅”，亲自贴在往常当成菜品广告牌的木板架子上，拿到门口支开。

小风钻进绵袍领子，沈韶光拢一拢领口、袖子，看看天色，有点阴，保不齐明天就会下雪。她进了屋，随手关好门，落下毛毡门帘子，又进厨房嘱咐于三和阿圆两句，就盼着客人吃得好，于包场费外再多给些小费——有钱人大多手松。

沈韶光回到柜台后发现忘了给林少尹端红枣枸杞饮子了，但看他们已经吃起酒来，便作罢，只在柜台里猫着。

阿圆拿托盘端了醋鱼上去，这回动作就轻柔多了，沈韶光暗叹孺子可教。

李悦尝一筷子醋鱼道：“清爽淡薄，有江南烟雨的味道！”

林晏微笑，也夹了一箸，确实，清淡新鲜，与京里蒸鱼的厚重迥异，倒更似鱼脍。林晏用余光看一眼那边高大柜台后的店主人，祖母的舌头果然灵，沈记确实换了庖厨。

“彼时闲暇，某泛舟湖上，便是有些微风雨也不回去。某披蓑戴笠熬上半天，总能钓上几条鱼来，以鲤鲫居多，间或也有鳜鱼，有一回还钓上了一条四鳃鲈鱼来——只可惜没有嘉宾分享。”李悦的笑渐渐淡下来。

停顿了一下，李悦复又笑了：“在江南时，时常惦记京里的浓油赤酱，惦记晨间的胡饼芝麻香味，还有西市胡人酒肆的把子羊肉。如今回了京，又惦记起吴中的莼菜羹、鲈鱼脍来。人哪，还真是奇怪。”

林晏平静的声音响起：“江南湿润温暖，京里四季鲜明，各地饮食与其气候、物产相关联……”

沈韶光一边算账，一边支棱着耳朵听人聊天。这位宰相有多文艺，这位少尹就有多么不解风情！

老相公聊的是江南烟雨、莼鲈之思，林少尹说因地制宜、地移食易，就仿佛诗歌对上自然课……林少尹真是白瞎了他那张如诗如画的脸啊。

沈韶光偷眼看看那位宰相的侧颜，真是个帅老头儿，眉眼温润，三十年前估计也是女郎杀手。跟这位经年的“真·金华火腿”比，林少尹只能算半熟的头年货。“文艺少女”沈韶光马上对这位少尹嫌弃起来。

李悦却不嫌弃，颇慨叹地点了点头：“你说得是！想多了，平添多少遗恨。”

林晏冷淡的眉眼间终于控制不住地闪过一丝遗憾，很快又归于平静。

不知是天阴还是天黑得越发早了，屋里渐渐暗下来，沈韶光端了大烛台过去，放在两位客人的不远处，把壁上的灯也点着了，又重新给两人烫了酒。

看酒肆小娘子轻柔舒缓的动作、雅致娴静的面庞，李悦突然想起她叫的“老丈”来，笑道：“也不怪我总是怀想过去，适才进来，小娘子叫我‘老丈’，我还愣怔了一下，原来虽不曾‘发愤忘食，乐以忘忧’，也已‘老之将至’。”

李悦晚婚，现在还没有第三代，平时同僚叫的都是官称，乍一听人叫“老丈”，不免有些不适应。

沈韶光手一顿，接着拿白布巾擦过酒壶底，轻轻地给李相公倒上酒：“郎君请用。”

李悦和林晏都愣了一下，继而李相公便哈哈大笑起来，便是林晏也忍俊不禁。

“你这女郎啊——”李悦指指沈韶光，笑道，“真是促狭。”

沈韶光脸皮厚，笑道：“之前是儿叫错了的。”

李悦又笑起来。

林晏看一眼沈韶光，适才烫酒时还有两分仕女样子，这会儿笑得眉眼弯弯，似调皮小儿，再想到她的各色奇诡言论，不免再次给沈韶光扣上

“巧言令色”的帽子。

阿圆又端了炸仔鸡上来，沈韶光帮忙摆在案上，笑道：“这道菜，是用三个月以内的嫩鸡，先煮，再隔水炖，最后炸制出来的，外脆里嫩，需趁热吃。两位郎君请用。”说完她微微一福，隐回了柜台后面去。

今天李悦来到崇贤坊，故地重游，想起许多的前尘往事，再加上老友的托付，对着林晏便伤怀感慨起来，但这伤怀感慨被沈韶光一句“郎君”给赶跑了大半儿。李悦也就不再说那不开心的事，转而专心替老友办起差来。

“安然年几何矣？”给人提亲总是从问年龄开始的。

“晏二十有五了。”

“合该娶个新妇了。家里太夫人可有合适的人选？”

沈韶光差点击掌，我说我是被厨艺耽误的半仙吧，“必得佳妇”应在这儿了。宰相做媒，那必须是高门贵女啊。

“晏不知。”林晏回答。

不知道就是没有。李悦笑道：“某前日去秦仆射家吃酒，见他家小五娘出落得越发好了。上次见她还是三尺小童，梳两个鬏髻，却已经能把《论语》《诗经》背全、能作一二首小诗了，只是有些调皮。这次再见，她已完全是大女郎模样，性子也沉稳了……”

林晏只听着。

“安然可见过这秦家小五娘？”李悦却转了话头儿，挑眉笑问。

“晏见过这位女郎。”

李悦就这么笑着看他。

林晏抿了抿嘴，正色道：“晏门庭衰微，恐不配秦氏女郎。”

沈韶光手中的笔在账本上一顿，秦五娘那样的贵女加美女再加才女，他竟然不愿意？所以，林少尹果然在怀念他那未婚妻，深情“人设”不动摇？好男人……

片刻后，李悦问道：“安然还在介意当年崔尚书流放，秦仆射没有相帮之事吗？”

林晏看向李悦，过了一会儿方道：“晏并不敢怪谁，只是——晏与秦家行事方式不同，便是结亲，也难香甜。”

李悦并不算是脾气非常好的人，但对这个晚辈格外有耐心。

看着挂了毡帘子的门，李悦缓缓地道：“回京以后，这是我头一回来崇贤，当年却三五日便要来一回的。这坊里住着我的两位故人，其中一个你当知道，便是在广平书院的西柳先生。”

西柳先生是当代大儒，十来年前辞官讲学，很受士子们尊敬。

“他便住在你的宅子后面，现在似乎是所庵堂了。”

林晏有些惊讶，长安城里的达官贵人把宅子捐给僧尼的不少，只是没想到西柳先生也会这般，且那宅子与自己家离得这般近。

林晏等着李悦说另一个故人，李悦却没说。

“那时候我们时常一起饮酒，便在楚九家。”西柳先生姓楚，行九。

“楚九比我们都年轻，二十余岁，没有娶亲，”李悦看着林晏，笑道，“便和你似的。”

林晏微笑了一下。

“你家中还有祖母，他那宅里他最大，故而我们尽去他家，饮酒舞剑，歌诗唱和……直到吴王事发。”

沈韶光紧紧握着手里的笔，吴王事发、楚九……李相公的另一位朋友应该便是原主的父亲，或者说是自己这世未曾谋面的父亲。

她仔细翻找，脑中还有关于这位楚姓阿叔的记忆，是个方脸方下颌的端正年轻人，虽面相端正，却爱偷偷往孩子手里塞饴糖——这或许就是沈韶光能记住他的原因。但对他的家如今是光明庵的宅子她却想不起什么来，想来父亲每次去都没带孩子。

沈韶光看那边的李相公，却是没什么印象了。

“吴王最是风雅，我们与他都有来往。”说起这先帝时的反王，李悦并无多少忌讳，实在是这事当年便有些莫须有，至今没有翻案，一则那是先帝钦定的，一则也有些现实因素。

“其中沈五与他歌诗唱和最多，相交最深。吴王出事，我们都曾设法相救，沈五更是四处求助，并跪在大明宫前，为吴王陈情，言吴王那样闲云野鹤的性子，不可能有反心。那殿前丹陛下，便是沈五泣血之处。”

林晏将嘴角抿得紧紧的。自己当年为崔师之事，心焦如焚，四处碰壁，与这沈五郎何其相似？只恨当年自己官小位卑，不能面圣，不能于丹陛前陈情……

“沈五此举惹得先帝大怒，后来……”李悦闭闭眼，说不下去了。

李悦缓了一缓，声音平静下来："崔尚书出事，听人说你当时为其四处奔走，我便想起他来。"

林晏点点头，有点明白为什么这位相公对自己青睐有加了，原来是自己似其旧友。他再根据时间推算，李相公被贬去江南，楚先生怒而辞官，想来都与此事有关。

李悦把话题又转回秦仆射身上："当年秦十三也是帮吴王说过话的，并被先帝当众呵斥，并不是——"

李悦推测："崔尚书出事，秦十三没有帮你，也许是让沈五的事吓怕了。"李悦没有说出口的是，也可能是让先帝末年的疯狂吓怕了。

"他并不是无心无德之人。"

林晏站起，郑重地给李悦行礼："多谢相公告知这些旧事，晏感激不尽。"

李悦抬手示意他坐下："跟你说这个，也并不全因为替秦十三家那小娘子说项，也是今日在崇贤坊故地重游，感怀于心，实在想找个人说道说道。

"我早年腿脚受了伤，如今天气一变，越发不舒服起来，心里也间或一阵一阵地疼，或许这一两年便致仕了。三十载宦海沉浮，到底善始善终，老朽心里还是安慰的。秦十三离着致仕之年亦不远矣，还有另外几位老臣也是，以后这朝廷还要你们年轻人撑着……要更谨慎才好。"

林晏恭敬地听着。

为官这几年，林晏也没了当年的热血——关键是也没了让他热血的人。李相公殷殷嘱咐，似一个真正的长辈对晚辈一般，似当年崔师对自己一般，林晏领他的情，恭敬地点头称是。

林晏突然问："敢问相公，这位沈公名号？"

"沈谦，洛下沈氏子，行五，当年出事时任礼部侍郎。"

林晏的眼睛睁大了一些，他缓缓地点点头，又微侧头看向柜台：昏黄的灯光映着女店主半垂的俏脸，表情肃穆沉静；她手里的笔杆一摇一摇的，不知道她在写算什么。

林晏转回脸来，给李相公倒一杯酒，又自斟一杯。

就着陈年旧事，两人把那一角酒都喝尽了，出门时，李相公脚下有些不稳，林晏和仆从一左一右搀扶着他。

沈韶光带着阿圆在后边相送："贵客慢走。"

林晏扭头，对上那双泛红却硬要弯起的眼睛。

林晏对她点了点头。

不知何时，李相公的侍从奴仆们带着车轿等在了店外，便是林晏的仆从也候着呢。林晏与李相公告别，目送他的车驾离开。

林晏转过身，又扭头看看摇晃的风灯下纤瘦的身影，便缓缓走回家去。身后的仆从们静静地跟着。

进了门，看见前庭萧瑟的竹影，林晏突然回头吩咐侍从刘常："回头查一查这坊里五品以上官宅十年前哪家主人姓沈。"

刘常行礼答"是"。

旁边的周管家笑道："本宅在方别驾之前的主人，似乎就姓沈。"

林晏停住脚，回过头来。

"老奴也是听这坊里的老住户提过一嘴，记住了。"然后他低声道，"那家好像是坏了事。"

林晏点点头，继续前行。他先去了祖母的院子，屋里已经熄了灯，上夜的仆妇出来，悄声向他禀告些太夫人吃饭、睡觉的日常事。并没什么特别的，他嘱咐两句便离开了。

"阿郎不回房吗？"刘常问。林晏的院子就在江太夫人的院子旁边，方便就近照顾，但现在这明显不是回去的路。

"才吃了饭，略走一走。你们都散了吧。"林晏吩咐。

"我给阿郎提着灯笼吧。"

"不用。"林晏接过刘常手里的灯。

侍从们都行礼退下了。

林晏缓缓走到花园凉亭子里去，坐在石枰上醒酒。

今晚有些阴，没有月亮，满园花木都凋零了，剩些纠纠缠缠的树枝藤蔓在风中瑟瑟的，说不出地凄冷。

灯笼被插在栏杆上，借着光能隐约看到旁边朱色柱子上的旧刻痕，旁边注着"阿荠三岁""阿荠五岁""阿荠六岁""阿荠八岁"，更高的一个地方还有两道线，"阿樟十一岁""阿樟十三岁"。线刻得很随意，带着一股子飘逸洒脱之气。

林晏见过前任屋主方别驾的字，端正拘谨，并不是这个样子的。

"阿荠……"林晏仿佛又看见那双明媚杏眼。

“当年庞军师跟着先主想来也委屈得紧，毕竟先主是以贩履织席为业的。”

“若小娘子是织女，该怎么办？”

“揍他！揍得他哭爷喊娘！”

“所以然者何？因为中间有‘养母’的教育成本啊！就像我们的豕肉菜……”

谁知道她那狡黠无赖、神气傲慢和怡然自得的后面，是拥有着这样的悲惨身世……

林晏也见过些罪臣之后，大多或谨慎小心得畏缩不前，或愤世嫉俗得可怜，难得见到这样明媚绽放的人，不知是性子坚忍，还是——天生没心？

其实没心倒好了，林晏想起崔宁来，若当时她能……林晏闭闭眼，罢了，各人自有命数。

京兆司录参军是老京官了，于京中掌故知道颇多，又最爱说话，林晏随意一提，他便竹筒倒起了豆子：

“那沈侍郎与下官差不多年纪，洛下沈氏子弟，正经进士出身，文采风流，人也俊雅……”

林晏查沈家旧事的时候，沈韶光正在鼓捣火锅子。

那日听了那么些家里旧闻，再对比记忆里的人和事，不知是事情着实让人悲伤，还是因为血脉相连，沈韶光满心凄凉，还连续几晚梦见原主幼时的事。

那小小幼童，仿佛是自己，又仿佛不是自己，俊逸慈爱的父亲，娴雅又有点高傲的母亲，性子沉稳的阿兄，前庭的碧竹、后院的海棠，廊下的鹦鹉，树上的秋千架子……她醒来时，枕巾都是湿的。

为了对抗这种悲伤，沈韶光加紧了折腾的步伐。

既然没死，她就要使劲儿地活着。

折腾什么？折腾火锅子！

大吃主袁枚说“戒火锅”，认为火锅子不管什么材料一律下锅煮这事太不讲究，并发出了“其味尚可问哉”的灵魂拷问。沈韶光虽然把《随园食单》当教材研究，却对这一条不敢苟同。冬天若没有火锅，才是真的没有味道呢。

把牛肉片、羊肉片、鸡肉片、猪肉片、鱼片各种片，虾丸、鱼丸、肉丸各种丸，菌子、香菇、蘑菇、冬笋、白菜、油菜、茼蒿各种菜，乃至一些牛羊下货、豆类制品，按照个人喜好，依次扔进锅里，煮熟后蘸上油料、麻酱、蒜泥、腐乳、海鲜酱各种料的杂合料，稀里哗啦地开吃……

让人根本停不下来！

火锅之美，或许就在这份喧嚣热闹上，故而讲究精致美馔的袁枚才没法接受。

火锅这玩意儿，本朝也有。宫里冬天会设小鼎，蘸着酱料，现烹现吃。

区别在于每次只烹一种，或牛肉、羊肉，或鱼片、鹿肉，间或也有别的野味，不似后代一般的大杂烩；汤一般用骨汤——没有后世的各种神奇锅底；蘸料与后世也不太一样，大多是醢、醋，或者是清酱汁加麻油。

沈韶光觉得，很有必要让热爱热闹的大唐人民尝尝热闹的后代火锅。

第一步，她得先去定做几个锅子。

沈韶光画了后世铜火锅的样子，请匠人制作，做得倒也快，工艺也不错，有的地方能看出手工痕迹。每个锅都颇有斤两，稳妥厚重得像可以用到地老天荒——所以，很贵！在这个金属货币年代，十个锅子花得沈韶光心肝疼。

第二步就是宣传。来个火锅美食节怎么样？她画张火锅图，写上“红炭铜炉，百味小釜”，或者蹭小雪节气，来个类似“晚来天欲雪，能饮一杯无”那样文艺点的文案？沈韶光想想，到底选了前者。不能不说，文艺其实是个技术活儿，以自己那打油诗味儿甚重的诗才，还是莫要丢人现眼了。

当然，美食节最重要的是配合打折，经济社会过来的人，各种“节”就意味着打折和花钱。

对现烹现吃这种吃法，于三不陌生——可见其前任主人是真吃主儿。便是对这锅子的形状，于三也能接受，尤其是在沈韶光给他演示了拔火帽和压火帽的神奇功能之后，更是赞许得直点头。

难得见于三这么捧场，沈韶光越发得意地跟他解释了通道形状、空气流速和火势之间的关系的问题。

可惜于三对沈韶光“百味小釜”什么都往里扔的吃法却不敢苟同：“那不就串味儿了吗？”

“要的就是串味儿！”

于三被沈韶光噎得说不出话来。

阿圆在旁边直乐，虽然还没尝过，却已经决定喜欢这种叫火锅的东西了。

找了个空当，沈韶光先带着阿圆和于三预吃了一顿。

于三在沈韶光的“淫威”之下，不得不从。

但后来，于三的被强迫就变成了随性淡然。以其吃的量来说，沈韶光觉得，最后大约能算享受了，当然于三是不会承认的。

阿圆则不管那么多，只管甩开腮帮子吃——这玩意儿怎么那么对胃口啊？小娘子太厉害了！

和阿圆持相同想法的人不在少数。当然也有人是于三一派的，开始的时候按传统只点一种肉来涮，酱料也选最传统的清酱汁，但奈何隔壁桌案摆得太过琳琅满目，吃得太过热火朝天，勾着人去试一试。

结果一试，这些人就停不下来了。

沈韶光调配了足有七八种蘸料：清酱汁加麻油的，芝麻酱的，清酱汁花椒油的，米醋、清酱、香油三合油的……另有韭菜花、虾酱、蒜泥、胡椒粉等可以自己添加。调料统一用小罐子摆在料台上，客人自助去取。

有客流量大的原因，或者也有热气的烘托，小酒肆似比平时热闹了一倍。

林晏进来时，看如此喧嚣不堪，不由得轻皱眉头，略巡视，便看见沈小娘子正在帮一桌客人往奇怪的炉子上加一个筒子。她穿一身崭新的胭脂色胡服厚袄，眉眼舒展，脸上带着点笑意，完全不似那晚在门口风灯下的样子。

看见他，沈韶光过来招呼：“林郎君请这边坐。”

林晏点点头，跟她来到靠边的一个位子上——与最闹腾那一桌隔开了点距离。她倒是一贯善解人意。

可惜下一句她就不善解人意了：“本店新上的火锅，什么菜肉都能现涮来吃，郎君要不要试试？”沈韶光指着那边满案的盘子碟子笑道。

“也好。”

沈韶光笑眯眯地递上火锅菜单：“郎君选一选。今日的新鲜鲤鱼，可以削片。羊肉也新鲜。又有新制的灌汤肉圆，只是吃的时候要小心，莫要污了衣裳……”

听沈小娘子精精神神地报完菜名，林晏淡淡地道：“这火锅只要鲤鱼就好。再要原先的糖醋菘菜、煎豆腐和清汤肉圆。”

沈韶光想，自己之前的判断果真没有错，这位林少尹啊，没情趣得很！面上她却笑问：“要点一爵酒吗？面点要些什么？玉尖面有四种，纯豕肉的，加了虾肉的，还有酸荠豕肉的、菘菜豕肉的。”

那酸荠菜还是她春天的时候腌的，这两天才破坛子。荠菜在春天的时候野外到处都是，便是城里的也不值钱，到了这即将飘小雪的时候却成了难得的玩意儿，故而很受欢迎。沈韶光琢磨着，等开了春，一定要多多腌一些。

听她说“酸荠”，林晏突然想起那亭柱上的“阿荠三岁”“阿荠五岁”来。

“或者下些鸡汤馎饦？”

林晏有些不自在地轻咳了一下：“便是馎饦吧。”

沈韶光尚不知自己的小字被外人知道了，犹在心里打趣：看来林少尹对鸡汤馎饦是真爱。

或许冬季和火锅是绝配，或许国人千百年来口味一致，火锅火爆得超出预料，以至晚来的食客常常因为没有锅了而吃不到，沈韶光赶忙又去追加了一批锅子。

她去定制锅子时，那匠人跟沈韶光道：“这两日也有人拿着类似的图样来定做。”

同行？沈韶光笑问：“定做了多少个？”

那匠人道：“五个。看那模样，似是豪门奴仆。”

沈韶光懂了，八成是食客去店里吃了觉得好，也想回家弄着吃。到底是有钱人，这么贵的锅子一买就是五个。

这个时代没有版权意识，再说火锅本也不是自己独创，也没想垄断它，沈韶光笑道：“你给他们做就是。”

那匠人本来也没拒绝，只是知道这位小娘子是酒肆主人，创了这独特的食具，如今被人仿了去，恐于她有妨碍，与她说一声，心里到底平复些。如今听她说尽可以去给别人做，匠人笑起来：“小娘子量大得很。”

被送了“好人卡”，沈韶光大大方方地收下。

其实不只这个铜铁匠铺接到了做火锅的生意，西市另外的铜铁匠铺也有人拿着图找去，要求做这个样子的锅釜。只是这火锅大小、高低、炉膛粗细等都是慢慢摸索出来且经时间验证过的，看似技术含量不高，但若拿捏不好，要么拔不起火来，要么容易闷灭锅子。

哪怕侥幸得了合适锅子的食客也发现，怎么自家做的火锅，似乎没有沈记酒肆里的好吃呢？

那是！锅只是第一步好吗？还有锅底、调料、涮品……

“咱可是研发创新型酒肆！”沈韶光不断推陈出新，争取当一直被模仿，从未被超越的那个。

听了沈韶光说的这句后世名言，阿圆使劲点头，觉得自家小娘子简直无一处不好，人美心善，能写会算，饭做得好，画也画得好，就连说话都这么有道理。

阿昌与阿圆差不多的表情，也笑眯眯地点头。看着两人，沈韶光突然想起排排队吃果果的猫鼬……

沈韶光尴尬地跟二人解释：“这句话不是我说的，我也是看来的。”

阿圆如今口才好了不少：“那便是小娘子渊博。”

猛点头的换成了阿昌。

于三一脸的糟心表情，转身走回厨间去了。

沈韶光还能说什么？她只能欣慰于阿圆词汇量越发多了。

渊博……那她便渊博吧。

阿昌是沈韶光前日新买的奴仆，十七岁，小个子，圆头圆脸，若不是有些瘦，倒真与阿圆有些兄妹相。这阿昌是个商户仆役，商户换了新夫人，新夫人把旧人们都发卖了，包括阿昌这看门扫院子的。

沈韶光让阿昌在厨下帮忙，烧火、切菜、洗碗。

阿昌很高兴：“在厨房干活儿可是抢不上的好差事！”除了贴身伺候阿郎、小郎君们，或者当娘子的亲信跑腿，对奴仆们来说，厨房、账房的差事都是上上之选。

于阿昌来说，这厨房似乎比跟着郎君们或者去账房伺候更好一些，雨淋不着，太阳晒不着，饿着谁也不会饿着厨房的人。像这样的天气，窝在火炉子边上，若还能埋个芋头在灰里，哎哟，给个神仙的职位他都不换！

沈韶光听得馋了，还真买了些芋头来，除了做拔丝芋头的，果真都烤在炉子上。待烤得又香又软了，沈韶光领着阿圆、阿昌围着炉子开吃。

三人把芋头掰开，里面冒着丝丝热气，一吃却烫舌头，又越烫越想吃，直吃得满嘴满手黑。

于三看他们三个跟乞丐似的，撇撇嘴，一脸的一言难尽表情。

沈韶光吃完，却有点遗憾，可惜这个时候没有红薯，那才叫真甜呢。

于三虽然不肯“同流合污”，但是于厨艺上确实有天分。

沈韶光正在教于三吊清汤。

清汤是个神奇的东西，其清若水，却又香又鲜，不同于奶汤的厚重洁白，就如同一个是严妆美人，一个是清水芙蓉。其实这芙蓉装扮起来不比那大妆的省事，毕竟要骗过人眼。

初见奶汤时，于三也有点惊讶，竟然有人能把肉汤煮得其浓白若牛乳，及至见了这清汤，更觉得神奇了，竟然可以这般清澈！

沈韶光跟他说前世听说的故事：

“有个酒肆庖厨，最擅长做豆腐，被请去贵人家做素斋。贵人怕他带了不洁净、沾了荤腥的东西，各种材料尽皆自备，便是菜刀案板也不许他带。这庖厨果然守约，带着两个徒弟，肩上搭着白布巾，空着手就来了。

“那萝卜豆腐的素斋做得鲜香无比，主人大赞，给了多多的赏钱。”

于三看着她。

“秘诀就在那白布巾上。那是在清汤里泡过的，到了厨房，便把汤拧出来，用这汤炖豆腐，自然鲜香得很。”①

于三皱了皱眉：“那要多大的布巾才能吸够做一桌宴席的清汤？

“若布巾太湿了，搭在身上，汤汁往下滴，不会让主家看出来吗？”

沈韶光没想到于三竟然是隐藏的“逻辑控”！

沈韶光琢磨了会儿，道：“其实当初我听人说这事时，就一个念头，那布巾子搭在肩膀上，碰了衣服，兴许还沾了汗水、灰尘……有点腌臜啊。”

这回换于三没话说了。

但沈韶光觉得，这不失为一个好故事，在故事性和悬念面前，逻辑和道德都不算事！

---

① 清汤故事是听一个厨师讲的，背景大约是民国时期，有改动。

沈韶光把话题拐了回来："我们的清汤就不存在这个问题，量足够多，也足够干净，足够我们炖出许多的青菜豆腐，涮很多的火锅子。"

吊清汤要比熬奶汤还麻烦些，因为多了一道"吊"的过程。

选猪骨、老母鸡，以小火熬煮，保持汤面微滚——火太大，则成了奶汤；太小，又不能尽把骨肉内的鲜味熬出——中间要用勺小心地撇油去沫，等熬够了时辰，便是普通的清汤了。

这样的汤，若家常用，也就够了，要追求其清若水的效果，便要用纱布包了剁得碎碎的鸡脯子肉茸放进汤里，使之吸附汤里的悬浮物。如此再重复一次，便是所谓的"双吊"，汤便变得很清澈了。

有沈韶光指导，于三第一次操作，汤便吊得很成功。沈韶光满脸慈祥的笑，于三扭头，恰巧看见。小娘子这厨艺是真好，只是这性子……再想想外面两个圆脸憨货，于三摇摇头，罢了，罢了。

这清汤锅最适合讲究人涮素菜吃，粗看平平无奇，吃到嘴里满口鲜香。

除了最开始的奶汤锅，还有这清汤锅，沈韶光又陆陆续续加了海鲜锅、菌子锅、鱼头鱼骨锅、枸杞红枣桂圆锅……荤的、素的、海鲜河鲜的、中药材的，适合一锅乱炖的，适合像林少尹那种只点一种涮品的矫情之人吃的，总共有七八种。只要你来，就肯定能找到适合自己的那一款！

涮品她也找到了自己的特色——各种丸子。各种肉片好模仿，丸子却不那么好模仿了。

这鱼丸子怎么能比豆腐还嫩？每个点鱼丸的人，都会被提醒"下锅就捞，不然就老了、散了"；这牛肉丸竟然裹了汤，又烫又鲜；与鱼肉丸不同，这鸡肉丸竟然弹性十足……

还有那五花八门的蘸料……

自家定制了铜锅的人发现，火锅还是得去沈记吃，自己根本做不出人家的味儿来。

也有人去云来酒肆点眼的。

"云来为什么没有火锅？这酒肆可比那边的沈记大。"

跑堂伙计一脸为难，这是看酒肆大小的事吗？

伙计将此事禀告了二掌柜魏三，魏三这回不敢擅专了，小心地禀告了冯掌柜。

"要不咱们让人看看那锅，也去定制几个？"

冯掌柜瞪他一眼："不长记性！"那日街面上有人报，说林少尹与一个老者在沈记包场吃饭，林少尹对那人恭敬得很，恐怕是朝中大官。

眼看就要到腊月了，赵王府总管陆管事跟着曹长史进京给圣人送岁贡，给朝中诸亲贵送节礼，也顺便见一见在京诸人。

冯掌柜隐去了前情，只把沈记无礼以及林少尹与某位疑似朝中大员包场吃饭的事汇报了。

陆管事警告道："万不可招惹这沈记，听你叙述这贵客形容，似是李相公。"

冯掌柜心虚地连连称是。

这会儿听魏三这般说，冯掌柜连忙斥责，又再三嘱咐，万不可起这不该起的心。

其实，便是陆管事没有说那些话，冯掌柜也不会去定制沈记的所谓火锅——跟在人家后面邯郸学步，他丢不起那个人啊。

偏偏不是一个两个人来问有没有火锅，冯掌柜苦笑，感觉被这种叫火锅的邪物包围了。

同样感觉被火锅包围的还有林少尹。

快到年末了，京兆有些刑狱官司案宗要与刑部交接。交接完了，林晏与刑部宋侍郎一块儿从部司出来，又同路归家。

宋侍郎说他得了个好物，一定请林晏去尝一尝。

宋侍郎是太原宋氏嫡系，其父祖都曾位列三公，本身也才气过人，故而平时颇为目无下尘，与林晏算是比普通同僚略好些的朋友。

宋氏是真正的钟鸣鼎食之家，什么吃食能得他这一句"好物"的赞？林晏让他激起了好奇心，去了一看，火锅，而且宋侍郎还是稀里哗啦什么都往里扔的吃法。

"比小鼎好用多了！据说是从一家酒肆里传出来的，有人送了我两个，甚好，甚好啊！"

林晏无语。

林晏回到家，去祖母处吃暮食，食案上俨然也摆着一个火锅子，祖母一脸兴奋："阿晏，你看看这新鲜锅釜，是今天裴十二郎令人送来的。"

再看看那锅旁边，另设了一案，专门放各式各样涮品，林晏："甚好，甚好。"

第九章　怎么黑人有学问

早晨刚睁眼，沈韶光就觉出了不一样，冷，外面也太亮了。

围着被子推开一点窗户，被冷气一扑，沈韶光打了个寒战，从窗户缝看外面，果真白茫茫一片。已经阴沉了两天，这场雪终于下来了。

这是今冬第三场雪。头两场都下得小，随便意思意思的样子，大家还没来得及赏就停了。屋脊上、树枝上薄薄的一层雪，寡淡得很，落在地面上的，被人踩马踏，便成了黑泥，本打算赏雪开宴的长安人只好怏怏作罢。

这一场雪却着实好。不知道是夜里什么时候下起来的，地上已经铺了厚厚一层，且这会儿还纷纷扬扬地下着呢。

因不卖朝食，晨间有的是工夫，沈韶光一边慢吞吞地穿衣服，一边叫醒阿圆。

都起来了，阿圆去前面店里提热水，沈韶光吩咐她："看看于三郎今天做的什么朝食。"

阿圆脆声答应着，不一会儿就提了热水来。

"说是今日晨间吃羊肉索饼！"

沈韶光点头笑道："很合适！"这种天气，早晨吃点羊肉汤面，浑身暖和，挺好。于三在安排吃食上着实妥当。

往漱口杯子和脸盆里兑了热水，沈韶光先蘸着青盐刷牙，再洁了面，那边阿圆也洗漱完了。

阿圆去泼残水，沈韶光梳头。

沈韶光喜欢胡服，今年冬天做的几套冬衣就都是胡服款式。今天这一套是琥珀色的，领子上镶了杂色狐毛。皮肤稍黑稍黄些的人若穿这个颜色，必然面如汤药，但沈韶光面白，竟把只是普通雍州锦的料子穿出了几分贵重气质。

为了搭配衣服，沈韶光梳了个简单利落的回鹘椎髻，顺便描了个硬气的剑眉。看着自家平肩细腰大长腿、穿窄袖紧身宽腰带胡服的小娘子，阿圆先赞道："真好看！"

沈韶光知道，在阿圆那里，自己是无一不好的，故而对她的赞美有点免疫。

"比林少尹还好看！"阿圆为了增加可信性，采用了对比手法。

沈韶光扭头，教她："这叫帅，比林少尹还帅！"

阿圆点头，自此词汇库又扩大了一点。但接着她便低头看自己的肚子，脸色沮丧起来——便是在以胖为美的本朝，阿圆也超标了。

阿圆的运动量是足够了，问题还在于吃上。自从她跟了沈韶光，就跟气吹的似的，眼看着就圆了起来。

沈韶光有点愧疚："要不，你往后只吃七成饱？"

阿圆刚想点头，又想起刚才去前面闻到的羊肉汤香气，抿抿嘴，问沈韶光："要不，我午饭再开始？"

沈韶光一脸的无可奈何："行、行吧。"

她们到了前面，索饼刚好出锅，热气腾腾的，一股子鲜香的羊肉味。

不急着吃面，沈韶光先用勺喝了一口汤。嗯，羊肉末炝锅，加了足够量的胡椒粉，香！

面也不错，宽面条，很筋道，沈韶光自认为做不出这个样儿来，别的不说，力气就不够。

沈韶光赞了两句，于三只露出淡淡的表情，但看到一锅索饼都被吃光了，便是平时吃饭少的沈韶光也吃了一大碗，另外两个货更是捧着肚子，到底露出自得的笑容。

早晨吃得着实有些多了，沈韶光站在门口，看看外面没过脚面的雪，到底断了出去散步的念头。

于三道："今日卖鱼的曲大郎恐怕来不了了，不知道卖肉和卖菜的能不能送来。好在这两日天阴，我们囤了一些菜肉，米粮柴炭也足够。”

自生意忙起来，沈韶光便不自家去买菜了，只挑着两个老成厚道的菜贩肉商让他们送来。豆腐坊也每日送一板豆腐过来。

“无妨，有什么做什么，偶尔缺货也不要紧，这叫饥饿营销……”沈韶光吃饱了没事——今日这样的大雪必然影响生意——故而越发散漫地胡扯起来。

阿圆摸了摸肚子，实在找不到“饥饿”的感觉。

于三预料得不差，卖鱼的确实没来，卖肉卖菜的来了。肉不过是猪肉、羊肉。平时乏善可陈，只有葱、蒜、菘菜、萝卜、芋头的菜贩今天却带来了惊喜——一小篓新鲜的山楂果子。

“这可是稀罕物！”沈韶光先笑了。

山楂秋天时街上时有售卖的，但本朝人对这个似乎感觉很一般，买的人并不多，沈韶光偶尔买些回来做山楂糕，感觉上似乎大多的山楂果进了药饮铺子。

“这是京郊窖藏这些菘菜、萝卜的窖子主人放的，原是他家娘子害喜，最爱这个，怕冬天吃不着便收在窖里一些，我看见红艳艳的可喜，便强买了这大半篓。”

“山楂活血化瘀，有喜的娘子们不适合多吃，你回去了，跟这窖子主人说——”

菜贩赶忙替那窖子主人道谢，没想到这位小娘子接着问：“他那儿还有多少？你再帮我多买些可使得？”

菜贩突然有点怀疑，沈小娘子刚才所说，不会是为了要人家的果子吧？

于三扑哧笑了，提着一筐菘菜萝卜回了厨房。

菜贩赶忙赔笑道：“这个包在小老儿身上。”

被怀疑从孕妇嘴里夺食儿的沈韶光买了这果子，嘴里哼着小调儿将果子倒在温水盆里洗干净。这果子真不错，当时放进窖里时应该是挑过的，一个个又大又饱满，还没有虫子窟窿。

“小娘子是要做山楂糕吃吗？”阿圆笑呵呵地问。小娘子说过，山楂糕助消化，想来是看大家朝食吃多了，要做点这个助大伙儿消消食。

“山楂糕有什么好吃的，”沈韶光一副拜了官授了印的得意模样，“给你们做冰糖葫芦尝尝。”

听名字就是好吃的小食，阿圆期待起来。

沈韶光让他们自去切菜切肉和面，准备午餐，自己却偷得浮生半日闲地拿刀剔核、塞豆沙馅儿、穿竹扦子，做起了冰糖葫芦。

糖葫芦大约在每个二十世纪八九十年代出生的孩子心目中都占据着一席之地。在那个零食还不五花八门，零花钱也不足够多的年代，夏天的雪糕、冬天的糖葫芦堪称零食界的两大扛把子。

天寒地冻的时候，有人骑着自行车，后面绑着草把子，大喊“糖墩儿——”。

那草把子上插满了一串串“糖墩儿”，有纯山楂的，夹豆沙的，山药的，山药豆的，橘子苹果的，都裹着亮晶晶的透明糖皮儿，旁边还挂着糖刺儿。

关于这东西的名字，与沈韶光家离着不很远的京城就叫“冰糖葫芦”，另一个同学则说她家乡管这个叫“糖球儿”。不管叫什么，大家提起来都一嘴的口水。

冰糖葫芦好不好吃，关键在熬糖的火候上，小火慢熬，等拿筷子挑一下，能拔丝了，就是差不多了。如果不放心，挑一点放在凉水中冷却一下，一咬，嘎嘣脆，那就正好。

如果火候欠了，糖则粘牙；如果过了，那更要命，发苦。

有做拔丝山药的底子，沈韶光熬糖功夫不差。她试了试，糖好了，将穿好山楂的扦子在锅里滚一下，摔在旁边抹了油的大平底盘子上，漂亮的糖刺儿就出来了。阿圆过来帮忙将糖葫芦插在简单绑就的草把子上。

不一会儿小草把子上就插满了冰糖葫芦，足有二三十串。

冰糖葫芦红艳艳，冰亮亮，好看得很。莫说阿圆和阿昌，便是于三也扭过头来看。

沈韶光吩咐阿圆：“你先拿到屋檐下凉一凉，避着些风雪，等这糖凉了才好吃呢。”

阿圆如得了圣旨一般，捧着草把子就出去了。

过了一会儿，店里老板娘和伙计们便都吃上了这冰糖葫芦，就连于三都忍不住来了一串儿，小娘子在做这些花俏吃食上着实有天赋。

沈韶光举着糖葫芦，站在门前边吃边赏景。雪色茫茫，白墙黛瓦，行人车马，还有两个举着伞的小娘子，多像一幅古画卷，或者传奇故事。

谁想那车马刚过去，又停了下来，从车里走出一个熟人——林少尹。

他今天没上朝？沈韶光算一算，哦，休沐的日子。这样的天气他还出门？

林晏晨间是去探国子监四门博士苏贞的病。老先生的病来得急且重，下午去恐怕招人忌讳，若挪到下个休沐日又怕等不到了，故而不顾风雪出了门。

适才回来，他似有所感地撩开帘子，恰巧看见一身利落胡服、盘潇洒胡髻，却滑稽地举着一串红果子的沈小娘子。

这样的飘雪天气，又刚从愁云惨淡的病人床榻前离开，突然看见这悠然安乐甚至有些活泼的场景，林晏皱了一路的眉头终于松开，嘴角也微微翘起。这沈小娘子啊，是真会找乐子……

“林郎君——这是出门赏雪去了？果真雅人啊。”沈韶光笑着打招呼。

“不及沈小娘子。”林晏微笑着回了一句，目光转向她手里的糖葫芦。

他这是反讽，还是玩笑，还是反讽式的玩笑？沈韶光看着林晏的后脑勺，没想到那般正经的林少尹竟然还会这样说话……

“我们午餐还没出来，不过可以现给郎君下点馎饦。”沈韶光把还没吃完的半串糖葫芦先放一边，来招呼这位不大好伺候的客人。

林晏有些沉吟。

“要不也来根糖葫芦吃着，慢慢想？”此一问她纯是报他刚才那句“不及”之仇。

林晏抬头看向沈韶光。

沈韶光回以客气殷勤的笑。

“好。”

沈韶光顿了一下，点点头，笑道：“郎君稍候。”

然后就是屋内五人各自吃糖葫芦的诡异时间。

于三两三口吃完，领着还想再摸一根糖葫芦的阿昌回了厨房，阿圆又抽了一根，也去了厨房。沈韶光到底是老板娘，比他们撑得住，在柜台后接着吃她那半串糖葫芦。

倒是林少尹，毕竟是经科考、站朝堂的大官，吃得自然又优雅，似无半点尴尬之意。

打破这诡异气氛的是两个小娘子，从那青绸伞来看，便是沈韶光刚才在外面看见的那两位。

两个小娘子，看打扮便知是主仆，不只女郎长得眉眼如画，便是小婢也长相清秀。只是两人形容着实狼狈：那女郎裹着翠羽氅裘，原本不知有多鲜亮好看，如今下缘已经脏污不堪；婢子没穿外罩的避雪之物，锦绫裙子湿到了小腿，露出的鞋子头儿像是从泥水里捞出来的。

“天气冷，女郎来炉边烤一烤吧。”对方把自己弄得这般模样，想来不是出门赏雪的……沈韶光最不爱问人苦衷，便直接招呼人烤火。

那女郎对沈韶光感激一笑，道了声谢。婢子很活泼，也道了谢，然后便忙着收拾她家女郎。两人说话莺声呖呖的，好听得很，不似长安音这般硬朗。

“小娘子把这氅衣脱了吧，屋里暖和，穿着不方便。”婢子说着便帮忙解氅衣的系带。

看一眼那边坐着吃糖葫芦的林晏，女郎面色微微发红，轻轻拍开婢子的手，只来到炉边伸出手来。

婢子有些愕然，后知后觉地也看一眼林晏，然后便知道自家小娘子是见有年轻郎君在，不好意思露出更狼狈的裙子和鞋子来。

婢子只好掏出帕子给女郎揩手，又朝阿圆借了布巾子擦女郎大氅上的泥水。

阿圆笑问：“这氅衣这么华贵漂亮，是什么鸟的羽毛做的？”她又道，“你自己还湿着呢，且先去烤一烤。”

那女郎也招呼婢子烤火。

沈韶光去端了两杯红枣枸杞饮子来：“女郎喝一口饮子，暖一暖。”

那女郎再次道谢，捧了杯子，坐在炉边小口喝起来。婢子心里感激，对沈韶光一福，也接过杯子。

阿圆被沈韶光惯出了有什么说什么的毛病：“小娘子怎么这般天气出来？听两位口音，不似长安人啊。”

那女郎俏脸一红，看看沈韶光，又瞥一眼那边的林晏：“我们不是本乡人，是来探亲的，路上车又坏了……”

“你们是探什么亲啊？住在这坊里的吗？”

“阿圆，里边的肉圆子够时辰了吧？”沈韶光赶忙阻止她接着探问。

“哎哟！小娘子不说，我差点忘了。”热衷于“吃瓜”的阿圆赶忙放下好奇心，跑回厨房去。

待她进去，沈韶光轻声致歉：“小婢不懂规矩，女郎不要介意。”

女郎微微一笑道：“不碍事的……”她又下意识地看一眼那边风姿卓然的身影，抿抿嘴，想说什么又有些踌躇的样子。

林晏吃完了糖葫芦，正在研究菜单，这样的天气，吃个火锅，倒确实不错。祖母一向爱沈记的东西，只是还没吃过这里的火锅子，莫如点了拿回家去……

女郎到底开了口：“不知小娘子可知道这坊里住着一位姓桓的郎君？那是……我的表兄。”

沈韶光脑中搜索一下知道的食客姓氏，还真没听说谁姓桓。“表兄”在这个时代含义之暧昧，堪比后代的“同学”，况且这女郎又只带个婢子远路而来，不能不让人多想啊。

沈韶光突然想起一个问题来：若是私奔的，这女郎有公验吗？算不算浮逃人口？那边坐着的可是长安常务副市长，按唐律，这种无籍人口都得被遣送回去……若是被官府遣返，于一个女郎来说，可不只是丢人的事。

“店主人——”

沈韶光应声，走到林晏这边，笑问：“郎君要点什么？”

“要一个清汤、一个奶汤的锅子，羊肉、鱼和各种肉圆都要一份，菜蔬豆腐也要。放在提盒里，我带回去。”

哎哟，这位单一食种动物也开始欣赏融合的魅力了？沈韶光在心里得意一笑，声音轻快地回答：“好嘞！儿让人随郎君同去，帮着倒汤、点锅子。”

似是知道被沈韶光在心里揶揄了，林晏静静地看她一眼，然后才道：“好。”

沈韶光眯眼，露出亲切的假笑。

火锅的东西后厨都备得差不多了，阿圆和阿昌利利索索地收拾了两个大提盒，并拎着两壶奶汤、清汤出来。

林晏对沈韶光点了下头，便往外走，阿圆和阿昌在后面跟着，蹭他的车。

临出酒肆，林晏又回头看沈韶光：“不知可否带两支这种糖葫芦？”

“郎君请随意自取。”

林晏点头，果真拔了两支糖葫芦。

林少尹一走，酒肆里的气氛松下来。

女郎的婢子笑问："这郎君好威仪，莫不是个皇亲国戚吧？"

沈韶光失笑，可见京城扔块瓦片砸着三个系黄带子的这事，古今各地的人都很门儿清啊，但是这回对方真的猜错了："皇亲国戚怎么会这样的天气跑到我这小酒肆来？"

女郎笑着嗔怪婢子："在外面也胡说。"

沈韶光又跟那女郎道歉，说并不知道谁是姓桓的。

女郎的神色黯淡下来，婢子也一脸担忧地看自家主人。

沈韶光是个实际的人，看这两个弱女子，到底多事问了一嘴："两位可找到住处了？若肯定就在这坊里，就这么大个地方，两位总能找到的。"

女郎听到后一句，先被安慰到了，然后再想头一句："还不曾找到住处，适才进了坊门，看见酒肆的幌子还有小娘子站在门口，便冒昧进来了。"

沈韶光皱了皱眉："这坊里并没有客栈。西市附近倒有，但客栈最多的是城东的崇仁坊。"

那婢子道："可我们是来寻人的，住远了恐怕不方便。"

沈韶光琢磨了一下，到底介绍道："本坊有个尼庵，叫光明庵，你们可以去问问。"

女郎脸上绽开笑容，真是"色如春晓之花"："真是多谢店主人了。"

找到了崇贤坊，住处也有了，女郎松快下来，闻着厨房传出的香味，觉出饥饿来。

主仆二人点了玉尖面和青菜豆腐汤。那婢子不吃饭，先伺候主人。

女郎推她："你也一起吃吧，吃了，我们先去找那光明庵住下。"

那婢子便在下首坐了，陪着女郎吃。

快到正午，店里渐渐来了客人。客人见到里面坐着两个美貌女子，不由得好奇打量，不同于适才走得目不斜视的那位。

女郎主仆被看得很不自在，吃完了玉尖面，又喝了两口汤，便结账，问明了道路，再次谢过沈韶光，出门走进风雪中。

阿昌和阿圆不在，客人拉住临时客串伙计的于三："那漂亮女郎是谁家的？"

于三一脸难以置信的表情："客人来了多少回了，不认得我家主人？"

客人翻了个白眼儿，合算着：在你眼里，就你家主人是漂亮女郎？

于三反应过来，哦，对方说的是刚才那两个。问题是于三一直在厨房忙，知道来了两位女客，并没看到样子。

"那不知道。"于三没什么表情地摇摇头，走回厨房去。

沈韶光拎了壶来给这客人的锅子里加汤，又利利索索地点着炭，然后笑道："客人慢用。"

客人看这沈记的女店主，说漂亮，确实也漂亮，但跟刚才那女郎的娇柔之美不一样，这位沈小娘子一身窄袖紧身胡服，眉眼飞扬，神气得很，但……也未免太神气了。

话又说回来，那些小摊儿一摆十几年，有几个开了酒肆的？这位若是个郎君，兴许能成为富甲一方的大商贾。

这样的小娘子——我一个娶了妻的，问来做什么？

阿圆和阿昌回来，跺跺脚上的雪，进了厨房。

沈韶光让他们先去换鞋，阿圆笑道："那两个小娘子跟水里捞出来的似的，她们那鞋只是好看，这雪地里还得穿革靴。"

沈韶光看看阿圆跟阿昌的黑猪皮靴子，再看看自己"只是好看"的绒面鞋，好吧，你说得对。

阿圆向沈韶光汇报："哎哟，那林府真大！也好看！有一道走廊，那椒子上雕的各种花卉，有桃花，有牡丹，有梅花，有兰草，还有好些我不认得的，都不重样。"

沈韶光眯着眼想一想，是有这么一道走廊，上面刻了百卉图，说是百卉，其实也不只是花，还有松、柳等树，算在一起比百种还要多。

"自己"小时候学数数，不止一遍地数过那些花草树木，但每次数出来的数都不一样。父亲只在一旁笑，让再次数来，母亲也是看好戏的样子，倒是阿兄很有阿兄的样子，要手把手带着她数。偏"自己"还犯犟，非要自己数……

"那太夫人很慈和，直说这大雪天我们还给送去，让人多给了好些赏钱。"

沈韶光从回忆中醒过神儿来，微笑道："正好留着过几日冬至节出去逛的时候买好吃的。"

阿圆笑道："外面的东西也就吃个热闹，可比不了我们自己的。"

阿昌连忙插嘴："还真是！还真是！"

刚才那点惆怅烟消云散，沈韶光笑着自得地凑了一句："把你们的嘴巴都养刁了，这可如何是好？"

于三赶紧端了菜出去，厨房里简直没法待。

剩下三人皆笑。

阿圆接着说："那林郎君别看在外面冷冷淡淡的，对那太夫人倒很好。一笑——"阿圆歪着头，想怎么形容，到底词汇量不够，会用的修辞手法也有点少，想了半晌，竟没想出词来。

沈韶光想象林少尹眉眼柔和下来对人微笑的样子，在心里替阿圆补上：那一笑……便似和风拂过、春山新碧。

大雪下了三天，整个皇都一片白色。第四日，太阳终于从东方升起，像大盆白面里唯一的鸡蛋黄。

沈韶光看看打比喻的阿圆，又看看太阳："确实像。"

"还是不熟的。"阿圆捂着冻得凉凉的脸，吸吸鼻子，补充道。熟的万不能这么冷！

清早的小北风中，沈韶光带着于三、阿昌、阿圆正在门口扫雪。下雪不冷化雪冷，幸好他们刚才吃了热乎乎的羊肉汤饼，不然要被冻死了。

沈韶光也吸了一下鼻子，一说话便喷出一团白雾："对，肯定是生的。"

阿昌在旁边龇着牙乐。

于三只管拿着扫帚沙沙沙地扫地。

沈韶光再叹了一句："还真是不辜负冬至这样的日子啊。"

转眼已经是一年里黑夜最长、白日最短的冬至节。本朝，冬至是大节气，仅次于新年元正，朝廷官员要放七天大假，便是官奴婢也放三天假。

冬至当日，宫中要举行大朝会和百官大宴，有的年头皇帝还要去南郊圜丘祭天，晚间宫中还有家宴，对皇帝来说，端的是繁忙劳累的一天。

后妃们就省事多了：得宠的，只管琢磨晚间家宴时的衣裳首饰；不得宠的则吃了御赐的羊肉汤饼后，就与宫婢一块儿画九九消寒图打发工夫。

宫女们倒更开心一些，穿着前两日上头赐下的节日新衣，喝着比平时肉多的汤饼——只是有些凉了，要在小炉子上热过才入得口，不然漂着一层白腻腻的羊油。

这几个月，朝食都是于三做，今天晨间却是沈韶光动的手，做的便是这宫中的羊肉汤饼。

羊肉汤饼做起来简单得很：沈韶光头一晚便把羊肉切小块，炖得烂烂的；早晨起来，温水和面，揪面片，另起清水锅煮熟，盛在碗里；把滚滚的羊肉连汤带肉浇于其上，便成了。这样寒冷的天气里趁热吃，这不失为一碗好面。

这样的羊肉汤饼，与前两天于三做的羊肉末炝锅索饼比，香得似乎悠长一点，但缺些“炸劲儿”。若说有什么特别的，那就是小娘子的手实在巧，揪出来的馎饦片儿有似韭菜叶的，有带极细密小褶的花瓣形状的，有金鱼样的，有蝴蝶形状的，四碗汤饼，每碗都不一样。

阿圆看看沈韶光，知道小娘子纵着自己，便先挑了那花儿的。沈韶光挑了金鱼的，于三拿了韭菜叶的，阿昌笑嘻嘻地端了那碗蝴蝶的。

怕他们吃不饱，沈韶光还用原来的饼铛子摊了几张鸡蛋煎饼，只是没有捻头裹。

这会儿他们出来一冻，又一活动，那点吃食消化殆尽。

沈韶光笑着对阿圆、于三等道：“午间咱们煮大偃月馄饨吃。”

沈韶光说的大偃月馄饨便是饺子。这个时候饺子还没得名，算是馄饨的一个分支，而且大多数也是连汤带水地吃。

前世的时候，所有的节日都是吃食节。对北方人而言，吃食节中又有一半是饺子节，冬天的节日尤其如此，过年连着吃好几天的饺子，虽然各种馅儿的岔开吃，还是吃得倒尽胃口。

那时候沈韶光就想，等自己有了小家，这几天一定吃米饭、火锅、比萨、烤肉，哪怕吃泡面，也不吃饺子了。

谁想，来到这异时空，自己真当了大家长，也是饺子派。

阿圆却不似前世的沈韶光叛逆，欢欣鼓舞地道“好”，又说上次小娘子包的虾仁豕肉大馄饨真香。

沈韶光拍板道：“那今日便还是虾仁豕肉馅儿的。”

阿圆把扫雪的速度都加快了几分。

像今天这种大日子，各家都吃团圆饭，喝团圆酒，没几个来酒肆的，故而给客人的食材只略备了一点，沈韶光便安心领着阿圆三人过节。

沈韶光洗了几枚铜钱放在一边，又放一块白豆腐。

阿圆纳罕地看她，便是于三也不知道小娘子又要做什么。

就像所有的家长教给孩子那样，沈韶光一边把钱混着馅儿放入饺子皮里，一边对阿圆三人道："谁吃到了钱，明年便有大财运。"

于三嗤笑了一声，阿圆和阿昌则是真笑了。

阿圆笑道："真好、真好，我饭量大吃得多，肯定能吃到这带钱的饺子。"

沈韶光点头，她这概率学学得不错。

"我吃到了，便给小娘子。小娘子有大财运，我便也有财运了。"

让这孩子说得心里暖乎乎的，沈韶光笑起来。

阿昌也笑道："我若吃到，也给小娘子。"

沈韶光笑眯眯地看向于三。

于三一边捏饺子褶，一边没什么表情地道："他们都咬了一口了，小娘子不嫌腌臜？"

沈韶光微笑道："不嫌，大馄饨他们吃，我只要钱。"

挤对完于三，沈韶光神清气爽，接着对阿圆他们说："再单包几个纯是豆腐的饺子，谁吃了走福运。"为了防止阿圆把福气饺子也要给自己，她连忙补充，"我的福运够多了，你们多吃点，把福运补一补。"

阿圆和阿昌都点头。

于三已经无话可说，只盼着赶紧包完，离这三人远点。

午间果然没多少食客，只几个读书人模样的，估计是今科士子，当然也可能是之前落第、留在京里找机会的。

给他们点着火锅，烫上酒，沈韶光等便回厨房吃自家的"大偃月馄饨"。

这个时候，饺子还没承载太多的"乡情"，但作为一个穿越客，沈韶光以千年后的人情味儿，端了几碗饺子给那几个羁旅在外的异乡士子送去。

"这是小店赠送的应节吃食。晷运推移，日南长至，几位郎君尊体万福。[①]"沈韶光笑着说吉祥话。

几位士子都笑着道谢。其中一个长相格外俊朗飘逸的士子着意看了沈

---

① 改写自日本僧人圆仁的《入唐求法巡礼行记》。

韶光两眼，沈韶光挑了下眉，微笑着再次对他们点了下头，便回了厨房。

另一个士子看着那俊朗的士子低声笑道："桓七英俊，这小娘子貌美，倒也相衬，只是七郎世家子，家世上却不般配。"

桓七看朋友一眼："莫胡说。这是柳三郎看中的小娘子，且曾遣了官媒来要以妻礼聘之。"

众人都颇惊诧，又都扭头看厨房，可惜佳人被门挡住了。

"我等不住在这坊里，竟是第一次听说。那柳录事也是正经科考及第的士子，做着京兆的官，为何要找一个这样的市井商家女？"

另一人嗤笑道："色令智昏呗。没想到看着那般腼腆正经的柳录事竟然会为色昏头。"

再另一个士子则追问："那婚姻可成了？"

桓七摇头："不成。柳三也不曾与我细说缘由，只说小娘子以身份不匹，推拒了。"

其余三人又摇头叹息起来："倒也是个知进退、懂礼仪的小娘子。"

"你看她说话行事，文雅得很，倒似贵女一般，想来也是念过书的，市井中见此佳媛确是难得了。柳三想来也是看中这个。"

"也或者看中她这厨艺呢？不单有艳福，还有口福。"另一人吃口饺子，笑道："还从没吃过这样好吃的大馄饨。"

说柳丰色令智昏的那位士子却又摇头反驳："他们到底不相匹配。"他想了想又道，"若是纳作妾，倒是合适。"

说完，他又看向桓七："你看呢，七郎？"

桓七饮口酒，笑道："'人各有偶，色类须同'，娶妻还是门当户对的好。"

"没想到七郎这样风流样貌，却是依礼而行的……"

几个人以旁人的"风流事"下酒，欢快地吃了火锅和饺子，酒足饭饱，结了账，走出店去。

那几个人是压低声音说话的，沈韶光并不知道其中便有个姓桓的，故而下午那雪天里来的女郎主仆再来时，她只能再次遗憾地对她们摇头。三天前不知道，她哪能现在就知道了呢？

那女郎垂下螓首，轻轻叹一口气。

沈韶光见不得美人伤心，给出主意："要不小娘子手写几张启事贴在这坊里？总比这样干碰强。”

女郎眼睛一亮：“小娘子所言甚是。”她又问沈韶光坊里可有笔墨店。

“从前坊东边倒是有一家笔墨店，卖的松烟墨很好。只是东主家不知有什么事，从立了冬便不曾开门。大笔墨店得去东市找。”沈韶光笑道，“我这里倒是有笔墨，小娘子若不嫌弃，尽可以用。”

沈韶光用的不是什么好笔好墨，日常凑合使着而已。这女郎看着是个富家女，但这时候恐怕也愿意从权。

那女郎果然笑着道谢：“那就谢过小娘子了。”

沈韶光亲自去柜上拿笔墨，又让阿圆去后宅取自己日常写字的纸张。

这女郎略想一想，一挥而就，竟然是一首藏头诗，每句的开头嵌了一个字，连在一起便是“寻找桓郎”，又提到“梵刹”，便是点明自己的住处。

沈韶光颇为惊异，可见本朝才女率高，随便就碰见了一个。先不说诗好不好，单这构思速度就足以让人称道了，况且这一手簪花小楷也很漂亮。

只是……这人这样写，文艺倒是文艺的，信息到达率恐怕有点低。毕竟这要姓桓的自身或者其熟人看到，还要能看出这是藏头诗，猜到谜底……有点困难啊。

若沈韶光写，八成是写成朝廷通缉布告的样子。

但话又说回来，若这姓桓的人真在这个坊里，总能找到的，还是这样更有戏剧性、更浪漫。沈韶光收住自己煮鹤焚琴的俗人心，也认为这样甚好。

那小娘子又抄了三四张。

沈韶光好人做到底，在炉子上打了糨糊，让阿昌帮她们贴去。

小娘子笑着请求：“我看贵酒肆人来人往十分热闹，可否在这外面贴一张？”

沈韶光笑道：“可以。”

沈记是两家店铺连通起来的，门面不小，沈韶光又专门整修过，显得比周围店面齐整。挨着厨房的一段外墙尤其平展醒目，先后贴过好几张“夜哭郎”以及“寻狗”的启事，很有成为小区公告栏的趋势。

裴斐与林晏出了林宅的门，款步而行。

“唉——”裴斐摇头，今天第三十次叹气。

林晏看都没看他，继续往前走。

裴斐一脸苦相地跟着。

裴斐是逃来林宅避劫的——避的不是别个，而是桃花劫。

下大雪那日，裴斐来了雅兴，举把青竹伞去东市酒家喝酒。谁知好巧不巧，他遇上了刚从兴庆宫出来的福慧长公主，又好巧不巧就入了这位长公主的眼。第二日，长公主就让人送了帖子去，要邀请裴斐进府赏茶花谈诗。

裴斐恨不得回到昨日扇死自己，让你附庸风雅！让你雪天喝酒！让你喝酒还非要去东市！不知道那里离着宫廷内苑近吗?

埋怨也没用，裴斐只好托病，好赖混了过去。

很怕冬至长假长公主又要开“赏花会”，过了昨日大朝会和百官大宴，今天一早，裴斐朝食都不曾吃，就逃到林宅来了。

往常他也爱往林宅跑，但还没有一开坊门就来的。进了林宅，面对林晏微露疑惑的脸，裴斐讷讷的。难道他要直说“福慧长公主似乎看上我了，让我去当面首”？这话怎么好意思说出口？他便只好敷衍一句“为情所困，为情所困”。

林晏从鼻子里哼笑一声，裴十二什么都好，就是太过风流，还为情所困……他且困着去吧！故而这会儿听见他叹气，林晏理都不理。裴斐却是有苦说不出。

其实以长公主的人才，若她不是公主，裴斐兴许是喜欢的。她那浓重艳丽如牡丹的长相，说话时未语先笑、眼角一勾的样子；二十七八岁，既不很大，也不稚嫩的年纪……

但大丈夫顶天立地，在朝中全凭一手一足的本事，岂可沾上攀附妇人裙带的恶名?

“你既说我家的火锅不好吃，便来吃这好吃的吧。”林晏看着不远处的沈记酒幌道。

裴斐摸摸咕噜噜的肚子，决定先放开怀抱，大吃一顿再说：“前次来，沈小娘子家的鱼丸格外好吃。”

刚走到门口，隔着毡门帘子，两人听到里面响起一个男声，然后便是沈小娘子那俏生生的声音。

听了两句，两人互视一眼，裴斐扑哧笑了，林晏掀开帘子进去。

沈韶光正在跟人打嘴仗。

话说冬至节第二天，她本来挺高兴的。上午的时候，卖肉的除了送来羊肉、猪肉，还送来几只野鸡，长尾巴，很漂亮，说是有人在野地里抓的。其中有一只很肥大，应该是经年的老鸡，另几只有点小，应该是本年的嫩鸡。[①]

秋天的时候，沈韶光收过几只鹌鹑、鹁鸪、鸠什么的，但是没收到野鸡。这次尤其难得的是它们是活的——当然，她也因此有些纠结：杀了怪可惜的。尤其这只大的，便是在皇宫内苑也难得见到有这样漂亮尾羽的野鸡。

那卖肉的似是看透沈韶光，笑道："小娘子莫要养着，这东西胆子小，气性大，过不了三朝两早晨就死了，跟贵人们园子里家养的雉鸡不一样。"

既然如此，沈韶光也只好作罢，那就吃了吧。

宫里的雉鸡大多是烤着吃，把皮烤得发黄，有一点点焦，油汪汪的，蘸着椒盐吃，香得很。沈韶光决定，这几只小的野鸡就如法炮制。

至于那只大的，还是炖汤吧。富贵了一辈子的贾老太太都称赞野鸡崽子汤有味儿呢。而就炖汤来说，老的比鸡崽子要更有味儿一些。

这鸡崽子还没烤熟，汤也还需要再炖一阵子的时候，昨日那几个士子又来了，想来是有人还席。其中还有一个熟人——柳录事。

沈韶光大大方方地跟他打招呼："柳郎君冬至节吉祥安康。"她又招呼几位士子："今天郎君们要吃点什么？还是火锅吗？"

桓七笑道："今日吃些别的吧。"

沈韶光递上菜单："如此，郎君们慢慢挑选。"她又道，"今日得了几只雉鸡，有烤的，有炖的汤，只是都要等些时候。"

"如此就来些雉鸡汤吧，很适合这个时候喝。"桓七看看柳丰，又看看其余几位。

别人自然是客随主便的。

沈韶光笑着答应了，先去后厨端红枣枸杞饮子。

桓七又让众人点菜。

其中一个人对柳丰挤挤眼："柳录事对这里熟，还是柳录事来吧。"

---

① 文中野味情节，请注意其时代性。郑重提示：请勿贩卖、饲养和食用野生动物。拒绝野味，从我做起。

柳丰让他说得脸有些红，但怕沈韶光听见彼此尴尬，便没有接话。

昨日那个说柳丰色令智昏的人皱皱眉，看看厨房的门，低声对柳丰道："有句话说了，三郎莫要生气。三郎怎可聘娶这市井女为妻？幸好她还有些自知之明，没有答应。"

桓七和另外几个人都有点皱眉，打趣一句半句也就罢了，陆二郎怎么能说到人家脸上？虽大家都是同年，但柳丰如今已经做了京兆府的录事，而自己这些人要么未及第，要么虽礼部试及第了，却卡在了铨选上不得授官。

柳丰的脸越发红了："莫要这般说！小娘子出自洛下沈氏。"

众人纳罕：啊？小娘子竟然是士族女？那怎么在市井中当垆卖酒？旋即便了解了，想来是家道中落。哪个世家大族没有枯枝败叶？

桓七尤其了解一些。他虽说是世家子，却也是旁支，平日依附嫡系过活，因生得好，又有才气，颇得嫡系家主照拂，家中才能维持体面的日子。没想到这店家小娘子也是这般身份，只是沦落得更彻底一些……

桓七对众人道："洛下沈氏，君子之族，大家尊重着些。"

沈韶光端了饮子出来，发现这几位客人突然客气起来。

沈韶光看向柳丰，柳丰满脸赧色。

他这神色……是说起与我有关的前世今生了？看那几个人的样子，约莫是提起了我的家族姓氏？这柳丰又是个厚道人，大约没说我曾是被没入掖庭的宫女……

沈韶光察言观色和逻辑推导能力满分，竟猜了个八九不离十。

看沈韶光言谈有致、礼仪周全，又听说她出自洛下沈氏，那几个士子越发可惜起来。

陆二郎自认性格端方，当下对沈韶光道："某有一言，不知当讲不当讲？"

柳丰皱眉："陆二郎——"

沈韶光已笑道："郎君请讲。"

"适才听说小娘子出身洛下沈氏。既是士族女郎，即便家道中落了，何至于沦落至此？"她托于同族之家，找人嫁了就是，怎么能出头露面卖酒？陆二郎到底尊重那个"沈"字，没说出"自甘堕落"来。

此时社会阶层排位为士农工商，沈韶光也没想跟大环境的主流观念对抗，但被人这样明晃晃地问到头上，还是不爽。

沈韶光眯眼笑了笑："观郎君风姿过人，又听刚才柳录事称呼'陆二郎'，莫非郎君是东都陆氏子弟？"

洛阳陆氏，在本朝出过不少公卿宰辅，是顶尖的士族，陆二郎倒是想出自这个家族，但祖宗到底不好乱认，只得道："某相州人氏。"

沈韶光点头："哦，难怪……"

众人都纳罕地看着她：难怪什么？

"昔时，魏国公陆诚之①曾改革盐政，疏通运河，促进南北商贸，有汉时桑弘羊之能，又曾言'商者，国之血液也'，想来洛下陆氏子弟所受的族学中都是这般教导的。"

沈韶光看向陆二郎，笑道："儿还只道陆氏出了个标新立异的呢，听郎君说了籍贯，方知道是弄错了。还请郎君勿怪。"说着她又施了一礼。

陆二郎气得说不出话来。

桓七等人一时也没了言语。这小娘子好伶俐的口齿，而且竟然对本朝名臣国政知之甚详。

柳丰瞪大眼睛，沈小娘子一向端庄柔美……

沈韶光看看柳丰，我……崩"人设"啦？她这般想着，却听得门外传来一声笑，然后毡帘子便被撩起，进来两位郎君，林少尹和他的朋友。

陆二郎一甩袖子，走了出去，恰好与林晏、裴斐擦肩而过。

不及管陆二郎，柳丰先上前给林晏行礼。

看柳丰的样子，又听他称呼"少尹"，桓七等人便知这是京兆少尹了，连忙也上前行礼。

林晏点头，淡淡地道："诸位郎君免礼。"

然后林晏又介绍了裴斐，双方见礼毕，重新入了座。

难得见到绯袍高官，桓七等人自然要尽量表现一番，这时候只恨没带行卷，不然当面递交，不比投到各府的阍人那里让其转呈要好得多？谁知道那些阍人到底把这行卷递上去了，还是干脆当了引火之物？

沈韶光看他们其志在聊不在吃，有开茶话会的架势，好在今天还有冬

---

① 魏国公陆诚之是作者另一本小说《科举之男装大佬》中的人物。

至余波，客人不多，那就借给他们地方开吧。她又让阿圆端了两杯热饮子给林、裴二人，自己去厨房看看野鸡汤。

听诸人从冬至扯开，说了些圣人德政之类的，其中两人还作了诗。林晏点头："朝廷选拔，取德才兼备者。诸君大才，余不能及。至于德行——"林晏顿一下，环视众人，目光清明，神色庄重，"明德于心，谨言慎行，则庶几君子矣。晏与诸君共勉。"

众人连忙站起领训，只裴斐微笑着端起茶杯喝一口红枣枸杞饮子。

怕打扰了这位严肃的上司进餐，柳丰告退。桓七等人自认也没有面子陪绯袍高官一起吃饭，便随着柳丰一起告辞出去。

沈韶光从厨房出来相送，桓七等人对她格外礼貌——刚才林少尹那关于"德"的训词言犹在耳呢。话说，刚才林少尹到底听了多少？他的话固然是极对的，但……有之前的事，这话怎么听都像在敲打他们？

桓七突然有一个奇怪的想法：林少尹莫不是与这沈小娘子有什么关系吧？

听众人管这人叫桓七，沈韶光本想叫住他说那位女郎寻人的事，但想了想，到底作罢。她还是先跟那女郎说吧，反正知道柳丰家在哪里，肯定能找到这位桓郎。

沈韶光走过去笑问两位没走的客人："今日有新鲜的雉鸡，很快就烤好了，又有雉鸡汤，两位郎君尝尝？"

裴斐看看沈韶光，又看看林晏，笑道："便听小娘子的。还有新鲜的东西，也尽数上来，反正……不是我花钱。"

沈韶光露出个了然的笑来。朋友嘛，不就是用来坑的？懂！懂！当下她轻快地答应了："两位郎君稍候。"

抬眉看见两人促狭的笑脸，林晏抿抿嘴，端起茶杯。裴十二叹了一上午的气，纯属活该！

裴斐与林晏踩着雪往回走着。

肚子里有了食，裴斐情绪好了很多，好到有心情关心朋友的"情事"了。

想到于烤雉鸡、玛瑙肉、烧羊肉等荤菜中间还有那几道醋炒芽菜、煮干丝、金钩菘菜，还有林晏吃得眉眼舒展、嘴角微翘的样子，裴斐眯着眼，歪头看他："安然，我有个疑惑……那沈小娘子随意安排酒菜……商家逐利，按说上的该多是些贵价货色，为何倒有不少清淡小菜？”

“荤素相配，繁简相辅，此饮食调和之道也。沈记店主既开着酒肆，岂有不通这个道理的？”想到那位沈小娘子收钱时笑眯眯的样子，林晏淡淡地道，“况且，即便是小菜，卖的也是大菜的价钱。”

裴斐扑哧笑了：“那是你愿意给的，又不是人家要的。”

林晏也微翘起了嘴角。

裴斐却不是那么容易被糊弄过去的人：“那几道菜似都极合你的口味啊……”

林晏挑眉侧头看他：“那些烤雉鸡之类的菜不是也极合你的口味？”

裴斐一笑，一副“你就嘴硬吧”的样子，但到底涉及人家小娘子，不好问得太露骨，便放过了他。

裴斐越想越觉得林晏与这沈小娘子相配，一个锯嘴葫芦，一个口齿伶俐——若都不爱说话，那岂不闷死？若都伶牙俐齿，则免不得要起口角。两人相貌上也很衬，安然风姿秀雅，那沈小娘子也娇俏漂亮；学识上，安然固然进士及第、一时俊彦，那沈小娘子也不是无知妇人，上次不是还拿三国庞统讽刺人了吗？这回又说到本朝名臣和国政。

所差者，家世耳！沈小娘子虽出身洛下沈氏，惜乎家道中落了，而安然却是身穿绯袍的朝廷高官……

裴斐摇头：真是可惜。

裴斐并不知道沈韶光是今年春放出的宫女还有她家里那些旧事，不然这头还要摇得更猛烈些。

林晏岂能听不出裴斐的言外之意，待要绷起脸说些什么，却又作罢。他就是这般性子，但好赖还有些分寸，不至于落得下流了。

酒肆安排的菜品合自己的口味，林晏不觉得有什么，去过几次，那沈小娘子记住了自己的口味而已……她这般伶俐，也难怪能在这市井之间活得如此鲜妍蓬勃，如春日里漫山遍野的绿意一样——还当真不辜负了“阿荠”这小字。

阿荠……不知道她正式的名字是什么。那出宫公验文书颇简略，不似百姓户籍手实那般详备，只有家族、籍贯、年龄、某年某月因父沈谦获罪没入掖庭，某年某月以齐民身份出宫之类的，并没有名字。

林晏突然抬起头，眯着眼看看白皑皑的屋宇街道。我这都乱想了些什么？当真是醉了。

沈韶光不知道自己引起了林、裴二人怎样的猜想，正在琢磨新菜品。

寒冬腊月菜蔬少，每天菘菜、萝卜、豆腐、豆芽，再没别的，好赖猪肉、鸡肉、羊肉、鱼之类的肉不缺，再配着几样腌菜、腊货，她也能凑合出些样数来。这几天一下雪，鱼断了货，沈韶光立刻觉得不凑手，蒸鱼头、鱼丸子、醋鱼、瓦块鱼、鱼锅子等，都没有了……

这么冷的天，即便雪化了，弄到鱼也不容易，沈韶光决定先把鱼菜的菜牌撤了，再加些别的，顺便根据店里的销量，撤换更新一些其他菜品。

这是需要细琢磨的东西，有时候她还要问问于三，甚至征求一下阿圆和阿昌两个土著吃货的意见。

阿圆和阿昌最爱店里上新菜，因为那意味着——试吃。

看两人兴奋的样子，沈韶光反思：我平时没喂饱他们？还是这俩货对吃爱得深沉？沈韶光愿意相信是后者。

给林少尹的煮干丝便是最近新上的菜品。豆腐干丝是用鸡汤煮的，她为了增加鲜味儿，煮时放了虾米。虾米放在小白布兜儿里，出锅时弃之不用，只要洁白的干丝。出盘后顶上配一撮腊肉碎和少许翠绿的腌黄瓜丁，调个颜色而已。

没有火腿、开洋之类的，做法也不是地道的淮扬菜做法，算是她穿越时空没奈何的“凑合菜”。但味道也不错，口舌挑剔如那位林少尹也吃了不少。

白菜、豆腐要做得入味儿是顶考验功力的，这又是个缺东西的年代，沈韶光还是喜欢各种霸道的肉菜。

比如，粉蒸肉、醋焖肉、荔枝肉、熏煨肉各种肉，坛子鸡、炸鸡、熏鸡、白切鸡各种鸡。只要掌握了诀窍，她可随意发挥，味道都不会坏。

阿圆从外面回来，便看见刚出锅的粉蒸肉，赶忙伸手拿了一个小面饼，往里塞了一大块粉蒸肉，吹一吹，一口就咬进去半个，一边吃一边对沈韶光用力点头：“嗯！嗯！”

“别光顾着吃，去跟那楚氏女郎说了？”楚氏女郎便是雪天来的不速之客，现在住在光明庵那位。她的婢子叫阿锦。

“嗯！嗯！”

沈韶光笑起来：“吃吧，吃吧。”

话说哪个厨子不喜欢看到阿圆这样的食客？若都跟林少尹似的，吃个东西也喜怒不形于色，他爱不爱吃只能自己观察分析，连个反馈都没有，这厨子得当得多没意思？她真是同情给林少尹做饭的人。

不等阿圆吃完，楚氏女郎主仆便到了。

沈韶光请她们去后宅说话。

沈韶光亲自为楚氏女郎倒了茶饮，女郎站起接过来，又道谢。

虽着急，楚氏女郎还是等沈韶光坐下喝了一口茶才问："小娘子有桓郎的消息了？"

"今日午间有个客人姓桓，行七，长得身量颇高、面色很白，仪表堂堂的。我怕认错了，没问那客人，先跟小娘子说。"

楚氏女郎有些激动："便是他。"

婢子阿锦也急忙问："小娘子可知道如何找到这桓郎？"

沈韶光点头："知道，他与我们店里一位熟客认识。那客人很热心，你们尽可以去问他，他便住在后面那条街最南头儿靠坊墙的宅子。"柳丰的地址还是当时那官媒婆说的，那里离着张家捻头店不远，阿圆去买捻头时还遇到过他。

楚氏女郎郑重谢过沈韶光。

沈韶光很懂交浅不可言深的道理，但看那桓七郎似乎太精明，不像很可靠的样子，便生了点管闲事的劲儿，琢磨了会儿，便道："看女郎一手簪花小楷写得实在好，我这字就太过粗疏，想请女郎指点一下。"

刚说着桓七郎的事，却突然转去了书法，这沈小娘子又不是着三不着两的，楚氏女郎便知道这其中必有缘故，当下笑道："不敢说指点，请小娘子写来，我们切磋切磋。"

沈韶光便研了墨，铺开纸，用楷书写了几首白居易的诗，用手指敲打两下最末的《井底引银瓶》："这是一位白尚书的诗，我很喜欢。"

"感君松柏化为心，暗合双鬟逐君去……聘则为妻奔是妾，不堪主祀奉蘋蘩……"一字一句，振聋发聩。

女郎神色一变，半晌笑道："白尚书的诗好，小娘子的字也好。"说着她站起来，郑重地给沈韶光行礼，"多谢小娘子提醒之意。"

沈韶光拉住她，两人重新入座。只婢子阿锦还蒙着。

"小娘子不知道，我家是行商的，最讲究买卖公平。我俩当日两心相许，写了不少书信，他若……负了我，我便抖出来。我固然得不到好，但于他名声也有妨碍。这是天子脚下，最重风纪，他要科考，考中要授官，当不会冒这险。”

沈韶光点点头，想跟她说这长安城没她想的那么严谨，但她已经破釜沉舟走到了这一步，又是有决心、有想法的……总比完全“纵被无情弃，不能羞”的“傻白甜”强。

既然如此，那她就奔到情天情海扑腾去吧。

谁能想到，这楚小娘子一个猛子扎进情海，还没扑腾就触了礁，磕得头破血流。

沈韶光还没拟好新菜单，楚氏主仆竟然回来了。那女郎面色发白，眼中含泪，全不似从前模样，简直比那天大雪里刚来时还要狼狈。

沈韶光赶忙请她坐下，那女郎手抖得几乎端不住茶。

婢子阿锦一脸焦急心疼之色，几次张嘴要说什么却又咽了回去，只是求助般看着沈韶光。

把阿圆和阿昌打发去了前面店里，沈韶光便静静地在这女郎对面坐着。

镇定了一会儿，楚氏女郎拿帕子擦擦眼泪，站起来深深一福：“儿深悔不听小娘子的劝，去了竟是自取其辱……”

沈韶光忙拉住她。

“儿去时，桓七郎正与几个友人在一起。桓七见到我很惊讶。他的一个朋友问……”楚小娘子咬了咬唇道，“问：‘此得非七郎诗中提到的如夫人楚氏娘子？’儿当时就蒙了。桓七看看我，只笑答是。那几个朋友都说些‘七郎的诗果然作得极切实，如夫人好人才’之类的话。”

沈韶光都不知道该安慰些什么了，这桓七太……

“我怒骂桓七，又掷还了他送我的定情之礼，从此与他再无干系。”

“那些信呢？”沈韶光问。

“都还在光明庵里，和行李在一起。”楚氏女郎抽抽鼻子，轻声道。

“这些信，女郎是不想用了？”

楚氏女郎点点头又摇摇头：“我想过他或许会搪塞拖延，却没想到见面就是这样不堪的场面。这种样子，我又何必为了他赔上自己？”

沈韶光击掌：“女郎所言甚是！我们家乡有句话叫‘及时止损’，又有句话叫‘谁年轻的时候不遇到个人渣’，遇上了，认清了，赶紧甩开就是了。”

“他也太过下流，不知道写什么诗，把我说得多么不堪。”楚氏女郎一脸悲切又羞恼的神色，“我真是恨不得回到过去，打死蒙头蒙脑的自己。”

沈韶光拍拍她的胳膊道：“罢了，悟已往之不谏，知来者之可追。”

也许是沈韶光的镇定和悲悯让楚氏女郎找到了安全感，也许是这女郎刚经历过这样的事情绪不稳，她竟向沈韶光倾诉起旧事来。

“我家虽是商人，在故里也有些脸面。家中三位兄长，我是阿爷阿娘的幼女，自小便受疼爱，从没受过些微苦楚。去岁家里大宴，偶遇桓七……便有了来往。”

沈韶光点头。被家里保护得太好的女子，很容易便被“渣男”骗了。

“他只说我家富贵，必要科考及第，方好上门求亲。他上京后，阿爷欲给我说亲，我便与他说了桓七的事。阿爷道，桓七并无诚心，且桓家虽贫，却是高门大姓，门第上不匹配，我便是嫁过去也难受，要给我另择良配。”楚氏女郎捂着嘴，流出泪来，“我真是不孝，竟然单带着阿锦偷跑出来。”

想到一路上的艰险，丢了钱财，遇到疑似拐子的人，楚氏女郎泣不成声：“我当真是糊涂！”

“小娘子——”阿锦在边上陪着哭。

看她把帕子揉得不像样子，沈韶光掏出自己的递过去：“亲子女没有隔夜恨。回去好好跟家里爷娘认个错，从此以后谨慎着些就是了。”这又是唐代的好处：没那么保守。听起来这小娘子与父母家人感情颇好，回去以后，应不会受什么太大的惩罚。

楚氏女郎点头。

倾诉完，楚氏女郎似安定了一些，但还是对桓七的诗有些疑虑和担心：“他会不会把我们的事写了诗，宣扬得尽人皆知？”

对桓七写诗这事，沈韶光能理解：炫耀呗，搞上一个漂亮妹子，关键是不计划娶的漂亮妹子，心里得意，作个诗跟兄弟们吹一吹，就跟后世“矬男”在论坛里吹自己有多少女朋友一样。

沈韶光犹豫了一下。罢了，反正她前世也做过帮闺密怒打不忠男友的事，这辈子再做一回。

沈韶光仿佛被荆轲、聂政，还有衙门里留两撇胡子的坏师爷同时附了身，轻咳两声道：“这事也不是不能想办法……”

楚氏女郎抬起头，刚哭过的眼睛又红又亮：“还请小娘子赐教。”

“他写什么不重要，关键是只要大家不信就好。”

楚氏女郎皱眉疑惑：旁人信不信，岂是我们能左右的？

那当然就需要我们给桓七塑造一下形象了。

“若桓七郎是个风流事满天飞，且飞得很不靠谱的人，你觉得还有人追究这桩事的真伪吗？”

沈韶光拈起果盘里的一颗糖炒栗子又扔回果盘里：“要隐藏一颗栗子，如果不能吃了它，最好的办法就是把它扔到栗子堆里。别的栗子又大又香，哪显得出来这一个？”

楚氏女郎听是听懂了，却不知如何操作。

“这个简单啊，女郎想来是看过传奇的吧？”

楚氏女郎点头。

“照着那个样子写几篇关于桓七郎的传奇就是了嘛。”沈韶光实在没什么道德底线，说起诬赖人的事来，一点心理负担都没有，“比方说，桓七郎受了平康坊一位名妓的恩惠，名妓以为终身有托，桓七郎却把她卖了。”她这显然是想起了杜十娘的故事。

“再比方说，桓七郎遇见鬼仙狐女，春风一度，却因此被败了运道，情场得意，考场失意。”这是受《聊斋》启发。

“再比如，桓七郎遇到……咯！”

沈韶光咳嗽了一声，继续道：“那恒七郎遇到一些精通采补之道的女冠，被囚了起来，好不容易才逃脱，故而面色发白……”这个故事的来源显然是某些不那么健康的明清笔记小说。

楚氏女郎面色通红地看着沈韶光，半晌，突然笑了。

沈韶光也笑起来。

楚氏女郎笑着笑着又哭了。

沈韶光抿了抿嘴。这怎么还劝不好了呢？

“此次进京，能见这繁华，能认得小娘子，也算不虚此行了。”楚氏女郎看着沈韶光，眼角犹带着泪，微笑道。

沈韶光只微笑。这种见识，她还是莫有的好。

沈韶光又提醒她诬赖人的各种窍门：“姓名要变化一下，但又不能变得太多。不变，让人一眼看出，反而惹人怀疑；变得太多，让人猜不出来，就失了意义。

“要是这个样子：让人稍微想一想，这莫不是谁谁谁？越想越像！同时看见这传奇的人再争论争论，是耶非耶，人们总愿意相信自己猜到的事。而且这样看的人才多。”

这就是后世论坛爆料帖以字母代替人名的意义之一。大家光猜这是谁，就能顶几十层。

“各种编的故事，最好还能与他本身有些联系，比如家贫，比如面白……”

楚氏女郎听她说“面白”，脸又红了一下，以后大概是没法面对“面白”这个词了。

面授完这些机宜，沈韶光把非技术性的东西也一并告诉她，西市哪里有刻印的，卖传奇的书铺子在哪里，请人代卖怎么说之类的。

这项抹黑人的活动，将楚氏女郎从失恋和自怨自艾的境地拯救了出来，她从沈记离开的时候，神色已经好多了。

或许楚氏女郎连跟桓七呼吸一个坊的空气都觉得难受，故而第二天就搬走了，又过了些日子，让人给沈韶光送了几篇刻印好的传奇和一封信来。

沈韶光先看那信，是告别的。挺好，有家可回的人，回家是最好的。

再看那几篇传奇，沈韶光笑起来。哎哟，楚小娘子有悟性……这传奇写得，啧啧……

那边裴斐也一样发出啧啧的声音，拿着传奇本子给林晏看。

林晏皱了皱眉：“这是说的那桓承？”

裴斐笑着点头：“有意思！他约莫是得罪了同年？这届士子有意思得很，我要好好会一会。”

林晏却觉得这风格有些熟，尤其翻到后面那“女冠”一段，便不由得想起某沈姓女店主说的“养娘”来……

林晏抽走裴斐手里的传奇本子，淡淡地道：“你这会儿不为情所困了？”

第十章　韶光一进少尹府

过完了冬至，没几天就是腊八。这个时候还没有后世那举国食粥的盛况，只有寺庙庵堂“煮药食”分赠信徒之家。

光明庵里有几个弟子在大殿门口施药食给信众，亦有专门的弟子把药食送往有来往的高门府第。

因为沈韶光与光明庵的那点渊源，净清临出坊门时，专门下车给她放下一钵。沈韶光笑着接过，又寒暄两句，见净清行色匆匆，知道她还要跑许多家，便掏了压篮钱放入放粥罐的篮子里，亲自送她出门。

净清倒不好意思起来：“我们这样，你何必客气？往常受了你多少好东西，这回不过是让你也尝尝我们的药食。”

沈韶光笑道：“我们这里也熬了些八宝粥，与你们的药食类似，待会儿送去庵里，你回来也尝尝，比你们的药食如何。”

净清笑起来：“这确实要尝一尝。”

两人在门口告了别，沈韶光目送净清登车远去。

沈韶光果如她自己所言，亲自拿了一罐八宝粥送去庵里。

这八宝粥自然是她按照后世习俗熬的。前世的时候，像大多数年轻人一样，沈韶光对这些传统节日并不看重，现在独在异乡为异客，却异常怀念起来。

就像沈韶光曾经的“时差党”同学，在国内的时候要多洋派就多洋派，等真出了国，却干出从纽约开车去华盛顿，吼了一路爱国歌曲的事。

那同学跟沈韶光视频的时候说起这个，沈韶光还笑话她："你的歌曲库有这么多存货吗？不会是完全单曲循环吧？"

那同学嘿嘿一笑道："关键是表达我对祖国的热爱好吗？"

沈韶光也充满了对旧时空的热爱，如今自己当家做主了，随便哪个节日都按从前的样子过。

如今的水果蔬菜不如后世种类多，五谷粮食却都已经存在。稻米、粟米、黍米、薏米、红豆都是要的；粥果里的莲子、榛瓤、松子、核桃、栗子也不能少；最重要的是红枣。

据说这红枣最讲究的煮法是剥皮去核，等粥熟了再添加，枣子皮也不扔，用来煮水，然后用这水熬粥，取其枣香。[①]

沈韶光从未喝过那样讲究的腊八粥，她喝的粥都是囫囵枣扔到粥里煮的，所以喝粥时，时常要吐出个枣核来，偶尔还有枣皮粘在上腭。

现在自己煮，沈韶光琢磨着，把枣子泡过，去了核，然后上小磨磨浆，再把枣皮拿细笊篱过滤出去。粗暴是粗暴了点儿，但也解除了皮和核的问题。

这样的八宝粥得了圆觉师太的夸赞。

那定了的粥皮上摆着松子仁、榛子瓤等酥香粥果，各式各样，一小堆，怪好看的。拿羹勺搅一搅，喝一口，米烂而果酥，既能照顾到舌头，又能照顾到牙齿，迥异于平常一味求烂的粥。

圆觉师太笑道："明年我们的药食也改成这样好了。"

沈韶光产生出"孙子回到古代教爷爷"的荒谬感。腊八粥或许就是从此时的药食转化而来的，这会儿却要取而代之了吗？不过，好赖只是一个庵堂，好赖只是一种吃食而已，她不用太较真儿。

这腊八粥除了送给左邻右舍和光明庵，沈韶光也分赠食客们。其中有一个说他们太夫人最爱粥品，要买一罐子。原先沈韶光不识得他，如今也知道了，这是林少尹府的人。沈韶光便如给光明庵一样，也赠给他一罐。

---

① 腊八粥的复杂煮法还有皮上堆粥果，参照唐鲁孙先生的文章《天寒岁暮忆腊八》。

谁知道这一罐粥，竟让沈韶光有机会回“故宅”一游。

这时候虽然还没有“腊八过后就是年”的说法，但实际上，千百年来，人们都是这样过日子的。过了腊八，忙年的节奏加快，新年的味道越来越浓。

店里储存了好些腌腊货、米粮、酒水和萝卜、菘菜等能久放的菜蔬，提防着再过些天肉铺子、米粮铺子等过年关张。他们不用等到腊月二十三以后再扫房子，店里和后宅已经做起了年终大扫除。

沈韶光和阿圆他们的过年新衣也请人缝制好了——沈韶光针线活儿做得一般，阿圆更是横针不拈、竖线不动的，所以做衣服的事，只能请专业人士代劳。

或许当官的在忙年终政绩总结报告，经商的在盘货要账——或者躲账——酒肆里来喝闲酒的人都少了，沈韶光正好带着于三、阿圆、阿昌从从容容地准备过年，间或也接些蒸糕点的买卖。

自七夕花糕卖响了名头，一到过节，或者需要送礼、祭祀的日子，便有人来买花糕，前阵子冬至沈韶光还做了一些，小赚一笔。

新年元正自然不是冬至能比的，过了腊月初十，便有不少走年礼的人了，知道沈记花糕的，都要放上两盒子应景。

这日午后，沈韶光正在点缀云片糕，就见那林少尹府的仆从过来，对沈韶光赔笑道：“某有个不情之请，要麻烦小娘子。”

沈韶光请他讲来。

“那日我家太夫人喝了贵店的粥，觉得很好，今日想起来，让庖厨仿制，却怎么也出不来那个味儿。不知贵店可否代熬一钵？资费尽可以算的。”

煮八宝粥是个耗工夫的活儿，沈韶光正要跟他解释，那仆从低声解释道：“今日午食，太夫人都没怎么进。”

所以他现在就想要？

沈韶光琢磨了会儿道：“那莲子八宝粥一时半会儿出不来，倒是有一样甜粥，能稍微快些，滋味也不坏，且更适合春秋高些的夫人们食用。”沈韶光说的是核桃酪。

沈记，不管是玉尖面，还是糕饼，还是火锅子，还是肉食菜蔬，都甚合太夫人的胃口，这仆从对沈韶光颇为信任，关键是也没旁的办法：“那便麻烦小娘子了。某什么时候来取？”

说是比煮八宝粥用的时间少，却也是个费工夫的事，因涉及一位老人，还有林少尹的面子，沈韶光才接了这个私厨的活儿。

这时听了这仆从的话，沈韶光突然又有了别的念头：“工夫不好估算，总不会比暮食晚。客人也不用来取，到时候我们送过去就是。”

那仆从自然没有不答应的，当下笑道：“如此就全拜托小娘子了。”

这仆从走后，沈韶光把点缀云片糕的活儿交给了于三，自己开始敲核桃、剔枣核、磨米浆，准备做核桃酪。

对沈韶光何以接煮一钵粥的事，于三颇为不解，但转念一想，这样一钵粥，兴许能卖出一锅糕的价钱，小娘子会推拒才怪……

沈韶光想的却是故居的事。自来了这坊里，她还没进去过，那个“家”只是回忆里、睡梦里的样子。

虽然沈韶光说不清那到底算不算自己的家，就像说不清沈谦夫妇和沈质文——乳名叫阿樟的少年，算不算自己的父母兄长一样。但沈韶光还是想回去看看，尤其前次阿圆回来说了在那宅子里的所见之后。

沈韶光一边想着旧事，一边把剥好的核桃仁扔进开水里烫。烫过之后的核桃仁，很容易就能剥去外面那层发苦的衣膜。其实放微波炉里加热也是一样的，只是这时候没有微波炉罢了。

若是在有这些厨房家电的时代，核桃酪简直太容易做了，现在她却只能纯手工做。

做八宝粥需要将红枣去皮去核取红枣肉，做核桃酪也需要。但现在沈韶光没有泡好的枣子，又只做一小钵，便不用那粗暴的办法了，只拿小刀一点点地削红枣皮。

店里静静的，于三把云片糕做完，扭头看见沈韶光戴着围裙，盘膝坐在食案前，一点一点地抠红枣肉，阿圆在她不远处捡豆子，身后开着的厨房门内，阿昌守着灶膛，头一点一点地正在打盹儿。于三笑了一下，进去看看灶里的火，并没有叫醒阿昌。

沈韶光将核桃去了衣膜，又将枣子也收拾好，连着泡好的米一起放在小磨上研成浆，再上锅煮。[①]

没一会儿工夫，炉边就弥漫了枣米的香甜气。

阿圆过来，抽鼻子闻了闻："真香。"

沈韶光笑，店里有米糕的香气，有肉香气，难为她还能闻着这清淡的粥味儿。

看看火候差不多了，沈韶光又加了一点糖调味儿，然后就将粥盛在白瓷罐子里，盖好盖子，用小白布褥子裹好，放在食盒里。

"我去送吧？"阿圆问。

沈韶光指指多出来的一碗粥："你去与阿昌分着喝。"

阿圆笑眯眯地答应着。

于三瞥她一眼："你便纵着他们吧。"

沈韶光眨了眨眼。小孩子不就是要纵着些吗？

不管于三，沈韶光拎上食盒便出了店门。

想来那仆从与阍人打过招呼了，沈韶光一提，那阍人便让她进去了。

沈韶光被林宅的奴仆领着，过仪门，出穿堂，穿走廊，从前庭绕过，进入后宅。

一路行来，沈韶光把看到的景象与记忆中的景象比较了一下，大多数能重合起来，也有不一样的地方。

那竹子比记忆中的要粗大很多，海棠树也长了，倒是这廊上雕刻的花卉还是旧时模样。

沈韶光抬眼，恰好看见走廊尽头的林少尹，一身士子白袍，清风明月似的。

奴仆小声提醒沈韶光："那是我家阿郎。"然后引领她过去，跟林晏禀告了沈记女店主来给太夫人送粥的事。

沈韶光对林晏微微一福。

看了看沈韶光和她手里的食盒，林晏吩咐奴仆："你且把粥给太夫人送过去，我与沈店主有话说。"

---

① 核桃酪的做法参照了梁实秋先生的文章《核桃酪》。

奴仆有些惊讶，连忙行礼称是。

沈韶光微挑眉，看一眼林少尹，把食盒交给那奴仆，笑道：“请与太夫人身边的人说，这粥需趁热喝，若放凉了重新热过，口味终究差一些。”

奴仆点头，拎着食盒快步走了。

沈韶光大大方方地站在那里，等这位林少尹发话，心里却在疑惑：难道自己帮楚小娘子黑桓七郎的事被发现了？唐代破案率这么高的吗？关键是至于惊动这位长安市常务副市长吗？她又在心里回忆《唐律疏议》的内容。那上面有没有关于侵犯公民名誉权的规定？

林晏确实想问她两句这件事。当年沈侍郎铮铮铁骨御前陈情，他虽不曾亲见，但听李相公说，也能想象得出来。沈韶光作为其爱女，一个小娘子家，还是当持身正直，不能总想着使些促狭手段。

但想到那传奇中的内容，林晏又有点不好开口，竟然少有地沉吟起来。

沈韶光却已经打好了主意：没凭没据，且一推六二五再说。

林晏抬头看沈韶光，她身着一身藏蓝色蜀锦暗纹衣裙，领口处是玄色风毛，神色庄重，颇有威仪。

林晏抿抿嘴，罢了，还是不问了。若是他错怪，女郎面上不好看；若是不曾错怪，以小娘子之能，“智足以拒谏，言足以饰非”，也问不出什么。况且，那桓七确实品行有缺，得这个教训也是应该。

“女郎这边请。”林晏抬手示意。

沈韶光在他身后半步处跟着。

两人慢慢地沿着长廊走。

长廊两侧庭院里花木凋零，背阴处的残雪还不曾化尽，一派冬天的萧瑟景象。偶尔有一两个奴仆，见了林晏，行礼避到一旁。

沈韶光正在看“自己”幼时怎么数也数不清的百卉雕花栏杆。若不是林少尹在旁边，她真想再摸一摸这些花瓣。

“女郎于市井之中，乐乎？”

沈韶光腹诽：同样的问题再问一遍，原来是社会幸福度调查的复核吗？

沈韶光脸上浮起假笑：“那是自然。如今天下河清海晏，这长安城富庶安宁……”沈韶光随口便是上次的“正确答案”。

林晏侧头看她，神色中竟有两分郑重。

沈韶光这哈哈就有点打不下去了，她停顿了片刻道："还好吧。我有手有脚，能吃能喝，大约算是安乐的吧。"

林晏这次点了点头，接着往前走。

沈韶光突然上来点小脾气：你干吗纠结我一个犯官之女、升斗小民是不是快乐的事？我们不过是生下来活下去罢了，快乐这种精神层面的事，我一时半会儿追求不着！

"少尹两次相问，想来是感叹庄子、惠子濠梁之上鱼乐之辩，想亲自验证一番？"自比为鱼的沈韶光似笑非笑地问。

林晏停住脚，扭过头看她。沈韶光微笑着与他对视。

林晏抿了抿嘴道："女郎想多了。某只是……"说"希望女郎安乐"，有登徒子之嫌；说"希望大家都安乐"，则像敷衍。他只好闭口，转过身接着往前走。

听着这说了一半的话，沈韶光在心里调笑：嘿，这话如此亲切，但凡我自恋一点，该以为你对我有情了……

沈韶光理解他的意思，也收到了他的善意。想来是那天听了她父亲的事，这位林少尹生出些同情来，故而想确定自己这沈侍郎后人过得还好。

沈韶光扭头看向林晏，有些不羁地笑道："少尹贵介子弟，想来不曾冻过手足。"她又道："儿于掖庭时，炭火不足，一至隆冬，手足则红肿流脓。若一直冷着也没什么，不过是裂个口子，有些疼罢了，最怕突然接近炭火，哎哟，奇痒难耐。"所以啊，这突如其来的关怀还是少些的好。

林晏微侧头，沈韶光挑眉一笑，林晏抿抿嘴，把目光挪开了。

写策论，哪怕是廷辩呢，林晏都可以有理有据地讲来。但面对这样伶牙俐齿的女郎，林晏却有点不知道说什么好，便只好干脆闭嘴，默默地当向导。

两人都沉默着，气氛倒松下来。沈韶光看看自己的"旧家"，看看右前侧林少尹的身影，有点自悔刚才失言。她跟一个半生不熟的男人竟然讨论起情绪问题……一定是最近太忙，工作压力太大了。过年停业，她要放松几天！

两人静默着来到太夫人的院子。

看到沈韶光，江太夫人眼睛一亮："这便是沈记的店主小娘子？"今天太夫人很清明，没把沈记说成几十年前或汴州或江南或河东的什么酒肆。

对这种饕客见了大厨的眼神，沈韶光最近感受得多了，很淡然地上前施礼：“老夫人万福。”

“小娘子气韵高华，好风姿。”江太夫人赞叹。

沈韶光微笑了一下：“老夫人谬赞。”

江太夫人看着沈韶光笑道：“我人老，胃口也坏了，但每次他们买了贵店的饮食来，我都能多吃些。这次又劳烦小娘子亲自煮粥送来，真是多谢小娘子了。”

“能得太夫人喜欢，儿也高兴得紧。”

一来一去，大厨沈韶光与食客江太夫人便聊起了饮食经。

从沈记的几样当家菜，说到饮食禁忌，说到饮食顺应自然规律，说到节日饮食，两人有来有去，聊得很欢畅。江太夫人满面含笑，神色愉悦；沈韶光也微微笑着，还时有妙语。

林晏在一旁看着听着，难得见祖母这样精神地说话，也难得见沈小娘子这般温和恭顺、善解人意。对比她刚才廊下的伶牙俐齿，林晏自省起来：莫不是我的问题？

沈韶光跟江太夫人和仆妇们说了怎么做核桃酪，又说了八宝粥的煮法，免得哪天老太太又馋这一口儿了，厨房再抓瞎。

“味道不对，也许是因为米粮粥果下的顺序不对。

“要先下红豆、黑豆等豆类还有薏米、芡实这些难熟烂的米果，煮上小半个时辰，然后再加稻米、粟米等常米，煮上一个时辰再放红枣……”

仆妇们在旁认真听着，用心记着，只等回头复述给庖厨听。

“待熬得黏稠了快出锅时再放糖。其余松子、榛瓤类的粥果却是吃的时候另加的，这样才该软烂的软烂，该酥脆的酥脆。各种米果求的是‘和而不同’，若一块儿扔下去煮烂，就是‘同而不和’了。”沈韶光写食评出身，习惯性地理论总结一下。

江太夫人拊掌赞道：“小娘子的饮食之道竟然合了圣人言论，难怪一般庖厨难及！”她又道，“小娘子这粥叫八宝粥固然切实，叫‘君子粥’更妙。和而不同，君子之道也。”

沈韶光觉得江太夫人简直深通菜品命名之法。翻译讲究“信达雅”，这给菜品命名也讲究“信达雅”，“君子粥”名字一出，喝的人是不是也自觉生出些坦荡荡的君子之气来？

祖母和沈小娘子竟然从吃的说到了君子之道，颇有魏晋清谈的意思，林晏看看相谈甚欢的两人，有些无奈地笑了。

与江太夫人聊了阵子天，沈韶光看看天时，站起告辞。

江太夫人亲自将她送到屋门口，笑道："好些时候未能如此欢畅地说话了。小娘子若得了闲暇，常来老妇这里坐坐。"

沈韶光点头："太夫人留步，以后儿必来叨扰的。"

太夫人让身边的仆妇送沈韶光出去。

那仆妇拎着食盒，到门前才递给沈韶光，又笑着谢了一回，沈韶光也客气一番。

出了角门，再回头看一眼，沈韶光慢慢地走回酒肆。

她回了店里，打开食盒，发现里面是荷包盛着的四个小银锞子，一对牡丹花形状的，一对小鱼形状的，崭新的，估计是新年的压岁锞子，一个半两重，四个加在一起也有二两了。

对比每次林少尹给的饭钱和小费，沈韶光觉得奶奶就是奶奶，孙子就是孙子，看太夫人多体面、多讲究。

从宫里出来时，沈韶光的积蓄十去其八，出来又花了些，这些好拿好用的金银锞子一个也没剩下。她现在虽然赚得多，但那些总不如这个花俏漂亮。等回头过年，她便拿这个给阿圆他们当压岁钱。

林宅里，林晏在陪祖母说话。

江太夫人刚才精神兴奋，这会儿有点乏了，但孙子在身边，还是愿意跟他聊聊天。

林晏帮她掖一掖搭在身上的鹿皮毯子，含笑与祖母慢慢说些家常话。

"如今的小娘子们啊，真是好。比如前阵子遇见的那姓什么的女郎，还有这沈记的小娘子，都是好看又有气度。"

旁边的仆妇笑了："太夫人又忘了，姓秦，秦仆射家的五娘。"又看一眼旁边的林晏，小声提醒太夫人莫要把市井女子与可能成为她孙媳的人相提并论，"这沈小娘子固然好，却不能与秦家女郎比的。"

江太夫人点点头，有些感慨地笑道："身份门楣这事有时候说变就变，没意思得很。但做亲的时候，又不能不论。家家如此，人人不悟。"

林晏鬼使神差地竟然对祖母解释："这沈记女店主出自洛下沈氏，只是家道中落了。"

江太夫人有些惊讶，仆妇们也有些惊讶。仆妇们除了惊讶于这沈小娘子的身世，还有……自家阿郎是如何知道的？

江太夫人却想起从前经历的风雨来，虽然老了糊涂了，但有些事就如同刀子刻下的印记，经过多少年也擦不掉的。

沈韶光小心地把一个多层桂花糕从模子里取出来，放在大盘子里，往上面点缀核桃仁、榛子瓤、松子、红枣等干果子，点缀完了，又淋上一层桂花蜜，闻着香甜，样子也漂亮。

这是人家订了今晚祭灶用的。

阿圆围着操作案台转了一圈："这么大的糕，总得有十来斤重。"

沈韶光一边淋花蜜一边逗她："这才哪儿到哪儿啊，还有八百斤的大糕点呢。"

阿圆瞪着圆眼睛，满脸的"小娘子又在蒙人"的表情。

"话说前朝的时候，有位老太后过千秋，京里有个花糕铺子，为了讨老太后开心，决定进个不一样的寿糕。但皇宫大内，什么糕没有？怎么才能不一样呢？"

阿昌和阿圆都歪着头听沈韶光讲古，于三瞥他们一眼，手上的活儿不停，却也支棱着耳朵听。

"花糕铺子就琢磨着，既然花样儿上有限，那就做大！大了就壮观了，也彰显我天朝风范不是？

"这一做，就是八百斤的一个花糕寿桃。问题是，这东西哪是那么容易就到得了太后跟前的？等花糕铺子打通了宫里的关系，要把这花糕寿桃献上的时候，上面都长绿毛了。"

阿圆追问："然后呢？"

"然后就扔了啊。"沈韶光看她一眼。

阿圆跺脚嘟嘴。

沈韶光笑着招呼阿圆跟自己一起把装饰好的大桂花糕放到大食盒里。

等放好了，盖上盖子，沈韶光才补充故事的结局："然后啊，就传出一句话来，叫‘八百斤的大寿桃——废物点心’。”①

阿圆扑哧一声笑了：“小娘子太促狭！”阿昌也笑，便是于三也翘起嘴角。

沈韶光也微微笑了。这个故事告诉我们，莫要跟那花糕店老板似的做太丰满的梦——比如把旧宅买回来。

那日从林宅回来，沈韶光又连着做了好几日的旧梦，大多是原主幼时的事，捕蝶钓鱼荡秋千，写字画画吃糕糕，爷娘都是年轻模样，兄长是个可爱小少年。醒来后沈韶光总要惆怅一会儿。

前世的时候，沈韶光睡眠质量很好，现在这般多梦，或许是穿越后遗症吧？

说来好笑，沈韶光甚至梦见更荒诞的事：自己已经是长大的模样，阿爷阿娘却还年轻。

阿爷楸然不乐。

阿娘问他，阿爷道：“阿荞要出嫁了，真是舍不得。”

阿娘无奈：“小郎子真是挑无可挑了，世家子弟，进士及第，那样的样貌，性子也沉稳，还想怎么样呢？况且她就在这京里，想见也就见到了。”

还是少年模样的阿兄跟阿爷一块儿摇头：“终究嫁了人不似在家里。”

梦里的自己却笑眯眯的，于花影中瞥见一个颀长的身影。

原来是春梦一场。

想到这个梦，沈韶光看着满厨房的锅碗瓢盆、花糕点心，心里更惆怅了：真是可惜，那花叶太密，竟然没看清楚梦里的未婚夫是什么样儿的，也许是年轻时候的古天乐呢？

外面有人来：“店主娘子？”

沈韶光答应着，从厨房出去。是订那大桂花糕的人来取货了。

沈韶光揭开食盒的盖子，给他验看过，又把他订的其他花糕点心放在另一个食盒里，嘱咐一定要小心，莫要颠散了。

那管家模样的客人留下银钱，笑着谢过沈韶光，说一会儿让人送食盒

---

① “八百斤的大寿桃——废物点心”的故事据说与慈禧太后有关。

来，便让身旁的奴仆拎着糕，告辞走了。

订花糕蜜供的人陆陆续续来取，到第一声暮鼓敲响时，订的糕便都被取走了。

沈韶光让阿圆把今晚歇业的牌子摆出去，便和于三一起准备自家祭灶的东西还有晚饭。

这时候的祭灶比后世要隆重得多，鸡鸭鱼肉糕点都要有，特别不能少了酒和胶牙饧。宫里还要专门宰杀黄羊，烧黄羊肉。

这胶牙饧有块状，有条状，还不是沈韶光小时候吃的糖瓜儿。

沈韶光总觉得那糖瓜儿要更好吃些，跟小个儿鸡蛋差不多大，类似瓜的形状，皮很薄，中空，皮上装饰有绿色或者橘红色的花纹，咬一口，开始脆得很，然后就黏了，甜甜的。

现在的胶牙饧缺的就是那点脆劲儿。

不管什么糖，都是为了甜甜灶君的嘴——还有酒。最诡异的是此时祭灶还要把酒和糖抹在灶君嘴上，简直像玩扮家家酒的游戏。

灶君是男人，这拿竹箸蘸酒水喂灶君的活儿阿圆不好动手，便由阿昌来做。

等他点完，沈韶光笑眯眯地祝祷："希望灶君酒足饭饱登天门，勺长勺短勿复云，乞取利市归来兮……[①]"

其实这祭灶一般都是男人来做，所谓"男不拜月，女不祭灶"，但沈家再没旁人了，便只好沈韶光自己来。

沈韶光又化了纸钱纸马之类的，于三、阿圆和阿昌也跟着磕了头。送灶王这位厨房的老大上天，祭祀也就完了。

然后便是小年夜饭。这时候还没有"小年"的叫法，这一天也没什么规定的吃食，大约都是跟着灶神吃。

沈韶光准备了锅子，关了店门，四个人热热闹闹地吃涮肉。

沈韶光把涮过的豆腐捞到碗里，蘸着麻酱、虾油、韭菜花的三合汁吃，又涮菘菜、萝卜、芋头之类的，肉却吃得少，只涮了几个鲜肉丸子。

---

① 根据宋范成大的诗《祭灶词》改，原句："送君醉饱登天门，杓长杓短勿复云，乞取利市归来兮。"

阿圆、阿昌都是肉食派，对各种肉片肉丸、百叶肚丝都没抵抗力，一盘子一盘子地顺到自己的锅里，吃得热烈欢畅。

于三则内敛得多，只用奶汤锅涮羊肉和菘菜吃。

看沈韶光吃了几个灌汤小肉圆子就停住，于三站起来道：“我去揪点馎饦，你们谁要吃？”

阿圆和阿昌都摇头。他们正吃得欢，谁要吃馎饦？你说这火锅子怎么就吃不够呢，难道真如小娘子所说，他们上辈子是火锅精？

沈韶光举手：“我要一点，要薄的，好煮好消化。”

于三皱眉给她个“怎么这么挑剔”的眼神儿，自去拿和好的面做馎饦。

沈韶光日常被于三嫌弃，没什么主人威严地眯眼一笑。

不一会儿，于三就用小竹盖帘托着一些馎饦片出来，一些是捻了细细褶儿的花瓣馎饦片，一些则是普通的韭叶形状的。

沈韶光笑嘻嘻地取了些花瓣馎饦下在自己锅里，其余的于三拿走都扔到了自己锅里。

沈韶光和于三吃饱了，喝着饮子，看两个小的吃。

沈韶光记得前世自己十六七岁的时候也特别能吃，能一个人吃一只烧鸡，还得再加个烧饼。其实她这世现在的年纪也不过十九岁，怎么胃口就不大行呢？难道胃口这玩意儿还玩两世累加？看两个吃得酣畅淋漓的吃货，沈韶光只有艳羡的份儿。

两个小吃货吃肉吃菜就吃饱了，并没劳动于三再去做一回面片子。

吃了饭，于三领着阿圆和阿昌收拾厨房、打扫卫生，沈韶光拎着阿圆给点的灯笼慢慢走回后宅去。

老白作诗说，小宴以后“笙歌归院落，灯火下楼台”。

晏殊认为这是“善言富贵者也”，而寇老西儿的“老觉腰金重，慵便枕玉凉”就俗了，忒俗。

后来鲁迅先生也认为白乐天才是真正会写富贵气象的，全不用金玉锦绣之类的字眼装点，一字未着富贵，却尽显富贵。

沈韶光也觉得白乐天的诗富贵得很，并认为自己现在达成了白尚书诗中一半的成就，笙歌没有，却有院落，虽无楼台，却有灯火……想着想着就把自己逗乐了。我这无处安放的幽默感啊！

真正有楼台的那位，却没笙歌，正在嘱咐给祖母上夜的仆妇婢子们：

屋里烧着炭火未免干燥，茶炉子上留些温水，等太夫人醒了让她略饮一两口。婢子们都行礼答是。他又嘱咐了两句别的，便退出祖母的院子。

身后，仆妇关了院门。童仆在前面提着灯，林晏一边想着今晚要调整细化的元正大朝会京兆巡卫安排，一边往书房走去。

朔风摇动庭院里干枯的树枝，又透过廊上雕花的棂子，拂过林晏有些冷峻的脸，吹乱了他大氅的系带，拍打着他的袍子角，这声音配合着遥遥的更鼓声和一主一仆的脚步声，响在这冷寂的冬夜里。

过完了祭灶日，便真的是年根儿底下了，各户人家都忙着扫尘土、制春幡、换桃符，并准备屠苏酒、五辛盘、胶牙饧之类的应节吃食及祭祀祖先的一应用品。到了腊月二十七八，沈韶光扫完店铺尘土，挂了新桃符，发过赏钱，便准备关张了，只等过了初五再开门。

沈韶光站在门口与菜贩肉贩们道别："新春将至，郎君们家下福寿安康。"

菜贩肉贩也都行礼，笑着祝福道"小娘子福寿安康""酒肆买卖兴隆"。

这次送来的肉和菜，但凡过得去，酒肆里就都留下了，而菜贩肉贩也免去了零头儿。沈韶光甚至送了他们店里新制的花糕点心，让他们带回家给小儿女们甜甜嘴。这是市井小人物的礼貌周全和人情味儿。

再次约定了年后送货的日子，沈韶光目送他们离开。

这也是沈记酒肆年前最后一天营业了。于三带着阿昌吭哧吭哧地搬菜、剁肉，该码好的码好，该拿到外面冻起来的冻起来，留着过年及年后吃用。

阿圆则在一旁，等着给沈韶光打下手制幡子、写桃符。

这幡子不是簪在头上镂金饰彩的春幡春胜，而是初一时挂在院子里的旗子，用青布来做，大约有迎春之意。沈韶光针线水平一般，但凑合缝个幡子还是行的。

至于写桃符，她则更拿手些。

"豆腐坊裘家的桃符拿走了？"沈韶光一边缝一边问阿圆。

"拿走了。今日晨间拿走的，还送了一盒子五香豆干当谢仪。"

沈韶光笑道："回头用腊肉炒了下酒吃。"

知道店里的幌子、食牌都是沈韶光自己写的，左邻右舍、常往来的小店铺便有来求写桃符的——夫子们不好求，一是求的人多，夫子不耐烦；

二是读书人多有嫌写这个俗的。平头百姓、小买卖人看不出这字体那字体，也说不出字的好坏，但沈小娘子好说话啊……

沈韶光觉得自己原来琢磨的抽签摊子可以增加写桃符、画门神服务，生意肯定不错。

于三从这边经过，看一眼沈韶光手下粗针大线的春幡，扑哧笑了。

阿圆瞪他："笑什么？你还不会缝呢！"

沈韶光使劲儿点头：阿圆驳得好！今天中午应该加鸡腿。

于三脸上带着点笑意，拿着铁钩子去院子里冻肉。

有人拉开店门，沈韶光扭头，这才巳时就有客人来吃酒了？莫非又是来求写桃符的？

门帘子被撩起，进来一个女郎，胡服骑装，手里拿着马鞭，身后跟着婢子侍卫。沈韶光一怔，这位还真不是来求桃符的。

沈韶光放下针线，站起来迎客："女郎请里面坐。"

女客看看沈韶光，又扫了一眼店里，把马鞭递给婢子："便是这里吧。"

她身后的两名侍卫便有一个行礼，走了出去。

沈韶光用托盘端了红枣枸杞饮子出来，笑道："女郎请喝口饮子暖一暖。"

女客身旁的婢子接过托盘，面露疑惑地看一眼里面的饮子，到底摆在了主人面前的食案上。

那女客却是不讲究的，端起来喝了一口，挑眉道："嗯，味儿不错！"

沈韶光笑着道谢。其实这饮子本来没这么甜，她知道这位的口味，刚才在后面又专门给加了蜜。

沈韶光奉上菜单，疑惑这位何以大过年跑到小酒肆里来。公主也兴微服私访民情？她跟那位热衷幸福度调查的副市长倒是像，都能被评为感动大唐的十佳人物了。

想到那位副市长，沈韶光突然想起庞二娘和秦五娘来，然后便不由得发散了一下想象力：莫非这位也是林少尹的"桃花"？

"听说这火锅子是崇贤坊一个酒肆里传出来的，莫非就是贵店？"福慧长公主指着菜单问。

沈韶光笑道："确是小店。女郎要点一个锅子尝尝吗？"

福慧长公主来了点兴趣："好！便——每种都上一个吧。肉和蔬菜你看着上。”

沈韶光赔笑：“小店锅底子有七八种呢，都上来，弄得这屋里雾气弥漫，沾染到贵客的衣服上，恐怕不雅。莫如先来个奶汤的？可涮的东西多，味儿也好。”虽说开店的不怕大肚汉，但糟蹋东西总是不好。皇城外自有皇城外的规矩。

沈韶光的借口找得实在好。想到自己一身肉味……福慧长公主点了点头：“也好，便按你说的安排吧。”

沈韶光笑眯眯地退下。就没有一个小娘子愿意沾一身浓郁火锅味的，前世看新闻，还有妹子为挡火锅气，穿雨衣去吃火锅呢。

裴斐进来的时候，便看见福慧长公主端坐在食案前，一个铜火锅子热气腾腾的，旁边另有两张食案，上面摆满肉食蔬菜，一个婢子正伺候她，往碗里捞肉，沈记的小娘子则在一旁烫酒。

裴斐心里苦笑，上前见礼，因公主微服，便只称“六娘”——福慧长公主行六。

“我一猜，便知道裴郎又来崇贤坊林少尹这里了，故来相候。”福慧长公主笑眯眯地道，又指指自己对面的位置让裴斐坐。

沈韶光还从没看过桃花眼风流相的裴郎露出这样无奈的神情。

裴斐在福慧长公主对面的食案边坐下，沈韶光体贴地也给他摆了锅子——雾气腾腾的，可以遮些脸色。

“我尝着这肉圆子不错，店主小娘子也给裴郎上一份！”

沈韶光便真给裴斐也上了一份。

“这个豆腐也好，怎么这么多孔洞？”

“这是冻了的豆腐。”沈韶光答道。

“这个吸饱了汤汁也有味儿。”

沈韶光便也给裴斐上了一盘子。

“这个肉圆子竟然是两层的……

“这是什么？脆生生的，有嚼头儿……”

沈韶光一样一样地给裴斐添菜。一会儿工夫，裴斐面前的食案便放不开了，也另摆了两张食案在旁边专门放涮品。

看着吃得舒畅的长公主和忙得乐和的沈店主，裴斐破罐破摔，也拿着筷子吃起来。

沈韶光暗赞：这就对了，伸头一刀，缩头也是一刀，先吃了再说。

可惜裴斐没吃两口，公主就停了筷子，拿婢子递上的丝帕擦擦嘴，又对沈韶光摆摆手。沈韶光赶忙带着阿圆上前，把放锅子的食案撤下，另摆了食案，放上一杯饮子，然后就很有眼色地躲去厨房装不存在了。

"裴郎想来明白我的意思，不知愿意否？"

裴斐心里发苦，嘴里也发苦，正措辞，福慧长公主继续开口了："愿意便愿意，不愿意便不愿意，何苦躲着不见，做小女儿状？"

裴斐面色发红，站起身行礼，沉声道："臣不愿。"

长公主挑眉看他，目光在裴斐俊秀的脸上，还有肩膀、腰身、长腿上扫过，幽幽地叹了一口气："那就罢了……"

裴斐没想到福慧长公主竟然这么容易就"罢了"，有些愣怔。

福慧长公主站起身来，沈韶光连忙从厨房出来相送。

"你有没有意愿去长公主府当厨娘？并不用改奴籍，什么时候想走了，说一声便是。"

沈韶光赶忙行礼："承蒙贵人抬举，然儿乃乡野之人，自由惯了，恐怕伺候不了贵人。"瞎话说得很真诚。

长公主看看沈韶光，又叹一口气："也罢了，只是难得有这么合我心意的。"说着竟撸下腕子上一对嵌宝金臂环来递给沈韶光。

沈韶光双手接过："贵人所赠，实在太贵重了。"

福慧长公主笑了笑："权当饭资。"说着负手走了出去。

沈韶光站在门口，望着骑马远去的背影，在袖子里摸摸臂环上镶嵌的宝石，感慨万千：原先觉得李白以"五花马、千金裘"换酒只是"艺术夸张"，看来很有可能是真的……长公主忒大气，忒豪迈，忒招人喜欢！

沈韶光侧头，与那双桃花眼对上。裴斐有些释然又无奈地笑了。

沈韶光也回他一个笑，然后一本正经地问："郎君接着进去吃？"

裴斐觉得这沈小娘子装正经的神色和林晏简直一模一样，讨厌极了。

裴斐转头走了。沈韶光虽与他说不上相熟，却能笃定他没有真生气，便笑一下走回了店里。

今年最后一天，得了这最大一笔生意，沈韶光觉得真是个好兆头！

话说她今天见到福慧长公主确实有些惊讶。这位公主虽非和今上同母，却在宫里颇有颜面，当初择的驸马也不错，可惜驸马在征吐蕃时受了重伤，如今不过比死人多口气罢了。

一晃几年，长公主对驸马照顾得颇为尽心，但也不耽误找合心意的少年郎。

据说宫里的太后和圣人都劝她，长公主道：“驸马为国尽忠，我自然要尽心尽力照顾好他。”至于少年郎的事，“可我也不能亏了自己啊……”

长公主依旧我行我素着，太后和皇帝也就不劝了。

想想那日的楚小娘子，再想想今天的李六娘子，想想两人关于情爱婚姻的态度和做法，沈韶光又咂摸出些不同的滋味儿来。

她想那么多干什么？过年，过年啦！送走中午的几个食客，将店里打扫干净，沈韶光招呼于三和阿圆关门停业，放年假！

周管家把一个箱子放在书房的地上，禀告道：“阿郎，这是前日小子们打扫西边一带的小院子时找到的，恐是前面屋主的东西，老奴不敢自专，特禀告阿郎。”

这宅子挺大，林家人口少，奴仆也算不上很多，今年年头儿上搬进来时，主要的院子、厅堂和花园都整修打扫了，而用不到的奴仆院、杂物院之类的地方则未免疏忽，这回过年彻底清扫，便清出些旧杂物来。

这些旧杂物大多已经破旧不堪，奴仆们都清出来堆在院子里，要一并点火烧了，去巡视的周管家便发现了这些要做引火之物的书册。

这些书册保存得不好，不少被虫蛀了，便是名家名作，这会儿也不值钱了。周管家是半个读书人，拿起一本翻一翻，竟然是前朝大儒做注疏的善本！其他的有诗集子，有游记，有书信，偶尔能见主人家的字迹，飘逸脱俗得很。

周管家想了想，便都拿走，拂去尘灰，装在箱子里，这会儿看林晏放假在家，便拿了过来。

林晏放下手里的文书，站起身走过来。他拿起最上面的那册善本，翻一翻，竟然看见了在园中亭子上见到的字迹。

“便放在这里吧。”林晏对周管家点了点头。

周管家行礼退下。

林晏不嫌脏污，把书册子都放在案上，一本一本地翻。按说当初抄家，书房之地是重中之重，但这些或许是在卧房或是别的什么地方，所以没被拿走，后来这宅子官卖时，这些书册便流落到下任屋主的奴仆手里。

从这些书中，他似乎能看到那位儒雅洒脱的礼部侍郎，爱诗酒，有逸趣，略显放诞，却不失分寸，性子随和，又自有傲骨……真正的风流士人。

林晏想起那位沈小娘子有些不羁的言论、神采飞扬的眉眼，还有那幅满含隐逸之气的山村野店图，想来根源便在此了。只是乃父更多些清贵气韵，沈小娘子则……有点邪气。

林晏刚想到沈小娘子，下面竟然真有她的东西——字纸册子。

她习的是钟王楷书，虽稚嫩也能看出些圆润秀雅来，迥异于现在的瘦劲遒正。她现在的字想来是后来在宫里与内教博士学的。

那纸上除了这稚嫩的笔迹，还有两种笔墨，一种雍容秀美，一种飘逸洒脱。那雍容秀美的写道“阿荠之字，如躺如坐”，那飘逸洒脱的则道“如躺如坐，率直通脱”。

这想来是沈侍郎和沈夫人写的了。虽只寥寥数字，各人情态宛在眼前。林晏有些不好意思地笑了一下：还真是一对神仙眷侣。

想到神仙眷侣，林晏脑子里不知怎的浮现出那位沈小娘子的俏脸来，她挑眉一笑，颇为玩世不恭，“少尹贵介子弟，想来不曾被冻过手足……儿于掖庭时，炭火不足，一至隆冬，手足则红肿流脓。若一直冷着也没什么，不过是裂个口子，有些疼罢了。最怕突然接近炭火，哎哟，奇痒难耐”。

林晏抿抿嘴，翻过那些纸，看下面的游记。

婢子来敲门：“阿郎，太夫人说请您去吃醉梨。”

“就来。”

林晏翻看沈韶光的“小学作业本”的时候，沈韶光正和于三在厨房里煎炒烹炸。一年一度的年夜饭可不能马虎。

沈家的年夜饭颇有穿越感，既有唐代的屠苏酒、五辛盘、胶牙饧，也有鸡鸭鱼肉和后代的过年标配——饺子。

鸡是沈韶光做的。因为是小嫩鸡，所以便不炖。沈韶光将其宰杀洗净剁块，略腌一腌入味，便拍了干粉下锅油炸，炸得有些焦黄了，盛出来；再另起锅，用胡椒葱姜等炝锅，把炸好的鸡肉放进去翻炒，倒上小半碗由清酱汁、糖、黄酒调的三合汁，略翻炒，撒孜然粉和盐，便可出锅。

这样做出来的鸡肉有股子蹿鼻子的焦香味儿，闻起来让人馋涎欲滴。

于三的鸭子却是个费工夫的菜。鸭子宰杀好，先脱骨。这个活儿沈韶光就做不大好，于三却做得不错。刀尖专贴着骨肉缝走，骨头出来，鸭子外面的皮肉却不破。

沈韶光一向不吝惜自己的称赞："神乎其技！神乎其技！"

于三瞥她一眼，到底翘起嘴角。

"我觉得，你若不当厨子，也能当个杀手。"下一句，沈韶光就不着调起来。

于三翘起的嘴角又抿起。

鸭子去完骨，里面填上用糯米、腊肉、菌子、笋丁、葱、姜拌的馅儿，把出骨的口用线绳扎好，外加鸡汤，隔水蒸两个时辰，有点类似后代的八宝布袋鸡。[①]

这个功夫菜，打吃过午饭于三就做上了，等沈韶光炒鸡的时候，火候已经足够了。

鱼是阿昌前日跑遍了西市才买到的，一条一斤多重的鲤鱼，沈韶光要把它做成经典的糖醋鱼。两次油炸，第一次炸熟，第二次炸酥，头尾翘起，宛如要跃起的样子，上面加熬得浓浓的糖醋汁，红亮亮的，漂亮至极。

糖醋鱼是沈韶光的拿手菜，就如大家眼中的她一样，精神、漂亮，带着点"爷就这样儿"的劲儿。

肉是沈记的经典招牌——清汤狮子头。四个大肉圆子摆在一起，取福禄寿喜之意。

除此之外，还有些炒豆腐干、拌醋芹、炸鱼鲞、清炒菘菜、羊肉萝卜之类的，摆满了拼起的两张食案。

沈记四人本来也不大分什么主仆，这会儿更是团团围坐。

于三看着沈韶光，等她说祝酒词，便是阿圆和阿昌两个吃货也强忍着口水，等小娘子说话。

沈韶光看看他们："吃吧，等什么？"

于三翻个白眼儿，到底笑了。

---

① 参照袁枚《随园食单·羽族单》"蒸鸭"的做法。

阿圆和阿昌也笑起来。阿圆从善如流地拿起筷子，笑眯眯地朝自己眼前的鸡翅膀夹去。

沈韶光拿刀把那只鸭子大卸八块了，然后夹了一大块到自己的碗里，慢慢吃。

于三则用羹匙舀了一个狮子头，挖着吃。

阿昌则四面出击，宛如饕餮。

这注定是一个会吃撑的夜晚……

吃了一会儿，几人才开始喝酒。

本朝习俗，年纪最小的先喝，即所谓的“小者得岁，先酒贺之；老者失岁，故后与酒”。阿圆比阿昌稍微小一点，所以阿圆先来。

阿圆笑眯眯地满饮了一杯，然后是阿昌，之后是沈韶光，最后是于三。

沈韶光到底说了两句祝酒词：“大家又大了一岁，希望我们明年能赚更多的钱，有人能脱单。”沈韶光笑眯眯地看了于三一眼。

于三在这个时候也算大龄男青年了，应该娶新妇了。可惜现在沈韶光自己还不安定，她琢磨着，等过一两年更安定些，便销了于三的身契，让他接着当良民去。他与店里的关系可以改成雇佣嘛。阿圆和阿昌还小，倒不着急。

“什么是脱单？”阿圆先问。

沈韶光跟她解释这千年后的词语：“就是嫁娶成家。”

“哦——”阿圆和阿昌都看向于三。

于三脸有些红，瞥一眼沈韶光：“小娘子还是先琢磨自己吧。”

沈韶光厚着脸皮道：“你老，你先来。我不着急。”

阿圆和阿昌哈哈大笑。

沈韶光跟着一块儿笑，于三低着头接着吃菜。

大小伙子，还不好意思了呢……

沈韶光觉得自己一股子中年妇女的恶趣味，不过算一算，两世加一起，可不已经人到中年了……

算了，不能想，沈韶光继续倒酒喝酒。虽然酒的度数低，但架不住喝的时间长，她渐渐便有点喝高了。沈韶光说起了后世的幽默段子，听阿圆唱了一段长安小调，又逼着于三和阿昌下去舞了一回。

忖度着时间，沈韶光脚下有点不稳地去下饺子。

于三嫌弃她："你别把馄饨煮破了！"

沈韶光："什么叫煮破了？这叫煮挣了！"又招呼阿圆、阿昌："以后煮馄饨，'破了'都叫'挣了'。

"说起这个，我想起一段笑话。说有家店铺，为了图好口彩，过年煮馄饨的时候特意煮破几个，且要喊出'挣了吗？'，那边煮的人回答'挣了，挣了'。

"结果这一年煮馄饨的庖厨是个新来的，店主人问'煮挣了吗？'，那庖厨喊道：'您放心，有我在，一个都挣不了！'"沈韶光学着笨厨子，嗷嗷地喊。

阿圆和阿昌笑得前仰后合，于三也笑了。

第十一章　上元人逢黄昏后

第二日沈韶光醒来时，外面已经天光大亮。她转转头，两边太阳穴有点疼，可见昨晚是真的喝多了。扫一眼那边床榻上还在打小呼噜的阿圆，沈韶光静悄悄地起床，自去外面洗漱。

沈韶光一开堂屋门，便看见门口套着壶套子的热水壶，于三已经起床了？

沈韶光笑眯眯地把热水提进来，兑水洗脸、刷牙，擦面脂，然后画眉毛、点朱唇、贴花钿，至于擦白粉、涂胭脂、画面靥到底还是省了。

这个时候的妆容是件考验女子想象力的事，各种奇特的流行风尚，哪怕是沈韶光这看过后世群魔乱舞的人，也常有咋舌的时候。

比如前阵子流行的连娟眉——两条眉毛画得几乎连在一起。再比如前两年的啼眉，细细的眉毛耷拉着，一个个欲泣的样子，倒也配合先帝新丧的氛围。还有逗趣的蛾翅眉、朋克的乌唇妆……就没有本朝的小姐姐想不出来或不敢化的妆。

在宫里时，沈韶光少不得也要随一随大溜。当大家都时尚时，你反时尚就是出位了。没看虢国夫人裸妆一回连诗人们都拿出来说吗？与众不同是不行的，和光同尘才是王道。

出了宫，远离了宫廷时尚圈，沈韶光的脸便回归了正常人的范畴，她这还是头一回把手艺又使出来。

沈韶光端详自己，眉毛长得本来就好，轻描即可；唇色有些浅淡，还需重点；花钿是来不及做了，便用笔点了朱砂在额间画一朵应景的梅花，再呼应上大红石榴裙，真是相当喜庆啊，新娘子似的……

单身人士在大年初一的早晨就自找着扎了一回心。

沈韶光撇撇嘴，给自己绾了个双环高髻，别上钗子，上下收拾妥当，看着铜镜中影影绰绰的美人，又捡回些自信来：单身怎么了？“寂寞让我如此美丽”。

沈韶光拎着裙子转一圈，一抬头便看见一脸蒙的阿圆。

“来、来，洗脸，我给你收拾起来。”

阿圆听说小娘子要给自己化妆，睡意全跑了：“不用！不用！”

沈韶光一脸狞笑。

阿圆虽然武力值高，可到底不能跟自家小娘子硬来，还是被沈韶光押在了铜镜前。

“仰头——闭眼——抿嘴——再抿一抿……”

沈韶光给阿圆上的是全套妆，头发也重新梳过，竟然意外地好看——圆圆的脸，胖胖的身子，翠眉红胭脂，两点可爱的面靥，就如有一年她去陕西省博物馆参观买的纪念陶偶。这才是大唐土生土长的姑娘呢。

沈韶光举着铜镜让阿圆自己看：“好不好看？好不好看？”

阿圆不自然地抿一抿嘴唇，嘟囔：“好看是好看，可一会儿怎么吃饭呢？”

“哈哈哈……”沈韶光趴在阿圆宽厚的肩膀上笑起来。

阿圆自己拿起镜子左右照了照，也抿嘴笑起来。

咚咚咚，于三敲几下门，掀开帘子进来，看看“浓墨重彩”的主仆俩，没什么表情地道：“吃朝食了。”

阿圆笑着跳起来：“走，吃饭去！”

于三看看阿圆，皱眉道：“你这样，不怕蹭到饼上？”

阿圆无语。

阿昌拿着竹子来问沈韶光什么时候烧爆竹，看见率先走出屋门的阿圆，称赞道：“好看！好看！”

阿圆脸上有了笑意。

“可是一会儿吃饭恐怕会沾到碗上……”

在屋里，沈韶光几乎笑得肚子疼。这就是传说中的不是一家人不进一家门吗？

于三瞥一眼沈韶光，好像家长看带坏自家小朋友的坏孩子一样，如果可以截表情包，配字一定是：“以后别跟她玩了！”

于三懒得看小娘子发疯，径自撩开帘子出去了。

沈韶光笑着去柜子边拿出几个荷包来，里面装了那日从林家得的银锞子。另有一袋子铜钱，大家分一分，回头出去逛的时候买小零碎儿用。

阿圆和于三等人自有月钱，但沈韶光钱多，便让他们把月钱留着，平时花用尽从自己这里走。

看沈韶光出来，阿昌点着火堆，噼里啪啦，一阵竹子脆响。

于三拿杆子把沈韶光做的那粗针大线的幡子挂在院子里，四个人看看烧得差不多的黑竹子，再看看小北风中瑟瑟发抖的幡子，心满意足地去前面店里吃饭。

吃饭前，沈韶光先发压岁钱，还一边发一边念叨“压祟长岁，新年吉祥”“新春纳福，事事如意”的吉祥话。

这时候还没有发压岁钱的习俗。阿圆眨巴着她上了妆的眼睛，待看清小银锞子时哎呀一声：“这银子真好看！跟个牡丹花似的。”

阿昌也附和“真好看”。

于三看一眼一寸长的小银鱼，不知想起了什么，有些惆怅的样子。

因几人昨日吃了好些大鱼大肉，又喝酒宿醉，今天晨间的饭便十分清淡。

熬得黏稠的小米粥、煮鸡子，还有小芝麻饼。小芝麻饼不过手心大，一圈一圈的，是放了芝麻酱和椒盐的面皮卷起来放在铛上烙熟的，又酥又香，有点像老北京的螺丝转儿。配菜是猪皮黄豆冻咸菜和点了芝麻香油的萝卜咸菜。

新年初一的早晨，吃着粥和咸菜，沈韶光觉得很幸福。

然后她便想起那位热衷于幸福度调查的林少尹来。如果这会儿他来问，她一定真诚地跟他说：挺好的，真的挺好的。

当然，那位今天是不会来做幸福度调查的，这会儿正参加大朝会呢，那可是一年一度的大折腾，曾经有老宰相实在撑不住晕倒的先例。

沈韶光却闲得很。初一日是家族内拜年的日子，外人不便相扰。左邻右舍的，只等初三初四去坐一坐就是了。至于光明庵，今日庙里有法会，圆觉师太也不得闲，她还是明日再去吧。

想到法会，沈韶光便琢磨着带阿圆他们去青龙寺玩。那里的过年法会想必十分热闹，不知跟后世那抢第一炉香挤破头的盛况比又如何？

沈韶光先给这世的父母兄长上了香，换了供品，化了纸，然后便带着阿圆他们出了门。

崇贤坊在西，青龙寺在东，直线距离却不是很远，几人一路走着逛着也就到了。

青龙寺到底是有名的大寺庙，确实热闹，但要说跟后世人山人海的盛况比，还赶不上。让沈韶光惊喜的是，这大年初一的，庙门前的街上竟然有卖小吃的。这大约就是后代庙会的雏形吧？

沈韶光买了一篓果子蜜饯，有糖渍梅子、杏脯、蜜枣、冬瓜条子糖，有糖渍的，有蜜渍的，各式各样，颜色鲜艳，看着嘴里就泛起口水——可见望梅止渴这事并不是瞎编的。

阿圆搂着这篓蜜饯，边吃边走，沈韶光也时常拈一颗放在嘴里。于三不吃，阿昌也不好意思去跟小娘子们抢食，只好忍着，却见前面伸过来一只手——满把的杏脯、冬瓜糖。

阿昌抬头，对沈韶光嘿嘿一笑。

于三瞥这三个到哪儿都是吃吃吃的货一眼，没说话。

“沈小娘子！”

沈韶光扭头，是庞二娘那位爱用鼻孔看人的婢子。

“我家小娘子在那边！”

沈韶光顺着她的目光看过去，一个戴着帷帽的小娘子带着一堆婢子奴仆站在寺门不远处。

庞二娘对沈韶光招手。

沈韶光带着阿圆他们走过去。两人面对面见了礼，庞二娘笑问：“你也是来求签的吗？”

沈韶光挑眉笑问：“这是怎么一说？”

“每年只元日这一天了尘大师才给解签，若错过了，只能明年再来。”

沈韶光笑问：“二娘这是求大师解过签了，还是还没去呢？”

“已经解过了。”庞二娘笑眯眯地道。

“想来是个好签。”沈韶光打趣。

庞二娘笑眯眯地点头：“嗯。”

真好……看着小姑娘幸福的小样儿，沈韶光都觉得有点幸福了。

庞二娘是憋不住话的，便往沈韶光这边凑了凑，轻声道：“你知道吧，秦五娘定亲了。”

沈韶光有点惊讶，秦五娘跟林少尹还是跟别人？看庞二娘高兴的样儿，想来是后者，所以，庞二娘元日就跑出来求签。抽了个好签，又得了老和尚几句吉祥话，小娘子就越发高兴了。

沈韶光推测得八九不离十。

不待沈韶光接话，庞二娘已小声道：“跟信阳公的长孙，去年的探花郎，听说新授了清要的校书郎。”

信阳公，陇西杨氏，既是百年华族，又是有爵之家，这位小郎君是长子嫡孙，做官却不是荫职，而是科考出身，嗯，是个良配。

看沈韶光点头，庞二娘抿嘴笑道：“真是为五娘高兴。”

小丫头这口不对心的啊……沈韶光笑起来。

庞二娘不便在外面久留，又与沈韶光略说了两句闲话，约定过几日去光明庵礼佛小住时再相聚，便登车离去。

被灌了一耳朵不相干人等的花边新闻，目送庞二娘远去，沈韶光带着阿圆他们入了寺，转一圈，听了会儿经，看了佛塔、诗壁，不能免俗地去配殿求签。

抽签简单，但如庞二娘说的，解签却难。看一眼那堪比后世春运的解签长龙，沈韶光把那签还给了管抽签的僧人。

“施主不去求解吗？”

“左右都是定数，是早知道还是晚知道，倒也没什么。”沈韶光笑道。

管抽签的僧人双掌合十：“善哉，施主所言甚合禅理。”

沈韶光眯眼一笑，也合十还礼，然后便带着阿圆等走了。

几人出了寺，在外面一个摊子吃了馄饨，又在乐游原上转悠一圈，下午便往回走。等他们回到崇贤坊，也到了敲暮鼓的时候了。

坊门前，车慢下来，林晏撩开车帘，便看见风尘仆仆的沈小娘子和她的仆从婢子们。

沈韶光抬眼，也看见了车里的林晏。

两人一个腰酸腿软、脂粉半残，一个操劳整日、满脸疲色，在暮色中的坊门前遇见。沈韶光先笑了，也许是着实累了，笑容比往日少了些精明劲儿；林晏也弯起眼角，眉宇间比平时多了点暖色。

初二，沈韶光去光明庵圆觉师太处坐了半日。

圆觉师太的《饼经》已经初步写成，里面有各式汤饼、烙饼、蒸饼、烤饼，有京里贵族之家的牛心熊白饼，有江南小酒肆的桃花杏蕊饼，也有阳关旁虬髯汉子做的十来斤重的大芝麻胡饼。

老师太不只说各种饼食，也说人，说风物，叙述的是回不去的流金岁月，沈韶光读来是满眼的大唐盛世繁华。

沈韶光这回连“彩虹屁”都不吹了，只是轻叹：“真好，真好……”

圆觉师太望着她，缓缓地笑了。

初三日的时候，沈韶光不能免俗地去左邻右舍转了一圈，说些拜年话，送点伴手礼，吃人家点糖果子。

豆腐坊裘家死活拉着沈韶光要让其在家吃年酒。裘家娘子用山蘑菇炖小母鸡，没放那么多调料，也没沈韶光那么些瞎讲究，一小盆子肉，汤浓汁厚，又准备了些油煎豆腐、蒸羊肉之类的东西。

裘家老媪一个劲儿地道“小娘子尝尝这个鸡”“小娘子尝尝这个羊肉蒸得烂不烂”“小娘子尝尝我们大娘煮的好菜肉团子”……

沈记是裘家豆腐坊的大客户，沈韶光又教他们如何调味儿，开发各种豆腐皮、豆腐干子、豆油皮之类的，裘家因此多赚不少钱，这回是借着过年安心谢她。

裘家娘子长得憨，嘴却巧：“阿家又说笑！我这个，在沈小娘子面前哪敢算‘好’？”又对沈韶光道：“虽然粗糙，小娘子也别嫌弃，一定要吃饱。”

为了表示真心欣赏裘家娘子的手艺，沈韶光着实吃了不少，又盛赞一番，裘娘子笑得眼睛都眯成了缝。

中午沈韶光一通胡吃海塞，晚上回去就只喝了一碗小米粥，就着于三备的小咸菜。

于三在做咸菜方面，特别有贵族范儿，一小碟一小蝶，总有六七样儿，有腌菘菜、腌萝卜、腌黄瓜、腌紫姜，有丝儿有块儿有末儿，有点香油的，

有醋拌的，有加麻酱蒜泥的……[1]

沈韶光每样儿吃两筷子，一碗粥也就喝进去了，胃也舒服了。

沈韶光又瞎混了几日，直把筋都玩懒了，终于到了初六重新开业的日子——本朝还没有初五接财神的说法，店铺大多过了初五才开张，甚至有不少要等到过完上元节才开门的。

沈韶光与阿圆、于三等把店里店外打扫一遍，在门口燃了爆竹，小酒肆新的一年便开始了。

见沈记开了门，便有老食客摸过来。

沈韶光道了新年贺词，食客们也回贺，又道："这些日子委实想念沈记的菜。昨日去吃年酒，席间竟然也有火锅，只是比此间的差太远。"

"这几日啊，都是大鱼大肉，嘴里就想于三郎的糖醋菘菜吃。"

甚至有干脆把原计划在家里请的年酒搬到这里来的，叫的都是玛瑙肉、狮子头、炸仔鸡、芙蓉肉、八宝豆腐等经典当家菜，再加上一角子绿蚁新酿，末了还要上两笼玉尖面，吃得宾主尽欢。

这头一日开张就忙碌起来，要到晚上，沈韶光才有空剪华胜。

初七的人日到了后代，逐渐式微，已经不是全国性的节日了，这时候却还很隆重。

所谓"人日"，据说源于女娲造人的传说。说女娲娘娘初一造了鸡，初二造了狗，后面又相继造了猪、羊、牛、马等动物，第七天，终于积累了足够丰富的经验，造出了充满智慧的人类，所以初七这天便称为"人日"。

人日的时候，最流行的风尚是用金箔、绢帛、彩纸等或剪或折或扎地做彩胜，然后贴在屏风、窗户等处，或戴在头上。

宫里对这种精致、漂亮又显手艺的东西最讲究，宫女们每年都想出好些新样子来，一则显手艺，博贵人一笑，一则也是打发工夫。

沈韶光把技能点大部分点在了烹调上，也匀了一点给诗书笔墨，于此时传统女子的针黹不大在行。但剪纸很不错，所以沈韶光总坚定地认为自己有一双巧手，针黹不好是因为没空练习。

---

① 一小碟一小碟咸菜借鉴了叶广芩老师的小说《醉也无聊》。

在宫里时，沈韶光剪的五谷丰登图、佳果蔬菜图是内廷膳房的门面招牌，这日哪个去领膳的都要啧啧两声。

别的宫女的人胜、花胜大多小巧，沈韶光剪的彩胜却都比较大，不只大，还复杂细致，那蔬果图中细数有不下二十种水果蔬菜，葡萄挨着梨子，甜瓜掩着些樱桃，搭配错落有致，丝毫不乱。

沈韶光能剪出这样复杂的图样，主要还是拜美术课学得好所赐。构图做好了，然后便是细致的水磨工夫，剪刻并用的技巧其实并不难学。

沈韶光先随意剪了几朵简单的花练手，看阿圆在身边，便剪了个胖胖的、梳双环髻、叉着腰的人胜给她。

阿圆爱不释手，小心翼翼地捧着："真好看……真好看……"

对沈韶光这样的手艺，于三和阿昌都有些惊讶。于三拿起沈韶光刚剪完的荷花，看她一眼："还有这本事……"

阿昌也笑道："真想不到小娘子竟然这般手巧。"

阿圆抬起头来，一脸的理所当然："这算什么？小娘子什么都会！"

阿圆的这种盲目崇拜让沈韶光压力倍增，刚想解释两句，于三已经幽幽地道："是啊，什么都会。外面飘着的幡子都哭了。"

沈韶光翻了个白眼儿。

阿昌偷笑。

阿圆怒气塞胸："幡子怎么了？幡子怎么了？能飘就行了呗！"

看见自己粉丝的实力，沈韶光不解释了，笑眯眯地安心剪刻起佳果蔬菜图来。

因沈韶光不是头一次剪这个样子，费工夫的图样儿又是过年这两日已经画好的，这时候只拿出耐心用剪刀、刻刀慢慢磨就行了。

饶是这样，她也熬到后半夜才算完成。沈韶光不让阿圆陪着，阿圆却坚守一个小粉丝的原则不动摇，披着被子坐在床上看沈韶光剪，直到实在坚持不住歪在了枕头上。

第二日一早，阿圆饭都没吃，就张罗着去贴这大彩胜。

阿圆问沈韶光贴哪儿，沈韶光笑道："贴在外墙上，就是前两日老丈贴寻狗帖子，还有楚小娘子贴寻人帖子的那个地方。"

"好嘞！"

别的小的花，阿圆都贴在了店内窗子上、小隔扇屏风上，只有那个胖胖的人胜被藏了起来。

火红的剪纸彩胜很招眼，谁从街上过都要扭头看看，然后便知道沈记酒肆开张了，之后便想起沈记各种好吃的东西来。馋虫这东西，不勾还觉不出来，一勾出来，不满足了它，回不去。有些人过年前后好些天没来沈记吃饭，还真想呢。

若说昨日摸过来的都是沈记的“铁粉”，那今日粉丝大部队就正式回归了。沈记再次爆满。

云来酒肆还没开张。年节，大多数人选择在家宴客，外食的少，故而很多店是过了初十才开张。冯掌柜在坊里瞎溜达，看见沈记墙上那火红的“柿子”“枇杷”“甜瓜”，还有时常进出的客人，没脾气地摇摇头，走了。

正月的节日扎堆儿，过完了人日不两天便是立春，然后便是三天不夜城的上元节。

此时，立春流行吃春盘。所谓吃春盘，就是用面饼卷蔬菜吃。

在这个没有大棚蔬菜的时代，零摄氏度以下的气温，“春蔬”一说，更多的是个象征词，大多卷的还是越冬的萝卜、菘菜、葱之类的。便是宫里，也不过多点芹菜、蒜苗、韭黄而已。

能得点反季蔬菜着实令人欣喜。就像夏天赐冰镇酪浆一样，每逢立春日，皇帝都要给贵戚大臣赐春盘，以表达爱重。御史周奉卿立春日得子，又恰恰得了今上御赐的春盘，便给儿子起名阿盘，颇有孔子给儿子起名“鲤”的遗风遗韵。

宫里被当政治礼物相送的春盘做得十分讲究：菜都切极细的丝，红的、白的、青的、黄的，分别码放；旁边配面酱、韭花酱、肉酱等四五样酱料；又有一个盘子专门放饼——迥异于后代烙的春饼，这时候的饼是用鸡蛋、细盐、麻油搅成的面糊摊成的，香而软。

从前在内廷膳房的时候，沈韶光能吃三大张这样的卷饼，再配一碗羊肉糜羹。

如今虽然没有了那些反季蔬菜吃，但也没了束缚，沈韶光便尝试复原后世的春饼，至于菜不够的问题……肉来凑啊。

先说这饼，摊饼固然快些，但烙的饼更有劲儿，适合卷菜。用热水和面，两块面剂子，中间抹油，擀成薄饼，在平底铛上以小火烙熟。

各种蔬菜没什么花活儿，萝卜、菘菜、葱都去老皮，只挑嫩的切细丝，这是生菜盘。熟菜则有摊鸡蛋、炒豆芽粉丝、炒豆腐丝之类的。

然后便是各种肉，经典的酱肘子、猪肚儿、熏鸡、酱肉，乃至猪耳朵、猪脸不一而足，都切丝，摆在盘子里，谁爱哪样儿，自取便是。

谁吃的时候，把两张饼揭开一些，里面抹上面酱，放葱丝、萝卜丝，放各种肉，放鸡蛋、豆芽菜，卷成一个卷儿，便可以张嘴开啃了。[①]

这样的春盘一推出，便受到了热烈欢迎。一食案的盘盘碟碟，五颜六色，香气扑鼻，普通人家，谁吃过这样讲究，堪称奢侈的春盘？关键是所费不贵，毕竟猪肉便宜。更关键的是，它是真的好吃啊，本来只是过节应景的东西，竟然成了真正的美味。

这春盘从立春头一日推出就开始热卖，过了立春，还有不少闻风来尝鲜的；开始还是在店里吃，后来又有不少人要外带或外送。一直卖到过上元节，算是稍微缓了一下，但沈韶光觉得，节后还会不断有人来吃，毕竟进了二月、三月，真正的春季蔬菜下来，那时候的春饼才真好吃呢。

“那时候的菘菜和萝卜就不行了，换成春韭鸡蛋、菠菜粉条、肉丝荠菜，如果再加上顶花带刺儿的小胡瓜，这样的春饼……”沈韶光一边包汤圆，一边跟阿圆畅想。

阿圆咽口口水，接话道：“这样的春饼我能吃八九张。”

沈韶光看看阿圆的腰身：“阿圆啊，你可曾听过‘二三四月不减肥，六七八月徒伤悲’的话？”

阿圆干脆地摇头：“没有！”

身后传来一声笑，沈韶光不用回头，也知道是于三。

阿圆想了想道：“等吃过了这有菠菜、小胡瓜的春盘，我再减。”

沈韶光点点头，有个日期就行。

身后传来凉凉的声音：“等胡瓜下来，你吃的就是‘夏盘’了，六七八月怕是伤悲定了。”

阿圆气鼓鼓地瞪于三一眼，不说话了。

其实刚才是沈韶光说漏了嘴，因为在后世，黄瓜实在是顶容易得的东

① 春饼做法参照了梁实秋先生的《薄饼》。

西，每次吃卷春饼，必有的。

沈韶光也回头瞪于三一眼，说笑话哄阿圆开心："其实春天也有胡瓜，只是不易得而已。说前朝的时候啊——"

只要一说"前朝"，就是小娘子要讲古了，阿圆、阿昌赶忙竖起耳朵听，便是于三也放轻了手里的动作。

"有一年元正，圣人要吃胡瓜，派宦者出去采买。这天寒地冻的，上哪儿买去？嗯，宦者就恰巧碰见有一个人在东市拿着两根胡瓜卖。宦者大喜过望，便问索价几何。那卖瓜的道'五十两银子一根，两根要一百两'。"

阿圆、阿昌都张大了嘴巴。

"那宦者嫌贵，说夏天的时候，两文钱买好几根。那卖瓜的道'既然嫌贵，就不要买。我自家留着吃'，说着他便真的咔嚓咔嚓把其中一根吃了。"

阿圆和阿昌的嘴张得更大，阿昌喃喃道："五十两银子就这么吃了……"

"宦者着急了，怕他把剩下的一根也吃了，连忙拿出银钱要买，哪知那卖瓜的又涨价了，剩下这一根就要一百两。"

于三翘起嘴角，早就知道小娘子说话有机关，果然……

"宦者又嫌贵，那卖瓜的道：'既然嫌贵——'听了这话，宦者连忙给了他银钱，买了那根胡瓜。"[①]

阿圆和阿昌哈哈大笑，于三也笑起来，然后低头接着做丝笼饼。

这个时候，上元节还不是元宵一统天下的时代，各户人家吃的有肉粥、面蚕、丝笼饼，也有火蛾儿、玉粱糕、油链之类的。煮的粥、蒸的糕、炸的饼，各种食物乱战。

已经这么乱了，就不怕更乱，汤圆必须出来刷一下存在感。沈韶光便包了最经典的黑芝麻馅儿汤圆，并把它推荐给上元日来吃饭的食客们。

本朝人偏爱甜食，大多数食客对汤圆接受良好，比如林少尹。

上元日三天放夜，不闭坊门，全城狂欢，"灯火家家市，笙歌处处楼"。这样长时间大范围的万民狂欢日，治安是个大问题。

---

① 该故事来自邓云乡先生的《云乡话食》，说的是明朝事。

每逢这个时候，京城便金吾、京兆等多部门联动，争取不出现大纰漏——至于谁家婢子与人私奔、谁家进了小贼丢了点银子之类的，却是难免的。

林晏作为京兆少尹，是主要负责人之一。连着值了两日班的他，第三日终于可休息休息。他本来想着在家陪祖母——江太夫人年老体衰，腰腿又不好，冬天出不得门，出来看灯是不能够的——太夫人却一定要赶他出来："上元节出去走一走，禳解邪魅，祈福健身。"

祖母一颗拳拳疼爱之心，她的话林晏不好违逆，便笑着答应了，想着出来在坊间转一转，应了景儿再回去陪祖母。

坊内看灯的人没有他想象的那么多，因这已是第三日，好些人在附近已经逛烦了，便纷纷扩大了撒欢范围，比如去安福门看踏歌，去崇仁坊附近看百戏。

不至于摩肩接踵，林晏倒还真逛出点趣味来。他站在街头往前看，沿路花灯火树，猜灯谜的士子、婢子簇拥的女郎、拎着灯笼奔跑的小童……良辰美景，繁华安乐。

他略走几步，便看见沈记酒肆。

林晏缓缓走过去，抬头看沈记门前挂的花灯。灯只是普通的鼓形灯，上面贴的华胜却很新奇，竟是馄饨、玉尖面、烤鸡、肉串等图案。

林晏不禁莞尔。

他撩开门帘进屋，便听得沈小娘子正笑道："这个叫美人圆子。您看这皮子又白又软，多像漂亮小娘子的脸？"

带着小孙子来吃小食点心的老妇人笑起来："这个名字起得好！"

沈韶光也不过是逗趣罢了，若哪个诗人吃了这"美人圆子"，写诗赞颂一下，从此后代形容美人多了个"肤若汤圆皮"的说法……那就罪过了。

沈韶光听见门响，抬头，微笑着打招呼："林郎君上元吉祥。"

沈小娘子堪称温婉的笑容、门口活泼的华胜、美人圆子的名称，很好地诠释了何谓表里不一。好在林晏已经有些习惯了，也微笑道："店主上元吉祥。"

"林郎君要不要尝一下我们的糯米圆子？芝麻馅儿，又甜又香。"

林晏点头："也好。"

汤圆好熟，一会儿便端上了桌。

林晏拿羹勺舀出一个，轻轻咬开，味道果真不错。

坐在更靠里面的祖孙吃完了往外走："阿婆，这位郎君也吃美人呢。"

"不是美人，是美人圆子。"老妇人教导孙子。

"什么是美人？"

"这店主小娘子就是美人。"

小童点头："小娘子好吃。"

正收拾碗筷的沈韶光颇感无语。

咬了一半汤圆的林晏也愣了一下。

算了，童言无忌，童言无忌。沈韶光端着碗筷拿回后厨去洗。

林晏有些不自然地看一眼沈韶光的背影，把勺中剩下的半个白皮黑馅儿汤圆放进嘴里，唇齿间感到又软又甜。林晏喝口汤，神色自然下来：就这表里不一的圆子，确实与她有些像……

沈韶光洗完碗，端了一个小盒子出来，里面放着些元宵。见林晏把小碗汤圆吃完了，她道："多日未见太夫人，不知一向可好？这是些生糯米圆子，一样的馅儿，只是做法略有不同，请带回去给太夫人尝尝。"

林晏谢过沈韶光，想跟她说她父亲那些书的事，但话题实在突兀。这样的年节间，提及那些伤心事，林晏有点不知如何开口。

沈韶光挑眉，随意问道："今日坊里人少，都去安福门看踏歌了。林郎君怎么没去看看？"

沈韶光猜测，以这位沉闷的性子，他八成是个宅男，所以不爱动弹。当然也可能是工作狂，这种全城狂欢日，他这京兆少尹应是闲不住的，保不齐加了几天班了呢，好不容易空闲下来，估计是不爱再往人堆里扎。

"坊里的花灯就很好。"林晏微笑道。

沈韶光点点头，突然笑问："当日在安福门，郎君为何放过我？我当时还只当要被送去洛阳了呢。"

沈韶光原先觉得他可能是怕惹事怕蹚浑水，后来通过接触，特别是上次听了李相公与这位林少尹的对话，知道他在官小位卑时竟做过与自己这世的父亲相类似的事，那便定不是胆小圆滑的性子。

当然，或许是他运气好，也或许恰是因为他官小位卑，没惹恼皇帝，没惹来杀身之祸。

不管怎么说，她之前的推测就站不住脚了。刚才提到安福门，沈韶光便突然想问一问。

林晏抿了抿嘴："圣人放宫人出宫是德政，是要少些后宫怨念，女郎颇有谋略，某为何不成全女郎？"

想了想，沈韶光笑了，对他一福："林郎君宅心仁厚，多谢林郎君顺天应势。"

这谢词，虚中有实，实中带虚，若传奇中高人们的春风拂柳掌。林晏笑起来：不知她这样的口齿是从小如此，还是在宫中历练出的。

既然说到了安福门的事，林晏便也接着道："新年扫尘，在宅中找到些令尊的书，什么时候我让人给女郎送过来。"

沈韶光惊讶地抬眼，点头道谢，刚才活泼的神色却沉寂下来。

林晏想安慰她两句，到底不相熟，且失亲之痛，非两句浮浅之辞可解，但这时候站起离开或说些别的，又不合适，便只好静默相陪。

于三、阿圆、阿昌从外面回来，一掀帘子便看到这幅景象：灯光下，潇洒脱俗的郎君，形容俊俏的小娘子，静静地相对而坐。

今天小娘子还调笑说什么"月上柳梢头，人约黄昏后"呢。于三再瞥一眼林晏，倒也人模狗样的……

"小娘子，那灯楼足有好几丈高，得有数百盏灯……"阿圆兴奋地嚷嚷。

沈韶光扭头笑问："真的？据说有灯轮，可以转的，真的吗？"

别人出去看灯带回来各种灯，自家孙子出去看灯带回来一包糯米圆子，江太夫人笑着打趣。

林晏抿抿嘴，垂眼微笑道："我出去逛了会儿，饿了，便去沈记垫补了点吃的。沈店主很客气，让我给阿婆带几个回来尝尝。"

江太夫人揭开盒盖子看看，有些好奇："甜的？"

看着祖母孩子似的表情，林晏笑起来："甜的，芝麻馅儿的。"然后招呼仆妇去给祖母煮几个吃，"晚间只尝尝吧，恐怕不好消化。"

不一会儿工夫，仆妇便用托盘端了一小碗元宵过来，里面只有四个圆子。庖厨往汤里放了一点桂花蜜，闻起来就香甜。

太夫人拿勺舀出一个，轻轻地吹一吹，咬破，里面流出浓黑的馅儿。

慢慢吃完，江太夫人点头："又甜又糯又香，也只有沈小娘子那样心灵手巧的美人儿才能做出来。”

美人儿……林晏轻咳一下，微笑点头：“是。”

“不知道你以后娶的新妇于这鼎鼐调和之道通不通，若能有这沈小娘子五成的手艺，你就有福了。”

林晏微笑一下，垂下眼。

江太夫人想了想又道：“不过你没长一条灵舌头，日常吃什么都差不多的样子，若娶个擅割烹之道的新妇，人家端上一碗精心烹制的鱼翅羹，你却如吃粉丝似的吃了，问你味道，你只道一个‘好’字……未免太过委屈人家。”

林晏抬眼，对上祖母有些嫌弃又有些为难的目光，不由得抿起嘴，却又无奈一笑。

江太夫人也笑起来，伺候的仆妇们也笑了。

仆妇阿素跟了江太夫人多年，在主人面前很有脸面，当下笑道：“太夫人怎能这样打趣郎君？郎君只是不似有的小儿郎那般油嘴滑舌罢了。”

江太夫人笑着点头：“他便是这点吃亏，闷葫芦似的。好在有张好面皮，能凭这个骗个小娘子回来。”

仆妇们又笑着劝太夫人。

外面传来更鼓声，林晏站起身：“时候不早了，阿婆早些歇着吧。”

江太夫人点头：“你也早点睡。”

林晏再行礼，退了出去。

身后隐隐传来说话声：“太夫人就是担心太多，我们郎君要才有才，要貌有貌，压根儿不必愁娶新妇的事。”

“若能娶个性子活泼些的，两人性子互补倒也好……”

性子活泼……林晏脚下一顿。

“阿郎慢走。”廊下守夜的仆妇行礼。

林晏点头，顺着廊子，走出祖母的院子。

来到书房，林晏坐在书案前，随手拿起箱子里的一本游记，翻看了两页，又放回去，抽出几本下面的字纸册子来。

童稚的小楷写的是《诗经》：“岂曰无衣？与子同袍……静女其姝，俟我于城隅……”其中“衣”“袍”“姝”等几个字写得好，被圈了圈。

再看一眼后面笔体不一的批语：“阿荠之字，如躺如坐”“如躺如坐，率直通脱”……林晏翘起嘴角，把字纸册子放回箱子，想了想，把册子重新塞回中间，扬声叫外面的侍从：“明日把这个书箱子给沈记的小娘子送过去。”

侍从答应着。

吃过早饭不久，沈韶光就收到了这些书册。

刘常行礼道：“这是阿郎让某给小娘子送来的。”

沈韶光笑着道谢。

刘常再叉手，退了出去。

于三从厨房走出来，看一眼书箱子，如今的小郎君们给小娘子送东西都这般光明正大吗？不过……于三打量那普普通通的木箱，这也太不讲究了吧？

沈韶光掀开盖子，拿出最上面的一本书翻看。

竟然是旧书？于三心中了然：肯定是些孤本书册，又存心拿这样朴素的木箱来装，显得与那些奢华浮夸的人不一样。这林少尹……好心机！

看沈韶光神情专注，于三撇撇嘴，小娘子们啊……而后径直走去了后院。

这是一本六朝诗赋的集子，多是些山水小品，旁批的字有点眼熟，更多的却陌生。“半百即挂冠，驾车归林泉。”沈韶光感慨般叹一口气，他终究没能实现五十岁就辞官归隐的愿望，人生多么无常。

沈韶光搬起书箱子，阿圆要帮她，沈韶光摇头：“你忙你的。”

于三拿着一块腊肉进来，闻言撇撇嘴，小娘子们一旦动情，就这般矫情起来……

沈韶光回到后宅，慢慢翻看箱子里的书，书册中的父亲渐渐与记忆里的样子重合，温和幽默的丈夫和阿爷、爱山泉园林的文人、典雅雍容的世家子弟、对科举制度多有建议的礼部侍郎，还有……李相公话里那个丹陛前泣血陈情的人。

沈韶光也翻到了自己的字纸册子。

其实自己还是继承了原主的书画技能的，但后来练得越多，原主的影子就越淡，如今对比着看，字几乎像两个人写的。

沈韶光也看到了册子里的批语，特别是“如躺如坐”两句，不由得莞尔。

如果不是出了事，有这样的父亲母亲，还有记忆中可爱的哥哥，“沈韶光”该是怎样活着?

冬赏雪、春赏花，习字作画，宴饮游戏，绮罗丛里娇养着长大，然后经父兄筛选，自己也在屏风后看过，嫁给一个门第根基、个人能力都很过关，长相可能也很不错的“才貌仙郎”……

沈韶光都有点心疼“自己”了，这样的命运在十岁那年的冬夜戛然而止。

这些书册子，沈韶光翻了好几日才翻完，因为太影响情绪，晾晒之后，便重新打包封存了起来，然后接着经营现在的“沈韶光”的生活。

一进二月，天气便眼看着暖和起来。曲江上化了冻，水波一道一道的，闷了一冬的鱼都出来冒气，两岸的柳树冒了嫩芽，风也柔和起来，有点吹面不寒的意思了。

恰巧，又下了一场春雨，不几日，曲江边、乐游原、城外任意的山坡子树林子，乃至城里的花园子和荒宅院里，都有了点点新绿。野草还没返青，野菜先出来凑趣了。

年轻的郎君、爱俏的小娘子们都急急地换上了春衫，去野外游春踏青。又有不少妇孺拎着小竹篮子去野外挑野菜，或自家吃，或拿到城里卖，贴补家用。

沈韶光便有幸买了不少这样得来的野菜。

沈韶光上辈子不认得几样野菜，这辈子照样不认得，还是阿圆教她，哪个是绿蕨，哪个是青青菜，哪个是青牛菜……最大的一堆沈韶光认得，荠菜。

“这些都怎么吃啊？”沈韶光向阿圆请教。

“原先徐家的娘子都是在开水里焯一焯，加点盐拌着吃。”

沈韶光又问于三，他也只料理过其中一两种而已，沈韶光只好自己慢慢摸索。

开水焯过，加了碎芝麻、蒜泥、醋拌着吃；加米粉、面粉蒸熟，蘸海鲜酱、姜汁、麻油三合汁吃；榨了汁做糯米青团；剁碎做鸡茸野菜羹；取嫩芽炒蛋，或用五花肉丝、豆腐丝、粉丝炒合菜，夹在春饼中……

果然就如沈韶光原先畅想的，有了野菜的掺和，春盘才成了真正的春盘，也果然如她畅想的，这真正的春盘很受欢迎。有不少大宅门订了，让送去其家里，比如那位李相公，李家奴仆隔阵子便要来订一份。

甚至有人专门作了诗，什么“白玉盘上青丝嫩，翡翠釜中脔肉香”。白玉盘是没有的，翡翠釜也是没有的，但菜嫩而肉香，却是真的。

沈韶光把自家店外那面墙物尽其用，备了笔墨，请这写诗的士子把诗题在壁上。这时候题诗于壁是件风雅又经常的事，那喝得微醺的士子欣然同意，挥毫泼墨，顷刻便成，竟然是一手极其流利洒脱的行草。

沈韶光拍掌，大加赞赏，决定今天要给这位“广告创意总监”免单。

得了漂亮小娘子的赞，士子得意一笑，很想接着作个百八十首诗出来。

除了这些吃法，野菜哪怕到了后代，最经典的还是做馅儿。沈记的玉尖面便多了好几种野菜馅儿的，又有极好的薄皮大馅野菜馄饨。

沈韶光最喜欢的是荠菜馅儿，其次是青牛菜的。荠菜的口感不偏不怪不柴，又带着一股鲜味儿，配着五花肉包饺子馄饨最好，待煮熟了，蘸着点了香油的香醋蒜泥，她一个人就能吃大半盘子。

青牛菜带点辛辣味儿，掺在羊肉中做菜少肉多的肉丸饺，也鲜香得很。

林晏来时，点过小菜，沈韶光便把自认为最好吃的这两样应季主食推荐给他：“这荠菜的有股子春天的鲜灵味儿，青牛菜能激发羊肉本身的香，都很好。”

对上沈韶光似满含灿烂春光的眸子，林晏移开眼：“便是前者吧。”

沈韶光笑道：“好，郎君稍候。”正转身，突然又停住，似笑非笑地看着林晏，“前者……林郎君该不会看了儿的字纸册子吧？”

林晏只觉得脸有点热，这种事岂是能当面聊的？看一眼沈小娘子毫不在乎的笑容，林晏抿了抿嘴：“小娘子幼时的字秀雅，如今的字瘦劲，只是莫要太过不羁了就好。”

“‘天地者，万物之逆旅；光阴者，百代之过客。’[①]这短短几十年，羁不羁的，有什么要紧的？”沈韶光转眸一笑，星光粲然。

林晏一口气憋住，看她得意的样子，到底弯起嘴角笑了。

---

① 出自李白《春夜宴桃李园序》（又名《春夜宴从弟桃花园序》）。

第十二章　有情却总道无情

天气越发暖和了，连沈韶光这怕冷的人都脱了冬装，穿上了薄夹衫子，非常应季的碧色，配白裙子，像脆嫩嫩的羊角葱。羊角葱……蘸点面酱夹卷饼，或者洗净切碎炒鸡蛋，都是极好的。沈韶光一边照镜子，一边琢磨。

来到屋檐下，伸手试一试，蒙蒙的细雨跟最小号的绣花针似的，沈韶光便把伞又挂回墙角，就这么款步走去前面的店铺。

朝食于三做的是葱油饼、菠菜汤，配着几样小咸菜和咸鸭蛋。

咬一口外焦里嫩的葱油饼，看看里面的葱花，沈韶光觉得于三对羊角葱的这个处理方式也很不错。

于三烙饼烙得很好，不似沈韶光前世的妈。老太太顶粗枝大叶，烙的饼上下两层皮儿，中间一层瓤，被沈韶光的爹笑话，叫作“一层瓤子饼”。

沈韶光的姥姥却能做出抖一抖七八层细瓤的烙饼来，那样表皮没油，里面没葱的饼最适合抹酱卷鸡蛋吃了——北方所谓的大饼卷鸡蛋。

自从有一回沈妈把氽牛肉丸子做成了一锅肉汤，沈韶光就接过了家里的掌勺大权，只要她在家，沈妈就不用进厨房了，那时候沈韶光十六岁，也或者十七岁。

沈韶光觉得自己这厨艺，大概是隔代遗传，当然，也可能是穷人家的孩子早当家。这么多年让这种厨艺的妈喂着，她竟然也活蹦乱跳地长大了，真好养活！

其实沈妈也不是没有擅长的菜，比如家常红烧鱼，比如有点文艺范儿的艾窝窝。但那在一堆“黑暗料理”中，只能算一点点星火。

心里埋汰着亲妈，沈韶光脸上露出笑来。

于三瞥她一眼，吃个葱花饼，喝个菠菜汤她至于这么高兴？莫不是那林少尹又送什么东西来了？

于三的目光在沈韶光脸上转了一圈，自从开了春与这林少尹越发亲近之后，小娘子就跟让春雨浇了的菘菜似的，鲜嫩水灵。而想到隔壁要拱自家小菘菜的猪，于三一脸糟心：“吃个饭，有什么好乐的？”

沈韶光抬眼，都这会儿了他还有起床气？难道他让鹅绒垫子下面的豌豆硌得没睡好觉？没睡好觉的人不能惹，沈韶光赔笑道：“今天的饼好，汤也好，吃得很顺口儿，自然高兴。”

阿圆似为证明沈韶光的话，又拿汤勺盛了一碗菠菜汤。

其实这汤真没什么特别的，要说为什么好喝，就两个字：菜嫩。最新鲜的嫩菠菜，炝锅煸炒，放水，水开了勾薄芡，然后把搅碎的鸡蛋液淋进去，放盐，点香油，出锅。就是这么简单的做法，汤就好喝得很。

于三伸手不打笑脸人，又瞥沈韶光一眼，低头喝自己的汤。

沈韶光一笑，于三这脾气啊，真是一个月三十天的生理期。

吃过了朝食，小酒肆就进入了日常工作时间。阿昌打扫，阿圆择菜，于三把食材做预处理，沈韶光算一算昨天的营业额，收菜贩、肉贩送来的蔬菜和肉。

猪肉为主，羊肉也要一点，小母鸡、鸽子也要有；各种青菜都要留一些，最近青菜的用量比较大；裘家豆腐坊又送了豆腐来；又有油坊送了麻油来……似没干什么活，沈韶光也忙忙碌碌了一早晨。

让沈韶光欣喜的是，之前打鱼的大叔又开始送鱼来了，大大小小的鲤鱼、鲫鱼、草鱼都有，沈记的鱼菜菜牌便又挂了出来。今天大叔送来的两条鲤鱼尾巴发红，一尺多长，做醋鱼正好。话说朝廷为了避讳，不让食鲤鱼，但这岂是禁得住的？官绅士庶该吃还是吃。

今天菜贩送了很鲜嫩的韭黄来，沈韶光嘱咐于三给自己留一捆，中午给大家做韭黄猪肉馅儿饼吃。

韭黄虽算来跟韭菜是一种东西，但更鲜嫩，味道也没韭菜那么冲。沈韶光把韭黄切碎配着五花肉做馅儿；面用热水和得软软的，揪中等大小剂子用手按压成面皮——用擀面杖是不成的，因面太软了，会黏手——放馅儿，如同做包子一样捏褶包好，再轻轻压扁；饼铛子上刷油，放上馅饼，小火烙熟。

这样的五花肉韭黄馅儿饼，焦黄的皮，鲜香的馅儿，一咬流油……啧！啧！

阿圆让沈韶光说得满嘴哈喇子：“小娘子，你就站在酒肆外说这菜是怎么做的，什么味儿的，也能让不少客人进来。”

阿圆这小动物似的敏锐感觉啊，你怎么知道我前世就是做这工作的？

哪个美食周刊不是带着大量的广告？单靠订阅卖杂志的钱，早就饿死了。写美食软文是沈韶光的当家本事。

记得曾经有个酒店新上了一种提子鱼，不香，不浓，不鲜，不烂，有点像不甜的橡皮糖，关键是相当贵。沈韶光夸无可夸，便称赞这种鱼的口感很“俏皮”。后来读者反馈：“我终于明白你为什么夸‘俏皮’了，关键是我还挑不出错来，你们这帮无良的文人啊……”

沈韶光觉得，也许就是前世这种虚头巴脑的假话说得太多了，老天爷看不过去，才让自己穿越的，而且穿过来只能当个老实凭手艺吃饭的厨子。

正感慨世事无常天道轮回的沈韶光抬眼，细雨中走过来几个人，其中有一个是柳丰，其余几个看着也眼熟，似是与那桓七郎相熟的，但这里面并没有桓七，也不见被自己反驳过的那姓陆的人。

沈韶光走出柜台，笑着打招呼：“几位郎君好。”又专门问候柳丰：“柳郎君，今日休沐？”

几个士子都对沈韶光点头还礼，柳丰笑着称呼：“沈小娘子。”

沈韶光好些日子没见这位柳郎君，他似是瘦了一些，当然，也可能是脱了冬衣的缘故。

沈韶光让阿圆端上些清茶，亲自跟他们介绍本店的春季主打菜品——火锅子虽好，但已经过季了。沈韶光就像“渣男”们一样，现在早把旧爱扔到了脑袋后面，满心满眼都是脆嫩嫩的新欢。

想到“渣男”，沈韶光便多嘴问了一句：“怎么今日没见桓郎君？”半点没有阴过人之后怕见面的心虚。

柳丰告诉她：“桓七郎去山南西道游历了。”

沈韶光点了点头：“读万卷书，行万里路。读书人出门游历也是长学问。”

这个时候礼部试才出榜这人就出门游历，一定是这科又榜上无名了。若是那德行好的人，沈韶光总要叹一句“怀才不遇”，毕竟进士确实难考，谁还没个考试运欠佳的时候？但这位……大概跟自己一样，也算天道好轮回？

沈韶光自认不是好人，却被几个士子发了“好人卡”。因为这几位这一科也折戟沉沙，只能明年再战，或者也要出门“游历”一番，去各个地方碰碰运气，做几年幕僚，回来再考，机会就更大些。今日这宴便是饯行宴。

这几位听了这沈记小娘子的“读万卷书，行万里路”以及“读书人出门游历也是长学问”，真是既点中心事，又全了面子，当下纷纷笑道：“小娘子好见识。”

送完顺嘴的人情，记下点的菜，沈韶光便回了后厨。

其中一个士子低声笑道：“如今终于知道柳三郎当日为何求聘了。这小娘子到底出身洛下沈氏，确实蕙心兰质，迥异于时下一般的女郎。”

柳丰赶忙制止：“快莫要说这些。”

另一个士子道：“你不知道，前几日三郎与京兆赵录事的女弟定亲了。”

之前调笑的士子连忙赔礼：“是某唐突了，并不知道这回事。”

柳丰连忙摆手。

士子们又笑问柳丰正式成亲的日子，得知定在今年秋天，几人都遗憾地摇头，恐怕没法喝柳三郎的喜酒了。

酒菜陆陆续续地上来，便有士子端起酒，提前贺柳丰新婚之喜。

端着醋鱼出来的沈韶光听见了，有些惊讶，也连忙笑着道喜。

柳丰站起来叉手称谢，也许是喝了酒，脸微微红。

沈韶光面上一派端庄，心里却在打趣：你结婚，谢我什么？谢我不嫁之恩？这就……有点扎心了。

沈韶光走回厨房，让于三加了两样菜——“富贵吉祥”“百年好合”，作为酒肆的赠品，为柳丰道喜。

见两人彬彬有礼，宛若君子国人，特别是这沈小娘子落落大方、一派光风霁月，几个士子倒没了打趣看戏的心，再次感慨这沈小娘子不愧是名门之后。

酒肆里人渐渐多起来，恰恰客流最高峰的时候，庞二娘带着婢子走了进来。

沈韶光一怔，连忙迎过来：“二娘来庵堂礼佛了？”

庞二娘笑着点头，又皱着眉看向坐得满满当当的大堂：“还只当你这里能静静地坐下说会儿话，吃个饭呢。”

沈韶光微笑，这个何不食肉糜的姑娘啊，我这要跟你说的似的，正午时分还静悄悄的，就合该吃烟喝风了。

“那算了，我改日再来看你，反正要在庵里住一阵子呢。”庞二娘受不了店里的喧闹，转身离开。

沈韶光站在门口送她。

“我有件事情问你，”庞二娘看看左右，轻声道，“林少尹可曾来你这酒肆吃过饭？”

她这是要来“巧遇”？真是个有想法又有行动力的小娘子。

“来过。”沈韶光点头。

庞二娘大喜，眉宇间的花钿似更鲜艳了。她想了想，问沈韶光：“他经常来吗？他爱吃什么？”

林少尹爱吃什么……沈韶光有点为难了，这位好像没有特别喜爱的某道菜，总的来说口味比较清淡。

庞二娘不等沈韶光说什么，便已经做了决定：“圆觉师太常说小娘子的厨艺好，我从明日，不，今晚开始，便来尝尝贵店的好菜品。”

想起阿圆让自己站在酒肆门口介绍菜品做法和口味以拉客的话，沈韶光无辜一笑，这个食客真不是我拉进来的。

但对方来都来了，一定要留住，沈韶光笑道：“小娘子早些来，我给小娘子留最边上清幽的位子。”

“好，沈小娘子，晚间见。”

沈韶光笑眯眯地目送她带着婢子们离开。伞下，一身淡粉衣裙的庞二娘，像一枝粉薄红轻的初绽杏花。

那位林少尹也就是长得好些罢了，美色误人啊……沈韶光摇摇头，走回屋里去。

晚间，庞二娘果真如约而至，沈韶光也果真将她带到角落里一处清幽的位子上。桌案上面的墙壁搁板上摆着白瓷盆儿养的蒜苗，因沈韶光一个不留神儿，没在最嫩的时候吃掉，几天工夫就老了，没办法，只好当水仙养着，等它寿终正寝。虽不能吃，看着郁郁葱葱的，也挺好看。

蒜苗旁边还有从西市淘来的牛皮娃娃，用朱砂点了嘴唇和两团胭脂，有股子傻乎乎的喜庆劲儿。

庞二娘便在这蒜苗和傻娃娃下的位子上坐下来。沈韶光问她要吃什么，庞二娘其实并不真指望在沈韶光的小酒肆里吃到什么珍馐美味。市井小店，再好能好得过国公府的庖厨？

但既说是来吃饭的，自然要正正经经地应付过去，庞二娘便让她尽管拣着可口的菜上，端的是财大气粗！

沈韶光便把松鼠鱼等贵价菜上了五六样儿，又上了汤、主食和点心，满满当当的一食案。

看见瓷盘中鲜艳的松鼠鱼、红润的玛瑙肉、碧绿的翡翠圆子、白嫩嫩的玉脂豆腐，庞二娘竟然不自觉地口舌生津。单这卖相……在市井中也算难得了，难怪中午时那么多人捧场，也难怪圆觉师太喜欢。

庞二娘先夹一筷子松鼠鱼，嗯，酸甜，鲜香，还真是好吃！

庞二娘不由得又多夹了两筷子鱼。

旁边伺候的婢子有些惊讶：二娘饮食一向挑剔，几时这样回过筷子？

再然后庞二娘便又吃了一块玛瑙肉、四五个小翡翠圆子。那玉脂豆腐不知道怎么做的，又鲜又嫩，没有半点豆腥气，庞二娘也吃了小半碗；这玉尖面竟然有些宫里御宴的味儿，样子漂亮，馅儿也香，庞二娘不自觉便吃了三个；另一个盘子里的青团子，外面一层是绿的，里面是红色的豆馅儿，并不很甜，但软糯糯的，春天吃着倒也应景儿，庞二娘便又夹了一个……

在婢子们惊讶甚至有些担心的目光中，庞二娘不负众望地……吃撑了。

沈韶光忙了一会儿过来招呼她，看看桌子上的残羹剩炙和吃饱饭有些慵懒但神情和悦的庞二娘，哎哟，战斗力不错嘛，先前看她那样子，还只当是个吃烟喝风的呢。

自己店里的菜品受欢迎，沈韶光也高兴，亲自去泡了一碗山楂甘草饮子端来给她，助消化，免得大晚上的吃这么多积食。

天气不好，晚间的雨稍微大了一点，店里客人并不很多，尤其过了正点之后，渐渐便只剩庞二娘这一桌了。

沈韶光终于也可以松快松快，端了一杯桂花蜜水过来，陪庞二娘坐着。

雨打在桃花油窗纸上，沙沙作响。灯烛有些摇动，隔着桌案，沈韶光与庞二娘顺着嘴闲聊。

两人能聊什么？不过聊些京里的流行风尚，什么牡丹花髻还是略歪一点好看，什么春夏再贴金箔花钿未免俗气，还是贴翠羽的好，什么最近又流行起了远山眉……

“你看我的眉毛，”庞二娘往前凑了凑，“已经改了。”

沈韶光深深地点头：“确实比原先的连娟眉好看太多。那连娟眉怕是专门为干将莫邪的儿子预备的，我们常人画不来。”

庞二娘并不知道“眉间尺”的典故，但也觉得连娟眉并不好看。奈何宫里流行啊，时世妆，时世妆，不画起来，不显得老土了？

沈韶光觉得这个孩子是中了时尚的毒。时尚跟美，完全是两种东西！为了拯救庞二娘的妆容打扮，沈韶光便把千年以后加布里埃·可可·香奈儿的名言“贩卖”给她：“有位姓香的夫人曾经说，‘潮流易逝，风格永存’，你咂摸咂摸，是不是这个道理？”

名言的魅力就在于可以跨越时空，不管什么时代，都可以震人一跟头。庞二娘皱着眉，越咂摸越觉得这话有道理，又琢磨说这话的人是谁，但因为自家只是新贵，她并不知道本朝哪个世家大族是姓香的，也没认真学过谱学，便不敢问，只怕在沈韶光面前露了怯。

庞二娘又后知后觉地发现，这沈小娘子竟然对京中风尚所知颇多，她在这市井之中每日柴米油盐的，是如何知道的？

沈韶光淡淡一笑：“潮流虽然易逝，但美是永恒的。”

沈韶光手指蘸着酒水在桌案上画了一张人脸，跟庞二娘解释何谓三庭五眼：“一般来说，越接近这个标准的，越好看。我们化妆，也是为了描补不足，让五官更接近这个标准。”

庞二娘简直像打开了新世界的大门，惊讶地微张着嘴巴看看沈韶光，又看看桌案上的酒水画，想了想，猛点头。

沈韶光看她孺子可教，便说得越发多了：“前两年流行的红豆朱唇，就那么一点点，放在银盆大脸上，真的美吗？还有开额，”说起这个流行风尚，沈韶光就想吐槽，“把前额的头发剃了，弄得额头有朱雀大街那么宽，干吗？想走马车？还是这脸上又是面靥又是花钿的，嫌场地不够，操练不开，要再开拓一块？”

庞二娘扑哧一声笑了，这么多风尚中，她唯一没跟风的就是这“开额”了。那确实不好看，但也确实流行，且比各种形状的眉毛流行的时候更长。

两人聊着，快起更了，庞二娘才走。临走时庞二娘才想起来，今日没等到林少尹。说得高兴，她竟然把这茬儿忘了……

沈韶光笑着招呼：“二娘明日再见。”

回去把庞二娘的婢子留在柜上的银子扔进小钱篓子，沈韶光眯起笑眼，这里面一定有一两银子的讲课费，知识就是财富啊……

庞二娘日日来与沈韶光闲聊，混了七八日，小脸都圆了，才等来林少尹。

林晏又是加班晚了，回来看见沈记的灯光，便下了车，让侍从们先回去，自己缓缓走进来。

他一进门便听到沈小娘子的笑语声：“这妆容也似做文章，需有详略轻重。脸上若眉眼长得好，便突出眉眼；若嘴巴长得俏，便着重点画朱唇。若满脸的浓墨重彩，哪里都想突出，便成画画的调色盘了……”

文章之道，详略轻重……林晏转过小屏风，便看见角落的沈小娘子和庞二娘。

对上庞二娘突然亮起来的眼睛，林晏垂下眼，对她微微颔首，朝对角的位子走去。

沈韶光扭头，二娘功夫不负有心人，花了有二十几两银子，总算等来了这位。

庞二娘轻轻碰一下鬓角的桃花钗，抻一抻衣襟，挑眉看沈韶光，用目光问她衣饰妆面是不是妥当。

沈韶光肯定地点了点头。今天的庞二娘确实很漂亮，俏丽的桃花妆，撒花衫子，带着股子少女的娇憨，比去年头一次见时那样子好看太多。二娘于化妆打扮上，还是很有灵性的。

“林郎——”庞二娘走上前去一福。

沈韶光避去厨房，又拉住要端茶饮出去的阿圆，以免尴尬。

“林郎这么晚来吃饭，衙门间的事果真繁忙。”含笑的少女音响起。

“在其位谋其政而已。”淡淡的男声响起。

“林郎是在忙后日上巳节的事吗？那林郎去不去曲江？听闻今年上巳节

新科进士要曲江探花，真的吗？”

“是。”却不知道他这个“是”是回答三连问里的哪一个。

“听说当年林郎也是探花郎，是真的吗？”庞二娘声音中的希冀、娇怯让沈韶光听了都心里一动，少女心事总是诗啊……

不过，如此严肃的林少尹居然还有这样风流的经历？但她转念一想，也是，以这位的相貌风姿，被挑为探花郎也不奇怪。这个时候的探花郎还不是进士第三名的专称，而是拣着新科进士里最年少俊美的那两个担任的一个临时的风雅职务，专司探访名园，采摘鲜花。

“夜深了，女郎尽早回去吧。”越发冷淡的声音响起。

“我……我是想问问……”

“女郎回去吧。”庞二娘后面的话被林晏严肃地截住了。

庞二娘还有什么不明白的？大眼睛里泛起雾气来，她咬咬唇，跺脚转身走了。

听到门响，沈韶光才让阿圆把茶饮端出去。

庞二娘刚说话时，于三便觉得这林少尹不地道，拈花惹草的；后来听他一口回绝，又觉得他铁石心肠，不知道怜香惜玉。于三皱眉瞥沈韶光一眼，你这是什么眼光？光知道看脸！

沈韶光拿了菜单出来，笑问林晏：“林郎君今日吃点什么？”

听着沈韶光这冠冕堂皇的“林郎君”，对比刚才庞家女郎的“林郎”，林晏抿了抿嘴：“小娘子随意安排就是。”

“好嘞，郎君稍候！”沈韶光收了菜单，笑道。

听了这声把姓都去掉的“郎君”，就如叫其他食客一般，林晏的嘴抿得越发紧了。

沈韶光回到厨房，让于三给林晏做嫩韭黄炒鸡蛋、羊角葱炒腊肉，再凉拌个春葵、蒸个豆腐，又亲自把芫荽剁碎，掺在肉末中做了个清淡的水氽丸子。两个人一起做，快得很，一会儿工夫便成了，再加上椒盐蒸饼，让阿圆用托盘送出去。

过了一会儿，估摸着林晏吃得差不多了，沈韶光出来招呼：“林郎君可还要添些什么？”

林晏顿了一下，垂着眼道：“很好，蔬菜很嫩，圆子也很香，多谢。”

沈韶光有些吃惊，我听到了什么？这位林少尹竟然夸菜品好吃！这位先生是受了什么刺激？

“林郎君不要客气。”沈韶光假笑。

林晏看她一眼，低头拿起茶饮杯子。

上巳节是个好日子，不管是对游春的人来说，还是对摆小摊儿的人来说。

沈韶光早早地雇下了两辆骡车，与于三、阿圆等人准备了各种食材的成品、半成品，只等时候一到，去曲江边再大赚一笔。

阿圆和于三都没经历过这阵仗，遑论阿昌。他们单知道以前小娘子摆过摊子卖煎饼，却不知道现在也可以随时“店变摊”的。

沈韶光得意地跟他们显摆去年端午节摆摊儿的成绩：“那么几大桶冰镇酸梅饮子，都让禁军的人包了，别的人再想买也没有了。过完节，那买酸梅饮子的校尉又找过来，我便干脆把方子也卖给了他。”

三人被这一操作又震了一下，所以，方子也能卖？

“卖了多少钱？”阿昌问。

沈韶光卖关子：“你们猜。”

“五两。”阿昌想了想道。

阿圆常帮沈韶光算账，觉得五两不足以让小娘子这般得意：“十两。”

于三只忙手中的活儿，没说话。

“二十两。”沈韶光笑眯眯地道。

阿昌睁大了眼睛，一个酸梅汤的方子，能买好几个自己。

阿圆却没心没肺地拍手，又由此拓展开来：“那我们做肉的、玉尖面的各种方子要是都卖了……”

阿昌先笑道：“那怎么行？人家把我们的方子都买走，开了酒肆，岂不争买卖？”沈韶光对后来的于三和阿昌也说过与那边云来酒肆的事，免得他们不知情吃了亏。

于三到底听不下去了：“关键是这种二十两买个饮子方的傻子难找。”

沈韶光：行吧，道理都让你们说了。

阿圆总结陈词：“还是小娘子厉害！”

沈韶光笑眯眯的，还是小姑娘贴心啊。

转眼便是上巳节正日子。站在去年摆摊儿的位置，看着阿昌生火炉子，于三揉糯米团，阿圆打水擦洗桌案，沈韶光不是不感慨的。去年只自己一个人，守着个桌案子，什么都自己忙活，赚个几千钱就开心得不得了，再看看现在……以后会更好的吧？会的吧？

因是户外，能带的东西到底有限，他们主要还是做各种花糕，豌豆黄、艾窝窝、青团子、红豆饼、雪花糕之类的，都带了馅儿料和皮料模子过来现做，免得吹皱了皮子或者弄散了架。

若客人讲究，就给其把糕点搭配了放在纸盒子里，若不那么讲究，就把糕点用纸袋装了，或者竹扦子一插，让客人举着吃。

茶饮又更简单，时节原因，并没有冷饮，只有茉莉花茶、山楂枸杞饮子。不管是茉莉花茶还是山楂枸杞，都是药铺子弄来的货色，细闻能闻出党参黄芪味儿[①]来。沈韶光另加了一道甜汤——酒酿圆子，给饥饿的人准备的。

四人小团队把摊子铺开，几大盒子五颜六色、各式各样的花糕摆在摊子最显眼的地方，保证路上游人一眼就能看到。

有人竟然还记得沈韶光："小娘子糯米粽做得好！"及至看到曾在这儿吃过的艾窝窝，更是欣喜，"以后再不曾吃过这样的好豆馅儿！"

旁边的人好奇，问这豆馅儿有什么特别的。

那原先的顾客竟是个爱穷根究底的："某曾专门问过擅饮食之道的朋友，这豆馅儿称'灵沙臛'，以细腻腴美、甜而不齁者为上，这小娘子做的倒也当得起这几个字。"

这客人又道："据说当年天宝时虢国夫人府的灵沙臛做得最好。"

虢国夫人府的美食是吃不到了，但现成的曲江边的艾窝窝倒是有，众人听了典故，自然要尝尝这饱含盛唐风流的点心。

一旦聊开了，便有人问沈韶光是不是在哪里开花糕铺子。

沈韶光跟他们打小广告，介绍崇贤坊的沈记酒肆，又笑着抱歉地道："平日也有花糕，却没这么多样数。倒是玛瑙肉、翡翠圆子之类的下酒下饭菜做得更多。"

---

① 这是叶广芩老师《豆汁记》里的梗：中药店买的桂花一股子党参黄芩味儿。

又是玛瑙又是翡翠，单听名字已经够美了，买花糕的客人不但不失望，反而越发有了兴趣，信誓旦旦地说改日一定要去崇贤坊沈记酒肆尝尝这肉和圆子。

于三有些疑惑地看看沈韶光，沈韶光很无辜。他们真不是我请的托儿，这就是回头客的力量啊。

阿圆直在心里称赞：看看，看看，我就说小娘子只说说嘴，便能引来无数的客人。

卖过了客流量大的一段时间，节奏开始平缓下来，四个人有空歇歇手，聊聊天了。

阿圆左右张望："小娘子，那探花郎会从我们这里过吗？"

这个沈韶光就真的不知道了："你去杏园那边逛逛，兴许就看见探花郎了呢，反正这会儿也不忙。"又对于三、阿昌道："等阿圆回来，你们也换着去逛一逛，也算上巳节不白来曲江一趟。"

阿圆却摇头："回回都是我们出去玩，剩下小娘子。这回你去！"

沈韶光笑起来。我早过了追星的年纪，攒好长时间的零花钱买张偶像演唱会末等座位票这种事早年都干过了。

于三看阿昌："你也跟着去。"

沈韶光挑眉。于三只管把馅儿料放在青团皮子里包好，又压进模子，一个印着福字的青团糕就成型了。

阿昌笑嘻嘻地摘下围裙、套袖："我跟着小娘子。"

沈韶光领了他们的好意，便也摘下围裙，笑道："那我们出去逛了，一会儿回来换班。"

沈韶光带着阿昌往杏园的方向走去，沿途人很多，想来都是等着看新科进士的。不知道这探花郎是什么时辰开始走马探花，沈韶光不愿傻等，便带着阿昌接着往前走，路上买了一大包芝麻糖，又给阿昌买了很漂亮的糖画。

阿昌受宠若惊，便是小孩子的时候也没人这样过："还是小娘子吃吧。"

沈韶光爱吃甜的东西，却吃不了太甜的："你吃吧。这东西不好拿，不然也给阿圆带一个了。"

沈韶光接过那包芝麻糖抱着，让阿昌专心吃他的糖画。

她抬头看看清凌凌的江水和江上的游船，还有偶尔飞过的水鸟，沿岸的垂柳摇曳着；往远处看，一片氤氲的绿色，还真有点“柳如烟”的意思。沈韶光又扭过头看红装仕女、风流郎君们，一个个翠眉粉面、春衫年少，真好。

她在江边吹了吹风，拽了根嫩草茎子叼在嘴里，看阿昌把糖吃完了，便往回走。

经过杏园的时候，她听说探花郎们刚过去不久。

阿昌兴奋地道：“我们快走，兴许能赶上。”

沈韶光扔了草茎子，与阿昌往前赶，果真追上了。

人缝里，沈韶光觑着眼看，那两个探花郎果真青春年少，也就二十出头的样子，一个锦绣华服，剑眉星目，薄薄的嘴唇，一副风流样貌；另一个面若敷粉，细巧眉眼，芝兰玉树一般。

哎哟，这届探花郎颜值很高啊。沈韶光对比一下自己比较熟的那位往届探花郎，那位气质有点冷，跟冬天的翠柏枝似的，没这么亲民。

这时有不知谁家婢子想要近前，那剑眉星目的探花郎想来认识，便让那婢子过去，婢子却捧上一方绫帕。

那探花郎展开帕子瞧了瞧，启唇一笑。这一笑的风流态让无数少女吸一口气，当下便有人似前朝流行的那般把手里的帕子、花枝子朝探花郎们扔去。

两位探花郎笑着骑马往前走。

“啧！啧！少年登科，曲江探花，又有平康名姬送来沾染眉印唇脂的香帕，人生得意，莫过于此啊！”①

“四郎也勤奋一些，明年保不齐就是你了。”

沈韶光侧头看身边的两位士子。原来那帕子是平康姬人送的，而且还有香艳的“艺术加工”，你们唐朝人真会玩！

见有漂亮小娘子看自己，那两个士子也风流一笑，对沈韶光颔首。

沈韶光干笑一下，挤出了人群。

因探花郎在前面，沈韶光懒得往前挤，便领着阿昌又瞎转悠了会儿，

---

① 是晚唐诗人韩偓的经历。《余作探使以缭绫手帛子寄贺因而有诗》：“解寄缭绫小字封，探花筵上映春丛。黛眉印在微微绿，檀口消来薄薄红……”

买了点别的零嘴儿，等路通畅了，才走回自己的摊子。

一回来就看到于三和阿圆忙得不可开交，沈韶光和阿昌赶紧加入进去。

饶是这么忙，阿圆也跟沈韶光报告消息："小娘子、小娘子，刚才那探花郎买了我们的花糕！还说什么'糕比花娇'呢。"

旁边的客人们也纷纷笑道："我们也尝尝这探花郎都喜欢的花糕。"

沈韶光：这是什么奇遇？原来乾隆爷烧鸡、慈禧小窝头有可能是真的！

沈韶光一边忙一边琢磨：回去就做个探花郎花糕的大牌子。

因探花郎的帮忙，今天的花糕卖得格外快，渐渐有的品种售罄，到下半晌，他们准备的那么多馅儿和皮料差不多就没有了，只剩了几块雪花糕。

游人也少了，沈韶光赶着于三和阿圆去逛一逛，自己守摊子，只等他们回来，便收摊儿回家。

那位曾经的探花郎便是这时候来的。

沈韶光发现这位总喜欢在事情阑珊的时候出现，天生带着点寂寞似的。

他这种时候出现，有个最大的问题：没吃的了！

沈韶光笑眯眯地打趣道："现任探花郎买了糕去，致使从前的探花郎无糕可买。"

林晏眉眼微弯："那便还是茉莉茶饮吧。"

沈韶光给他倒上茶，把那几块糕也端过来，然后便去收拾案板。

她收拾完了，回过身，便看见林少尹微低着头，正拿茶碗盖轻轻地刮茶末子。也许是因为鼻子挺，他的侧颜格外好看，一身深绯色官服也穿得妥帖得很。

对比刚才那两位探花郎，这位的好看是经过沉淀的，大约便似……沈韶光又想起自己后院挂的火腿来。

沈韶光这会儿觉得林少尹可以算两年腿了，加好花雕蒸着吃，想来不错。

林晏侧头，恰好与沈韶光的目光对上。

沈韶光并无被抓住的尴尬，反而笑道："林郎君当年杏园探花，也是这般热闹吗？有没有……"沈韶光轻咳一声住了嘴。她问人家有没有名姬送帕子，未免太轻薄了。

林晏微笑了一下："年年都是这样的。"

“哦——”沈韶光点头。

“只是那时候没有这样的好花糕吃。”林晏微垂着眼，拈了一块雪花糕放入口中慢慢地嚼。

沈韶光忍不住露出笑来，林少尹今日莫不是吃了蜜糖来的吧？他怎么突然说话这样甜？

林晏的眼角微微翘起，似兰苞初绽。

过完了上巳节，春意便汹涌起来，再不是浅淡的小清新，而是铺天盖地的绿、明媚的阳光、每日清晨吵人好梦的鸟叫、没完没了的春游宴会和偶尔传来的各种男女花边新闻。

沈韶光站在柜台里，一边算账，一边听不远处的食客聊八卦。

“这位赵郎瘫了一年，也只比死人多口气罢了，其夫人如今却一朝有喜，言是梦中与郎君相会，老天怜悯，赐下此胎。那赵家还欢欢喜喜地到处送喜果喜蛋。当真是……世风日下。”一个食客摇摇头，咂口酒叹息道。

“你不懂，那赵家偌大家业，却没个人承继，老丈、老媪便是知道，也要睁一只眼闭一只眼的。好赖这生出来的便算自家子孙，总好过便宜了旁支别脉。”酒友给他解释其中缘故。

“旁支别脉到底也是他赵家的子孙，不比这有娘没爷的强？到底商人家，没有体统，不懂规矩！”

酒友笑了：“商人家没规矩，别的便有规矩了？听说那福慧长公主——”酒友停住，自悔失言，嘿嘿笑了两声，只管接着喝酒。

不想两人刚停嘴不久，与福慧长公主有些牵连的那位裴郎还有他的朋友林少尹便走了进来。

林少尹经常见，沈韶光不觉得如何，这位裴郎似有些憔悴，在他的映衬下，林少尹竟似有点春风得意的意思。沈韶光暗自嗤笑，小费给得足，果然滤镜加得厚！

沈韶光引他们在里面靠窗的地方坐下，从座位上透过半开的窗子，可以看到外面景明春和。那路旁的榆柳，是夕阳中的新娘……关键是，离着那俩聊八卦的人远点，不然多尴尬。

沈韶光笑问：“林郎君还是要笋子炒肉、山蘑鸡片吗？今日的菠菜嫩得很，或者来个加菠菜汁的双色鱼丸？”

听了菠菜，林晏顿了一下，终究微笑着点头：“好。”

裴斐挑眉，看看温煦的林晏，再看看一脸笑意的沈小娘子……

“裴郎君要点什么？”沈韶光笑问。

裴斐低头看菜单，发现菜品换了不少，之前铺满一张纸的火锅子只剩了两行，醒目位置上是春日小炒、鲜嫩时蔬之类的，还专门把春盘列了出来。

看裴斐把目光定在春盘上，沈韶光作为一个负责任、有良心的店主，提醒他谨慎为上，晚上吃春盘只怕于养生不合。在本店吃春盘撑着的人不是一个两个了，以后点春盘都要赠健脾养胃丸。

裴斐笑起来，便是林晏也翘起嘴角。

逗哏的自己是不能笑的，沈韶光建议他点几道时蔬小炒：“与煮炖不同，这小炒都是轻锅小铲做出来的，新鲜又脆嫩，正合适这个时候吃。”

新鲜脆嫩……他让她说得还真想吃了。裴斐仔细研究了菜单，有心多点几样菠菜，看一眼静静饮茶的林晏，到底没有施行，改点了芹菜炒鸡蛋、葱爆腊肉、炒鳝丝、醋炒豆芽等几道荤素菜品。

沈韶光接过菜单：“二位稍候，酒菜马上就好。”

沈韶光把菜单拿去厨房交给于三，看阿昌烧火择菜、阿圆切菜备菜、于三上灶，三人配合得十分默契，便退了出来，接着回了柜台后面。

秋冬季天冷，酒肆里主推炖菜、蒸菜，热腾腾的，吃了心里暖和。如今开了春，人们就想吃点脆生鲜嫩的蔬菜，酒肆里主推的便是春盘还有这春日小炒。

本朝流行的烹调方式是蒸、煮、烤、炖，“炒”这种后代的主流烹调方式虽已出现，却不普及——主要还是时代所限，不是谁家都有适合炒菜的铁锅，食用油也是一个问题。[①]

但作为酒肆饭馆，这个问题就不存在了，沈韶光从开酒肆起，就专门去定做了各种大小的锅釜铛子，各种植物油、动物油也尽皆备好，所谓“工欲善其事，必先利其器”嘛。

---

① 关于唐代“炒”这个烹调方式，有争论，此处择其中一个说法。

“炒”这个烹调方式其实是尤其适合酒肆的，烹调时间短，出菜快；蔬菜脆嫩，颜色鲜亮，不用特意摆盘就很漂亮；多种肉菜搭配，可以做出无穷无尽的花样儿。

原先秋冬的时候也有炒菜，那时候还不明显，现在春天一来，菜单再这么一调，点炒菜的人就多了。各种时蔬小炒都很受食客们欢迎，比如那位林少尹就很喜欢。

最近林少尹时常来酒肆坐坐，点的便多是小炒，其中最爱的又是春笋炒肉。

鲜嫩的笋子配着五花肉丝随意一炒，便好吃得很。但沈韶光总疑心林少尹爱吃笋子，恐怕还是与文人情怀有关。

后代不是有个苏大学士说过“宁可食无肉，不可居无竹。无肉令人瘦，无竹令人俗。人瘦尚可肥，士俗不可医”？他的朋友曾调侃他：“公如端为苦笋归，明日春衫诚可脱。”听听，听听，为了吃竹笋，苏大学士连官都可以不做了。

林少尹这“高岭之花”，自然不是俗的，况且他家里已经有竹了，便也追求起“食有笋”来。

想到他家的竹，沈韶光便有些惆怅，罢了……

这会儿没有新客人来，沈韶光进厨房帮忙。看阿圆已经片好了鱼肉，那边还有青菜没切，便让她去切菜，自己拿了刀刮鱼泥。

刮鱼泥是个技术活儿，要固定了一边，拿快刀从固定的这一边往另一边慢慢地刮，刮到刀上，抹到碗里，一层一层、一点一点，不能着急。若是不管三七二十一胡乱斩剁了，做出的鱼丸就没那么软嫩，且要加芡粉，不然有成一锅鱼肉粥的可能。

阿圆最不爱这水磨工夫的活儿，还是咔嚓咔嚓切菜好，见小娘子愿意接手，嘻嘻一笑便交给了她，去切菜丝了。

沈韶光刮完鱼泥，往里面放少许盐、胡椒粉、水，筷子朝一个方向打上劲儿，这鱼肉就算好了。

然后她再把已经焯好的菠菜捣烂，放在纱布网中挤压取汁，取一半鱼肉兑了这汁再搅拌，再将未兑汁的一半鱼肉，分别用小羹勺舀在滚水中烫熟，便是又鲜又嫩的双色鱼丸了。

正捣着菠菜，外面进了新客，沈韶光便把半成品交给阿圆，自己出去招呼客人。

来人却是一对老小。因进酒肆的老妇人和孩子少，沈韶光一眼认出，这是过元宵节时来吃汤圆的祖孙。

沈韶光请他们坐下。老妇人点了肉丸玉尖面和菠菜蛋花汤，并没点什么菜。

沈韶光给他们端上山楂饮子，笑道："马上就好，阿婆和小郎君稍等片刻。"

一会儿的工夫，这边林、裴两人的菜都好了，那边祖孙俩的汤也出锅了。

又陆陆续续有别的客人来了，沈韶光正招呼着，却听大堂内传来孩子的哭闹声。

沈韶光赶忙走过去。

老妇人皱着眉，小娃娃撇着嘴，一副欲泣的样子。

"这是怎么了？是这玉尖面不合小郎君的心意？"沈韶光笑问。

老妇人有些抱歉地看向沈韶光："这蒸饼他倒是爱吃，只是不爱吃青菜。"

沈韶光点头："不知道小郎君听没听过一个叫大力水手的人？"

"说从前啊，有个行船的，平时瘦弱得很，一旦吃了菠菜，便变得筋骨强壮、力大无穷。"沈韶光拍拍自己的肱二头肌，做个握拳的姿势，"他这里的肉都鼓起来了，厉害得很！"

"就似侠客一般吗？"

得，中西方传奇融合了。沈韶光点头："对，就似侠客一般，惩恶扬善，行侠仗义，是个大英雄。"

小童皱眉看看那钵菠菜蛋花汤："行，我喝！"

"这就对了，真乖。"沈韶光笑着夸奖。

老妇人也笑了："可要记住小娘子说的。"又对沈韶光道谢。

沈韶光往回走，却抬眼看见那位裴郎君满脸嘲弄看戏的表情，林少尹则垂着眼，神色淡然地喝着鱼丸汤。

两人这是掐起来了？虽然林少尹可能不太爱说话，但沈韶光总觉得那位裴郎才是被压制的那个。他们不会哭闹，沈韶光自然不用管他们，径直走回柜台后面。

夜渐渐深了，沈韶光站在门口送她的大客户离开："二位郎君好走。"

裴斐笑容可掬地还礼，林晏则微笑颔首。

月亮又圆又亮，林、裴二人踏着月光，慢慢走回林宅。

裴斐歪头看林晏，然后扑哧一声笑了。

林晏只管前行，不理他。

"你也有今天……"

林晏知道裴斐指的是什么，觉得他实在有点大惊小怪，他惯常在绮罗丛里混的，看什么都带着一股艳色。林晏抿了抿嘴，到底说了一句："你莫要想多。"

"我并没多想什么，只是奇怪你何以吃起从来不吃的菠菜来……"

"我如今觉得菠菜脆嫩嫩的，偶尔吃吃也还好。"林晏淡淡地道。

偶尔……他这个"偶尔"恐怕专指在沈记酒肆的时候。裴斐点了点头："如此甚好，如此甚好，兴许安然哪日也能'银鞍照白马，飒沓如流星'[①]起来。"

林晏瞥他一眼："你真是醉了！"说完便当先朝林宅走去。

裴斐负着手在后面晃荡，又哼起小调："更鼓响，人初静，花香月华冷，有情却总道无情，呀……"

沈韶光正在做榆钱饭的时候，隔壁的老叟一瘸一拐地走了过来。

沈韶光连忙让阿昌搀着些。

老叟摆了摆手："我自己能行，能行，多谢小娘子。"

阿昌到底搀扶着老叟坐下。沈韶光亲自端来茶饮。

自去年老叟下雨摔坏了腿，把前面的店铺租给沈韶光，平日便深居简出，只老媪偶尔出来买米粮蔬菜。沈韶光不知道是什么事让这位不良于行的老人亲自走来自己这里，莫非是房子的事？

"看小娘子买卖红火，不知有没有意思买下我那两间铺子和后面的屋舍？"

果然！

沈韶光没说可与不可，先笑问："老丈要换大屋居住了？贺喜老丈。"

---

① 出自李白《侠客行》。

老叟知道这沈小娘子是在委婉地问卖房缘由，便笑道："哪似你们年轻的郎君娘子好赚钱，能换大屋。我没有儿孙，到底在族里过继了一房，便在京郊，田舍房屋大，接我们去住。哪有平白做人爷娘的？我便想着把这宅子卖了，也算给新儿孙的见面礼。"

沈韶光赶忙说"恭喜"。

老人有些感慨地点头："能有儿孙养老送终总是好事。"

沈韶光听出了老人话语里的无可奈何，但想来都已经写过文书改过族谱了，还是要乐观一些，便笑着劝道："住在京郊也好。上次儿出城去，看见清凌凌的河水、绿油油的麦田，桑麻绕屋，鸡鸣犬吠，连空气似乎都比城里清新些，真好！"

说到村居，老人也笑起来："我也着实喜欢，别的不说，敞亮！"

这些说完，两人便说卖屋的事。

老人索价六万钱，以这地段来说，还算公道。

沈韶光与老人交了实底儿："儿是有心买下老丈的屋的，毕竟在这里住熟了。只是老丈也看到了，我这杂七杂八的摊子和这些人，只老丈的店铺屋舍，恐怕不够住。

"这边的屋舍呢，儿是赁的，只怕到时候人家收回去……"

我买了你的屋舍，自己用又用不了，租也租不了几个钱，不就砸在手里了？

"小娘子是想着两边一块儿买？"老叟有些吃惊地问。他虽早知道这沈小娘子是精明能干的，小酒肆也红火得很，却万想不到她来了一年工夫不到，竟然就攒够了买两边屋舍的钱，尤其这边不比自家，要大不少，恐怕要十几万钱才行。

沈韶光笑道："只怕这边的屋主不卖，也怕儿买不起。回头儿去问问，再给老丈一个准话可好？"

老叟知道她说"买不起"恐怕是谦虚，所虑还是前者，便点头道："也好，我等着小娘子。"

若不是老叟来说，沈韶光总要到这个房子租期临近，再考虑或买或续租的事，但这会儿既然老叟有意卖屋，沈韶光便决定去碰碰运气。

带着阿圆去延寿坊，找到房东宋侍郎家，沈韶光坐在大宅院的门房里，与那平日收租的管事说明了来意。

管事摇头："不瞒小娘子说，这是我家娘子的嫁妆。娘子妆奁甚丰，不缺钱用，平日这些宅院铺子只取租钱，不会卖的。"

情况跟沈韶光估计的差不多，这种人家，除非没落了，不然只有买的，鲜少卖这些不动产。

沈韶光死马当活马医地笑道："还请管事帮忙问一下娘子，万一娘子想卖了呢？"

对上沈韶光漂亮的笑脸，管事到底笑道："也罢，某便为小娘子跑这一趟。"

这管事是宋侍郎夫人从娘家带来的仆人之一，专门为其打理在京里的一些店铺房产，在主人面前颇有颜面。

时间并不很长，那管事便走了出来，看见沈韶光便笑道："恭喜小娘子！我家娘子和郎君同意把店铺卖给小娘子了。"

沈韶光想不到竟然能成，赶忙称谢。

管事笑道："却也是小娘子自家行下的善缘。贵酒肆不是先兴的火锅子吗？这火锅年前有人送了我家郎君两个，郎君喜欢得很。我适才提了一嘴，郎君道：'便为了这锅子，也当帮这点小忙。'娘子听了，便也允了。这可不是小娘子自家行下的善缘吗？"

沈韶光赶忙笑着客气回应。若不是这管事提了这一句，那男主人怎么会知道？

又客气了两句，两人便开始谈价钱。这个宅子自然比老叟的贵，十万钱，却又比沈韶光预计的要便宜，莫非真是那两个火锅子的功劳？

沈韶光不是那贪得无厌的，这种情况自然不会再讨价还价，一口答应下来，再次谢了这管事，约好明日去办契书，便告辞离开。管事将她送了出来。

恰好在门口碰见这家主人出行，沈韶光便避在旁边等人车马先过去。

宋侍郎看见沈韶光，略惊异地挑了一下眉，便骑马走了。

沈韶光觉得这位宋侍郎气度上跟林少尹有点像，都属于冷面郎君型，只是林少尹更内敛些。莫非现在权贵之间就流行这一号的？也不对，那位李相公就和蔼得很。

不管怎么说，这事算是办成了。

阿圆比沈韶光还兴奋："小娘子，我们也算有自己的宅子了，是吧？小娘子？小娘子先前说，不知道什么时候能买上宅子，这不就买上了？……"

阿圆叽叽喳喳地说个不停。

沈韶光笑起来，都怪自己原先老跟她唠叨买房置地的事。

不过想想，她确实挺有成就感的。这可是长安城啊，多少有才华的人，多少十年苦读中了进士当了官的人，还当着“安漂”呢。

当然，这跟自己买的这宅子小、档次低有关。那些做官的人，至少也要买有十几间屋、前后两进的院子才过得去，那价钱就翻了番了。也跟自己节省有关，比如柳录事那样的八九品官，一个月一万多钱，他估计能花一万。赚钱难，攒钱更难啊……

即便如此，沈韶光也很满足。大约中国人骨子里就是大富翁玩家吧，买田置地是一种基因传承，总觉得住着属于自己的房产，心里才踏实。

阿圆犹处在兴奋中，沈韶光就像所有招人烦的领导一样，又开始设定更高的“精神追求”了：“这才哪儿到哪儿啊？阿圆，你想想，以后我们赚多了钱，买林少尹家那样的大宅，该有多好？有个花园子，随你逛去。”

若是于三，对沈韶光的宏伟目标肯定嗤之以鼻，人家那是官宅，你就是有钱也不能住，便是住，有的地方也要做改动，不然就违制了；若是阿昌，肯定露出难以置信的表情，小娘子竟然要买那样的大宅？

阿圆就不一样了，想了想，点了点头道：“我们肯定能住上那样的大宅的。到时候我们也弄个雕满花的廊，咱们不雕花，咱们雕吃的，各种蔬菜，玉尖面、蒸饼、烤鸡、肉串、糖醋鱼……”

沈韶光听她提到雕花走廊，刚兴起点惆怅之意来，便被后面的报菜名打散了：“行，便按你说的雕！店里有的都雕上。花园子里也不种花草，那个忒俗。咱们就种菜，胡瓜、萝卜、芫荽、大葱……然后扛个金锄头翻地……”

阿圆哈哈大笑。

沈韶光也笑，做梦，真美。

不过说起拾掇花园子，这新买的院子，确实要收拾收拾。

第二日，三家完成两边屋舍的过户手续，又过了几日，一个中年汉子赶着骡车来接老叟、老媪，沈韶光照例送了花糕，然后便约泥瓦匠开始对房屋院子进行改造。

两个院子中间的墙被敲掉，合二为一，地面找平，路用青砖砌好；北面挂肉的小棚子拆了，以后腊肉都挪到新买的屋舍中晾着，蔬菜、米粮之类的东西也尽挪过来；新买的这两间屋，一间放干货，一间放鲜货，也算物尽其用；院子东边开成园圃……

阿圆建议："再圈块地方，养几只鸡，或养两只鹅也好。"

沈韶光有点爱静，又有点爱干净，很怕院子里鸡飞狗跳，也怕弄得到处是鸡毛鹅屎，不免有点犹豫。

"自己养的鸡，每天摸几个最新鲜的鸡蛋，炒韭黄吃，炒葫芦吃，炒胡瓜吃，加糖蒸着吃，加虾子蒸着吃……过年过节的时候，干脆逮出两只鸡炖了，不比外面买的强？"

沈韶光拍板道："行，养！"吃货就是这么没气节。

过了几日，门口有叫卖的，沈韶光便让卖鸡人端了一小筐鸡雏进来，与阿圆一同挑拣。

她们挑了有十几只小母鸡，正看欢不欢实呢，那卖鸡的娘子问："小娘子可要再挑两只小公鸡？"

"要。"

"要公鸡做什么？又不能生蛋。"阿圆疑惑地道。

沈韶光不知怎么跟她解释，卖鸡的娘子已经笑道："孵小鸡要用。"

"即便用不了这么些公鸡，杀了吃肉也好。"沈韶光补充道。

沈韶光突然一抬头，对上有点一言难尽的林少尹——自从天气暖和了，店门大开，进来人都不容易发现。

沈韶光有些尴尬，其实这话本没什么，但不知为何，对上林少尹清风朗月似的脸，她突然觉得自己似要了流氓一样。沈韶光又突然想起女妖精捉唐僧的段子来：过得下去就过，过不下去就吃肉……

沈韶光把挑小鸡的重任交给了阿圆，洗了手，给林晏端上饮子："郎君今日吃点什么？"这还不到吃午饭的点呢，他怎么就来了？

"家祖母这几日有些食欲不振，总觉得嘴里寡淡，故而某过来看看有什么适合的新鲜菜肴。"

嘴里寡淡……可惜现在火腿腌得还不够火候，不然她可以试试火腿拌荠菜。

把火腿切丝，用三合油拌荠菜，这是唐鲁孙先生给张恨水的"方子"。

当日张恨水写《金粉世家》金燕西金七少生病，要吃两样清淡粥菜，里面有一道颇有"红楼风"的"拌鸭掌"。

唐先生认为富贵子弟断不会生病了还吃这不好消化的东西，便建议他将之改成火腿拌荠菜。

后来张于重庆患疟疾，胃口不好，想起这道粥菜来，当真让人做了一试，然后写信给唐先生："所谓粥菜逸品，今得之矣。"

这道菜想来能合林府太夫人的口味，可惜……想到荠菜，沈韶光又想起林少尹为避讳自己的小字，只说"前者"的事，还有他当时的神情，再想到刚才"杀了吃肉"的话茬儿，沈韶光不禁反思：我怎么老调戏这正经人？

为了表示洗心革面，虽满脑子的不正经念头，沈韶光嘴上却正经得很："太夫人觉得嘴里没味道，恐怕还是感于时气，有些春燥了。这种时候，莫如喝点银耳红枣莲子羹，熬得黏稠稠的，待粥能入口了，加一点蜂蜜调味，润肺去燥，调理脾胃。"

林晏点头，温和一笑道："多谢小娘子。"

"若肠胃甚好，只是嫌平时的东西吃絮了，儿这里倒是有两样应季的新鲜东西。"哪有让客人白来的？她总要有点东西"堵嘴"才行。

"郎君可以先尝尝。"沈韶光笑道。

林晏点头："有劳。"

沈韶光让他稍候，便去了后面的院子里。墙角上有原宅主老叟种的好些植物，密密麻麻的，长得都不太好，沈韶光把不想要的都拔了砍了，只剩了一根紫藤，又浇了浇水，施了点肥，在这暮春时节，本来半死不活的花树竟然开出半面墙的花来。

这样的花自然是不能光看的，这几天，沈韶光蜜渍了一些，糖渍了一些，卷三合面粉里做了几笼紫藤饼，榨汁和在糯米粉里做了一回紫藤糕，泡了紫藤茶，煮了紫藤粥，甚至和在肉馅儿里包了顿饺子。但吃来吃去，沈韶光还是觉得简单粗暴地炸才最好吃！

沈韶光摘了几串新鲜的紫藤花，又不见外地拽了邻居家过墙来的一把嫩桑叶，回来都用水洗净了，将紫藤花裹上加了牛奶的鸡蛋芡粉糊下油炸，嫩桑叶则裹上加盐的鸡蛋芡粉糊下油炸。都炸得酥了，她将其捞出控油装盘，紫藤上面撒糖，炸桑叶旁边则放一小碟椒盐。

沈韶光又拿了于三新做的豌豆黄、青团糕、山楂饼、雪花糕等几样糕点凑数。因他不是正经吃饭，饮品便调了一碗葛粉，她都放在大托盘上送了出来。

“郎君请吃些紫藤鱼送春。”沈韶光笑道。紫藤开过也就差不多入夏了。

那炸过的紫藤花外皮金灿灿的，里面又透出些紫色来，因是一整串炸的，还真有些像鱼。

林晏夹了一块紫藤鱼吃，吃完了，微笑着赞道：“香甜得很。”

沈韶光又道：“少尹尝尝这桑叶饼。少尹每日关心桑麻稼穑，恐怕还没亲口尝过这东西吧？”这哥们儿不会嫌弃这是蚕吃的而不吃吧？

林晏的竹箸一顿，抬眼对上沈韶光有些促狭的目光，他移开眼去，若无其事地夹了一块炸桑叶，又蘸了蘸旁边的椒盐，放入口中慢慢地嚼。

“也甚好。”林晏吃完点头道。

沈韶光点点头，行，还挺接地气的，而且现在林少尹吃饭似乎养了一个优良习惯——夸赞。

这真是个好习惯!

虽然水平只保持在“甚好”阶段，前几日上巳节曲江边那句夸赞大约算是绝响了，但沈韶光也很知足——她觉得，能得这位少尹一句“甚好”恐怕不是容易事，关键是，这“甚好”之后都有丰富的小费呢……

沈韶光笑眯眯地道：“林郎君慢用。”然后便回转身子，跟阿圆看挑的小鸡去了。

看阿圆要直接喂小米，沈韶光拦住她道：“先饮水，再喂点湿的小米面试试。”

阿圆有些狐疑，因原来米粮店的娘子都是直接喂小米的，但出于对自家小娘子的信任，阿圆还是去厨房用盘子拌了些湿小米面来放在木箱中。

“水盘子里扣个碗，免得小鸡掉进去洗了澡伤了风。”沈韶光又指挥道。

阿圆点头，小娘子想得周到！当即按照沈韶光说的放了碗。

“忖量着小鸡的食量，别一次放太多食，天气慢慢热了，容易酸腐，小鸡吃了会闹肚子。

“过两日切些碎碎的杂草菜叶放进去。”

沈韶光小时候还真在阳台养过鸡，但半吊子得很，鸡还没养到变成“生化武器”祸害屋内的空气，离着能被宰杀吃掉的距离更是遥远，便已经夭亡了——但这不妨碍沈韶光指点江山。

对自家小娘子的吩咐，阿圆绝不会有异议的，都点头应着，于三在里间听得嗤笑了一声。

瓦屋纸窗之下，吹着徐徐而来的清风，面对一桌案颇富春天气息的漂亮茶饮细点，耳边却是叽叽叽的声音和沈小娘子的“养鸡经”，林晏不禁莞尔，这沈小娘子啊……

“回头等它们大一点，便可以撒在栅栏里了。栅栏要扎得密一些，不然小鸡钻出来恐怕祸害菜园子。”

“菜园里有虫，小鸡不是正好捉着吃吗？”

“鸡恐怕比虫祸害得还多呢。对了，你回头提醒我给葵菜疏疏苗儿，胡瓜也要提前搭架子。”

“小娘子移植的葡萄秧出新叶了，我们今年是不是就有葡萄吃了？”

“那不能，且得等着呢，总要两三年才成吧。”

“两三年也等得。”

“用葡萄加糖，可以酿葡萄酒，我虽然没酿过，但如果到时候葡萄结得多可以试试。用葡萄酒烹肉，好吃得很。”

听着这主仆俩细细地、没边没沿地胡聊，看一眼那边墙上挂的山村野店图，林晏喝口葛粉饮子，找到一点孟襄阳“把酒话桑麻”的意思。

“沈小娘子——”坊丁刘金、王青走了进来。

沈韶光迎上去。

“小娘子的户籍——”刘金一眼看见那边窗下坐着的林晏，赶忙一拉刘青，上前见礼。

“两位这是……？”

“禀少尹，某等给沈小娘子送户籍簿子来。”刘金恭恭敬敬地回禀道。

“小娘子新买了这两处宅子，正好把户籍落下。”刘青憨笑一下，解释道。

刘金用余光看一眼同伴：卖好都不会卖，沈小娘子买房，这位林少尹能不知道？看来我从前猜得没错，那刘侍从分明是替他家主人办事的，与沈小娘子有牵连的是这位少尹。

林晏看一眼沈韶光，着实没想到她会这么快就在京置业。上户籍虽然会经过京兆府，但又哪用少尹挨个儿盖章的？自有专门的录事文书来办。林晏不由得又想起那日在宫门口遇到她的场景……

刘金一抬眼，赶忙又避开。啧啧，这眉来眼去的，少尹陷得不浅啊……

见他们这长官和低了不知多少级的下属对话完毕，沈韶光谢过两个坊丁，拿到自己的户籍簿子，本想邀请他们午间留在小酒肆吃酒，但碍于林少尹在，他们恐怕不敢，也只好客气一句，请他们改日再来。

刘金连道“不敢”，让沈韶光莫要客气。

刘、王二人给林晏行了礼告退，又礼貌周全地跟沈韶光告别，在门口遇到摆弄小鸡的阿圆也打了个招呼，才离开沈记酒肆。

沈韶光感叹京城基层公务员的素质真心不错，领导管理有方。如果需要拍马屁，自然要把其拍在这位少尹的头上，但其实，两个坊丁在职的时间恐怕比这位少尹要长得多。京兆的官换得勤啊……

沈韶光是真心希望林少尹能在这个位置上多待阵子的。这哥们儿虽然有张扑克脸，但人不错，能待满这一任，就代表皇帝认可，又是这般年轻，若再升一升，以后兴许能拜相呢。

沈韶光为林晏的官途操心的时候，林晏却在想要不要送沈小娘子一个新居礼，又惊讶于自己何以会冒出这样的想法，两人不过是比较熟的店主和食客罢了。

沈韶光侧头，看见了林晏微微皱眉若有所思的样子：嘿，官大了也不好，你看看，连吃饭也不消停，不知道他是在琢磨国计民生呢，还是党同伐异……像咱们这样草衣木食的升斗小民就没这么些顾虑！

沈韶光却又转念想着：不，我要当穿绫罗、吃烤肉、在终南山有别墅、在城里还有大宅的小民！

林少尹吃过饭临走时，沈韶光送他一小罐蜜渍紫藤花：“太夫人春秋已高，到底不适合吃油水太多的食物，这个泡水喝，或者交给厨下做点心，好赖算个应季的新鲜物吧。”

当天，沈韶光便收到了江太夫人的回礼——一幅宣州挂毯，七八尺长，三尺多宽，毯中是江南春景，杏花烟雨，黄牛牧童，镶着典雅的褐色苏锦绲边儿，看起来像个老物件儿。

在宫里，沈韶光见过更大块的宣州牡丹图挂毯，更富丽堂皇些，却没这么雅致。

沈韶光看看毯子上的牧童，再看看自己画的村居野店前的小童，别说，有点神似呢。

江太夫人，不，林少尹这回礼有点重了啊……

第十三章　微雨后明艳海棠

出门的时候天只是有些阴，沈韶光不信邪地跑到西市，逛了逛菜市场，买了点儿蒸夏糕用的葡萄干和糖，又去著名的食肆吃了两碗酪浆樱桃，等出了食肆，天就变了。

沈韶光快步往回走，才出西市，就起了大风，雨点子也砸了下来。

虽带了伞，也断不能与这样的强对流天气对抗，沈韶光赶紧又跑回西市东门口的厦子下避雨。

厦子下面都是出门被淋的倒霉蛋。

“去年雨水少，今年雨水倒是勤。”

“去岁这个时候圣人正去圜丘求雨呢。”

“圣人到底是圣人，受上天眷顾，我记得，求过雨没几日就下了甘霖。”

…………

听着两人的闲聊，沈韶光一边胡噜刚才奔跑中乱了的鬓发，一边感慨：出宫满一年了呢，现在想想宫廷生活，已经有点恍如隔世的意思了。

宫里入夏第一场雨后惯常要吃槐叶冷淘迎夏。所谓冷淘者，就是后世的过水凉面。到了沈韶光生活的二十一世纪，还有不少家庭遵循着“冬至饺子夏至面”的传统。从这种饮食习惯的传承来看，我大中华民族真是长情。

宫廷里的槐叶冷淘与民间并无大不同，都是采嫩槐叶捣烂取汁，和在面里，这样做出的面条颜色碧绿，有股子槐叶清苦的香味。

当然，宫里的面条要做得精细一些，毕竟有专门抻面的人，要宽的有宽的，要细的有细的，最细的比头发丝粗不了多少，而且中间不断，一根面能煮一小碗，简直神乎其技——但再怎么说，也还是那个东西。

宫廷里的槐叶冷淘与民间的差别在浇头上。

先帝当年吃冷淘最爱浇“消熊”“栈鹿”。玉尖面也爱这个馅儿，大夏天的，也不怕上火。

今上就靠谱多了，最爱浇鳝丝或鲈鱼片。鳝丝先油煎再用骨汤炖，是道费工夫的菜，味道十分香浓；而鲈鱼片则要清爽些，低温油熘一下，另起锅爆香葱姜，放醪糟及鱼片，调味后即出锅——时候长了便没那么鲜嫩了。

各宫有头有脸的妃子口味又各不同，但总体上都随着陛下，故而一立夏，长安城的黄鳝、鲈鱼就涨价。今天沈韶光逛了逛，这才半个下午，就没有鳝鱼卖了。

民间的冷淘就简单多了，浇清酱汁、蒜泥、醋、芝麻酱调成的小料，再放点嫩胡瓜丝，便足以让人吃两大碗了。阿圆说原先米粮店的娘子都是直接浇盐卤水……

沈韶光又怀念起前世的炸酱面和西红柿鸡蛋面来。炸酱面现在还能复制，西红柿鸡蛋面则不可能了。

沈韶光盘算着，要不今晚就吃炸酱面吧？是用三分肥七分瘦的猪肉炸酱好，还是用鹌鹑肉炸酱好呢？今天上午送来的鹌鹑肥大得很，若切小丁炸酱，应该很香……

沈韶光琢磨过水凉面一百八十种吃法的时候，雨渐渐没了刚才的气势，却猛火改慢炖，淅淅沥沥起来，没有停歇的意思。

“阿郎，那边西市门口，沈小娘子似乎被雨阻住了。”才从延寿坊宋侍郎家出来，刘常一眼就看到沈韶光，想了想，轻轻敲车壁提醒林晏。

林晏撩开车帘，看到人群中的沈韶光，白衫绯裙，抱着两包东西和伞，形容似乎有些狼狈，正微仰着头看天。

林晏的眼神儿并不太好，看不清她的神色，只凭那模糊的样子，他感觉有两分傻气——或者说稚气。

放下车帘，林晏吩咐赶车的奴仆：“去那边接上她。”

见有侍卫的车驾过来，避雨的人以为是贵人要去逛西市，都纷纷往边上躲让，又在心里腹诽：贵人们真是有病，这种天不好好在家待着。

沈韶光却认出了林晏的车，上面有族徽，旁边那位骑马披蓑戴笠的刘姓侍从也没错。

刘常下马，走过来叉手，轻声道："小娘子，跟我们的车回去吧。"

能搭便车当然好，沈韶光也不矫情，笑着道谢，举着伞走过去。

车夫给她放下车凳，刘常不敢相扶，只站在隔一步远的地方，防备她脚下打滑摔下来。

林晏撩开车帘，沈韶光对他一笑，稳稳地上了车，跪坐在林晏对面，把买的糖、葡萄干和伞放在旁边，笑着颔首作礼："今日多谢林郎君了。"

"顺路罢了。"林晏淡淡一笑。

沈韶光垂目微笑。

一路没人说话，外面雨声沥沥，显得车里格外安静。

两人不是第一次相对而坐，却是第一次在这样狭小的空间里相对而坐，也是第一次没有食案在中间，这样显得两人距离格外近，沈韶光都能看清林少尹袍子上的花纹。

林少尹今日穿的是礼服，庄重的颜色，挺直的腰背，显得威仪更盛。沈韶光算一算，哦，今天有朔望朝会……

目光顺着袍子往上走，雪白的领子、刮得干干净净的平下巴，沈韶光头一回发现，林少尹竟然有唇珠，啧啧……沈韶光的目光在林晏好看的唇上转了两圈，才又往上，鼻子很高挺，再然后便对上他的眼睛。

沈韶光挪开眼，若无其事地笑道："也多谢太夫人的挂毯。这般贵重的东西，儿实在受之有愧。"

林府送东西来的人既说是太夫人送的，沈韶光自然就谢太夫人，至于为什么对着林少尹谢，那就是另外的事了。

"家祖母也很喜欢小娘子送的蜜渍紫藤。"林晏想了想，又添了一句，"最近正想着也让人渍些花朵。"

这样的话题很合适，沈韶光笑着胡扯："这个时候玫瑰盛开，拣着朵大、花瓣厚的渍了，做糕的时候当馅儿，平日冲泡水喝，或者加在酪浆里面，颜色漂亮，气味香甜，最好不过了。牡丹虽然也美，但渍出来的味道要差一些。最不好吃的是海棠花，真是可惜了好颜色。"

两人同时想起宅中那株明媚娇艳的海棠来，沈韶光有些自悔失言，便接着道："时候有些晚了，仲春的梨花渍着也很好，再过阵子的莲花还是适合炸着吃，至于金秋桂花……"

说着说着，沈韶光自己就笑了：我若是写《百卉谱》，必定跟《山海经》里面一样会注明各种花的滋味儿。煮鹤焚琴，也不过如此了吧？

林晏挑眉看她：她鬓发微乱，绯色裙子半新不旧，但容颜明艳，让人想起后园那株海棠春雨后的样子。

海棠，人间富贵花。

林晏移开眼，过了片刻道："女郎可曾怨过令尊的选择？"

沈韶光的笑淡下来，她仔细想了想，原主那时候还小，印象中没有怨恨，更多的是惶恐不安，便是母亲似乎也并不怨怼，至于阿兄……那就不知道了。

作为穿越过来、承继了沈氏女身份、当了多年宫廷女奴的自己，沈韶光遗憾有之，对原主和其亲人的可怜有之，但怨怼，还真没有。

沈韶光笑道："光琢磨吃吃喝喝了，哪有那么多多余的想法？"

林晏看她。

对上林晏认真的眼神，沈韶光抿了下嘴，道："有些事情是不能计较得失，必须去做的。"比如维护正义和真相……

"先父只是做了他认为应当做的事而已。"

看着沈韶光美丽而沉静的脸，听着她语气淡淡却捶人心胸的话，林晏沉默良久。

沈韶光觉得跟这位少尹说话太累，便干脆不出声，静静地听着车外的雨声出神。

咯噔，车突然一停，沈韶光一晃，扑向林晏。林晏下意识地伸手相扶，沈韶光就这么扑到了林晏的怀里。

两人都有些发愣。

外面一片吵嚷。

沈韶光直起身坐回去，林晏收回手，握握拳，重新庄重地放回腿上。

刘常在车外禀报："前面似是惊了马，引得车子相撞。"

"去看看。"林晏道。

他们偶遇了唐代的交通事故和交通堵塞，却也没办法，只好等着。

车里似乎弥漫着一股香甜气，林晏之前还不觉得，这会儿却觉得这甜气直往鼻子里钻。

林晏看一眼沈小娘子放在旁边的草纸糖包，因有些湿了，透出些印子来，而后下意识地扫一眼她的前襟，又赶忙垂下眼睛。想来是把糖蹭在衣服上了……

这股子无孔不入的香甜气让林晏有些燥热，又似有些熨帖。他抬手撩开车帘，淅淅沥沥的雨，真是恼人。

沈韶光倒没什么，毕竟前世这种程度的肢体接触太普通——想想早晚高峰时间的地铁。

不过，林少尹一介书生，胳膊、胸膛好像还挺硬……可见，大唐士子上马安天下，下马写文章是真事。

沈韶光想到那些大唐的杰出人物，目光又放在这位林少尹身上。可惜她对唐史不了解，不知这位是不是会出则将、入则相，在唐代名臣史上有自己的一页。

刘常带着京兆的符牌，其余几个侍卫仆从也是干练的，没过多久便来报可以继续前行了，又简单汇报了事故原因和处理经过：两个伤者是国子博士周勤的家眷，只是轻微擦伤，并无大碍，已经送去附近的医馆了。

“奴留了付敬处理此事。”

“可，走吧。”林晏点头。

这趟距离不长，行起来却颇为曲折的路途终于走完，车子停在沈记酒肆门前。

阿圆、阿昌正着急地张望，看见沈韶光，伞都没打便迎上来：“小娘子可回来了！于三郎去找车接小娘子了。小娘子挨淋了吧？”

“没事、没事……”沈韶光安慰他们，回头笑着对林家人挥手作别，又让阿昌打上伞去寻于三。

闻着车上还残存的香甜气，林晏放下窗纱：“走吧。”

晚间在书房处理文书时，林晏又闻到了那股子香甜气。

咬一口紫藤饼，想起日间的事，她说“有些事情，是不能计较得失，必须去做的”的样子，还有温香软玉在怀的感觉，林晏拿起笔，在纸上写了一个“荠”字，端详半晌，有些认命意味地笑了。

又是一年立夏日。打立夏前好几天，沈记四人就投入到做花糕的忙碌中。

沈韶光果真让人做了“探花郎花糕”的牌子挂在门旁，新客、熟客们免不了要问一嘴，然后便听说了今年上巳节探花郎如何青睐沈记花糕的事。

主讲是阿圆——当时接待探花郎的负责人。

开始的时候，阿圆的故事是这样的：“那探花郎买了我们的糕，还赞叹‘糕比花娇’呢。”

听阿圆这样说故事，沈韶光赶紧进行职业培训，然后客人们听到的故事就是那探花郎长得如何风流俊俏，曲江探花时如何一眼看见沈记的花糕摊子，如何一见倾心地夸赞，买了哪几种糕，尝了以后又是怎么说的……起承转合，情景相融，就似一篇传奇。

不少食客听了一遍，再来时还要问，阿圆便又讲一遍。开始她还磕磕巴巴，后来就变得流利起来，且讲的时候一脸诚恳，真得不能再真的样子。

沈韶光疑惑，不知道是这丫头有作伪的天赋，还是假话说的次数多了，自己也当了真。

沈韶光问她，阿圆眨了眨眼：“本来就是这样的啊……只是我自己说不了这么细致。”

阿圆也疑惑：“小娘子，你当时不在，是怎么知道的？”

沈韶光心想：我不但知道，还可以给这段加好几个题目呢，比如“惊叹！新科探花郎竟然说出这种话”“探花郎探花秘史”“探花蜜爱”“娇宠：探花郎与他的小甜心”“曲江探花试糕点，人间有味是清欢”……根据载体不同，可自由选择。

沈韶光再次觉得人生寂寞如雪，明明更擅长嘴炮，现在却只能凭手艺吃饭，生错了时代啊……

阿圆却还没完：“那些人明明都听我说过了，怎么还问？”

沈韶光跟她剖析广告受众心理：“大概是觉得配着这小典故吃，也能嚼出点探花郎的味儿来。风流蕴藉，口齿生香。”

阿圆少有地没附和沈韶光，嘟囔道：“我们的糕吃着本来就很香。”

沈韶光：行吧，这话也很对。

林晏进了酒肆，坐在惯常坐的窗边位子，嘴角含笑，听沈记那位面相有些憨的婢子在绘声绘色地与客人说《探花郎买糕记》。不用问他也知道这是谁弄出来的故事。

不得不承认，便是没有这鼎鼐调和的手艺，小娘子在长安城也能活得很好，兴许还能成为东市那半条书肆街的座上嘉宾呢，让不少人等着盼着她写的传奇。他就没见过谁家小娘子这般伶俐乖滑的……

想到写传奇，林晏又想起幼时的自己，看见个蚂蚁洞，便想那是一国，在脑子里演绎出一番兴衰荣辱、悲欢离合来。若……林晏舔一下嘴唇，扭头继续听花糕传奇，没再继续往下想。

沈韶光发现林少尹这几天来得越发频繁了，差不多每日都来报到，却都不是正经来吃饭的，有时候是下午，只吃些点心，有时候是晚间快打烊了，吃的便是夜宵了。而且吃什么他也越发不挑，她推荐吃什么时，他每次都说“好”。

估计是苦夏，他正经饭吃得少，便在中间时候垫补点吃的。

沈韶光先上了茶，问吃什么，给了几个建议，果然又是林氏经典的“好”字回答。沈韶光下去准备，不多时，便端着托盘出来，上面是一碗蜜豆酪浆，还有几样新做出来的花糕。

花糕还罢了，最近沈韶光很迷恋蜜豆酪浆。

蜜豆做起来不麻烦，把小红豆浸泡几个时辰，煮透，放糖，收干汤汁即可。但要注意不能煮成豆沙，要有完整的豆形和微微的嚼劲儿。

用它裹饭团吃，做即食的点心都很好，但最好的还是放在酪浆里，用后院的井水镇一下，简直是消夏的无上美味。

“林郎君尝尝本店这招牌蜜豆酪浆。”沈韶光笑道。

那碗上犹带着井水的潮气，林晏端着碗，用羹匙舀了一勺酪浆豆子放入口中，慢慢地嚼，然后抬眼，微笑道：“香甜得很。”

沈韶光看着他唇上些微的白色酪浆，眼中泛起不正经的笑意，嘴上却极正经地道：“夏季喝些蜜豆酪浆，解暑开胃，祛除湿气，于林郎君这样日常操心动脑、案牍劳形的，最是合适。”

林晏放下碗，拿帕子擦嘴。

沈韶光有些遗憾地错开眼，林少尹的嘴形真好看，不薄不厚，唇峰明显，还有唇珠，刚吃过东西以后，红润润的……

“招牌酪浆——”林晏微弯眉眼，并不看沈韶光，“莫非也有什么典故？”

沈韶光挑眉。林少尹还学会打趣人了？我们编个探花郎花糕怎么了？再说那也是真事，故事最多算经过了些艺术加工。

“要是少尹每日都来吃一碗，这以后便是典故了。这酪浆可以叫‘探花郎蜜豆酪浆’，或者‘少尹蜜豆酪浆’，林郎君以为如何？”沈韶光笑眯眯地道。

林晏看她一眼，抿了抿嘴。

沈韶光在心里讪笑：这人忒正经！

“还是后者吧。”林晏端起碗，又舀了一勺蜜豆放进嘴里。

沈韶光愣了一下，笑道：“好。”

林晏也翘起嘴角。

又看一眼他的嘴，沈韶光道了“林郎君慢用”便转身去忙自己的。男色……男色误人啊，我的活儿还没干完呢！

林晏还没吃完点心，他的侍从就过来找他了。林晏站起来，与侍从说了两句什么，又对沈韶光微微颔首，便走出店去。

刘常过来对沈韶光笑道：“小娘子的点心菜品做得实在是好，我家阿郎吃着很适口。小娘子看能否这样，每月某来付一次账，或提前把银钱押在柜上？这样省得郎君每次都带钱袋了。”

除了不爱点菜，出门还不爱带钱……林少尹真是贵人脾气啊。沈韶光腹诽着，嘴上却笑着答应下来。

恭敬地叉手行礼与沈小娘子作别，刘常出了店门，摇摇头：阿郎啊，男人啊……

刘常只是感慨一下，林府的庖厨却惶恐起来：阿郎往日虽不爱说什么，但也不算挑剔，吃饭都正常的，这阵子食量却减了不少，晚间的点心也不要了。阿郎这是不爱吃？嫌东西都吃絮了？

江太夫人也有类似的发现：“阿晏，你只吃这么一点，不合口味？”

“有些苦夏而已。”林晏笑道。

江太夫人皱眉：“这才立夏就吃不下饭，后面的三伏天你怎么熬啊？”又仔细看林晏的脸，“似有些清减了。”

林晏笑着解释：“中间饿了，会垫补些小食。”

盛了半碗青菜粥递给祖母，林晏又若无其事地补充道：“沈记的花糕点心很好吃。”

江太夫人笑起来："你不是不爱吃甜腻的东西吗？"不待林晏说什么，江太夫人已笑道，"沈小娘子的花糕的确好吃，样数也多，难怪你也喜欢。"

林晏微笑一下，垂下眼，拿勺慢慢喝粥。

"沈小娘子慧心巧手，非一般女子所能及。"想起这两日吃的立夏糕，江太夫人感慨。

"到底是名门之后。"林晏淡淡地道。

江太夫人点头。

旁边的仆妇阿素却看林晏一眼：阿郎今日好生奇怪，平常说起小娘子时，他定是不接话的。

不管家里人怎么想，林晏坚持他少吃多餐的科学饮食方式。

对林少尹这种把酒肆当自家庖厨的做法，于三只撇嘴：来了不点菜，走时不付钱，这是把自己当我家阿郎了吗？

于三突然便明白了林少尹的用意，半晌，在心里嗤笑一声：男人啊……

再看看每日尽心搭配着给林少尹上饭、上菜、上点心酪浆的小娘子，于三撇撇嘴，自去厨房忙自己的。

林晏若是下午来，沈韶光便给他上些点心、酪浆之类的东西，甚至有几回直接上了水果沙拉；若是晚间来，便上点清粥小菜，蔬菜粥、瘦肉粥、红豆薏米粥、大米绿豆粥，拌点胡瓜豆干，炒个豆芽腊肠。偶尔心情好，她会做个鱼脍。

不管上什么，林少尹都吃得颇为认真，不曾挑三拣四，沈韶光便自我感觉良好起来：手艺好，搭配好，才能让这位锦衣玉食的林少尹这么满意啊。

林少尹是客人，他的饭都是单做的，只这日有些特别，正赶上沈记四人要吃晚饭。

做酒肆的人，吃饭不规律，正经饭点得伺候别人，自己吃饭要么轮流，要么提前或者错后。因为天黑得晚了，白天又热，沈韶光几人便多数时候等客人走了再吃饭。

饭菜刚摆上，那位林少尹便走了进来。

沈韶光站起来打招呼，又笑问："林郎君今日用些什么？"

她正要说今日有新鲜鳜鱼，可以做些鱼片粥时，却听林少尹道："小娘子的冷淘匀给某一碗便好。”

沈韶光抬眼，突然想起去年他抢自己和阿圆的粥来。他觉得别人的饭好吃？嗯，这位林少尹还有这么……童稚可爱的一面，甚好，甚好啊。

沈记四人惯常在大堂把食案并在一起同桌吃饭的，这会儿有客人来，阿昌先捧着碗去了厨下，于三看一眼林晏，再看看沈韶光，也没什么表情地站起来。阿圆颇坐得住，却被于三拽一下领子，拎去了厨房。

林晏没去自己惯常坐的窗边，而是坐在沈韶光适才坐的位子的对面，等着她给他盛冷淘。

沈韶光笑一下，便也坐下，盛了面放在他面前：“各种小料还是郎君自己加吧。”

“好。”林晏点头。

沈韶光便拌了自己的冷淘，坐在林晏对面吃起来。

灯光微微跳动，林晏抬眼看看对面端坐着吃饭的小娘子，低头吃着家常饭菜，眼角弯了起来。

林府的庖厨陷入职业“危机”，越发不安，只好去问阿郎身边的人。

刘常收了庖厨好大一盘子各式糕点，笑着宽慰他们：“真的无妨，阿郎就是——有点苦夏。”

“可某等实在惶恐，不知道给阿郎做些什么好。”

刘常想到去沈记酒肆接阿郎时看到的情形，一时口快道：“做些应季的东西，比方说槐叶冷淘，用肉酱做浇头，多配些胡瓜丝、豆芽菜、豇豆、莴笋之类的蔬菜。”

庖厨点头道谢，心里却还是打鼓：往年也不见阿郎格外喜欢冷淘，倒是清粥小菜吃得多些。但既然阿郎身边的人这么说，庖厨也只好一试。

于是林家暮食便常见冷淘的身影。

对此，江太夫人是喜欢的：“这些蔬菜加得好，从前吃冷淘没有这么些东西。这个鱼片浇头有些汴州会仙楼的意思。这阵子我们厨下的人越发用心了。”

林家的主人虽然只有两个，但做的浇头有五六种，有豕肉酱、羊肉酱、菌子山菇、鲈鱼片、鸡脯嫩笋、鸭肉酱瓜丁。配菜也多，一小碟一小碟，一张食案摆不下。

林晏又给祖母盛了一小碗面，换了个浇头放上，加蔬菜和点了香油的蒜泥，亲自拌了，笑着递给江太夫人：“阿婆爱吃，便让他们时常做就是了。”

江太夫人又给孙子忆当年：“那会仙楼的鱼好，是因为它挨着一个湖泊，这湖泊连着运河，虽是湖，却是活水。会仙楼把鱼篓放在湖里，客人说声要吃，便捞出来，现杀现烹，故而才那么新鲜。”

林晏点头，突然想起同样满嘴吃食典故的沈小娘子：若是她在，该与祖母相谈甚欢了吧？脑中浮现出那日她来送核桃酪粥与祖母聊天的情景，煮个粥都煮出和而不同的君子论调来……林晏弯起嘴角。

吃过饭，出了祖母的院子，林晏看向随行的刘常。

刘常自知事发，干笑一下，叉手赔罪：“奴没敢说别的，只是让庖厨们做冷淘试试……奴……奴愿受罚。”

林晏又看他一眼，淡淡地道：“且记着吧，日后再犯，便自去领罚。”

刘常松一口气，赶忙叉手称是。

“有件事交给你办……”林晏轻咳一声吩咐。

不两日，沈韶光便收到了刘常送来的一大箱子玫瑰花。

“小娘子蜜渍花朵做得好，我们的庖厨就做不出那样的味儿来，这些花求小娘子代为渍一下。”

沈韶光舒一口气，还以为林少尹被雷劈了，要追自己呢……

不过她转念又想，本朝追小娘子送花得送牡丹、芍药，所谓“维士与女，伊其将谑，赠之以芍药”，依然守着《诗经》时代的传统。玫瑰，在本朝没有那么些浪漫含义。

“这么些，都糖渍、蜜渍？”沈韶光问。那林府的人得吃到什么时候？

三尺长、两尺宽、两尺高的木箱子里，装着满满的玫瑰花，都剪了枝子，只剩花朵，看起来是颇为震撼的。

沈韶光怀疑，林少尹这是把谁家的玫瑰花圃都剪干净了——就为了吃！

忒煮鹤焚琴！林少尹圣人门徒，士族风流，怎么干这种民国光头军阀干的事呢？

不过做这么多，自己打秋风倒是方便……

“小娘子看着做就好。”刘常笑道。

“那就——再蒸些花露吧。”

刘常笑着行礼：“全凭小娘子做主。”

沈韶光点头，接了这个差事。

看过《红楼梦》的人，想必对玫瑰卤子和玫瑰清露不陌生。玫瑰卤子便是糖、蜜渍的玫瑰花，而玫瑰清露则是蒸出来的。

蒸花露在本朝贵族仕女中一度很流行，算是女子“入得厨房”的一个表现。[①]

宫里膳房就有若干套蒸花露的家什，各种甑子、箅子之类的，都是专门定做的，有铜的，有陶瓷的，每到春夏各种鲜花盛放，总要蒸一些，供各宫妃嫔使用或食用。

沈韶光曾在西市见过胡式陶瓷蒸馏锅，几百钱，不算贵，但因为用不到，一直没买，这会儿既然承接了林府的鲜花代加工业务，便找了个空去买了来。

不管糖渍、蜜渍，还是蒸馏花露，沈韶光都是熟练工了，于三、阿圆等却对这蒸花露稀罕得很。

于三围着蒸馏锅转了一圈：“原来花露是蒸出来的……”

沈韶光笑问：“你原来主家的夫人和小娘子们不蒸这个吗？”

于三停顿了一下道：“不蒸。”

难道是南北方有差别，蒸花露主要还是在京畿之地流行？这也有可能。

沈韶光把花瓣都用干净井水清洗了，三分之一糖渍，三分之一蜜渍，三分之一放进了蒸馏锅里。

这古法蒸馏，原理很简单，让水蒸气带着花中的精华升腾，到冷凝盖凝结成水滴，流入甑内储存起来。只要有家什，初次接触的人便能操作。

但熟手到底是不一样的，这不一样便在火候的掌握上：火太急，水干

---

① 关于古代蒸馏技术，有异议。上海博物馆有件汉朝的蒸馏器，但唐宋以前蒸馏技术见于文献的很少。有专家认为，唐代时随着越来越多的胡人拥入，带来各种香料和蒸制香水的技术，促进了本国蒸馏花露、香水技术的发展——我们采用这种说法。

得快，花里的精华还没熬出来呢；火太微，则蒸汽少，精华都留在了底下的渣滓里，出来的花露量少而质薄。甚至有熬煳了的，沾了煳味，这锅露也就完了。

于三看过，明白了个中原理，也就算了。阿昌惯常不管这个。只阿圆总惦记着，不时来看看，盖因沈韶光许她，“等蒸出来，先给你调一碗喝”。

沈韶光没食言，等花露蒸好之后，果真先为阿圆用井中镇过的白水调了一碗。于三、阿昌也有。

“嗯，香！”阿圆猛点头。

“若要吃甜的，可以加点糖，但不要加蜜，那就串味儿了。”

阿圆道：“这就很好了。”

沈韶光笑。大家也就是喝个新鲜罢了，这玩意儿雅致是雅致，但真论起味道，还得是我大酸梅汤得劲儿！

为了配这雅致的花露，沈韶光还专门买了几个白瓷瓶，四五寸长，小口、长颈、圆腹，有点神话剧里玉净瓶的意思。沈韶光把花露装好，塞了木塞子，连着那些装糖渍花、蜜渍花的罐子放在一起，只等林少尹来时让他派人来搬。

沈韶光没等来林少尹，却先等来了那位刘侍从。他是送他家少尹的包月饭银来的。

沈韶光让他把这些瓶瓶罐罐拿走，拿走了，不多时他又回转，并带来了回礼——一架画屏。

“我家太夫人多谢小娘子帮着制作蜜渍玫瑰和花露。”

沈韶光看那架屏风：檀木架，细苏绢，画中一片荷塘，粉色莲花开得正艳，一只翠鸟在飞，又有一只在梳羽毛，一派闲适气氛，正是夏季适合摆的。

若是非常贵重的泥金屏风，或者非常私密的床上枕屏，沈韶光不用想就会推拒了，但这架屏风打了个擦边球，介于两者之间。然而，她总收这种东西不合适，又不是门户相当的人家互相走礼。再说，这真是太夫人送的吗？这位林少尹……

看出沈韶光的推拒之意，刘常笑着恳求：“以后还免不了有求小娘子帮忙的事，请莫要推辞，不然我们怎么好意思上门？”

沈韶光想了想，认真地道：“还请上禀太夫人，以后切莫如此客气了，我们真是受之有愧。”

刘常叉手行礼，告辞。

回到林宅，刘常去内书房禀报：“已经送与沈小娘子了。”

“嗯。”正在批文书的林晏点了点头。

“小娘子说——以后莫要如此客气了。”刘常看一眼林晏，小心地说。

林晏手下的笔顿了一下：“知道了。”

看一眼写着行楷《甘棠》的六扇大屏风，刘常退了下去。

大屏风隔着的是阿郎的卧房，而在卧房里有架小屏风，檀木架子，细苏绢，上面荷叶田田，几朵才打苞的粉荷，荷塘边两只鹭鸶悠闲徜徉。不用细看刘常也能知道，那与送出去的屏风画的是同一片荷塘。

刘常很想知道阿郎常用的床头枕屏是什么样的……

暮食的时候，江太夫人笑问：“玫瑰花露是圣人赏的？怎么没见黄签子？到底是宫里的东西，香醇得很。”

过年过节，皇帝都会赏赐亲贵大臣东西，夏天的甘酪樱桃、冬天的口脂面药、各个节庆的肉蔬酒馔，算不上多贵重，不过是表达个惦念亲近之意。自林晏结束了外任回到京里任少尹，这些东西便常得。

“不是圣人赏的。”林晏为祖母舀了一小碗鱼片，一面细心地挑去里面的花椒，一面道，“偶尔得了些玫瑰花，扔了可惜，便请托沈记酒肆帮着制些蜜渍、糖渍的花卤子。”

林晏停顿一下又道：“沈小娘子不嫌麻烦，又帮我们蒸了些花露。”

江太夫人笑道：“难怪！我说怎么没见黄签子呢。原来如今的女郎们还流行蒸花露呢！沈小娘子的手艺真好。我年轻的时候，一起玩的姊妹也爱做这个，春天的茉莉、夏天的玫瑰、秋天的桂花，还有人用梅花蒸过，说是一股子冷香。”江太夫人说的是她还待字闺中时的事。

“你祖父在杭州任上时，我试过用好些种花一起蒸，也好得很，当时送给亲朋好友，称‘百花露’。”她这说的是成婚以后的事。

“后来事情冗繁，便渐渐做得少了，你母亲又……”江太夫人停住嘴，笑道，“这些陈芝麻烂谷子的事都记得清清楚楚，今天朝食吃了什么却记不住，我这糊涂病也古怪得很。”

林晏递上碗，温言道：“您换了方太医的方子，似乎好了很多。再说，记不记得朝食又有什么打紧的？”

“记不住朝食，自然是不打紧，但记不住人和事就不好了。若我好好的，也可以帮你相看个新妇。”

林晏垂下眼，微笑了一下：“那也并不打紧。”

江太夫人不认同地摇了摇头。

林晏用小碟子递上才切开的一半江米粽——这东西不好消化，只让老人家尝尝鲜。端午又要到了，这是今年头一回蒸新粽。

看着碟子里的江米粽，江太夫人突然道：“我家大郎这般细心，长相也好，还怕娶不到好的小娘子？”

仆妇们一愣，都笑起来，便是林晏也笑了。

看着已经长成英俊郎君的孙儿，江太夫人有些心酸又有些欣慰，在心里幽幽地叹一口气，也笑了。

吃过饭，江太夫人又嘱咐一遍“路滑小心”，林晏答应着，行礼出来，在廊下穿了木屐子，举着伞，出了祖母的院子，慢慢走回内书房。

今日傍晚的这场雨让沈记的生意清淡不少，刚过戌正，就没人了。

四个人收拾收拾，于三问：“今日暮食吃什么？”再好的厨子，也有不知道做什么的时候。

沈韶光笑道：“不是才新定了炙肉枝子来吗？我看今日还剩了些肉，干脆我们烤肉吃！”

于三皱眉：“不是还有专门的炙肉炉子吗？炉子要过两日才能送来。”

沈韶光笑道：“痴儿！拿冬天取暖的炭盆先凑合凑合就是。”

于三知道小娘子是个想什么是什么的主儿，更何况边上还有个已经去找炭盆子的阿圆，只好认命般去切肉、腌肉。

沈韶光也去帮忙，等于三切好了肉，便把肉用胡椒粉、盐、糖、清酱、黄酒、芡粉等腌上。孜然粉要到烤的时候再撒。

孜然这个时候叫安息茴香，就像枸杞、山楂等一样，都是从药铺子买来的，据说有理气开胃、祛风止痛之效。是不是可以祛风止痛沈韶光不知道，但孜然能开胃是一定的，撒在烤肉上，能增加百分之三十的香味。

可惜它的“好朋友”辣椒不在，不然那才是香飘万里呢，一个坊的人都能让它香出来。

隔着窗子，沈韶光看看外面的雨。今年雨水来得还真是勤，如果不下雨，他们能去院子里烤肉吃就好了，在屋里烤，这味儿可是有点冲……

也是巧，等肉腌好，蔬菜备好，雨竟渐渐停了，天边甚至露出几点星光来。

沈韶光张罗着把桌案、炭盆、肉、菜之类的东西都搬到院子里去。

才下过雨，暑热退去，青砖地也被冲刷得很干净。把从前铺在店内的篾席拿出来用上，桌案摆开，案旁散放几个蒲团，沈韶光又拿来隐囊倚着，一边摇动着小团扇，一边看于三烤肉。

阿圆等不及，在旁边拿锤子砸核桃，先垫补垫补。沈韶光时常伸手，阿圆便分给她半块。

沈韶光突然找到点"天阶夜色凉如水，坐看牵牛织女星"的意思，不过人家那是七夕，自己这里还没过端午；人家那里清寂，自己这里都是烤肉的香味……"银烛秋光冷画屏"，她是不是应该把林府送的画屏摆出来应应景儿？

沈韶光怀疑，诗中的"画屏"不是这种落地大架屏风，而是立在床上枕头前挡风的小枕屏，所谓"竹枕绸衾素屏小"，所谓"床头秋色小屏山"，所谓"纸屏石枕竹方床，手倦抛书午梦长"[①]……

枕屏是个私密东西，画什么的都有，曾见过有传奇本子写书生枕屏上的美女走了下来[②]……沈韶光猥琐一笑，这书生的枕屏大概跟《红楼梦》里的风月宝鉴是一套的。

想到屏风，她自然不免想到送屏风的人。不知道那位看上去如此正经的林少尹床头枕屏上画的什么？

这位林少尹让沈韶光颇为困惑。沈韶光知道自己店里的东西好吃，但真好吃到让锦衣玉食、见多识广的京兆少尹把这里当食堂？

还有那过分讲究的回礼，第一回也就罢了，当时正赶上她买房置地，这次……

---

① 分别出自李纲的《感皇恩·枕上》，毛滂的《烛影摇红·松窗午梦初觉》，蔡确的《夏日登车盖亭》。

② 说的是南宋洪迈《夷坚志》"程老枕屏"的故事。

但除此之外，他又并没有旁的异常之处。

林少尹这样冷淡理智、才貌双全的人，不至于是爱上我了吧？

沈韶光在心里打个哈哈：自作多情是病，得治！也许人家就是有钱、礼仪周全呢？士族就是个臭讲究的族群，什么习惯没有？

王子猷还下着雪大半夜坐船去找朋友，到了朋友家门口又回来呢，若戴安道多想，该以为这小子对自己有什么不能宣之于口的隐秘情感了。

再说了，便是林少尹真有那么点儿意思又如何？不门当户对的婚姻，幸福的概率太小。婚姻就如公司并购，中间涉及资产、人事多个方面的合作和博弈，实在不是一个“有情”就能保证合作顺畅、长久双赢的。

想到“有情”……沈韶光笑了一下。阿荠这人生已经足够曲折，实在没有必要再在婚姻上曲折那么一下子，就这样市井小院、烤肉胡饼地过着，挺好。

沈韶光仰头看看天上的星星，心想：等我老了，不知会不会后悔年轻的时候没像楚小娘子那样飞蛾扑火地折腾一场，或者如福慧大长公主那样恣意一些……

沈韶光听到“郎君留心脚下”的说话声，一扭头，便看见院门口的林少尹。

阿昌赔笑道：“奴去前面拿酒，恰见林郎君来……”

所以，你就直接把他带到后面家里来了？沈韶光知道阿昌的毛病：见了贵人手足无措。

也罢，既来之则安之吧。

“郎君若不嫌弃，便请入座吃些炙肉。”沈韶光站起来笑道。

林晏颔首：“打扰了。”

林晏这辈子还没做过夜入女子宅院这样非礼的事，有些不自在，面上却越发严肃了。

沈韶光看看他，明明是来蹭烤肉的，却像在开常务会议……

于三没什么表情地把烤好的羊肉串儿、鸡肉串儿、五花豕肉串儿、豆腐面筋串儿递给阿昌，阿昌分别放在大盘子里端上来待客及给自家小娘子，又不知道是不是要伺候客人去了枝子，把肉切割成小块。林晏温言道：“我自己来就好。”

其余烤好的，于三拿了，又端了一盘子面饼，带着阿昌、拎上阿圆回房里吃。

沈韶光对林晏微笑道：“郎君请用，莫要客气。”

林晏微笑着点头：“多谢小娘子的美酒佳肴。”

本来想着复制一下撸烤串儿、喝啤酒的夜生活呢，结果弄成了社交晚宴，沈韶光也不好甩开腮帮子直接上嘴啃了，只好把肉撸在盘中，拿筷子夹着吃——感觉味道都不对了。

这种时候“食不言”未免尴尬，沈韶光吃点肉，喝口酒，便开始胡扯：“今日的炭不好，还是要用松枝炭，烤出来有松香味儿；或是用果木炭，烤出来有些香甜气。”

“若没有这些炭，捡些松塔放在炭火上，也是一样的。”沈韶光又道。

“这是宫里的办法？”林晏笑问。

“宫里哪用这般费事？这是一位梁翁想出来的主意。”对梁实秋老先生，沈韶光信服得紧，又觉得等重阳秋游的时候，可以去有松树林的山上找一找松塔。

“便是这样，已经很好吃了。”林晏半垂着眼，看着面前的桌案微笑道。

沈韶光眯眼一笑：林少尹是越发会说夸赞话了。

沈韶光又道：“还没谢贵府送来的屏风，太夫人真是太客气了。”

“今日家祖母盛赞小娘子蒸的花露，言‘香醇得很’，小娘子也莫要客气。”

听他说得坦荡，沈韶光觉得或许真是自己想多了，当下欢快起来：“只是我这茅屋竹牖，简陋得很，放这么富丽雅致的东西有些糟蹋。”

林晏看看窗前的桃树，满墙的藤枝碧叶，那边是郁郁葱葱的小菜畦，微笑道：“‘榆柳荫后檐，桃李罗堂前’，何陋之有？”

果然每个文人都有个隐士梦，居庙堂之高，则惦记着归隐田园、渔樵之乐；处江湖之远，则惦记谏君安民、紫袍玉带。啧啧……

“少尹高人雅致，非凡俗人所能及。”沈韶光笑道。

林晏瞥一眼她的笑脸：口不对心，巧言令色！

想到“令色”，林晏又低头饮一口酒，余光中，那张俏脸被灯光映着，简直羞杀桃李。

长安小飯館

樱桃糕——著

下册

青岛出版社
QINGDAO PUBLISHING HOUSE

第十四章　一系列追妻操作

吃过朝食，林晏上朝去了。趁着还算凉快，江太夫人让仆妇婢子们扶着去花园散一散步。昨晚才下过雨，园子里绿肥红瘦，清新得很。

指着栏下凋零的牡丹，江太夫人笑道："可惜了，家里也没个小娘子戴它，也没个人赏它。若是送与沈小娘子倒好，至少还能做花露吃。"

阿素等贴身仆妇婢子都笑起来。

太夫人突然停住脚："你们去库房里找找我过去蒸露用的家什，记得还有个榨果汁的，另有小银铫子、玉钵玉盏之类的，都是一套的女郎们玩的玩意儿，用礼盒子装了，送与沈小娘子吧。"太夫人叹了口气，"不然白放着也是糟蹋了。"

看一眼太夫人的面色，阿素躬身答是，带着另一个仆妇领命而去。

亭中石榻上早有婢子铺好了锦褥簟席，江太夫人扶着婢子的手迈上台阶，在榻上坐了。婢子们从携带的篮子里拿出小壶杯盏，倒了一碗酪浆奉上。

婢子年轻，性子活泼，看太夫人似有些感慨的样子，笑道："您这是愁日后没有好花露吃吗？您呀，大可不必，阿郎娶了娘子，自然会孝敬您这些东西的。"

江太夫人轻叹一口气："会不会这些不打紧，只要他们夫妻好好的，我就知足了。"

婢子们笑道："阿郎是好的，娶的娘子自然也是好的，两好和一好，怎么会不好好的呢？太夫人就是操心太多。"

江太夫人饮口酪浆，看着满园蓬勃的绿意。有时候啊，就是这个也好，那个也好，两个人却好不到一块儿去，成了怨偶……

东西是太夫人的贴身仆妇亲自送过来的，真实性毋庸置疑。看着这两箱子的精致玩意儿，沈韶光一个头两个大。这才是热爱饮食艺术、有情有趣的太夫人的手笔，之前的屏风……

没有收双份谢礼的，沈韶光笑道："贵府已经给过了谢仪，不好再收这样的厚礼，还请娘子上复太夫人。"

仆妇阿素笑道："那是府里的，这是太夫人专门送小娘子的。太夫人说，多少年没喝过这么浓稠香甜的花露了。还说，等秋天的时候，短不了还要麻烦小娘子做桂花露，求小娘子莫要推辞才好。"

原来贵府除了男主人，其他人都很会说话啊，而那位男主人……沈韶光没法说那份礼也是"太夫人"送的，并不是普通的金银钱财，只得干笑一下，收下了这饱含历史感、精致或颓废的礼物。[①]

送走了林家仆妇，沈韶光回来翻看太夫人送的礼物，有铜，有瓷，有银，有玉，一件件小巧精致得很，都是后世可以放在多宝槅上当摆设的东西，从中可窥见一个高门士族少女悠闲雅致的情趣。宫里的东西也精致，却偏于富丽，跟这世家大族的风雅不同。

而想到那同样风雅的屏风，这回连沈韶光都没法说服自己了。林少尹啊，你是真的被雷劈了吧？

想到林少尹那如和风拂过、春山新碧的笑，微弯的眉眼、好看的嘴唇，还有那体验感不错的怀抱，沈韶光笑了一下，幽幽地叹了口气：好是很好的，可惜无福消受……

于三出来，看小娘子对着一堆林家送来的家什又笑又叹似有些惆怅的样子，撇了撇嘴：哪怕是彪悍若自家小娘子这样的小娘子，也逃不过情关

---

① 套用的是周作人先生散文里的话："总觉得住在古老的京城里吃不到包含历史的、精炼的或颓废的点心是一个很大的缺陷。"

啊。那林少尹也不过是长得耐看些，出身好些，官位高些罢了……

于三摇摇头，自去后面园子里拔葱。

沈韶光让阿圆帮忙把这些东西放进库房，以后看是还给林少尹还是怎么办，厨房里是万不敢用的。这样的艺术品，磕碰了，后代修文物的老师得穿越过来打人，还是糙些的东西适合日常操作。

沈韶光不再纠结林家的问题，戴上围裙，进了厨房，看着桶里的鱼虾蛤蜊，今天就拿你们开刀了。

与平日送来的大鱼不同，今日卖鱼的送了好些蛤蜊、小鱼小虾来，里面还有几条泥鳅，说是换了个地方捉的。

泥鳅、蛤蜊要吐泥，沈韶光便决定中午先做些虾吃。新鲜又小的虾，最好的吃法莫过于油爆。

沈韶光剪了虾头虾须，将虾清洗干净，锅里多放些油烧热，花椒葱姜炝锅，放进虾子大火爆炒。虾变红后，她又放了盐、糖、清酱汁调味儿，临出锅扔进去一把韭菜段，翻炒两下就出锅。

嗯，鲜！香！

早来的客人闻到味儿还匀到一盘，其余都进了沈记老板、厨师和跑堂的嘴，这其中又以沈韶光吃得最多。

阿圆都让着她："难得见小娘子有这般爱吃的东西。"

配着肉末花卷、煎豆腐合子、红烧紫茄、麻酱蒜泥胡瓜，还有一碗米烂汤浓的大米粥，沈韶光果断吃撑了。

为什么每次让人吃撑的都是家常小菜？沈韶光觉得，这真是个厨师界最难解的谜题。

吃饱喝足了，沈韶光窝在柜台后面，算着账，数着小钱钱，林少尹朗月清风似的脸再不能对她构成困扰。可见，真的没有什么事是一顿美食解决不了的……

中午沈韶光几人嚼了一顿，晚上客人又吃了些，这些鱼虾已经消耗尽，到林晏来店里时，只剩了几条泥鳅。

傍晚林晏回来时，管家便报给了他，太夫人给沈记的小娘子送了些女郎们闺中的玩意儿做谢仪。

因江太夫人精神不济，林府走礼一向由管家拟单子，报过主人，账房的人来具体操作。而之前送到沈记的礼物是林晏的私货，既没经过管家也没经过账房，直接出示主人的腰牌就抬了出去。太夫人送的也是私货，经过大门的时候，阍人查看，又报与管家的。

林晏顿住脚，抿了抿嘴：“知道了。”

晚间吃饭的时候，林晏问祖母：“听闻您今日给沈记的小娘子送了些礼物？”

江太夫人笑道：“沈小娘子高门之女，为我们做这些花卤子和清露，不能以普通商贩论，送钱不合适，我便送些女郎家用的玩意儿。这些走礼按说都是内眷来做，你没取新妇子，我也为你分个忧。”

分忧……林晏微笑道：“是，劳阿婆操心了。”

因祖母给自己分的这个“忧”，林晏自过了初为官那两年以后，少有地踌躇起来，心里也有点躁。

喝了两盏茶，静下心来把该批的文书批完，林晏踱出府门。

沈记开着门，远远地林晏便看见门内朦胧的灯光下那窈窕的倩影。

林晏踌躇的心突然踏实下来，他微笑了一下，如此也好。

沈韶光抬眼，笑着招呼：“林郎君。”

林晏微笑颔首：“沈小娘子。”

林晏在他惯常坐的窗边坐下，沈韶光端上酸梅饮子，笑问：“今日郎君点些什么？”

“小娘子看着安排就是。”

“可要一爵酒？刚到的新丰酒，香醇得很。”喝点酒，有酒遮脸，把该说的话说清楚也好，沈韶光觉得。

林晏看沈韶光一眼，微笑道：“多谢美意，改日吧。”

沈韶光顿一下，微笑道：“郎君稍候。”

于三没料理过泥鳅，沈韶光亲自动手。

泥鳅刺儿小肉多，这个时节最适合干煸着吃，配着小酒，香得很。

沈韶光把去了肚肠、清洗干净的泥鳅放在油锅里慢慢地煸着，待煸得里外都酥了，捞出来，另起锅，放油，爆香姜蒜末，放进与泥鳅绝配的紫苏，然后放煸过的泥鳅，加盐、小葱段、一勺清酱汁调味儿，翻炒两下即可出锅。

这边干煸泥鳅出了锅，那边于三做的胡瓜鸡蛋、鸡脯茄丁、孜然羊肉等几道快手菜也好了，连一碗清汤馎饦一块儿放在托盘上，让阿圆端了出去。

沈韶光洗过手走出来，跪坐在林晏对面。

林晏微笑道："辛苦了。"

"林郎君可知道这是什么？"

"鱼？"林晏挑眉。

沈韶光笑了："这是泥塘田埂里的泥鳅，黑黢黢的，长着须子，性子顽劣，有土腥气，可做不成郎君日常食用的金齑玉脍。"

林晏微笑着夹了一条泥鳅，咔嚓咬在嘴里，慢慢地嚼起来。

"酥香得很。"林晏对沈韶光笑道。

沈韶光一番乡间小泥鳅上不得贵族大宴席的高论便被他的咔嚓一咬还有这句"酥香得很"闷在了喉咙里。

沈韶光是大方人，笑了笑：闷就闷吧，等他说。

然而在沈韶光的注视下，这位林少尹慢悠悠地吃了四五条泥鳅、小半盘胡瓜鸡蛋，又吃了些茄丁和羊肉，喝尽了一小碗馎饦，用帕子擦过嘴，又喝了半盏阿圆端上的清茶，也没说什么。

沈韶光终于觉察出京兆府绯袍高官和青衣下属之间的区别来了，这若是柳录事，万没有这般从容淡定，只怕早红着脸讷讷地说了。

林晏喝完茶，看着沈韶光："某有件事想问小娘子——"

终于来了，沈韶光端出微笑："郎君请讲。"

"汾州沈别驾系洛下沈氏嫡系，任期满，这两日回到京城述职。沈别驾，我曾和他打过些交道，是个颇厚道的人，不知小娘子——要不要见一见？"

沈韶光一怔，想了想道："罢了，还是不见了，彼此徒增伤感。"关键是，给彼此增添麻烦。自己并没有亲叔伯，不知这位是出了几服的堂叔堂伯。

林晏看着她沉静微笑的样子：明明是娇艳的富贵海棠，却偏要把能扛的不能扛的事都自己扛了，倒似前院那数竿青翠的竹。他再想到她的慧黠机灵以及能折腾劲儿："荠"这个名字也恰当得很……

林晏点头，微笑着温言道："也好。"

送走了林少尹，沈韶光才想起：不对啊，我们不是要聊一聊小泥鳅不合适大宴席的事吗？还有那乌龙的礼物……

林晏负着手慢慢往回走：若她与沈别驾相认，提亲倒是方便……想到今日她说泥鳅时的样子，林晏抿抿嘴，皱着眉若有所思起来。

为着端午节日，沈韶光提前若干天就带着于三、阿圆、阿昌忙活起来。鉴于前面两次曲江摆摊儿都早早地把货卖完了，沈韶光这次准备得十分充足，因为节庆雇车难，甚至去西市买了一头骡子和一辆车，再加上雇下的两辆车，也就够了。

这匹骡子是沈韶光授意，于三去挑的，沈韶光自己对挑牲口实在不擅长。

“买头骡子，要高大健壮年轻的。”沈韶光如此吩咐。

“为什么不买驴？”阿圆长于市井，见的驴更多些。

“驴劲儿小。”如果沈韶光是个落魄读书人或者不入流的小官，只单人骑乘，就买驴了。驴子晃头晃脑的，走不快，脾气又不济，仿佛天生带着点傲骨。“驴背愁诗睡正昏”“山客狂来跨白驴，袖中遗却颍阳书”“细雨骑驴入剑门”[①]，都忒有诗意。

“那为什么不买马？”阿昌惯常跟在阿圆后面的，接话道。

“太贵了。”马跑得快，但贵，吃得精细，没那么耐折腾，是达官贵人们的标配。沈韶光如今收入颇高，不至于养不起马，却觉得没有必要。

阿圆与沈韶光想到一处去了：“那是贵人们骑的，林少尹的马看着就很好。”

沈韶光思绪一飘，若是林少尹青衣小帽风雪骑驴过灞桥……再或者，林少尹穿短打，赶着一辆骡车，憨厚地冲人笑问：“客人要去哪里？”

想到那张清贵的脸做出这样接地气的表情，沈韶光扑哧一声笑了。

于三皱眉看她一眼。

沈韶光笑道：“就买骡子吧。”

于三没挑过骡子，但对马不陌生，去西市半日牵回来一头健骡，拉着辆半新不旧的车。那骡子又高又大，很有膘肥体壮的意思，看着也颇为神

---

① 分别是曹伯启、王建、陆游的诗。后面“林少尹……风雪骑驴过灞桥”借用了郑綮“诗思在灞桥风雪中驴子上”。

俊，才四岁口，如无意外能用很多年。

沈韶光十分满意，狠狠地夸了于三，于三却自去厨房洗手做菜了。

阿昌能赶两下车，有了这骡车，沈韶光去西市去得更勤了，买了好些米、面、豆、坚果、糖之类的东西。西市的东西比坊里卖得便宜，质量也更优。

她还买了一篮子丝线。做什么？打长命缕。

这玩意儿一直到沈韶光生活的二十一世纪依然流行，和艾蒿、粽子、龙舟合称端午节四大标配。此时的长命缕系用青、赤、白、黑、黄五色丝线编成，系于臂腕上，或悬于帐上、挂于门口，据说可以辟邪祈福，防止为恶鬼所伤，又能避“兵绍”。因为这些玄之又玄的意义，得名长命缕，也有称长寿缕、朱索的。①

宫里于这种东西顶讲究，有许多的花式编法，上面又往往穿进金珠玉坠，精致得很。

沈韶光在宫廷生活多年，虽然针线不大好，编这个倒也能凑合过去，毕竟简单。

看沈韶光买了这么些丝线，又打出七八种花样儿的长命缕，都匀净漂亮得很，阿圆眼都直了：“小娘子真厉害！”

嘿，在阿圆这针线盲面前，沈韶光得意一笑。

“我从来没见过这么些花样儿。”

沈韶光“山间无老虎，猴子称霸王”，越发得意地笑了。

“只是我们哪用得了这么多？”

“买够五十文，就赠一个！”沈韶光手下翻飞，挑起下巴指着最复杂的那条长命缕，“这种是专门为买大礼盒的客人准备的。”那大礼盒花糕最贵的索价一贯钱。

阿圆拈起那条为贵宾准备的长命缕，小心翼翼地摸着上面的节子，翻来覆去地看，最后点头：“值！若我有钱，就是为了这长命缕，也要买一盒子。况且我们的糕那么好吃。”

---

① 参照百度百科“长命缕”词条和森林鹿的《唐朝穿越指南》。

阿昌看一眼，也跟着点头。

于三哼笑：我就知道小娘子没有闺秀的雅趣弄这个，定有什么古怪，果然……

这次端午节沈记摆的摊儿，简直是豪华阵容：

光糕就有近二十种，除了传统的艾窝窝、豌豆黄、红豆饼、雪花糕之类的，沈韶光还引入了用樱桃、桑葚等点缀的鲜果糕；粽子也有甜的咸的，七八种馅儿；如今她有本钱了，舍得投资，饮品便除了从前的茉莉花茶、酸梅饮，又加了樱桃酪浆、紫藤蜜饮——都是冰镇的。

光冰，沈韶光就买了两大箱子，都拿绵褥一层一层地裹着。

那块“探花郎花糕”的牌子也要带着，给游客们提个醒。

然而，游客们根本不用这牌子提醒，毕竟离着上巳节时间近，毕竟探花郎出来探花却买了两盒子花糕这种逸事不多，一在老地方见到花糕摊子，就想起来了。

“这不是上巳节探花郎买花糕的摊子吗？”

“自打过完上巳节，家里小儿就惦记着还来曲江边吃糕……”

甚至有人专门找过来。一个客人跟他的朋友吹嘘：“嘿！我跟你说过吧，曲江边有个极好的卖花糕的摊子，平时没有，只节庆时候才在。她家的糕精致味道又正，东西市上的糕作坊都不及这个。今年上巳节的时候，探花郎还曾专门停脚买他们的糕呢。”

更有上次吃了花糕，专门寻访到崇贤坊吃玛瑙肉、翡翠圆子后来成了常客的人，听了别人的话，似乎也与有荣焉：“你们不知道，沈记的春盘才真正好吃，玛瑙肉、糖醋鱼、荷塘三鲜也好得很，东、西市上的大酒楼都比不上。”

沈韶光却要谦虚：“这都是客人们偏爱小店，怎么敢跟东、西市上有盛名的糕作坊和大酒肆比呢？我们店小人少，都是自家操持，胜在味道新鲜罢了。”

客人们点头：看看，小娘子多厚道，不是那满嘴跑舌头的奸猾商人……

阿圆、阿昌：我家小娘子太谦虚了！

沈韶光卖完了“人设”，又要赠礼物：“客人福寿绵长。”

花糕是贵价货，客人随便一买，也就够五十文了，故而这长命缕差不多人人皆有，偶尔有只买一两块糕给孩子的父母，沈韶光也送一条。过节，图开心嘛。

沈韶光的手艺稀松平常，但胜在宫里的花样儿新鲜，在外面拿出来也足够吸引人了。

有识货的客人便问："看起来似是'内家样'啊？"

沈韶光避而不答，只笑道："客人不嫌弃就好。"

本朝郎君们颇为时尚，除穿红着绿之外，对这种装饰也不排斥，当时便有或自家系上，或让家仆帮着戴上的，也有让阿昌帮忙的。阿圆和沈韶光帮女客、孩子系戴，于三则专心致志地做糕点。

因为回头客多，也因为点缀了鲜果的糕点越发漂亮，今日生意更胜往昔，这回几人连轮流着偷懒出去逛逛都不能了。

沈韶光抽空给四人都倒了杯冰镇酸梅汤，看看消耗了不少的食材，想想那些回头客，嘿，我们大唐人民还真是可爱啊。

当然也有不可爱的人。

摊前来了一个锦衣华服的年轻人，二十三四岁，长相不错，只是表情、腔调有些纨绔气："小娘子花糕做得好！"

"客人过奖了，客人要哪几种？"沈韶光微笑着问道。

"小娘子随意挑拣一些吧。"

"客人便买当日探花郎选的几种？"沈韶光把当时探花郎买的糕专门攒了个"锦绣前程"礼盒，推荐给年轻郎君们，是中档礼盒中卖得最好的。

那年轻人略皱眉，随意一笑："也好。"却缠着沈韶光问其他的，这叫什么糕，那叫什么糕，是怎么做的，有什么特别之处，又道，"我看那探花郎夸得不确切，该说'人比花娇'才对。"说着对沈韶光故作风流地一笑。

沈韶光前世是经历过地铁色狼的，对这种程度的骚扰并不太当回事，但怕他变本加厉没完没了，当下笑道："听郎君说话，很有才比今科探花的意思啊……"

年轻人有些尴尬，却很快回转过来："不瞒小娘子，某入仕无须科考，才不才的，到底没真试过……"

"郎君不妨赋诗一首，以赞今日盛景？"沈韶光语文老师附身，祭出"出游必写作文"大法。

本朝实在是诗歌盛行的时代，吃喝拉撒、生老病死、宴饮游乐没有不可入诗的。动不动赋诗一首，是读书人的习惯，其他人对读书人这种习惯也很习惯，听说有人作诗便都等着听一听。有客人听了前因后果，看出摊主小娘子的挤对之意，一时义愤，带头催促。

年轻人纨绔子，学业不精，若不着急，兴许也能道出两句打油诗，这众目睽睽之下，特别是被那小娘子似笑非笑地看着，如何憋得出来？

年轻人却也不是蠢的，看出了沈韶光的意思，便有些恼羞成怒："不过是个卖花糕的，也想让某作诗？"

突然，年轻人听到身后有人道："谁要作诗啊？念来听听。"

出声之人不是林少尹，又是哪个？

见来人是位绯袍高官，那年轻人气焰小了不少，叉手行礼："见过贵人。"

林晏打量他一眼，神色淡淡地道："郎君把大作念出来，某也欣赏一下。"

这时无论如何也念不出来了，年轻人讷讷地道："某……某不擅辞赋。"

旁边有看热闹不怕事大的人："这郎君无须科考便可入仕，想是恩荫。"

林晏点了点头："如此，不善辞赋倒也说得通了。"

年轻人刚松一口气，却又听到："既是公卿子弟，想来熟悉台阁仪范和衙门政事……今年雨水多，不妨就灾涝讲几句策论？"

年轻人无言以对。

众人都憋着笑。

林晏看向围观诸人："诸位散了吧。"

众人忙都叉手退去。

待众人散了，林晏负着手，神色肃然地问："令尊是哪位？"

"家父……家父会州别驾。"低头看着这位的绯色衣角，再瞥一眼不远处其侍从的京兆服色，年轻人后知后觉：这恐是京兆少尹了。

会州别驾为从四品下，京兆少尹也为从四品下，但按惯例，京官比外任的高一阶，故而这看着与自己年岁相当的绯袍官员，其实比自己父亲还要高一级，做的又是京兆的官，想来是简在帝心的。

偷偷看一眼这位少尹严肃的脸，年轻人手心有些冒汗，实在想不到一出门就犯在这么一位手里。

会州别驾窦齐倒也算个规矩人，没想到教出这样的儿子。林晏微微皱眉：“莫要给令尊惹事。”

“谢贵人教诲。”既猜出了身份，年轻人这礼施得越发深了。

过了片刻，林晏方点下头：“嗯。”

年轻人松口气，只觉得这位少尹威仪太盛，这会儿不只手心出汗，连后背都出汗了。见他没有旁的吩咐，年轻人再次施礼，躬身退下。

打发走了麻烦，又遣散了侍从们，林晏走到摊案前。

沈韶光笑眯眯地对他道谢。

林晏轻声道：“小娘子家，还是要小心些。”

沈韶光知他是好意，但出门做生意，还能怎么小心？

林晏看她一眼，抿了抿嘴道：“也罢。京里这种不知轻重的人倒少，你平日又都在坊里，倒也不妨事。”

沈韶光刚兴起的一点气性只好消了。

沈韶光没脾气地笑问：“林郎君今日吃点什么？”

她以为他又要说随意安排呢，却听他道：“酸梅饮子吧。”

沈韶光便为他倒了一碗冰镇酸梅汤。

她倒酸梅汤的工夫，林晏看到了礼盒里放的长命缕：“你除了卖吃食，还卖长命缕？”

阿圆在旁边告诉他：“买那礼盒花糕，便赠送一条长命缕。”

林晏点头：“我在外不方便，等回去，请贵店送去寒舍几盒子吧。”然后抬眼微笑着看沈韶光。

沈韶光认命般将一条贵宾长命缕放在托盘里，敷衍道：“郎君喝酸梅饮子也送的。”

林晏舔一下嘴唇，看看沈韶光，眼角带着点笑意，过了片刻才接过长命缕来：“多谢。”

沈韶光有一种被调戏了的错觉。他刚才该不是想让我帮他戴上吧？

林晏与裴斐对坐下棋。

终于过完了折腾人的端午节，全城狂欢于曲江畔，没出什么踩踏挤伤的大岔子，御驾安安稳稳地出来安安稳稳地回去，外藩和各地送礼上京的使者这两日也开始离京了，京兆府终于结束了人人留值的日子。

林晏正常过休沐，裴斐便又来林宅蹭吃蹭喝。

不过半个时辰，裴斐便掷子认了输，拉过隐囊歪在榻上，漂亮的眉眼间隐见郁色。

林晏自收拾棋子棋盘。

突然，裴斐看林晏袖中有彩色丝线闪过，像是长命缕的样子，不禁笑道："可见是简在帝心的，圣人连赐个长命缕也想着你。"

林晏若无其事地把袖子往下遮了遮："这条却不是圣人所赐。"

"太夫人给你系上的？"虽然五月间戴这个的同僚颇多，但知道林晏惯常不爱戴这些东西，裴斐才有此一问。

"不是。"

裴斐突然想到一种可能："该不会是——"可以啊，两人都已经互送定情礼物了！想到自己与福慧长公主的孽缘，裴斐羡慕得紧：怎么安然就这样好命？仕途、情路皆顺遂得很。

"你莫要多想，不是你想的那样。"林晏抿了抿嘴解释。

裴斐挑眉："不是沈小娘子送的？"

林晏把棋子罐盖好："长公主的事你要想好，京兆监察舆情的最近多有提及。"

端午曲江游宴，福慧长公主与一个青年官员同车而归的事，被传得有鼻子有眼，香艳无比。

裴斐解释："端午那日的事，不是大家说的那样……"刚说了一半，他又哑然失笑，然后便幽幽地叹了一口气：这多像刚才安然说的话。看来人人皆有苦衷啊。

裴斐语重心长地道："若是瞧准了，便莫要错过。你能看见沈小娘子的好，别人自然也能看见。若被别个捷足先登了，明明彼此有情却要错过……"裴斐摇摇头，再叹一口气。

林晏把棋放好，回榻上趺坐，双手相握放在腿上，右手食指和中指探入左袖抚摸长命缕上的绳结——这是他最近新养成的习惯。

裴斐知道他的脾气秉性，以为他不会回答，过了半晌，却听他道："总要确定了她的心意才好。"

饶是裴斐为情所苦，也被逗笑了："你竟然还没确定人家的心意？你林安然也有患得患失的时候！早年在河东，有多少女郎托人给你送华胜的？

后来你外任，还有在这京里，想来也不少吧？你这闺秀仕女们的梦中人，居然……”

裴斐觉得，这沈小娘子着实是个了不得的人物，让安然惦记着也就罢了，看这样子，她似并不多么惦记安然……

独苦不如众苦，裴斐此时恨不得放声大笑。

哈哈，你林安然也有今日！

两人是少年相识的好友，林晏知道他想什么，抿了抿嘴看他一眼，想了想，自己也笑了。

裴斐虽不羁，但眼色还是有的，下午林晏去沈记吃点心的时候，虽心里痒得很，还是忍着没有跟去。

林晏一进门，便看见沈小娘子与一位年轻郎君相谈甚欢，沈小娘子眯着笑眼，神情愉悦，像赚了多少银子的样子。林晏脑子里突然闪现出裴斐的提醒来。

沈韶光可不就是赚了不少银子嘛！

几次在曲江边摆摊儿，又有探花郎帮着当形象大使，沈韶光着实把花糕卖出了点名头。当时有人说沈记的糕比东、西市有名的糕作坊做的糕还要好，沈韶光只当是见面的顺嘴人情，却没想到真有人说给人家糕作坊听，这不人家少东家就找过来了吗？

这人还真就姓邵，名杰，字英贤，家里开着长安城最有名的花糕铺子——桂香园。桂香园做花糕已经延续一百多年，之前圆觉师太曾提到，东市有家糕作坊，主人因花糕做得好入赀为员外官，人称花糕员外的，便是这位邵郎君的祖父。

如今邵家铺的产业不少，早已不指望着花糕养家，但这毕竟是祖宗基业，嫡支正脉的子弟成年后都要先去花糕作坊待一阵子。

邵杰这阵子便在花糕作坊待着呢。听两个客人说曲江边有家花糕做得极好的，但平时找不到，只节庆的时候才有，后来又听说是崇贤坊一家叫沈记的酒肆在那里摆的摊子，邵杰今日来崇贤坊访友，便想起这沈记来，故而上门探访。

小酒肆不大，但里里外外都显得干净精神，邵杰看看墙上的画和小摆设，觉得这家铺子能做出好花糕不奇怪。

及至见了女主人，又吃了几种花糕，喝了一壶冰镇酸梅饮，邵杰便做了决定。

“既是东市桂香园邵家的郎君，如何看得上敝店的糕方子？”沈韶光笑问。

沈韶光曾慕名去过东市桂香园，点了几种招牌花糕，都很好吃，尤其最有名的桂花糕，又甜又糯，不噎人，桂花香气在北方人看来是很适度的，着实有其独到之处。

自己做的糕点精致是精致的，要说多么难，是没有的，尤其对行家们，只要掰开尝一尝，试上几次，总能做得相差无几。在这个没有专利的年代，这位郎君却要花百两银子买豌豆黄和百果糕的方子，未免有些奇怪。

“小娘子太谨慎！”邵杰笑道。

“那某就实话与小娘子说。这两样糕虽然好，但不及小娘子这卖糕的主意好。适才某听小娘子的婢子说，贵店不同的节气时令，有各种花糕礼盒，‘锦绣前程’盒、‘花好月圆’盒、‘福禄寿喜’盒，里面铺排印了适当花纹的各式糕点……

“某虽未能亲见，但品了刚才的几道点心，看了上面的花纹，也可以想象这礼盒是怎样的了。可惜某最烦过年过节出门凑热闹，不然也不用在这里凭空而想了。所以，某想借鉴借鉴。但平白拿了小娘子的主意，又不好意思……”邵杰笑起来，露出两颗小虎牙。

看着这笑起来颇为可爱的年轻人，听着如此直率的话，沈韶光几乎有回到现代的错觉。实在是本朝人太习惯含蓄，不说林少尹那种凡事讲克制蕴藉的士人，便是普通人也难得见到这种“直抒胸臆”的。

还是那句话，这种创意连糕方子都不如，都是大家可以随意用的，这位邵郎愿意用百两白银来换，不管是百年老店爱惜羽毛也罢，年轻人良心未泯也罢，到底表达了尊重，让人喜欢——尤其对比同坊的云来酒肆，一样是存在差异化的竞争关系，这位的姿态太好看！

沈韶光也是痛快人：“既如此，便多谢郎君看得起了。”

沈韶光铺开纸现写了两种糕的方子，又极大方地让阿圆去找一找还存有的包装盒，把店里现有的糕攒了两盒子：“敝店平日卖糕不多，只有几种，郎君莫要嫌弃。”

邵杰笑道：“痛快！小娘子巾帼不让须眉！”

待接过这位沈小娘子递上的字纸，看着上面瘦劲遒正的字，邵杰牙疼似的呻吟："果真不让须眉啊，小娘子连字也写得这般好……某若能写成这样，在兄弟中间该得多么扬眉吐气。"

邵杰自爆家丑："不瞒小娘子说，我家几代人都手巧，却巧在别处，没巧在读书写字上……"说罢哈哈大笑。

沈韶光是真喜欢这位年轻人。没有足够的自信他恐难有这般快活的自嘲。

沈韶光笑道："也不瞒郎君说，儿也手巧，却没巧在针黹女红上。元正院子里挂的春幡幸好挂得高，不然忒丢人……"

邵杰哈哈大笑。

沈韶光也笑。

去后院拿腊肉的于三和刚进门的林晏默默听着。

邵杰见了林晏，吃了一惊，赶忙站起来上前行礼："拜见林少尹。"

作为紧挨着皇城的东、西市上的大商铺，总有与衙门打交道的时候，这位京兆少尹，邵杰见过两次，只是不曾说上话。

林晏打量他一眼，淡淡地微笑："郎君是……？"

邵杰道了自家身份，林晏点头，便去惯常坐的窗下位子上坐了。

沈韶光照旧奉上饮子，问他吃点什么。

怕打扰这位贵客用餐，且奴仆把百两银子也取来了，交付了银子，邵杰与沈韶光道别两句，又过来跟林少尹告别，便出了酒肆门。

林少尹刚进酒肆时颇为严肃，沈韶光上菜时发现，他这会儿倒和煦下来。嘿，男人心海底针，六月天少尹面，这位林少尹什么时候能跟刚走的那位邵郎君似的？她想来是不太可能了，毕竟禀性难移啊。

因把像样儿的花糕都打包给了那位邵郎君，沈韶光便吩咐于三给林晏做了几样快手菜：炸鹌鹑、芹菜百合、虾仁胡瓜、咸蛋黄焗豆腐，和一碗为晚饭准备的绿豆大米粥，两个小小的葱油卷。

东西量都不大，小小的盘子，里面红的、白的、绿的、黄的，倒是清爽好看；小小的粥碗，里面没敢多放糖。这位口味清淡，不喜甜腻，且菜又是咸味的。

舀一勺粥送入口中，米和豆都熬得恰到好处，有丝丝的甜，却没夺了粥本身的香味，林晏不禁眼睛微弯。

沈韶光这一世眼睛好，一眼便看见他拿卷子时露出的腕间丝缕，本来调笑的心不由得一紧。

看着林少尹的俊逸面庞、宽肩、细腰，还有那双瘦白细长的手，沈韶光却突然想起另一位丰腴的美人来——羞笼红麝串的宝姐姐。她自然还想起宝玉那不得摸一摸的遗憾。

沈韶光也遗憾得很，又想起那天的怀抱来：手感委实不错啊，穿衣显瘦，那个脱衣……想来是有肉的……

林晏抬眼，对上沈韶光灼灼的目光。沈韶光眯眼一笑，林晏收回目光，嘴角却翘了起来。

端午之后，就是真正的炎炎夏日了。大太阳明晃晃的，地面被晒得滚热，浮起一层烫人的薄尘，狗躲在墙阴处刨个坑没精打采地卧着，连养的那帮鸡崽子都老实了不少，不总想着蹿过栅栏出来祸害菜园子了。

这种时候，什么都往后放一放，沈韶光每天猫在店里不出门，全靠后院井水镇的饮子和水果苟活。朝食、暮食还好些，中午那一顿，她只猫儿似的叼几口就算了。

一看见沈韶光吃午食，于三就皱眉。沈韶光讨好一笑，勉力再多吃了两口。她懂，大夏天憋厨房守灶台好不容易做出来的饭，别人不爱吃，这对厨子来说是件不能容忍的事！

阿圆、阿昌却是一年四季好胃口的，且荤腥不忌。这样的热天，上午或是下午饿了，阿圆也能吃上两个夹剁碎的玛瑙肉的胡饼，或者吃上一屉子玉尖面——阿昌也是一样的。

自从到了沈记，阿昌胖了不少，只是个头儿却没见长；阿圆却在青春期的最后一段时间又努了一把劲儿，一年长了好几寸。

沈韶光换算自己的身高，约莫有一米六五，而阿圆比她还高大半拃，总有一米七五以上了，腰身也更宽。于三一语成谶，阿圆果真六七八月徒伤悲了。

然而客人们觉得这样甚好："看贵店的人，就知道饭食好吃！看他们长得多体面。"

不那么"体面"的沈韶光和于三无语了。

沈韶光和于三互相责问，一个觉得对方吃得也不少，怎么就不长肉呢？真丢大厨的脸面！另一个日常嫌弃，觉得对方吃饭还不如猫儿多，嘴又馋又刁……

沈韶光觉得自己有一半是冤枉的：吃得少是真事，馋和刁不是真的！你看我日常就是用清粥小菜吊命呢。

沈记早晚的粥有纯大米粥、大米绿豆粥、大米百合莲子粥、荷叶粥、青菜瘦肉粥……换着花样儿地来。

小菜除夏季各种时令蔬菜外，就是咸菜——于三做的各种贵族范儿的腌菘菜、腌萝卜、腌黄瓜、腌紫姜，还有香煎醪糟鱼鲊、茱萸酱炒腊肉、腌咸蛋之类的“腌货周边”。

沈韶光不顾“量子芝诺效应”，依然时常去观测她的腌火腿，一边想象着唐鲁孙先生的火腿拌荠菜就粥是什么滋味儿，一边学着于三的样子，拿竹扦戳一戳——然而并没戳出个所以然来。可见从“小鲜肉”变成眼神迷人的“老腊肉”，需要漫长的过程，急不得。

沈韶光又想起“两年腿”林少尹来。他有二十五六岁？按年纪和长相来算，他还新鲜得很，但谁让人“天赋异禀”呢，愣是凭着那副遇事安如泰山的性子缩短了发酵期……

想到他最近总是似藏了千言万语的眼神、微笑时勾起的眼角、喝过汤水后的唇珠，还有那臂膀腰身，沈韶光就有些燥热。稳住啊，我的节操和底线！

终于，沈韶光把咸菜也吃烦了，又把魔爪伸向了其他活物。

晨间，送鱼来的大叔交付了鱼之后，沈韶光笑问：“郎君能不能带些蚱蜢和金蝉来？蝉要才从地下爬出来还没脱壳的，已经能飞的没那么香嫩，不好吃。”

卖鱼的大叔笑道：“小娘子是城里的富贵人，怎么想出吃这些来？野地里的东西，我们灾荒年靠吃这个救命嘞。”

“好吃着呢，郎君只管逮些来就是。”沈韶光笑道。

别说沈韶光这种穿越前是草根，穿越后是当过宫廷女奴的小酒馆老板娘，便是本朝真正的富贵人也有吃这些东西的，比如玄宗皇帝，比如今上的祖父。

据说开元四年闹蝗灾，玄宗恨恨地蒸蝗而食，云“尔食朕百姓五谷，如食朕之肺腑”，硬是带领官员百姓打赢了那场蝗灾攻坚战。

当然，此时距离开元已经有些久远，且玄宗食蝗有太多的政治意义，真正为口腹之欲吃虫的是今上的祖父。

据宫里的老庖厨讲，那位圣人最爱吃金蝉脯子，或烤或蒸或焯，然后加醋、酱、香菜、蓼菜等调味，每夏必啖之。[①]据说当时有很多达官贵人跟风，先帝还有今上，倒是都对这个不怎么感兴趣。

沈韶光不知道达官显贵们还爱不爱这一口儿，回头或许可以问一问林少尹。

卖鱼的大叔本职是种地，自去年捉鱼进城来卖，成了沈记的供货商，这大半年日子松快不少，小娘子家馋嘴，这点忙是要帮的，且小娘子说明是要买。

第二日卖鱼的大叔果然带来一罐子金蝉幼虫——沈韶光老家叫“知了猴儿”，并用草茎子穿了十几串儿蚱蜢，说蝉是家里小儿昨晚挖的，蚱蜢是他们晨起逮的。

沈韶光感念小童们不容易，多多地付了钱，笑道：“多谢君家小郎君帮忙。”又给带上了些花糕，以示感谢。

卖鱼的大叔喜笑颜开地走了，沈韶光便开始料理这些虫。

像皇帝那样吃蝉脯子，沈韶光没那耐心，便决定使出“油炸大法”，整个儿炸着吃。

清洗虫是最重要的一步，然后用花椒盐水略腌渍，晾干水分，便可以下锅炸了。

炸这个与炸小丸子没什么不同，先细火慢炸，待差不多炸透了，捞出，升高油温再炸一遍，使其更加酥香，然后略撒些胡椒粉、孜然粉，空口吃，下酒吃，夹胡饼吃，都好得很。

然而这种东西，莫说于三，便是阿圆和阿昌也不吃。

阿圆本有些意动，但看虫子们张牙舞爪的样子，到底退却。

阿圆虽然不吃，却没忘了夸赞自家小娘子：“小娘子就是胆子大！”

沈韶光吃得美滋滋——今日的午饭，终于吃饱了。

却不想这被早来的客人看到。这是位熟客，便是外面墙壁上题诗赞咏

---

① 做法参照《齐民要术》中“蝉脯菹法”：“捶之，火炙令熟。细擘，下酢；又云：蒸之。细切香菜置上；又云：下沸汤中，即出，擘，如上香菜蓼法。”

春盘“白玉盘上青丝嫩，翡翠釜中脔肉香”的那位。

这位后来又写诗赞过沈记的糕点、玉尖面和冷淘，都写在那墙上，几乎算沈记的兼职广告创意总监。

这位到底是读书人，当时便比出曹植的《蝉赋》来：“委厥体于膳夫，归炎炭而就燔。”给沈韶光的馋嘴找了些历史渊源。

既如此，沈韶光岂能不分他些？再加上些炒胡瓜、拌猪耳之类的小菜，一爵绿蚁新酒，书生吃得兴高采烈，醉了便击案而歌，歌罢仿照曹植的《蝉赋》来了一篇《食蝉蝗赋》。

这《食蝉蝗赋》却一改《蝉赋》的悲情，颂赞了盛世太平，言金蝉和蝗虫这些灾荒年挡饥的东西，如今只能做下酒物。虽然他写的是蝉子蝗虫，却用词清新雅致，骈散结合，颇有六朝小品的意思。

沈韶光恨不得拍红巴掌。这种格调、这种主题的东西，最适合当广告词。若是满腔抑郁之情，如洛才子似的说“无人信高洁，谁为表予心”，她也只好劝劝，让他大醉一场就罢了，上墙是不可能上墙的——太不和谐了。

沈韶光把旧诗刮了，书生趁醉，大笔一挥，把这赋题在了壁上，又是一幅行草。

沈韶光只感慨：可惜食材货源跟不上，若能跟上，凭这广告词，又能多赚三五斗。

沈韶光不知道自己的小酒肆颇有锦鲤潜质，这首赋后来被来吃饭的李相公看到，并与皇帝在闲聊时提及，这士子便被李相公征辟入府，后来更是成了皇帝的翰林学士。

此时的翰林虽不比后世的翰林金贵，却也是天子近臣，这士子科考多年不第，却因一首吃食赋踏入了仕途，人世间的机缘真是可叹。

当然，这些是后话。

沈韶光折腾炸知了猴儿的时候，林晏正在刑部宋侍郎处。

“因本部范尚书不适，安然前阵子让我寻的沈谦案卷宗，此时才算拿到手。”宋侍郎笑着把一卷东西从桌案上推过去。

林晏颔首，郑重道谢。

宋侍郎笑道：“却是抄本儿，原本儿是无论如何也带不出来的。”

“晏懂得，这已经殊为不易了。”

像这种封存的大案卷宗，都存于特殊的档案室，原先的规定是非政事堂诸相都签字，不得借出。

但实际操作时，为了规避这种麻烦，便权宜为借阅者签字，刑部侍郎审核，尚书签批，可以在刑部阅览。宋侍郎又动用了点小权力，让人给林晏誊抄了一份。

“值得安然费这许多力气帮着查旧卷宗，那请托的沈氏子弟想来出色得很。他若来京，安然一定要代为引见。”宋侍郎笑道。

林晏微笑：“好。”

当初林晏求宋侍郎帮忙，借口是沈谦一个子侄辈的人想知道些前尘往事，托自己查探。这人自然是子虚乌有的，但此时林晏突然想到另一层意思……

宋侍郎与林晏差不多时间入仕，崔尚书出事时林晏为其四处奔走，宋侍郎是知道的，当时他便觉得这人可交。近日查阅了沈谦旧案，宋侍郎对这位沈公的事也颇为感慨，且知道他并无近支嫡脉留下，那这时候还查他的旧案的沈氏子弟，便也是凭一腔义气了。怪道说“方以类聚，物以群分”，他们都是重义轻利的。

只是这义气有时候代价也太大了。宋侍郎道：“这位沈公及其子身故，妻女入掖庭，那样的高门贵女恐怕……”

说至此，宋侍郎突然住口，想起传言中林晏的那位未婚妻来，不禁有些讪讪的，掩饰似的喝了口茶。

林晏也饮口茶，眼神暖下来。阿荠活得很好，灿烂堪比三春景光，但她应该更好一些。若有朝一日，沈公的事得雪……

林晏放下茶盏，双手放于膝上，隐在袖中的长命缕摩擦着他的皮肤，有些痒，林晏便任它痒着……

这几天天热出了新高度，白天还好熬，晚上一丝风也没有，外面的蝉鸣长长短短，似乎比白天还要吵。沈韶光成功地失眠了，三更时勉强睡下，清晨又早早醒了，枕头都是湿的，后背贴在席子上，浑身黏黏的。呼——这个夏天怎么这么难熬？

她起来喝了一杯凉白开，才算缓过点劲儿来。也是奇怪，原来在掖庭时，好几个人挤一间屋子，那么多寒暑，她都是沾枕头就睡着，去年住在光明庵里，好些日子的桑拿天，也没失眠什么的，今年住自己的屋子，窗户用薄纱，穿吊带睡衣裙，怎么反倒睡不好了呢？

沈韶光自我解嘲地笑了一下：这大约就是所谓的“睡于忧患，醒于安乐”了。

阿圆还在睡，沈韶光没叫她，裹了席子、枕巾还有换下的睡衣去井边清洗。席子、枕巾洗完便晒在院中，睡衣却只能拿回屋里晾——毕竟要照顾时代观念。

又擦了牙，洗了脸，顺便洗了个头，沈韶光觉得自己终于清爽了，松松地绾着头发，去前面店里看于三做什么朝食。

看见沈韶光眼底发青的样子，于三就皱眉：“夜里去做贼了？”

沈韶光一脸无辜。我也不想的，你以为国宝那么好当？

阿圆也洗漱完了过来，阿昌从豆腐坊提回来豆腐脑，于三的小芝麻饼也烙好了。沈韶光帮着捞出刚煮好的鸡蛋，把几样咸菜切丝切片切末，于三又准备了往豆腐脑里加的蒜泥、茱萸辣酱、芝麻酱、韭花酱、香菜末，沈记的早点也就得了。

豆腐脑这东西沈韶光但知原理，不会操作，与裘家娘子说了，试了几回，果真出了很不错的成品。

“买这个豆腐脑的人不少呢。”阿昌如此说，又嘿嘿一乐，“我去了不用等，裘娘子先给我盛。”一副得意的样子。

沈韶光莞尔。果然小孩儿身上有人类的通病，比如热爱特权，哪怕一点点。

沈韶光自己毛病多，故而对身边的人要求也不高，只笑道：“以后莫要这样了，人家都等着呢。”

阿昌倒也听话，笑着答应了。

沈韶光往豆腐脑里浇点店里的大骨老汤，蒜泥、麻酱、茱萸酱之类的也都加一点，再撒一勺香菜末，鲜滑有味儿，十分好喝。

也许是让豆腐脑开了胃，本来不想吃什么的，沈韶光吃完了一个鸡蛋，又就着豆腐脑吃了一个于三新烙的芝麻饼。小饼不过手心大小，里面裹着芝麻酱和椒盐，一圈一圈，焦黄酥香。

沈韶光到底年轻，虽几日没睡好，但吃了一顿丰盛的朝食，便有了精神。她带着阿圆、阿昌打井水，擦洗桌椅打扫店铺，验看菜贩、肉贩等送来的菜、肉，帮着于三准备食材，一忙就是一个多时辰。

上午时，卖鱼的大叔到了，这回没拿知了猴儿，却带来一只两斤多重的甲鱼。

哎哟，这可是新鲜玩意儿。

卖鱼的大叔也得意："就在大柳树下面，我起先没看清是什么，它一动才看清，原来是这奸猾东西！它正要跑呢，被我一篓子扣住。幸好在河边，水浅，它又让树根绊住了，若在深水里，且抓不住它呢。"

甲鱼的做法有很多，炖汤、红烧，与小鸡一起爆炒，与猪肘一起焖煮，或者像宫里一样配着羊油、咸鸭蛋蛋黄蒸，甚至破开肚肠塞进肉馅儿菌子之类地蒸。沈韶光听过的最惨无人道的做法是把甲鱼放在烧热的铁板上让它爬，又不断地给它饮含有调料的水，慢慢地炙着，据说这样炙出来的甲鱼鲜香无比。①沈韶光却觉得能想出这主意的，一定是厨子里的酷吏，当然，也可能是酷吏里的厨子。

沈韶光是个普通人，选择把它与鸡同炖。炖也是最普通的炖法：锅里略放油，煸香葱姜，把鸡肉放进去炒，略加黄酒，加水以大火烧开，滚一会儿，撇去浮沫，待汤汁呈奶白色，把切好的甲鱼块放进去，再将放了花椒、胡椒等调料的小布袋扔进去，慢慢炖着就是了。

中午吃是来不及了，且小小一只，也不适合待客，那便下午炖上，晚间没那么热了，他们正好喝汤吃肉。

但沈韶光也不过是说说，真正操作还是于三来。别的不说，杀甲鱼这活儿，沈韶光就干不了。

阿圆从没吃过甲鱼，闻着厨房里飘出来的香味儿，有点坐不住，时常去看一看。

下午没什么人，于三和阿昌在后院歇着，沈韶光本想打会儿盹，却让阿圆晃得睡不着。

沈韶光抬手叫她，阿圆小跑着过来。

沈韶光懒懒地一手支着头，一手慢慢地给两人摇着扇子："等以后咱们有钱了，在渭水边上盖一所大宅院，我每天扛根鱼竿、拿着鱼篓子上渭水

---

① 烤活甲鱼是参照的张鷟《朝野佥载》中记载的张易之活烤鹅鸭之事。

垂钓去。听说甲鱼最爱荤腥，拿点鸡肚、猪肝之类的东西，肯定时常就能钓上一只，到时候管你吃个够。”

阿圆嘿嘿一笑：“小娘子上回还说去终南山买别业，到时候漫山遍野地给我逮野鸡吃呢……”

沈韶光也笑，只是梦做得更大一点而已嘛：“终南山的别业也要，渭水边的也要。这种时候山里凉快，断然不至于像在城里一样热得睡不着觉的。野味也多，咱们就在院子里架上枝子炙烤肉串儿，羊肉、鸡翅膀、鹿肉、兔肉……”

两人正畅想着呢，听到撩帘子的声音，是林少尹。

沈韶光站起身来，随口寒暄道：“好几日没见林郎君了，这一向可好？”

林晏微皱眉看看她，扫过她眼底淡淡的青色，张嘴想说什么，没说，停顿了一下才道：“很好，多谢。”

沈韶光仇富心理作祟，腹诽：那当然好，高轩大屋，摆着冰盆，兴许还有美婢打扇，要是我，我也好……

嘴上她却笑着请他坐，问今日吃些什么，又让阿圆端上冰镇饮子来。

沈韶光本以为他还要说“小娘子随意安排即可”呢，却听他道：“现成的，有什么吃些什么就好，莫要动火了。”

能少钻厨房守灶火自然是好，沈韶光高兴地答应着，正要转身离开，方慢半拍地反应过来：这莫非是——心疼我呢？

沈韶光挑眉，似笑非笑地看向林晏。

沈韶光以为凭他的性子，怎么也要解释一句“天热，不想吃什么”之类的，却不想这位林少尹看自己一眼，便若无其事地喝起饮子来。

沈韶光撇撇嘴：算了。转身去了厨房。

林晏却翘起嘴角。

本想给他拿两盘糕凑合，看见炖得差不多了的甲鱼，沈韶光又改了主意。她总得对得起人家给的银子。

有现成的面，沈韶光揪了一块，抻了点韭菜叶馎饦在开水里煮了，盛出一碗甲鱼鸡汤，把煮好的馎饦放进去，撒一把小葱花，放盐调味，便放在托盘上端了出去。

阿圆翕动鼻子：小娘子不是说这个是自家吃的吗？

这碗热腾腾、香喷喷的甲鱼鸡汤馎饦，让林晏出了一身的汗，领子都溻了。

难得见他这副狼狈样儿，沈韶光笑眯眯地问："郎君吃得可还好？"

对上沈韶光促狭的目光，林晏有些无奈，却忍不住笑了："很好。"

沈韶光站着，居高临下地看吃馎饦的林少尹。当年美男何晏被怀疑擦粉，大夏天吃汤饼出了好些汗，"以朱衣自拭，色转皎然"大概也就这样了吧？啧！啧！

林晏夏天穿得薄，又出了汗，沈韶光将他的身形看得更清楚，不要脸地又打量一眼，心满意足地走了。

林晏出了一身汗，到底失礼，又看沈小娘子有些没精神的样子，想让她歇一会儿，吃完馎饦没多待就走了。

回到家，换过衣服，林晏唤来刘常："我让你寻良马的事，先不用寻了。"

刘常有些愕然："裴郎没买那所宅院，所以不用送安居礼了？"

"把我日常骑的那一匹送他。"

"那阿郎呢？"刘常更惊讶了，那可是阿郎心爱的马。

"家里又不是没有旁的马，那匹枣红的就很好。"

刘常答应着。

"你帮我打听着，在终南山可有卖土地庄子或者现成别业的，供消暑之用。"

刘常懂了，阿郎俸禄虽多，花销也大，买了良驹，恐怕买别业就不够了。只是阿郎怎么突然想起要在终南山置业来？为了太夫人？老人家上了年纪，不耐热也是有的。只是阿郎又有多少工夫陪太夫人去住呢？

"另外，"林晏舔了舔嘴唇，"有一领竹簟，你让个生脸的人拿着，去沈记前面叫卖。"

电光石火间，刘常懂了。阿郎啊，男人啊……

第二日，依旧没睡好的沈韶光便见到了这卖竹簟的"商贩"。

沈韶光不是不识货的："这是山南道阆州竹簟吧？"

商贩颇懂礼貌，也和善得很："小娘子所言极是。"

阆州竹簟制作精美，光滑若玉，据说都是用山阴的竹子制的，夏天铺了可清凉无汗，年年都作为贡品送上京来，东市也有卖的，贵得离谱。

商贩笑道："不瞒小娘子说，这东西是某偶然救了一个贵人，那贵人送的。某小家小户，哪铺得着这个？拿到质库典当，也当不了几个钱，便想卖了。"

沈韶光还是觉得怪怪的：莫非这是贼赃？

贪小便宜要不得啊。沈韶光摸摸那玉簟：真好，等我有钱了，就买一领，不，买四领，家里四个人每人一领——沈韶光的梦做得越发美了。

"商贩"在外面转了一圈，垂头丧气地回到林宅，禀告了刘常。刘常没办法，这种事只可一，没法二，没"卖"出去也没法再试了。他用手点一点这个办事不力的，而后自己去阿郎面前领罚。

听刘常说了事情的始末，林晏无奈地笑了：阿茾不进刑部和大理寺做官，真是浪费了……

第十五章　如此表白没成功

沈韶光在厨房里剥蒲菜。

蒲菜这东西，沈韶光前世的时候只知道淮安和济南的最美。

淮安靠南，暮春时候采蒲菜，最常见的做法是包猪肉蒲菜馅儿的水饺，爱鲜味儿的人可以往里面加虾仁。或者放在老母鸡汤里——待汤炖好时下蒲菜，放盐巴调味儿就出锅，这样的老鸡蒲菜汤浓而菜嫩。再或者炒鳝丝，炒开洋，蒸狮子头；便是随便拿点素油清炒，也鲜嫩得很。

济南靠北，吃蒲菜要到夏天了，可清炒，可炒肉丝，可锅塌，可裹了面糊油炸，最经典有名的还是奶汤蒲菜。

然而不知是不是沈韶光运气不好，还是理解不对，几次吃到的“奶汤蒲菜”里面的奶汤都是炒制的面粉调和的，放了虾仁、火腿、海参之类的，颜色十分漂亮，味道也不错，但沈韶光总有一种失落感——在她的理解中，奶汤蒲菜的奶汤是大骨熬制的。

沈韶光实在想不到，在大唐的长安，竟然也有鲜嫩的蒲菜。这是上天给她试做大骨奶汤蒲菜的机会?

菜贩说这蒲菜来自渭水之滨，采了以后，用湿泥包住，快车送往长安。菜贩们收了菜，重新洗过再摆上摊子，或送往贵人府邸、酒肆食店。

“要不哪有这么鲜嫩？跟笋子似的。”菜贩笑道。

这样大费周折，自然不便宜，但沈韶光依然要了不少，又约定再有蒲菜，照样送来。

这东西现吃现剥才鲜嫩。于三与阿昌晨间起得早，中午又主要是他们在厨房忙活，沈韶光便让他们下午去歇会儿，自己在厨房准备暮食食材，择择菜，腌腌肉，顺便看着炉子上煮炖的东西。

阿圆走过来要跟沈韶光一起剥蒲菜，被沈韶光驱赶："怪热的，你又不舒服，去歇一歇。"

阿圆站起来走了一圈，又回来："我还是帮小娘子剥菜心吧，反正饿着肚子，歇也歇不舒坦，还不如干点活儿呢，省得老惦记吃东西。"

沈韶光无奈地笑了。

阿圆昨晚吃了不少烤羊肉，又吃了玉尖面，临睡时又吃了两个大桃子——若不是沈韶光阻止，兴许还要再吃一个——晚上又贪凉，晾着肚皮睡觉，五更时候就闹腾起来，跑了几趟茅厕。晨间，她肠胃犹不舒服。

沈韶光带她去看坊里的郎中，郎中诊了脉，看了舌头，写了方子，又嘱咐："这几日饮食要清清淡淡的，好好饿几顿吧。"这话让沈韶光恍惚想起《红楼楼》里王太医给巧姐儿看病来。

听了这医嘱，阿圆当时便垮下脸来。

她不爱减肥，平时贪吃沈韶光不管她，这会儿真病了，就必须监督了。

中午沈韶光专门为阿圆熬的小米粥，考虑她的胃口，又开恩给做了一小碗鸡蛋羹。这点东西相对阿圆无底洞似的胃，简直杯水车薪。

阿圆幽怨地看看吃孜然羊肉的于三，于三嚼得越发有味儿了；阿圆看把玛瑙肉塞在蒸饼里，里面还浇了浓稠汤汁的阿昌，阿昌悄悄扭一扭身子，给阿圆半边后背。

阿圆：还是小娘子厚道啊！

沈韶光吃的是肉丝蒲菜、胡瓜鸡蛋，就着与阿圆一样的小米粥。

哪怕是炒蒲菜那几根肉丝，阿圆看着也喜欢得很，满脸希冀地看看沈韶光，又试探着去夹。

于三咳嗽了一声。

阿圆恨恨地放下竹箸。

沈韶光只好安慰她："你这时候不养好了，以后吃一回闹一回，彻底把肠胃弄坏了，再想吃荤腥也吃不下了。再熬两天吧，等彻底好了，给你烤羊腿吃。"

阿圆撇撇嘴答应着。

阿圆饭时就没吃饱，这时候下午了，当然更饿。她一边帮小娘子把晚餐用的蒲菜剥好洗净，一边嗅炉子上奶汤的香味："午食时，小娘子做的那奶汤蒲菜客人们都赞呢，说看着清淡，没想到这般有味儿。"

沈韶光有些得意。中午用奶汤做的蒲菜确实挺成功的，奶白的汤里是嫩绿的蒲菜，点缀着几点腊肉，样子漂亮，汤汁鲜美，蒲菜爽嫩，好喝得很——只是中午喝着有些热，晚间定要痛喝两碗。

阿圆也得意："他们哪知道那奶汤是用猪骨、老鸡、老鸭熬的啊。这些东西莫说煮蒲菜，便是煮草鞋都香！若真用开水煮菜，末了勾个芡，他们肯定要摔盘子的。"

林晏才进门便听见厨房里的小婢说这样的话，不由得莞尔：果然是仆类其主。

沈韶光笑道："开水煮青菜，也有人喜欢，一般都是平日甘肥吃多了的贵人们想换换口味，比如常来的林少尹。可见这'大味必淡'啊……"这才是真讲究呢。

想到有钱人换口味，沈韶光突然想起电影《甲方乙方》里面那个被送到山村里把人家全村的鸡都给吃了的大款来。若是把林少尹也送去，不知道他能不能维持现在这样轩轩韶举的风度？

沈韶光正想象林少尹一头乱发，裹着黑棉袄，蹲在村口等待救援，却听得外面响起轻咳声。

沈韶光瞪眼：不至于吧？就这么巧？可见真是不能背后说人……

撩开厨房帘子出来，沈韶光对林晏讨好一笑道："林郎君好，林郎君里面坐，林郎君还是先来一盏井水镇的酸梅饮子解解暑气吧？"

林晏绷着脸，眼角却露出笑意："好，劳烦小娘子了。"

沈韶光眯眼笑道："不麻烦。"

阿圆早就去后院取酸梅饮子了。并不用沈韶光跑腿，她便照例问林少尹吃点什么。

"便是小娘子说的那大味必淡的青菜吧。"

沈韶光讪讪一笑，答应着。

她自知理亏，被人打趣一句也就打趣了，正待转身离开，却又听他道："小娘子适才在厨间的话，似有未竟之意。这'大味必淡'如何？"

沈韶光扭头看他：林少尹眉眼微弯，似笑非笑的，不似平日那般庄重矜持，倒有点儿他朋友裴郎君的意思。他这样的神情，问这样的话，分明是调笑。

沈韶光心神一荡，脸颊有些热。原来林少尹也能做出这般风流姿态来，真是……才人伎俩，诚不可测！[①]

沈韶光定定神，缓缓地出一口气。暧昧成这样，她真不能任其发展了。

沈韶光没去厨房，转而坐在林少尹对面，微笑道："儿适才在厨间所言，不过是逗小婢子罢了。浓有浓的好处，淡有淡的味道，并不用太较真儿，还请郎君莫要放在心上。"

林晏的脸严肃正经起来，他静静地看着她。

"这'大味必淡'没什么说的，儿倒有别的想请教。在掖庭时，曾读《诗经》'靡不有初，鲜克有终'，后又读一位洪先生的书，'使人有乍交之欢，不若使人无久处之厌'[②]，儿觉得，有道理得很。林郎君以为呢？"

林晏看了沈韶光半晌，沈韶光维持沉静微笑的样子。

林晏抿了抿嘴："听女郎说话，有些老庄的意思，但观令尊行事，却是一位儒者。"

沈韶光挑眉。

"某也是儒家弟子。我们儒家弟子但讲'志于道，据于德，依于仁'，尽心尽力以求之，如此而已。"林晏神色坚定认真，目光不闪不避地看着沈韶光。

沈韶光一时无话。原来你们儒家的积极入世，表现在各个方面……

"《礼记》云：'儒有席上之珍以待聘，夙夜强学以待问，怀忠信以待举，力行以待取。'"林晏舔了下嘴唇，垂下眼睛，轻声道，"这话，某说来有自大之嫌，但还是请小娘子认真想一想。"

儒者就像席上的珍宝，等待着被聘用；努力学习，等待着被询问；心怀忠信，等待着被举荐；身体力行，等待着被录取。他这是自比"席上之珍"，等着被我"聘取"？

---

① 是沈谦《填词杂说》里面评稼轩词的："词人伎俩，真不可测。"改了几个字。

② 洪应明《菜根谭》。

不是，你这是表白吗？

你们唐代人都是这样表白的吗？论道似的？

沈韶光假笑道：“你们儒者也真是，又何必‘知其不可而为之’呢？”

“不为，又怎么知道不可？也许‘可’得很呢……”林晏最后的语气有些轻，“呢”后似带着无尽遐想，明明这样正经的话，他竟然说出了两分狎昵缠绵之意。他有些不自然地端起饮子喝了一口，袖子中露出些五色丝缕来。

看着他的下巴和喝水时滚动的喉结，沈韶光的心思被这个“也许‘可’得很呢”带得有点跑偏。怎么“可”？赌书泼茶，鸳帐缠绵，生儿育女，白头偕老？

沈韶光咽了口唾沫，干笑一下，道：“可见这个儒家、道家果真大不一样，大不一样……我先去给郎君做汤菜。”

林晏看她有些落荒而逃的样子，忍不住笑了。

沈韶光在厨房里，把蒲菜切段，又切两刀腊肉、几片姜，往锅里倒点儿底油，把姜片和腊肉放进去煸炒，一边煸炒，一边心里五味杂陈地想着：林少尹颇有霸道总裁的范儿，不接受拒绝，反倒挑明了关系……他这位儒家弟子，有点……难缠啊。

阿圆又来添乱：“小娘子懂得真多，都能跟探花郎说学问了。”

沈韶光干笑：“还是不懂好，不懂好。”

阿圆诧异：“这是为什么？小娘子不是常常催我多识几个字吗？”

沈韶光语重心长地道：“识字就好，有些儒家的书不懂也罢。”

阿圆更加不明所以，但看小娘子若有所思、不愿多说的样子，也就不问了。

沈韶光把做好的奶汤蒲菜放进碗中，又随意地添了些现成的蒸饼、小菜，便让阿圆端出去。

林晏看向阿圆，阿圆替沈韶光解释：“我家小娘子琢磨‘儒家’的事呢。”

林晏笑起来。

连着热了好些天，终于下了一场透雨，电闪雷鸣，雨大得像面筋。

沈韶光搬了把胡床坐在门前，一边择菜，一边看雨。

“雨大得像面筋”不是沈韶光的原创，是她前世看亦舒小说上说的。亦舒还说："我已充分了解，什么是惆怅旧欢如梦。大雨倾盆的时候，海水卷上沙滩的时候。"

沈韶光没什么旧欢如梦，当然，年少的时候也有互相看着顺眼的人。那是一个高高瘦瘦的男生，两人前后座，在一起熬题山题海的日子里，时常一人半边耳机地听后街男孩的老歌，耳边响着《As long as you love me》（一首流行歌，《只要你爱我就好》），而后两人相视一笑。

高考完，两人一南一北的高考志愿，那点歌声中的朦胧情愫很快便被自由热闹的大学生活冲得淡了。后来这个兄弟去了后街男孩出道的佛罗里达州，在佛罗里达大学一路读到博士，并决定留在那里享受阳光和海岸。

沈韶光大学时，一时想不开辅修了个变态专业，几乎愁秃了头，又忙着考级、考证，忙着兼职赚钱，每天骑辆破破烂烂的自行车，背着笔记本奔忙在宿舍、自习室、图书馆、食堂和校外兼职的路上。恋爱？不存在的。

她工作以后的男女关系更是没什么说的，一边是灯红酒绿中的欲望，有今夜没明朝；一边是什么都放到天平上称量，条条款款，斤斤两两，那些幽微的、欲语还休的情感只能去咿咿呀呀的曲子中探寻了。

"原来姹紫嫣红开遍，似这般都付与断井颓垣……"[①]

林少尹啊，若是她在前世遇上该多好……

阿圆笑问："小娘子唱得真好听，唱的是什么？"

曾经睡前的催眠曲之一？沈韶光轻轻地叹了一口气，笑道："今天我们吃冬瓜鸭子汤吧。"

阿圆睁大眼睛，反应过来，拍手笑道："那好！那好！"连着吃了这几天的粟米粥、小青菜，阿圆觉得自己也像小青菜了。

过犹不及，沈韶光给阿圆开了禁，却还是嘱咐："只吃七成饱，不然再把肠胃弄坏，就且得饿一阵子呢。"

没有客人来，于三正挨个儿把店里的砍刀、菜刀、片肉刀、水果刀各种刀具磨一遍。

"啧啧，"沈韶光点头，"你别说，三郎，你这架势颇有侠客风范。"

---

① 汤显祖《牡丹亭》。

于三不理她，接着嚓嚓嚓地磨……

沈韶光待他磨完这一把，便说了炖鸭汤的打算，求他去杀鸭子。于三没说什么，披上蓑衣、顶着斗笠，去后院逮鸭子。

这鸭子不是自家养的，而是昨日肉贩送来没吃完的。多苟活了一天的鸭子正在享受天降好水，没想到就这么遭受了灭顶之灾。

不一会儿工夫，于三便回来了，沈韶光赶忙去接过他手里的盆，发现他已经用井水洗过鸭子了。于三啊，傲气是傲气，周到细心也是真周到细心。真不知道他原来的主人是怎么想的。

沈韶光端着盆回厨房，先去了鸭皮——以免油腻——然后起油锅，煸姜片、葱段，出了香味再放鸭肉爆炒，放一点盐糖调味儿，再略烹些黄酒，就倒水进去。水要一次性添足，中间记得撇一撇浮沫，慢慢煲着就是了。

这煲汤的方法她还是跟南方的室友学的，属于宿舍电饭锅菜系的经典。沈韶光是北方人，吃鸭子都是加啤酒炖，当然，最驰名的是烤着吃。

大雨难以持久，鸭子下了锅，雨就小下来，淅淅沥沥地下了一个多时辰，到可以往汤里放冬瓜的时候，雨停了。沈韶光看看天，已经快正午了：这个时候停雨，还有没有客人来啊？

客人自然是有的，比如“跋山涉水”而来的林少尹。

虽是休沐日，但也难得见他来吃正餐，沈韶光有点诧异。

林晏把油靴脱在门口，换了店里的木屐子，微笑道：“今日家祖母与光明庵的圆觉师太一同吃午食。”

沈韶光点头。挺好，两个爱吃又会吃的老太太肯定能吃到一块儿去。不对，刚才的话我没问出口啊。沈韶光决定加强自己的表情管理，特别是眼睛。

经过沈韶光的身边，林晏停住脚，笑问：“今日做的什么，这般香？”语气随意……就好像从外面回来的郎君问自己的娘子一样。

沈韶光抬头。他本就高，穿了木屐子就更高了，两人离得又近，沈韶光只能仰视他。对上那双含笑的眼睛，沈韶光又避开。他今天穿的是胡服，露出的锁骨处有一颗小小的红痣……

沈韶光清了清嗓子：“炖的老鸭冬瓜汤。”

“甚好，适合夏日喝，给我略放一点胡椒。”林晏笑道，然后走去自己惯常坐的位子坐下。

沈韶光看他的背影：你们儒者都是这么不见外的吗？那是我们自家喝的！

她虽这么想，这碗老鸭冬瓜汤还是要给他的，再配几个小芝麻饼和清淡小菜吧。

林晏等汤菜的时候，进来两个人，一位是李相公，另一位四十岁上下，浓眉大眼，方脸方下颌，一副端正的相貌。

林晏站起来，近前行礼："李相公。"

李悦露出些讶色，笑道："是安然啊。"刚才他还坐车在林宅周围转了一圈，这感慨还没散尽，便遇到了宅子的现主人。

沈韶光听见外面的动静，从厨房出来，两位客人扭头，霎时她的旧记忆翻涌起来：这是楚九，楚家阿叔。

沈韶光怔住。

李悦对她笑了一下，楚棣则若有所思地皱了一下眉。

李悦为楚、林二人做了介绍。

楚棣，当代大儒，在广平书院设坛讲学，于读书人中颇有雅望。林晏以晚学后生的身份向其行礼，口称"楚先生"。

楚棣身边有不少这个年纪的学生，只是没有林少尹这样已经穿了绯袍的。对这位住在故友的旧宅里的年轻人，楚棣观感颇复杂，挑剔了一番，不得不承认，这样的风姿还算配得上沈五那几竿翠竹，面上却客气地笑道："某乡野之人，林少尹请勿如此多礼。"

又寒暄两句，三人入席落座。

沈韶光端着托盘过来，奉上饮子和菜单，笑问："贵人们看要用些什么？"

"敢问小娘子，既云'沈记'，这店主人可姓沈？"楚棣问。

沈韶光笑道："儿确实姓沈。"

楚棣眼中光华一闪，他又认真地看了看沈韶光，当着外人不好多问，便只点了点头。

李悦知道他想什么，来到这崇贤坊，刚走过故人故宅，脑子里想的都是旧时事，这时候听到一个"沈"字难免多想。

当年李悦虽在江南，却也曾托人打听，说是沈家弟妹殁于掖庭，阿荠也病重。一个小小的孩童，又是从小被娇养的，没有大人护持，在那种地方……

李悦看看老友，对沈韶光笑道："有什么小娘子尽管送上来就是。某虽没带多少银子，外面的五花马却可以抵给你。"

沈韶光笑起来，故作轻松地道："贵人们在这里，"又特意看一眼林少尹这位民政、商务、治安什么都要抓的长安常务副市长，"儿可不敢宰牛。"①

两人都用的李白《将进酒》的典。

一句话说得李悦大笑起来，楚棣和林晏都看沈韶光一眼，也笑了。

沈韶光微笑着颔首行礼，拿着托盘退去后厨准备饭菜。

李相公口味杂，又是宴客，碰巧今日下雨，肉贩没送肉来，沈韶光调动所有的脑细胞，把后院的鸡、鹌鹑，厨房水桶里剩下的两条花鲢，库房储存的腊肉、腌鱼、肉酱、豆豉都利用起来，配着蔬菜，好赖也整治出了像样的席面。

李悦指着他食案上的半个鱼头笑道："这个有味儿，你们尝尝。"

这鱼头是配着食茱萸酱蒸的。食茱萸酱没有剁椒那么辣，但也有一股时间酝酿的辛香气，且能去腥提鲜。

这道菜的做法与后代的剁椒鱼头差不多：鱼头对剖，先用盐、黄酒、姜汁腌渍入味，鱼皮朝上放在盘中，上铺姜末和食茱萸酱，开水入锅蒸制，一盏茶的工夫出锅，撒蒜末、葱碎，浇热花椒油，也就成了。

这样做出来的鱼头，辛香鲜嫩，与砂锅鱼头豆腐相比，另有一番滋味——大约相当于辣妹与淑女？

李相公明显很欣赏"辣妹"，楚家阿叔也没什么，林少尹吃了一口，虽面上若无其事，但沈韶光看他喝光了一盏饮子。

看来林少尹是"淑女"派啊。

沈韶光让阿圆又为三人添满了饮子杯，自己则去厨房端了三小碗老鸭汤来："盛夏暑热，请贵人们食些鸭子，去去湿气。"

那鸭子汤上只有星星点点的油星，里面两三块鸭肉、削了皮儿稍微带点青绿的冬瓜块、两颗红枣、三四颗枸杞子，盛在小小的白瓷汤碗里，好

---

① 唐宋杀牛限制多，健康壮年耕牛不能杀，病了、老了的宰杀要走官方程序。

看得很。

林晏看她一眼，拿勺舀一块冬瓜放入口中，刚才吃鱼的燥终于压了下去，不由得眼角微微翘起。

“某见过的女郎都没有小娘子这样的好手艺。”楚棣喝口汤，看着沈韶光笑道。

沈韶光实事求是地笑道：“儿以此为生，做得多，手熟而已。”

楚棣默默地点头。

林晏看一眼她鬓边汗湿的头发，再想想养尊处优的女郎们，心里突然酸楚起来：我的阿荞啊……

沈韶光再施礼，拿着托盘退下。

李悦也觉得楚棣把开酒肆的小娘子与女郎们比不合适，想到女郎们，就想到给林晏和秦家小五娘撮合的事。如今秦五娘已经许了信阳公的孙子，林、秦二人明明郎才女貌，却没缘分。

李悦也不怪林晏，反倒欣赏他的念旧和正直，当下笑道：“说到女郎们，安然年岁也不小了，该成家了。”

林晏看一眼那边厨房的蓝色门帘，微笑道：“是，家祖母已经在相看了。”

李悦听说林家太夫人在操持，自然不会再多话。

座位正对着林晏的楚棣略挑眉，又打量一眼这位林少尹，端起汤碗舀了一块冬瓜来吃：配那两竿竹子倒还好，若是旁的——是不是太清淡了？

第二日，楚棣单独来到沈记酒肆。

“阿荞——”楚棣进门，微笑着看向柜台后面的沈韶光。

沈韶光咬一下唇，上前正正经经地行晚辈礼：“儿拜见阿叔。”

阿昌差点把手里的一摞盘子摔了：小娘子几时多出个这样的阿叔来？这不是昨天来的客人吗？

撩着厨房帘子看到这一幕的于三，脸色也是一变。阿圆却从容淡定得很：我家小娘子这样的人物，莫说有两个贵人亲戚，便说是流落在民间的公主也不奇怪啊。

之前虽也笃定，但听她亲口承认，楚棣还是激动地道：“好，好啊，我们的小阿荞已经长成女郎了。”

“阿叔却还是当年模样。”

楚棣端详沈韶光，沈韶光也仔细打量楚棣。

他又怎么会还是当年模样呢？与记忆中的样子相比，楚家阿叔眼角的皱纹多了，鬓边甚至有了些许华发。曾经意气风发的青年高官，变成了如今沉稳淡然的布衣儒者。

两人都有点叹息。

沈韶光请他去后宅坐。

看着小院中的桃子树、胡瓜架、茄子秧、咕咕叫的小母鸡，楚棣感慨地笑道：“当年你阿爷便总想着归园田居，盖一间草堂，堂前植桃李，后院种瓜菜，甚至画了图。”可惜……

沈韶光想起书册中“半百即挂冠，驾车归林泉”的诗来，微笑了一下：“儿种菜的本事应该比阿爷要好一点。”

楚棣笑起来。

沈韶光为楚棣掀开帘子，两人进了正堂。

普通的民居不比官舍，屋子浅窄，三面粉墙，随意摆着几样粗腿儿厚面儿的榆木几案。案上有扣着的书册、打了一半的结子，还有半盏残茶，虽拙朴，却也闲适。

楚棣看一眼那书册的皮儿，《阿芙罗国游记》，不由得微笑起来。

沈韶光有些不好意思地收拾了一下，请楚棣坐，又亲自奉上井水镇的酸梅饮子。

楚棣把目光放在侧墙挂的画上，淡淡的粉墙乌头门，墙里探出半树海棠，散下好些落英，无题无款，只盖了个“留春住”的章子。

“这是后院那株海棠？”

虽然刻意模糊过，却瞒不过知情人，沈韶光点头笑道：“春日的时候从旧宅墙边过，看这花开得越发好了。”

本是主人，如今却只能在墙外看了，楚棣缓缓地出一口气，微笑道：“阿荠的画画得很好，比你阿爷的灵秀，他的字和画都不似出自一人之笔。”

沈韶光笑起来，回头看那幅画，兼工带写，有水墨的闲散清淡，有工笔的逼真娇艳，确实挺好的。她对楚棣眯眼一笑：“儿的得意之作呢，不然断不会挂出来。”

楚棣笑着用手虚点她。

略寒暄几句，沈韶光问候了楚棣的家里人，俩人便聊起她的掖庭生活和如何出宫来的。

时过境迁，沈韶光自然拣着好的说，说起掖庭的几位内教博士："赵博士爱酒，自言若是出去卖字得润笔，其中七成该供给酒神……方博士不爱言语，却顶讲究，有一回因内宦燃的香不对，拒绝教琴……刘博士则有些唠叨，常说'汝等虽不用科考，这经书的注疏也要略懂一些'……"沈韶光学着刘博士的声调道。

她说的是那些正经的内教博士，而不是后来充作老师的宦者宫女们。

其中的赵斯年，楚棣还向他打听过沈氏母女的情况，此时听她提起，又想起当时的情景。

沈韶光也说一点内廷膳房的事："这么多宦者宫女，其实是有点人浮于事的。每日的这个时候，我们多半在听老内监讲古，什么太液池的荷花精、膳房的老鼠怪之类的……"

沈韶光嘴里的掖庭生活一片岁月静好，却不知她越这般说，楚棣心里越哀痛：小小的孩子，要经历过多少磋磨，才觉得这点清闲值得拿出来说？

至于出宫的始末，则更简单，沈韶光笑道："去岁天旱，放出些宫女来，儿与了那管着汰换宫女的宦者一些钱，报了个病，也就出来了。"沈韶光又想起林少尹来，当时这哥们儿冷着一张脸，着实有些吓人，没想到现在竟然会与她探讨情感问题。

楚棣没问她为何没回洛阳。显然，小阿荠是个有主意的，不是那种遇事只会哭的娇弱女郎。她既能自己过活，又何必去给别人添麻烦，自己也不得痛快？

说完自身情况，沈韶光也发问："阿叔是怎么认出我的？"李相公可没认出来。

楚棣笑道："我原在刑部，单凭一幅吏人们涂的最多有五分像的画影便认出了男扮女装的罪犯。"

沈韶光睁大眼睛，不知这样的观察力是天赋异禀还是训练有素的结果。

楚棣没说的是，自己与沈谦少年相识，不比李相是后来做了官才认识的，两家又毗邻而居，通家之好，故而对沈家阿嫂也熟悉。阿荠的眉眼长得像其母，嘴巴却像其父。

既然说到这里，沈韶光便干脆求楚棣："还请阿叔莫要告诉李相我的事，李伯父到底做着官，不知多少人盯着呢，儿这样的身份，实在不宜与他有太多牵连。"关键是，让人家难做。对故友的怀念与接收故友长久的麻烦，不是一种事。就让那份没变的故人心好好保留着吧。

楚棣缓缓地点头，看着沈韶光的眼睛："我却无妨。"

沈韶光眯眼笑道："阿叔不觉得儿如今的日子很好吗？有草堂，有桃李，有瓜菜的。"借的是楚棣刚才说沈谦归园田居梦的话。

楚棣皱眉笑斥："你若是小郎君，我再不管你。"

说到这个，楚棣就想起那"形迹可疑"的林少尹来，虽这话不适合一个世叔讲，但这种时候，也没有旁的办法，只好从权，况且阿荠也不是那种羞怯的小娘子："你与那林少尹——"

沈韶光觉得这位前刑部侍郎简直太绝了，若不是辞官早，估计能进史书，后代或许还有专门以他为主人公的小说和电视剧,《楚公案》《神探楚棣》之类的。

沈韶光不扯什么门楣："那位少尹性子太冷，儿太散漫，不合适。"

性格不合实在是古今都好用的托词。

楚棣咽下到嘴边的话，挑眉看她，沈韶光微笑。

半晌，沈韶光到底端正了神色道："儿不管去洛下还是随阿叔去，还是在李相公处，都是先父的女儿，既泯不了这重身份，在哪里都是一样的。这些都是儿当承担的，儿承担着就是。"

楚棣想起十几年前，就在不远处的宅子里，那个总是从容得有些散漫的人一脸毅然："我只做自己当做的事。"

楚棣深深地看一眼沈韶光：还真是亲父女！

沈韶光却又笑起来，颇真诚地说："说实话，儿对如今的日子真是很喜欢。阿叔看，儿出宫不过一年，便有了这间酒肆，还买了小宅，假以时日，保不齐能成为长安巨富呢。到时候儿便在终南山买一片别业，渭水也要一片，阿叔再来长安，我们一起在终南山行猎，渭水钓鱼……"沈韶光惯常给阿圆、阿昌他们画大饼，画的遍数多了，自己都当真了。

楚棣到底让她逗笑了："我们阿荠不只有易牙烹调的本事，还有管仲经商之能。"

沈韶光大言不惭地道："可惜不是男儿身！不然也算个栋梁了。"

楚棣笑起来，心里却越发感到遗憾：阿荠幼时有些娇憨，如今这娇憨却只剩表象了。

看看外面的天色，不知不觉，已经将近午时，沈韶光笑道：“昨日缺食少蔬的，今日阿叔一定要尝尝儿的手艺。”

沈韶光给楚棣找了几本书，请他自便，自己去前面店里安排饭菜。

说是尝尝自己的手艺，到底不合适把客人长时间地扔在那里，沈韶光只意思意思地做了个鱼脍，其余都是于三做的。今日于三格外沉默，连个眼神都欠奉。这脾气啊……

沈韶光回来接着陪楚棣聊天儿，这回说的却是学问，沈韶光被考出一鼻尖儿的汗来。

阿圆和阿昌拿托盘把饭菜端到后宅，沈韶光舒了一口气：“学渣”单独面对老师的考试，太可怕了。

楚棣却有些遗憾：阿荠的学问在她这个年纪的女郎中是很不错的，但与书院中那位女先生比，还是有差距，不然可去书院待一阵子。一个女郎家，独身在这里行商贾事，到底不合适。楚棣却又想到那位林少尹：阿荠真的对他没什么吗？

那位林少尹性子确实太冷淡了……楚棣微皱眉头。

“阿叔尝尝这道白斩鸡。”沈韶光道。

那切开的鸡块骨头中似还有些泛红，沈韶光笑道：“这道菜讲究的就是‘肉熟骨不熟’，是用滚水浸熟的，这样才滑嫩。”

楚棣夹了一块鸡肉蘸着料汁吃，果然皮爽肉滑，清淡又鲜美。

沈韶光又让他尝鱼脍：“这道鱼脍是儿调的，阿叔尝尝。”

这道鱼脍与传统的金齑玉鲙不同，是把草鱼片与姜丝、葱丝、蒜片、芫荽段儿、豉油、芝麻、粉丝加了油盐糖等调料拌出来的，类似后世的顺德鱼生。

出来开饭馆这一年，沈韶光的刀工长进不少，鱼片片得薄而均匀，经过这么一拌，又滑又嫩又鲜，特别适合这样的炎炎夏日吃，清爽得很。

沈韶光说起这片鱼的讲究：“关键要在鱼下颌和尾巴处各割一刀，放尽了血，不然颜色污浊，味道也腥。”

沈韶光又玩笑道：“阿叔是远庖厨的君子，听我这说法，但愿不要‘不忍食其肉’才好，不然这鱼不是白死了？”

看着活泼的小娘子，吃着美味的鱼脍，楚棣突然觉得，这市井日子确实挺好的。

送走了楚家阿叔，沈韶光又翻出林少尹送来的那些书册，旧记忆在脑子里翻涌，泪水滴在发黄的纸张上，洇染开来。

或许是接收了原主的身体和记忆，又在掖庭煎熬了些时日的缘故，沈韶光一直没能把自己与原来的阿荠剥离开，某些黎明半睡半醒的时候，偶尔会有庄周梦蝶之感，不知道唐代的罪臣之女阿荠和二十一世纪的沈韶光到底哪个才是自己。

沈韶光轻轻地叹了一口气。

咚咚！

沈韶光抹一把脸抬起头，是于三。

“嗯？”沈韶光诧异。忙了一中午，他怎么不趁这工夫休息会儿？

于三来到沈韶光对面坐下，看着她面前的书册箱子，犹豫了一下，问：“你是故礼部沈侍郎之女？”

沈韶光点头，挑眉看他。

“我的旧主是吴王第四子李绪。”

沈韶光愣住，没想到两人还有这样的渊源。

“冬天的时候，李相公与林少尹说起旧事，当时你似就神色不对，我没多想。这次楚郎君来，你唤阿叔，我才猜到。”于三解释。

沈韶光点头。

“四郎年纪稍长于你，吴王出事时还未到十六岁，本该被流放，听说是因为你们沈家的事朝中议论纷纷，先帝到底网开一面，直接贬他与五郎为庶人完事。”以他那娇弱样儿……怕是受不住流放之苦，所以沈家算是他的救命恩人。

“虽为庶人，起初还是有朝廷的人监管，当然也有吴王故旧照应，后来时候长了，监管松懈了，今上即位后，我们便搬了家换了地方——他也不愿再受故旧们的照拂。”

于三想起李绪漂亮的桃花眼微眯着讪笑的样子，他说“他们见了我便说些王府旧事，说平反，又催促上进……我还能考科举不成”的语气。曾经于三感同身受着，此时却禁不住想：若是小娘子，恐怕不会似四郎那样放任消极、自暴自弃，这会儿保不齐要买大船弄航运呢。

于三拉回思绪，对沈韶光道："他是很感激沈侍郎的。"

沈韶光提起嘴角笑了一下：感不感激的，有什么要紧的？于父亲不重要，于自己更不重要。

沈韶光倒是疑惑：于三年纪不大，于这些事情知道得这么清楚，想来是这位四郎身边极亲近的人，怎么就会被卖了呢？有什么别的变故？想起他说的换一桌鱼宴的事，沈韶光迟疑了一下，到底问："这位四郎果真——如你说的那般落拓不羁吗？"

于三知道她问的是什么，沉默半晌，道："他没拿我换鱼宴。"而是……直接送了人。

看他的神色，沈韶光没再问。

沈韶光收拾书册，于三也帮她收拾，等收拾完了，于三终于问："因吴王的事你家破人亡，你怨恨他们吗？"

林少尹也问过她类似的问题，只不过一个问的是怨不怨父亲，一个问的是怨不怨吴王。沈韶光的回答都是一样的。

于三似松了一口气。

沈韶光拍了拍他的袖子，笑道："便是我怨吴王，与你也没关系。"

于三瞪她一眼，搬起箱子："放哪儿？"

"跟林少尹的屏风放一起。"

听了"林少尹"三个字，于三张嘴想问她，到底没问，直接搬着箱子走了。

林晏从京兆府回来，便听门上阍人说有位楚先生来了，被周管家请去了外书房奉茶。

上午的时候，林晏便让人送了名刺去给这位西柳先生，因对方住在李相府上，名刺便是送去李府的，想借着讨论学问的名头问一问当年沈公和吴王的事，没想到对方竟然会直接过来。

沈公之案，其实关键还在吴王身上，但吴王案这种宗室谋反大案的卷宗是真调不出来。西柳先生先前是刑部侍郎，应该对此案知道得很详细——怕只怕他当年与吴王牵扯太深，审理时需要避嫌。

林晏快步往外书房走去。

"楚先生久等，晏回来晚了。"林晏叉手行礼。

看着执礼甚恭的林晏，楚棣微笑道："两次见少尹，少尹都这般客气，某实在不敢当。"

楚棣想象，若是沈五不出事，这个时候给阿荠相看亲事，这个小子便是再恭敬些自己也免不得要帮着挑他鼻子眼睛的，兴许还要派人查他个明明白白……

看主人回来，周管家行礼后退出去，婢子奉上茶饮，也悄悄退了出去。

两人对坐。

林晏开门见山道："晏想请教先生些旧事。"

楚棣微笑："少尹请讲。"

"关于十几年前，住在此宅的沈公附逆一案，不知先生可还记得？"林晏神情郑重地问。

"沈五是某至交好友，某怎么会不记得？只是……少尹为何问起此案？因住其旧宅，心生好奇？某听闻少尹当年亦曾奔走营救崔公，所以对沈五的心情深有同感，想知道得清楚些？"楚棣盯着林晏。

"都不是，是为了一位朋友。"

"朋友？是男是女？"楚棣挑眉。

林晏也看着楚棣：这位楚先生看来已经认出了阿荠，甚至也知道了自己对阿荠的情意，西柳先生果真名不虚传。而且他愿意上门来，当也是为了她。

林晏神色一暖："先生稍候。"

林晏出门吩咐刘常去内书房取装卷宗的匣子，不多时刘常便取了来。林晏把匣子放在楚棣面前："这是沈公一案的卷宗。"

楚棣神色松了松：这人倒也算有心了。

"先生想来是从沈记酒肆来？"

楚棣也不跟他绕弯子了："少尹是怎么知道沈记的小娘子是沈让之之女的？不会是她自己说的吧？"

"她出宫时某正在安福门，查看过她的公验。"

楚棣：我还真是没看错你！查看公验……

林晏自己也有些讪讪的，抿抿嘴，再施礼："还请先生帮忙。"

楚棣看着林晏有些不好意思却表情极认真的脸，还有这强买强卖的一揖，突然觉得这位少尹还是有意思的，不似他表现的那般冷淡严肃。

楚棣低下头拿起卷宗来看，刚才轻松的神色退去，眉眼间都是悲哀之色。

“当时有人密告吴王反，先帝未经三司直接派禁军搜了吴王府，扣押了吴王府一干人等。审理不是在刑部和大理寺，但我们也自有消息来源。吴王府违制的东西是有的，但说实话，哪家王府没有宫里出去的违制的东西？当时我们推测对吴王应该不过是斥责罚俸，当不会夺爵，谁能想到陛下要杀人？

“我又动用一些私人关系查探，说是先帝身边的大德清妙辅元真人夜观天象看出了反星，又推算这反星应在吴王身上。

“当时朝中多数大臣都劝阻，更有像沈五这种丹陛前力谏陈情的，但先帝乾纲独断……”当时的朝中一片乱象，皇帝崇信道人，服食丹药，性情狂悖，朝中固然有坚贞之士，但也不乏浑水摸鱼、阿谀奉承甚至心怀不轨者，若不是先帝吃药吃死了，或许如今已经国将不国。

林晏虽入仕晚，且开始官小位卑，却也是经历过先帝朝的，知道当时的乱象。

“吴王案后期刑部虽也参与，但因我与吴王有来往，早早便被停职避嫌。至于那道士有何居心，背后是不是有别人，还有没有其他人参与其中，这些背后的玄机就不得而知了。”楚棣拍拍手里的卷宗，“便是这个我也是头一回看见。”

这卷宗中虽细找也能找到些蛛丝马迹，但毕竟只是“附逆案”的卷宗，且其中多有模糊之处，就这点东西，又时过境迁，当事之人死的死，活着的也四处飘零，关键是当今皇帝依然在压着此案，想凭此找出什么铁证翻案，恐怕是难了。

林晏点头：“多谢楚先生告知当年的事。”

“少尹世家子，又已经穿了绯袍，若沈五不能翻案，少尹有何打算？”楚棣记得自己此行的目的。

“阿荠也还是那个阿荠。”

楚棣被他噎了一下，倒笑了，半晌道：“少尹是有心人。”

“只恐沈小娘子顾虑太多。”

楚棣点头：她确实顾虑多，脾气也执拗，你且有的磨了。

过了这些年，很多事楚棣已经看淡，便是翻案沈家三口也活不过来了，只要阿荞过得好也就罢了。这林少尹虽看着性子冷淡些，但做事还是靠谱的，人也算真诚。楚棣这会儿觉得阿荞继续在这里开小酒肆也不是坏事，小儿女们……

外面敲起暮鼓，楚棣站起身来："多谢少尹的款待，今日见了少尹，听少尹一席话，某心怀宽慰不少。"

林晏赶忙行礼："晏多谢先生教导。"

两人再客气一两句，楚棣往外走，林晏迟疑了一下道："先生，晏有一事求教——"

楚棣侧头："少尹请讲。"

"某还不知沈小娘子的名字。"[①]

楚棣脚下步子一顿：木头！这种事你不是当亲自去问阿荞吗？白长了一张聪明俊逸的面孔！

"忘了告诉少尹，小娘子说她散漫，少尹严肃，性子不合适。"

林晏顿一下，施礼道："多谢先生告知。"

此次楚棣来长安，一则是送书院前辈姜畴老先生的棺椁回京兆老家安葬——老先生德高望重却无子息，与楚棣半师半友，于情于理都要走这一趟。一则也是探望李悦和另一两个故旧好友。自吴王事后，大家或宦海浮沉，或飘然江湖，各自辗转着，虽偶有信件往来，却不曾相见。一晃十数年，下次大家再聚首已不知什么时候。

能再见阿荞，对楚棣来说实在是太意外的惊喜。

本来楚棣是十分希望阿荞能跟自己走的，认她做义女，好好地养在闺中，择个品貌上乘的夫婿，看她安安稳稳地过日子——日后自己死了也好地下见沈五。

但几次去沈记酒肆，楚棣发现她是真心喜欢这市井的烟火气，且过得

---

① 本文设定宫女出宫公验文书上面有家族、籍贯、年龄、入宫时间和原因，某年某月以齐民身份出宫等内容，用 ×× 长女、×× 次女、某某妻区分身份，没有名字。

如鱼得水，小小的一个女郎极有主见，倒不好硬要她如何了。再想到同坊那位“别有用心”的林少尹，楚棣思量再三，只好叹一口气：“阿叔随时欢迎你来，阿荠。”

这位“别有用心”的林少尹后来也来拜访过两次，看他的君子模样，再想想阿荠嘴角噙笑的机灵相，楚棣竟然对他生出些同情来，却依然要虎着脸警告：“少尹是君子，某放心。”

林晏叉手行礼：“是。”

不大那么君子的反而是沈韶光。送走了楚家阿叔，沈韶光又回到了旧节奏上来，每日做点吃吃喝喝的东西，收收钱、算算账，诅咒诅咒这漫长炎热的夏天——还有偷窥林美人。

因为天热，林美人平日穿正经圆领袍的时候少了，穿交领衫子或者新式胡服的时候多。

那胡服还罢了，不过是更显身材些，他穿衫子却实在好看。

宽袍大袖的纱衫，延续魏晋的款式，潇洒飘逸，行起路来有衣带当风之感。若他坐于窗前低眉品茗，就似一幅活的名士图了。

沈韶光是个注意“细节”的人，数次扫见他颈间的小红痣，又小又红，像朱砂点的，可爱得紧。这若是在宫里哪个美人儿身上，保不齐会带起一股子人体彩绘热来。至于那红痣往下交领内的风景……

林晏伸手拿绿豆糕，露出手腕上的五色长命缕来。似被那鲜艳的颜色灼了眼睛一般，沈韶光赶紧避开。

林晏却含笑抬眼看她。

沈韶光极正经地一笑道：“郎君尝尝这个菱角饼，是用今年早摘的菱角做的，裹了枣泥，香甜得很。”

林晏只笑着看她，不说话。

沈韶光轻咳一声，维持着那个正经的笑：“郎君慢用。”便转身走回自己的柜台后面去。

阿圆在厨房悄声问于三：“我们小娘子是不是瞧上林少尹了？”

于三没答。

阿圆小声道：“小娘子眼光就是好，林少尹是我们坊里最好看的郎君。”

于三忍不住道：“你什么眼睛？分明是那林少尹看上我们小娘子了。”

阿昌放下择了一半的菜，也凑过脑袋来。

阿圆回想了一下道："那就是林少尹眼光好，我们小娘子实在是……"阿圆还在想怎么说，阿昌已经道："我们坊里最好看的小娘子。"

阿圆深深地点头。

于三忍无可忍，把两个脑袋推开："干活儿去！"

阿昌从开着的窗户往外看，知会阿圆："猫来了！"

阿圆端着煮好的鸡肉拌饭出去，四只野猫看见熟悉的食盆，都围过来。

沈韶光也出来看。

阿圆对小娘子喂野猫的行为颇不理解："这只黑的还偷过我们的肉呢，又不为我们逮老鼠。"

沈韶光笑道："喂着吧，我们又不缺这一口吃的。"

这四只猫吃完，便大摇大摆地离开，沈韶光想抱一抱都不能，不由得笑骂："小没良心的。"

背后的人轻咳一声，沈韶光回头，是林少尹。不知是不是热的，他耳边似有些发红。

沈韶光客气地微笑道："林郎君慢走。"

林少尹颔首，转身走了。看着他的背影，沈韶光有些埋怨：长得这么好干什么？弄得我跟把中了五百万的彩票在洗衣机里搅烂了一样。唉，有缘无分，徒呼奈何啊！

却不想，过了两日，林少尹竟然抱了一只猫来。

沈韶光看着他怀里的小可爱：林少尹爱猫？正要再嫉妒一刻钟这种有猫的人生呢，她却听他道："这是友人所赠，但家祖母有猫近前便喷嚏不止，某想问一下，小娘子愿不愿养着？"

沈韶光理智还在："郎君前日也看见了，儿养了四只猫呢，个顶个地彪悍。"又看林少尹臂弯儿里的猫，"郎君的猫太娇贵，恐怕过不得我们这粗糙日子。"

林晏微微一笑，把猫放在地上，自去座位上坐了。

沈韶光不由自主地看那猫：这位"主子"真好看，通身白色，只头顶是黑色的；头中间又有一道琥珀色的棕色，似插着玉簪一般，耳朵偏又是白色的。沈韶光竟然在猫身上看出些玉树临风的意思来。

那猫虽"海拔"低，却颇有睥睨之姿，冷冷淡淡地看了沈韶光一眼，又看看周围，便优雅地走到一个蒲团上坐了下来。

被那傲娇的小样儿迷得不轻，沈韶光食指轻敲柜台，犹豫又犹豫。

便是一向对猫观感一般的阿圆都瞧上这猫了，主动问沈韶光："小娘子，给它弄点鸡肉喂一喂？"

林晏看一眼那边纠结的身影，弯起眉眼。

也罢，一只猫而已，又不是什么名贵的东西，她连荷塘屏风都收了，也不差这一个。沈韶光走过去对林晏道："那就多谢林少尹了。"恍惚间，沈韶光仿佛听到了自己节操落地的吧唧声。

沈韶光又问这猫的习气，林晏道："它的原主人说这猫很安静。"

沈韶光看着林晏：别的呢？

林晏恍惚觉得自己回到幼时贪玩没有温书被先生叫起来的时候，面上却温和地微笑道："倒并没说旁的。若有什么事情，就告诉我，我让人去问问就是。"

沈韶光突然想起《围城》里面说的"借书"诀窍：男女交往是不能送书的，顶好是借，这一借一还，一来一去可不就熟了吗？这养猫又比借书麻烦得多……

沈韶光看着林少尹温良的脸，林晏挑眉，沈韶光觉得是自己想多了，笑道："若真养不好，少不得要麻烦林郎君。"

林晏笑着点头。

沈韶光突然想起来："这猫叫什么名字？"

"其眼灿灿若电，故曰'明奴'。"

沈韶光点头：挺好听的。她随口笑问："郎君起的？"

林晏舔了一下嘴唇："这名字没有什么——冲撞吧？"

沈韶光顿了一下，似笑非笑地看他。林少尹垂下眼，用茶盏盖子轻轻地拨浮着的茶粉。

沈韶光却又想起别的，笑问："说到冲撞，还不知少尹的名讳。"

"某单名晏，字安然。"

《小尔雅》上说"晏，明也"。明奴……林晏的小奴？更或者，这"奴"单纯是个衬字？

在沈韶光的注视下，林少尹依旧慢条斯理地喝茶。片刻后，沈韶光悻悻地挪开眼：这人到底是进士及第、年纪轻轻的绯袍高官，要起流氓来凡人难敌。

便如博弈一般，沈韶光刚退，林晏便进。他抬眼微笑着看她，带着点期待，又有些不好意思似的。

沈韶光僵了一下：他该不会等着我也自我介绍一番吧？

林晏不再逗她，垂眼轻笑起来。

半晌，沈韶光也有些无奈地笑了：怎么会暧昧成这样儿？

“我去给郎君看看饭菜吧。”沈韶光站起来。

“简单些就好。”

“嗯。”沈韶光点头，回了厨房。

沈韶光一边拆鱼骨鱼肉，一边想自己与林少尹的事。到底是林少尹艳色太勾人，还是我意志太不坚定？明明知道没结果的……沈韶光对自己的道德底线和意志力产生了深深的怀疑。

沈韶光把拆好的鱼肉碎加芝麻香油、盐末、姜汁、一点点胡椒粉拌匀腌着，又切腌笋和藠头，都切细的丁，又切了些香葱末。锅里用鱼汤熬的粥已经米烂汤稠，沈韶光把鱼碎、笋丁、藠头丁及葱末放进去搅拌均匀，只等它再次开起来的时候，放盐调味儿就可以了。

看着小火慢熬的这一砂锅鱼茸粥，沈韶光顿悟：所谓治大国若烹小鲜，这位京兆少尹才是那个鼎鼐调和的高手啊……这是要拿我当鱼肉炖了。

沈韶光有些不甘心，但想到他春山新碧似的一笑，想到他说“我们儒家弟子但讲‘志于道，据于德，依于仁’，尽心尽力以求之，如此而已”时认真的样子，还有那句“也许‘可’得很呢”尾音里的悠悠余韵，又觉得自己这般倒也情有可原。

于三回头，皱眉问道：“粥还没好？”

“好了，好了。”沈韶光放上盐，把砂锅端下来凉着。其实这是店里四人的暮食粥，现在从中匀出一碗来给林少尹。

又随意拿了几小盘凉拌菜，沈韶光看见有炖好的虎皮鸡爪，报复心起，夹了两个放在小盘子里，把这些通通放在托盘上，给林少尹送出去。

“林郎君尝尝我们的鱼茸粥。”沈韶光笑道，又特意指着那两个虎皮鸡爪，“还有这个，这是我们酒肆里的招牌小菜，先焯再炸再炖，又香又酥，就粥吃最有味儿。”

看一眼沈小娘子带着些促狭却又装正经的笑，林晏喝一口粥，拿起鸡爪慢慢啃了起来，并没有沈韶光期待的狼狈。

有些人大概就是穿大裤衩坐马扎在路边撸串儿，也能从容优雅得好像闲庭信步赏落花似的。沈韶光瞥一眼他唇珠上的酱汁，非常有自制力地道："林郎君慢用。"便转身走了。

厨房里，阿圆正喂那猫吃鸡胸肉。猫的吃相颇为矜持，坐在那里慢慢地吃。

阿圆赞道："到底是林少尹家的猫，吃饭都好看。"

于三看那猫一眼，从鼻子里哼了一声。

沈韶光看着那猫：明奴，林晏……还真是物类其主！

第十六章　林少尹英雄救美

杨竞对邵杰笑道："便是这家酒肆！"

邵杰哑然失笑："这里？"

杨竞挑眉道："怎么，看不上小酒肆？这里的饭菜连李相都赞过的。"

邵杰笑道："岂敢看不上啊！我们店里的花糕最近卖得越发好了，就得益于这沈记的小娘子。"

杨竞也笑了："说这个，我信，沈记的花糕也好得很。"口气颇为自豪。

邵杰笑起来：这逐之啊还是一股子呆气，幸亏李相是个德高宽宏的人，不然他恐怕前程多艰。邵杰又感叹，原来他说题诗于酒肆外壁，恰被微服吃酒的李相看见，便被召入宰相府，这酒肆就是沈记。

"这么说来，沈记算是我们两个的福地了。"

如今那诗壁已经换成了一个叫周芝的人写的《醋鱼咏》，杨竞品评了一番，邵杰只有听着的份儿。

诗壁那边，酒肆门口檐廊阴凉处摆着几张坐榻，有三四个人摇着扇子，一个在品茗，一个在观书，另外两个在下棋。这是……？邵杰有些好奇。

邵、杨二人一进门便看见小酒肆火爆的场面，食案没有空着的，有人独酌，有人对饮，还有人吆五喝六觥筹交错地聚餐，沈小娘子和她的胖婢子都忙着。

沈韶光抬头："邵郎君、杨郎君——"这两位，花糕店的少东家和爱写诗的读书人竟然是朋友？

两人都笑着与沈韶光见礼："小娘子。"

两人虽一个是给过百两银子的金主儿，一个是本店兼职广告策划总监，但沈韶光也只能对他们抱歉一笑："恐怕要劳两位郎君等一会儿了。"

杨竞已经熟门熟路地径直在柜上取了候座的牌子："不妨事，等一会儿就是了。"

沈韶光端了两碗冰镇酪浆给他们："外面坐榻上有扇子，有东市书肆新出的传奇，阴凉下倒还算凉快，郎君们歇一歇吧。"

邵杰这才知道外面榻上的人都是等座儿的。上次来好像还没有这榻呢，看来沈记的生意是越来越好了。

沈韶光也不明白为什么大热天的，生意倒越发好了——天热，嘴巴里没味道，所以大家要来饭馆酒肆吃点味儿重的东西？

等了阵子，邵杰和杨竞终于有了座位。杨竞自认是老客，又是千金散尽还复来的洒脱性子，点了不少店里的招牌菜款待朋友，又要了一壶顶好的琥珀酒。邵杰也不是那婆婆妈妈的人，只任他作为。

邵杰尝一口玛瑙肉，不过瘾，把整块都塞在嘴里，吃完笑道："嗯，这么浓腴香烂！一下子胃口就开了。还没见谁能把豕肉烧得这般可口又漂亮的。这个肉叫什么？"

杨竞与他说了名字。

"玛瑙肉这名字起得也好，还真有点玛瑙的样子。"邵杰赞道。

杨竞笑道："让你说着了，这又是这里的特色。好些菜名雅致又有趣，单听菜名便让人生出不少联想来。"说着指向旁边的豆腐羹，道，"这个叫蒹葭羹，里面放了鸡子和虾茸，碎碎的，是不是颇有白霜蒹葭之象？另有一道豆腐菜，如膏如镜，名软玉羹，也切实得很。"

邵杰点头，觉得自家的花糕都该换换名字，桂花枣泥糕……忒实在。

两人来得晚，吃得也晚，慢慢地店里过了客流高峰。沈韶光松一口气，喝点清茶，过来这边招呼。

两人本在聊些近况，见沈韶光过来，邵杰笑道："每来沈记一次，某就得些启示，只恨不似逐之一般住在坊里，可以常来。"

沈韶光玩笑道："邵郎君这话莫要让我们庖厨于三郎听到，不然他得多伤心？小店吸引郎君来的竟然不是饭菜的味道……"

邵杰笑起来："味道也好得很，小娘子的经营之法更妙。"

沈韶光笑道："到底前者为实，后者为虚。"

虽不算很熟悉，但也知道这小娘子不是那一味老实的，邵杰笑问："这是怎么说？"

"若只务虚，或能得一时之名，终究难以持久；若只务实，也太实在，恐怕难以做大。"

邵杰击掌："小娘子说得真好！"

自己家的糕作坊做得大，传承几世，难道只是因为做糕的手艺好吗？手艺固然是不错，却也跟当年祖父由此入赀为员外郎有关。虽然这员外郎虚得很，但它的由来作为一桩逸事流传各地，谁来了不想尝一尝这员外郎的花糕？而那些与祖父同时代只一味老实做糕，还有连老实做糕都做不到的作坊，早就湮没无闻了。

就连杨竞都道："小娘子所言，颇合'言之不文，行之不远'的道理，又有时人韩公所谓'文以贯道'……"

看朋友有长篇大论的架势，邵杰做痛苦状，抹一把脸道："逐之、逐之，你放过我吧。"

杨竞笑起来，只得停了布道。

沈韶光咧开嘴笑：现实版"学渣"与"学霸"相处日常。

邵杰却又正色道："说实话，以本酒肆的菜，以小娘子之才，这样小的店面有些屈才了，小娘子可曾想过去东、西市开间大些的酒肆？"

谁不想去市中心开豪华酒店啊？但是……沈韶光笑道："儿固然又馋又饿，但也只能一口一口地吃啊。"

邵杰领会她的意思，非没有此志，只是目前还不能够罢了。小娘子聪慧又谨慎，他日保不齐真能成为这长安城富商大贾中排得上号的人物。

三人聊了几句，看他们喝得差不多了，沈韶光问："给二位郎君上一钵甜香八宝饭吧？"

两人自然无不同意的。

八宝饭是后世常见的席末甜点。沈韶光小时候去吃酒席，哪怕吃饱了，这八宝饭也要再吃两口的。

八宝饭蒸起来不麻烦，碗底抹一层油，把煮过的莲子、银杏和桂圆、葡萄干等干果子铺在碗底，然后放煮了八成熟的糯米——先煮再蒸，是为了这饭更黏糯软烂——米上放用猪油和糖拌过的豆沙馅儿，豆沙上再覆糯米，如此把碗填平，上笼屉蒸。

八宝饭蒸好后在屉子里热着，什么时候要吃，端出来倒扣在大盘子里，再浇上一层酪浆——后世多是浇冰糖汁，也有浇蓝莓酱、草莓酱等各色果酱的，总之，香香甜甜。①

沈韶光把八宝饭端上来，拿大勺小碗替两人分饭，邵、杨二人直道自己来，让她莫要客气。

沈韶光正要离开，却听邻座几个喝高了的人在讨论天气与时政。

“去年天旱，护城河的石头瑞兽都露出来了，听闻圣人去圜丘祭天祈雨，许下了大愿，这才降下雨来。谁想今年倒是不缺雨，只是也太热了，我看啊……”说话的人撇嘴摇头。

“天现异兆，不知以后会如何。”另一人颇感时伤事地叹了口气。

又有一人道：“你们没听说吗？城西北蛤蟆沟子的蛤蟆都不叫了。街上有童谣：‘蛤蟆懒，天下反。’……”

“听说先帝末年的时候……”

杨竞要站起，被邵杰一把拉住。沈韶光已经先一步走了过去，笑问：“本店有极好的八宝饭，几位郎君要不要尝一尝？”

那个感时伤事的人笑道：“可是呢，合该吃些饭了。我们今天扰了八郎，下个月某从汴州回来，还在这里还席。”又微眯醉眼，对沈韶光笑道：“小娘子饭菜做得好。”

沈韶光笑着道谢。

这几个人果然点了一钵八宝饭，舌头都喝木了，哪里还吃得出什么，胡乱吃了些，便摇摇晃晃地离了席。

沈韶光站在门口笑着送走这几位，回来便听杨竞道：“圣人受命于天，与蛤蟆何干？简直岂有此理！若不是你拦着，我定要与他们理论清楚。”

邵杰道：“你与那些醉汉有什么理论的？便是你理论赢了，他们该如此说还是如此说，见识和脑子这东西不是人人皆有的。”

---

① 参照梁实秋先生的《八宝饭》及网络食谱。

沈韶光扑哧一声笑了：这邵郎君讽刺起人来也厉害得紧。

见沈韶光笑，邵杰正色道："听说开元年比这更厉害的天气还有呢，千里沃野干旱成灾，地里都裂了缝。但是怎么样？照旧有后来的太平盛世。"难为这位不太爱读书的郎君竟然引出了史实。

沈韶光点头，说出自己的推测："这谣言后面怕是有幕后推手呢。你们想想鱼腹藏书、篝火狐鸣，这种事不绝于史啊……"沈韶光是不惮以最大的恶意来揣测谣言制造者的。

杨竞、邵杰俱是神色一变，思索半晌，杨竞站起身对沈韶光郑重一揖："小娘子见微知著，非我等能及。某定禀告李相公，仔细查探此事。"

沈韶光赶忙避让，又客气还礼。

有这样的事，两人也不喝茶了，结账离开。沈韶光送他们出去。

站在门口，邵杰对沈韶光笑道："还未多谢小娘子，自学了小娘子卖花糕的办法，敝店的生意好了许多。众兄长管糕店时，从未有这样的劳绩，因此某在祖父，众叔伯、弟兄之间长了一回脸。"

沈韶光笑着道喜，又正经着脸道："这主要还是郎君眼光好，'千里马常有，而伯乐不常有'啊。"

邵杰哈哈大笑，再没见过这样爽朗又促狭的小娘子："是极，是极。"

便是满腔忧国忧民之情的杨竞也让他们逗笑了。

林晏散了衙，又与白府尹、负责舆情的赵参军商量了一会儿事，便坐车回来。行到沈记门前，习惯地往这边看，一眼看到沈小娘子咧嘴眯眼笑得正欢，旁边两位有一个是那日见过的东市花糕店的郎君，也正在笑呢。

林晏脸上也带了点笑意：他们这是说什么呢，如此欢畅？

沈韶光端上一碗腊肉酸笋排骨汤，鲜香不腻口，带着腊肉独特的香味儿，让酒客们本来有些木了的味觉一振。

"真香！"

沈韶光最是闻夸则喜的，听了这话眯起眼笑："那客人就多喝些，酸笋解酒的。"

客人连连点头。

最近店里添了不少咸鲜口儿的粥品汤水，比如前两日让林少尹蹭了一碗的鱼茸粥，比如刚才大受客人欢迎的腊肉酸笋排骨汤。天热，甜粥甜汤未免嫌腻，大家喝点咸鲜口儿的汤补充盐分，提提胃口，一碗下肚，出一身透汗，痛快！

沈韶光把托盘放回厨房，看阿圆站在大案旁，面前一碗汤，一手拿根胡瓜，一手拿个芝麻饼，狼吞虎咽，吃得正香。

“何至于此？你慢慢吃。”厨房里有高脚胡凳，沈韶光给她拽了过来。

阿圆摆一摆拿着芝麻胡饼的手：“站着吃得多。”

沈韶光面对那么多东西都没胃口，这会儿倒让阿圆的吃相勾起馋虫来，欠着身子看一看，汤里冬瓜球、混着星星点点绿意的肉圆，没放清酱汁污了颜色，汤色很清亮：“芫荽肉圆汤？”

阿圆点头：“三郎给我做的。”

沈韶光看看于三的后脑勺。别看平时几人总掐，其实还挺有阶级兄弟姐妹情的。

“我也来一碗！”沈韶光笑道。

阿圆笑起来，阿昌也笑了，便是于三也莞尔。沈韶光正经吃饭的时候不爱吃，看见别人吃饭却馋，这是什么毛病？

沈韶光让他们笑得有点不好意思，但也许于三郎这富有兄弟姐妹情的芫荽肉圆汤格外好喝呢？沈韶光突然觉得自己这行为似乎有些眼熟，琢磨了会儿，林少尹！头一回来他就抢了自己和阿圆的粥菜……

沈韶光有样学样，盛了一小碗汤，拿了个胡饼去外面柜后慢慢吃。

她还没吃完，刚才还想到的那位林少尹的侍从就来了：“这回又要麻烦小娘子了。”

沈韶光擦了擦嘴，笑问何事。

“我家太夫人今日胃口不开，午食、暮食都没好生用，阿郎说上次在店里吃的鱼茸粥好吃，不知可否请小娘子再熬一钵？”

不是什么麻烦事，沈韶光答应下来。

刘常又笑道：“听太夫人身边的人说，自上回小娘子送了粥去，太夫人时常念叨小娘子。”

沈韶光挑眉：所以……？

刘常再次恭敬地行礼，露出些恳求的神色：“拜托小娘子了。”

沈韶光还能说什么？她笑道：“郎君莫要客气，等粥熬好了，我送过去。”

熬粥是个耗工夫的活儿，更何况还要先煮鱼汤，再用鱼汤熬粥。等粥煮好，店里客人已经不多了，有于三他们照应着，沈韶光拎着装夜宵的提盒走了出去。阿圆本想陪她去，沈韶光摆手：外面纳凉的人多着呢，这么几步，没什么事。于三瞥她一眼，没说什么。

却不想她刚出门，那位刘姓侍从便迎过来："劳烦小娘子了。"又接过提盒，笑道，"我家太夫人等着小娘子呢。"

沈韶光微笑点头。

江太夫人果然等着她，同时在的还有林少尹。

江太夫人客气道："这么晚了，还劳烦小娘子送来。"又嘱咐身边人："一会儿着人送小娘子回去。"

林晏微笑道："阿婆放心，我会安排。"

仆妇阿素便把到嘴边的回答咽了回去。

江太夫人点头。

仆妇们摆开食案，盛粥布菜。江太夫人就着小菜吃了半碗粥，点头笑道："这个味儿好，一点也不甜腻。"

沈韶光微笑道："夏日出汗多，体内容易缺盐，缺了盐就会没胃口，乃至头晕乏力，故而宜吃些咸鲜味儿的粥品汤水。只是也莫要太咸了才好，那样于肺肾不利。"

江太夫人点头："果然最近有些没胃口，懒怠动。大郎请了郎中来，给了几颗丸药，吃了也不觉得怎么样。"

沈韶光笑道："今夏实在太热了，太夫人慢慢调养着，早晚凉爽时在庭院略散一散步，活动开，兴许能觉得舒爽些。"

"大郎也是这么说的。"江太夫人笑道，又嘱咐林晏："你每日晨起练剑出那么些汗，也喝一碗这样的咸口儿粥汤再去上朝。"

林晏微笑点头："是。"

沈韶光低头喝口茶：难怪那日觉得他臂膀腰身如此紧致有力……本朝果然盛产上马能砍人、下马可赋诗的强人啊。

"适才听小娘子的话，似颇通医理？"士子们读书杂，不少知道些医理，甚至能诊些简单脉象，小娘子们通这个的却少，故而江太夫人有此一问。

内教方博士通医术，于饮食坐卧都很讲究。沈韶光前世是个在熬夜脱发和保温杯泡枸杞之间来回横跳的人，对这样讲究的方博士十分羡慕，便跟着学了些，但距离“通”却有不短的距离，遑论“颇通”，当下笑道：“不少东西是医食同源，当庖厨的，多少知道一点，倒让太夫人见笑了。”

听她自称“庖厨”，江太夫人正色道：“兰草是生于玉阶朱栏，还是生于涧底溪侧，都是兰草。小娘子洛下沈氏之后，切勿太谦。”江氏、林氏俱是河东旧族，江太夫人繁衰荣辱都活过，对有些事情已经看淡，有些却难以抛舍。

沈韶光站起身，郑重施礼：“太夫人说得是。”

江太夫人松了神色，笑道：“小娘子珠玉一般的人物，老妇着实喜欢，多嘴了几句，小娘子莫见怪。”

沈韶光微笑道：“儿多年未闻尊长教诲，今日听了太夫人的话，感激得很。”

江太夫人点头：想来是尊亲大人都不在了……那么好的一个小娘子，也是可怜可叹……

林晏轻咳一声：“孙儿也觉得有些饿了，祖母匀给我一碗粥吧。”

他一句话便把有些严肃哀伤的气氛冲散了。尤其他一向庄重寡言，这时候突然说出调皮小儿语，众人一愣，都笑起来。

江太夫人笑道：“都给他！都给他！难得他这么挑嘴，却有想吃的东西。”

沈韶光只抿嘴微笑。

林晏微侧头看看她，见她神色安闲，放下些心来。

别人吃着东西，沈韶光不好告辞，等他们祖孙都吃完，才站起来：“今日天晚了，儿改日再来叨扰太夫人。”

江太夫人从榻上下来，拉着她的手，慈祥地笑道：“一定要来。”并亲自将她送到屋门口。

林晏也辞别祖母：“我去安排人送小娘子。”

沈韶光对江太夫人福一福告别。

仆妇在前面提着灯，沈韶光与林晏一同往外走。

看两人的背影，颇有一对玉人之感，再想起刚才阿郎的作为，阿素看看太夫人，到底没有说什么，只轻声道：“吃粥出了些汗，您去宽宽衣吧。”

江太夫人点头，扶着她的手慢慢走回室内去。

院门处，刘常接过仆妇手里的灯，林晏回头吩咐："关门吧。"

仆妇福一福，应声是。

三人穿游廊，经院落，一路往外走。沈韶光本以为他让侍从送自己，但看这样子……

沈韶光微笑道："郎君请留步吧，其实这么两步路，儿自己回去就好。"

林晏温言道："我正好出去走走。"

沈韶光抿了抿嘴。

林晏则对她微微一笑。

前面的刘常真是恨不得自己成为传奇上的隐形人。

一出了大门，刘常便笑道："阿郎、小娘子，奴先把这食盒送回去吧，万一酒肆里要用呢？"

沈韶光觉得，他这借口实在找得不大好，莫说酒肆，这会儿街上都没什么人了好吗？

林晏点头："嗯，去吧。"

刘常把灯笼递给林晏，飞快地走了。

行在路上，沈韶光挑眉看向林晏，似笑非笑地道："郎君如此，不畏人言乎？"

林晏停下脚步看她。虽灯笼只能照到脚下两尺的地方，但今晚的月光很好，他能看清她微微含怒的粉面、一双漂亮的杏眼、挺翘的鼻子、花朵似的唇瓣。"月出皎兮，佼人僚兮——必得佳妇"，林晏想起她那中秋糕饼的签子来。

目光不敢在那唇上停留太久，林晏移开眼："小娘子与晏都不是畏惧人言之人。"

沈韶光被堵了一下。诚然，在这个看个灯就有若干对情侣私奔的，上巳节红男绿女相携出游，一堆大姑娘小媳妇拿手帕香囊把探花郎的幞头砸歪的时代，自己一个小酒肆老板娘，跟人在街上溜达一会儿，确实没什么人言可畏的，但……

沈韶光不绕圈子了，做推心置腹状跟他讲道理："我们这样门不当户不对，难有幸福可言。郎君又何必执着呢？"

"小娘子洛下沈氏女，某河东林氏子；某虽不才，亦进士及第，小娘子——"林晏看一眼沈韶光，舔了下嘴唇，微笑道，"更是好得很。以晏看来，我们既门当户对，又才貌相当。”

沈韶光不知道该说什么了。

看她杏眼圆睁、双唇微抿的样子，林晏轻笑起来。

过了片刻，林晏微笑着哄她：“你若畏惧人言，我日后注意着就是了。”

这样的语气……沈韶光看向他含笑的眼。

“阿荠”两个字在口中滚了一圈，到底没敢说出来惹她，林晏轻声道：“莫要生气了，倒辜负了这样的好月色。”

又呆了一下，沈韶光移开眼，若无其事地笑问：“说到月亮，人们是怎么觉得上面有个大蟾蜍的？因为那上面影子的形状？”

林晏又想起她解的七夕牛女之事，有些无奈地笑了。

煮鹤焚琴破坏气氛的话说完，沈韶光抬头看那月亮，又看沐浴在月光下的屋舍、树木、道路以及那长身玉立的青年。是啊，今晚的月色是不错……[①]

沈韶光在厨房给阿圆做“三不粘”。

她把蛋黄加蔗浆、芡粉搅匀，旺火热锅放猪油，把搅好的蛋黄糊下锅，不断翻炒，再陆续淋入几次猪油，使其更滑嫩，达到“不粘”的目的。不到一盏茶的工夫，油和蛋糊融为一体，从原来的淡黄色变成漂亮的金黄色，就可以出锅了。

又香又软又嫩又甜的半流体，有一点嚼劲儿，十分好吃，完全符合蔡澜先生“世间最好吃不过胆固醇”的美食理论。

从沈韶光第一回做，阿圆就喜欢上这道菜，若有剩下的蛋黄，便道：“小娘子炒个三不粘吧。”

考虑到她的体形，十次里沈韶光也就答应两三次，故而每回吃，阿圆都兴奋得很。

于三是不吃这种甜烂软的“孩儿物”的，阿昌也不好跟阿圆抢，只意思意思地尝尝就算了，故而大半归阿圆。今天阿圆却愿意分给那只三花猫明奴一些。

① 夏目漱石把“我爱你”翻译成“今晚的月色真美”。

沈韶光提醒她："少给它吃，吃多了不消化，再说，它也尝不出甜味儿来。"

阿圆睁圆眼睛："小娘子怎么知道它尝不出来？"

沈韶光被她问得一呆，下意识地看那边坐着的林少尹，头一回去林府时，自己还跟他戗"子非鱼"的问题呢。想到他当时严肃的样子，再对比如今……

阿圆还在等着小娘子跟她解释"我非猫"的问题，沈韶光解无可解，只好直中要害："这三不粘凉了就不好吃了。"

阿圆赶紧端着盘子回了厨房。

那只猫在柜台上坐着，矜持地吃阿圆分给它的两口鸡蛋。

看看猫，再看看那边的林少尹，沈韶光摇头，算中午的账。

今天林少尹来得早，赶上了午食的尾巴，脸上又似有些风尘仆仆之色，想来是没在公厨吃饭。沈韶光一问，果然如此，故而正经给他上了四菜一汤和香稻饭。

其中有一道芙蓉鸡片，是用蛋清和鸡肉茸搅成肉泥，在温油锅里滑成的。剩下些蛋黄被阿圆看见了，沈韶光便做了三不粘。

那猫吃完了蛋，盯着沈韶光的笔尖看，过了片刻，拿小爪子学着主人的样子蘸一下墨汁，并试图印在账册上。

沈韶光赶忙抓住它的小爪。它先是无所畏惧地与她对视，然后若无其事地抽回爪子，舔起毛来，无赖得有模有样。

沈韶光无奈，把猫祖宗的爪子擦干净抱住，摸摸脸，摸摸头，抓一抓下巴，撸两下后背，把它伺候得眯起眼睛，发出呼噜呼噜的声音。

林晏一边吃饭，一边看她哄猫，不知道想到什么，有些不好意思地垂下眼，嘴角却翘起来。

沈韶光却想起一件正事来，把猫放下去找林少尹。

林晏含笑抬头看她。

"最近坊间有些无稽的流言。"沈韶光把什么"蛤蟆懒，天下反"，还有什么"丙戌炎炎，丁亥难难"之类的都告诉他，"大家怕明年真的'难难'，听米粮铺子的人说，已经有人囤积粮食了。"

林晏神色认真地点了点头。

沈韶光知道京兆应该有专门负责监督舆情的人，不过是提醒一句。没有战乱没有饥荒，有一口安乐饭吃，是件难得的事，沈韶光希望这种日子越久越好。

尽到了好市民的责任，沈韶光便要起身离开。前两日在从林府回来的路上，沈韶光为林少尹的美色所迷，虽嘴硬插科打诨混了过去，其实颇为动摇。但等翌日早晨太阳出来理智回笼，沈韶光就反悔了，庆幸当时混了过去，若是顺水推舟允诺了什么，或色迷心窍摸了人家的小手……幸好，幸好！

为了表达迷途知返、今是昨非的态度，沈韶光想到“摸小手”都没朝着林少尹那修长细致的手看一眼。事实上，今日的沈店主始终没把目光放在林少尹的脖子以下的地方，十分庄重严肃。

“小娘子对这事怎么看？”

沈韶光停住，重新正坐。她是个把正事和闲事分得颇清的人，当下正色道：“这谶有吉有凶，不管吉凶，凡是事涉家国气运的恐怕大多数不是民间自生的，而是人为制造的。其用意或者为己造势，表示应时应运，受命于天；或者扰乱人心，造成动荡，好浑水摸鱼。看如今这谶语的样子，当是后者，至于前者——”

沈韶光微笑了一下：每当重大节庆时，各地纷出的“白凤”“麒麟”等祥瑞，可比“大楚兴，陈胜王”普遍而有代表性多了。

这微妙的停顿还有调皮的笑意，林晏知道她指的是什么，想绷起脸，到底没绷住，笑了。

沈韶光轻咳了一声：“若是国泰民安、风调雨顺呢，这样的凶谶流言也不容易流传起来，就如种子种到沙子里，它不长啊。”

想到自己对着的是京兆少尹，沈韶光打了个“补丁”：“自然，如今是国泰民安的，只是这风雨上嘛，就有些不那么调顺了，故而这凶谶的种子就发了芽。有心之人再浇浇水，施施肥，便成了现在的样子。”

林晏不以为忤，轻声道：“不管如何，人心不安，流言纷纷，总是我们的不是。”

沈韶光看他一眼，不诿过，不饰非，林少尹倒是位有担当的官员。

他这样的态度，值得报以更大的尊重。沈韶光认真地道：“去岁天旱，免除春税后，京畿民心安定不少。”送鱼来的曲大郎就曾说过这一点。

“后面的虑囚平狱，宫里减膳食蔬，放出宫女，与这凶谶的目的相反，方法却相似……打的是平定民心的‘舆论战’。”沈韶光挑眉，“不知去岁是不是也有类似的谣言？”

林晏点头。

这就更坐实了流言是有心人操控的事。沈韶光继续道：“其实除了这反向舆论战，不知朝中诸公想没想过将谶语之事公之于众，解释各种异象，而不是以一种吉谶，掩盖对抗另一种凶谶？”

林晏思索片刻，神情也越发庄重严肃起来：“愿闻其详。”

沈韶光始终带着她后世的影子，简要地说，她的观点就是科学破除迷信，提高政府公信力，完善辟谣机制。

“子曰：‘民可，使由之；不可，使知之。’只有使民众知之了，方不会再受这些无稽谣言的困扰。”沈韶光最后给自己找了个理论依据。

林晏注视着沈韶光。从汉魏两晋始，大多数儒者便是“民可使由之，不可使知之”派，认为“百姓能日用而不能知”——民众但听号令而行即可，无须使其知号令之用意。林晏第一次在书院听明诚先生讲到中间断开的这种句读方式的句子时，颇有振聋发聩之感，没想到会再从一个小娘子口中听到。①

沈韶光反倒笑了，轻叹了一口气：“儿是有些想当然了，这不是十年八载甚至一朝一世可成功的，恐怕……”沈韶光抿抿嘴，没再继续说。刚才她光图自己说得高兴。民智的开启是个太艰难而漫长的过程，且如今的社会环境并不允许。

林晏想了想，正色道：“若不做，恐永无‘使知之’的一日。我们只做自己能做的便好，后面的自然有后来人做。”

沈韶光竟然有点感动，知道世故而不世故，明白艰难而不畏艰难：“少尹还真是入世的儒家弟子。”

说完，沈韶光才想起两人之间关于“儒家弟子”的谈话来，还有他那句余韵悠悠的“不为，又怎么知道不可”。

沈韶光清清嗓子，低头想找个杯盏吃茶遮掩一下，却又没有杯盏。

---

① “百姓能日用而不能知”出自何晏的《论语集解》；“民可，使由之；不可，使知之”的断句最早见于清宦懋庸《论语稽》。

林晏轻笑起来。

怕她恼了，林晏又主动说回流言的事。

与女郎，与自己心仪的女郎谈论政事实在是个太新奇的体验，林晏生出些自豪来：这便是我的阿荠啊，聪敏明慧又慎重踏实，秉承大义而不拘小节，擅割烹之道，有经营之才，能清谈，能论政……

三花猫明奴便走过来，蜷在沈韶光的腿边，一眼都没看林少尹这位只抱过自己两次的前主人。

既已说完正事，沈韶光便抱起它，又是摸脸、摸脑袋、抓下巴、撸后背的一套操作流程。明奴卧在沈韶光的腿上，很给面子地舔了舔她的手。

林晏本来是很高兴沈小娘子抱着这打了自己印记的猫的，这时候却有些嫉妒起来。

沈韶光也觉得他嫉妒，忍不住调侃了几句："林郎君似乎不怎么得明奴喜欢啊，这才几天的工夫，它就把郎君忘了。想来是郎君耽于公事，没有工夫喂养它的缘故。"后面还加了个得意的笑。

那样的笑……林晏只觉得心上似被猫爪轻轻搔了一下："小娘子做的东西好吃，对它也好，明奴自然偏爱小娘子。"

她挑衅，结果对方心悦诚服？

沈韶光大悦，眯眼笑起来："我去看看，有一道双皮奶端来给郎君加餐。"

酷夏中的人们一天天熬着，终于熬到了立秋，但并没有梧桐叶落，太阳依旧很大，蝉依旧噪着，起床时席子依旧黏后背。这样的立秋，沈韶光实在没什么心思"贴秋膘"。

又熬了几日，进入末伏，天阴，有些风，终于有了点秋意，沈韶光活泛过来，宣布要吃"烙饼摊鸡蛋"。

并且她要求很多：饼要厚一点的，里面要有七八层瓤的，不要薄薄的春饼，不要发面，不要加肉馅儿，不要加椒盐，不要放腌香椿芽，不要加很多葱花……对卷鸡蛋的大饼来说，那些都是"异端邪说"，就要只放盐和油的烙大饼，这样才不会抢了所卷之物的味道。

于三让她气笑了："那炒鸡蛋是不是也只放盐？或者只炒蛋白、只炒蛋黄？"

沈韶光要起网络时代的贫嘴："鸡蛋与葱花才是绝配，没有葱花的炒鸡蛋是没有灵魂的。"

于三冷哼了一声：灵魂……

沈韶光想了想，道："用大饼卷烤羊肉串儿也不错，卷炸小肉丸子，炸鹌鹑蛋，炸茄合子……嗯，炸些小鱼小虾也好，酥脆酥脆的。其实我们的卤猪耳朵、卤猪脸子肉也很适合卷着吃啊。"

于三连哼都不哼了。

沈韶光其实就是一时说顺了嘴，看于三的神色，赶忙打住："还是卷鸡蛋，卷鸡蛋……"

阿圆和阿昌哈哈大笑。

沈韶光觉得自己这老板娘当得真没尊严。

中午的时候，沈韶光到底吃上了她的大饼卷一切，并成功地吃撑了。而且她吃的时候被早来的食客看到，也点了一份，然后一个传一个，让唐朝人民也过了个地道的末伏日——"头伏饺子，二伏面，三伏大饼摊鸡蛋。"

看着堂上食客们一个个捧着比胳膊还粗的卷饼或斯文或粗犷地吃着，于三是真的没脾气了。你要说春天的时候吃春饼，是都想吃个新鲜，这会儿，大饼卷各种肉、蛋、菜，有什么特别的？这些人至于吗？

沈韶光在柜台后笑眯眯地看着被自己说服的客人们，目光扫过某个格外优雅从容的，便想到林少尹：不知道清风朗月的林少尹捧着大饼啃是个什么样的景象？

这阵子林少尹似乎有些忙，时常都是晚饭以后小酒肆快打烊了才来坐一会儿。沈韶光猜他在忙皇帝秋祭以及京里谣言的事。人家这个时候来，沈韶光再恶趣味，也不能上大饼卷，只好给蒸一碗蜜糖牛乳蛋，或者更干脆，直接上蜜桃酪浆。

小酒肆里岁月静好着，外面气氛却有些紧张：听闻城西北蛤蟆沟子的蛤蟆死了很多，弄得京里人议论纷纷；粮肆里的米粮价格越来越高，有的米粮店干脆只开后半天，又贴出断货的告帖，有人怕买不到粮，在粮肆门口排起了长队，让沈韶光恍惚看到了前世抢盐的场景。

阿圆问："小娘子，咱们也再多存些米粮吧？我听人说什么'丙戌炎炎，丁亥难难'，今年不就是丙戌年吗？明年会不会有什么事啊？会不会真的没东西吃啊？"

沈韶光早在谣言初起的时候就在后面仓房里囤了些米粮，够小酒肆用上两个月的，这会儿不着急了——两个月朝廷应该能把这事摆平了吧？摆不平就差不多该乱起来了，囤再多粮食也没用，反而招灾惹祸。

沈韶光安慰阿圆："傻孩子，哪里那么多未卜先知啊？今年虽然热，但是雨水还不错，听卖鱼的曲大郎说夏粮收成还行，秋粮应该也问题不大，所以，把心放到肚子里吧。"

阿圆听小娘子说得在理，便不理会了；阿昌是万事不管，只听小娘子的；于三早在沈韶光半个多月前囤粮的时候便问过了，此时见京里果真如小娘子说的一般粮价攀升，摇摇头，钻进厨房去忙自己的。

末伏的最后一天，外面下起细细的雨丝，伴着点小风，舒适凉爽得很。

总是一脸冷漠的于三看看天，难得地说了一句："一阵秋雨一阵凉啊。"

沈韶光笑起来：这就秋雨了？保证天晴了还是热。

于三瞥她一眼，沈韶光赶紧收一收。于三想起她前两天说的"贴秋膘"，突然道："今日这膘可以贴了。"

可见今天这场凉快的雨着实得于三待见。沈韶光为让于三高兴，笑道："肉贩来了看有没有猪肘子，我给你们炖肘子肉吃。"

今日还真有肘子，又肥又大又新鲜，沈韶光把两个肘子都留下了。

她正在清洗猪肘的时候，外面坊丁敲锣，在坊门口和坊内主要街道路口贴朝廷布告。把肘子用清水泡上，沈韶光洗净了手，打上伞出去看。

嚯！朝廷竟然把谶语谣言制造者抓了！

始作俑者是玄真观的道士们。这观主清虚是从终南山上下来的"高士"，便是他编造谶语，让弟子散布出去；又派人药杀青蛙，妄图挑动人心。据其弟子说，他们下一步还计划往水井下药并制造灾疫，然后清虚再出面"祛灾驱邪"，以获取名利。

"竟然是他！"围观百姓一片哗然。

沈韶光挤不到前头去，便在后面听：

"看着仙风道骨的，没想到是这样的人！太常鲁少卿宴客，他便是座上宾，这道士似与不少公卿相熟。"

"你不晓得，这观宇便是一位韩刺史捐与他的旧宅。"

大家除了说这些，更多的还是骂声：

"这狗道士真的太不是东西了！为了一己私欲，竟然妄图制造灾疫！"

“把他们都抓起来砍了也不冤枉。这阵子人心惶惶，原来都是他们弄的鬼。”

“天杀的，耽误了多少事！不瞒你们说，我新货都没进，盘算着要不要带着家小回山南道避难呢。”

也有人感念皇帝：“多亏陛下圣明烛照，我大唐有上天庇佑，这些宵小的奸计才不能得逞。”

自然也有更明白的人：“后面是京兆的印，京兆这回事情办得好！”

“京兆少尹就住我们坊，那位郎君风流倜傥，谁想竟是个果敢的……”

沈韶光听了一耳朵各式评论回去，接着收拾她的猪肘子。

以沈韶光看来，那位坊间邻居夸林少尹应该没夸错。因为林少尹的上司京兆白府尹是有名的老油条。前阵子楚家阿叔来，喝醉了，还说起这位“故人”的旧事，又说他这些年一直谋求外任，以远离朝中纷争，没想到还是被拎回来放在了麻烦不断的京兆。

这件谶语案先是毫无动静，然后官府暴风骤雨一般一举拿办了在士绅中颇有名望的“高士”，这样果敢铁腕，应该不是这位老油条所为。甚至林少尹这样做，不知道要跟白府尹费多少唇舌。还有这“使知之”的布告……沈韶光又想起林少尹那天说的话来。

“那位郎君风流倜傥，谁想竟是个果敢的……”是啊，他还有点言出必行的意思呢。

只是这布告上说的，好像也有不尽不实之处。一窝道士有这么大能量搅和得京城不安？他们费这么大周折，冒着杀头的危险，就为了卖点儿符赚名声赚钱？这不大符合犯罪经济学啊。

沈韶光摇摇头，又给猪肘子换了一盆清水泡着。

因不上宴席只是自家吃，两个猪肘都是剁成块的，烧的时候省时、省事，好入味儿，易着色。

沈韶光看肘肉泡得差不多了，便冷水下锅焯烫，去除杂质和血水，待水沸上一小会儿，捞出来控干水分。

炒锅放油，放大量的糖，看糖起大泡了，沈韶光便把焯过的肘子肉扔进去翻炒，然后略放些清酱汁和黄酒，扔进葱姜和装了桂皮、陈皮等香辛料的布袋，开炖。

闻着厨房里弥漫的浓郁肉香气，沈韶光从打开的窗户往外看：雨似乎有些密了；屋檐下阿圆正在喂那几只野猫吃食；几只小东西似乎并不很饿的样子，吃相算得上优雅了。沈韶光突然生出些幸福感来。社会安定好啊，宁做盛世猫，不当乱世人。

沈韶光又想到自己库房里的米粮：看来还是囤多了，早知道林少尹这么神速，她还可以再少买一些，这样的天气，米粮容易发霉啊……

林晏又是午饭的尾巴来的，但是运气着实好，因为沈小娘子对阿圆和阿昌的限制，砂锅里还有一碗肘子肉，林少尹因此便吃上了沈小娘子亲手做的大餐。

一碗香稻饭，一盘红腴酥烂的肘子肉，加百合香芹、水晶虾仁饼、清炒莴苣片等几道素淡的菜肴，林晏吃得很香甜。

沈韶光来问："郎君是吃冬瓜肉圆汤，还是青菜豆腐羹？"

林晏笑道："青菜豆腐羹吧。"

沈韶光点头："加些腊肉末，倒也有味儿。"正要转身走，却听林少尹说："今日的肉似与往日的味道略有不同。"

沈韶光又转回头来："是吗？"

看她神情便知道自己猜中了，林晏翘起嘴角："很好吃。"

明明没什么的几个字，沈韶光却似听出些情味儿来，轻咳一声："那就多吃点，贴秋膘嘛，呵呵。"

"好。"林晏微笑道。

沈韶光转身回厨房去做汤，发现自己的意志力血条在面对林少尹时掉得格外快……

听林少尹说好吃，坐在柜台后剥豆子的阿圆心道：那是！小娘子亲自烹的，怎能一样？于三郎还是更擅长做鱼、羊一些。阿圆又愤愤地想：小娘子明明说这锅肘子肉不待客，还说锅里的肉给我留着晚上吃……骗人！

沈韶光端着青菜豆腐羹出来，林晏已经差不多吃饱了。

沈韶光给他盛了一小碗羹汤，想起早晨的事："今晨坊里贴了告示，说抓住那造谣言的人了，真好。"

"那道士是拿住了，审也审出了些东西，但——"因上次的长谈，林晏没瞒她，"此案没那么简单。"那告示贴出来主要是为了安民。

沈韶光懂他的意思：京畿之地，最重要的是安稳。咱小老百姓，求的不就是个安稳吗？沈韶光笑道："当日我说天下河清海晏，长安城富庶安宁，并非敷衍。能在诸位郎君治下，实在是幸事。”

对上她真诚的目光，林晏停顿了好一会儿，才道：“多谢。”

外面雨声沥沥，屋里三花猫蜷卧酣睡，柜后阿圆剥着豆子，一片安详。

末伏的热到底已经是强弩之末。时候进入七月，连日阴雨，天真的凉快了下来。秋雨中，沈记又进入了“花糕季”，有了探花郎花糕的招牌，今年的七夕花糕订单尤其多。

对这秋雨，容易感怀的人说是天上的牛郎织女在哭，有个士子写了《翠眉儿·七夕》，前记说：“七月秋雨绵绵，于崇贤坊沈记酒肆品绝美七夕花糕，感牛女事，故作此篇。

“未及诉别情，经年再见，离人恨重。但愿一心两处同，潇潇雨，迢迢风。”

沈韶光感慨，多伤怀的词啊，便亲自端着笔墨请这士子题于诗壁上。

自学写字后，阿圆对字比较敏感，让沈韶光解释这写的是什么，沈韶光与她讲了一遍。

阿圆摇头：“这牛郎胁迫织女，不是好人！我如今只盼着织女那斯什么什么魔的胡人病赶紧好。”

沈韶光反思：自己是不是谋杀了阿圆的少女心？以后自己信口开河得悠着点儿。

沈韶光不知道自己的信口开河还入了另外一个人的耳。

林少尹依旧忙着，大多是酒肆快打烊了来坐一会儿，吃碗水果酪浆之类的便走。沈韶光估摸着，谶语流言案虽然抓了人犯，但后续事宜肯定不少，况且还有皇帝中元秋祭的事。今年是先帝整寿，今上要亲去帝陵祭祀。天子出京，动静自然不小，三省六部九寺五监京兆以及沿途州府，谁也闲不住。

只偶尔一次他是下午来的，沈记四人正在加班加点地做花糕。

为了丰富花糕品类，沈韶光又做了若干套模子，其中就包括牛郎织女的——原来的有点大，做出来的糕容易碎。

看着新模子扣的牛郎织女糕，林晏似自言自语，又似问正要拿托盘走的沈韶光：“这种不轨之徒不是合该流配吗？怎么又做了新的？”

沈韶光看他：不是吧？他是顺风耳？还是就这么碰巧？

看她的神情，林晏笑起来，笑完却道：“你说得对，这牛郎是合该流配的。”

沈韶光憋不住，也笑了。

相比之下，碰到同样场景的邵郎君就比林少尹可爱得多。他还是拎着礼物来的——桂香园的花糕。小小的应节伴手礼，客气又体贴。

况且邵郎君也着实会说话，看着一摞一摞的花糕盒子还有四人火力全开的阵仗，夸张地道：“小娘子这里买卖这么好，我都嫉妒了！”

沈韶光咧开嘴笑，停了手，亲自烹了茶来，把自家的花糕和邵杰带来的花糕攒在盘子里，与他一起喝茶吃点心。

邵杰是真喜欢与这位沈小娘子聊天儿，可惜对方是女子，总要避讳些。

“我终于在花糕店待得期满，现下去管粮肆了。”邵杰告诉沈韶光他的近况。

由下线调上线，他这是升职了吗？沈韶光笑。不过想想邵家东、西市都有大粮肆，据说河上还有专门的运粮船，他应该确实是升职了。

沈韶光笑问：“以邵郎君的精明能干，管粮肆也管得很好吧？”

邵杰有些自得地笑道：“确实还好。”后面又补了一句，“不过主要还是京兆府帮忙。”

这又关京兆府什么事？沈韶光诧异。

“前阵子外面谣传纷纷，除了那蛤蟆，不是还说什么‘丙戌炎炎，丁亥难难’吗？好些粮商便趁机而动，囤积居奇，哄抬粮价，又有不少去江南等地筹粮的。谁想京兆一纸告示贴出，天就亮了。”

沈韶光点头：“邵郎君肯定是那个没囤积居奇、哄抬粮价的。”

邵杰笑道：“那是自然。某世代都是长安人，这点肝胆还是有的。”

沈韶光点头。

两只“狐狸”都笑起来。

邵杰笑道：“他们太贪财，否则也不至于看不清。”

沈韶光再点头：“钱财迷人眼啊。”

“小娘子不是我们米粮行的，怕是不知道。告示贴出来以后，还有几个大粮商想扛一扛，京兆直接开了常平仓卖平价粮……”

沈韶光点头：这种不动声色的做事风格……眼熟得很啊。

“不但如此，京兆府还召集米粮商们共商行业大事，表彰了我们这些‘义商’，选了周家老号粮肆的当家人周若谷为‘行首’。”说到这里，邵杰笑了，“区区也混了个‘佐理’呢。”

沈韶光赶忙恭喜他。

邵杰笑着摆手：“等我当了行首，小娘子再恭喜不迟。”

沈韶光笑道：“邵郎君不能指望一口吃成个胖子，再说郎君年纪太轻，一口吃成胖子也不好。”

邵杰哈哈大笑。

等他笑完，沈韶光感叹道：“所以那些个囤积居奇的人，这是失了面子又丢了里子。”

邵杰点头道：“这会儿那些人都惶恐着呢。丢些钱财事小，总还能翻过身来，就怕被京兆记住了。程市令看他们的眼神都不对。”市令是州府负责市场商务交易的官，是商家们的顶头上司。

“倒是只露了一面的京兆白府尹还算和蔼，林少尹则是一贯肃穆沉静。”

沈韶光点头。粮食是国家的命脉，经过这么一整治，米粮行能消停很久吧？京兆，好手段啊。

这些“肉食者谋之”的事，沈韶光也不过是与朋友聊两句，闲了过一下脑子，她的主要精力都放在花糕生意上。到得七月初七日下午，花糕的大订单都出去了，沈记几人终于可以稍微歇息一下了。

看看外面的斜风细雨，沈韶光揉揉干活干得酸软的手，笑道：“这阵子光闻花糕的味儿就闻烦了吧？我们晚上吃点别的？鳝丝冷淘怎么样？或者干煸鳝段？”后厨有小半桶的鳝鱼呢。

因为今上爱吃鳝丝冷淘，带得京中贵人不少爱这一口儿的，一入夏，黄鳝就涨价。但立了秋，宫里讲究时令，就不吃冷淘了，鳝鱼也便宜下来，平民百姓可以大快朵颐了。

阿圆斟酌了一下道：“还是冷淘吧。”小娘子做的鳝丝冷淘太好吃了。

阿昌也点头。于三无可无不可，在那里收拾花糕模子。

到了晚间，因为天气和过节，店里客人极少，只十来位，其中五六个熟脸的，另有一桌五个生脸的客人。

熟客们来得早，五个生脸的客人擦黑才来。听沈韶光说有极好的黄鳝，生客中的一位问道：“可会做醋烹鳝丝？”

另一个似是这五人中为首的人皱了一下眉，到底没说什么。

沈韶光赔笑道：“这却不会。郎君要不要试试干煸鳝段？酥香酥香的，下酒正好。”

听她说“不会”，那为首的人却松了眉头：“那便干煸鳝段吧。再拣着你们店里拿手的菜上几道就是了。”

沈韶光报了几个招牌菜的菜名，又问要什么酒。

那人却摇头。

沈韶光笑着说了“客人稍候”，转过身来皱了一下鼻子，回了厨房，把菜单报给于三。

这几位客人虽不吃酒，却吃到很晚。沈韶光送走了另外两位熟客，便回厨房去做自己人的晚饭。她一边拿小刀片划鳝丝，一边微皱着眉：外面几位客人……沈韶光觉得自己的被迫害妄想症又严重了。

“店家小娘子——”外面的客人叫道。

沈韶光扬声答应：“来啦！”

“几位客人有什么吩咐？”沈韶光笑问。

却不想坐在最边上的食客突然站起，去扣沈韶光的肩膀。

沈韶光常年干体力活儿，十分灵活，再加上本来就有些提防，竟然错后一步闪开了。

那边正在收拾碗筷的阿圆爆发出与她身形不符的反应速度，两个盘子挥洒着汤汁朝着食客袭来。那抓沈韶光的食客下意识地一闪，手再次抓空。其余几个食客也动了，厨房里于三和阿昌听见动静也出来，霎时一片乱斗。

这五人的目标显然是沈韶光。于三替她挡了一下：“快跑！”说着手里砍排骨的大刀打个旋儿，砍在一人的脖子上，那人应声倒下。

沈韶光知道自己是个拖后腿的，听话地往外跑，边跑边喊“有贼”。但今天的天气不好，又有点晚了，旁边的店铺都已经打烊，街上也没什么行人，并没有人过来。

阿昌拿着擀面杖帮忙，却被其中一个贼人一脚踹倒在墙上。那贼仗剑正要刺阿昌，却被阿圆拿大汤罐砸在头上，登时头破血流，倒在地上。

五个贼人中为首的那个和另外一个鹰钩鼻的贼人冲过于三身旁，扣住沈韶光的肩膀，那为首的人把剑放在她的颈上：“都别动！”

于三、阿圆、阿昌投鼠忌器，都不敢再动。

三个贼人挟持着沈韶光退回他们坐的大堂内侧，于三三人跟着，与他们对峙。

沈韶光干笑道："几位好汉，有事说事，不值当这样儿。若是缺银钱，柜上的尽管拿走。若是不够，后宅还有些。"又招呼："阿圆、阿圆，去后宅搬银匣子来！"

"别动！"那贼首挪开剑，用胳膊勒住沈韶光的脖子，低声喝道。

沈韶光被勒得咳嗽两声："郎君轻一些，有话好好说。你勒死了我，大家鱼死网破，多不划算？"

那贼首果真松了松胳膊。

沈韶光便知道他确实有所求，不是纯粹反社会，一时半会儿对方应该不会撕票。

"让你的人扔下刀棒！"贼人要求。

沈韶光这会儿却硬气起来："那你还是勒死我算了。"

"你以为我不敢？"那为首的贼人说着手下使劲儿，沈韶光登时面色发红，喘不上气来，脚也乱蹬。

贼人松开一些："扔下刀棒！"

沈韶光大口喘气，却还笑了一下："你这不是做买卖的做法。若都扔下刀棍，我们就纯成了砧板上的鱼肉，任你想怎么剁就怎么剁了。买卖不是这样做的。郎君尽管说到底想要什么，只要能活命，我们无不遵从。"

阿昌的手本来在抖，他一个劲儿地看于三和阿圆，听了小娘子的话，又握紧了大擀面杖。

那贼首沉吟了一下，先示意鹰钩鼻贼人去看两个受伤倒下的人，结果发现有一个死了，有一个只是晕了。贼首看了于三一眼，于三面无表情地架着大砍刀。鹰钩鼻贼人在里面把店门销上，又扯了内衣布给晕倒的同伴裹伤。

贼首松一松勒着沈韶光的胳膊："小娘子倒着实是个水晶心肝的，难怪能得京兆少尹喜爱。"

沈韶光干笑："侥幸，侥幸罢了。"

贼首咧了咧嘴角："不知这样有胆色又聪颖的小娘子，能不能让林少尹与我们谈一笔生意？你拿件信物出来，约那林少尹来见！"

难得有这样的报警机会，沈韶光高速运转大脑，看怎么把消息传递出去。要是林少尹也是穿越人士就好了，饼上用果酱挤个"SOS（紧急求救信号）"就可以。

或者她也弄个藏头诗？只怕太明显了，贼人都能看出来；不明显了，林少尹也看不出来。

她还是从典故上着手吧，但愿这几位不是提刀能杀人、拿笔能作诗的……也只好赌一赌。

沈韶光笑道："却也没什么信物，我给他写个笺子吧。"

沈韶光正琢磨"报警短信"怎么写，却听得外面有人敲门。

贼首示意沈韶光说话，沈韶光扬声道："今日打烊早，我们拜牛郎织女乞巧呢。客人改日再来吧。"

外面脚步声远去。

守在门口的两个贼人走回来，却突然听得砰的一声，门竟然被撞开了。

两个侍从和林少尹站在门口。

沈韶光笑得发苦：就三个人……不知道林少尹和他的侍从们战斗力怎么样？

贼首笑了一下："正好，省得小娘子传书了。"

林晏缓缓走进来："你们想要什么？"

"只求少尹写道手令，让我的人混进大牢探望一下故人。"如今犯事的道士们由刑部、大理寺与京兆会审，人犯便被关在京兆府牢房中，并未移送他处。

"少尹放心，我们只说两句话，可以让你的人跟着。"

林晏看着贼首，点头："可。"

贼首没想到这位绯袍高官这么好说话，不免有些愕然。

"还有吗？"林晏淡淡地问。

"剩下的自然就是求少尹行个方便，让我等出城。"贼首保证，"我等出了城，自然放了小娘子。"

林晏看向沈韶光，沈韶光不知道他是不是这个意思，哀婉地叫道："晏郎——我怕——"

林晏虽知她是做戏，心却仍似被人攥了一下。

深深地看她一眼，林晏叹口儿女情长的气，有些无奈地道："你们难为她一个妇道人家做什么？再说，你们这样，"林晏看看那个头上有伤的人，"出得了城？"

贼首皱了一下眉。其实他本想把受伤的同伴暂时留在城里躲避的，当然若能带走更好。

“这样，我换下她来。明日没有朝会，我亲送你们出城就是。”林晏道。

贼首这回是着实被惊住了。两个侍从都看一眼主人，便是沈韶光也愣了一下。于三看一眼林晏，抿抿嘴，握紧手里的砍刀；阿圆却全神贯注地盯着那条勒着自家小娘子的胳膊。

林晏微皱眉，语气带着点上位者的不耐烦：“如何？”

贼首觉得这里面有诈，但这个诱惑又着实太大——若林少尹在手，那可谋划的东西就太多了……

这情景下，容不得细想，贼首咬咬牙，咽了口唾沫：“好！你把佩剑解下！”

林晏今日穿的是官服，佩着与其官阶相匹配的官剑——官员佩剑是仪制，好些连刃都不曾开过。林晏解下剑，随意地扔在脚下，慢慢往贼人那边走去：“你们放了她吧。”

贼首推开沈韶光，鹰钩鼻贼人押着她往这边走，贼首全神贯注地用长剑指着林晏，另一个贼人警戒众人。

却哪知林、沈二人交错时，沈韶光一个踉跄扑在林晏怀里，哭哭啼啼地喊：“晏郎——”

林晏温香软玉在怀，手里却多了一个东西，约两寸长、半寸宽，薄而锋利。

那鹰钩鼻贼人拿剑指着沈韶光：“快走！”

林晏看那鹰钩鼻贼人一眼。鹰钩鼻贼人虽是亡命之徒，但也惧他的威仪，把剑往后撤了一点。林晏柔声道：“去吧。”

沈韶光点点头，走向于三。

于三一把拉过她藏在身后，贼首的剑也放在了林晏的颈间。

林晏视那剑如无物一般，跪坐了下去。

那贼首见他如此，松了一口气。于武人来说，坐姿是对人最无害的姿态。

案上有本来备下的让沈韶光写信的纸笔，林晏直接拿过来用。

不过十几个字，顷刻便成，林晏拈起纸角，侧头看贼首：“拿着这个，跟着我的侍从刘常去牢里，莫要多说话。”

贼首喜形于色，低下身子来取字纸。林晏抬手，寒光闪过。贼首的笑容定格，颈间鲜血喷洒在桌案上、字纸上和林晏身上。

突生此变，一直在侧警戒的鹰钩鼻贼人大惊，举剑来刺林晏。

林晏侧身滚开，把手中沾满血的刀片掷向鹰钩鼻贼人，顺手抽出靴筒里的匕首。

两个侍从早已仗剑上前，加入战团。

于三和阿圆等人则护着沈韶光往外退。

外面车夫回府里叫来的救兵也已来到。

原来今日宫中有大宴，宴后林晏又去京兆府忙了半日方回来，坐车从沈记门前过，见这样下小雨的天气，沈记屋里透出灯光却关着门——她成天嫌热，竟然没趁机透透风凉快一下？

又因为心头萦绕着谶语案的事，林晏心里不安，便下车去敲门，听她说什么拜牛女乞巧，便知道出事了。她恨不得把牛郎“打得哭爷喊娘”呢，岂会拜他们？

坊内守夜巡视的武侯坊丁也赶了过来。不过是因为下雨巡得没那么勤，竟然就出了事……看到京兆的令牌，坊丁们噤若寒蝉，不知道到底发生了什么事。

林晏拿帕子拭匕首上的血，撩开帘子出来，看一眼被于三等人簇拥的沈韶光，便回头与几个侍从交代事情。侍从们把两个活捉的贼人押上车，另有人去抬贼人的尸体，有人去交代坊丁们。

林晏走过来，屋檐下的风灯洒下昏黄的光，但还是能看出她的面色有些苍白，鬓发也散了，肩膀那么瘦削，腰身不盈一握，在这秋夜风雨中显得十分可怜。

林晏强忍着把她拥入怀里的冲动。那么明媚甚至有些小霸道的人，因为自己，今天受了好大的苦，若自己晚来一步……林晏都不敢想。

“我……”林晏可以下笔千言地书写策论，可以有理有据地与人廷辩，可这种时候，对着自己心爱的小娘子，说不出话来了。

“这几个贼人身上有香烛火纸的味道，或许是先前在道观染上的，因这几日躲藏，始终未换洗衣服，故而现在还闻得到。又有些腌腊货的味儿……”沈韶光神色认真地道。

一个好厨子，应当有个好鼻子，沈韶光自认算不得很好的厨子，却也有个好鼻子。这几个贼人身上的味儿太混合，重重的汗臭味儿夹着雨水味儿……沈韶光起初并没分辨出来，只是下意识地觉得不对，刚才在廊下仔细回想，才分辨出这两种最有意义的味道来。

林晏敏感地捕捉到了她话里的要点：“腌腊货？”这样的夏秋时节，普通人家不会存很多腌腊货，除非……

沈韶光点头：“我们店里就有不少。”这几个贼人这几天的藏身地也可能是讲究吃喝的达官贵人的库窖。沈韶光相信林少尹能想到这一点。

沈韶光接着说下一个疑点：“其中有一个贼人想点‘醋烹鳝丝’。这是一道北都里坊家常菜，并不有名，但北都人夏季常吃。”这是圆觉师太《饼经》上说的：北都人常用醋烹鳝丝浇麦面冷淘。

“我说不会做，那大胡子贼首似松了一口气。”

沈韶光把自己觉得这几个贼人不对劲儿的地方都告诉了林晏。

听着她有条有理的叙述，看着她灿若星辰的眼睛，林晏微笑：我的阿荠啊，即便在这样的秋夜风雨中，也耀眼得如三春景致。

林晏要连夜去审问人犯。侍从们已经把人犯、尸身等都装好了车，整装待发。

林晏嘱咐沈韶光：“这几日都小心些，我给你留下几个护卫。”

沈韶光下意识地想拒绝。

林晏轻声道：“听话！”

沈韶光抬眼，对上他担心的目光，终于点了点头。

林晏又看看不远处的于三和阿圆等人，回头对沈韶光道：“我先走了。”

沈韶光静立着目送他远去。他其实偏瘦，应该属于清逸如竹那一款的，但也许是因为身量高、肩膀宽，也或者因为仪态太端正，这样大步行去，似能扛起这漫天的夜色和风雨。

沈韶光突然生出些不舍来，又不禁嘲笑自己：难怪英雄救美是经典套路，又难怪说自古套路得人心……她还真想不管三七二十一地以身相许算了。

第二日，天终于晴了。

吃过朝食，沈记酒肆的四人就忙着去店里清理血渍和被砸烂的东西。林晏留下的侍从也跟着一起忙，且都一副唯小娘子之命是从的样子。下午沈韶光带人去西市买了些东西，又约了人明日来刷墙——干脆把店里重新装一下吧，所谓越打越强、越砸越火嘛。

沈韶光出门扔破烂时，遇见邻居和食客。其实昨晚后来也有人听见动静，出来看，发现那么些拿刀执剑的人，便又缩了回去。

沈韶光笑着与他们解释：“是有人犯逃到了坊里，恰在我们酒肆吃饭，京兆的衙差赶过来抓了他们。可把我们吓得要死……”她说的每句话都是真事，只是中间省略了些“不那么重要”的细节。

邻居看看店里的场面，咂嘴道：“你这店里被砸得不轻……”

沈韶光也心疼：“可不是嘛！”

“碰上了，没办法……”

沈韶光点头：“是啊、是啊。”

林晏忙到傍晚才坐车往回走。因头一晚没回家，他洗漱后换过衣服，先去给祖母问安，陪着老人家略吃了点东西，出了门便直奔沈记酒肆。

前面酒肆门锁着，门口立着“东主有事，酒肆停业五日”的牌子。林晏绕去后面巷子里，老远就闻到带着安息茴香的烤羊肉味儿，在门口又听得里面的笑语声，其中也包括自己的侍从们的声音。

林晏一笑：阿荠啊……

林晏叩动门环。阿昌来开门：“林郎君——”赶忙把他迎了进去。

青砖地上铺着席子毡垫，中间烤肉炉上铁扦子穿着大块羊肉、鸡肉、菜蔬、豆腐之类的东西，于三围着围裙，歪戴着纱幞头，烤得正欢，侍从周奎在旁边帮忙。其余人等散坐在周围，都正吃着。小娘子居主座——正笑眯眯地看着别人吃。

见林晏进来，侍从们都赶忙站起叉手行礼，脸上也肃穆起来。

沈韶光无奈：林少尹就是来捣乱的吧？好好的宴会，被他给搅和了。

“少尹用过暮食没有？跟大伙儿一块儿吃一些？”沈韶光客气地问。

看她的神色，林晏清清嗓子，对大家微笑道：“我吃过了，你们吃你们的。”想了想又加了一句，“烤羊肉加了胡椒和安息茴香，整条巷子都是香味儿。”

侍从们暗暗互视一眼：阿郎今日当真和蔼……又话多！

沈韶光却知道，有他在，别人吃不安生，反正自己也不吃烤肉，便端上饮子水果：“既如此，外面烟熏火燎的，郎君屋里坐吧。”

林晏翘起嘴角：“好。”

这是林晏第一次进沈韶光的屋子，虽然是堂屋。

屋子不大，铺着素色的胡毯，毯上随意摆着几张拙朴的榆木几案。正中的长案上放着半张剪开的玉梁胭脂纸、两把剪刀、一小堆已经剪好的各种花鸟鱼虫的花钿，另一边是扣着的书册、茶壶茶盏、荷叶形水果盘子，里面好些鲜菱角，旁边还有些没收拾的菱角皮子。

林晏低头微笑：原来阿荠这般散漫。

沈韶光放下水果、饮子，把灯盏拨亮，看到案上乱七八糟，自己也有点不好意思。下午她去西市买店里缺的东西，顺便去笔墨纸张店买个砚台——原来的被砸烂了——谁想看见了极漂亮的洒金玉梁胭脂纸，便买了几张回来，傍晚闲了，教阿圆剪花钿，还没来得及收……

沈韶光要收一收，林晏却示意她坐：“别忙了。”

罢了，反正自己就是这德行。沈韶光把这堆东西往边上推一推，取了个杯盏给林晏倒上酸梅饮子。

“怎么今晚不吃饭呢？”适才在外面林晏注意到，她的案上只有些糕和桃子、葡萄之类的东西，并不似旁人一样有肉。

沈韶光笑道：“不碍事。喉咙有些不舒服。”她昨晚被那贼人勒了一下，又用剑比量了一下，留下些瘀青，还有道红痕。按说只是外伤，今日晨起，嗓子却火烧火燎的，沈韶光摸一摸，似乎扁桃体肿了——外伤还能内化？这种情况，沈韶光是如何也不敢吃烤羊肉的。

林晏看她的脖颈，那青痕透着些紫，又有一条红，她本来又白，伤便显得越发触目了。

“还很疼吗？”林晏柔声问。

听见他说这样的话，沈韶光脑子突然转到某个不可说的场景上，赶忙打住，干笑一声道：“不疼，吃些三黄上清丸之类的药就是了。”

林晏点头。两人一时沉默下来。

沈韶光为掩饰自己的龌龊心思，请林晏吃水果：“新摘的葡萄，汁水很甜！这菱角也好，嫩得很。”

“嗯。”林晏应着。

他面前盛菱角的果盘边上是扣着的《秋塞集》，林晏伸手拿一个雀羽花钿当书签夹在扣着的那一页，看到“相看白刃血纷纷，死节从来岂顾勋……”[①]。林晏默默地把书合好，放在一边，然后拿起果盘里的夹剪夹菱角，夹开了递给坐他对面的沈韶光。

沈韶光愣了一下，接过菱角剥开皮，咬一口菱角肉，脆嫩得很。

“阿荞，我让人来提亲吧。”

沈韶光一口菱角差点呛出来。

林晏微皱眉，把刚才她给自己倒的饮子推过去。

沈韶光摆手：不是，林少尹，你怎么说话连个预热都没有？

“你这样在外面住着，我实在不放心。”

沈韶光点头，懂了，笑道：“这却无妨，我多买两个男仆就是，要膀大腰圆、身高丈二的。”

林晏没有说话。

沈韶光又道：“我听说西市关家刀剑肆有利剑、长刀，又可以打造机关器具，不知能不能请他们做个机关，绑在小臂上，一按便射出毒针来……”这显然是想起后代故事里的“暴雨梨花针”了。

林晏无奈地抿了抿嘴：“你明知道我不是这个意思。”

这回换成沈韶光不说话了。

“阿荞，你对我真的无情？”林晏抬眼看她。

沈韶光对上他的目光，竟然品出些悲伤和委屈来，那个违心的“不”字便憋在了嘴里。她尴尬地笑一声，抬手挠了挠耳朵。

“或者你在顾虑什么？

“你大概不知道我家的事。家祖母年事已高，最盼望我能早日娶妻。老人家荣辱兴衰都经历过，于很多事看得很开，并不是那等顽固之人；且——”林晏停顿了一下才又道，“先父先母婚姻不谐，又生出诸多不幸，祖母只盼望我莫要重蹈覆辙，断不会挑剔新妇。我家在河东家乡还有两户亲近族人，都不是那等虚华爱生事的，故而你不用担心我家里人不同意。至于外人，你更无须顾虑，我的新妇，便是我的新妇。”末了的一句，林晏说得十分从容淡然。

---

① 出自高适《燕歌行》。

没想到林少尹这样严肃持重的人，还有两分“凤歌笑孔丘”的狂生气。

沈韶光与他相反，表面不羁，内里却是现代人的谨慎理智，甚至带着些冷漠。

一个没落的世家大族的希望，少年及第的进士，二十多岁的绯袍高官，家族、亲人、师友还有他自己，对他的未来有什么样的期望？他以后在仕途上会走到哪一步？不说和高门联姻，从婚姻中取得好处，但至少婚姻不应该给他拖后腿。

娶一个罪臣之后，面对把猜忌当职业病的皇帝，应付同僚们的探究和因此可能产生的排挤……沈韶光毫不怀疑他此刻的诚意，甚至不怀疑以他的心性脾气和自己经营生活的能力，两人婚后会琴瑟和鸣、白头偕老，但她不希望因为自己，让他的仕途生出许多坎坷。

他或许会是名垂青史的一代名臣呢，就如姚崇、宋璟，如武元衡、陆允明一般。

至于他的妻子，两京有不少闺秀，活泼的，端庄的，有情有趣的，总有一个合他心意的吧？那些闺秀对林少尹的皮相和脾性，应该会满意的吧？

沈韶光都想得嫉妒起来。五百万，不对，一个亿的彩票，就这么在洗衣机里被搅烂了！真是心肝脾肺肾都疼！

心肝脾肺肾都疼的沈韶光若无其事地拿起一个桃子：“这桃子也不错，有些关中蜜桃的意思，郎君尝尝吧，再晚，桃子就该过季了。”

林晏看着她，沈韶光泰然地剥着桃子皮。

她剥了一半桃子皮，纤手掐着送到口中吃起来，脸颊一鼓一鼓的，唇边沾着汁水。她全神贯注地吃着，仿佛那桃子极好吃一般。

吃完了，她拿帕子擦擦嘴，又抹抹手，抬脸，弯起眉眼笑了。

看着她这一笑，林晏心里又酸又疼，过了片刻，到底松了神色，接着给她夹菱角：“你也不用买什么膀大腰圆、身高丈二的男仆了，我送你两个吧。”

“不是我客气，”沈韶光赶忙摆手，“是实在不合适。宰相门前七品官，你京兆少尹府的世仆们来小酒肆给我抬桌子、端盘子……”沈韶光知道，在这帮唐代贵人心目中，“奴婢贱人，律比畜产”，但仆人们的心理落差，以林少尹的情商他应该能理解吧？

况且她有钱啊！什么样的保镖买不到？沈韶光觉得自己暴发户的豪气气冲牛斗。

林晏绷着嘴角：小娘子有主意固然好，但太有主意……林晏只觉得她比牢里那些人犯还让人伤脑筋些。

沈韶光为安他之心，又与他分析："经此一事，京兆牢房肯定更加牢固，绑架京兆官员亲朋的手段肯定没什么用的了。

"至于报复……那些贼人有他们的目的，我之于他们仅仅是工具，他们怎么会浪费人力、精力来报复我一个工具？"

报复本身就是一件特别不符合犯罪经济学的事。对一帮有明确政治诉求的人来说，报复一个路人，报复一个肯定已经有所准备的路人，高犯罪成本，无收益……这样做的可能性太小了。

如果那几个人拥有不能以常理度之的反社会人格，沈韶光二话不说，早就寻求警力保护了。

林晏看了她半晌，到底无奈地笑了。

他站起来，走到侧墙上挂的画前。浅淡的墨色勾勒的粉墙乌头门，墙里探出一枝胭脂海棠，散下好些落花。角上一个小小的朱红色篆体"留春住"的章子，字秀雅中带着淳劲，是她自己刻的。

后院的海棠……林晏又心疼起来。旧时亭台花木，早已物是人非。

不愿引得她伤感，林晏看着这款识，结合她的小字，再忖度其父诗词文章的格调，含笑问道："这个章子别致得很……春色灿烂……韶华？"

沈韶光瞪大眼睛：这也能猜中？！

沈韶光摇头，微笑道："不对。"

看她那略显惊讶的神色，林晏便知道虽不中亦不远矣："芳华？韶光？"

沈韶光到底没管住自己，轻佻一笑："你猜？"

第十七章　你就是我的唯一

沈韶光言出必行，趁着歇业这两天果然去了趟奴市。虽满眼看去都是人，但她要挑个中意的并没那么容易。身高体健，会点儿拳脚功夫，脾性看着靠谱，背景干净利落……一圈转下来，沈韶光只买到一个叫张多的人。

这张多也是奴隶商人从外地贩运过来的，二十来岁，虽然不“膀大腰圆、身高丈二”，但看着也颇为强壮，身量似乎比已经挺高的林少尹和于三都还要高一些。他自言从前是跟着主人行商的，会几下拳脚，因为主人病故，少主年幼，娘子便收了买卖，把多余的人都卖了，回乡下守着产业度日。沈韶光问一句，他答一句，是个少言寡语的，又不是于三式的傲娇，更像是天生口拙。

陪着沈韶光来的林家侍从周奎试了两下，对沈韶光叉手行礼：“回小娘子，也算过得去。”

能被林晏派去保护沈韶光的，自然是他身边得力的人，奴隶商人看小娘子带着这样的仆从，觉得她是如何也看不上自己这里的货色的，谁想竟然做成了这笔买卖。

周奎其实不太理解夫人，不对，小娘子：何以不让自己几人保护，非要再买奴仆？大约是女郎的矜持？

不知阿郎与小娘子什么时候成亲。有小娘子在，阿郎似乎格外和气好说话……若小娘子掌中馈的话，家里的吃食肯定能更上一层楼……

裴斐也有同样的疑问：“你既看准了，何不去提亲呢？”

林晏抿抿嘴，没说什么。

裴斐若有所悟：“不会是你去提亲，小娘子没答应吧？”脸上溢出幸灾乐祸的笑。

林晏瞥了他一眼。

你林安然也有今天！裴斐恨不得仰天大笑三声。

眼看快到中元节了，皇帝出京亲临先帝陵寝祭祀，林晏和裴斐都不曾同去——林晏居京兆要职，不宜出行；裴斐官职不高，不到随行的阶品。

送走了皇帝，送行官员返回。裴斐与林晏混在一起，问他中元日是否一起去城外的城隍庙祭祀崔公。

林晏却道：“那日我另外有约。”

裴斐一时没反应过来：“那就十六日去？”

“我十四日、十六日都要当值。”

裴斐看他：那今年……

“我还是中元节当日去。”

裴斐突然想起去年在城外碰见沈小娘子来：“你不会是陪着……”

林晏微微一笑。

看他那德行，裴斐似闻到了一股子酸臭味：啧！啧！

如今知道他求亲铩羽而归，裴斐神清气爽起来，又有心情指导他了：“不是我说你，安然，哪有和未婚妻一起去拜前岳父的？沈小娘子虽看着是个大度的人，但你也不能这样心大，尤其——”裴斐挑了挑眉：人家如今还不是你的未婚妻呢。

林晏微微皱眉，道：“主要是因着前阵子的事，她独自出城，我不放心。”皇帝出京，京兆和留京禁军更加收紧，林晏腾挪安排，也只能空出这一日来。

这么不懂女郎们的心思，裴斐现在觉得，沈小娘子没答应他是有道理的……

林晏则思索，似乎是应该跟阿荞解释一下崔公和崔宁的事。

沈记酒肆面貌一新地重新开了业，门口牌子上干脆打出廉价优惠来，人气似比先前还要足一些。

去年有人在光明庵见到了沈记专门祭祀供奉用的糕果蜜供，今年便有来订的。这蜜供买卖虽不如花糕生意那样兴隆，但也让沈韶光赚了些小钱。

有去年的经验在，今年沈记的蜜供在形式和口味上又有了些进步，用奶、蜂蜜、鸡蛋、面粉做主料，夹上豆沙、芝麻、枣泥、椒盐各种馅子，或蒸或炸或烤，又做出各种形状，印有各种吉祥花纹，一层层堆垒起来，很壮观体面。

闻着蜜供传出的香甜气，沈韶光觉得，若是魂灵真能享受这些供品，大概也会满意的吧。毕竟这是吃个樱桃都要浇蔗浆、羊肉饆饠讲究咬一口就流油的年代啊。

不管魂灵满意不满意，反正客人们都很满意，甚至有人打算冬至和新年元正祭祀时也来订一桌："这个多体面！"

圆觉师太也满意："去年撤下的糕饼，她们在灶上烤了吃，净清觉得有味儿，拿给我一个牛乳蜜饼，我就着清茶吃的，格外好！"[①]

对这位老太太，沈韶光是着实喜欢，品得膏粱玉宴，吃得市井小食，踏遍千山万水，守住方寸心田。要不是自己一身俗骨，总惦记买房置地当地主婆，她就给老太太当徒弟算了，每日与老太太参禅说经，烹茶做饼，等年纪再大一些，也出门游历……

林晏还不知道他的小娘子竟然冒出出家为尼的念头，正在酒肆等着。

沈韶光和拿着托盘、食盒的阿圆一回来，便看见窗前独坐的林少尹。

"莫非今日衙间清闲？郎君来得这样早。"沈韶光上前打招呼。从出了那谶语案，林少尹下午来的时候就很少了，中间又出了那样的事，她已经多日没见他纸窗下悠闲独饮的样子了。这是皇帝老板出京，留守的人就偷懒了？应该不会，林晏管理京兆，应该更忙才对。

林晏微笑道："还好。"

沈韶光点头，你说还好就还好吧："郎君现在饿吗？吃些正餐还是用些点心小食？"

看她客气的样子，林晏抿了抿嘴："阿茾，我有话跟你说。"

---

① 唐鲁孙先生说的老北京点子饽饽吃法：在炉子上烤透了，夹上保定府的熏鸡肠儿吃，如果是冬夜，比什么清粥小菜都够味儿。

前两天他叫“阿荠”，因为后面的话更劲爆，沈韶光对这个称呼也就忽略了过去，没想到从此便开了头儿，只要没有外人，他便“阿荠”“阿荠”地叫起来。

若是搁在前世那个开放的年代，别说叫“阿荠”，他便是叫“亲”也没什么——也许人家就是喜欢“淘宝体”呢？但现在他这样叫小字，未免太亲近。

沈韶光有一种感觉：似乎林少尹把“求婚”这个过去时，当成了过去完成时，求过婚，就算求婚成功了。林少尹这霸道总裁范儿啊……

沈韶光坐在他对面，抱起卧在脚边的明奴，一边撸猫一边听他说话。

“中元日，你出城祭祀吗？我们同去吧。”

沈韶光微皱起眉，想起去年遇见裴斐来：莫非当时林少尹也在？她便笑道：“去岁倒是遇到了裴郎君。裴郎君同去吗？大家结个伴儿倒也好。”

林晏喝口饮子，道：“他有事，另寻他日再去。”

沈韶光点点头，对林晏的建议略一想，也就答应了。她自然懂林晏来说一起去的意思，但自己与他这样的关系，现在又不是特别太平，明明住同坊，还非要撇清分开走，到那儿再遇上……这未免太矫情，一起去就一起去吧。

见她答应了，林晏微笑起来，眼角翘成好看的形状。

沈韶光这会儿觉得，他的笑不像春山新碧，倒似秋雨后天色初霁，蓝得不扎眼的天，暖而不烈的阳光，一点点宜人的小风……看他这样笑，沈韶光觉得刚才答应得很值。

“还有一件事——”林晏有些沉吟。崔宁的事，真面对她的时候，他才发现并不太好出口。

“我去城外，是去祭祀于我有师恩的崔公。”

沈韶光明白了，是那位崔尚书。想到崔尚书，沈韶光自然也想到崔家小娘子：所以，林少尹这是……

“我与崔公的爱女曾有婚约，”林晏抿了抿嘴，“但其实……我与崔公及崔家郎君更熟些。”

沈韶光挑眉。

“阿荠，你是我唯一倾心爱恋的女子。”林晏神色庄重地轻声说道。

沈韶光手下动作一重，怀里的明奴颇不满意地给了她一爪子。

沈韶光坐在骡车里，旁边坐着阿圆，外面赶车的是新买的阿多，辕边上坐着于三，后面不远处是林晏和他的两个侍从。

在城里时，林晏还是这么不远不近地跟着，到出了城，便打马跟上去——如同大多数与妻子出行的郎君一样，行在车子侧旁。沈韶光侧头便能透过竹帘子的缝隙看到他的身影。

隔着竹帘，沈韶光研究了一下林少尹的侧颜，得出结论：侧脸好看的人，主要是因为鼻子和下巴好看。沈韶光摸摸自己的鼻子，有点遗憾，鼻梁不够高啊。

旁边肉鼻子宽鼻翼的阿圆乐呵呵地卷起另一边的车帘看景儿："小娘子、小娘子，你看那豆子应该快熟了吧？"

沈韶光悠然地收回目光，扭头顺着阿圆的视线看过去，笑道："嗯。将熟未熟，放些花椒和盐煮着吃，是顶好的下酒小菜。"

阿圆点头："煮着吃好吃，小娘子用豆子配着虾子、腊肉、鸡蛋炒的香米饭也好吃。去年小娘子把毛豆粒砸烂取汁掺糯米粉做的豆糕，好吃是好吃的，只是不够甜……"

沈韶光笑起来：阿圆这纯唐人的味觉审美啊……

沈韶光逗她："今年试个新吃法，你估计喜欢。先煮，再拍上芡粉油炸，外面酥香，里面嫩嫩的。"

阿圆拍手："那肯定好吃！小娘子不是说过嘛，如果一种东西不知道怎么吃，就把它炸了。"

于三每日被她们这样荼毒着，本来已经习惯了，但今天却皱眉咳嗽了一声——毕竟有外人在呢。于三扭头看看侧后方的身影，眉头习惯性地又皱了一下，但想起那日他用自己换下小娘子，便又把头转了回来。

"外人"林晏自然也听到了车内主仆两人的絮语，不由得微笑起来。林晏很爱听她和她的婢子仆人说话，觉得有种散淡悠闲的趣味。

因前阵子连日阴雨，路便有些坑坑洼洼，不太好走。阿多为了不颠到小娘子，车赶得很慢。沈韶光不是个挑剔的主儿，慢就慢点呗，左右一天的工夫呢；林晏更不着急，只慢悠悠地在旁边跟着。一行人早间出来，到城隍庙时已经巳正了。

跛脚老道对林晏和沈韶光行礼，看见阿圆和于三端上来的蜜供时，记起来，这不是去岁那个供奉精致糕饼的小娘子吗？便是在城里的大观挂单时，也少见这样齐整的好点心。

老道又看林晏，这似是去年布施了好些银钱的那位贵人，去岁他们可不是一同来的……

老道腹内猜疑着，面上却殷勤得很，帮着摆供品、设香烛，又招呼了弟子同来念道经。

沈韶光与他道谢，老道赶忙还礼：“这是贫道分内之事。”

沈韶光燃了香烛，化了纸钱，恭敬地磕了头，心中默默祈祷这一世的亲人们魂灵安乐。

沈韶光站起来，林晏也拈了香，行弟子礼祭拜沈氏夫妇。

沈韶光抿了抿嘴，没有说什么，待他祭完，正正经经地福身谢他。

林晏也正经地还礼，就仿佛那些去岳父家，在岳父注视下第一次见未婚妻的小郎君一般。

沈韶光祭祀完，便该林晏祭祀崔公了。

沈韶光也去上了一炷香，倒不是还林晏“人情”，而是有些感慨：两家人的际遇多么相似啊。她听闻那位崔公也是个有高才之人，不知他与沈家是否也有交往。那位崔小娘子是个性烈的人，轻生死，重节义，沈韶光自己做不到，却也敬佩对方。

对前日林少尹说的“与崔公及崔家郎君更熟些”的话，沈韶光是信的。即便如今风气再开放，世家贵女们的婚姻开始也仍然是岳父与女婿之间的“看对眼”，老父亲相中郎子的人品学问和家世相貌，女婿相中老泰山的学问人品和官声权势。小娘子反倒不是那么重要的。

沈韶光设想，如果家里没出事，不管是穿越来的自己或者是原主，嫁的丈夫大概都是这么选出来的。然而命运的车轮走上了偏路，然后便什么都不一样了。

沈韶光自然也不可避免地想到林少尹那句表白。半晌，沈韶光笑了一下，揉揉被明奴抓出红印子的手：还得再好好地给它把指甲修一修。

等烧完香，林晏出来，柔声问沈韶光：“天时不早了，我们就在这城隍庙用些饭，还是去旁边村镇找个食店打尖？”

城隍庙一共就这几个道士，沈韶光不愿麻烦人家：“我们还是出去找个食店吧。”

“在我们上次去过的那条河流旁便有个村子，去那里看看吧。”

沈韶光觉得这“我们”大抵也不算错，但听着又有些别扭……

小路狭窄不平得厉害，沈韶光便不坐车，只步行。林晏自然陪她。

田野里满眼苍翠，坡上有牧童羊群，偶见荷锄而归的农人，一派静谧美好的田园风光。

沈韶光的纱衫袖子被风吹动，碰到林晏的手臂，林晏下意识地捻了一下，又任那纱从手指间流过。

沈韶光突然觉得脸有些发热，往边上避了避。

“再靠边，就掉到沟里去了。”林晏轻声道。

沈韶光抿嘴：所以，不该是你往那边靠一点吗？

林晏却微笑着，并没有“避一避”的意思。

沈韶光只好压着点袖口，又后悔：今日合该穿窄袖胡服的。

林晏不再逗她，往边上让了让，又很君子地负过手去。只是那拇指和食指轻碰，似在怀念刚才纱衣的质感。

他们的运气着实好，绕过河流来到那村庄前，村头上便有个小小的酒肆，两间茅舍，挑着个脱了色的酒幌子。

店主娘子是个颇爽利的妇人，热情地招呼着，言有“极好的烧豕肉”——因为今日中元节，祭祖的人多，村里杀了两头猪，店里得了一只八九斤重的猪腿，都切了大片子蒸上了。她本来想着蒸好了去卖给城隍庙的道士，谁想突然来了贵客。

沈韶光又问有什么蔬菜和主食，店主娘子说有自家种的葱、茄和菘菜，又有才煮出来的毛豆子。

沈韶光笑起来，让先上两盘毛豆子，又让炖些菘菜，蒸些茄子。听说主食有荞麦面，沈韶光笑道：“请娘子给我们做些荞麦冷淘，浇芝麻酱、清酱汁、醋，放点蒜泥即可。”

店家娘子算看出来了，这家是娘子说了算，那位俊俏郎君只是摆设。既然小娘子如此吩咐，自然无有不从的，店家娘子又暗忖：这城里的贵人口味就是古怪，有白麦面不吃，偏要吃荞麦面。

店家娘子先盛了豆子来，又用盆子端上她的烧豕肉。

豆子只是用盐煮的，少些滋味，好在够嫩，倒也好吃。

至于这肉，与其说是“烧”的，不如说是“蒸”的，没用清酱汁腌，是肉的本白色，旁边粗瓷碗中是醋、蒜、姜的三合汁。沈韶光与林晏的桌案上只留一小盘，其余皆给于三、刘常他们。

沈韶光夹了一块肉放在自己的碗里，又拿勺浇一些醋蒜汁。肉蒸得很烂，竟然意外地好吃。

店家娘子又拿来酒坛，给诸人倒上酒："贵人们尝尝我们自家酿的酒。不是我吹嘘，我们的酒在这十里八乡是最拿得出手的。"

沈韶光端起大浅碗，吹一吹上面的绿沫，喝一口，很不错，店家娘子确实没有吹嘘。

林晏这是头一回见她喝酒，又是举着有她的脸那么大的碗喝酒，不由得笑了。

沈韶光挑眉。

林晏只微笑不语。

沈韶光便知道他在嘲笑自己大块吃肉、大碗喝酒了。真是少见多怪，前世有一仰脖子喝下半瓶酒的妹子，这世也有拿着小酒坛喝闷酒的宫女，我这才哪儿到哪儿啊！

就着煮毛豆，沈韶光把一碗酒都喝了。

看见她面上的红晕，林晏劝道："莫要喝了，小心路上唾酒。"

沈韶光点点头：这样酒精度数的酒虽不至于喝醉，但喝多了半路找厕所，那就尴尬了。

林晏哪知道她担心什么，只觉得她这样的乖相格外可爱。

"店家！"外面走进来一个四十多岁穿士子白袍的儒生，那袍子都成灰的了，手里拿着酒葫芦，"麻烦把这个装满。"

看店里一共两张桌子都坐了人，这儒生便不坐。店家郎君去外面河边掀了小荷叶来，给他包了一包煮毛豆子、一个面饼。儒生把饼装在身上背的布囊里，捧着豆子，拿着葫芦，在门外上了驴，慢悠悠地走了。

沈韶光看那潇洒背影，不由得笑了。不知这位先生诗写得怎么样，但这诗人的范儿是足足的。

林晏看她。

沈韶光道："蹇驴破帽，一壶村酿，半包毛豆，这位先生洒脱得紧啊。"又看看吃饭一板一眼，从来午食不饮酒的林少尹：都是儒家弟子，差距怎么就这么大呢？

林晏微笑，淡淡地道：“你诗意洒脱就好，我负责俗世俗务。”

沈韶光觉得，这村酿后劲儿挺大的，有些上头。

过完了七月半，连绵了好些日子的阴雨结束，暑热也已消散，太阳在中午时有些晒，但也已不是烈日，天瓦蓝瓦蓝的，飘着几朵白云，又有习习的秋风。长安怡人的秋，终于来了。

沈韶光回想这个过分炎热的夏天，有点心有余悸的感觉。谁能想到因为高温，长安城竟然被谣言弄得满城风雨，天灾差点变成人祸，更会殃及自己这条小池鱼？相对比，前面半个多月的阴雨，衣服发霉，墙上透着水汽，倒不算什么了。

好赖算是过去了，沈韶光舒口气，摸摸新做的秋装上的绣纹。未来的两个多月是长安最好的时候。等进了十月，早晚下起白霜来，便有些冷了。

沈韶光微提松霜绿的裙子，坐下抱起明奴慢慢顺毛。这松霜绿带着点秋的厚重，就如那天午后从城外回来远眺看到的颜色一样。衫子是乳白色的，比明奴的毛色要柔和一些，做成了胡服窄袖的款式，免得又被某人拽住。

想到那日，沈韶光有些悻悻，觉得自己忒给二十一世纪的新女性丢人……大概她穿越久了，灵魂也保守了？

不过那日她溜达一趟也不是全无收获，比如吃到了新鲜的煮豆子、好吃的蒸猪肉、有点后劲儿的村酿，其中最值得一提的是荞麦冷淘。

用井水淘过的荞麦面条带着微微的涩感和麦面的清香，有嚼头儿，拌着芝麻酱、清酱汁、醋、蒜吃，特别清爽。

在坊里的米粮店，沈韶光没见过荞麦面，西市或许有，但沈韶光暂时懒得去找了，便从店家娘子那里买了一口袋荞麦回来。

于是这两天，沈记主人和客人的桌案上，便常见荞麦汤饼的身影，冷淘的、热汤的，炝锅的、打卤的，炒的、焖的，粗的、细的，婴儿指头样儿的，猫耳朵形状的……各种花样儿。

邵杰躬逢其盛，吃一筷子荞麦拌面，嚼一嚼，又吃一筷子，对沈韶光连连点头。

他吃的是鸡丝拌面。荞麦面有些粗涩，故而吃的时候要么过冷水，使其爽利，加麻酱蒜醋之类的料子拌着吃；要么配浓郁香腴的肉汤，以掩盖它的粗涩。

鸡丝拌面却又不同。鸡丝用蛋清抓过，又裹了芡粉，温油下锅滑制，然后用猪油加一点银针豆芽爆炒，放一点奶汤，勾薄芡，快速出锅，这样做出来的鸡丝极滑嫩。鸡丝再配一点胡瓜丝，与这筋道带有涩感的荞麦面同吃，舌畔齿间会有异彩纷呈的感觉。

邵杰把小碗里的那两口荞麦面条吃完，拿帕子擦了一下嘴。

沈韶光笑眯眯地明知故问："邵郎君吃着可还适口？"

"好吃！"邵杰赞叹，"只可惜——"

可惜什么？沈韶光提起精神，听他提意见。

"贵店的碗太小！"

沈韶光笑起来，邵杰也笑。

邵杰还真不是虚夸。他自小家里富贵，从没吃过荞麦汤饼，第一口觉得味道有些怪，但吃着吃着就上瘾了，只可惜小小的碗里只有这么几口。

沈韶光就喜欢这么捧场的人，笑道："郎君先前用过酒肉蔬菜了，这荞麦汤饼居于最后，就譬如艺伎娘子们唱曲儿时最后那个拖腔，适当地拖一拖，有余音绕梁之感，拖太久则冗余了。"

邵杰拊掌大笑：小娘子不知道哪来的这些妙语，有趣又精到！

沈韶光笑道："等再过些日子，秋风更凉些，郎君就可以来吃羊肉芥菜荞麦汤饼了。腌得够味儿的芥菜炖大块的肥羊肉，香腴的羊汤，细细的荞麦面，再放一勺炸得香香的茱萸酱……届时给郎君用最大的碗！"

邵杰笑道："说定了！"

邵杰又发出曾经的感慨："小娘子真该去东、西市开间大酒肆。沈记如今已经有些名声，我不止一次听人提起沈记吃食。这时候合该乘风破浪，去东、西市打出旗号来。"

沈韶光午后有闲空儿，喝口玫瑰花茶，与他细细掰扯："本店卖得最好、获利最多的，不是鱼羊鲜、八珍鸭子这些贵价菜，也不是炸兰花豆、拌芫荽豆皮这种小菜，而是玛瑙肉、芙蓉羹之类的中档菜。郎君回去桂香园，可以查细账看看，看是不是也如此。

"我说这个，不是说豪华价贵的东西不好，而是说，我们不是只有'豪华'这一条路可走。"

沈记的买卖确实好，饭时外面等座儿的榻上就不曾空过人，但囿于位置、场地和客源，这间店铺大约再发展也就这样了。

邵杰的提议沈韶光不是不心动，但一则买下东市大酒肆所费颇多，目前她手里的银钱不太富余；再者，豪华酒楼又有豪华酒楼的经营之道，还要再摸索。要保准，要赚钱，沈韶光另有想法——找中高档的里坊，开完全复制本店的分店。

邵杰皱眉，想了想道："小娘子接着说。"

其实东、西市也有不少小摊儿、小铺子，并不全是高档的店。但小小的店面儿纳客量有限，两市又是午时才开市，日落前七刻又闭市，只能卖一顿午食，相比高额的地价和同样投入的人工和精力，性价比就太低了。

邵杰商家子，哪能不知道这个问题？故而从一开始他便提议的是开大酒肆——纳客多，豪华，能打出声名。

此时讲究的是"老字号"，同城开分店的少，反倒好些都想去东、西市"证道"。把店开在东、西市是实力的证明，是不知多少买卖人的梦想。一直受时代见闻限制，邵杰本来也持同样的想法，此时听沈韶光说另寻崇贤这样的里坊，开完全与这间一样的店，突然有些豁然开朗之感。

这样做的好处是显而易见的：长安一百零八坊，若遴选出十个坊来开分店，那利润可比在东、西市开大酒楼高多了。

"但小娘子如何保证各店都能做到本酒肆这样呢？"

各分店品质不一，即便在后代餐饮企业中，这也是个大问题，但好在大家也摸索出了些办法，比如标准化。

"各店菜谱都是一样的，我们把各种菜的程序和配方制订出来，庖厨们经过训导，力争做到虽百人而若一手。"

邵杰眯眼笑着指一下沈韶光："百人——小娘子其志不小啊。"

沈韶光把饼画得越发没边了："若真成，店开到洛阳、汴州、北都，百人也不一定够呢。"

邵杰哈哈大笑：跟小娘子说话，真是太痛快！

但邵杰也提出疑问："只是这样的话，只怕方子容易泄露，让人学了去。"

"有些东西，比如酱料、调味汁、腌腊货我们自己制作，甚至可以统一做一些菜的半成品，每日送往各分店。"沈韶光说的是后世中央厨房的概念。只是此时没有冷链，交通也没有后世方便，又有宵禁，到底不那么方便。

“又可以细化分工，切菜的专管切菜，炸肉的专管炸肉，调馅儿的专管调馅儿，这样即便有什么泄露也有限。”

其实此时的制度太有利于保密了——大多数酒肆的庖厨根本不是雇佣的，而是主家的奴仆，在这个“奴婢贱人，律比畜产”的时代，奴仆背主窃主财物，量刑尤重，不经官府，被主人打死的都有。《唐律疏议》上说主人“决罚致死及过失杀者，各勿论”，所以此时的奴仆要做出背主的事是要冒很大风险的。

两人喝着茶饮，越聊越多，越聊越投契。邵杰颇有经商头脑，也提了些可行的建议，聊着聊着，一份酒肆分店开设计划书就几乎成了。

两人言谈间，似乎距离沈记开遍全城，缺的只是时间和银钱了。

对此沈韶光倒不着急。她喝口玫瑰花茶，笑道：“生命不息，赚钱不止。慢慢赚就是了。”

邵杰再次被她逗笑，想了想，说出自己的想法：“若我家拿出些钱财来与小娘子合伙，小娘子意下如何？”邵杰是个主张当面锣对面鼓的，在生意上，与朋友做伙伴尤要坦诚。为了点钱财就欺瞒，朋友不是朋友，伙伴不成伙伴，岂是大丈夫？

“某看小娘子这买卖必定赚钱，便想分一杯羹。只是我家并没有于酒肆上很熟悉的人，故而这酒肆还是小娘子管着，我们只出钱，分些利钱便好。”

沈韶光真是佩服这古代人：股份制……

沈韶光喜欢邵杰这样的做事态度，愿意跟他共事，但涉及大宗银钱和长期合作，总要谨慎。她与他说了自己的意思。

邵杰笑道：“便是小娘子立时答应了，我也拿不出钱来。这样的事需得禀告家祖父。”此时人讲究的是“父母存，不有私财”，合伙做买卖这样的事，是必须家主长辈同意的。

邵杰感叹：“小娘子可比我有钱多了。那日看见一把绝好的古刀，我咬了几次牙，都没舍得买。”

沈韶光微笑。

邵杰突然想起小娘子似双亲都不在了，这样的话于她似乎有些刺耳，少见地讷讷道：“你别介意，我惯常爱顺嘴胡说。”

沈韶光这回是真笑了：这样坦诚直率又有点小狡诈的邵郎君，真是可爱！

邵杰是个说话做事爽快的人，不两日便来与沈韶光说，请她去与他祖父见一面。

因沈韶光是女郎家，不便随邵杰直接去邵家做客，见面便安排在东市的桂香园。

沈韶光听邵杰说，老翁上了年纪，腿脚也不那么便利了，但每日都要去花糕作坊坐一会儿，看庖厨们做糕，看客人们买糕，有时候还会就着茶饮吃一块两块糕点。

这么大年纪还吃甜食……沈韶光想象中的邵家老翁是个腰带十围的胖老头儿，没想到老翁又干又瘦，七八十岁，腰板儿挺直，精神矍铄的样子。

沈韶光上前施礼，口称“邵公万福”。

邵家老翁笑道：“小娘子请莫要多礼。”又请她坐。

沈韶光坐于客位上，邵杰也在老翁下首坐下，仆妇端上茶饮来。

邵家老翁上了年纪，便不大遵什么男女之防了，端详这沈小娘子：果然一副聪慧长相，举止也娴雅，到底是识文断字的世家贵女。

前阵子邵家送去秦仆射府的七夕糕，秦太夫人称赞“有些雅的样子了”。秦太夫人一辈子的世家贵妇，年轻时是京城有名的才女，能得她赞一句“雅”，可见确实不错。又有好些住在崇仁坊的外地官员士子客商来买花糕，总要赞一句“到底是京华，做个糕也如此雅致”。

这样的话，邵老翁这阵子在店里听了不少，即便没有得实际的财利，单这些名声，也已经是财富了——邵老翁精明了一辈子的人，很懂“令名”的价值。更何况，账本子上也显示，自有了九郎提议的这些变革，差不多每个月与去年同时间比，都多了三四成的利。

只可惜想出这主意的是别家小娘子……

邵老翁在心里遗憾着，嘴上却客气地道：“某要先谢过沈小娘子。听九郎说，小店里花糕的新鲜样子都系小娘子指点的，客人们都夸呢。”

沈韶光连忙谦虚地道：“如何敢称‘指点’二字，不过是敝店一些卖糕的小主意，能得邵郎君青眼，愿意在贵店试行，此儿之荣幸也。”

“小娘子小小年纪，能想出这许多办法，着实灵慧。”邵老翁再夸一句。

“小心思而已，还请邵公莫要见笑。”

一老一小又客气了两句，便渐次说到正题。

“九郎说小娘子有心于别的坊开设分店，怎么不去东、西市呢？”

沈韶光便把曾经与邵杰说的再条分缕析了一遍，又笑道：“在东、西市开大酒肆固然好，但到底风险更大一些。”

邵老翁点头：小小的年纪，竟然耐得住性子，管得住心思，这是个沉稳的主儿。

“只是若都是小酒肆，虽盈利不少，却难创下大名气。”说到底，邵家如今的买卖都与当年那个“花糕员外”的名号有关，故而邵老翁对“声名”一事格外重视。

“东、西市固然人流大，能更快地创下名声，但把店开设于各坊，只要能立住，也能得到实在的口碑。邵翁试想，若长安城东南西北中，每几个坊便有一家分店，让玛瑙肉、翡翠圆子成为大家口淡时便想吃、走几步就能吃到的东西，时间长了，这甚至能成为一代人的回忆……”

邵老翁笑起来：小娘子口齿好伶俐。

邵杰颇为与有荣焉：到底是我看中的人……

沈韶光微笑：不管是农村包围城市，还是城市推向农村，各有各的好处，就看适合不适合了。

“不知邵郎君可曾与邵公提过儿曾于节庆时去曲江边摆摊子的事？”

这个邵杰确实没说。邵家花糕当初也是从小摊子开始的，邵老翁颇有兴致地看着沈韶光。

沈韶光与他说起几次曲江边摆摊儿的经历：“当时江边买饮食的客人后来有不少专门找来崇贤坊吃饭的，并成了小店的常客。东、西市人流大，我们亦可时常让人带着‘流动餐车’来这里卖些特色小食，不为赚钱，就为赚个脸熟，混些人气。”沈韶光提出的分明是后世快闪店的概念。

这样的理念自然是超前的，但又不是全然超出现实、不可操作。邵老翁混浊的眼中闪出光来：“小娘子此计甚好！”

邵老翁是个老商人，有的是经验，沈韶光则占了穿越的便宜，有开阔的眼界和千年积淀，两人有问有答，观点上有同有异。后面两人又聊到一些更细致的创声名的操作办法，菜品与声名、“实”与“虚”之类的问题，其中有邵杰听过的，有没听过的，有自己思考过的，也有没想到的，此时听来便更多了些感悟。

与这位沈小娘子说了这么多，邵老翁的遗憾更深了：惜乎不是自家子孙！

两人谈得如此投契，合作自然是没有问题的，至于双方银钱比例之类的更细致的事，老翁便交与了邵杰。邵杰年岁也不小了，合该多练一练。

邵老翁又有自己的心思。等沈小娘子告辞走了，邵老翁拷问送人回来的邵杰："九郎，你与我说，你是不是看上人家小娘子了？"

邵杰当下做个怪样儿："阿翁如何与阿婆一样，看见个好看的小娘子，便要拉郎配？"

邵老翁瞪他："你年岁不小了，早该定下来了。"

邵老翁又皱了皱眉："这小娘子是世家，倒也不是不能高攀……"京里商家子娶没落世家女的还是有一些，商人家图世家女的清贵，没落旧族则想着落些实惠。

看祖父还转着这念头，邵杰赶忙道："亲阿翁，真没那意思！"

"若这小娘子是儿郎，我就与她和杨郎三结义去了。这小娘子委实聪慧爽利，但孙儿——"邵杰停顿一下，厚着脸皮笑道，"孙儿觉得娶新妇还是娶那甜一些、娇软一些……"后面几个字被老叟扔过来的账本子消了音。

"不害臊！"邵老翁笑骂。

老翁悻悻地嘟囔道："没有个识文断字的儿孙，便连个有学问的孙媳都娶不到，真是命不好！"

邵杰觉得，沈小娘子是真好，谈得学问，赚得钱财，口齿伶俐，有手段，人也爽利有意思，甚至还很漂亮。但不知为什么，邵杰对她却没什么想法，倒有些读书时对那些学问好的同窗的感觉……

很快邵杰就发现，幸好他没什么想法，不然该伤心了。

邵家老翁同意了，合作开分店的事就提上了日程。邵杰为避嫌，原来是不愿参与管理的，沈韶光却不让他如愿——免费得来的劳工，不用白不用啊。

邵杰也是个痛快人，既然小娘子不介怀，那掺和进来就是。从前都是"守业"，此时倒有些"创业"的意思，邵杰还有点兴奋。

两人大致分了一下工：沈韶光负责制订菜谱、把控菜品品质、服务培训、品牌策划和广告营销；邵杰则负责“外联”的部分，买人、选址、买屋、联系供货商……

其中选址是重中之重，为此邵杰闲着没事就骑马满长安城转悠，又约见房产牙人，有靠谱的便暂且记下，一则要“货比三家”，一则到底是合伙做买卖，总要问过沈小娘子。

这日，邵杰又揣着两三家店铺的图样儿来找沈韶光。

沈韶光请他坐了，端上茶饮和果品。

邵杰骑马赶路有些热，看见碗里凉凉的蜜豆酪浆就笑了：“小娘子简直是‘及时雨’！”

不用勺子，端起碗就灌了半碗进去，碗底尽是蜜豆了，邵杰再拿小勺慢慢舀着吃：“甜！有味儿！又不像红豆饼似的发腻。”

沈韶光自得一笑：“邵郎君再尝尝这‘渔父三鲜’。”

邵杰又笑起来。

所谓“渔父三鲜”，就是菱角、藕和莲子，为渔翁常见之物，因此得名。这却不是沈韶光的创意，而是从前看《山家清供》上说的，此时不过是拾了人家的牙慧而已。

“你若不会做饭，只靠这起名的功夫，便足以养活自己。”

沈韶光摆手道：“这是从前从书上看来的，不过——我从前也想过相似的问题，若不为厨子，我大概就去当个比丘尼或者女冠了，靠着满嘴跑马的本事替人解个签子之类的，大概也过得下去。”

邵杰哈哈大笑。

才七月底，菱角、藕和莲子都鲜嫩得很，带着池塘的润泽水汽，十分好吃。

沈韶光又让邵杰尝尝另一个盘子里的鸡头米栗子饼。

邵杰拿起咬了一口：“好吃！怎么做的？”

他问得没什么负担，沈韶光答得也干脆：“芡实磨了粉炒熟，掺着熟糯米面儿和少许的糖做皮子。里面是今秋新下来的头一茬栗子做的馅儿。糖别放太多，腻。”

邵杰点头，想起鸡头米也是水里的货色，笑道：“这跟菱角之类的拼一起，该算‘渔父四鲜’了吧？”

沈韶光老神在在地竖起一根手指摆一摆：“不、不，里面还有栗子呢。

栗子产于山上，芡实产于水中，故而这饼叫‘渔樵饼’。”

邵杰再次有了当年面对那些背书如吃瓜菜、写字总能让先生画双圈的同窗的感觉，真是恨不得拿麻袋套头揍他们一顿啊，但看看沈小娘子漂亮的脸，罢了……

“沈学霸”挑眉，面对“邵学渣”咬牙切齿的脸。

林晏进来时，便看到两人对望的场景。

沈韶光和邵杰都站起来，沈韶光招呼客人，邵杰则是行礼。

林晏淡淡地笑道：“又见到邵郎君了。”

邵杰笑着答是。

沈韶光见缝插针地问林晏想吃点什么，林晏看看邵、沈二人案上的东西，微笑道：“随意就好。”

沈韶光与他处得久了，很懂他的意思，赶忙也给他上了“渔父三鲜”。

邵杰没与沈韶光说完话，不好就退下，正犹豫，没想到林少尹请他同坐。

邵杰是个多话的主儿，他的朋友中也没有闷葫芦，此时对着个官高爵显话又少的林少尹，不免有些不自在，只好就着桌上的吃食说些什么：“沈记这‘渔父三鲜’嫩得很，少尹尝尝。”

林晏点头，拿几颗莲子剥着吃。

“这芡实栗子饼也很好，甜而不腻。”邵杰突然想起沈小娘子说的名字来，“哦，这饼还有个雅号，叫‘渔樵饼’。”

林晏看一眼端着茶饮过来的沈韶光，弯起嘴角：起个菜名字也这般促狭。

邵杰只觉得林少尹这一笑颇有初春时和风暖日冰雪消融之感，不由得再次感慨一个好菜名是多么重要。

“邵郎君也住在这坊里吗？平时并不多见。”

难得林少尹开口，且问的又不是保密的事，邵杰便道出了原委。

林晏点头：“选在哪个坊？”

邵杰有些惊愕：那样肃穆沉静的京兆少尹竟然过问这个？莫非有什么深意？

邵杰又听他对拿着托盘要走的沈小娘子道：“你也别忙了，不是要与邵郎君商量选新店址的事吗？”

沈小娘子也当真打横坐在了桌案侧面。

邵杰从袖中拿出自家画的图。这图画得不算细致，也不过是看个意思。他道："这个在永昌坊的主街拐弯处，比本店大一半吧，里面开阔，梁柱少，格局颇佳，只是索价有些贵；这个在不远的永乐坊，稍微小一点，从前是一家杂货铺子，有些老旧，若买下来，门窗、地面都要重做……"

听他说完，沈韶光还在思索，林晏已经道："永昌坊的不合适。圣人要给广平长公主建公主府，选在了永昌。"

广平长公主是今上同母所出的亲妹，很得圣宠，她的公主府想来豪奢广大，而永昌坊并不很大，保不齐一个公主府就占了坊里的一半地方，那剩下的又还有多少客源?

此事还没发明旨，若非像林少尹这种穿绯袍参加仗下议事的人，是断不会知道的。

邵杰正要谢他，又觉得不对，抬眼却见林少尹抱起了店里的那只三花猫，用手摸摸猫脸，摸摸猫头，抓抓下巴，然后不断地顺毛。

邵杰看一眼边上一脸正经，还在看图的沈小娘子，再看看抱着猫十分闲适的林少尹，觉得自己好像知道了点什么：幸好，幸好啊……

邵杰还是很有眼力见儿的，说完了正事就赶紧告辞。不知是不是错觉，邵杰似乎从林少尹安闲的脸上看到一丝赞许之色。

沈韶光要送他，邵杰赶紧客气地辞让，出了门打马走了。

沈韶光回来，看林少尹还在那里撸猫。

看看桌子上没怎么动的饮食，沈韶光无奈：人家都走了，"道具"可以放下，接着吃下午茶了!

沈韶光眯眼假笑："郎君还要不要加些什么？要不郎君先净净手？"

林晏微笑着点头，放下了猫。明奴扫了他一尾巴，走来沈韶光脚下蹭她的小腿。

沈韶光赶忙哄它："乖、乖，还忙着呢，一会儿！"

林晏看她一眼，微低下头，想去拿桌案上的东西，想起还没净手，只好又缩回来，双手交叠置于腿上，显得十分端正庄严。

"郎君稍候，我去端盆水来。"沈韶光颇具服务行业自觉性地道。像林少尹这种贵人，在家里、衙门洗手都得有好几个人伺候，端水盆的、拿澡豆的、拿巾帕的，甚至有的擦手都由婢子代劳。

林晏却站起来："我随你去吧。"

少跑一趟，那自然好，沈韶光笑道："其实流水洗手更干净。"

林晏深深地看她一眼，微笑着嗯了一声。

沈韶光略挑眉：他笑什么，有什么不对吗？

两人来到店后水缸处，林晏略弯腰站在石砌下水盆前，沈韶光拿水瓢在水缸里舀水给他冲手，又默默递上澡豆盒子。

店里有给客人用的巾帕，但像林少尹这种讲究人，怕是更喜欢用自己的帕子，沈韶光便少了"奉巾"这个环节了。

突然，沈韶光明白了刚才林少尹那一眼还有一笑的意味——"侍执巾栉"，常用来做妻妾侍奉夫君的套话。

沈韶光咬咬唇，瞪他一眼：你说你一堂堂长安市副市长，咱能不能思想健康一点？少联想一点？就事论事一点？

林晏直起身子，略甩一甩手，扭头见她这样子，不由得笑起来。

林晏笑完又道："你刚才抱明奴没有？我也帮你冲冲手吧？"

沈韶光似笑非笑地看他一眼：调戏人还上瘾了？

恶向胆边生的沈韶光微笑道："那就有劳少尹了。"

林晏照着沈韶光刚才的样子，也拿水瓢舀了水，细细地浇在她的手上。

她的手细细长长的，虽肤色很白，却说不上多嫩，手背上有几个小红点，想来是溅上的油点子烫的；骨节也有些明显——这是一双辛苦操劳的手。林晏刚才嬉笑的神色淡了下来。

他突然想起她头一回去给祖母送粥时说的话来："儿于掖庭时，炭火不足，一至隆冬，手足则红肿流脓。若一直冷着也没什么，不过是裂个口子，有些疼罢了。最怕突然接近炭火，哎哟，奇痒难耐。"林晏越发心疼起来，真想拉过她的手来包在自己掌中，揉一揉，搓一搓，问她那些旧伤是不是都好了……

沈韶光按规范洗手法默默数完十五秒，扭头看向林晏。

林晏温柔一笑，舀了一瓢水给她冲洗。

沈韶光耍了回大牌，便愉悦起来，笑问："今天有桂花糯米藕，林郎君尝一尝吧？也给太夫人带些回去。"

林晏微笑："好。"

为了表示自己的大度，沈韶光便随口与他说起了吃经：“这桂花糯米藕用的是今夏的新米，藕也是新藕，只可惜桂花是先前从药饮铺子买的去年的存货，细闻有一股子党参、黄芩味儿。[①] 好在有糖味儿把它遮了。

“这藕分九孔和七孔，九孔者为白莲藕，脆生生、甜丝丝的，可以生吃，那‘渔父三鲜’里的就是这种；七孔者为红莲藕，面儿多，不脆，不宜生吃，却最适宜做这桂花藕。”

两人一边往回走，她一边说。

林晏侧头微笑着看她，听她说这些吃吃喝喝的事，有种岁月宁和、莫不静好之感。

“把这藕里面塞上糯米，堵上切下的藕节头儿，与红枣、饴糖、桂花同煮，煮个把时辰，藕煮得香软了，米黏腻了，便可以捞出，凉凉切片。把之前煮藕的汁算过，熬浓了，兑上些糖渍桂花浇在藕上，又香又甜。”

林晏又起了逗她的心，点了点头：“是当多吃些甜的，虽不应时，却也应势。”

沈韶光停住脚看他，林晏笑着走回自己的桌案前。

面对已经放飞自我的林少尹，沈韶光有点没脾气了。按五脏五行养生的说法，应当“春增甜、夏益苦、秋多酸、冬添辛”，故而秋季“应时”当食酸。这“应势”自然指的是刚才……他吃醋吃多了，要吃点甜的中和一下！

想想从前严肃冷淡的林少尹，沈韶光幽幽地叹一口气，舀起一勺糖渍桂花汁便要全浇上去。他求仁得仁嘛！

她却突然想起这个词的谐音来：“求人得人”……沈韶光把手里的勺正一正，细细地淋上，一勺糖汁剩回去一半。

然而林少尹并没再说什么“非礼”的话，只问了些与邵家合伙开店的事。

知他是好意，沈韶光也不瞒他，把大体的商谈经过、分成分工之类的事拣着主要的跟他说了。

---

① 叶广芩老师的《豆汁记》：中药店买的桂花，一股子党参黄芩味儿。

林晏点头："为商者，精明与本分往往难以兼得。邵家还不错，且很识时务，邵郎君也精明强干，你与他们合伙，很好。"

沈韶光莞尔：他给"情敌"这么高的评价，可见刚才的"醋"只是说笑。这或许算是"小醋怡情"？

邵杰又看了几个地方，与沈韶光商量过，最后店址定在亲仁坊。

亲仁坊是大坊，在东市西南，也属于"高档社区"，福慧长公主府就在这个坊。这位长公主的府第是在名园"赤霞园"的底子上建的，以清雅精致著称，大倒不甚大。

赤霞园里面种了好些名花，尤其以芍药、菊和茶花著名，有"两都花卉看赤霞"之说。这园子最早是玄宗时候韩国夫人的私第，后天宝事发，韩国夫人身死，这园子便转给了平叛名将周炎。周炎是颍川周氏子弟，把这原本有些俗艳的园子打理得精雅绝伦，惜乎其子以言获罪，累及父祖，这园子就又转了手……

就如同老白在其诗《凶宅》中说的一般："前主为将相，得罪窜巴庸。后主为公卿，寝疾殁其中。连延四五主，殃祸继相锺。"这名园颇有"不利主人翁"的名声，但福慧长公主不在乎，把其要下来改成了公主府。

沈韶光来新店看装修进度时，还专门去公主府周围转了一圈，隔着院墙，似乎都能闻到早开的桂花香味儿。

桂花好啊，能做桂花芝麻糖、桂花枣泥饼、桂花山药糕、桂花糯米藕、桂花酒酿圆子，也能炖鸭子、炖鸡、炖排骨，更不用说煮各种甜粥和泡茶饮子。

沈韶光十分羡慕地看看公主府的围墙：福慧长公主捡得好漏儿！若自己也能有这么一所大宅，各种花一种一种吃过去，那跟《山海经》一样注明各种花卉滋味的《百卉谱》兴许还真能写出来……

沈韶光觉得自己一颗买房置地的大富翁玩家的心膨胀得有点快。不过，这辈子她买公主府没希望，别的凶宅倒有可能。

像这种凶宅在长安城有不少，崇贤坊就有一所。当然，崇贤坊的凶宅不像赤霞园这么有名，也没有这么大，不过是个三进的院子，听说原是个南边商人的宅子，那商人马上风死了，转给的下一位主人没有子嗣，去幽州行商时被强人所害，其夫人请和尚道士在家里火烧火燎地敲敲打打了一番，还是心里不安，到底搬了家。

灯会的时候沈韶光从这宅子旁边过，看见里面黑黢黢的，若是那想象力丰富的人，不知能编出多少鬼狐故事来。

奈何即便是凶宅，对沈韶光而言也有点贵……她再想了想终南山的别业、渭水边的度假屋，真是任重道远啊。

沈韶光转回正在装修的店面去。这个店店面比沈记如今的地方略大一点，临主街，原先是个绸缎铺子，里面颇为干净，需要大折腾的地方不多，沈韶光十分满意。从公主府的大园子，到几间屋子的小店面，就像梦想着吃八珍美味的馋鬼，只能吃馒头夹猪头肉一样，但沈韶光挺乐和，倒也没什么心理落差。

因是分店，风格自然要与原店基本保持一致，也是粉壁、原木搁板、青砖地铺胡毯的基本配置。沈韶光与邵杰商量，中间加一道雕花长屏风，一边摆放传统的低矮食案，一边则是高桌胡椅长榻。

如今豪贵之家也有用高桌椅的，但到底低矮家具才是主流。沈记也都是低矮食案，也正因为如此，沈韶光才越发觉察出不方便来：聚餐的时候太麻烦！

邵杰击掌："很该如此！纪少卿他们曲江游宴便是摆的大桌案，十余人团团而坐，多么热闹！"

沈韶光又道："我们可摆几张郎君说的那种可坐十几二十人的大桌案，也可加些三四人的小桌案，这样，独饮的，对酌的，聚餐的，就都便宜了。"

邵杰是个对长安酒肆熟悉的主儿："就这高桌案一出，在长安城便是创举。据我所知，酒肆食店还没有这般做的呢，只是怕有些食古不化者说道。"

沈韶光贼兮兮地一笑："若能因此惹起京中百姓议论，我们还省得去东、西市摆摊儿了呢。""黑红"也是红啊。

邵杰看沈韶光：事情还能这么想？不过，这好像也对……

沈韶光又正经起来："郎君看不出吗？从古至今，从席地而坐到榻枰几案，再到胡床鼓凳高桌，由低矮至高脚，这是大走向。那些人，不过螳臂当车耳！"

邵杰右手握拳击在左手上："以后便这么辩驳那些顽固！"

沈韶光哈哈大笑。

第十八章　有花堪折直须折

店面装修简单，不几日，按要求定制的大餐桌、小食案便摆在了驼毛胡毯上；墙壁搁板上也放上了纤细的竹子、弯曲的虬松、蟹爪似的菊花等各类花草，和一些从东、西两市淘来的小玩意儿；就连厨房里的各种锅碗瓢盆、大大小小的杯盘勺筷、烤的蒸的大锅小灶也都齐备了——只等人员到位，便可开张。

邵家在长安几代，又是做买卖的，有熟识的奴隶商人，邵杰从跟沈韶光分了工起，便托奴隶商人采买靠谱的人。这里面庖厨固然要紧，更要紧的却是“管事”——后世所谓的“店长”。

只一家分店，沈韶光忙一些，或许还能兼顾，若日后再多了，便是有分身也不行了，莫如从开始就定下体例规矩。

根据酒肆的体量，每个分店配一名管事、两个跑堂、一主一辅两个庖厨，也就差不多了。崇贤坊旧店，沈韶光也依法配备。

旧人们的“职业方向”，沈韶光便要弄明白。

阿圆跟自己最久，爱吃，性子有些憨直，沈韶光问她是想踏踏实实地跟于三郎学做菜，还是跟在自己身边。阿圆毫不犹豫地道：“自然是跟着小娘子！”

考虑到她的爱好，沈韶光劝她：“你学些做饭做菜的本事，日后也许有用呢。”

阿圆摇头："我就跟着小娘子。"

沈韶光有些感动：对一个吃货来说，愿意舍弃厨房而跟着自己……也罢，她跟自己跑一跑，学着待人接物管钱算账，日后自己当家主事也用得上。

阿昌倒好办，没什么野心，性子不错，踏踏实实地在厨房打下手就好，他也乐意如此。

而张多买了来，便是为了跟着自己的，并不怎么涉及酒肆里的活儿。

难的是于三。于三厨艺好，聪明，识文断字，只是脾气有些臭，若他愿意，管一家小酒肆没什么问题。

于三头都不抬，给鱼打菱形花刀："我是厨子。"

看着他英俊的侧脸，沈韶光张了张嘴，没说什么。当年吴王府的人，什么没经历、没见识过？他爱怎么样就怎么样吧。

于是邵杰除了给新分店配置了五人，又给沈韶光的老店配了一个管事、两个跑堂。

目前这些人都在崇贤坊的沈记"受训"。

亲仁坊新店的管事名徐开，二十七八岁的年纪，礼仪周全，颇会说话。据云徐开从前是一个县尉家的二管事，那县尉因错判了官司，被同僚参劾罢了官，一气之下回乡耕读去了，旧时摆排场的人也都卖了，徐开便在其中。

崇贤坊旧店的管事名陈兴，三十出头的年纪，先前在一个大茶叶商家管铺面，有种老派买卖人的和气喜兴，老主人病故，几个儿子分家，一通清洗淘换，陈兴也是被洗掉的那个。

他们都是能做事的人，虽算不得多出众，但管个小酒肆本也不需要什么经天纬地之才——沈韶光自己就庸碌得很，故而对这两位都很满意。

新店主厨叫范大郎，不过十八九岁的年纪，却有丰富的厨房经验，从七八岁开始就在后厨择菜，十六岁上灶，红案、白案都很来得。

余下的都是十五到十八岁的小跑堂。

两个管事的又都有家眷，被邵杰一块儿买了下来："放在后院给你洒扫也好。"

沈韶光见了，是两个爽利妇人，又都有孩童，便把她们安排在了两店的后宅里——新店铺也有后宅，五间正屋，东、西厢房，小小的院子，除了给沈韶光留的两间正屋和库房，其余的已经住得满满当当。

经过大半个月的培训带教，八月底，新店开业了。

如同沈韶光和邵杰预期的，新店的生意非常好。

邵杰站在柜台旁与沈韶光一起看店里的食客，颇有当年太宗皇帝站于端门看见新科进士缀行而出说“天下英雄，入吾彀中”时的得意。

看见小跑堂端着两盘子菊花鱼，邵杰称赞沈韶光：“此小娘子壁画之功也！”

如同崇贤坊店一样，亲仁坊店也于外面留了大片诗壁——事实上，比崇贤坊的诗壁更大——给有雅兴的客人题诗用。

对此邵杰是无比同意的，毕竟自己的朋友杨竞能得李相青眼，便是因这诗壁。因在酒肆题诗而得功名这样的逸事雅闻，于酒店自然是好事。

本来邵杰以为这诗壁要等开业后客人盈门了才有用处，谁想开业前三天，小娘子便站于壁前“挥毫泼墨”起来。

她画的是糖醋菊花鱼。

这道菜邵杰在崇贤坊店吃过，鱼打了漂亮花刀炸过，又浇了糖醋汁，形似菊花，酸甜酥香——菊花鱼，三秋时候确实合适当招牌菜。

沈韶光手里拿着提前画好的小样儿，用炭笔在墙上打格子描点。

“这是怕失真走形？”邵杰虽不通绘画，却也能猜到。

沈韶光点头：“还没画过七八尺长的鱼呢。”又问邵杰，“这样一条鱼，行人从街上骑马走过，即便走得快些，应该也能看清吧？”

邵杰深深地点头：“放心，在这街上走的，除了瞎子，都能知道本酒肆卖菊花鱼。”

沈韶光一边勾勒底稿，一边对邵杰道：“盲人们倒无须担心，他们鼻子灵，最是能闻香下马、知味停车的。”

“合算着，咱们是一个过路的人也不放过？”

“自然！除了没钱的人。”

两人哈哈大笑。怎么跟剪径的强盗似的？

沈韶光先将鱼勾素色底稿，然后便一层一层一点一点地上色。就这条鱼，沈韶光拖拖拉拉地画了三天。

颜色上了一些以后，便不断地有路人来看，这几日也泡在这边的邵杰便代为解释。糖醋菊花鱼用它加了夸张滤镜的艺术照圈了头一拨粉。

鱼画好之前，邵杰时而进去看庖厨们备料、跑堂们打扫，时而出来看给画着色的沈小娘子。她给那一瓣一瓣的金黄色鱼肉添了些赤色，也不知道她往颜料里面兑了什么，那赤色竟然带着些油光，仿佛真是糖醋汁似的。

邵杰不由得咽口唾沫：快到午食的时候了。

看她一寸一寸地上色，画一会儿就放下胳膊抖一抖手腕，邵杰劝她："这也太细了，其实客人们看不这么仔细，大致差不多就好。"

沈韶光摇头道："这不算细，我见过画一碗米饭，一颗米粒一颗米粒修的呢。"沈韶光说的是她过去的同事。那同事用软件给大米广告修图上光，沈韶光开始不知道那一片马赛克是什么玩意儿，后来缩小了才知道，哦，一粒米，再缩小，一碗米饭！[①]

邵杰点头道："这鱼若不一天卖个七八十盘，都对不起你这份功夫。"

沈韶光扭头笑道："邵郎君，你得保证我们有七八十条的鱼可卖！"

这是邵杰的得意之处："放心，我联系了长安城最大的鱼贩，只要宫里圣人有鱼吃，我们就有鱼卖！"

沈韶光对他竖起沾了颜色的大拇指。

到第三日午后，眼看明日就开业了，沈韶光才将这大幅的糖醋菊花鱼画好。沈韶光的字不像她的人，她的字淳劲有余，洒脱风流不足，这样的风格，刻个章子、写个公文之类的都很合适，但写本期的广告词……

听说她要题"秀色可餐"，邵杰几乎乐瘫了。

沈韶光诧异：至于吗？你们大唐人民多么开放啊，不说姬子们嘴里唱的小曲儿、书肆里香艳的传奇、书画店里让人惊叹的春宫，便是朝中贵人们的诗词，甚至传出来的一些大家闺秀的笔墨，比这个过分的都不少。我这么一个连擦边球都不算的成语，不至于吧？

邵杰赶忙摆手道："我并没旁的意思，只是——"邵杰又笑起来，"只是也太促狭了。"

沈韶光觉得唐代人民在某些方面固然见多识广，但是笑点委实有点低了。

---

① 一颗米粒一颗米粒修图，来自网络文章《活用这几个小套路，顾客都能记住你的餐厅》。

邵杰越琢磨越觉得这几个字用得好：当初夫子讲《诗经》时是怎么说的来着？“乐而不淫”。邵杰颇惊诧：自己竟然还记得这句话。这句“秀色可餐”合情合景，促狭有趣，带了点那个意思，但让人看了只想一笑，好，好得很啊。

沈韶光仍然在犹豫：到底用什么字体写呢？斟酌一番，最后她竟然选了庄重严肃的汉隶。

邵杰虽不精于此道，但也觉得她这个选择有点……不那么合常理：或许行书好一些吧？

然而待她写完了，邵杰端详端详：好像也挺和谐，富贵大气的菊花鱼，庄重典雅的汉隶，配着这字的意思……

沈韶光也退后几步，觑着眼端详：这字配这词，感觉多像林少尹在一本正经地耍流氓啊。

邵杰点头道：“就仿若一个端庄君子在说浑话，自有一股别样风流在其中。”

沈韶光歪头看他：这眼光，太毒辣了！

顶着这样绝对招人眼的画，酒肆开业了。客似云来！

裴斐与福慧长公主置气，多日未见，这日下了值信马走到亲仁坊来，一眼便看见这条大鱼，还有旁边冒着庄严之气的四个大字。他扑哧一声笑出来：这是谁，这般促狭？！

不对啊……那牌子上是沈记！不是别的沈记，就是崇贤坊的沈记，字是一样的。他再看“秀色可餐”几个字，虽字体不同，笔锋却相似。沈小娘子在这里又开了一家酒肆？

裴斐走进去，看那铺陈设置便知道，果真是一家。

裴斐对那大桌案尤其感兴趣：垂足而坐，多么洒脱，好！

惜乎沈小娘子并不在这里，只有一个年轻管事的在。

翻着那翻新了的菜谱，裴斐终于找到了来亲仁坊的理由：亲仁坊有沈记啊。

裴斐第二日便跟林晏说了，约他来亲仁坊的沈记尝尝鲜。

新酒肆才开业，沈韶光在亲仁坊的时候居多。“小娘子刚走”“小娘子应该快回来了”“小娘子今日住在了亲仁坊”……近来林晏每次去酒肆，沈记那个团团脸的管事总是这样说。

林晏愀然不悦。看着管事，林晏疑心：阿荠是不是格外喜欢圆脸？看她的奴仆婢子，尽是团团圆圆的——偏她自己一点也不圆。

与裴斐骑马往亲仁坊来的路上，林晏还在想这个问题：这阵子忙，不知她是不是越发瘦了？谁想他一扭头，那硕大的菊花鱼便撞入眼里，还有那端庄的四个大字。

不用看牌子，他也知道那是沈记了。这样几个字，林晏抿抿嘴，感觉自己还没享受的特权被别人冒犯了似的，阿荠都不曾……

裴斐还在旁边说："安然，你要多笑一笑，你家小娘子这样促狭爱玩，你成日绷着脸，比那墙上的汉隶还要肃穆，这怎么成呢？"

林晏看他一眼，到底是带着微笑进的亲仁坊沈记。

沈韶光正在柜台后跟管事徐开说事。徐开虽是个精明的人，之前也在旧店被带过些日子，但他到底头一回当酒肆掌柜，还有许多要改进之处。

正说着，门帘响动，沈韶光抬头："林郎君、裴郎君——"

想不到这两位这么快就来捧场了。都快未时了，他们这是散了朝会过来的？那他们应该吃过廊下食了……当然，不排除他们留着肚子专门来这里吃饭的可能性。

沈韶光心里忖度着，嘴上轻松地开着玩笑："两位郎君，真是'人生何处不相逢'啊。"

裴斐哈哈大笑，便是林晏也弯起眉眼。

跟他们实在太熟，沈韶光递上菜谱，便介绍起"今日特色菜"来："今天有炙野鸡。今晨猎户送来的雉鸡，已经裹油了，肥嫩得很，炙得带些焦香，撒了孜然粉，下酒最好。

"又有新鲜鲈鱼。虽不是松江四鳃鲈，却也很肥美，是烧着吃，还是干脆切些鱼脍？今天的鲈鱼很大，不宜清蒸，不然蒸着吃也是极好的。"

裴斐是吃白食的，吃什么让林晏选。

林晏想起外面那"秀色可餐"来，嘴上说的却是"小娘子看着安排就是"。

沈韶光道："那便切鱼脍吧，最能保持鲜味儿。两位郎君也尝尝我们前些日子新做的金齑。"

沈韶光又给配了清炒茼蒿、蜜汁羊排、黄鳝板栗、虾仁豆腐等几道菜，和一道冬菇菠菜汤。

听说有菠菜汤，裴斐笑着点头："这个汤极好。"

沈韶光不懂：喝个菠菜汤，他至于这么笑靥如花吗？

福慧长公主进来时便看到裴斐这满面笑容的样子……

沈韶光回头，赶忙迎过来。

长公主是亲仁坊的老住户了，坊里人多有认识她的。见她到来，食客们包括林晏、裴斐都正经行礼，长公主摆摆手，径直去林、裴二人上首的食案坐了——高脚餐桌都有人占了，他们依旧用的小食案。

长公主来了，旁的食客不敢与之共食，纷纷走避。沈韶光吩咐管事徐开给打折扣，有些便干脆免了单。沈韶光有些肉疼地想：但愿那桌贵人能把窟窿补上。

沈韶光奉上菜单，问这位贵主要吃点什么。

"就门口墙上那个。"福慧长公主看她一眼，笑道，"其他的，小娘子随意就是。"

沈韶光答应着，正要退下呢，却听福慧长公主问："我是不是在哪里见过小娘子？"

"儿原在崇贤坊开酒肆的，贵人还去吃过火锅子，并赐了臂环。"

福慧长公主又打量一眼沈韶光："想起来了……"

见她没什么别的吩咐，沈韶光便去厨房安排。

只服务这三人，不多时，沈韶光便带着跑堂把一道一道的菜端了上来。

看着自己面前的菊花鱼，福慧长公主夹一筷子尝了尝："甚好！"

沈韶光赔笑：那自然是好，依照你的口味，比正常的多加了两勺糖呢。

福慧长公主瞥一眼裴斐，又看沈韶光："两次都这般适口，小娘子竟与我的口味相似吗？"

林晏皱眉，正待说什么，沈韶光已经正色道："请贵人恕罪，容民女直言。民女与贵人的口味只怕差得甚远。贵主出身高贵，爱这色泽鲜亮、口味鲜甜的；民女居于乡野，只爱那清淡的。"

沈韶光指指跑堂端上来的鲈鱼脍："这鱼看着清淡，其实颇有味道，用金齑和青芥兑在一起，辣中带酸，够味儿！"

福慧长公主看沈韶光，沈韶光赔笑。

清淡的……福慧长公主若有所悟地看向林晏。其实福慧长公主虽放诞，平日还不至于对一位绯袍高官如此，但谁让他是裴斐的朋友呢？

林晏抿了抿嘴，那边裴斐也颇尴尬：自己和安然被两个小娘子比方成菜了……

过了片刻，福慧长公主挑起漂亮的眉头，笑问：“当真够味儿？”

沈韶光咽口唾沫，道：“有点呛鼻子！贵人若爱甜口儿的，恐怕吃不惯。”

福慧长公主扑哧一声笑了，看看两种不同做法的鱼，半晌才道：“可见确实口味不同。”

沈韶光点头附和：是啊，是啊，幸好口味不同。

福慧长公主兴致盎然地继续吃她的菊花鱼，又尝了拔丝山药、蜜汁羊排、糟鹅掌之类的，末了还吃了一小碗桂花酒酿圆子。

“若半夜饿了，吃一碗这个，足以挡饥。”福慧长公主放下碗，赞许道，“只是为什么不用鲜桂花？”

沈韶光解释道：“大约是不好存放，故而市上少有卖鲜桂花的。”

福慧长公主一摆手：“我送你些就是了，后园那些桂树长着也是白长。”

沈韶光赶忙道谢，得寸进尺地道：“既用了贵人的桂花，还求贵人赐名。”

福慧长公主想了想道：“便是‘赤霞桂香圆’好了。”

“如此——本店还有桂花粥、桂花糖糕、桂花糯米藕、桂花鸭子……”沈韶光自己先忍俊不禁了。

福慧长公主从没见过这般能顺着杆子爬的，不由得悻悻地道：“当初若我能如你这般，除了这赤霞园，终南山的桐园、渭水旁的碧潭庄都能要到手里，哪能便宜了九娘和十一娘？”

沈韶光也替她心疼：终南山的别业、渭水边的度假屋啊……原来公主也有同样的求而不得的置业梦想！

沈韶光无限憧憬地道：“这个时候，带着人在终南山打些野兔、鹿、山鸡之类的野物，架在烤肉枝子上，若爱鲜甜的，就一层层地刷了蜜汁烤；若爱咸口儿的，就撒点椒盐；爱吃辣的，就撒些茱萸和孜然胡椒……”

“有一年八郎打到一只奇模怪样的东西，棕黑色的身子，像豕非豕，十分肥壮，我们便在山里这样烤着吃了，香嫩是香嫩的，只是有些腻口。后来宋傅听说了，问我们那兽是否有角，又问叫声是什么样儿的，说那估计就是‘蠪蛭’了，食之可睡觉香甜，没有噩梦。[①]”福慧长公主说的是十来年前的事，“八郎”便是那位有美貌男妾的河阳王。

“贵人吃了，果真睡觉香甜吗？”

“我一向睡得好，应该不是吃这肉的功劳。”

沈韶光笑起来：“若再猎到那东西，贵人试试腌干了，用蜜酒酿蒸熟，快刀片片儿吃。”

福慧长公主点头：“腌腊过的，应该好些。”

听两人有来有去地商量着吃《山海经》上的神兽，林晏有一种不大好的预感：这里离着福慧长公主府这么近，阿荠总与这位不羁的长公主交接，莫要被带坏了……

“春天却是住在渭水边更好一些，趁着桃花汛的时候垂钓，兴许能钓上大鱼来。”两人的话题已经拐到了渭水上。

沈韶光觉得长公主忒有诗意，忒会生活：“桃花流水鳜鱼肥”，这个时候的鳜鱼肉最细嫩，便是随意放点盐巴煮鱼汤喝都鲜得很。

沈韶光又给福慧长公主建议：“春天的甲鱼也好吃，故而南边有所谓‘菜花黄，甲鱼肥’一说。甲鱼这东西刁滑，但用点鸡肝、羊肉当饵，也不愁它不上钩。这春天的甲鱼红烧、清蒸、煮汤，与鸡、鹿肉同炖，都好吃得很。”

把林、裴二人晾在一边，福慧长公主和沈韶光从吃吃喝喝聊到置业，又从置业说到吃吃喝喝，后来干脆聊起流行风尚来。

直到后来说累了，福慧长公主方笑道：“可算等来个能说话的人！改日再来找你。”

沈韶光笑道：“儿求之不得。”

林晏一脸肃然，裴斐倒是很淡定。

临走，长公主没留下钱财——这是不把沈韶光当寻常商贩看的意思。沈韶光感谢她的尊重，但觉得她若拿另一对镶金嵌宝的臂钏送自己，也不

---

① 《山海经》里还有一种叫“蠪侄”的，类似九尾狐，与本文中提到的神兽字形很像，有学者认为两者是同一种东西，也有人说不是。关于野味情节，请注意其时代性。郑重提示：请勿违法捕猎、贩卖、饲养和食用野生动物。

算不尊重。

谁想第二日，长公主便让人送了一箱子鲜桂花来，箱子比当日林少尹送来的玫瑰花箱子还要大。关键是，人家不是让代加工，人家是送的。长公主威武！沈韶光立刻化身粉丝。这么些鲜桂花，自己能做多少好吃的东西啊！

又过了两日，沈韶光还在祸害那些鲜桂花的时候，福慧长公主又让人送来一个巴掌大、半寸厚、嵌了一圈金丝云纹的银牌，与柜台后挂的今日特色菜菜牌差不多大小，上面写着“赤霞桂香”，最妙的是下面还有几个小圈环，可以挂东西。

沈韶光简直感动了，觉得长公主太可爱了，当下便把这精致的嵌金丝银牌挂在特色菜菜牌钩子上，下面垂了几个小牌，“桂花糖糕”“桂香鸭子”“桂花栗子羹”。

管事徐开最近日子过得有些魔幻。他原先在县尉家管事，见个县令就顶天了，被卖到这京里的酒肆，分到这边店里，头一日便见到了便服而来的京兆少尹，又听说分店与福慧长公主同坊，还曾想过是不是哪日可以遇见这位贵主出行呢，谁想长公主也是头一日就来了店里吃饭，还送了桂花，送了菜牌！

徐开觉得这件事够自己说一辈子嘴了。

长公主说要来，果真时常便来坐一坐，如同林少尹一般，多挑在下午或是暮食以后。她总是先遣侍从来看过，确定沈韶光在，才过来——一点遮掩都没有，就是奔着沈小娘子来的。不似林少尹打着吃饭的名头儿，哪怕吃过饭不饿，也要加个餐。

外面是淅淅沥沥的雨，案上灯烛微微跳动，沈韶光坐在窗前教阿圆剪花钿。

这剪花钿，阿圆有一搭没一搭地学着，从春学到夏，又从夏学到秋，几种常见的花朵形状都没学完。好在学的人不着急，教的人更不着急。

福慧长公主进来时便看到这么一幅闲适的场景。

沈韶光站起来行礼。

福慧长公主先笑道：“倒让你久等了，本来我要出门了，谁想婢子来说我养的那只猫吐起来。”

同样是猫奴的沈韶光忙问："现下如何了？"

"喂了颗丸药，倒没有再吐。"

沈韶光点点头道："也许是时气的原因，这几日少喂它些吃食，尤其少喂不好消化的肉，养一养肠胃。"

福慧长公主叹气："我也是这么说。它还是我当初在宫里时养的，十几岁的老猫了，不知还能再陪我多长时间。"

一句话气氛就伤感了。沈韶光点了点头。

福慧长公主摇头笑叹："以后再也不养猫了，隔十几年便受一次这折磨，受不了。"

没想到福慧长公主竟然是个长情的人……沈韶光岔开话题："长公主尝尝我今日煮的杏仁酪。"

杏仁酪与核桃酪的做法差不多：杏仁泡热水去皮儿，和泡过的大米、糯米一起磨碎去渣取汁，放在小铫子里煮熟，吃时浇上些桂花糖卤子或者加糖、牛乳都好。

除了杏仁酪，沈韶光又端上几样点心果品。

福慧长公主不饿，不过是消磨工夫。她拿银匙搅一搅，端起小碗喝了一口："有股子杏仁香，这样简简单单的倒好喝。"

那是！宫廷版杏仁茶哪是杏仁酪啊？他们恨不得做成八宝粥，里面各种米豆坚果，加蔗浆，末了还要点缀枸杞桂圆之类的东西，香甜固然是香甜，只是没什么杏仁味儿。

沈韶光又请她尝尝鸡头米栗子饼。

福慧长公主见过店里的菜谱，知道这饼的大名儿，嘲笑沈韶光道："这般实实在在地说鸡头米栗子饼多好，非叫什么'渔樵饼'，学那帮迂腐文人做什么？"

沈韶光说实话："要赚人家的钱啊，总得投其所好。"

福慧长公主笑起来。

"不过，你这么着倒与你那冷冷淡淡的林少尹有话说。"

沈韶光赶忙解释："长公主此言差矣。不是'我那'，林少尹还是他自家的。"

福慧长公主瞥她一眼："装！"

"不是装，是身份上不相称。"

“可我看你们明明郎有情、妾有意的……”

“还是身份上不相称啊。”沈韶光喝了一口杏仁酪，道。

福慧长公主想了想：也是，婚姻是结两姓之好。再想想自己与裴斐，不由得幽幽地叹一口气。

过了半晌，福慧长公主促狭一笑道：“既然如此，便莫问前路，这么混着吧。”

沈韶光想说：可不就是这样混着吗？说恋爱不恋爱，但又暧昧得要死，我都快纠结出白头发来了。她却听长公主道：“且先睡了他再说。”

沈韶光很庆幸刚才没在喝杏仁酪，不然这会儿该喷茶失礼了。

“睡了也算了结一桩心事。兴许睡完了，你觉着他没那么好呢。”

沈韶光觉得福慧长公主这逻辑有点一言难尽。

见沈韶光看自己，福慧长公主羡慕地道：“你若要睡林少尹，他肯定倒屣相迎，不似那姓裴的……”

“倒屣相迎”可以这样用吗？宫中的体育老师真是身兼多职啊。

福慧长公主嘟囔：“不让我睡，又不让我睡旁人，呷得一口好醋。”

沈韶光实在忍不住，不厚道地笑了。

福慧长公主瞪她，瞪完自己也笑了。

沈韶光笑完，又有些感慨：裴斐那样风流的样子，竟然是个有原则、有底线的人。

“那长公主与裴郎君，也——就这么混着？”

福慧长公主倚在凭几上，随意一笑：“混着呗。他若不娶，我自然也熬得住。”

沈韶光不知道，福慧长公主和裴斐就这么憋着劲儿，十余年后驸马亡故，那时的裴斐已经官至一部尚书，并加了同平章事，可以称一声“裴相”了，却一直未娶；而福慧长公主也信守了她的承诺，几乎成为皇室女品德典范。更出人意料的是，办理完驸马的事，长公主竟直接出家做了女冠，如先时安庆大长公主一般，满天下游历去了。那时，曾经的讽刺笑话早成了叹息，不知多少人吟咏，毕竟“坚持”与“错过”是太容易让人感慨的东西。

当然，这都是后话。

“我那天听了个曲子，‘有花堪折直须折，莫待无花空折枝’。”福慧长公主劝她，“折吧，免得以后后悔。”

后悔……沈韶光想象等自己老了，满头银丝地躺在窗前榻上乘凉，耳边是婢子们的嬉笑说话声，隔窗可见灿烂星河，牛郎织女立两旁。那时，自己会不会突然想起年轻时候遇到的那个俊俏少年郎？

大概会的吧？

秋夜秋雨秋窗前，两个惆怅人相对惆怅着。

沈韶光喝口有些凉了的杏仁酪：“我去给长公主换一盏花露来。还是前阵子府上送来的那些桂花，我蒸了些，这样的时候加点蜜糖调水喝，正好。”

福慧长公主一口饮下那点杏仁酪：“不用了，改日再来喝。时候不早了，我该走了。”

婢子们给她穿好氅衣，打上伞，门外遮阳棚下的车驾走来停在阶旁。福慧长公主上了车，撩开帘子，对沈韶光挥了挥手。沈韶光目送她的车马消失在夜色中。

回到屋里，想想长公主的话，沈韶光突然不觉得她的逻辑有问题了，反倒觉得有那么两分缥缈的禅理。

想到禅理，沈韶光突然想起自己过年的时候在青龙寺求的签子。那签子上不知是哪个僧人的偈子：“心所安者即适者，心所到处即行处。”

“心所安者即适者，心所到处即行处……”躺在床上，沈韶光念叨着长公主的话还有这偈子，听着外面恼人的秋雨，翻腾了好一阵子才睡着。

第二日，林晏下了衙，坐车经过沈记门口，一眼就看见在门口喂那几只野猫的阿圆：这是回来了？

林晏换了便服，再到沈记酒肆，进门便闻到一股炒栗子香。

“郎君来了！尝尝我们的炒栗子。”

看着沈韶光的笑脸，林晏也不禁笑起来，温声道：“闻着就香得很。”

沈韶光给他盛了一小盘，颗颗饱满，个头也差不多大，棕红色，裂着口，带着焦糖栗子香气：“郎君看看，我们的炒栗是不是与外面的不同？”

林晏顺着她说话：“嗯，格外油润鲜亮。”

沈韶光得意一笑：头一回试做糖炒栗子就这么成功，可见厨艺这玩意儿是天赋神通。

“那是糖加得好的缘故。”沈韶光与他说炒栗子经，“得选个头儿差不多的，有大有小不行，不然大的不熟，小的煳了；不要提前把生栗划口儿，那样栗肉就干了，没这么油润，只要火候到了，栗子皮自然会绷开；要拿大铲勤翻，雨露均沾……”沈韶光一不留神就说兴奋了，咳嗽了一声，“这样才匀停。”

此时“雨露均沾”还没有后代宫廷剧里那特别的意思，李太白就曾说过类似的“虚负雨露恩”的话，故而沈韶光的龌龊林晏没有发现，只觉得她这比方倒有些意思，阿荠说话向来俏皮。

沈韶光看着笑得这样温润的林少尹，又想起自己在亲仁坊店外题的字来——秀色可餐，着实是个秀色可餐的郎君啊。不知怎的，她脑子里又不受控制地想起曾经说公鸡时要的那个流氓，还有唐僧的典故。唐长老于女妖精们，大约就是“秀色可餐”了吧？

这样的林少尹，就是两人的日子过不下去，我也舍不得吃肉啊……

沈韶光内心龌龊地想着，嘴上却道：“给郎君来一杯清茶吧，栗子不好消化。”

林晏微笑：“好。”

林晏觉得今日的小娘子似与从前不同，那眼中带着些……林晏想起那年围猎捕到又让它跑了的狐来。

沈韶光给林晏放下茶。林晏问她：“亲仁坊那边应该可以了吧？”

沈韶光点头笑道：“已经步入正轨了。”想了想，加了一句，“我以后只偶尔去看看就好。”

林晏看着她，弯起眉眼。

沈韶光挑眉：难道你不是这个意思吗？怕我辛苦，想每次来都见到我……

林晏微笑道：“甚好。”

甚好……沈韶光还没想好说什么，却已听林少尹道：“我看你有的画画得格外逼真。”

沈韶光松弛下来，抱起明奴，一边撸猫，一边跟他卖自己那点半吊子绘画知识，什么比例、阴影、不同笔触线条营造出不同质感之类的。

林晏本只是想跟她说会儿话，好像已经挺长时间没这么跟她安安生生地说话了，这会儿倒真听进去了。

沈韶光又扯到了写形和写意。

说到写意，沈韶光赞道："君家送来的那荷塘屏风，虽只寥寥数笔，却透着一股子悠闲适意，颇有王摩诘'画中有诗'的意思。"

林晏忍不住翘起嘴角：今日阿荠说话实在是甜。

看他这笑，沈韶光便知道自己猜中了。沈韶光很通哄人的办法，撒一大把糖的时候，还要加一小撮盐——其实加点辣也不错。她眯眼一笑，道："只是不知这屏风是单个儿的还是四季一套的？"

看着她的笑颜，林晏又想起那头狐来。

邵杰再次来到崇贤坊的沈记酒肆。

沈韶光笑着迎他："邵郎君来了。你举荐的那个腌货商人送了几坛沧州糖蟹来，要不要蒸两只尝尝？"

邵杰想了想，到底摆手道："罢了，不吃了。自从与小娘子合伙开酒肆，我这腰都粗了好几寸。家母这从前总嫌我瘦的，这会儿也说可以了，正好了。我只怕再这样胖下去，娶不上新妇。"

沈韶光端详邵杰，似乎是胖了些，但也不离谱啊。本朝的审美，对男子，继承了些魏晋遗风，美男们讲究身姿颀然、轩轩韶举；其余人等则适用另一标准：膀大腰圆、魁梧气派。依照后者的标准，邵杰现在这样儿算是正好。

沈韶光不甚上心地安慰他："邵郎君离着庾子嵩的腰带十围还差得远，无妨，无妨。"

邵杰歪头，挤对她："某有一事请教，林郎君吃沈记的饭比我吃得还久，怎么他就不胖呢？"

嘴仗这种事，沈韶光鲜少有败绩，当下认真地跟他说："人的体内有一种东西，曰'基因'，林少尹大约就有这种'吃不胖基因'。"

邵杰虽从前没听过"鸡"什么"因"什么的，但还是明白了："照你这么说，胖是天生的？"

沈韶光沉重地点了点头。

阿圆从旁边走，脸上绽出笑来："我就说嘛，跟吃多吃少吃什么没关系，全是爷娘给的！"

沈韶光有一种搬起石头砸自己脚的感觉，预感阿圆今天要破戒。

邵杰笑起来："憨婢子！那是你家小娘子在夸人呢，听不出来？"

阿圆停住脚，笑问："啊？夸谁？夸我？"

阿圆乐呵呵地搬着箱子走了，沈、邵二人相顾无言，又不约而同地笑了。

既然他要减肥，沈韶光便端上两盏清得不能再清的清茶来。茶里没加姜末、胡椒、糖、盐，各种干鲜果子，自然也没有羊油、豕肉、牛乳、酥酪。

邵杰喝一口，皱了皱眉。

沈韶光在心里暗自一笑，问他可是又找到了合用的新店面。

邵杰点头，从袖子里拿出一卷纸来，上面有几家店面，注了地址、大小、价钱，画了草图。

沈韶光拿过来看。

邵杰才是真正的大富翁玩家，头一家分店才稳定了，就马不停蹄地操持开第二家甚至第三家店。

邵杰倒不是那没谱的主儿，且分店多，集中管理集中进货，可以节省很多成本，关键是目前的资金储备和店铺的盈利可以支撑接着这样操作。因此沈韶光便任他作为。

沈韶光圈了两家，约定回头一起去看。

这是店里第一次蒸糖蟹，阿圆端了一个托盘过来："于三郎让邵郎君和小娘子尝尝这糖蟹是隔水蒸的好些，还是加了酒和桂皮熏着蒸的好些。"

那蟹于三都已经切开了，露出焦糖色的蟹黄来。

沈韶光看邵杰，邵杰到底舍弃了那杯没喝两口的清茶："蒸个蟹还有这么些讲究？大概加了酒和桂皮熏蒸的味道更好些吧？"邵杰觉得，也许小娘子是对的，胖瘦都取决于那"鸡"什么"因"什么的，多吃一口少吃一口，也没什么。

沈韶光请他先取食。

邵杰拿了一块，先咬蟹黄："嗯，又甜又香又鲜。这是隔水蒸的？"

阿圆点头。

邵杰吃完隔水蒸的，又吃另一种，细细地品了品："隔水的更甜一点，但多些蟹腥气；加了酒和桂皮熏蒸的，甜味浅淡一些，不腥气。我还是爱这隔水蒸的，吃蟹子不就是吃这个味儿吗？小娘子以为呢？"

沈韶光正在慢条斯理地剔蟹螯里的肉，见他问，狡黠一笑道："这哪需要自己选？就让它们赛一赛嘛。酒肆搞个'蟹子对抗赛'，让食客投票，获胜一方，我们会从投票者中抽出幸运者三人，每人赠该优胜蟹子一篓六只和新丰美酒一坛。"

邵杰无语了。

沈韶光接着道："这一旬便是糖蟹对抗，下一旬便是糖蟹对糟蟹，再下一旬便是这些糖酒腌糟过的蟹子对活蟹，后面还可以弄个油炸蟹对清蒸蟹……我们干脆弄个蟹月算了。"

邵杰还有什么好说的？他真心实意地赞沈韶光道："就小娘子这些奇思妙想，我们肯定能把酒肆铺满整个长安城，再开到东都、北都、河东、山南甚至江南去。"

这回无语的换成了沈韶光：原来邵郎君已经在脑子里把我们的商业版图铺到全国了吗？

沈韶光舔了舔嘴唇，道："你不考虑在胡地也来几家吗？"

邵杰知她逗趣，也配合地道："也不是不行……让这些蛮夷也品一品我们的东西，别成天只会拿小刀子割半生不熟的肉吃。"

沈韶光内心感慨，大唐百姓的民族优越感真是无处不在啊。

"叫郎君这么说，我们这饭菜还充满了诗礼味儿？那我们若把店开去番邦胡地，算不算教化啊？"

邵杰："小娘子想得太深远。"

沈韶光笑道："关键是，这种情况朝廷是不是该给我们些补贴费？"

邵杰和沈韶光同时大笑起来。做梦真好！

邵杰说干就干，又专门联系了几个蟹子供货商，保证了货源，两家分店便都开始了蟹子主题活动。

店外的诗壁自然跟着换了。

阿圆拿着粉子刷墙，一边刷一边遗憾地与边上琢磨构图的沈韶光道："小娘子费心费力画的，这才几天就抹了去，可惜了的……"

外面的广告图随着店里新推的菜品走，阿圆抹去的是一幅水墨写意的鲈鱼，摆着尾巴，颇有优哉游哉之意。题咏也很合画的意境："思莼鲈何必江南。"

阿圆只觉得这鱼画得活灵活现的，对"莼鲈之思"没什么感觉，其实更惦记更上一期的烤羊腿："就上回画的那羊腿，抹了都好几天了，我还梦到呢。"阿圆咽了口唾沫。

那羊腿兼工带写，用色艳丽，沈韶光甚至专门画了羊腿上的油滴下溅起的火花。广告词也逗趣："刺啦。"竟是油脂滴下的声音。有客人玩笑说，觉得这壁画"带响带味儿"。

沈韶光笑道："无妨，无妨，去了羊肉还有蟹子，慢慢梦就是了。"

阿圆舍不得旧的，又期待起新的来。

林晏忙了几天，来沈记时，沈记的"螃蟹大战"已经如火如荼地展开了。

林晏看着外面诗壁上那螃蟹，笑起来：阿荠这画当真"写意"得很啊。

墙上一个硕大无比的螃蟹，黄中带赤，揭开了一半壳子，膏满肉腴。这不算什么，毕竟前面已经有同样硕大、同样色泽艳丽的菊花鱼和羊腿了。

与前面几期不同的是，蟹子旁边还有个人，是只用墨线勾勒，还不及蟹腿高，戴着幞头，一笔勾画的衫袍，一把很明显的胡子，两个圆点儿眼睛，一副惊愕的样子。旁边的题字是"壮哉斯蟹"。

李太白说"燕山雪花大如席"，阿荠这是"一只蟹子堪比屋"。林晏带着笑走进沈记。

午食客人们已经散了，阿圆正在数"投票"，沈韶光在旁边喝茶，笑眯眯地看着她。

见林晏进来，沈韶光打招呼："林郎君——"

林晏点头，突然想起那天她叫"晏郎"来，不知道什么时候能再听她那样叫自己。

阿圆道："还是隔水蒸糖蟹票数更多些，这几日累计起来，酒桂蒸糖蟹少了三十余票。"

林晏笑问："这是'赛蟹'吗？"

沈韶光吹拍："到底是林郎君，一听便知，可不就是'赛蟹'嘛。"

巧言令色！看着她笑嘻嘻的模样，林晏真是恨不得……

沈韶光笑问："郎君也来两个蟹子吧？是吃我们这一旬招牌的糖蟹，还是蒸两只活的？"

林晏笑道："活的吧。"

沈韶光又吹拍一句："郎君会吃！对这种鲜物，其实活着清蒸才是对它最大的尊重，因为这最能存其鲜味儿。糖蟹、糟蟹大多是因为蟹子不易存放运输，无可奈何之下想的办法。"

林晏彻底让她哄笑了，沈韶光也眯眼与他对笑。

那边收拾蟹子的于三翻了个白眼儿：这几日是谁把糖蟹吹上了天？说什么前朝炀帝吃的糖蟹上面贴了镂金龙凤，叫"镂金龙凤蟹"；说什么沧州糖蟹、广陵糖蟹、江陵糖蟹三大贡蟹，沧州蟹膏肥，广陵蟹黄鲜，江陵糖蟹肉嫩……小娘子的嘴！

如今只要林晏来，沈韶光都撂下手里的活儿陪他坐着。

虽然对着美人大眼对小眼地干坐也很有趣，但要博美人一乐，就要说些什么了。

沈韶光给林晏讲笑话："说从前有个和尚，秋风起、蟹脚痒的时候，也学着凡俗人买了蟹子来吃。"

虽只听了个开头，林晏已经弯起了嘴角。

沈韶光抿嘴：你这笑点不对好吗？

林晏忍着笑："你接着说。"

沈韶光又提起兴趣接着讲："那螃蟹刺啦刺啦地挠锅壁。他烧火的小弟子听了心里不忍，合十念经。和尚觉得自个儿也该念些什么，便念'善哉善哉，熟了就好了，熟了就好了……'"

林晏微笑着看她。

沈韶光已经基本确定林少尹没有娱乐细胞了，他大约就是听戏喊错"好"、听相声"噫"错点的那种人……算了，美人嘛。

林晏正待说什么，跑堂的端来了蒸好的螃蟹，还有姜醋碟子和酒。

沈韶光笑道："吃蟹不可无酒，郎君略饮一些。"

林晏微笑着点头。

沈韶光亲自为他烫酒。她先是缓缓地把热水注到烫酒的皿子里，忖度着时间，手指碰一下壶壁，温度适宜了，拿起酒壶略摇一摇，使壶里的酒热度均匀，然后用布巾子擦过壶底，给林晏倒上一盏。

看她娴雅的动作，林晏想起去岁与李相在这里饮酒的时候的事来：那时候他哪能想到两人会这般模样？

林晏在跑堂端过来的清水中净过手，拿了一只螃蟹揭开盖子，慢慢地往小碟子中剔肉、剥黄。

明奴走过来，神情严肃地坐在食案边。

沈韶光就吃它这高傲样儿，掰了两只蟹腿，抠了肉出来喂它，又与它讲道理：“这个不能多吃，凉性的，对肠胃不好。长公主的猫已经病了，前车之鉴啊。”

林晏一边剥蟹，一般看她逗猫。

把蟹螯里的肉用蟹爪拨到碟里，林晏拿小勺舀些姜醋浇上，推给沈韶光：“趁热吃。”

沈韶光看看他，笑眯眯地受了他的好意。

林晏这才给自己剥蟹子，一边剥一边若无其事地问：“阿荠，长公主是不是与你说什么了？”

沈韶光睁大眼睛。

林晏笑着看她。

沈韶光又把眼睛眯起来：“是啊，确实时常与福慧长公主见面说话。长公主是个妙人儿。”

林晏只看着她，不说话。沈韶光也不接着说，低头吃螃蟹。

过了半晌，林晏温柔地道：“阿荠，我让人来求亲好不好？”

沈韶光“流氓功”初成，但到底还有点不自然，她干笑两声道：“两情若是久长时，又岂在一纸婚约，你说是吧？”片刻后，又补了个称呼，“晏郎。”

林晏接着低头剥蟹子：果真，那位荒唐不羁的长公主与她说了什么！林晏想到长公主以前的那些面首，面色越发不好看起来：她保不齐还与阿荠说了别的……

沈韶光觑着他的脸色：“晏郎？”

“嗯。”林晏没什么表情地答应着。

沈韶光放下心来。

他还肯答应这称呼，说明没不认同她的话。

“不是。”林晏直接粉碎了她的幻想。

沈韶光一时不知说什么好。

“两情若鸟，婚姻若巢。不婚之情，无巢之鸟，以何存于世间？”林晏严肃地看着她。

面对这样的道德拷问，沈韶光有些汗颜。

林晏缓了神色，温声道：“阿荠，我们终会成婚的。”

沈韶光终于体会到了长公主的无奈：林少尹与裴郎君能当朋友，还是有原因的。我也不过是想与你耳鬓厮磨一番，谈个不柏拉图的恋爱罢了，当然若像长公主说的那样有旁的什么……也是……挺好的。你既然不答应，我也就算了。

沈韶光嘴上却道：“说到鸟，今日有极好的鹌鹑。秋天的鹌鹑吃多了草籽粮谷肥得很，最适合烤着吃，郎君要不要尝尝？烤得焦香焦香的，夹在胡饼中，吃完螃蟹吃这个，绝配！然后再上一份这螃蟹的大甲汤。

“郎君也许没喝过大甲汤。奶汤煮开，把郎君自剥的蟹甲扔进去一些，加芫荽末和胡椒粉，最好再泡些环饼捻头之流，嗯，香！郎君莫嫌它粗粝，民间谚云‘原汤化原食’，是很有道理的。关键是非这碗大甲汤，压不住前面这顿餐饭。”[①]

沈韶光情绪回得很快：这个世上没巢的鸟多着呢，少见多怪！就谈个恋爱怎么了？李白还说“人生得意须尽欢，莫使金樽空对月”呢！

看她的笑脸，听着这饮食经，便知道她没听进去，林晏有些头疼：长公主真是祸害！

林晏到底吃了她说的胡饼夹炸鹌鹑，也喝了这所谓原汤化原食的“大甲汤”。

沈韶光问：“是不是好喝？”

林晏很给面子地点头：“确实好喝。”

沈韶光得意地笑了。一切似回到原点，但确实不一样了。

晚间，林晏陪江太夫人吃饭时只略喝了一点粥。

江太夫人也不劝食。吃过饭，婢子捧上茶饮来，祖孙坐着消食说话。

“沈小娘子可应了你？”

---

① 此段参照了梁实秋先生的《蟹》，里面提到“汆大甲”和吃蟹后用烤羊肉夹烧饼。

林晏摇头。

“真不用阿婆出马？”

林晏再摇头。

“你这样闷，也难怪小娘子不喜欢。”江太夫人想了想道，“明日多做几件鲜亮的衣服穿，你这些日常穿的袍子还不如官服好看呢。”江太夫人端详林晏：大郎虽性子闷了些，但样子应该是讨小娘子们喜欢的。

林晏不语。

“烈女怕缠郎，可这缠也有缠的办法。你光去吃饭是不行的，她只当你爱吃那里的饭呢。

“沈小娘子独自顶门立户，是个有主意的女郎，但再有主意，也是个小娘子。女郎都爱听好听的话，你莫要舍不下面皮，要多夸。不只现在夸，日后成了婚，也要常夸。

“夸厨艺、夸谈吐，再熟一些，夸姿容也无不可……”

林晏尴尬地咳嗽了一声：“阿婆——”

江太夫人轻叹一口气：“你这样，我什么时候能喝上孙媳茶？”

林晏歉然地站起来，给太夫人捧上消食饮子。

江太夫人又乐观起来：“我虽时常犯糊涂，但也没什么大毛病，兴许还能看着重孙子长大呢。不知道是不是跟你小时候一样胖。”

又陪祖母坐了一会儿，林晏才回自己的院子。

他走了，仆妇们帮太夫人宽衣洗漱。

仆妇阿素道：“阿郎何必费这周折呢，谁家不是父母之命媒妁之言？径直遣媒去说就是了。”那沈小娘子不过是脸皮薄，岂会真不应的？她那样的家世，能碰上阿郎这样的，是走了红运。

“谁还没个运势高低？家世这东西最不可靠，不知道什么时候就败了、散了。”

阿素嗔道：“太夫人如何说这样的丧气话？阿郎还要封爵拜相呢。”

江太夫人摆摆手道：“我自然知道大郎是个好的。我是说啊，与家世比，还是人的品格、秉性更要紧些。”

“我看那小娘子不骄不馁，看着活泼随和，却是个稳得住的；大郎性子闷了些，却不是那等全无趣味的朽木。两个人啊，能过到一块儿去。”

阿素笑起来：“您看人最准了。”

“最关键是他自己喜欢。”江太夫人悠悠地叹了一口气，“什么也敌不过自己喜欢啊。”

那时候江太夫人给林晏的父亲聘他母亲时，只看两个人出身相当，才貌也相配，谁能想到两人之间会如冰霜一般呢？一个看似散漫洒脱，其实性子执拗；一个庄重严肃，心里却想得多。后来林晏的父亲仕途不顺，又为了避开阿沁，干脆去江南游历，适逢河堤决口……

唉，都是命……

觑着江太夫人的面色，阿素笑着劝道：“让太夫人一说，奴也觉得沈小娘子好。太夫人何不帮阿郎一把？阿郎这一天吃四五顿饭，回头就把个翩翩俊俏郎君吃成肥壮汉子了。”

江太夫人微笑一下，道：“娶了回来，只怕他吃得更多。阿晏就是个变肥壮汉子的命。”

阿素笑起来。

“小夫妻啊，这样是趣味儿。让他们闹去吧，我们不用掺和。”

见太夫人神色缓了过来，阿素等又陪着说了几句话，伺候着喝了安神汤，便给太夫人盖好衾被，落下帐子，燃了香，只留一盏角灯，其余人等都退下，两个上夜的也一里一外地在榻上躺下了。

林晏再去沈记时没碰见沈韶光，便知道她在亲仁坊的酒肆中，却不知道她还进了公主府。

长公主的爱猫到底死了，她自己也感于时气生了病，在家里烦闷至极。

她遣侍从送帖子到沈记，沈韶光便带着亲自炖的一钵莲子百合秋梨羹去看她。

长公主趿拉着鞋来迎沈韶光：“你可来了！”

沈韶光莞尔：这才是“倒屣相迎”呢。

沈韶光先问候福慧长公主，长公主笑道：“不过是凉着了，咳嗽两声，保养些日子，吃些药就好了。”

看见沈韶光炖的莲子百合秋梨羹，福慧长公主笑道：“还是你体会我的心，成天吃些苦药汤子，肠子都吃苦了！”

婢子取来小碗，给她盛了一碗。福慧长公主拿小银匙慢慢喝着。

喝完了一碗，福慧长公主笑道：“你这羹格外好喝。”

沈韶光笑道："不是羹格外好喝，是我的人格外可爱，令人见之忘忧。"

福慧长公主竟点头："确实是个可人儿！便宜了那林少尹。"

长公主挑眉，颇有兴味地问："如何，拿下了没有？"

沈韶光无言以对。

"林少尹竟然这般坚贞吗？"

沈韶光继续沉默。

福慧长公主摇头道："你脸皮太嫩。"过了半晌，又道，"脸皮薄也有脸皮薄的好处。你不知这世间男子有多贱骨头，你若拿他们当回事，他们便要拿乔；非要他们自己费心费力千辛万苦去求来的，才知道珍惜。"

沈韶光觉得长公主若生于后世，大概是个情感博主什么的，每天写些《他只是没那么爱你》《你为什么总在垃圾堆里找男朋友》《是选有钱的还是选对你好的》《我成功？因为我把伺候老公和孩子的时间用在工作上了》之类的情感博文。

沈韶光点头："所以，我还是徐徐图之的好。况且我也实在忙，长公主这几日没去小店，不知道我们弄了个'蟹子大赛'，隔水蒸的和酒桂熏的比一比，糖蟹和糟蟹比一比，腌卤过的和鲜的比一比……"沈韶光把后续办法也说了，然后不无得意地笑道，"几乎把三个腌糟货商的蟹子存货给清了。"

长公主拊掌："你这赚钱的本事真是绝了。就该让你去户部当尚书，那样圣人还用天天为钱犯愁？"

沈韶光也遗憾："可惜朝廷不招女官，不然我也考一个，保不齐也能穿朱着紫呢。"

福慧长公主笑道："本朝也有女官。并不是圣人后宫的那些，就如你说的，是正经入阁部的。"

沈韶光大有兴味地看着她。

"先时的韩国夫人啊。一代名相魏国公陆诚之之妻，洛下书院的创始者，士人们称程师的。"

这位"程师"，沈韶光作为洛阳人，虽然只是挂名的洛阳人，却也知道，只是不知道她还做过官。

"你是被史书骗了。她便是那位保卫云州的程相啊。"福慧长公主笑道。

沈韶光大惊！史书上提了宰相程平[①]，说书院教育时也提到了这位“程师”，但谁能想到这是同一个人呢？明明一个是励精图治的寒族官员，一个是热心教育的士族夫人……史官玩得一手好春秋笔法。

当年教导皇子公主的师傅之一刘匀是个喜欢从史书经文的字缝儿里抠东西的人，他的名言就是“你得把这些著书立说者，这些先圣先贤、名将名相乃至乱臣贼子当活的人”。这位先生因为考证出的孔丘身世太过惊世骇俗，又因总说些不经之谈，被先帝罢了官。但他说的这位程师的事极有可能是真的，毕竟年代相去不远，好些蛛丝马迹还能寻到。

福慧长公主学问一般，对这些奇闻趣事却记得清。她摇头慨叹：“奇女子啊！”

沈韶光觉得，这程相不只是奇女子，还是人生赢家，先为名相，再为良师……跟人家一比，自己就是条“咸鱼”。

似是看透了她的心思，福慧长公主安慰道：“你也不差，而且你肯定比这位程相漂亮。”

---

① 程平是作者另一篇小说《科举之男装大佬》中的人物。

第十九章　我有一所大房子

沈韶光探完福慧长公主，不两日发现自己也病了，头重、鼻塞、畏寒，咽痛咳嗽，浑身乏力，典型的感冒。

沈韶光自出宫起还没病过呢，这一次很有病来如山倒的意思。饶是如此，她还硬撑着巡了一回亲仁坊酒肆——两店头一期的螃蟹大赛一前一后闭幕，凑热闹的食客格外多，作为酒肆老板，沈韶光不好不露面。

她让阿圆用几层绢布帮自己缝了个口罩戴着。

阿圆针线做得虽糙，却很快，刺啦刺啦，一刻钟就给缝了两个："小娘子换着戴！"

看着那似圆却有角，似方又有弧，缝得大针小线的口罩，沈韶光终于明白阿圆为什么总赞自己缝的东西好了。

好在功能性产品不用那么讲究，沈韶光便将其捂在了自己的口鼻上，让阿圆帮着系上带子。

于三见她这样，眉头皱成疙瘩："你这样就别出门现眼了吧。"

沈韶光浑身没力气，懒得跟他斗嘴，傻兮兮一笑："且得现呢，轻伤不下火线。"

于三不知道何为"火线"，但也懂她的意思，嫌弃地看她一眼，进厨房灌了一壶刚煮的甘草汤，出来塞给她："带着，赶紧走！"

沈韶光走到门口了，于三又叫住她，忍无可忍地道："把你脸上那东西弄下来行吗？”

跟在沈韶光身后的阿圆回头狠狠地瞪了于三一眼。

沈韶光哈哈笑着走了。

就这么戴着自家婢子的爱心口罩现了大半天眼，再回来，沈韶光就实在不愿动了。

阿圆伺候沈韶光洗了手，净了面，帮沈韶光脱了外衣，打散头发。沈韶光把自己塞进了被窝。

“小娘子先睡一会儿，刚才于三郎看你回来便泡上药了，一会儿熬上喝了，身上能松快些。”

沈韶光点头。

“小娘子晚间吃点什么？让他们提前给你做。”阿圆又问。

看着她的小胖脸，听着这近乎轻柔的话，再对比她平日里的粗声大气，沈韶光觉得这孩子大概把十几年的温柔都给自己了。

沈韶光想了想道：“喝点梨粥吧，少放糖，别太甜了。”

阿圆答应着出去了。

沈韶光昏昏沉沉地睡着，不知睡了多久，睁开眼，恍惚看见床边鼓凳上坐着人：“药熬好了？”

“熬好了又凉了。你先吃饭，吃过饭再吃药。”

沈韶光吓一跳。

对方是林少尹。

天已经有些黑了，屋里暗暗的，也没掌灯。

听到说话声，阿圆走进来：“小娘子好些没有？先吃粥吧？”

“先点个灯进来。”沈韶光道。

“郎君不让点的，怕晃醒了小娘子。”阿圆说着去外面端灯台。

沈韶光清清嗓子，对林晏笑道：“没事，小小的伤风而已。”

林晏抓住她的手，沈韶光下意识地挣了一下。

“别动。”林晏轻声道，而后把她的手放在床边，手指轻轻地按在她腕间的寸关尺三脉上。

阿圆端进烛台来，见在诊脉，便静静地站在旁边。

片刻后诊完，沈韶光笑道：“没事吧？”

又托着她另一边的手诊了，借着灯光看了看她的面色和舌苔，林晏才道："热郁肺俞，风寒外束，恐怕也与劳累有关，不是单纯的外感风寒。"

阿圆道："郎中也是这么说。林郎君，我们小娘子几时能好？"

"总要几日才能好。这几天你们看着她，莫让她到处乱跑。"

"好！"

"冷吗？你起了低热。"林晏温声问沈韶光。

沈韶光用手摸了摸自己的头。

林晏抿了抿嘴：生个病，人都傻了，自己能试出自己来？她披着头发，显得脸越发小，柔柔弱弱的。虽知道她聪明又强悍，但见她这样，林晏还是觉得她弱小可怜。

小娘子有人照顾着，阿圆放心地去前面店里拿食盒了，留下林晏与沈韶光一个在床上，一个在床边，两两相望。

看着看着，沈韶光就笑了。她本是坐直了的，这会儿把枕头、隐囊塞在身后，改成半倚着，又把被子往上拉了拉。

"冷吗？"

沈韶光点头。

"喝点水？"

沈韶光再点头。

林晏从旁边桌案上的壶里倒了半盏水涮一下杯子，拿去外面泼了，又倒了半盏水递给她。

沈韶光接杯子的时候想：我若是趁机拉住他的手，或者干脆跳下床去抱住他，不知道会怎么样？冒着被子被洒上水的危险，她干脆把他扑倒呢？嗯，他有功夫，好像不是那么容易扑倒，除非是半推半就。那他会不会半推半就呢？还是义正词严地责备我被长公主带坏了？其实何尝是长公主带坏了我，我本来也不是什么好人……

林晏哪知道她满满的龌龊心思，只觉得她这一病，乖了不少。

接过她手里的杯盏，林晏道："时常这样润润喉咙，好得快些。"

沈韶光错过了所有的机会，只好在心里调侃：原来林少尹也是"热水党"。

阿圆拎着食盒进来，端出一钵煮得黏稠的雪梨米粥，上面略放一点糖渍桂花卤，另有几样小菜。

阿圆盛了一碗粥递给沈韶光，沈韶光尝了一口：挺好喝的，于三熬粥的本事越来越好了。

“林郎君没吃暮食吧？也喝一碗？”刚说完，沈韶光又道，“罢了，你还是别喝了。”

阿圆停住要给林晏盛粥的手，看向自家小娘子。

沈韶光笑道：“你去忙你的。”

阿圆再懵懂也知道小娘子与郎君有些话不宜旁人听，便听话地走了。

林晏把小菜往她那边挪了挪，沈韶光摇头，只喝粥。

喝了两口，沈韶光抬眼笑道：“知道我为什么不分粥给你喝吗？”

林晏不解地看着她。

“不想分‘梨’呗。”沈韶光笑道，说完接着自顾自地舀粥吃。

林晏止不住地扬起嘴角，过了片刻道：“还只当你打算跟我相忘于江湖呢。”

沈韶光含着粥看他，慢慢地把嘴里的梨子嚼完咽下，嘴角带上一抹坏笑：“要相忘于江湖，也要先‘相濡以沫’才好。”

林晏一怔，沈韶光笑起来。

林晏耳边有点发热，抿了抿嘴：“小女郎家——”

沈韶光哪里怕他，干脆放下碗，倚在枕头上笑起来。

林晏到底绷不住，也笑了：我的阿荠啊……

第二日早饭后，林晏的侍从刘常给沈韶光送来一架枕屏，并带来了林晏的便笺，清雅劲健的小楷：“你卧房缺此一物，置于床侧挡挡风，好得快些。晏。”

沈韶光自然不会拒绝，这会儿不怕亲密，只恨不够亲密：若是他送个枕头更好。

枕屏是秋冬折叠款，可安于床边帐帷以内，与夏季放于轻榻上尺把高的小枕屏不同。这架屏风照旧是檀木架，只是比夏季款要粗壮些，薄苏绢也换成了厚密些的宋州绢，上面的图也应景地换成了寥廓的湖光秋色，大片的留白，天远水清的样子。

沈韶光却盯着那屏风角一笑，那角上是近景的芦苇：林少尹这是要说蒹葭苍苍吗？她又想到自己曾问他屏风是不是一套的：所以，这果真是一套的。不知道他的床头屏风是什么花色……

阿圆动手能力很强，三下五除二就给沈韶光把屏风放好了，又夸赞道：“还是林郎君想得周到，小娘子用这个挡挡风，风寒好得快些。”

沈韶光不知道林少尹是什么时候“策反”阿圆的：他这是想着农村包围城市吗？

沈韶光吃过药，算算账，在院子里晒晒太阳，观察观察今秋新腌的火腿腊肉。没想到还不到吃午饭的时候，林府又有人来，这回换了一个，也是熟人，周奎。这回林晏倒是没送什么日用品，只送了一张便笺：“我今日下衙不会太早，勿等，自午睡即可。晏。”

周奎笑道：“郎君着奴问候小娘子，不知道小娘子好些没有？发热可厉害？”

沈韶光先谢过周奎，然后笑道：“请与你家阿郎说，我好多了，发热也减退了，正在这儿看腊肉呢。”

周奎笑着行礼退下。

沈韶光拿着那暧昧的便笺出神。昨日她撒娇耍赖，问他今天还来不来，林晏说下了衙便来。没想到他还专门打发人回来说一声，怕自己因为等他耽误了午睡。这样体贴，这样郎君对自家娘子理所当然的语气，沈韶光突然愧疚起来：若以后自己弃了他……

于三进来拿腊肉，看见似甜蜜似惆怅的沈韶光后，皱起眉，一脸恨铁不成钢的表情：就一架屏风，两张小字条……出息！

边上的阿圆还要“加菜”，劝沈韶光：“林郎君说让小娘子少吹风，莫要再冷着了，回屋去吧。”

于三快步拿着肉走了。

沈韶光果真很听话地吃过饭和药，消化消化就去睡她没时没点的午觉了。

沈韶光觉得自己这辈子似乎都没这么散漫过——上次这么懒散的时候还得追溯到上辈子。这大约就是两世为人的好处，有无穷的旧可怀。

那时候两天的大周末，不加班的日子，她能睡到早晨九十点，然后洗洗脸刷刷牙，随意拿根皮筋儿扎上头发，睡衣外面套件运动外套就敢出门。虽然太阳老高，林少尹可能都快下朝了，但二十一世纪的早点摊儿还没收。

一般情况下，沈韶光会去经常去的摊子排队买个鸡蛋灌饼，告诉卖饼的小哥儿烤得稍微酥一点，里面夹火腿和生菜，要小咸菜、辣酱不要辣椒油；或者去买个夹馃篦的双蛋绿豆煎饼。更或者她会再走远几步，买一笼猪肉大葱馅儿的小笼包，然后拿到卖豆浆、豆腐脑的小店，要一碗加卤汁、芝麻酱、蒜泥和香菜末的豆腐脑。

至于她吃完了是回家把外套一脱，看小说或者打游戏，还是约狐朋狗友出去玩，那就是后面的事了。

沈韶光在梦里似乎还能感觉到自己蚕丝被的柔滑，能听到隔壁叮叮咚咚不成调的钢琴声，甚至下意识地想去枕头边摸手机。然而睁开眼她先看到的是半掩的屏风，一片潋滟湖光，用深深浅浅的墨色勾勒渲染的荻花似乎在招摇着。

沈韶光缓缓呼一口气：梦里不知身是客大概便是这样吧？刚才她还梦见要去与朋友吃小龙虾呢，梦醒了，麻辣小龙虾也没吃着。

“醒了？”

沈韶光拽开屏风。作为一个现代人，她连床上的帷帘都不爱拉，装这屏风纯粹是因为林晏。

“嗯，我梦见吃虾了。”沈韶光照旧把枕头、隐囊塞在背后，半坐半倚着，懒懒地回答。

今天的天时还早，屋里亮堂堂的，林晏看看她的面色，探手过来覆于她的额头上：“又热起来了。”

沈韶光这回没前思后想，直接抓住他的手。

林晏的手停住。沈韶光拉着他的手放在被子上，自己的另一只手也放上去。

“阿荠——”林晏微笑，柔声叫她。

“嗯？”沈韶光抬眼，一脸若无其事的表情。

“喝水吗？”

“嗯。那个黑瓷的是我常用的，中午阿圆才洗过。”

她不松开手，林晏只好单手拿了那黑瓷杯盏倒了半盏水，手背在杯子外壁试一试，才递给她。

沈韶光坐直，接过杯子喝光水，把杯子放在床头桌案上，然后又将手放在林晏的手上。

沈韶光仔细研究林少尹的手：嗯，是一只好手，修长，白皙，瘦，骨节略明显。沈韶光把他的手翻过来，指间有笔茧，掌内有握剑的痕迹，用手指肚摩挲，沙沙的，有点粗——这大概叫质感？

林晏只含笑任她作为。

沈韶光抬头看他一眼，然后笑着抓他的手心。

林晏反手握住她的手，犹豫了一下，把自己的另一只手也伸过去，两人四手相握，含笑对视。

两人离得实在是近，比曾经从西市回来坐在车里时离得还近，近得能看清对方的睫毛。美人果然是美人，林晏的睫毛很长，虽然算不得睫毛精，但睫毛也已经算密实纤长了；笑时眼角的纹路也好看，应该说像兰花初绽还是秋池微漾？他的皮肤也不错，但比不得阿圆和自己；鼻子高挺，这样的鼻子真是让人羡慕；然后便是唇上的胡楂儿。沈韶光看看他的眼睛，带着笑呢。要是她伸手摸一摸这胡楂儿他会怎么样？

被她这样灼灼地看着，林晏咽了口唾沫，微低下头，舔了舔嘴唇。

沈韶光将目光放在他的唇上……最后到底忍住了，喟然叹息："郎君长得真好看。"

林晏把刚才垂下的眼又抬起，微笑着轻声问她："如何不叫晏郎了呢？"

沈韶光从善如流，笑眯眯地点头："晏郎。"可惜叫得没有什么情致，倒像逗趣叫明奴。

林晏笑了一下，又想起一事，觉得很合适此时问："阿荠，你的名字到底叫什么？"

沈韶光顿了一下，撒开他的手倚回枕头上哈哈大笑："你猜！"

林晏笑着抿了抿嘴。

阿圆撩开帘子走进来："小娘子醒了？要喝点水吗？"

沈韶光抹一下眼角笑出来的眼泪："已经喝过了。"

小娘子这是怎么了？阿圆看向林郎君。

林郎君却只是温和地笑。阿圆摇摇头，出去了。

沈韶光病的这几天，林晏差不多每日午后都来陪她。三天两天还好，日子一多，沈韶光便有点不安了："这样不会耽误你的事吗？"

林晏微笑："无妨。"

沈韶光听出点爱江山更爱美人的味儿来，不由得翘起嘴角。女人嘛，谁还没点儿虚荣心了？

两人在一起，不光你侬我侬，也做些正事。

沈韶光退了烧后，精神好了许多，每天整理统计两家酒肆的账目和资料，做秋季总结和新一季度的计划；林晏则看自己带来的书或者公文册子。两人各踞厅中一张几案，各忙各的。

说是各忙各的，两人又怎么会全无交流？

林晏拿起沈韶光做的东西细看。

这上面先列各种数字，按食材、烹饪手法、价钱、卖出数目、盈利甚至客人有没有剩菜之类的各种名目进行计算，又画了比较的图谱；后面跟着对这些数目和图谱的剖析解释；再后面是所得和不足，又有建议。

林晏再看她正在做的新季度筹划，也是这般条分缕析的，她甚至写了备用案。

若朝廷各部司年终书表也这般踏实明晰……至少京兆内可以学一学。

沈韶光挑眉看他。

林晏温和地笑道："阿荠，你不去户部做官真是可惜了。"

沈韶光有些为难："其实我更喜欢刑部或者大理寺……"说完自己先笑了。

林晏却想起她根据那几个贼子的言行做推断的事来。

阿圆给他们端来下午的茶点，沈韶光这边是清淡得要死的山药糕、蛋白蒸藕和百合莲子汤，林晏那边则是色香味俱全的炒蟹和油炸蟹，甚至给配了桂花酿。

阿圆还要再补充一句："我们都觉得这炒蟹比炸的有滋味儿，林郎君尝尝。"

沈韶光：病人没人权吗？子都曾曰"不患寡而患不均，不患贫而患不安"，你们不怕我报复社会吗？

沈韶光拿起山药糕咬了一口。其实这糕软软糯糯的，带着山药的清香，挺好吃的。但再好吃的东西成天吃也烦，更何况于三怕太甜于喉咙不利，专门减少了糖的量。她再看了看寡淡的蒸藕和汤水，关键是对比一下对面……

沈韶光一小勺一小勺地喝汤，眼睛只盯着林晏看。

林晏到底让她盯得绷不住了，笑道："你真不能吃。"

沈韶光与他打商量："就吃一块炒的。"

林晏摇头。

"炸的？"

林晏再摇头。

沈韶光做出让步："就一个蟹螯。我就尝尝味儿。"

林晏笑得越发厉害。

沈韶光看他那"笑靥如花"的样子，脑子转了弯儿。

"你若有旁的办法让我尝尝滋味儿也可以。"沈韶光的目光在他的唇上转了两圈。她自以为风流地一笑，活像个浪荡子。

林晏看着她，不知道自己还能忍多久。

邵杰这回来找沈韶光不是带着图来的，而是带着人来的。

沈韶光的病拖拖拉拉，完全好了时，已经进入十月了，眼看就要立冬了。"螃蟹大赛"还在进行，沈韶光让人把收起来的火锅都拿出来，又去定了一批新的火锅子。

去年火锅子开始流行的时候，邵杰还不认识沈韶光，这玩意儿他只吃过"山寨版"的，当时已经觉得不错，这会儿吃到"正版"的，简直惊艳了。

"就这奶汤的，涮这鱼丸、肉片，我能顿顿吃，吃不腻！"邵杰甩开腮帮子狠吃了一顿，临走还顺走了两个锅子——然后就拉来了更多的资金。那锅子被进贡给了邵家老翁，邵家老翁便同意孙子的建议，追加给沈记的银钱。

邵杰性子急，本来正在两家店面之间取舍呢，这会儿干脆与沈韶光商量都买下来。沈韶光一咬牙道："买！"

邵杰再夹一大口肉片蘸了麻酱蒜泥塞在嘴里："这就对了！咱们一定要把这锅子卖到胡地去，让那些蛮夷看看什么叫上邦大国，什么叫钟鸣鼎食，什么叫好吃的！"

沈韶光失笑，他这是教化胡人之心不死啊。行，努力吧，少年！

邵杰吃锅子利索，花钱也利索，店面买了下来，就操持着人装修的事。有之前装修亲仁坊店的经验，沈韶光都没怎么插手，邵杰就包办了。

邵杰又找了奴隶商人接着买人，然后带了人来让沈韶光训着。

邵杰建议："你且训导一阵子，然后把他们分散到崇贤和亲仁两店，让老人带着，带一阵子，之前不懂的也懂了。"

以老带新，实习？邵郎君可以的！

沈韶光很同意邵杰的意见，却又想玩一把大的："邵郎君，咱们做个'立冬火锅节'吧。"

"火锅还能有节？"

邵杰没经历过遍地人造消费节的时代，不知道毛毯能有节，啤酒也能有节，狗肉也能有节，本来应该形单影只的凄凉日子却成了全民购物狂欢节。

沈韶光跟他解释这只是个噱头："我们就选在立冬日这天，去东市或西市拉开架势，摆开火锅子，摆回摊儿。不图赚多少钱，就为混个脸熟，创一创名声。"

沈韶光惯常画得一手好大饼："你想想，只要这一天吃了我们锅子的人，第二年是不是会再想起来？越来越多的人如此，保不齐吃锅子真能成为立冬日的新习俗，甚至可能出现'立冬日吃火锅，不吃火锅冻耳朵'这种民谚。"

邵杰觉得，恐怕客人们造不出来，小娘子也能造出来，然后写到外面的诗壁上。

邵杰确实没高估沈韶光的节操。沈韶光正在琢磨怎么最大限度地宣传沈记、宣传火锅，尤其在见到邵杰带来的新人里的那两位以后。

这两位新人一人叫许四郎，另一人叫张二郎，都是寺庙的奴仆，跟着俗讲僧练过挺长时间的口齿唇舌，也能讲若干段佛经故事。

沈韶光当场让他们来了两段，一段《维摩诘经讲经文》，一段《大目乾连冥间救母变文》，这样的传统宗教故事，他们竟然讲得很有意思。

其中许四郎口齿格外伶俐，说话噼里啪啦，中间不打磕巴，跟倒料豆儿似的。

张二郎又不同，口齿虽一般，却极擅长模仿，学男学女学老学少，神态、动作像得很。

两人都是人才啊！沈韶光称赞邵杰："这样的人物你也能寻来，真是太强了！"

邵杰不明所以：不就是两个口齿伶俐点的跑堂吗？这两人从前在寺庙

里跟着讲经僧的，半点厨艺不会，邵杰想到跑堂总要口齿伶俐一些，故而买下了他们。

然后沈韶光就让邵杰明白了什么叫“人尽其才，物尽其用”。

她先是把酒肆里的菜名顺了顺，编了一段自己店的《报菜名》。

烤鸡、烧鸡、炖鸡、白切鸡、炸仔鸡、霸王别鸡，酱鸭、烧鸭、卤鸭、酒糟鸭、富贵肥鸭……鸡鸭鱼肉、干鲜糕点，该罗列的都给它罗列上。

她让许四郎试了试，到底术业有专攻，虽然一时记不全菜名，但这么几句，已经有点行云流水的意思了。

明明是许四郎说得好，邵杰却赞沈韶光：“小娘子很可以！以后这一段就当成酒肆的招牌之一，闲着没事就来一段，给来吃饭的郎君‘添个菜’。”

沈韶光笑：“聪明的脑袋总是相似的！”

两个商业互吹的人哈哈大笑。

邵杰问沈韶光：“张二郎放在另一个店里？他的口齿恐怕不如许四郎。”

沈韶光越发得意：“张二郎也是干将，山人自有妙用。”

沈韶光干脆让他表演起了小品。只他自家表演不行，沈韶光从亲仁坊店里抽了一个人，又有许四郎跟他搭戏，三人表演《扶墙出沈记》。

故事是后代大家都熟悉的故事——进饭馆子，扶墙进来，扶墙出去。张二郎表演的这位食客是个嘴馋的，与他搭戏的阿窦扮演请他吃饭的朋友，许四郎则是沈记的跑堂伙计。

张二郎从阿窦说请他吃饭以后就饿着，饿得前胸贴后背，扶墙进了沈记，然后就是许四郎开始介绍菜了——因是为“立冬火锅节”准备的，故而提到的都是各种涮品。

许四郎介绍一个，张二郎便让伙计上一份尝尝，然后便是夸张又逼真的吃相。

如此这般，许四郎不断介绍菜品，张二郎不断夸张地吃着：嘴伸得老长地去接“鱼脑豆腐”，满碗地捉“弹牙丸子”，招呼拿个渔网来捞肉……

最后张二郎打着饱嗝，由衷地说：“要说做饭好吃，就服沈记。”

他的朋友阿窦则道：“你还是扶墙吧。”

邵杰看预演的时候笑得不行，学着张二郎的样子道：“要说做饭好吃，就服沈记。”又学阿窦，“你还是扶墙吧。”

邵杰对沈韶光道：“哈哈哈，我觉着这两句话肯定能让不少长安人记住，记好些年。”

沈韶光客观地道：“重复就是力量。我们年年演，硬灌，他们想不记住也难。”

邵杰：“哈哈哈哈！”

除了这些娱乐节目软广告，硬广告也要准备，比如画了火锅的牌子、写了沈记名字的旗子，比如车身广告。至于服务人员、锅子、汤底菜品蘸料之类的，倒不怎么用沈韶光操心了，毕竟两店都有管事的人。至于和市令打招呼，寻找场地，那又是邵杰的事。

邵杰是个办事靠谱的人，于是就在东市最繁华的中心地段十字路口的一片空地上，沈记摆开了摊子。

立冬火锅节的大木牌子竖着，沈记酒肆的小拉旗圈出场地，几排食案摆开，上面放着火锅子。不远处锅灶和操作案台也安置好，大锅里飘出老汤的香味，十几个庖厨、伙计穿着同色衣服，严阵以待，很像那么回事。

这样的架势，怎么可能不吸引人？渐渐便上了客人，坐下点了锅底和涮品，但更多是站在拉旗外观望的人。

然后许四郎便上场了，站在场地中间先来一段《报菜名》。

这样的艺术形式真正是古今皆宜，许四郎一段贯口下来，博得满堂彩。

然而这才是前菜，后面的“小品”才是主菜。

“我嘴挑着呢，一般的酒肆食店可不去。”

“不是一般的。”

“是两般的？”

“就是上巳节探花郎都下马买花糕那个沈记啊。”

“哦，那还真是两般的。”

…………

“哎哟，张郎，你怎么扶着墙进来的？莫不是不舒服？要不我们改日再吃酒？”

“别拖拉了，我怕活不到改日……”张二郎捂着肚子，有气无力地道。

这时候不管是食客还是外面围观的人，都已经控制不住地笑起来。

许四郎上场：“天冷了，客人来个火锅子吧？”

阿寞看张二郎。张二郎：“来。”

“客人来个奶汤锅底吧？鸡鸭豕骨煮的汤，其白若牛乳，郎君闻闻，味儿都飘过来了。”

阿窦看张二郎。张二郎：“来。”

“客人来一份鱼脑豆腐吧？说叫豆腐，不是真豆腐，是用鱼肉做的，比豆腐还嫩呢。”

“来！”

张二郎表演功力很强，明明是无实物表演，却真得很：伸着嘴去接热鱼脑豆腐，烫着嘴，咽不下去，却又舍不得吐出来……把周围的人逗得前仰后合。

偏有促狭的食客也喊：“来一份这个鱼脑豆腐！”

围观的人笑得更厉害了。

许四郎既是演员，又是真跑堂，果真端来了鱼脑豆腐。

“客人来一份弹牙丸子吧？豕肉打的，又香又有嚼头儿，真的弹牙呢。”许四郎又回到表演中。

“来！”

然后张二郎便开始“满碗捉丸子”。

食客们也凑趣地点弹牙丸子。

后来干脆变成了张二郎点什么，客人点什么，客人点什么，张二郎也喊“来一份”。

好在张二郎和许四郎在沈记待了这些天，火锅子的各种涮品吃了好几遍，这么即兴地演，竟然也没露底。

看着张二郎那夸张的表演，还有这种与真食客间的互动，围观的人都乐疯了。况且这样的冷天里，铜炉火光，飘出来浓浓的香味儿，谁又忍得住呢？

第一遍戏没演完，食案便已经坐满了人。

张二郎与许四郎、阿窦对了个眼神，收场。

“要说做饭好吃，就服沈记。”张二郎念台词。

阿窦：“你还是扶墙吧！”

张二郎果真腆着肚子、扶着“墙”下了场。

围观的人就像看百戏一样，喊起“好”来。

许四郎和张二郎休息一阵子，便开始第二场，还是先报菜名，再表演小品。

竟然有头一场的观众又回来重新看的。

不远处茶饮肆里的沈韶光和邵杰不时低头商量什么。两人对今天这摆摊儿效果都很满意，邵杰笑道：“真想天天来摆摊儿算了，多乐和！赚得也不少。”

“还省了买店面是吧？”

“可不是嘛！”

两个“奸商”都笑起来。

他们不知道更大的惊喜还在后面呢：福慧长公主来了。

这位公主本来只是来逛东市，看这边热闹，让侍从驱车过来，看清了这阵仗还有那旗子，再不用说，肯定是沈小娘子的主意。

“去买两个锅子。”长公主对侍从道。

这种情况许四郎就有点接不住了。管事徐开到底接待了那么几回长公主，见多了长公主与自家小娘子谈笑，奓着胆子与侍从笑道：“请回禀贵主，小店卖的是锅里的肉，不是锅啊。”

侍从也是个妙人：“你以为贵主不想下车来吃吗？”

食客和围观的人都大笑。

福慧长公主在车上也不以为忤地笑了。

可以想到，长公主当街买火锅的逸事会流传多远。邵杰看沈韶光，沈韶光满脸无辜：这个托儿真不是我安排的！

这东市“快闪店”开了一回，果真有效，接下来好几天，不断有人专门找到崇贤坊和亲仁坊的沈记酒肆来吃火锅子。

有头两日在东市吃过了，回头咂摸咂摸还想吃的客人：“你们这羊肉怎么就这么鲜呢？家里庖厨就做不出这个味儿来。”

“我们这汤好啊……劝您别费那事了，还是来我们店里，想点什么锅底就点什么锅底，想点什么涮品就点什么涮品。敝店又有新丰酒、桂花酿、玛瑙肉、翡翠圆子各种酒馔，况且……还有张二郎吃弹牙圆子让您看呢。”酒肆管事是个能说会道的人。

听到最后一句，客人笑了起来。

“再给您添一盘鲜虾？”管事看看客人的桌案，殷勤地笑问。

也有闻名而来的人，道：“听人说立冬日东市有‘火锅节’，小鼎涮肉卖得好，是你们这儿吧？”

“就是我们这儿，郎君里面请。郎君来个我们的奶汤锅子吧？就是那日在东市摆的。”在外不便，当时摆摊只备了最主要的几种锅底，其中最受欢迎的就是奶汤。

“就来它！听说只这汤就鲜得很。”

“郎君说得好！就这汤，莫说下我们的鲜羊肉、嫩鱼丸，就是随便揪点白面馎饦进去就好吃得厉害。您闻闻我们店里这香气。”

还有悲催的人，当时在东市遇上了却没时间吃，甚至没等上座儿。

“我今天可算吃着了！”这人一副终于得偿所愿的样子。

对这种客人，管事专门赠送一盘“能让探花郎都下马”的花糕，弥补弥补客人之前的遗憾。

沈韶光和邵杰巡了一遍店，对这状况颇满意。

“可惜一年只一个立冬……”邵杰贪心不足地道。

沈韶光安慰他：“无妨，等开了春，新鲜蔬菜上了市，我们去卖春饼；立了夏，我们去卖各种冷淘；再立秋，又可以弄个炙肉节、螃蟹节。只要郎君能在东、西市寻到摆摊子的地方，一年去个四五回还是能编出名目来的。”

邵杰却颇为看重这“第一次”：“虽则我们以后还会去东、西市摆摊子，甚至比这回还盛大，但这毕竟是头一回，含义不同。小娘子你会画，当把那日东市火锅节的事画下来。”

沈韶光看透他的心思：“是不是最好多画几幅，几个店都挂一挂？”

“那就太好了！”邵杰拊掌，“最好画长卷，题目也往大了说一说，最好扣着‘盛世太平’来拟。”

沈韶光似笑非笑地看着自己的大股东。

邵杰顿了一下，嘿嘿一笑：“有些费工夫？其实画两幅……一幅也好，多了就不值钱了。这幅画一定要请东市最好的装裱铺子装裱，装裱好了，各个店里轮着挂。”

沈韶光算明白了，邵郎君放在后世，绝对会商业活动套公益外衣，让人拍图片、拍视频、写软文，发公众号、发微博、放纸媒、放电视，哦，对，还要买个热搜。这个奸商啊……

沈韶光颇有大牌范儿地道：“行吧，我斟酌斟酌。”说完自己先笑了。

邵杰也笑。

然后两人进行“股东大会日常”——商业胡吹和展望未来。

“这第三、第四家店马上就要开业了，我估摸着等明年夏天，咱们能开到六七家吧？”邵杰道。

沈韶光觉得他过于乐观，但也没打击他的信心。

“长安城一百零八坊，去掉南边那些边边角角精穷的，去掉豪贵占了里坊一半的，去掉大园子、大寺庙太多的，怎么也能剩一半吧？这五十多家，每四五个坊我们开一家店……小娘子，我们是不是明年年底就能差不多铺满长安城了？”

沈韶光：“然后我们就接着把酒肆开去东都、北都、汴州、蒲州乃至江南？”后面几个字是两人一起说的，然后便一起哈哈大笑。

两人明知道这不好实现，但痛快痛快嘴也是好的。

于三来后院拿肉，看见墙根儿下哈哈大笑的两个傻子，有些一言难尽。

沈韶光和邵杰却笑得颇为适意，手揣在袖子里接着开他们的“高层会议”。

“回头咱们专门配点人管着巡店、算账、训导新人、进货，不然咱们就是有三头六臂也忙不过来。”

沈韶光点头：“是。就跟朝廷似的，有中书、门下、尚书三省，又有六部九寺五监，各个部司分工不同，一起协作，才能整个儿动起来。”

邵家是大商家，本身就有经过时间验证的管理方式，虽是家族式的，但也可借鉴；沈韶光来自后世，算半个餐饮圈的人，对餐饮公司的运营也不陌生，况且两人已经开了一家分店，目前经营得不错。两人商量着就把未来“沈氏餐饮连锁公司”的架子搭起来了。

进到厅里，沈韶光干脆把架构图画了出来。

看着画出来的规整架构，再想想现在有的这点人，沈韶光咽了口唾沫：“邵郎君啊，我觉得到咱们把这个架子填满的时候，令郎大概都能打酱买油了吧？”

想想自己那还不知道在哪儿的新妇，再看看这图，邵杰有点为难：“也不一定……”

沈韶光哈哈大笑。路要一步一步走，饭要一口一口吃，这庞大的架构图可以先放着，把运营、财务、采购等人先配置了再说。

邵杰却端详沈韶光的小厅，再看看外面加盖了厢房的院子——又添人手，又要放米粮蔬菜，地方不够用了："不是我说，你合该买个宅子了。你一个十来家酒肆的主人，住在这种简陋的地方，不合身份……"日后她与林少尹成亲，从这样的宅子里出阁，也不合适。

沈韶光："怎么就十来家了？"

"明年若顺利，不就十来家了吗？"邵杰理直气壮地道。

沈韶光无言以对。

"你是说这十来家不都是你沈小娘子的？可我有大宅子住啊……"

沈韶光让他这神逻辑带得有点跑偏，竟然觉得……好像也对。

沈韶光略显猥琐地与他道："哎，邵郎君，其实我看中一个宅子——"

邵杰来了兴趣："说说、说说！我成天看店面，与房产牙人熟，帮你相看相看。这买宅子比不得旁的，莫要买到凶宅才好。"

沈韶光："就是凶宅。"

邵杰惊了。

沈韶光兴奋地道："就是我们坊里街上那个三进的院子，头一任主人是个南边的商人。这宅子修的年头不长，也就十来年，从外面看着颇为齐整，有点江南的水秀气，听说里面也凿池种花，廊厦厅台齐备，弄得像模像样的。那商人……"

沈韶光咳嗽一声，到底没说马上风："这个……有点贪花好色，殁于平康坊。转给的下一位主人，去幽州行商时遇到了强人，都不是在这宅子里没的，这宅其实也算不得凶宅。"

"这还不凶？"

沈韶光小声道："这就算凶了？就大明宫、太极宫、兴庆宫死过多少人，凶吗？"

邵杰无语。

沈韶光搬出白居易的道理："周秦俱在殽函，一个八百年，一个两世而绝，再看我们与前隋……所以啊，'人凶，非宅凶'！"[①]

---

① 白居易《凶宅》："周秦宅殽函，其宅非不同。一兴八百年，一死望夷宫。寄语家与国，人凶非宅凶。"

邵杰想想，似乎也对：还有比皇宫更凶的地方吗？圣人不照样住着？他本也不是那种守规矩的人，不然断不会与沈韶光如此投契，当下便放下了那点对“凶”的顾虑，转而问：“那如何不买呢？在这里凑合什么？”

沈韶光又淡泊起来：“其实这里几间茅庐，一个小院，堂前桃李树，墙边葱韭香，还有鸡娘子带着鸡崽儿咕咕咕叫……也挺好的。”

邵杰扑哧一声笑了。

其实如果不是分店扩张得太快，沈韶光买宅子的钱也攒得差不多了，但现在个人消费只能让位于经营投资。

沈韶光觉得，等明年各分店稳住了，不用再买鸡，而只等着鸡生蛋，应该很快就能攒够这一盘“熘黄菜”的。

为了尽快实现大宅梦，沈韶光加紧了新店员的培训，只等新店装修好、东西配备齐全便要开业。同时沈韶光还把许四郎、张二郎、阿窦抽调出来，组成专门的表演班子，在各店巡演。

只那两个节目肯定不行。沈韶光琢磨着，张二郎这贪吝好吃的“人设”不动摇，并根据这“人设”做出“系列戏”来。可惜不好寻专门的编剧人才，她只能自己顶上，想一想平时店里的笑话，使劲挖一挖记忆里的犄角旮旯——比如那一堆黄笑话的《笑林广记》。

沈韶光脑子里黄色废料颇多，但只在自己肚子里沤着，断不会拿出来说，要说也是私室之内——比如调戏调戏林少尹？

沈韶光想象自己把林少尹调戏得面红耳赤，他要怒不怒、要笑不笑的样子，心里就痒痒得很。

可惜立了冬，就离过年不远了。来长安朝正的外藩使团已经陆续到来，各州府贡举也到了，冬天节日又多，眼看就要到冬至大祭的日子，秋税和商税也需在这一两个月收缴完毕……京兆不只与普通州府一样承担户口赋役、平决狱讼、劝课农桑、文教贡举等事，还要协助朝廷各部司处理京兆特殊事宜。这样的时节，林少尹真是忙上加忙。沈韶光自己也忙，两人能安安生生说会儿话的时候都少了，沈韶光这调戏之举便只能停留在想象中。

前面堂中空地上，张二郎拿着“炸鹌鹑”啃得很香，一边啃一边道：“窦郎君，你如何不吃呢？”

阿窦幽幽地说：“四只鹌鹑，你吃了三只，剩下的你也吃了吧，免得它们被拆了对儿，可怜见的。”[①]

沈韶光咧嘴笑，觉得阿窦那神情颇似于三。

金城坊新店开张，沈韶光与邵杰同去那里待了一日。

新店的管事是个妥当的人，并不用两人很操心。管事还要操心他们，让人送了茶饮糕点到后面。

邵杰一边吃栗子饼，一边问沈韶光：“你那间宅子还买不买？我帮你问过了，那曲娘子索价五十万。”

沈韶光看他：“邵郎君莫非与那曲娘子认得？”因为看上这宅子，沈韶光打听过，像这种三进宅院，怎么也要在百万左右，这宅因有“凶”名，曲娘子只要七十万，怎么这会儿又砍掉了二十万？

邵杰笑道：“妇道人家我怎么会认得？”说完又忙改口，“你不是平常的妇道人家。”

沈韶光笑道：“别解释，说事！”

“我是认得这曲娘子的兄长，也是做粮食买卖的，与我家偶尔一起去南边运粮。我向他透露要买宅子的意思，过了两日，他便让人送了信来。”

沈韶光点头：果然是人情价。

“你不妨挑个空进去看一看，若看中了，我便让人去找他们，当面签了契，赶着收拾了，还能在新宅过元正。”

沈韶光盘算盘算家底儿：都搁上也差不多，然后新年分了红利，再转投新店……这么拆东墙补西墙，倒也能挪腾过来。这宅子以半价购得，实在便宜，错过了恐怕她要后悔很长时间——就像前世自己错过了那些房子一样。

邵杰也担心这个，大大咧咧地道：“银钱凑不凑手？可以向我这等有钱人借些，回头以各种吃的为利，什么烤鸡、烧鸡、炖鸡、白切鸡、炸仔鸡、霸王别鸡；酱鸭、烧鸭、卤鸭、酒糟鸭、富贵肥鸭……”

---

① 改编自《笑林广记》吃黄雀一段：两人同席共饮，碗内有黄雀四只，一人贪食其三，谓同席者曰：“兄何不用？”其人曰：“索性放在兄腹中，省得它们拆了对。”

沈韶光笑起来："你不是买把宝刀都没钱吗？怎么有了私财？"

邵杰笑道："我是没有，家母却有。我晨间去给老人家梳梳头发，你的半个院子的钱就弄到了。"

沈韶光悻悻地道："幸好我自己的钱就够，不像某人买把刀都买不起。"

邵杰无语。

沈韶光挑了挑眉，又得意一笑。

邵杰也笑了。

沈韶光第二日就去看了房子，那看宅子的奴仆想是得了吩咐，和颜悦色地带着她转了一遍。

宅子真的是个好宅子：主人家搬走的时间不很长，屋子本来也新，没什么旧宅的破败感；前后三进的院子，旁边又有几个小跨院，前院轩朗，后园精巧，还有那么两分风雅。

进了正屋，沈韶光笑了——一屋子明晃晃的朱漆家具，放在这宅子里活像林黛玉插了一脑袋金钗。

奴仆赔笑："娘子当时走得匆忙，这宅子又一直闲置着，故而有些大家伙就没拉走。"

沈韶光点头。想来走的时候还有些犹豫，故而难搬动的东西就没搬。

都转了转，沈韶光越发觉得这五十万应该花出去了，回头便请邵杰当中间人，见了这曲娘子和其兄长，客套一番，签契画押交钱，去衙门办凭证，利利索索地买了下来。

因这宅院颇新，并不用再装修，不过是粉刷粉刷主屋，清一清前院后园里的枯草，补一补路上破了的石板，各个院子扫扫蛛网尘土，配置好家具，就能入住了。

沈韶光得意：挺好，省了一笔装修钱。

听沈韶光说自己也买了一所"凶宅"，福慧长公主乐不可支："怪道咱们能说到一块儿去呢！"

沈韶光道："我委实是捡了便宜！若非如此，这样的三进宅院总要百万左右。"

福慧长公主："一样的，我那园子若不是名声不好，也不会轻易落到我的手里。"

沈韶光觉得，确实，那样的名园不大可能闲置在那里，归了一个算不得特别得宠的公主。

两个捡了便宜的人，使劲破迷信树新风地讽刺了一回那些“迷而不悟”的人。

两人说完宅子，再说男人——哪怕沈韶光谢她，长公主也没提自己把火锅子给了太后一个、皇帝一个，又胡扯了一篇盛世太平百姓安泰的事。

福慧长公主与裴斐最近越发别扭了，因此十分羡慕沈韶光：“你到底睡到林少尹没有？”

沈韶光一点都不怀疑如果自己说睡到了，长公主或许会问一二细节。

幸好，她没有——或说，可惜，没有。

福慧长公主嫌弃沈韶光没用。沈韶光也无奈：“快冬至了啊，冬至完了又过年，各个衙门都忙……”

“再忙，睡觉的工夫总是有的。”

沈韶光无言以对。

在福慧长公主那里被塞了一脑子的“睡”，沈韶光回到崇贤坊，见到等候自己的林少尹时，第一反应就是这个问题。

也许是最近着实忙，他眼睛有点眍，下巴和唇上带着青色，袍子也不似平时整洁，与平时温文雅致的样子比，反倒更有男人味儿了。

沈韶光请他去后宅坐，林晏点头，阿圆给他们端了个炭盆进来。

沈韶光坐在榻边上，拿火箸子拨一拨灰，笑道：“这不知是哪个馋嘴的烤的芋头，正好便宜了我们。”

林晏微笑。

沈韶光道：“有一种番薯与此类似，又比这个更甜，特别是红瓤的，最适合烤着吃。烤得外面焦黑，掰开，赤黄的番薯肉冒着丝丝的热气，趁热吃一口，又烫又香又甜。我又最爱那靠皮儿的地方，冒着糖油，格外好吃，只是一个不小心就啃一嘴乌黑。”

可以想到她的馋嘴样儿，林晏嘴角弯的幅度更大了一点，道：“听你说，就想吃了。”

沈韶光眯眼一笑：那是，术业有专攻，描述吃的才是我看家的本事。

沈韶光又拿火箸子拨那个芋头。

在她把自己吃得满手满嘴黑之前，林晏从袖子中掏出一张纸递给她。

沈韶光挑眉笑问：“什么？”

沈韶光打开——房契！

昨天阿圆与沈韶光说，她在新宅门口碰见林少尹了，又把两人说了什么与沈韶光学了一遍，沈韶光便有预感，谁想到林少尹吃起醋来这么花本钱！

沈韶光小心地看林晏的脸色，还是那温润的微笑，看不出什么。

“吓我一跳，还当你要把坊里大宅的屋契送我呢。”沈韶光笑道。

“自己家，有什么送不送的。”

沈韶光：这话语带双关得厉害。

“那这个呢？”沈韶光指指终南山别墅的房契。

林晏抿了抿嘴：“夏日的时候，买了博你开心的。”

沈韶光是彻底不知道说什么了。

“是我思虑不周全……”林晏轻声道。

林晏到底带着世家子的习惯，又有点文人的洒脱，对买田宅没什么执念，有闲钱了，宁可买宝马买名剑、买古琴买孤本，与那些斗鸡走狗买绝色婢子的人比，虽然品位上高那么一点点，其实都是不过日子的。

对沈韶光的爱买田宅，林晏原本没往深处想，就像有人爱收集宝刀一样，她可能就是爱买宅子呢？直到看她买了同坊的凶宅，林晏才想到，她这般或许是因为没有家了……所以格外爱买崇贤坊的宅子。

至于吃醋，他自然也是有的，但更多的是心疼。

林晏柔声哄她：“等过年发了年俸，我们就去渭水边买几间屋，或许不会很大，但也够我们偶尔去钓鱼住的。”

冬至日是大节气，仅次于新年元正，有“亚岁”之称，许多礼仪一如元正：皇帝要去南郊圜丘祭天，要举行大朝会接受百官和使节朝贺，要举行大宴，民间也各致礼贺。

如今沈韶光出宫的时日长了，认得的人多了，买卖做得大了，再不能如去年一般，几个人吃顿饺子就算过节了——当然，饺子还是要吃的。沈韶光提前打点出礼物来：长公主处和邵家的、几个大供货商的，还有交往比较密切的左邻右舍的，当然林府也要送。

送什么？也不过是茶酒糕点之类的，另外加上沈记自己腌的野味和寻常腊肉。各家送节礼过来的，大致也是这种东西——大路货再加上一点自己的特色，比如米粮铺子就加几样御米，水产铺子则加几只甲鱼、两篓极大的螃蟹。

福慧长公主则不同，回给沈韶光一匣子脂粉，都是内造的东西：白玉盒子盛的面脂、碧镂牙筒装的口脂、宝钿盒子装的青黛和香粉——唐代版高奢化妆品礼盒。

匣内又有一笺："点朱唇，匀粉面，顾盼怡然明镜前，何必檀郎观……"

"何必檀郎观……"沈韶光笑起来，到底是长公主，自己打扮给自己看的大女人先驱。

邵家的回礼则添了常绸苏纱和两匹缭绫，想来是从南边运粮时顺便带回来的。丝绸的颜色都很亮眼，适合年轻女子。邵家人做事里外透着体贴。

林家的回礼最典雅贵重，但要说特色嘛……沈韶光估摸着这是管家备办的东西。

沈韶光还真猜到了。

周管家收到沈记送的节礼，当晚林晏回来，便把礼单呈送了上去。

周管家笑问："阿郎看，该怎么还礼？"自家阿郎的心思，周管家岂有不知道的？但两人未定亲，不好正经按亲家回礼；沈家没有大人，不好按官面阶品回；当普通商家更不行……

"你备一份上等礼回过去就是。"林晏道。

周管家叉手称是，退了出去。

冬至节礼倒没什么，林晏在想送她什么温居。

日子过得飞快，转眼冬至节就到了。过节酒肆冷清，沈韶光与邵杰商量着，干脆给几家店都放三天大假，让大家松快松快。趁着这工夫，自己正好搬家。

沈韶光搬家很简单——干活儿的人多，新宅旧宅在同坊，关键是，就那点东西，搁后世都不用请搬家公司的，直接两辆出租车就拉走了。

酒肆后院留给了管事陈兴，一应家具也留给了他，他有家眷，住起来方便。未婚的小伙计们，不管是崇贤坊酒肆的，还是新买了还在"实习"的，都跟着搬去新宅。新宅好几个偏院呢，添点人气儿。

家里这么些人，总要有个管事的，沈韶光不在时，能有人拿主意。这人非于三莫属——于三脾气是臭了些，但做事很靠谱。其实他本来也担着这个差事呢，现在不过是“正名”而已。

前两天沈韶光还请邵杰帮着买了几个膀大腰圆的护院，再算上伙计们，还有我们可以拿剁排骨大刀砍人的于三，来他十个八个贼人也不怕。

邵杰又另送了沈韶光几个仆妇婢子：“洒扫庭除都要人。再说，你出门总要带两个婢女，这才是贵女的体统。”

沈韶光让他给逗乐了：“我如今不体统吗？”

邵杰一脸为难。

沈韶光笑道：“不用说了！”

阿圆对添新婢子的事不大喜欢，活像新生二胎家庭的老大。

沈韶光赶忙哄她：“你与旁人不一样。”

阿圆眯眼笑起来，神态上颇似诡计得逞的沈韶光。人啊，求的不就是这个心头的“不一样”吗？

因之前沈韶光已经好好地打扫过屋子，没用半天工夫，新家就差不多收拾妥当了。至于更细致的，墙角小桌上最好摆一盆水仙，右面墙上可以挂幅长轴风景图，榻边应该加个屏风之类的，要她有空了慢慢地加，慢慢地堆，然后家就有了自己的味道。

中午，一家子不分主人奴仆管事跑堂，一起在新宅吃大偃月馄饨——后代的饺子。

馅儿还是沈韶光这主人亲自调的，肥嫩的羊肉，加姜末、盐、糖、清酱汁、黄酒、芝麻香油，朝着一个方向搅拌，一边搅拌一边加花椒姜水。所谓羊肉饺子水打的馅儿，这样打出来的馅子才鲜嫩多汁，一咬流油。

新奴仆们多有没见过沈韶光做饭的，此时吃着这样鲜香的羊肉大葱馄饨，才知道小娘子做饭也是一把好手。其实沈韶光调馅儿包饺子时也有些恍惚，她好像已经很久没进厨房了。

既放了假，沈韶光也不拘着这帮半大小子，让他们玩去，只不能落单，不能惹事，闭坊之前必须回来。

伙计们欢呼——小娘子才发了过节钱，且要出去逛一逛。

阿圆跟婢子们各自收拾了一下自己的东西，就在一起打叶子牌。沈韶光哑然失笑，原本还怕她不合群呢——就像小朋友打架，家长还惦记着，转眼小朋友已经玩到一块儿去了。

婢子们也拉沈韶光一起打，沈韶光摇头：“赢你们太多，怕你们哭。”

婢子们都笑，阿圆却知道这是真的，小娘子顶会打牌，过年的时候把于三郎的脸都赢臭了。

沈韶光端着山楂饮子站在正堂门口，掀开厚毡帘子看天，似在自言自语，又似对堂内的几个婢子道："看来这是'湿冬干年'啊。"

"小娘子说什么？"阿圆问。

"我说啊，要下雪了。"外面天灰灰的，晨间明明还有太阳呢。

这个点儿，宫中大宴应该还没完吧？不知林少尹喝多了没有？

林晏回来的时候，果真下起了雪。他坐在车里，倚在车壁上，面颊、眼睛都有些红。有人说京官可以不识字，但不能不会喝酒，果然……

林晏拿指腹揉揉眉心：阿荠说这两日搬家，不知道搬好了没有？这阵子他实在忙，都没空去见一见她，不过好赖休冬至假了……

经过坊内街角拐弯处，林晏撩开车帘，如今已经是沈宅的门口被打扫得干干净净的，又有奴仆出入，看来是已经搬好了。阿荠还真是麻利。林晏想起头一回见她的样子，背着包袱，梳个椎髻，浑身都透着一股子干净利索劲儿，正笑嘻嘻地蒙骗几个衙差。

自己问她，她是怎么说的？"因病弱出宫"。看似乖巧的笑里带着点狡黠得意甚至挑衅，似是在说"你还能把我塞回皇宫去不成？"。

林晏在车里无声地笑了。

回到家里，林晏洗漱过，换了衣服，先去看祖母，陪着祖母说了两句话，然后便告退，说吃饭的时候再过来。

江太夫人笑道："你便是不回来吃饭也没什么，我自己还能多吃些。"

林晏垂着眼微笑，给祖母行了礼出来。

林晏也没上马，牵着马走去沈宅。

门口奴仆一个接过马来，一个带他进去。

沈韶光站在廊下迎他，觑着眼看："喝了不少，脸都红了。"

"推辞不过。"林晏微笑道，又看看她穿的胡式夹衫子，"你没穿外氅，快进去吧。"

有客人至，婢子们已经把牌局收了，又端上茶饮来。

喝了茶，沈韶光问林晏大朝会的事，林晏也问沈韶光搬家的事。

"收拾得很快，我只当你还要再过两天搬呢。"

沈韶光笑道："我是看见锅里有肉，不吃睡不着觉的脾气，早搬早安生。”

林晏笑起来。

沈韶光看他因为喝了酒似乎染了两分风流的眉眼，心下叹气：这么好吃的肉，已经看了这么久，不晓得什么时候能吃着……

林晏从袖中取出一把匕首似的短剑来：“这个送你。”

沈韶光微瞪眼睛，然后笑了。

“不是鱼肠之类的名剑，但还算锋利，我从一个胡商手里得的，你留着防身用。”

沈韶光先看那剑鞘，并没有镶金嵌玉，甚至有些旧。鞘皮软而韧，看这花纹，鳄皮的？她拔出短剑比量了一下，不知是不是错觉，仿佛有股寒气。

沈韶光看林晏，林晏对她微笑。

虽他说得轻描淡写，但她打眼看也知道这件兵器不俗。再想想那躺在梳妆匣里不知道拿它怎么办的屋契，沈韶光无奈地笑道：“郎君送我这个做什么？我又不会武艺。”

“有备无患。”

林晏想了想，又道：“我还听说，放在枕下可以解梦魇。”

沈韶光：这是什么理由？！

“还有一匹马，我已经让人牵到你的厩里，或骑或拉车，总比你平日用的骡轻快稳当些。”

沈韶光突然想起曾听人说过，送人礼物，要么送对方喜欢的，要么送自己心爱的，前者代表了观察力，后者代表着送礼者的心意——终南山的别业是前者，名马宝剑是后者。唉，我们林少尹啊……

过了片刻，沈韶光故作轻松地笑道：“都说‘红粉赠佳人，宝剑赠英雄’，你这又是送马，又是送剑的，莫不是喝醉了，错把我当成了英雄？”

“我的阿荠本来就是英雄，”林晏微红的眼尾上挑，嘴角翘起，他轻声道，“佳人里面的英雄。”

看着他这半面的桃花色，沈韶光咽口唾沫，挑眉笑道：“那——郎君就是英雄里的佳人？”

林晏皱起眉头。

沈韶光扑哧笑了。

林晏瞪她一眼，也笑了。

“其实啊，你送什么都不如——”沈韶光在他脸上、身上扫视一圈，咳嗽一声，低下头喝口山楂饮子。

林晏这回是真不知道该怒还是该笑了，半晌，到底笑了：“你啊——”

第二十章　你嫁给我好不好

晨间，沈韶光拢着被子坐在床上，掀开床帷看窗子，白亮亮的，透着一股子寒气：这雪是下大了？

门外廊上传出隐隐的声音："小娘子醒了吗？今日厨间做的鸡汤小馄饨，已经包好了，若小娘子起来了，便下了送过来。"

阿圆："再等会儿吧，小娘子还睡着呢。"

沈韶光在屋里扬声喊："起来了。"

阿圆撩开毡帘子，带着一身寒气进来，明奴也跟在她身后。

阿圆刚帮沈韶光把半掩的床帷拢好，枕屏收起，明奴便蹿到了沈韶光的被子上。沈韶光嫌弃："哎、哎，你身上脏不脏啊，往我被子上打滚儿？"

明奴用脑袋蹭蹭沈韶光，又舔舔她的手，仰过身子露出肚皮。

沈韶光无奈：你不是一只高傲的猫吗？怎么"猫设"崩塌以后，就破罐破摔了呢？她又一边摸它的头脸，抓它的下巴，一边想：要是跟你名字有关联的某人也这么会撒娇，我早就缴械投降了。

沈韶光干脆把脸埋在它的肚皮上，吸一口气：嗯，没什么泥水气，干干爽爽的，看来它还没来得及去雪地里打滚。

"它乖着呢，只在廊下坐着赏了会儿景，然后就回了堂屋，跳上榻，在小娘子常用的桂布隐囊上趴着。"

沈韶光笑起来，可以想象，一只猫坐在屋门口的廊下，平静且严肃地看着白茫茫的雪，思考着它的猫生。

越想越可乐，沈韶光举起明奴，与它脸对脸：“麦格教授，是你吗？我们长安的雪景怎么样？”

阿圆不知麦格教授是谁，只劝她：“小娘子别光玩猫了，被窝都折腾凉了。”

沈韶光两三下穿好衣服，穿鞋下床。另有婢子提来冷热水给她兑在杯子里、脸盆里，沈韶光洗漱过，婢子又递给她一碗姜水。

小口小口地喝着温热的姜水，沈韶光暖和起来。

婢子要给她梳头，沈韶光摆手道：“你们忙你们的去。”而后自己随手把头发绾个最省事的胡式椎髻，拿根丝绳绑了完事。

婢子们提了鸡汤馄饨来，几个人一起吃饭。沈韶光到底不是什么真正的世家贵女，没有世家规矩，故而很能做到主仆同一，从前四人小酒肆时如此，如今购了大宅，一堆奴仆婢子，也是如此——只是人太多了，不好都聚齐了吃饭。

沈韶光一看这馅儿就知道是于三调的。猪肉里面放了点虾米末和肉冻子，特别鲜！如今于三做灌汤水饺已经青出于蓝胜于蓝了。沈韶光颇有被拍死在沙滩上的师父式感慨。

放假了，天又不好，能干什么？沈韶光领着婢子们画消寒图。

因是打发工夫，这图做得精细无比，婢子们都帮忙，就连明奴都添了一爪子。

图还没画完，门上来报，福慧长公主至。

沈韶光赶忙出迎。

“我想着，这样的大雪必须找个雅人共赏，就想起你来了。”福慧长公主笑道。

沈韶光点头：“我适才也想长公主呢，想着这样的雪天，适合一起行个风雅事，比如吃个锅子什么的。”

长公主哈哈大笑：“你莫要戳穿我！你如何知道我是想吃你的锅子了？”

沈韶光笑道：“这大约就是——聪明的脑袋总是相似的？”

长公主哪里听过这种俚俗的话，乐不可支。

沈韶光举着伞，福慧长公主挽着她的另一只手，两人转过前庭、中堂直接进了后宅。

沈韶光与长公主说段子：“说到脑袋，我又想起一句话来，‘两个脑袋总比一个脑袋好’。一位胡人小娘子在后面添了半句：‘在枕上。’”[①]

福慧长公主笑得拍沈韶光的胳膊，一边笑一边说道：“我道中人！我道中人啊！恨不得相逢。”

沈韶光却不笑：“关键是，这是她写在课业本子上的，她的夫子是个胡僧……”

长公主笑得越发厉害。

来到廊下，沈韶光收了伞递给阿圆，另有婢子挑开帘子。两人进了厅堂，分宾主坐下。婢子捧上红枣枸杞姜糖饮子和一些干果糕点。

长公主喝口饮子，打量一眼这厅堂：“你这般灵巧的人，却喜欢这样拙朴的摆设，也是奇怪。”

沈韶光皱皱眉，笑道：“或许是为了把这几分机灵藏起来，显得拙笨朴直？”

长公主笑道：“又道怪语！”

沈韶光与她掰扯道理：“笨了才惹人疼。”

“情感导师”福慧长公主道：“否、否，这全看那人在不在意你。若在意，你再奸猾，在他眼里也是又弱又小又可怜；若不在意，你便是真笨，恐怕也会被怀疑居心叵测。”[②]

沈韶光无言以对：长公主说得何其精辟！

福慧长公主有些落寞：“我就是明明不大机灵，却总被怀疑居心叵测的那一个，何其不幸哉……”

沈韶光正想怎么安慰她，福慧长公主已经笑道：“好在我也不在意了。”

福慧长公主转了话题，笑问沈韶光：“我来时，你在家做什么呢？”

沈韶光笑道：“应应景，与婢子们一起画消寒图。”

沈韶光让人取了东西来，长公主便跟她一起画，一边画一边聊天儿。

---

① 出自张爱玲《炎樱语录》。“炎樱说：‘两个头总比一个好——在枕上。’”她这句话是写在作文里面的，看卷子的教授是教堂的神父。她这种大胆，任何以大胆著名的作家恐怕也望尘莫及。”

② 改自亦舒小说（《胭脂》）中的话：“爱一个人就是这样，什么都包涵，什么都原谅，老觉得对方可爱、长不大、稚气，什么都是可怜的，总是舍不得。”

她们能聊什么？不过是聊一聊吃食，说一说京中风尚，想到什么便扯什么，与后世女朋友们之间聊天儿也没多大差别。

两人做完图，便午时了。奴仆摆上食案，端来两个奶汤锅子以及各种肉片、鱼丸、蔬菜、豆腐之类的涮品，还有一坛子黄酒。

沈韶光笑道："据说这坛子酒是十几年窖藏的老酒，我不擅饮，长公主尝尝。"

福慧长公主确实是擅饮的，笑道："我帮你鉴一鉴。"

沈韶光煮酒，又拣了几颗先前上的糖渍梅扔在里面，温好后亲自斟给福慧长公主。

"香醇得很，确是十数年的佳酿。"福慧长公主点头，又笑道，"你这梅子加得也好，淡淡的酸梅甜味格外爽口。我从前只喝过泡的青梅酒，不晓得还有这种喝法。"

沈韶光笑道："若是夏天，用冰镇过，想来更好喝。"

福慧长公主笑道："等夏至的时候我再来喝这冰镇的。"

两人吃着锅子，喝着酒，接着闲扯。

"听说南边人在女儿出生时把酒埋入地下，到女儿出阁时挖出飨客，故称'女儿酒'，又曰'女儿红'。每年南边总会贡上一些，我尝着还不如你这个香醇呢。"长公主道。

沈韶光笑道："我还听说，若是小儿郎，那酒便称'状元红'。"①

长公主笑道："叫个'进士酒'或许更实际些，哪有那么些状元？"

长公主见到的进士多，便以为这个容易，沈韶光道："考个进士也不易，坊间有'五十少进士'的说法，不知多少人考一辈子也考不中。"

"如此说来，林晏、裴斐等年纪轻轻就中了进士的，还是惊才绝艳的人物了？"

沈韶光客观地道："绝艳不绝艳不知道，至少是有些真本事的。"

两人到底又把话题扯到了郎君们上头。

福慧长公主对沈韶光的胆怯颇感无奈："我与你说，男子是顶没耐心

---

① 晋人稽含《南方草木状》，"女儿酒为旧时富家生女、嫁女必备之物。"但状元红的说法似是后代才有的。

的，你莫要想着他等你一辈子。你不嫁与他，他总会娶妻生子的。以你的性子，想必你们就相忘于江湖了。连睡都不曾睡过，多亏啊……”

沈韶光点头，想想多年以后与林晏再相逢，自己带着一堆仆从婢子，林晏或许伴着他的夫人，两人遥遥地行个礼，便各自行各自的路。夫人或许会问“那娘子是谁”，林晏或许会说“那是沈记的女主人，沈记的锅子顶好吃”。想到这些，沈韶光这心肝脾肺肾都疼起来。

福慧长公主摇头：“出息！”但想想自己，似乎也不是多有出息的样子，罢了，阿大不说阿二，“不说他们，饮酒、饮酒！”

两人举杯，都把杯中酒干了，又倒上。

这加了糖渍梅的醇酿颇为适口，两人喝着喝着就有点喝多了。沈韶光到底顾虑到面对的是长公主，故而留着几分清明，福慧长公主却是真喝多了，走时都有些晃了。

沈韶光劝她：“时候还不晚，长公主若不嫌弃，在我这里躺一躺再走。”

福慧长公主摆手道：“改日再来寻你。今日真是痛快！”

婢子们扶着她，沈韶光在身后相送。看她上了车，两人又隔着车窗说了几句话，目送她的车走了，沈韶光才回来。

阿圆扶着她：“小娘子走路都走不直了。”

沈韶光回头看看脚印，还好。

婢子们收拾残羹冷炙，沈韶光看着温过的剩下的半壶酒：“这个给我留下。”

阿圆惊讶地问：“小娘子还喝？”

沈韶光盘膝坐在榻上，皱眉想了想：“没喝透。”

她还说没喝透……明明都醉了！但就像沈韶光总不忍心让阿圆戒甜戒肉一样，阿圆看她那样儿，到底把酒留了下来：“就喝这些，喝完就去睡觉？”

沈韶光听她嘱咐孩子似的语气，笑了：“知道，啰嗦。”

阿圆又问她要不要下酒菜，沈韶光摇头，指指案上的果脯子。

林晏来时，便看见沈韶光一腿伸直，一腿弯着，半倚在两个隐囊上，吃个酸梅，拿壶喝一口酒。

沈韶光乜斜着眼看他，笑着打招呼：“林郎君，你怎么来了？今日不是有宴？”

“我在坊外遇到了长公主。”

沈韶光点头，歪着头看他：“你今日似没喝多。”

“嗯。你喝多了。”

沈韶光眯眼笑：“我与长公主聊得投契，就喝得多了点。”

林晏抿嘴：“你既然知道喝多了，为何还要再喝？”

沈韶光一时想不起刚才糊弄阿圆的话来，只得皱起眉头，再编一个：“反正已经醉了，也不差这一点吧？”沈韶光看看手里的酒壶，灵机一动，“不喝，可惜了。”

林晏被她气笑：原来是爱惜东西！这是什么借口？

看她似还要喝，林晏过去取过酒壶：“你不能再喝酒了，让婢子们伺候你洗漱过，好好睡一觉。明日少不得要头疼。”

沈韶光摇头，拍拍榻，示意他坐：“你陪我说会儿话。”

林晏便坐下来陪她。她穿着件半旧的枣红胡式夹衫，椎髻上只系了根丝带，已经有些松了，鬓边散落了些头发下来，两颊擦了胭脂一般，傻乎乎的。林晏心肠软下来：“以后莫要跟长公主这般喝酒了，你又不常喝，醉了多难受？”

沈韶光不接话茬儿，只笑嘻嘻地看他，然后拉过他的手玩。

沈韶光把自己的手跟林晏的手比量比量，又交叉握住，林晏也配合地握住她的手，然后沈韶光又觑着眼看他手指上有几个“簸箕”几个“斗”。

“你三个斗，应该跟我一样经商，开当铺。”沈韶光鉴定完毕。

林晏没听过这样的无稽之谈，只笑。

沈韶光放下他的手，悻悻地道：“可惜，你到底不是开当铺的。”

沈韶光坐直了，看着林晏，半晌方道：“我不这样绊着你了，到底没结果的事，你自娶妻生子去吧。”

林晏看她：“这是怎么了？”

“我们不是一条路上跑的车，各走各的，都能各自安好着，硬往一块儿凑，保不齐就磕碰坏了。我前阵子总想着能多走一段是一段……”沈韶光抿抿嘴，垂下头，“是我的错。相濡以沫不如相忘于江湖吧。”

林晏扶起她的脸，发现她已经泪流满面。本来听她又说起这个他有些无奈，此时却心疼得厉害：真是个傻子，该想多的时候不想，不该想的时候瞎想。本来看她这样兴奋地鼓捣各种吃食尽心尽力地开酒肆，意趣满满的样子，他有些不忍心打断，况且两人这样相处着，虽然不能……也挺好的，他愿意慢慢磨着。如今看来，他真不能这样纵着她了，她成天看着乐陶陶的，心里却压抑得很，不然断不至于这样哭。

林晏轻轻把她拥入怀里："我们得一辈子相濡以沫呢，你不是老惦记着吗？"

沈韶光哪记得自己的歪解，只是觉得悲伤，干脆哭了起来，蹭了林晏一衣襟的眼泪鼻涕。

林晏轻轻地拍她的背，过了一会儿，没什么声音了，轻轻扭过她的脸，原来她是睡着了。

沈韶光揉揉有些疼的眉心，盯着枕屏上的湖光山色愣神儿：昨日陪着福慧长公主喝酒喝多了，后来又梅子就酒多风雅了一会儿，然后——林少尹来了。然后呢?

这是沈韶光头一回体验喝断片，她绞尽脑汁地想那段时间自己说了什么、做了什么，似乎就在眼前，但就是想不起来。就好像小说网站服务器出问题了，自己追的小说明明已经显示更新，却怎么刷新都是在转小圈圈，好不容易出了字，还是"服务器追文去了"——简直让人恨不得摔手机好吗?

根据剧情推测，这或许是一段感情戏，更或者有什么少儿不宜之处——人喝了酒自制力差。我到底有没有轻薄林少尹？怎么轻薄的？是搂一搂，还是亲了面颊，还是……他当时又做何反应?

昨日与长公主喝酒时，她一度想着放手。歌里不是说因为爱所以放手吗？爱不爱的……沈韶光盯着帐子顶，苦笑了一下，只觉得心里有一丝丝疼。

沈韶光又想：若这时候我对人家做了什么，就越发纠缠不清了。

幽幽地叹口气，沈韶光拿枕头捂在头上：算了，算了，多想无益……

"小娘子，你醒了？"

阿圆撩开床帷，拉开屏风，看沈韶光的样子，吓了一跳："小娘子，你头疼得厉害？"

沈韶光放下枕头，尴尬地笑了一声，想了想，道："阿圆，昨日我喝多了，林少尹来了？"

“是啊。”

“我与他说什么了？”

“你说有话与林郎君说，我们便去了偏房。”

阿圆看沈韶光的样子：“小娘子不记得了？”

沈韶光摇头。

“应该也没说什么，不过是煮了两碗醒酒汤的工夫。”

沈韶光有些遗憾又有些安心：看来是没做什么。如此也好，如此也好。

“我进来时，小娘子都睡着了。”

沈韶光觉得自己的好酒品挽救了人品，到底还有那么点底线。至于睡着了……在林晏面前丢这点人，她倒不在乎。

“小娘子趴在郎君怀里睡着的，头发都散了，脸上有泪痕，似哭过，我看郎君身上蹭了不少小娘子的鼻涕眼泪。”

沈韶光有些无语，阿圆把这事叙述得真是一波三折！

阿圆却不当一回事：“我还见过喝醉了咣咣撞树的，还有当街便溺的呢，小娘子这不算什么，况且郎君又不是外人。”就像对美猫明奴的偏爱一样，“颜控”阿圆已经把林少尹当自家阿郎了，全不似当初对柳郎君的态度。

“还是郎君把小娘子抱到床上来的。”抱人这种事阿圆当然也能干，但看郎君抱着小娘子，小心翼翼的，就像护着个什么宝贝一样，阿圆觉得果然还是郎君抱合适。

沈韶光抿了抿嘴：“还有吗？”

“林郎君又嘱咐我们晚间看着小娘子些，莫让你踹了被子凉着、小心唾酒之类的，然后才走。”

沈韶光点头。

“小娘子头疼吗？”

沈韶光摇头。

“我去给小娘子端些蜂蜜水。”

沈韶光无力地挥了挥手。

阿圆皱眉看着沈韶光：莫不是小娘子昨日哭是因与林郎君吵架了？看林郎君的样子又不像……

沈韶光慢吞吞地穿好衣服，洗漱过坐在镜前，看着自己眼泡肿着的宿醉脸，又扯根丝绳扎了个椎髻，并且多缠了两圈，免得又散了。

知道她喝多了，厨房专门给煮了葛粉粳米糖粥，里面还放了大枣、枸杞，倒也不难喝。沈韶光可以想象于三一边臭着脸一边吩咐："葛粉磨得细一些。"自己虽说情路不那么顺畅，但身边的人都不错。

吃完粥，时候不大，沈韶光还在琢磨与林晏的事，门上来报邵郎君来了。

沈韶光诧异：冬至节，下了雪又不好走，他不应酬有生意往来的商家，也该在家高卧，怎么跑这儿来了？莫不是有事？

还真有事。

"那邱三郎脸上还带着伤呢，他只道是自家猫挠的，谁家猫有这么大的手？不过这事本也是他不对，听闻他入赘时应过，可以有婢，不可有妾，更不得有外宅。如今他在外面养了外宅，又生了子，其夫人哪有不闹的？"邵杰喝口茶道。

"那赵娘子也有手段，决意转卖了邱三郎管的东市酒肆，只一心一意经营自家的粮食买卖。米粮行上下都是赵氏旧人，邱三郎这算栽了。"

釜底抽薪……沈韶光点头，果真本朝厉害娘子多："故而……？"

"故而我们把那东市的酒肆盘下来吧？"邵杰满眼放光。

沈韶光看看自己还没住热乎的房子：我的钱都扔在这上面了，哪还有钱投资啊？当然这事她也不怪邵杰，肯定是这店面足够好，足够便宜。

果然是。

"这酒肆离着我们上回摆摊儿的地方不远，买卖不错，上下两层的楼房，大厅堂，整个儿算起来足有我们这酒肆四个大，年初才漆过。本来也是做酒肆的，厨房宽大，我们差不多不用改什么。因赵娘子急着脱手，价钱压低了两成，再讲一讲，兴许还能低一些……"

沈韶光若有所思道："赵娘子急着脱手，是缺钱？"

邵杰摇头："赵娘子性子烈，不过是表示个决绝之意。赵家是长安的老粮商了，银钱上尽有的，只是子嗣上艰难，故而才招赘了邱三郎。"

沈韶光点头。

看她思量，邵杰道："你莫要操心银钱的事，我知道你买了这宅子怕是没钱了。我们把各个店的利银拢一拢，余下的我去找家祖父。"

沈韶光摆手。她不能把邵家当羊来薅，做买卖有做买卖的样子，当时双方约定了出资比例，前次人家多追加了些，那是人家厚道，不能把人家的厚道当傻，从而得寸进尺。

“既然那赵娘子不缺钱，你看这样行不行：我们抵押实物分期付款。我们以两间店铺为抵押，首付交于她，办了房契，余额按月或按季补上，另加利息。”

邵杰再次被开启了买房置地新办法的大门：听闻那些放贷的，有些是一月一月地还，又有质押，却不想买房屋店铺也可以如此……

沈韶光拿过纸来算几家分店的盈利，算首付，算余款，算偿还时间，算利息。邵杰看她算得利索，笑道：“便是不会做饭，你还可以去当个账房先生。”

“那多费劲儿。我不是与你说过吗？若不是当了庖厨开了酒肆，我就去当女冠或比丘尼了，每天念念经，帮人解解签，挺好。”沈韶光道，“我们每月还二十万的话，新店盈利不算，四家老店每家均出五万钱，以现在的盈利算，每店周转银还有……”

两人算了一下账，议了议说辞，连例行的未来展望和商业互吹都没做，邵杰就火烧火燎地走了：“这样的好事，莫要被旁人得了去。”

沈韶光失笑，送他出去：“得之我幸，失之我命，你还是小心些吧，莫要因这个折了马腿摔倒。”

“什么失之我命？老天见我如此卖力，也该帮我。”邵杰笑道。

沈韶光笑起来：邵郎君竟然颇有两分儒家的积极精神。她还没走回后院，另一位儒家弟子便来了。

沈韶光便折回去迎一迎他，两人一起往后宅走去。

“头疼吗？”林晏问。

沈韶光笑道：“有点儿。”

“可吃朝食了？”

“嗯，喝了葛粉粥。”

林晏点头，侧过脸看看她的面色，再叮嘱一遍：“以后万不可这样纵酒了。”

沈韶光心虚地点头：“昨日喝醉了，怕是说了些不经的话，你莫要放在心上。”

林晏停住脚看她一眼，接着往前走：“怎么？后悔了？”

沈韶光：“后……后悔什么？”

“令尊与颍州沈刺史是近支堂兄弟。沈刺史明年任期满回京述职时，我们便请他代行六礼吧？我与他不熟，但听闻令尊与沈刺史当年颇有情谊，他当是愿意的。我且写信去探问一下。你洛下老家也要使人告知，还有楚公处。”

沈韶光睁大眼睛：不是，为什么会直接蹦到了“六礼”环节？

林晏淡淡地道：“你昨日已应了我。”

沈韶光对自己的酒品简直绝望，赶忙赔笑：“这个……喝醉之人的话，怎么能信呢？”

婢子们上前打起帘子，林晏看沈韶光一眼，率先进去，沈韶光跟上。

林晏很不见外地坐在沈韶光日常起居的大榻上，沈韶光只好隔着小几案坐在他对面。婢子捧上茶饮来。

林晏看向沈韶光，沈韶光赶忙端出歉意的笑。她这会儿是真觉得自己太不是东西了，饶是一贯伶牙俐齿，也不知道怎么开口了。

难得见她这样儿，林晏绷了一会儿，到底笑了。

沈韶光疑惑起来：“你莫不是蒙我的？”

林晏却端正了神色：“阿荠，你顾虑什么？你罪臣之后的身份？我的仕途？”

沈韶光犹豫了一下，点了点头。

“吴王案疑点颇多，沈公洗脱罪名并非无可能。”

“你在查先父的旧案？”

林晏点头。

沈韶光对他的用心有点感动，轻声道：“多谢。”

但沈韶光也知道，重审吴王案恐怕艰难得很。先帝末年酷爱丹药，追求长生，性情也变得暴戾，要不是死得早，天下恐怕就乱了起来。今上以“仁孝”治天下，即位后改了些暴政，从前的错案却摁住不审，这里面固然有“子不言父过”的“孝道”原因在，恐怕更多的还是因为他是既得利益者——今上有好几个兄弟是先帝末年被贬谪流放乃至鸩亡的，不然恐怕轮不到不算很出色的今上当皇帝。

“有些事尽力就好，犯不着再搭进去更多人。先父的事，公道自在人心吧。”沈韶光道。

林晏点头：“阿荠，即便沈公之冤不能得雪，你的身份不变，对我的仕途也没什么影响的。”

沈韶光笑了一下：怎么会没什么影响呢？

“这宦海仕途到处坑坑洼洼，言论、政见、政事、党派……哪个都可能让人跌一跌。妻子的身世，与其相比，真的不算什么。”

“于男子，仕途经济固然要紧，亲眷妻子却亦非不重要。”林晏看着沈韶光，认真地道，“阿荠，你是我倾心爱慕之人，若因此错过，我怕余生都不快乐。”

沈韶光紧紧地抿着嘴，只怕张口便控制不住自己。

“阿荠，你想得太多，总求万全，哪有那么多万全呢？人生便如行舟，不知会遇上什么，我们可选的不过是同舟之人。

“阿荠，我昨晚梦见你嫁给了别人。路上遇见，你对我福一福、笑一笑，便与那人相偕走了。那人问‘那是谁啊’，你只道‘那是从前常来吃饭的酒客’。即便在梦里，我也觉得很神伤，仿佛天地间只有我一个人了。醒来看到床帐，竟很欢喜，好在是梦，都还来得及。

“阿荠，我们便在你家旧宅缔结连理，令尊令堂在天有灵，想来也是欢喜的吧。我们的孩子爬你小时候爬的树，数你小时候数过的雕花，或许也会受你小时候受的惊吓。那前庭的竹林里有蛇，你遇到过吗？我们本地没什么毒蛇，不过我还是捉一捉吧。

“我们春天的时候去渭水边，夏天去终南山，秋天去哪里？你说哪里便是哪里吧。我的俸禄虽不是很多，攒一攒也够再买一两套别业的。况且，我的阿荠自己就懂陶朱之道呢。”

…………

听他絮絮地说，沈韶光再次泪流满面。

林晏给她擦眼泪，眼睛竟然也有些红，却又温柔地笑着：“嫁给我好不好？阿荠——”

沈韶光抹着眼泪：罢了，就跟他一起冒这场人生的险吧。至于会不会平添贪嗔痴怨，会不会失了心神方寸，会不会人生多艰……谁在乎呢！

“我叫沈韶光，生在荠菜漫山遍野的时候。”沈韶光缓缓地道。她两世皆是如此，生日前后不差一星期，所以两位父亲才起了同样的名字吧？只是这一世她还多了个更具体的小字。

林晏笑起来，眼前仿佛展开了明媚的三春景光。

冬至节三天假，沈韶光过得堪称“跌宕起伏”：与合伙人开会一次——从有房有车的小富婆变成分期付款的房奴；喝醉一次——与男朋友分手，分手未果，干脆口头订了婚姻。另，哭了两次，造成今年情绪失控次数超标。沈韶光在冬至后第四天的早晨，一边喝粥一边如此总结。

粥是黄澄澄的小米粥，稀稠适度；改成“配粥的是豆腐拌咸菜，加了葱花和麻油，以及唐人爱的醋芹；主食则是肉末花卷和豆面、栗面、麦面三合面小馒头，另有煮得鲜嫩嫩的鸡蛋。

这鸡蛋她一看就知道是于三煮的，有大约豆子大的溏心儿，既够嫩，又不腥气——沈韶光顶不爱吃流黄蛋。这时候家里也没有很精确的计时器，不知道于三是怎么做到每次都煮得这么好的。

说到煮鸡蛋，沈韶光想起很多年前看过的一本小说[①]，女主人公生孩子，她不靠谱又有外心的丈夫送来外面买的饺子，而同病房的产妇则在吐槽自己的老公。

那产妇的老公往病房送了些煮鸡蛋来，一个个硬得跟橡皮似的。产妇很纳闷，老公说他严格按照妻子说的做的，凉水放进去，开锅后煮四十五分钟。产妇说：“我说的是四五分钟，你煮四十五分钟！怎么不煮四五个钟头？”又说生孩子之前，她曾带着老公挨个儿指着告诉家里什么东西在什么地方，只怕自己生完孩子回家，老公饿死了。

当时沈韶光才十几岁，年龄与女主人公差太多，成长背景也不一样，根本不能与书中的女主人公共情，对满地鸡毛的婚姻生活也不太在意，这本书读过也就算了。却不知为什么她对这一段记得很清楚，特别是这“四五分钟”——吃货的敏感性?

沈韶光记得的还有里面女主人公做给男主人公的猪油拌饭。她错把糖当成了味精，男主人公大口大口地把这一碗甜味儿的猪油饭吃了下去——两个人因为身份差距，到底错过了，一错过就是一辈子。

沈韶光不知道为什么会想起这么久远的故事，或许是恋爱中的女人格

---

① 王海鸰《大校的女儿》。

外多愁善感吧。

自己到底没有错过林晏，至于婚后两人会不会暴露什么真面目……沈韶光微笑，把鸡蛋塞进嘴里：暴露了再说吧。就像他说的，想太多是不行的，总求万全，哪有那么多万全呢？人生便如行舟，不知会遇上什么，我们可选的不过是同舟之人。

看着自家小娘子阴晴不定——时而蹙眉时而微笑——的脸，阿圆问："可是这饭不合口味？"

沈韶光笑道："我在想豕油拌饭。"

阿圆跟着旧主时没吃过好的东西，现在好吃的东西太多，想象了一下，摇摇头，并不是很感兴趣的样子。

沈韶光也没吃过。蔡澜先生把猪油拌饭列入死前必食清单，沈韶光疑心这里面有太多的情感加成。一勺猪油、些许酱油和葱花，加上白米饭，难道能发生什么化学反应？

店里有现成的猪油，沈韶光中午便试做了一盆猪油拌饭。与简单的加酱油、猪油、葱花的比，她的拌饭几乎可称豪华了——加了腊肠、鸡丝、腌笋丁、虾仁。别的不说，红红绿绿的，至少卖相很漂亮，热腾腾的米饭把油脂的香气挥发出来，闻起来也很勾人。

阿圆在吃的面前是顶没有气节的，之前的不以为意化成了几乎把脸埋在碗里。

于三一向对沈韶光做的奇奇怪怪的饭十分抗拒，但尝了一口这猪油拌饭之后，也吃了一碗。

其余人等也很捧场，沈韶光心满意足。林少尹吃没吃倒没什么——沈韶光总疑心他的味蕾比较少，之前在自己这里可着劲儿地夸好吃都是策略。

冬至节后，沈韶光像这样钻厨房鼓捣吃食的时候越发少了。邵杰盘下了东市酒肆，忙着装修整理店面、配置桌案等物件和人员，争取赶在新年元正之前开业。

沈韶光除了日常管理本有的四家酒肆，还琢磨着怎么把东市店打造成沈记招牌店——不能浪费了这好地段，关键是不能让那么些钱白花了！

东市离皇城近，周围住了好些达官显贵，附近又有逆旅邸店集中的崇仁坊和著名的大唐红灯区平康坊，与西市的平民化不同，简直是中心商业区里面的中心商业区。

为了打造这间沈记招牌店，让其一鸣惊人，沈韶光和邵杰在保持沈记统一特色的基础上，又对其进行了若干改造，比如增设雅间。

二楼隔出很大一块，做成了几个包间，供想清净的客人使用。雅间也确实雅，墙上是几幅或富贵华丽或悠远淡然的画，木地板上摆着大餐桌或小食案，还有檀木榻、小香几、银泥屏风、蜀锦隐囊，该有的都有，盆中养着蜡梅，炉中燃着熏香——在这儿吃饭，一碗面条花上千钱，你都不好意思说贵!

给“贵人”们设置的雅间，用心；给大众食客配备的“娱乐”设施，也不含糊。沈韶光与邵杰商量，在一楼大堂开出一块地方来砌成舞台，自家的张二郎等可以在这里表演《报菜名》和《扶墙出沈记》。

邵杰拊掌：“应该的！我们这‘戏弄’[①]在东、西市可是独一份。全不似他们弄两个歌姬咿咿呀呀地唱，都没几个人听……”

像这种戏剧小品形式的席间表演，在此时不是没有，只是大多在权贵豪富之家的宴会上，而东、西市的酒肆，有些会请平康歌姬来弹唱揽客，邵杰说的便是这个。

邵杰又道：“那日我跟随家祖父去赴行首周家的宴席，席间便有戏弄，听说那两个杂戏人从前在王府里伺候过呢，我看也不过尔尔，关键是——段子太老。”邵杰嫌弃地撇了撇嘴。“段子”这个词显然是他从沈韶光那里学的。

沈记的段子确实新，却不是沈韶光擅原创，或者她记性好，脑中储备了无数个笑话，而是她发动了人民群众。

沈韶光早便觉得“剧本”才是这种表演的灵魂，就像菜品一样，不断出新才有生命力和吸引力。

不原创段子，不知道自己的幽默细胞匮乏，靠着前世看的《笑林广记》之类的笑话书，她撑不了多少时候。沈韶光想起从前听说的聊斋先生以茶换故事的典故，便决定也加这么个互动——请食客投稿，题目限定与吃饭相关，要求滑稽有趣，凡是投了的便赠应季花糕一碟。

---

① 戏弄是唐代对早期戏剧的一种称呼。

这一举措已在沈记四家老店里施行，果然群众的力量是无限的，几家店收集上来不少有趣的段子。沈韶光便把这些段子编纂改造在一起，除吝啬贪吃客张二郎系列以外，又加了读书人喜欢的雅谑系列、略有些香艳的闺阁系列、大众喜闻乐见的痴愚系列，故事大多与吃有关。

沈韶光创作不行，选择、编撰的本事还是过关的，立意不正的、太黄暴的、涉及政事的全不取，只取那些“全家坐在一起吃饭都能看的”——毕竟我们就是为了逗个乐。

食客们——能讲出这样幽默故事的人——都是好这一口儿的，此时见自己的笑话被演出来，颇感自豪。有自恋的人，问准了什么时候演，不断重复来看，不光自己看，还约着亲朋好友来看，沈记无端又创了收，圈了一拨粉。

邵杰便是戏弄粉，闲着没事便听几段，所以才格外看不上人家的——无他，胃口被养刁了。

沈韶光却道：“光戏弄到底单调，我们莫如与东市演百戏、跳胡旋舞的这些人签个契，让他们每旬来一两次，客人们的打赏他们自留，我们再额外付他们些钱。”

“那更好了！”

沈韶光没提请平康坊的歌舞姬子来，倒不是她清新脱俗三观正，而是请不起——有名、漂亮、弹唱好的人，请一次，太贵；不那么好的，请来做什么呢？

进了腊月，东市沈记酒肆开业了。

站在二楼围栏边，看着云来的食客，听着许四郎那经典的开场《报菜名》，沈韶光问专门来捧场的林晏：“是不是觉得还不赖？”

“不是不赖，是甚好，”林晏笑道，“特别好。”

沈韶光生出些圆满感来，笑得眯起眼。

“也不枉我在你那里虚等喝的那些茶水。”

沈韶光扭头看他，林晏翘起眼角，神色中带着三分调笑、两分委屈。

因新酒肆开业和老酒肆换季度菜单、迎新年等事，沈韶光确实比较忙，甚至偶尔有外宿的时候。林晏也忙，抽出空去探望她，她却不在……

沈韶光舔了下嘴唇，学着浪荡子的声调，斜睨他：“是不是有‘悔教夫婿觅封侯’之感啊？”

林晏忍不住笑了。

沈韶光以为他不会回答，他却笑着点头：“悔得很。”

也许是季节的原因，也许是前阵子东市火锅节时打好了群众基础，几家分店的火锅都卖得格外好。

沈韶光趁热打铁，干脆仿效秋天的螃蟹月，弄了个“火锅月”，打出口号“天天吃，不重样”，并单做了个火锅菜单，数一数，锅底果真有三十余种。

沈记火锅锅底样数多是真的，却也有噱头的成分在。

从前沈记就有七八种锅底，经典的奶汤锅、清汤锅，主打鲜味儿的海鲜锅、鱼头鱼骨锅，素的菌子锅、枸杞红枣桂圆锅之类的，今年冬天，火锅家族又壮大了。

其中一大类别是养生锅。唐人颇重视养生，好采个药、炼个丹的不知道有多少人，便是普通人也爱吃个乌米饭，喝个黄芪粥之类的。

乌米饭，又称青精饭，是把南烛叶子捣碎取汁，浸泡粳米，然后炊蒸而成。这浸泡炊蒸又有讲究，要“九浸九蒸九晒”。如此折腾出来的米粒，色黑而紧小，可煮食，亦可泡食，属于一种半方便食品。沈韶光吃过几次，觉得滋味并不见佳——但食疗求的本也不是滋味，没看诗圣杜甫都说“岂无青精饭，使我颜色好”吗？

沈韶光请郎中开了十来道适合大众的秋冬季食疗方子，其中有一道还真有南烛，可以强筋益气，固精驻颜，而冬天正适合补益。沈韶光本来担心加了南烛以后的汤底黑乎乎的，影响食欲，谁想大家对此接受良好。

有食客写诗说“奶汤枸杞颜如玉，小鼎青精色如丹”，弄得跟美容产品广告似的。

除了这些食疗药膳锅底，作为一个穿越人士，作为一个从辣椒顶起火锅多半边天时代穿过来的穿越人士，沈韶光不鼓捣出个辣味锅底来，实在意难平。

沈韶光与于三试了五六次，总算做出了适口的香辣锅底。

两人用芝麻油与鸡油把花椒、葱、姜爆香，加胡椒、豆蔻、桂皮等香料，略炸，然后加大量的食茱萸酱和适量的豉酱、醪糟、糖翻炒——锅里随即升起一股子呛鼻子的浓郁的复合香辣气。

小跑堂一进厨房就打了个喷嚏，赶忙出去。沈韶光和于三都蒙着口罩——全是阿圆缝的。他们把适才炒的底料加水熬煮，然后从细筛中滤过，再加滚烫的花椒油，便有了几分后世川渝麻辣锅的样子。

辣味实在是一种很神奇的味道，只要接触，不管它刺激的是口腔还是鼻黏膜，嘴里都会禁不住分泌出唾液来。

食茱萸的辣又不同于辣椒的辣，它没那么霸道，却又有自己的香味，可以去腥去膻，实在很适合涮食羊肉和鱼虾。

因制火锅新菜单的事，沈记老店诸人中午这阵子便常试吃火锅。对这香辣锅，爱的人爱死，不能吃的人则到处找冷水漱口。

沈韶光是受过“魔鬼辣”摧残的，觉得这点辣味不算什么，吃着感觉还不错。于三这样矫情的人竟然是个能吃辣的，平时难得听他说个“好”字，这次的评价居然是个句子：“还挺好的。”沈韶光几乎感动得流下泪来。阿圆照旧是“小娘子做的都好吃派”，虽然也喊辣，却吃了不少——然后下午就跑了好几趟厕所。

见阿圆这样，沈韶光便专门在菜单上注明：“此辛香锅底味道虽美，然刺激肠胃，诸君子慎选。”

谁想食客们不少都有“中二病”，这一句似乎起到了广告语的作用。店家既这么说，一定要尝尝……然后便有大老爷们儿红了眼睛。

沈记是顶贴心的，跑堂奉上香米粥，不说解除窘状，只言护利肠胃。

除了在这些锅底上做文章，沈记又添了羊蝎子锅、酸菜白肉锅、鸡肉锅、鸽子肉锅等已经炖好了的锅子，骨酥肉烂，热气腾腾，可蘸料食用，亦可空口吃。秋冬本流行炖菜，这些炖菜锅子颇受一些保守食客的欢迎。

为了配合这三十天“天天吃，不重样”的口号，各分店门前的诗壁上都是漫画《火锅争先》——显然是受了相声《五官争功》的影响。

几个长脚带手的火锅围在一起。

一个“眉眼清秀”穿士子袍的火锅道：“吾汤清味鲜。”

一个长胡须穿道袍的火锅道：“食吾可益寿延年。”

一个圆滚滚、笑眯眯的火锅道：“还是我等炖锅骨酥肉烂。”

一个着石榴裙有两分妖娆态的火锅：“食过我香辛锅的，再不看你们！”

明明是锅子模样，却有须有眉，神情栩栩。唐人何曾见过这种广告画？谁见了都捧腹。

特别是东市分店，其诗壁长而宽，沈韶光为了画它，费了不少工夫。工夫不白用，有不少看了画进来的客人，进来便说“来个那可益寿延年的”，又或者“要那个再不看其他的香辛锅”。

沈韶光偶尔听见，颇为自得。

东市酒肆开业时间短，人流大而杂，她留在这里的时候居多。

在这里，她碰到了几位故人，比如禁军中那位花二十两银子买了酸梅汤方子的校尉。他与另几个大汉一同进来，虽都是便服，但看其身形和步态，也知这几个当都是禁军中人。

沈韶光迎上前去打个招呼，那校尉一怔，也想起她来，再想到这“沈记”的名字，原来当初摆摊儿的小娘子已经在东市开了大酒肆！

几个禁军中为首的那个看看沈韶光，又看这校尉。

校尉轻声道：“这便是那卖我们乌梅饮的小娘子。”

为首的人笑了：“小娘子乌梅饮子熬得好，这两年我们兄弟熬过酷夏全靠它。”

那校尉与她道：“这是吴将军。”

沈韶光忙对这将军福一福，客气回去。因这点渊源，沈记赠了几道菜，也算再续善缘。

沈韶光还见到了宰相李悦。

那是个休沐日，太阳颇好，已经过了饭点儿，老相公带着两个奴仆溜达进来。

沈韶光本在柜后与管事说话，抬眼见他，忙笑着迎上去：“相公万福。”

李悦想起自己叹息老迈，这小娘子改口叫“郎君”来，不由得笑道：“不用看那沈记招牌，只看外面墙壁上的画，便能猜到是崇贤坊沈记的小娘子。”

沈韶光赶忙道：“相公目光如炬。”

李悦虚点她两下，笑起来。

李悦没选雅座，只在二楼靠护栏的高桌旁坐下。沈韶光亲自招待，给他捧上饮子，推荐他尝尝养生锅里的参芪锅。

李悦点头：“可。”

涮品也全按沈韶光推荐的来。

估计这李相在朝堂上是个听得进去别人意见的人。

李悦凭栏，颇有兴味儿地看下面两个杂戏人演戏弄。

其中一个抱怨自己写文章写不好，另一个道："二郎，你可曾听说过'以形补形'？"

"这某知道，譬如伤了腿脚，便吃些羊腿豕脚之类的东西补筋骨。"

"便是如此。你胸中少墨水，亦可依样补来。"

那二郎做惊骇状："那墨水如何吃得？"

"你去沈记酒肆吃他们的南烛锅子啊，其色如墨，又香又补。说不得你日日吃来，今科便中了呢。"

李悦笑起来，楼下食客发出一片笑声。还有人起哄喊跑堂的："今科若真中了，必来你们这里还愿。"

过完年便是礼部试，后面还有吏部铨选，士子们尽集于京城，又多住在旁边的崇仁坊，起哄的想来便是今科士子。

难得这般应情应景又逗趣，李悦觉得，这戏弄里的词八成是那促狭的小娘子编的。

沈韶光带着跑堂端上锅子菜品来，亲自帮着点火锅。

"小娘子店里戏弄好，上次看到这么好的，还是去岁圣人的夏至宴上。"

沈韶光弯起眉眼笑道："小店闹着玩的，如何敢跟宫里的比呢？"

李悦见她那言不由衷、带着点得意的小女儿家样子，笑得越发厉害。

又说两句戏弄的事，沈韶光帮着烫上酒才退下。

李悦竟有两分怅然若失之感，突然想起自己早夭的女儿来：阿畅若长大，应该比眼前的小娘子还要大些，也可以陪着老父喝一杯了……

关于什么时候以及如何与李相公说自己的身世的事，沈韶光颇为犹豫，又有些尴尬——李相公是父亲生前的好友，且自己嫁给林晏，要在京城官绅家眷圈子里面混，无论从哪一方面来说，不与李相相认都不合适，但从前一直没说……

再见到林晏时，沈韶光与他商量。林晏笑着摸摸她的头，顺手取下她发髻上的簪子，沈韶光满头青丝都散落下来。

沈韶光做出恶狠狠的模样："那日我醉了，是不是你把我的头发扯开的？"

林晏笑道："李相公是通透洒脱之人，岂会在意你这点小小的隐瞒？

那日你见他，他才从山南西道回来，也不过休了那一半日，又忙了。元正大朝会得他主理。我们还是元正的时候去他家里拜望吧，你不好开口，我来说。”

沈韶光想了想：“算了，还是我自己说吧。”

林晏想了想，点头：“也好。”

林晏又抬手摸一下她鬓边的发：阿荠的头发真好，滑滑的，丝缎一般。

隔着小桌案，沈韶光凑近他：“哎，林少尹，你回头也去尝尝我们的南烛锅子吧。”

林晏笑道：“怎么，嫌我腹内没有墨水？”

沈韶光趴在小案上，一脸促狭：“你单知道那南烛锅子能补墨水，不知道它还有别的功用吗？”

林晏耳边有些烫。医书上说，南烛可“入肾添精”……看着她近在眼前的红唇，林晏抿了抿嘴。

“我是说你最近太忙，面色不佳，应该吃一些补补，使君颜色好嘛。”沈韶光坐正，若有所指地笑问，“少尹想到哪里去了？”

第二十一章　拜见家长这种事

不知不觉，又是腊八。如同去年一样，沈记用各色米豆熬了腊八粥飨客。崇贤坊分店熬得尤其多，除待客外，还分赠邻里、庵堂。林府自然也要送一罐——去岁江太夫人就很喜欢，沈韶光还因为这粥回了一趟旧宅。

想到在雕花长廊遇到林晏时他那冷峻模样，还有那“幸福度调查”，沈韶光笑起来：当时自己是怎么回他的来着？仿佛是说了在掖庭时冻手脚的事，若一直冷着也没什么，最怕突然接近炭火云云，以此拒绝他的怜悯关心——谁能想到如今却跟这个“炉子”谈起了恋爱？

沈韶光亲自去光明庵送粥，与圆觉师太和净清闲聊了一会儿。老师太写完了《饼经》不过瘾，又想写《糕经》，拿出才起草了一点的稿子给沈韶光看，这头一个就是江南的桃花糕：“苏州鲤鱼巷张五娘所制桃花糕，其色灼灼，有桃花香，糕粉细腻，甜味浅淡，宜配清茶……”

“真好，”沈韶光感叹，“惜乎不得一尝。”

圆觉师太笑道：“你做的艾窝窝、渔樵饼也不遑多让，都是要大书特书一番的。”

带着熟人间的不客气，沈韶光笑道：“甚好！日后这书流传后世，儿也得借此留个姓名。”

圆觉师太哈哈大笑。

净清也笑：沈小娘子真是妙人！

沈韶光走的时候，知客净慈也送了出来。如今净慈对沈韶光十分客气，让沈韶光想起苏秦富贵返乡，其嫂前倨后恭的典故。沈韶光却比苏秦看得开，人情冷暖，多正常的事啊，不必在乎。

沈韶光回来，略收拾便坐车出门巡店，上午巡了原有的几家开在坊间的分店，下午又去了东市，直等到闭市才回家。

林晏正在等她。

沈韶光笑问："郎君今日倒是回来得早？"进了腊月他越发忙了，从前没买宅子时，他还扯着个幌子去店里吃点东西，如今则省去了这个吃夜宵的环节，只晚间来宅里略坐一会儿。

林晏微笑："今日是奉命而来。家祖母很感谢你给她送粥，想请你有空的时候去坐一坐，吃顿便饭。"

沈韶光怔了一下：这是见家长？

"阿荞，"林晏有些小心地道，"家祖母并没旁的意思，只是觉得应该见一见。"

沈韶光懂太夫人的意思：大人总不出面，光小郎君、小娘子私订终身算什么事啊？在走正规程序之前长辈见一见，夸一夸，联络一下感情，既表示重视，也有个"父母之命"的意思。

沈韶光学着郎君们的样子行礼："敬从命矣。"

林晏笑起来，又与她道："后日休沐，我让人来接你。"

沈韶光点头。

虽然之前见过江太夫人，但这次意义不同，沈韶光正正经经地打扮起来——化妆是对别人的尊重，古今皆然。她平日穿胡服的时候居多，甚至有时候穿男装，这次穿的却是银泥衫子石榴裙，又画了眉毛贴了花钿，头发也不再是不讲究的胡式椎髻，而是梳成双鬟模样。她揽镜自照：还真挺好看的。

林晏出来迎她，看了她片刻，微笑道："好看。"

真是"直男式"夸奖！沈韶光眯眼一笑："郎君英明。"

林晏轻咳一声："今日格外好看。"

沈韶光憋着笑："今日郎君格外英明。"

看着她的娇俏模样，林晏觉得心里那只猫又在搔痒了，缓缓地呼了一口气："走吧，家祖母在等你。"

两人在前，身后不远处跟着阿圆、阿青，经院落、穿游廊一路往江太夫人的院子走去。经过那个雕花走廊时，两人想到当初在这里说的话，相视而笑。

“少尹当时是不是要质问我桓七郎的事？”沈韶光笑问。

“嗯。”林晏点头。

“那为何没问呢？”沈韶光挑眉。

“那般聪慧的办法，料也不是旁人能想出来的，故而也就不必问了。”林晏微笑道。

沈韶光弯起眉眼：林少尹在回答送命题方面进化得很快嘛。她偏不让他过关：“我还只当少尹觉得我奸猾，‘智足以拒谏，言足以饰非’，问也问不出什么，故而没问呢。”

林晏侧头看她，神色颇为认真：“有这般‘言’‘智’，也很不易。”

沈韶光看着他温煦的脸，笑起来。林晏也笑起来。

大约情人一起走的路总是格外短，一会儿工夫两人就到了江太夫人处。

沈韶光行过礼，把阿圆手中的提盒接过来：“儿做了几样适合冬日吃的糖糕，请太夫人尝尝。”

江太夫人忙让人接过，拉着她的手坐下，端详了一下：“真好。如今京里的小娘子又尚行这远山眉了吗？”

沈韶光点头：“也有画柳叶眉的。”

江太夫人笑道：“我们年轻的时候有很长一段时候画这远山眉，后来不知怎么的，刮起一阵妖风，都画起了桂叶眉，又或者八字眉，之后越发群魔乱舞起来……”

沈韶光与江太夫人都笑起来。

沈韶光道出实情：“如今依旧舞着，去年还都画连娟眉呢，两条眉毛几乎连在一起，也只眉间尺[①]那样的画了好看。”

江太夫人大笑。

林晏也笑，一边听着那边一老一少闲聊，一边吃沈韶光带来的糖，享

---

① 眉间尺因眉距广尺得名，传为铸剑师干将、莫邪之子。

受着这样安然的带着甜味儿的时光。

江太夫人也说这糖："这糕糖一窝丝似的，好生精致，叫什么？"

"银丝糖。"沈韶光笑道。后世又叫"龙须糖"。

江太夫人点头，拈起一块细细品尝："酥松香甜，好吃。"

沈韶光便说起做糖的方子："把饴糖熬软，然后取出反复揉搓，蘸上熟江米粉不断抻拽扭曲，便成了这样的。儿手艺不佳，那做得好的，能抻出比发丝还细的。"

江太夫人笑道："这已经足够好了。"

沈韶光带来的又有芝麻糖、姜糖和核桃粘，都是最近店里新添的货色。快过年了，加些年糖，添点年味儿。

江太夫人与沈韶光从这银丝糖又说到银丝面，说到圆觉师太的《饼经》和《糕经》。

江太夫人笑道："前两日师太带她的大作来，说那上面的配图是小娘子画的？"

沈韶光点头："蒙圆觉师太不弃，儿便献丑画了两笔。"

"我看那图象形得紧，又有的只重意趣……"

两人又从吃的转到书画上来。

林晏喝口茶，含笑看着她们，接着伸手摸糖糕吃。

江太夫人忽然扭头看他，林晏略睁大眼睛。

江太夫人一脸无奈，与沈韶光商量："把这盘子糖也与了他吧？都没有了，还在那儿摸呢。"

林晏才反应过来，自己已经把攒盘里的几种糖糕都吃净了。

沈韶光微笑道："悉听太夫人吩咐。"

太夫人和仆妇们都笑起来，林晏有些讪讪的，也垂眼微笑，沈韶光则一脸端庄。

合伙儿挤对完了林晏，江太夫人与沈韶光接着说回她们的话题。沈韶光真心喜欢这位太夫人，她前世虽没见过家长，身边的朋友们却有不少见过的，其中多有说自家儿子缺点的，懒散、邋遢、性子不好，无非希望女孩子多包涵之意。一个女友形容得好："活像送孩子进幼儿园的家长。"

江太夫人则有趣又体面得多。

两人一直聊着，直到林晏不得不打断她们："祖母该吃药歇一歇了。"

江太夫人看看窗棂上的日影：可不是吗？已经到巳末了。

沈韶光站起。

江太夫人笑道："小娘子陪我坐了这么久，想来也累了，大郎替我招待小娘子去园子里散一散步吧。不知那棵梅树打花苞没有？"

沈韶光与林晏告退。

江太夫人又嘱咐只略散一散步便回来吃饭。

沈韶光与林晏出来，在园子里的梅树下转了一圈。这棵树沈韶光没什么印象，想来是后来的屋主栽种的。

"阿荠，"林晏舔一下唇，笑着看沈韶光，"去我的院子坐一坐吧？"

沈韶光立刻想歪了，眯起眼睛笑得像只狐狸。

林晏微侧头，含笑看着她。

去就去呗，谁怕谁啊？沈韶光笑道："如此，儿便去讨一盏郎君的好茶吃。"

林晏住的便是当初沈氏夫妇居住的院子，庭院屋廊依稀是沈韶光记忆中的模样，但细节是不一样的。沈韶光记得院中有大花圃，种着芍药和牡丹；窗子上总是贴着华胜，红艳艳的；廊下挂着鸟笼子，养了几只叫声婉转的黄鹂，每日上午母亲都要亲自给它们换米换水……

"阿荠——"林晏关切地看她。

沈韶光扭头对他一笑："郎君晨间便是在这院子里练剑的？"

林晏点头。

如今院子里的大花圃已经没有了，只在廊下栏边辟出一块长条地方来，用砖砌了牙子边，种了几丛花，看残枝，约莫也是芍药、牡丹之类的。院中余下的地方都空着，莲纹青砖漫地。至于廊下黄鹂、窗上华胜之类的东西更是没有，一股子"直男"味儿。

沈韶光又笑问："这栏下种的什么？"

"种了几丛牡丹。"

"什么品色？"

"卖花人说是醉妆仙，但看着颜色更浓重一些，像火云霞，我对这个不甚了了。等开花了，"林晏温柔一笑，"你自己看就是了。"

沈韶光眯眼笑，不说好也不说不好，迈上台阶。

适才她眉宇间有些郁色，转眼便又打点出这样活泼的样子来，林晏有些心疼，想与她说在自己面前不必如此，但又怕惹得她更加伤怀，到底没说。

林家婢子打起帘子，众人进了屋。

屋子里几样檀木家具，大坐榻、长几案、半面墙的书架子，都是暗沉沉的颜色，又到处都是书，案上堆着，书架子上垒着，就连坐榻上面的小几上都放着一卷。东西放得倒不乱，书码得整齐，长案上插满笔的笔筒、灯台、笔洗、镇纸，小桌上的茶壶、茶盏、零食盘子，也放得整齐，不知是林少尹天生爱整洁，还是婢子们勤谨。

屋子里比较亮眼的是墙上的山水画和那架六扇的屏风。画中黛山白雪，一弯溪流，溪流旁是茅庐草堂，两个处士正在下棋，意境恬淡悠远，颇有两分出世的禅机。沈韶光看题款，画者约莫是林少尹的朋友。

那架六扇檀木屏风上写的却是《甘棠》，一笔行楷，是林少尹的笔迹。《诗经·甘棠》是怀念召公的作品，召公勤政爱民，曾在甘棠树下“决狱政事”，他死了以后，“民人思召公之政，怀棠树不敢伐”[①]——很有后世粉丝因人及物的意思——这首诗说的便是这件事。

活着的时候尽心尽力地发光发热，死了受人敬仰怀念，这真是相当儒家的人生理想，但再加上那边散淡出世的《雪庐对弈图》……我们林少尹有点读书人传统的“精分病”啊。

居庙堂之高，则念着山林隐居之乐；处江湖之远，则琢磨着紫袍玉带指点江山，读书人啊……

林晏、沈韶光对坐于榻上，婢子捧上茶来，二人吃茶。

看沈韶光看那架屏风，林晏也顺着她的目光看过去。

沈韶光心里打趣着，嘴上却笑道：“郎君的字写得真好，改日一定要送我一幅。”

因她适才的郁色，林晏这会儿只想哄着她，温声道：“给你也写一架屏风吧，围在你堂屋的榻旁，挡挡风。”

---

① 出自《史记·燕召公世家》。

沈韶光想起他送的那架枕屏来：若没猜错，这甘棠屏风后面就是卧室，不知道林少尹的枕屏是否也如这甘棠屏风一样庄重严肃？

沈韶光是没事就要撩一撩的："我可不要这《甘棠》……"

林晏笑问："你要什么呢？"

"如今我都有夏季和秋季的荷塘了，郎君就再送我一架冬季的好了。"

婢子们都不在，沈韶光轻佻一笑，低声问道："哎，晏郎，你的枕屏是什么花色啊？"

林晏看她一眼，抿了抿嘴，下榻携起她的手："你去看看便知道了。"

沈韶光只笑眯眯地任他牵着。

林晏的卧房挺大，与外间差不多的风格——阔朗、厚重、沉静。一张简约的大床，没有架子帷帐，只在前面搁了架小屏风。

这屏风因是单扇的，无遮无拦，沈韶光一眼便看出，那景致与自己屏风上的景致一模一样——湖光寥廓、蒹葭苍苍，只不过一个是单扇，一个分作多扇。

沈韶光本只猜测同为荷塘水色系列，没想到根本是一样的……

沈韶光歪头看他，林晏只温煦地笑，却把她的手握得更紧了。

沈韶光用另一只手轻点林晏的胸膛，似笑非笑地道："这里——昭然若揭。"

林晏捉住她这只手，另一只手却松开，转而搂住她。

"阿荠——"林晏轻声唤她。

被他这样紧地搂着，离着他的眼睛鼻子嘴巴这样近，沈韶光有点紧张，似乎能听到心跳声，不知道是他的，还是自己的。

林晏闭目低头吻了下去。

过了好一会儿，林晏才离开一点，看看她迷离的眼和红艳艳的唇，再次亲了上去。

良久后，两唇分开。

"阿晏——"

"嗯。"

沈韶光伏在他胸膛上呢喃笑问："那屏风是昭然若揭，这是蓄谋已久吗？"

"嗯。"他低沉的鼻音响起。

沈韶光本来只是习惯性地贫嘴，没想到他竟然承认了：我们林少尹这脸皮啊……

“想什么呢？”

“我在想明奴呢，从前多么庄严的一只猫啊，后来撒欢打滚，不挠脖子、不撸后背不起来。”

林晏笑起来，胸腔振动。

沈韶光也笑，把脸贴在他的衣服上，又紧紧地抱了抱。

然而再漫长的亲吻拥抱也要结束的。林晏拉着她的手在卧室里转了一圈儿，沈韶光看看那张床，不敢再有什么不规矩的言行，万一不可收拾……这到底是别人家，一会儿他们还要去太夫人那儿吃饭呢。

沈韶光便只拣着这个杯子是定窑的还是邢窑的、这个章子是什么石头之类的胡扯。看她有些羞涩不自然的样子，林晏笑起来。

沈韶光觉得他这种不要脸属于主场优势，若在自己家，这更不要脸的就是自己了。

“真是想赶紧跟你成亲啊。”林晏又抱一抱她，亲一下她鬓边的发丝，才携着她的手从卧室出来，接着在堂上对面而坐。

两人喝着已经不烫的茶饮，接着聊天儿。

也没什么正事，沈韶光给他讲自己收集的段子，黄色废料是不敢随意倒了，便只说些读书人的雅谑，又顺着说起到酒肆吃酒的读书人，说到即将到来的礼部试和吏部铨选。

沈韶光笑道：“杨郎君在我们酒肆外面题诗被李相公看到选为幕僚，受此启发，我觉得也当给那些在本酒肆吃饭的士子回馈些什么，比如把他们给本店写的诗集结成册刻印了，放在酒肆，街上让人发一发，东、西市的书肆也卖一卖……”

林晏笑起来：阿荠真是生意经念得好。

沈韶光还要装大尾巴狼：“士子们不容易，能帮一把是一把，也算帮着朝廷擢拔人才了。”

林晏点头：“届时圣人再办大宴，席间诗词肯定丰富好看。”

沈韶光敲敲桌案警告他。

林晏笑起来，却又正色道：“回头你把这些诗文送来，我帮你选吧。等印出来，可以送给礼部侍郎一卷。”

这个时代本有送给达官贵人诗词歌赋文章，请人代为扬名乃至引荐给考官的传统，此即所谓的行卷制度。像林少尹这种高官把自己看得上的诗文转给礼部侍郎，是常规操作。

沈韶光却摇头笑道：“让人说你帮着自家娘子发小广告……还是算了。”

虽不知道“小广告”是什么，但林晏明白她的意思，又觉得这句“自家娘子”熨帖，便笑道：“我不帮自家娘子，又帮谁呢？”

沈韶光还是摇头。她固然怕影响林晏，也是因为这么些年绕的远路太多，能走直路已经满足，突然有捷径摆在面前，不知道怎么迈腿了——况且，沈韶光觉得自己走直路的本事也不差，一步一个脚印，能踏出坑来！

沈韶光说自己的设想：“我们这个要做成传统，每年出一册，头一两年知道的人少，长期做下去，知道的人就多了。知道的士子官绅越多，入选的诗文也越多越好，届时不用你帮着送给礼部侍郎，礼部侍郎自家就要来寻的。”

林晏抬起手摸摸她的头发：我的阿荠啊……

沈韶光偏头挑眉。

“阿荠，我跟没跟你说过，你有古之君子风？‘直道而行，不为物动，不以情拘，但行其当行，事其当事。’[①]”

自己被夸过做饭好吃、漂亮聪明，乃至气韵高华，但“君子”……沈韶光觉得：大概这就是情人之间的滤镜吧？

“只是你不给我这个‘徇私’的机会，显得我太没用。”林晏看着她，微笑道。

沈韶光笑起来，不客气地要求：“你给这集子写篇序吧，我自己写恐怕压不住阵脚，反倒让集子失色。另外，还确实要请你帮着选一选。头一册要开个好头儿。”

林晏点头。

沈韶光最擅长画大饼，大模大样地跟他道：“要好好写啊，保不齐你因为这篇序留名后世呢？比史官给你写个《林晏传》还管用。毕竟大伙儿谁

---

① 出自《易经》。

没事看名臣啊，还是爱吃的人多……”

林晏也做严肃状，对她行礼：“那某在此先谢过沈小娘子了。”

“好说、好说……”

两个人哈哈大笑。

隔壁，林家婢子们与阿圆、阿青一起吃茶吃点心。

听到正堂内的笑声，林家婢子颇为诧异：阿郎何曾这样笑过？阿圆、阿青却淡然得很：郎君们不都这样大笑吗？尤其跟我们小娘子在一起的时候，邵郎君笑起来能把院子里的雀儿吓飞。

过了腊八就是年，腊月的时间似乎过得格外快——沈韶光忙着巡店，忙着菜品更新，忙着年终盘账，忙着新年走礼，抽空还要谈恋爱。

林少尹也忙，不能每天去看沈韶光。他去时，若沈韶光不在，下次再见到，他虽嘴上说“无妨”，眼神中却带着些“幽怨”。

大约是因为他实在长得好，这样似调笑似认真的“幽怨”每每勾得沈韶光心神动摇：一个会撒娇的男人……

这个时候你能跟他讲道理吗？不能！沈韶光只想化身那些一掷千金只为博美人一笑的富豪：“给你买几十克拉的祖母绿项链”“买有三百间屋子的别墅”“买他十辆八辆顶级跑车”“买游艇”“买小岛”……但想想自己的房贷，罢了，她该梦醒了。

看沈韶光神情变幻，林晏笑问：“想什么呢？”

“我在怀古。突然有些明白当初幽王为博美人一笑点燃烽火时的心思了。只要美人高兴，祖宗基业算什么？王权富贵算什么？不要了，不要了，通通不要了。”沈韶光挥着袖子，一副财大气粗的土豪样儿。

林晏绷不住笑起来。

沈韶光用手托着腮：“晏郎，你怎么长得这般好看？”

“东市那些五陵年少虽然倜傥，却少些读书人的清雅气韵；那些赴考的士子有的固然清雅，却又缺些威仪；偶尔有朝中官员去酒肆吃饭，或许气韵和威仪都不缺了，但都不年轻了，即便年轻的也不够英俊……我这眼里啊，‘粉色如黄土’。”沈韶光摇了摇头，“你说这是为何呢？从前我看人也没这么挑剔啊？”

林晏笑得越发厉害：我的阿荠要哄人啊，真是能把死人哄得活过来。

沈韶光又说起别的："我每日巡店的时候，有好吃的新菜，便想着我们林少尹或许爱吃，改日要让他尝尝；有好玩的戏弄，便想着讲给我们林少尹听，又觉得还是让他亲自去看更好，我讲得没趣味儿；经过马市也时常张望，看哪一匹能配上我们林少尹，便是不买脂粉，也要买一匹马送给他……

"今日坐车回来，撩起车帘时看见一个身影有些像你，我回头张望了好久。

"真想每日与你相伴。"沈韶光叹息道。

林晏起先还笑，后面却有些感动起来：自己又何尝不是常常想起她，想时时与她在一起？

林晏抬手摸摸沈韶光的鬓发和脸，目光温柔地看着她，又凑过去，隔着小桌案，额头对着额头顶一顶："阿荠啊——"

"嗯？"

"原来两情相悦是这么好的一件事。"

沈韶光用自己的好口才省了几十克拉的祖母绿项链、三百间屋子的别墅、顶级跑车、游艇和小岛，不但获得林美人的谅解，还获赠表白大礼包，现实演绎了何谓"一字千金"。

情场得意的沈店主，事业线走得也不错。火锅月刚完，新年宴席接档，几家分店都推出了各种带着吉祥字眼儿的大宴小席和应景的新菜，诗壁上也一片红彤彤，戏台也排了新年专场，林少尹帮着勘订作序的诗集本子也摆在了店里和东、西市的书肆中。

林少尹到底是河东才子、少年进士，那诗序前散后骈，思致深远，文辞典丽，既有高屋建瓴处，道出读书人读书作文的目的和意义，又不乏意趣，说了于家国文章外，还要有些乐趣，品茗赏花、焚香听雨、饮宴酬唱，不可当了枯木腐儒。

有这么一篇序在，整个集子都高端大气上档次了不少，硬生生地把一个广告册子弄成了正经出版物的感觉。有不少读书人来了翻看诗集，只看了这序，便击节赞叹起来，又问这写序的"东堂主人"是谁——因林宅在如今的沈宅之东，林晏便随意起了这么个号。

堂倌早得主人吩咐，只言是主人家的一位朋友。

士人们有人问："这样的文章断不是普通人写的，怕是朝中官员吧？"

堂倌们如他们的主人一样，貌似忠厚实则狡猾，笑道："奴们如何知道主人家的事……"

沈韶光听了管事们反馈的信息，觉得自己估计的"十年八载"这诗集才有动静过于保守了，我们林少尹硬生生以一己之力压缩了这一进程。

去李相家之前，在沈宅吃朝食时，沈韶光还狠狠地夸奖了一番林晏。林晏诗文是比沈韶光好，但当面论口齿，十个林晏也比不过沈韶光。

林晏惯常起得早，到沈宅时，沈韶光才准备吃早饭。沈韶光请他同吃，他自然不会拒绝。吃饭时，沈韶光说起大家对那篇序的推崇，直把林晏说得才比李杜韩柳。

林晏微笑着听她胡吹，心思却偏往了别处：往后的几十载，每个清晨都这般与阿荠相对着吃朝食，听她娇俏笑语，真好。然后他又陷入矛盾中：自己上朝起得早，让她也这么早起来……她生得这么娇弱，还是多睡一会儿吧，只休沐日他们一同吃朝食就好。

沈韶光哪知道对面优雅地吃鸡汤馄饨的林少尹已经想到了"朝朝暮暮"上，犹在自顾自地夸着他。

吃过饭，如同陪娘子出门的郎君们一样，林晏坐在堂上吃茶看书，等着内室的娘子更衣打扮。

过了好一会儿，沈韶光才出来。因是新年元正，又是去李相家，沈韶光打扮得颇为喜庆，感觉自己像个大红包。

林晏微笑着打量她："好看。"然后自动补充，"今日格外好看。"

沈韶光笑起来：都会抢答了，林少尹求生欲很强啊。

今日初三，李悦一朝宰辅，专门空出半天接待他们，其态度让沈韶光动容又惭愧，见了他便依晚辈礼拜下。林晏之前已经与李悦详谈过了，这次主要是沈韶光正式拜见一下这位世伯。

李悦不避男女之嫌，亲自扶起沈韶光，端详她一番，然后叹息："从前不觉得，现在看，你与令尊鼻子、嘴巴长得像极了，只是小女郎家更柔和些。我是真的老眼昏花了，早先竟然没看出来。"

沈韶光却再次道歉。

李悦摆摆手，让他们坐。

看着面前一对璧人，李悦想起楚九临走时说的"莫要再给人家林少尹说亲了”，自己问他为何，他只笑。原来他早就看出来了。从前朝中便有“楚半眼”之说，说有的刑狱案子楚九只看半眼便能看出其中玄机，看来这本事他一点也没放下。李悦又想到老友那夭折的仕途和另一位老友的零落……沈五也只剩眼前这滴骨血了。

李悦接着看沈韶光：小小的女郎，无父无母，在掖庭那种地方长大，气韵不说，难得这般达观，到底是沈五的种！

李悦又想起当年沈五想买一幅前朝名画，到底没舍得买，说“要给阿荞攒嫁妆”。如今小女郎到了出嫁的时候，沈五却看不见了。

沈韶光心里也伤感，面上却带着笑。林晏是他一贯的样子，只不时用余光关切地看看自己的小娘子。

过年不宜说那些伤心事，李悦笑道：“我看见你的酒肆出的那诗集了，诗好不好的不说，那序是极好的。”然后意有所指地看向林晏。

林晏微笑，行礼：“是晏的戏作，让相公见笑了。”

李悦笑道：“又不是外人，客气什么？我说好便是真的好，”然后转问沈韶光：“大娘看呢？”沈家只此一女，又无近支，故而沈韶光便是家里的大娘。女郎大了，李悦到底不好叫她的小字。

“儿也觉得甚好。”沈韶光不见外，笑眯眯地道。

李悦哈哈大笑，林晏也无奈地笑了，堂中气氛欢快起来。

既说到那诗集，自然就说到里面的诗，李悦点评了两句其中一首与火锅有关的诗，又笑道：“这又雪又酒又锅子的，让我想起那日落雪圣人赐的火锅来。去年下雪，圣人赐下的还是旧式小鼎，今年就变成了火锅，与你酒肆里的一般无二。”宰相午间在政事堂会食，皇帝时常会赐些饮食酒馔去，以表对老臣们的爱重。

“圣人还问滋味如何，神色颇为自得，我便与他说了你酒肆里三十日不重样的火锅……”李悦有些得意地笑了。

沈韶光微笑：看来李伯父与今上很相得啊，可以这样玩笑。

“周相和吴相也说改日一定要去尝尝。”

沈韶光笑道：“为了不给伯父丢人，儿也要把这锅子弄得再丰富些，再好吃些。”

“已经足够多、足够好了。”李悦笑道，“连吃了便会作诗文的都有，还想怎样？”

沈韶光和林晏都笑起来——他这分明说的是那与南烛锅子有关的戏弄。

“小女郎家，这般促狭！”李悦笑着说沈韶光，“我猜这本子定是你编的？”

沈韶光不“居功”，把自己收集段子的办法告诉他。

李悦纳罕：“我们大娘这办法颇有朝廷‘采风’[①]的意思啊。”

沈韶光这回是实在不好厚着脸皮承认了，看看林晏：用你的时候到了，林少尹！

李悦早看到她那一眼，不待林晏说什么，已笑道：“说到那南烛火锅，安然诗文写得越发好了，莫不是这锅子吃得多的缘故吧？”

沈韶光和林晏同时想起南烛那“入肾添精”的功效和前两日两人的调笑，沈韶光不争气地红了脸，林晏倒还绷得住，微笑道：“确实吃了不少。”

李悦笑起来，看这小子得意笃定的样子，心里又有点酸：若是沈五在，少不得要好好难为他一番。再看沈韶光的小女儿态，李悦心里越发酸了：便是沈五在，又能如何？女大不中留啊。

---

① 采风：朝廷体察民情，在民间搜集民歌民谣等。

第二十二章　皇帝也爱吃火锅

阿圆曾说，自家店里饭菜这般好吃，便是引得圣人来也不奇怪。谁想到，这话竟然成了真。

长安城百姓，谁没听过几段天子微服私访的故事？其中流传最广的是玄宗的。说风流天子玄宗逛到东市，先是看了胡儿歌舞和吞剑爬杆的百戏，然后在邱家老店喝了一碗酪浆。又有一说：玄宗是在馥香斋吃的樱桃饆饠——自然也有说法是又喝酪浆又吃饆饠——然后去平康坊听曲儿，在那里见到一位既有杨妃之媚又有梅妃之才的……

后面的发展又不一样了，大凡小娘子们听到的版本，都是圣人兴致颇佳，亲自打鼓，让那姬子跳了一曲《霓裳羽衣舞》——平康的《霓裳羽衣舞》得过天子亲自指点，故而与内教坊跳的是一样的。

郎君们私人小宴上说的就香艳得多，天子少不得要与那姬子这般如此、如此这般一番，更有甚者说那姬子本是贵妃所扮，此不过是两人的闺房之趣耳……

除了玄宗的，也有太宗、高宗、武后的……便是先帝也有那么一段，说先帝在街上遇到了一个铁口直断的道士云云。在这些故事里，酒家食肆常常作为一带而过的配角出现，这次沈记却是正正经经的主角儿。

过完了元正，又过了人日，上朝的上朝，开工的开工，但节日的味道还是很浓，走在街上的人都有点懒洋洋的，见了面也还是笑眯眯地说些

"新春吉祥，庆寿无疆"之类的贺词。

东市沈记酒肆已经过了客流高峰，沈韶光也懒懒散散地在柜台后一边喝茶，一边与管事聊过几日换新菜单的事。

店门帘子被撩开，进来一行四五个人，沈韶光扭头看过去，不由得一怔。

管事已经走过去招呼了："客人们新春吉祥。客人们是于楼下堂间宽坐，还是去二楼？这一楼堂间看戏弄方便，二楼清静，有高桌椅，又有精致雅间。"

禁军统领秦祥小心地问："六郎，还是上去吧？"

皇帝点头，当先顺着楼梯走向二楼。

秦祥，沈韶光远远地见过两次，再参照印象中皇帝的脸，便越发笃定了他们的身份。皇帝身后的另外几人，看形容，也当是内侍和禁军。他们身后又陆续进来几个人，有坐在一楼的，有守在二楼的，估计门外街上也有人。

这一行人不算招摇，长安贵人又多，店里客人们没在意，正在听台上张二郎他们的戏弄。

张二郎大模大样地吩咐："你去与胡六郎说，让他买些好羊肉，我们吃火锅子，只差点羊肉了。

"再与冯三郎说，让他带些蔬菜、豆腐来，我们吃锅子，还差些蔬菜、豆腐。

"让李七郎来吃锅子，就说胡六、冯三等都在，就缺他了，让他顺便带条鱼来。

"方二郎藏的好女儿酒，让他莫要吝啬，带一坛过来，弟兄们共谋一醉。

"你万万要嘱咐周四，让他去沈记买一坛子锅底老汤，缺了这个，涮什么都没滋没味儿！"

扮演奴仆的阿窦问："既阿郎请客，我们要备些什么？奴一并买了来。"

"调兵遣将"的张二郎老神在在地道："炉子上烧锅滚水就是。"[①]

---

① 网上一个讲"什么叫融资"的段子。什么叫融资？一个人请五个人一起吃火锅，给第一个打电话："顺路买点菜来，就差蔬菜了。"给第二个打电话："顺路买点羊肉，就差肉了。"给第三个打电话："顺路买点冻豆腐及各种丸子啥的，就差这个了。"给第四个打电话："就差酒了。"给第五个打电话："就差点火锅底料了！"然后，挂电话烧锅水坐等。那什么叫资金链断裂？就是其中任何一个人放了鸽子。

客人们一片“哈哈哈”，坐在二楼栏边的皇帝也扑哧笑了，内侍和禁军们也跟着笑。

管事回来柜上拿菜谱，沈韶光趁机吩咐了他几句，自己却去了后厨。

皇帝脸上带着笑意，问酒肆管事：“贵店还外卖锅底老汤？”

管事笑道：“也是卖的。有不少客人总说在家里做不出敝店的味儿来，那大半是缺了这锅底汤的缘故。”

有熟客在楼下对张二郎喊道：“锅呢？沈记这锅可是特别打制的。”

张二郎一拍头道：“看我！那就再加上刘八，让他去问问沈记卖锅子不卖。”

熟客便抬声喊管事：“管事，管事！你们酒肆卖锅子吗？”

管事与面前的贵客告了罪，来到楼梯边道：“我们不卖锅。郎君们要吃锅子还是来小店吃，不说滋味儿不滋味儿的，至少不让这等吝啬汉骗了。”说着指了指张二郎。

他这样一本正经地说话更是引人发笑，众人笑得越发厉害。

管事也笑着回来继续招呼皇帝一行人。

皇帝笑赞：“贵店好戏弄！这是谁想出来的？”

管事赔笑道：“敝店以特有的香糕为酬金，请客人们留下知道的滑稽事，然后敝店主人辑选裁剪。一段里往往糅了好几位客人的故事，实在也不好说这是谁想出来的。”

皇帝点头，觉得这店主人当真巧思，原来一家酒肆也可以“广开言路”……他又想：或者应该让人来民间采采风。

管事奉上菜谱，皇帝低头翻起来。

沈记的菜谱也是酒肆的一大特色：除菜名以外，还有一两句介绍，或者是特色做法，或者是有趣的评论，或者是过往食客写的诗词，又或者小典故之类的，有的还画了配图。整个册子装裱得也漂亮，又不同于时下的书卷，是用蝴蝶页装订，翻起来方便得很。

皇帝本只是随便翻翻，后面却看入迷了：“有意思……不说吃，单看着就有意思。”

管事赔笑。

皇帝看身边的内侍，内侍岂有不懂的：“奴已经记下来了。”回头膳房也弄这么一本儿。

皇帝点了经典的奶汤锅子，又点了一堆羊肉、鱼丸、虾丸之类的肉品。

跑堂的送来沈韶光安排的茶饮、糕点、果子，管事的帮着摆好，才带着跑堂退下去。

到了后厨，管事把菜单报给沈韶光，沈韶光根据皇帝的口味吩咐庖厨备菜。

管事问："这客人是谁？小娘子这般小心？"

沈韶光对他比了个"嘘"的动作，并没多说什么。

火锅菜备得快，沈韶光亲自调了基础蘸料，和一些别的配料一起放在托盘上。管事进来，带着跑堂送了上去。

皇帝正翻看桌上的诗集，笑问管事："这写序的东堂主人是谁？倒是高才。"

管事赔笑道："回贵客，听说是敝主的一个朋友。"

皇帝也不过是随口一问。此时多有读书人帮写各种文章以赚润笔的，所谓朋友者，多半便是此类。皇帝看这诗序的气度、措辞，觉得八成是朝中高官——能求得他们动笔，这店主可是下了大本钱。

对官员们这点事，皇帝是不管的，宪宗甚至因韩退之写《平淮西碑》而赐绢五百匹，便是先帝时，也有"千金尚书"——以其帮人写碑文，一字可得千金之故也。

不过……皇帝又想起这有趣的戏弄和颇有才思的菜谱子：说这样一位店主与朝中的谁是朋友，倒也可能。皇帝又悻悻地想：我怎么没有这么一个能鼓捣吃的又有趣的朋友？

扔下诗集，皇帝让秦祥陪自己一块儿吃。

秦祥告罪："如此，奴婢就僭越了。"

秦祥如今虽是禁军统领，原先却是皇帝身边的内侍——也或者就是因为如此，才当了这个禁军统领——伺候皇帝是他当家的本事。

他倒了一点蘸料出来，拿筷子点一下尝尝："嗯——这个味道已经够了，再加旁的反而不好。"说着给皇帝倒好了蘸料碟。

秦祥又根据皇帝的口味，先把几个鱼丸下进锅里。

管事笑道："敝店的鱼丸都是鲜鱼打的，下锅就熟，又极嫩，需用勺捞。"

秦祥把鱼丸捞出来放到皇帝和自己的碟里，自己先尝一个："六郎尝尝，奴婢觉得甚好。”

皇帝尝一个，果真又嫩又鲜，进了嘴几乎不用嚼就化了；这料碟子也极好，有些韭菜花和食茱萸的辣味儿，又不浓，最适合蘸鱼肉吃。然后又涮虾丸，涮各种肉片蔬菜，皇帝竟认真地吃起来。

其实皇帝本不饿，午后听禁军吴显和几个小校尉在一起商量去东市沈记吃火锅，又说上次吃得多么好，便想起福慧也说过有这么一家酒肆，李相公赞的想来也是这一家，一时兴起，左右节间无事，便出来与民同个乐。

这里的火锅要说比宫里做得好多少，也不见得，但他就是吃着熨帖，特别合心意。皇帝又想起刚才那管事说的客人在家里做不出这里的味儿来：难道朕家也不行？皇帝不以为忤地笑了。

况且这里的气氛实在好，楼下的戏弄又换了。

“不是我不爱念书，是一看就饿。”

“我跟你不一样，我是一看就困。”

“哎哟，你怎么困得起来呢？”

“你怎么饿得起来呢？”

“你自己看啊，‘两个黄鹂鸣翠柳’，啧啧，两个黄鹂，是油炸了吃好，还是干煸了吃好？便是剁碎了炸酱，浇馎饦也是极好的。

“还有这‘庭前芍药妖无格，池上芙蕖净少情。唯有牡丹真国色，花开时节动京城’，蜜渍芍药、油炸芙蕖、糖蒸牡丹……香不香，就问你香不香？”

楼下响起一片起哄的笑声。

皇帝也是一笑。年节间，吃着这样合心意的火锅，看着自己的子民悠闲安适的样子，皇帝因为前阵子山南道叛乱而糟心的情绪平复下来：总的说来，这天下还是富庶太平的。他又激励自己：为了他们能天天吃上这火锅子，听上这戏弄，朕再辛苦些又有什么呢？

沈韶光不知道自己的火锅子给了皇帝这么大的自信，知道的只是，皇帝留下了足有二十多两银子，并在那集上题了一首诗。更让她意想不到的是，皇帝一行人走时，秦祥被一个食客认了出来，能得秦统领这样鞍前马后地伺候的……于是群众懂了。

不几日，坊间便流传起了皇帝偷偷出宫吃火锅的传说。

沈韶光交代管事，被人问起要模棱两可，隐隐约约——一则是模棱两可更有话题性，一则也是避讳。而同时，皇帝那不算多么高明的诗被沈韶光写到纸上让人装裱了，挂在大堂，为沈记引来一拨又一拨的客人。

沈韶光与邵杰在东市沈记酒肆后宅里喝茶说话。

“没想到，竟然还有来咱们这儿偷书的！”邵杰有些啼笑皆非。

他跟沈韶光讲述刚才的事：一个士子进来吃了碗韭齑馎饦，偷偷从架子上拿了一本书藏到袖子里，也许是头一回做这事，慌里慌张地在门口与人撞了满怀，这书就掉出来露了馅儿。

适逢邵杰赶上，生意人都是以和为贵的，邵杰便干脆把这书赠给了他：“郎君看得上敝店辑的书，也是敝店的荣幸。”

那士子越发无地自容了，再次为自己窃书的事道歉。

邵杰又安慰他：“不过拿本书回去看看，怎么算窃呢？日后郎君为官做宰了，这事说起来还是一桩雅闻趣事。”

沈韶光笑：没想到邵郎君竟然是孔乙己的知己。

邵杰也笑，觉得自己虽然没长一个能读书的脑袋，却着实长了一颗尊重读书人的心。

沈韶光想了想，笑道：“这样吧，凡是在本店诗簿上留诗的，都赠一本算了。”给清贫的读书人留个口子。

自从皇帝东市半日游并题了诗之后，这诗集就消耗得快了，原先不爱写诗词文章的人，或者熟客已经领过一本的，都不拿，如今这玩意儿几乎成了居家旅行馈赠亲友的必备佳品，不管写不写诗，爱不爱诗，是不是之前领过，只要消费额度够了，都领一本。

这还是没有“御诗”的版本，可以想象，如果把皇帝的诗加进去，印第二版，那得是怎样的盛况。

沈韶光与邵杰说起加印的事，邵杰拊掌：“我也要与你说这事呢，很应该。”

沈韶光做事是滴水不漏的：“把最近新收的诗词选着好的都放进去，便——截至上元节吧。”光放皇帝的太明显，但可以让皇帝的诗压轴。

邵杰指指沈韶光：“精明！谨慎！”

沈韶光哈哈大笑：这是又开始商业互吹的进程了吗？

邵杰却悻悻地道：“你说那日我怎么就没在呢？要是在，这事够我说好几年的，兴许还能入我家家谱。赚再多的钱，到底不如这个体面。”

沈韶光却道：“要说体面，还有更体面的。比方说，我们的诗集在读书人中流传得越来越广，开谈不说火锅子，读尽诗书也枉然。”

邵杰扭头，一口茶饮喷了满地。

沈韶光却不笑：“再比如，有天灾人祸，我们设立粥棚；边疆异动，大军远征，我们捐款捐粮；知道哪个书院缺钱缺物缺地方，我们用酒肆的名义或郎君个人的名字，盖个‘邵郎堂’……”

邵杰不笑了，思索片刻，缓缓点头。

“行这些真正利国利民之事，才是真体面，在郎君的家谱上可以大书特书。”沈韶光一脸肃然，然后轻咳一声，呷了口茶，“自然，顺便捞些‘义商’带来的好处，也是我们应得的。”

邵杰哈哈大笑，指着沈韶光：“奸诈，太奸诈！”

沈韶光嘿嘿一笑，接受了他这另类的吹捧。

她不知道，以后邵杰确实走上了公益之路，并因此被皇帝授了从五品的朝散大夫，比其祖父当初的员外郎品阶高了不少，邵家在他的手里越发光大，他也确实成了其家谱上被单拎出来大书特书的一个人。

沈韶光和邵杰展望他们的义商之路的时候，林晏正在与刑部宋侍郎聊前些天交接的刑狱案宗中的一些未尽之事。

说完正事，两人一同从皇城出来。天有些阴，北风冷飕飕的，宋侍郎笑道：“这种天气，最适合吃火锅子。”

林晏点头。

想起从前一起吃饭的事，宋侍郎半抱怨半玩笑地道：“枉我原先还跟你献宝，谁知你家才是火锅的老祖！”

去年夏天，在崇贤坊沈记酒肆捉的歹人是京兆与刑部同审的，主审的便是林晏和宋侍郎，宋侍郎也便知道了自己这位朋友与沈记女店主的事。更巧的是，那家店铺便是自家娘子卖出的陪嫁，而自己也见过这位沈氏，恍惚记得确实是位风华颇佳的女郎，怪道林安然如此痴情，为了沈家的事尽心尽力……

想起他似对锅子颇不以为意，吃的时候只涮些鱼片，宋侍郎实在有些好奇：“你吃饭这般挑，沈家女郎不嫌弃吗？”

林晏微笑道：“不嫌弃。”

宋侍郎点点头：可见沈小娘子是个温柔的。

宋侍郎又笑问："安然好事将近了？"

林晏笑得越发和煦了："快了，大约入夏的时候吧。"

林晏又向宋侍郎这过来人请教起婚礼筹备乃至迎亲的一些细节，十分认真的样子。宋侍郎在心里啧啧两声：那样谨肃沉静的林安然也有今天……

"观安然形容，恨不得明日就迎亲似的……"宋侍郎打趣他。

林晏默认地笑起来。

宋侍郎露出了然的神色：都是男人，懂。

上元节这日，林晏这恨不得明日就迎亲的感受更强烈了。

上元节这样灯火笙歌不断、仕女夜游的日子，天气却实在不好，天阴沉得厉害，风也很大。

林晏不留值，早已提前与沈韶光说好了陪她看灯。他其实对看灯没什么兴趣，但想到小娘子们似乎都喜欢，阿荠又是爱玩爱闹的性子，便不忍扰了她的兴致。

到了沈宅，她已经收拾好了，两人便一起出门。

沈宅门口挂的灯在风里摇晃，借着灯光，林晏帮沈韶光整理一下风帽，又紧了紧大氅领子，牵起她的手藏在自己的氅衣袖子里："走吧。"

风吹得街上的灯架子吱嘎吱嘎响，灯都摇摇晃晃的，有的纸灯甚至被吹破了；看灯的人虽都裹得厚厚的，却仍缩脖皱眉——真是别样的上元风光。

沈韶光笑起来，林晏低头看她笑，自己也笑了。

站在坊门口，沈韶光与林晏商量："晏郎，我们回家点个灯看不行吗？为什么非得出来找这罪受？"

林晏摸摸她冷冷的鼻子和脸颊。

"别摸，我是不是流鼻涕了？"沈韶光皱眉。

林晏笑起来，解开氅衣带子，把她裹在自己的大氅里，搂着她往回走。

后面不远处的刘常、周奎觉得自家阿郎大概很喜欢这个天气。

回到室内，沈韶光脱了鞋子上榻，用羊皮褥子盖住腿脚，婢子阿青递给她手炉，又捧上热茶来。婢子奴仆们也一起出去看灯了，只留下几个看家的。

林晏坐在她对面，也端着热茶喝。

沈韶光没事就要撩一撩他。她掀开羊皮褥子，笑道："刚才你分我半件氅衣，我现在可以分你半条褥子……"

林晏轻咳一声，到底没好意思接受她的还礼。

沈韶光却越发来劲儿，杏目一转，嘟囔道："又不是'与子同泽'……"

泽者，内衣也。林晏实在不知道说她什么好，待要绷起脸，她已经眯眼笑了起来。

"阿晏，我们一起玩掷色子吧？"沈韶光抓起榻上婢子们之前玩的色子，笑问。

林晏自然无有不从。

两人选最简单的玩法，比点数大小，三局两胜，输者或者作一诗一词，或者唱个曲子，或者讲个笑话，皆可。

沈韶光打叶子牌打得极好，但掷色子的本事很一般，林晏也不精于此道，两个人纯靠运气。

然而今天沈韶光的赌运实在差，她总是输，总是输。在讲了四五个故事，又唱了一支小调之后，沈韶光眼看掷出的又是个"幺"，便要起了赖皮："不玩了！不玩了！"

林晏笑起来。

沈韶光觉得林少尹长这么大没娶上媳妇是有道理的，也就是自己心大量宽吧……

阿青端上两碗汤圆来，给沈韶光解了围。

小小的碗里只有几个汤圆，却颜色不一，吃起来馅儿也不一样。黄米皮的里面是甜豆沙，糯米皮的里面是鲜肉，掺了绿豆的皮里面包的是桂花卤，加了紫苏的皮里面包的黑芝麻馅儿。

这样的冬夜，吃这样一碗又香又甜的汤圆，再喝两口汤，十分舒坦。

漱完口，沈韶光歪在隐囊上，一只手把玩色子，对刚净过手进来的林晏笑道："我刚才是不是还欠你一局？"

林晏笑着点头。

"应应景，说个灯谜吧。"沈韶光清了清嗓子，"谜面是：两个肉汤圆成亲。"

林晏笑着皱了一下眉。

"猜不出？"沈韶光一笑，对他招手，"我告诉你。"

林晏走到她坐的榻边。

沈韶光坐直身子，轻笑道："谜底是——两个肉丸。[①]"

林晏抿抿嘴，沈韶光已大笑着歪回隐囊上。

看了她片刻，林晏欺身过来压在她身上，一只手搂上她的纤腰，一只手放在她的脑后。

看着近在眼前的俊脸，沈韶光有些愣怔。她本来只是闹着玩儿的。

"乖，闭眼。"说完，林晏已用自己的唇覆上她的唇。

沈韶光很乖地闭上眼睛，手攀上他的脖子。

过了好一会儿，林晏有些喘息地停住，又过了一会儿，才稳住心神，看着怀里娇媚的小娘子，想想遥远的夏天，心里悔得厉害。洛阳离得这么近，其实当初他找员外郎沈朴代行六礼也很好啊，那样就可以选个春天的吉日了……

过完了上元节，不知是不是沈韶光的错觉，好像全城进入了考试月。东市分店毗邻崇仁坊这种士子扎堆的地方，每天店里客人们讨论的都是即将到来的礼部试和紧随其后的吏部铨选。

有皇帝诗作的第二版诗集已经摆放出来，果然如沈韶光和邵杰预想的，"卖"得很火爆。毕竟读书人中"孔乙己"还是少的，大多数采用正规途径，要么也留下诗文，要么凑够消费额度。看账簿时，沈韶光看到不少最后再凑一两样小菜或者糕点的，算一算，都是为了这诗集，让沈韶光想起前世双十一凑购物券的经历。

沈记也顺势推出了各种科考主题的大席小宴：金榜题名宴、步步高升宴、春风得意宴……菜名也吉祥又雅致：一品豆腐、金玉满堂、诗书传家、紫袍羹，承恩卷、文德糕。反正道道挠的都是读书人的痒痒肉儿。[②]

不但如此，沈记还推出了预订"烧尾宴"活动。所谓"烧尾宴"，乃士子登科或者官员升迁时举办的宴席。据说鲤鱼跃龙门时，非天火烧掉其尾而不得过，"烧尾"便是这些登科或升迁的士子庆祝烧掉了尾巴、跃过了龙门的

---

① 网上一个关于饺子结婚的段子。

② 参照了孔府菜的名字。

意思。[①]

士子们考中了，曲江赋诗、雁塔题名是官家给的荣耀，是个群体活动，办烧尾宴则是自家的得意事，自己是绝对的主角，故而这“烧尾宴”在读书人的心目中是极其重要的一环。

沈记推出“烧尾宴”预订，也有预祝客人登科之意，要求交的订金又很少，过后还能退，不少人便是为博个好彩头儿，也订上两桌。

随着大考越来越近，士子们的压力也越来越大，酒肆里也越来越喧嚣。有踌躇满志者，有忐忑不安者，有郁郁寡欢者，有状如疯癫者；有人梦幻般畅想，有人酒都喝不下去，有人破罐破摔喝醉拉倒，有人喝醉了又哭又唱又作诗……

鉴于大家的精神状态，东市沈记专门加强了安保力度，增派了好几个身高体壮的伙计，好在一直也没用上——沈韶光是个颇为随意的酒肆老板，哭一哭唱一唱的有什么，压力大，还不兴人家发泄一下了？只要大家不打砸抢就行。

对这些大哭的士子，一般都是管事带着跑堂去送上醒酒汤和热手巾，于是秦管事在士子中收获了很不错的人望。有士子专门给秦管事写诗：“前路何多艰，涕泪沾衣裳。感君殷殷意，布巾与酸汤。雁塔如有幸，复来谢秦郎。”

秦管事：“郎君莫要想太多，轻装上阵，倒能考得更好些。”随口把自己刚当东市沈记酒肆管事时小娘子劝自己的话说了出来。

士子摇摇晃晃地站起，搂住秦管事的肩膀：“轻装上阵……秦郎君所言极是啊！”

秦管事赶忙扶住他：“郎君小心、小心……”

这些士子多眼高于顶，秦管事原先何曾与他们这样亲近过，起初颇为惶恐，后来也就习惯了。读书人也是人啊！

站在二楼，沈韶光轻叹一口气，摇了摇头。看她一脸感慨，林晏莞尔。

沈韶光觉得他这种运气与能力兼有的学霸，不到二十岁登科的少年

---

① 参照百度百科资料。

进士，春风得意的探花郎，不大能理解我等芸芸众生在考场上的忐忑和无力感。

看她越发感慨的样子，林晏也越发笑得厉害：“阿荠，你的神色，好像你也受过这般的苦一样。”

“我……”沈韶光悻悻地闭上嘴。我可不也是十几年寒窗苦读一路考过去的？小升初、中考、高考。从小学六年级开始，每年老师说“这是决定你们命运的一年”，与说“你们是我带过的最难带的学生”的频率差不多……

沈韶光不属于顶努力的学生，但是脸皮薄，也不好意思考得太不好，于是常年把成绩维持在一个让老师牙痒痒的水平——再高一些，就算学霸了，不用人操心；再差一点，芸芸众生。芸芸众生，老师操心不过来，于是沈韶光便成了时常被鞭策的那一种……

唉，她想想都是泪啊。

沈韶光又侧头看林晏：他如果在后世，大概就属于那种成绩好、颜值高，还会打篮球的校草吧？只要他上球场，看台上永远有姑娘帮着抱衣服拿水；刷的题不到自己的一半，成绩还比自己高……想想自己那永远不及格的五十米短跑和永远前面有人的考试成绩，沈韶光不忿极了：凭什么啊？

“怎么了？”林晏忍着笑问道。

沈韶光用眼睛在他腰间狠狠地“拧”了两把——这里嫩肉多，疼。

林晏轻咳一声，似笑似嗔地轻声警告：“阿荠，在外面呢……”

士子中除了这些得了“考前综合征”的，也有很从容的，比如两位苏州来的士子。其中一位不过二十余岁的年纪，人长得极好，虽穿着普通，却颇有威仪，若打扮起来，说是什么公侯子弟也有人信。其友人三十来岁，不爱言语，看起来有些朴直。不知道这样两个士子是怎么当的朋友。

管事的向他们推销：“小店可代为郎君们操持‘烧尾宴’。”

这位郎君挑眉微笑：“哦？若果真中了，少不得要麻烦贵酒肆。”一口纯正的洛下雅言。

沈韶光是在皇宫里混出来察言观色的本事的，最能应付这种事。听了烧尾宴还如此淡然的士子……不多啊。

她本以为这位是林少尹那种冷漠类型的，谁想到他竟主动跟她打招呼：“敢问小娘子是？”

管事的代为介绍："这是敝店主人。"

这郎君露出惊讶的神色，笑道："京里的小娘子果然才智过人，与我等僻野之人不一样。小娘子年纪轻轻，便是这样一家酒肆的主人，真是让我等男子汗颜。"

这人竟然这么会说话？沈韶光有些惊讶。但好话谁不爱听？沈韶光亲自带这两个士子去楼上坐了，又递上菜单。

说了两句闲话，沈韶光知道他们是从苏州来的士子。她觉得南方人在北方过冬，肯定有点不适应，尤其今年这个冬天格外冷、格外漫长，都上元节了，还下了一场大雪，现在还没化净呢。

但作为一个从穿越了就在长安待着的"长安人"，沈韶光还是要为都城挽尊："往年也没有这么冷，我记得去岁这个时候迎春花都开了。"

晚了节气的，不只迎春花，还有春盘。去年这个时候，春盘已经欣欣向荣了，而今年火锅子还占据着中心位——当然，也可能与皇帝陛下来了一趟，给做了个广告有关。

那自言姓季的年轻郎君笑道："早就听同年们说贵店有极好的小鼎煮肉，呼曰'火锅'，最适合这样的时节吃。"

"这个时候，确实适合吃火锅。"沈韶光笑着介绍，"敝店最受客人们喜欢的是奶汤锅子和清汤锅子。奶汤浓郁，白若牛乳；清汤澄澈，仿似清水，其实都是鲜香口儿的，涮些鱼肉蔬菜，都还不错。又有加了草药的……"

沈韶光略介绍了一下，又特意推荐了今天的羊蝎子火锅——适才在后厨，闻着实在太香了。不过她觉得推也是白推，像面前这位，不大可能拿着一块羊脊骨张开大嘴开啃，况且他们南方人怕是吃不惯。

谁想这位季郎君竟点了点头："便是这羊蝎子锅吧。"

沈韶光微笑着点头，又问那位沉默寡言的士子："这位郎君呢？"

"与季郎一样。"

沈韶光又问他们要什么酒和茶饮，两人随意地点了新丰酒和酪浆。

沈韶光笑着对二位颔首："郎君们稍候。"

时候不久，锅子就上来了，沈韶光帮着放好锅子和豆腐、粉条、菘菜、菌子之类的配菜，笑道："最后再下点麦面馎饦，暖暖地吃了，才是一顿完整的羊蝎子锅呢。"

季郎君微笑点头，沈韶光便去忙自己的。

那两人吃饭中间，沈韶光上来二楼一次，那位季郎君正拿着羊脊骨在吸骨髓。沈韶光是头一回看到啃骨头吸骨髓还这般优雅的，不由得思想跑偏：改天一定要让自家林少尹也尝尝这羊蝎子锅，他那有唇珠的唇对着骨头吸一吸……沈韶光色兮兮地笑了。

过了一阵子，那季郎君的朋友果然招呼跑堂上馎饦。沈记的馎饦都是庖厨拿着大块的面现抻现揪的，要粗有粗，要细有细，有韭菜叶、花瓣、臂钏等各种形状的，也算一种现场表演性质的烹饪，颇有看点，时常能赢得些喝彩。

沈韶光去厨房的时候问："那两位郎君对我们的馎饦可还满意？"

庖厨很老实："没有彩。"

沈韶光笑着安慰他："也许人家想正事呢，哪能人人喝彩？我们要是有那么六七成的人真心满意，就了不得了。"

出了厨房，阿圆与沈韶光道："我觉着，小娘子就十成十的人都喜欢。"

沈韶光胡噜她一把："你可拉倒吧！想想卢三娘，想想云来酒肆，想想那要割了我的喉咙的歹人，还十成十……"

"那也有九成。"

你是没办法跟粉丝讲道理的，何况沈韶光也不想跟自己的粉丝讲道理："好吧，九成、九成。晚间咱们吃什么？今天的羊蝎子真是好，但是晚间咱们回去炖有些来不及了，莫如做羊肉汤饼？吃的时候加些食茱萸酱和胡椒粉……"

姓季的郎君和他的朋友从二楼下来，对沈韶光微微点头，沈韶光还礼："二位郎君慢走。"

目送他们走出去，沈韶光走上楼，跑堂的正在收拾。看那馎饦碗底的汤，沈韶光心里一动，打开桌上放醋和茱萸酱的小罐子，醋都快见底儿了，食茱萸酱也下去不少，这竟是两个很能吃酸吃辣的苏州人……

马上就要礼部试了，火锅也即将过季，是时候再加一把火了，或说薅最后一把羊毛了。沈韶光决定，把科考与火锅结合起来，开场"祝鼎宴"。

鼎者，国家重器也，故朝廷重臣、国家栋梁，又称鼎臣。这"祝鼎宴"不言自明，便是祝福士子们科考及第飞黄腾达，日后成为朝廷鼎臣的宴席。因为火锅子的形状和吃法，不少士子秉承古意叫它"小鼎"，所以火锅子再次与科考联系在了一起。

沈韶光与邵杰道：“我想着到时候在酒肆门口挂出百尺长绢，请赴宴士子们留名，若得高中，我们就将其姓名用朱笔描写。”

“就像诗集一样，我们也要把这宴办成每年一度的盛宴。这长绢每年新的旧的接在一起，一年一年积攒下来，得是老大一卷。关键是，里面能有不少飞黄腾达者的墨迹。”沈韶光画大饼画得欢快，“这个玩意儿啊，能成为咱们店的镇店之宝。”

邵杰脑袋也颇为灵活：“专门打造个柜架，放这士子签名绢帛，还有咱们历年印的诗集。”

沈韶光拍掌：“极是。”就是可惜这展柜没法做成玻璃的。

“圣人题诗的那一卷尤其要有。”邵杰道。

沈韶光笑起来。这哥们儿现在把那本书当狗头金似的藏着，据其贴身小仆阿晋透露，他的堂兄弟十郎送了他一只极好的鹞子才得一观，而十一郎因为寻来的刀不够珍贵，便没看着……

邵杰知道她笑什么，一点也不觉得丢脸：“嘿，那小子又去给我寻了。”

沈韶光再次哈哈大笑，然后接着说“祝鼎宴”的设置。这种宴饮从来都是士子们拓展人脉的重要场合：这些人中考中了的，大家便是同年，以后同朝为官有的是打交道的机会，提前认识交往，没有坏处；而没考中的，与这些考中的混个脸熟更有好处。哪怕大家都没考中，抱团取暖也好啊。故而沈韶光想他们所想，这宴会要有叙籍贯、姓名、年齿之类的环节，要有展示才艺的环节，要有私下交流的环节……

游戏环节也要有，席间戏弄要来个预祝登科的专场。另外，去平康坊花些钱请个有名的歌姬来弹唱一曲吧，这种读书人的雅会，她们乐意来的，毕竟于她们而言也是个彰显名声的机会……

沈韶光嘬一嘬牙花子，有些心疼地道：“兴许她们愿意打个折扣。”

邵杰惯常听她说折扣，很懂她的意思，不由得哈哈大笑。

沈韶光也很懂这些男人的心思：花在平康坊的钱还叫钱吗？钱不花在平康坊又花去哪里？啧！啧！

沈韶光提醒他：“我们不只花钱请歌姬，当日也要打折。”餐饮业，什么活动不得伴随着打折啊？不打折，算什么活动？

“我想着，今科士子凭官府文书可得半价，其余人等也可打八折。”

邵杰笑道："定得再低些也没什么，我们又不是图这一天的利。算一算，这些士子让我们多赚了多少银钱了？"

"我们本小利薄，先这样吧。"其实沈韶光也有此打算，以后做出名声来，店里本钱多了，这一天赔本赚吆喝也没什么。只要有名声，有人流量，还怕他们赚不回来？

本小利薄……邵杰不做这酒肆买卖不知道，这可比花糕买卖的利厚多了，但想想坊市间那些做赔了转让的酒肆食店，又有些自得：或许是本酒肆的利格外厚呢……

这活动秦管事一说出去，就得到了士子们的积极响应，当场便有人专门为"祝鼎宴"赋诗，这诗后来便被题在了外面为活动造势的诗壁上。

听说有素绢题名，便有士子笑道："这算'小题名'，他日若中了，雁塔算是'大题名'。"

沈韶光觉得这士子太有想法了："小题名""大题名"，这个称呼好啊！

时间紧，广告途径有限，除了诗壁，主要就靠管事、跑堂的当面推荐和士子们之间口耳相传。沈韶光在店里的时候，也时常与客人们聊几句这件事。

"届时我们必来的。"前两日来过的那位格外好看的苏州季郎君笑道。

今天这位郎君比那日穿得齐整，颇有贵介公子的意思，笑起来漂亮的桃花眼微微一弯，十分勾人。

沈韶光见惯了林美人，倒不觉得其如何：只是不知道这位的才情与相貌是否成正比？若他才气与相貌一样出色，那想来能榜上有名的，探花郎的名号也能占下一个。

见这位美貌女店主如此看着自己，季郎君再笑："听闻圣人也曾来过贵店？"

沈韶光笑道："都是这么说，却也不知道真假。"

"想来是真的，贵店这火锅啊，真是让人喜欢。"

沈韶光笑着道谢："郎君金榜题名之后，若就在长安为官，还请常常光顾。"

"那是自然。"季郎君爽快地答应着，然后随口笑问，"圣人当日点的什么？我们也依样儿来一份尝尝。"

沈韶光皱着眉遗憾地道："儿也想知道呢！过后儿曾问过几个跑堂，有说是奶汤锅子，有说是清汤的，有说是药材锅的。客人实在太多，如何记得住？只是别人记不住不打紧，如何这位客人点的什么也记不住呢？”

“你们柜上都不记清楚吗？”季郎君端起酪浆喝了一口。

“本来是觉得价钱都一样，记不记的没什么要紧……如今吃一堑长一智，都详详细细地记下了。”沈韶光遗憾地摇头。

季郎君笑了一下。

聊了会儿闲天儿，这位季郎君点了经典的奶汤锅子，又点了羊肉片、鱼丸之类的肉品和蔬菜。

沈韶光笑问：“吃完菜肉，还是下些馎饦吧？”

季郎君笑着点头。

“这位郎君呢？”

他的朋友依旧没什么意见。

“那酒呢？敝店有新丰酒、女儿酒，还有本地的碧琼酒、琥珀酒……”虽那菜谱后面都有，沈韶光还是又介绍了一遍。

如上次一样，季郎君道：“便是新丰酒吧。”

沈韶光请他们稍候，便下楼去。

楼下来了几个胡人，站在门口看了一圈，大声问管事：“听闻你们这酒肆皇帝陛下都曾来过？”

店里的客人还有管事、跑堂的都笑了，便是沈韶光也笑了：到底是胡人兄弟，还真是直爽。

“来、来，把皇帝陛下吃的东西也给我们上一份！”

众人笑得越发厉害。

几个胡人亦笑，噔噔地上楼去了。

沈韶光去厨房吩咐，不一会儿，锅子、菜肉备齐，跑堂的把苏州两个士子的、几个胡人的东西拿大托盘送了上去。

沈韶光想了想，还是又上楼一趟，招呼了一下那位季郎君和他的朋友，又去胡人们桌前客气了两句，问还需不需要添点别的。

那胡人中为首的笑着看沈韶光：“只可惜贵店没有唱曲的小娘子。”

沈韶光鼻翼微动，笑道：“可我们有说戏弄的小郎君啊。”

胡人笑起来。

沈韶光笑眯眯地道了“客人慢用”，又对不远处的季郎君二人点点头，便款款地走下楼去。

下了楼，沈韶光来到柜台后，皱皱眉，看一眼二楼，觉得自己的被害妄想症又重了。

东市关闭前，沈韶光坐车回家。到了家，她收到林晏的便笺——好几天没见他了，估计有什么事。

她打开看，果然，江太夫人抱恙。想来他这几天除了在衙门，便是在家伺候祖母，怕自己挂心，让人送张字条来。

“太夫人是怎么了？”沈韶光问刘常。

“太夫人年岁大了，偶尔有些孩子性子，前两日去园子里走得久了些，便伤了风。”

沈韶光点头：“今日天晚了，请替我在太夫人跟前告罪，我明日再去探望她老人家。”此时习俗与后世无异，鲜有下午、晚上探病的。

沈韶光又给林晏写了便笺让刘常带过去，谁想到晚饭后，他竟来了。

沈韶光惊讶：“太夫人好些了吗？”

林晏有些劳累的样子，微笑了一下：“还好，前两日有些发热，今天已经退了。”

沈韶光走上前，体贴地帮他揉揉两个太阳穴：“晚上守着呢？”

“嗯。”林晏搂住她的腰，用下巴蹭她的头发。

沈韶光放下手，改而抱住他。

温情了片刻，沈韶光拉他坐下，亲自捧上饮子，笑道：“我有事与你说，你听一听，是不是我的毛病更重了？”

林晏认真起来：“你说。”

“前两日店里来了两个苏州的士子，说一口极好的雅言，喝北人爱的酪浆，不喝茶，明明有南边的女儿酒却选新丰酒，吃羊蝎子吃得很惯，爱酸，爱辣，爱面食。其中一个好相貌，好威仪，另一个却少言寡语，虽云是朋友，却像主仆。

“若只这些还没什么，这位郎君身上的熏香味儿与后来来的几个胡人中为首那人身上的香味儿极像。”这个时候的熏香，大多是多种香料调配而成的，其中哪怕只一味香料不同或配比不同，出来的香味儿便有差别。作为前宫女，作为一个鼻子很敏感的前宫女，对这个沈韶光还是有些研究的。

“你说他们若是认识，为何不相认？”沈韶光缓缓地道，“最关键的是，他们都曾打听圣人那日在店里吃的什么。”其实打听皇帝吃什么的人，有不少，谁还不好奇了？但这些事综合在一起，就让人怀疑了。

“北人假扮南人，与胡人勾连，打听圣人饮食……”林晏总结沈韶光说的，片刻后点了点头，“你出门要带护从，尽量少去东市。让你的酒肆的人谨慎些，怕是有事要发生。”

他说正事的时候极严肃，让沈韶光记起他的身份——绯袍高官、握京兆实权的人物。沈韶光又想起那个雨夜，他拿刀片抬手割了贼人的喉咙……

也许是意识到自己的语气太严肃，林晏又笑了，抬手揉揉她的头发，温柔地嘱咐：“乖，听话。”

沈韶光看着林晏：“礼部试前第三天，东市酒肆有个‘祝鼎宴’，届时士子云集。”

第二十三章　酒肆之内的刺杀

长安东市旁常乐坊内一所道观。

一个摇铃卖药的游方道人推开侧门走进去，两个才从大殿出来的香客迎面而来，老道笑着对他们施礼。

“道长是只卖药，还是也看病？会不会看邪祟？”一个香客问道。

不待老道回答，香客已唠叨起来，说自己母亲自上元节后便睡不安稳，夜晚盗汗，怀疑是撞客了云云。

老道让他削一把桃木剑悬于帐内。

香客又反复地问这剑削多长多大，桃木是要几载的，悬于帐内是横着还是竖着……

老道耐着性子一一解答。

那位苏州士子季郎君从他们身旁经过，笑一下，径直去了后面的跨院。

不多时，老道也进了跨院。

跨院中与道观前院的静谧祥和全然不同，几个一看便孔武有力的“道士”守在门口和院中。“道士”见老道士进来，都叉手行礼。

老道士来到屋门前，一个颇俊秀的童仆给他撩开了帘子。

季郎君正坐在榻上喝热姜糖酪浆，见老道进来，有些讥诮地问：“某很是好奇，乔公果真会捉妖看祟吗？”

老道收了在外面的慈祥随和神色，肃然地看他一眼：“四郎今日又去那沈记酒肆了？”

“是啊。”季郎君不以为意地回答。

老道缓缓呼一口气，规劝道：“大王让四郎来是坐纛旗的。四郎身份贵重，还是少去那样龙蛇混杂之地的好。”

“坐纛旗的……”“季郎君”李棫一笑，“我还只当乔公把我当摆设呢。”

“四郎！”乔亥皱眉看着李棫，“某若对大王不忠，天厌之！”

李棫不甚在意地笑道：“某也不过是随便说说，乔公莫要在意。乔公也知道，我年少不更事。”

“年少不更事”是当初乔亥说过李棫的话。赵王请乔亥等幕僚评其四子，乔亥认为大郎既嫡且长，又颇有才干，可堪大任；二郎勇武，三郎实诚，皆可为辅弼。至于赵王宠妾所出的四郎，乔亥只是一笑，说道：“四郎尚年少不更事，日后再看吧。”然而如今……

看着面前轻狂的少年，乔亥突然生出些诸葛武侯的感慨，想想临来京时赵王说的话：罢了，全为酬王知遇之恩。

乔亥脸色和缓下来：“四郎固然年少，却是龙子凤裔，自可扶摇而上，一飞冲天。”

李棫得意一笑，端起杯盏喝口饮子：“乔公今日见王伯申，事情如何？”

“事情不谐。本来皇帝已经要让人去沈记酒肆买锅底汤了，谁想被秦祥那边的人坏了事。游击将军吴举说，禁军从前意欲从那沈记买乌梅饮，沈记以禁军守卫天子责任重大、饮食采办自有规矩为由，推却了这买卖，又言其谨慎若此，也必不愿意往宫里卖火锅汤底。”

李棫皱眉：那小娘子如此谨慎吗？

“皇帝听了，言语中对这沈记颇有嘉许之意。吴举又说，后来沈记把乌梅饮的方子卖与了禁军。他提议干脆也买下这火锅的方子算了。”

李棫追问：“皇帝让人去买了？”

乔亥摇头：“皇帝却道‘人家安身立命的东西，还是罢了’。”

李棫松一口气：没买方子就好。他又想：那小娘子谨慎什么？不过是商户的狡诈耳。那方子想必卖得不便宜吧？也或者她是为了勾连禁军，送个人情？那沈记的小娘子，倒真有两分机灵……

乔亥道：“看来我们想从这锅底汤上动手，是难了。”宫廷庖厨自有规矩，想从饮食上动手很艰难，但这皇帝特许从宫外送进去的东西就简单多了。禁军王伯申答应帮忙。他在先帝时也是可呼风唤雨的一个人，如今却被秦祥压得抬不起头来。

李棫笑道："乔公适才怨我不该去沈记，如今看来，我这沈记去得很合适。"

乔亥挑眉看他。

"沈记欲在礼部试前齐集今科士子开'祝鼎宴'。以我那位堂兄的性子，能不想出来见见这样的俊才雅会？太平盛世，文治武功……"李棫哼笑。

乔亥之前也得到了这关于"祝鼎宴"的线报，但在宫外劫杀皇帝……可以想象，届时京城会是怎样腥风血雨。

乔亥一直更倾向于用更"温和"的办法，而不是喊打喊杀——下毒已经是下限了。先帝时，他与师兄道玄，或说"大德清妙辅元真人"，用长生乱其心神，用丹药变其脾性，用谶语惑动人心，站在皇帝背后翻云覆雨。这才是他喜欢并擅长的方式。

而李棫显然是快意恩仇党："我们诱皇帝去沈记，并将他击杀，多么干脆利落！等着禁军王伯申帮忙，等着你那些故旧帮忙，等着我们每年送其大量钱财却从不办事的朝中大员帮忙，我只怕等着等着，皇帝越发坐稳了龙庭，生了一堆子嗣，我父亲却越发病老……"李棫难得显出些有心的样子，"这天下本就该是我父亲的！"

当年赵王之父为嫡，却年幼，今上的祖父为长，是为兄，"国赖长君"，最后坐上那个位子的是今上之祖。

据说这长兄幼弟颇为和睦，做了皇帝的长兄并因此荫庇了如今的赵王，使其出京镇守北都二十余载——别的大王都在京里憋着呢。

对这些老皇历，乔亥懒得翻：便是赵王没什么缘由又如何？古来多少成事的英雄是名正言顺的？待人成了事，这些自有史官去操心。

"待我再亲去沈记看过，再做定夺。"乔亥到底也有些意动。

他曾乔装成落魄士子去过两次沈记。那慢性毒药是在路途中下的，与沈记关系不大，他之所以去，一则是谨慎，一则也是前次郑二等人便是折在了崇贤坊的沈记里。

"四郎去沈记，莫要露了马脚。"乔亥又绕回到一开始的话题，有些挑剔地看看装扮鲜亮的李棫，"你要注意言行，你如今用的这个身份是个寒门子弟。”

李棫不以为意：“不过一身蜀锦袍子罢了，家下二等奴仆的衣裳。若始终穿那破烂儿，如何与那小娘子套交情？”

乔亥竟有点无言以对：要说四郎有什么大好处，就是这样貌了——在北都时他与不少女郎牵扯不清……

但乔亥还是劝他：“四郎莫要大意。你忘了郑二他们的事？他们当初是想去挟持这沈小娘子要挟京兆少尹，最后却折在了那里。”

“我仔细问过，不过是因为京兆的人多，他们才失了手。那京兆少尹——”李棫抿了抿嘴，“也许真有两分手段。至于你说的这沈记的小娘子，我也打过两回交道，一个妇人家，有两分商户的小聪明，仅此而已。”

李棫笑乔亥：“你莫不是以为沈记是什么龙潭虎穴，那沈记小娘子是什么长了慧眼的刑狱老手吧？”

乔亥想想那娇俏的女店主，到底没再说什么。

东市沈记酒肆。

一个穿破旧道袍的道人坐在离门口不远处的食案旁，面前摆着一碟炸兰花豆、一壶酒、一个杯盏、一双竹箸，他旁边的地上则放着“灵丹妙药”的布幡子、摇铃和一个脏兮兮的褡裢。长安城到处都是寺庙道观，像这种扛幡摇铃卖膏药的游方道士更不知道有多少，没人注意他。

乔亥端起酒杯饮一口酒，拈个炸兰花豆放在嘴里：嗯，还挺香的。

前面的圆台上两个杂戏人正在说一个金榜题名的故事，一个人考了多年才考中，他那些势利的亲人朋友都变了脸色，前倨后恭得好笑。乔亥跟其他客人一样笑起来。

处在这样热闹的市井酒肆中，食着小菜，喝着薄酒，乔亥有片刻的恍惚：若当年自己与师兄未曾被赵王看中，如今过的便是这样的日子吧？

前年师兄病危时，还忆起旧时两人一同在山上挖野菜、下河摸鱼的事，仿佛颇为怀念。乔亥觉得，师兄是有权如此的，毕竟他曾站在先帝身边，一句话，朝堂风云变幻；行于路，宗室公卿避让。除了最终没能帮得赵王正位，师兄今生可算无憾了。

乔亥看看这沈记酒肆，之前实在预想不到，自己的命运会与这么一间酒肆系在一起。若事成，大王登基后，论功行赏，自己自然是高官厚禄，风光无两；若不成……乔亥饮一口酒，左右已经这么大年岁，也不算早亡了。

乔亥又想起赵王四子李棫来，不由得皱起眉头……

一个穿着颇为富贵的年轻人进来，身后还跟着几个豪仆。

管事的忙上前招呼。

年轻郎君一边往二楼走，一边笑道："'祝鼎宴'当日，你们给我留个大大的雅间。虽非今科士子，某和朋友们却也愿意见识见识这样的盛会。"

管事笑道："那今日郎君便选定一间吧。剩下的雅间不多了，已经订出去六间，还有三间。"

年轻郎君皱眉，似有意似无意地看一眼那个穿破旧道袍的身影："人这般多吗？"

"瞧郎君说的，谁不想看看这样的盛会？到时候长绢题名……"管事陪着年轻郎君上了二楼。

乔亥又饮一口酒：三间……倒也够了。这种事从来讲的是出其不意攻其不备，皇帝微服出来，身边也不会带很多人。

门口，沈记的小娘子和卖花糕的邵家那位郎君一起进来。

在二人经过身边时，乔亥听得那邵郎君正笑道"我看了账本子，兴许啊，明年你就能买上渭水边的别业了"。

小娘子笑嘻嘻地道："渭水边的蒲菜好，到时候采最鲜嫩的做奶汤蒲菜……"

乔亥笑了一下。

时间在各方人马的掐算筹划中过得飞快，"祝鼎宴"的日子终于到了。

士子们果真来了不少，酒肆内外又有好些凑热闹的普通食客——长安百姓对这种风雅的热闹从来都很有兴趣。

秦管事亲自伺候笔墨。士子们踌躇满志地在酒肆外壁挂的长绢上题名，在管事的祝福和众人的瞩目中走进酒肆。

掐着吉时，秦管事说两句开场的话，便把场子交给士子们提前推选出来的品德好、年纪稍长之士。这位德行如何不知道，才气却着实有，先叙事后歌咏地说起来，字字珠玑。而酒肆主人，那位沈小娘子和邵郎君，只在外围眯眼笑着看。

乔亥坐在二楼靠栏杆的一个边角位置，扫一眼雅间，看看大堂内的士子食客、管事跑堂还有自己的人，便把目光定在门口：那人还没有出现。

乔亥的心就像被拴在一根头发丝上，晃啊晃的。他不知皇帝会不会来，他们又能不能在酒肆里将皇帝一举击杀。

即便不能在此将其一举击杀，乔亥安慰自己：后面还有在车马市附近埋伏的回鹘人，宫门处也有自己的人。乔亥眯起眼睛：他既然出了宫，便不要再想活着回去！

乔亥又等了两刻钟，士子们差不多各自介绍完自己的籍贯、姓名、年岁时，帘子被撩开，是禁军统领秦祥！他殷勤地微弓着身子为身侧之人开路，那人围着风帽大氅，露出一双好看的眉眼。

是了、是了……就是他！乔亥见过皇帝两次，其长相颇为英俊，尤其这双眼睛。

乔亥对自己人使个眼色，微微点头。店里那根看不见的弦绷到了极致。

皇帝的一个侍从走到二楼楼梯口不远处临栏的一张桌案旁，求早坐在那里的客人换位子，那客人颇好说话，果真把位子让给了他。

皇帝坐下，从乔亥的角度只能看到他的后背。禁军侍从们有守在二楼的，有在一楼警戒的，还有两三个在查看雅间的情况。皇帝指指自己对面的位子，秦祥推让了一下，到底坐了下来。看来皇帝宠信秦祥不是虚言啊。

观察着皇帝和秦祥，乔亥倒不担心雅间里的人——都是经过乔装打扮的，除非仔细探问，否则不会出现问题。

跑堂的捧上菜谱，皇帝翻了翻，乔亥隐约听到他点了奶汤锅子、羊肉、鱼豆腐之类的东西。跑堂的哈腰行礼，拿着菜谱下楼。

也许是上次露了行藏，皇帝始终没有脱下他的风帽大氅。

楼下士子们已经入座，等着开席的空隙，戏弄上场。

“今日来这‘祝鼎宴’的，都是未来的重臣啊。”一个杂戏人道。

另一个杂戏人道：“我重着呢，不比磨盘轻多少。”说着比一比自己的腰。

“我是说啊，都是鼎臣。”

另一个人犹豫了一下道：“啊，我大概是这奶汤的……”

满场大笑。皇帝也大笑。

便是此时！乔亥挥手。

一支长镖朝皇帝飞去——却被房梁上飞来的另一支箭打飞。

乔亥心头一震。

顷刻间，乔亥埋伏在一楼大堂和二楼的人都动了起来，雅间中藏的刺客也往外冲。然而更多的“食客”拽出刀剑，或围护在皇帝周围，或与乔亥的人战在一起。

原先乔亥让人探过、那些别人预订、本该是有老有少或富或贵的人聚集的雅间中冲出更多的人来，把乔亥埋伏在雅间的人堵在了雅间里。其中一个“小娘子”一把长剑使得又快又狠，一个痨病鬼样的中年士子则打出虎虎生风的一拳。

乔亥知道，他们这是中了埋伏！

之前坐在皇帝不远处一个胡商打扮的人对仓皇乱走的人群喝道：“捉拿逆贼！闲杂人等靠边蹲伏！”

适才六神无主的普通食客听了这话如得佛语纶音，纷纷蹲伏躲藏于桌案、墙边、柜台等处。

皇帝一言不发地站在那里，秦祥则挡在皇帝身前，与众多侍卫严阵以待。

看看明显处于劣势的己方，乔亥知道今日在这里讨不到好了。这种战局，重在“谋”，对方预料在先，于房梁上埋伏了神箭手，雅间和散座中埋伏下多于自己几倍的人数，战时又利用地形，掐准时机把自己的一部分人堵在了雅间里瓮中捉鳖，占了天时地利人和，自己焉能不败？

乔亥盯了那“胡商”一眼，想知道这是败在了朝中哪位将军手里。那“胡商”亦看他，比了个手势，若干人朝乔亥围拢过去。

“乔公，去窗边！”乔亥的几个亲信还在殊死护卫乔亥。

然而乔亥如何走得了？

对方的剑到底架在了他的脖子上。乔亥看了看，自己的人已经十不留一。

片刻后酒肆内尘埃落定。

那指挥的人扯了脸上的络腮胡须和假眉毛，露出极俊朗的眉眼。虽他还穿着一身翻毛皮的胡服，戴着胡帽，但乔亥已认出，那分明是京兆少尹林晏！

乔亥惨然一笑：想不到自己竟然步了郑二等的后尘……

林晏上前，对“皇帝”行礼：“让大王受惊了。”

“林少尹莫要多礼，本王挺长时间没经历这么好玩的事了。”

乔亥略睁大了眼睛：也对，既然这是计谋圈套，皇帝如何会来冒这个险？那自然是替身。

而会这么说话的人，只能是那位不羁的河阳王。

河阳王嘴角微翘，不说话的时候颇有雍容气度。这位大王在京中诸宗室王公中是个特别的存在，比如他的身份，他是皇帝现活于世唯一的亲兄弟；再比如他的性子，荒唐得厉害，一堆的男宠，听闻其中最得宠的是一个卖胡饼家的，故而京中笑谈，“生女可为妃，生男亦不让”；再比如他与皇帝的关系，御史们弹劾他的奏章垒起来有三尺高，而这位大王一直逍遥着。

河阳王虽有“那样毛病”，对林晏等士大夫却尊重得很：有的人是不可亵玩的。面前这位，河阳王在心里再添了一句：若与他有个什么，只怕自己也不占上风……这样的人，还是留给阿兄在朝堂上用吧。

林晏身边的侍从把一个水壶递给河阳王，河阳王皱着眉，把里面的鸡血洒在自己胸口一些，歪头看了看秦祥，促狭心起，顺手抹了他一脸。

秦祥无奈地笑着任他抹上：“奴婢扶着大王。”

观了一场漂亮埋伏战的秦祥微笑着对林晏道：“此处就拜托林少尹了。”

林晏郑重点头，行礼恭送他们。

秦祥本不喜欢这些朝中大臣，尤其士族出身的大臣，透着一股子骨头里的傲气儿，在他们眼里，自己这种人即便再位高权重，怕是连泥土都不算。此时他对这位林少尹却有些改观：傲气自然是傲气的，但有人气儿，有心，也踏实。

战局刚结束，众人还惊魂未定着，那疑似陛下的人已经捂着胸口，带着禁军亲卫走了。

看着河阳王的背影，乔亥绝望地闭上了眼睛：那些半路埋伏的胡人恐怕性命不保了，那些以防皇帝活着回去，被自己安排在宫禁内负责最后截杀的人也性命不保了。对方什么都料到了。只愿四郎能逃脱吧。

林晏缓缓走过去，微笑着问：“大德清妙辅元真人的师弟乔公？”

乔亥睁大眼睛。

禁军围住了常乐坊里的一座道观。前院，如狼似虎的兵士摁住了正在诵经的几个道士和几个香客，一个道士试图反抗，被押着他的兵士用刀背砸晕了过去，香客们则抱着头瑟瑟发抖。后院传来短暂的打斗声。

丰乐坊、居德坊、辅兴坊的几所民居里也发生着一样的事。

附近的百姓纷纷走避，又禁不住探听：这是怎么了，有人谋反？

同时，城门也关闭起来，大队的禁军围住赵王在京的府邸、别业、买卖店铺等，其中就包括崇贤坊的云来酒肆。

如此大的动静，该知道消息的人都知道了，几位相公，刑部尚书、大理寺卿等刑狱相关的公卿一方面接着使人探查，一方面急急地穿了官服准备进宫。其余官员也有探问的，也有惧怕的，也有猜测的……

暮鼓已经敲响。今晚的长安，注定不会安宁。

大明宫里，皇帝向河阳王问起一些细节。在听了“宫门遇伏”一段后，皇帝面沉如水：“想不到朕每日都是伴着毒蛇入睡啊。”

河阳王笑嘻嘻地道：“怪道你前几日总说睡觉凉飕飕的……”

皇帝的一腔怒气，被他不着调的“凉飕飕”浇掉了一半。

皇帝抿了抿嘴，道：“你还穿着这衣裳做什么？去，换套我的常服！”

“你的衣服我可不能穿——”

皇帝以为他说僭越的事，刚要说什么，只听河阳王道：“你的腰身那么粗，我穿了不好看。”

皇帝真是看见这个兄弟就烦，刚想让他回去，到底记挂着他的安危：“外面不太平，你才替我挡了灾，莫让那些贼子狗急跳墙伤了你。你且去明德殿歇着吧，等过两日再走。”

“谢阿兄，只是我的美人们——”看看皇帝的面色，河阳王不敢造次，撇撇嘴，行礼，走了出去。

河阳王在殿门前恰巧遇见了禁军统领秦祥和京兆少尹林晏。

三个人也算一个沟里趴过的“同袍”，看秦祥的面色，河阳王挑眉道：“怎么，不顺？”

秦祥正要说什么，河阳王已经抬手道：“不用跟我说，圣人等着你们呢。”说着负着手优哉游哉地走了。

秦祥确实心里上火，适才有人来报，竟然没有抓到赵王四子李棫！本来顺遂的差事因此变得不圆满，且是极大的不圆满。秦祥虽不算多么有远见的人，却也知道李棫在以后于朝廷对上赵王时非常重要。这帮饭桶！

对上林晏，秦祥又有些讪讪的。整个埋伏抓捕行动都是这位林少尹奏上御前的，禁军协同京兆府办理。京兆的人有限，追踪暗查又是禁军的强项，林少尹便把他们最初追踪到的两处地方及脉络消息交给了禁军，禁军又顺着找到了对方的另一处暗巢。禁军发现这个暗巢中有一个穿锦衣的年轻郎君，便以为是李棫。谁知那是个替身！那乔亥倒不愧是赵王身边得力的谋士。

他们错过了这最好的时机，要再想在这样大的都城找一个人……

“跑了？”听了秦祥的禀报，皇帝皱了皱眉，略停顿一下道，“他既来了，便不会躲得远远的，事发时必然在京里。城门关闭，他也跑不了，全城搜捕就是了。”

秦祥和林晏都行礼称是。

因禁军抄检赵王府邸和其产业的事情还在进行，又存了“万一捉住李棫”的心，禀告完抄检进程还有李棫的事，秦祥便接着回去督导了，剩下林晏在御前独自奏对。

对这位年轻的京兆少尹皇帝是很满意的，不管是这次埋伏抓捕，还是夏天处理京畿谣言的事，或者平日京兆府的作为，都透着一股子果决整肃，且又颇有策略，不是一味蛮勇。京兆这个地方贵人多，是非多，京兆府若是软了或犯蠢，京里就该乱了。

近些年京兆府尹和少尹常常更换，皇帝觉得，这回终于找到一个能做长的人了。

或许还是应该动一动，让白老叟去洛阳养老，他不是一直谋求外任吗？就把林晏提为京兆尹，再给他配个佐官。

看着林晏，皇帝笑了一下：这京兆少尹什么都好，就是太年轻了……

皇帝在琢磨京兆官员的任免调换问题，林晏想的却是重查当年的吴王案。

要查沈家的卷宗，就不可避免地会涉及吴王案。从卷宗中，从与楚棣等知情人的说话中，从另在京兆府和刑部寻到的一些零星的文字中，林晏对吴王案有些推测：吴王案受株连者甚多，其中最有名的不是沈公，而是河东节度使霍琛。

然而会不会其实是吴王受了霍琛的牵连呢？吴王毕竟只是一个闲散亲王，而河东节度使治太原，统辖多个州郡，手下有兵以防范胡人，他的位置太重要了。

霍琛出事，受益者是谁？太原府牧赵王受命接管了霍琛的兵权，一管就是这许多年……

恰巧去年夏季时京城谣言四起，那情况与先帝末年时多么相似！阿荞的推断更是直指北都太原。那几个贼人身上有腌肉的味道，同坊中与北都有关又可能存有大量腌肉的地方，便是云来酒肆——那是赵王的产业。

林晏曾使人悄悄潜入云来酒肆的库房查看，里头打扫得很干净，并没什么痕迹，然而有时候这太干净本身就是痕迹。

但凭着这些推断，凭着从死士们嘴里诈出来的一点供词，朝廷是没法儿给镇戍一方的亲王定罪的。

可他们太沉不住气，这个冬春又开始了，且这次做得更大。他们把作案之地选在了沈记，而那里有个可以去刑部或大理寺做官的阿荞……

涉及禁军，涉及胡人，动作又仓促，林晏给他们设伏是件太容易的事。

想到沈韶光，林晏微笑了一下，然后从袖中取出对在酒肆捉住的诸犯初步突审的条陈。时间短，对方又都是死士，他所得结果有限。还是得让刑部和大理寺的人去慢慢磨。

林晏同时递上的还有自己使人潜去北都及所谓“大德清妙辅元真人”的故乡魏州及其师门的查探情况。

林晏先向皇帝请罪：“臣未经陛下允许便私自调查当年的吴王案，请陛下治罪。”

皇帝摆了摆手。搁在从前，他如此，皇帝自然是不高兴的，但这会儿只觉得他精明强干。

“陛下请看，这是臣在北都查到的。

“先帝山陵崩，那位大德清妙辅元真人飘然而去，其相熟者有说其白日飞升得道成仙了，有说其云游去了，事实上，他去了，或说回了北都。此处有太原清静观道士的证词。赵王府的一位‘贵人’每年都要去观里盘桓几日，据云是爱那观后的石碑。这‘贵人’前年亡故，便被埋在那观后的山上，其碑上名字写的是‘王清妙’。

“陛下请看后面魏州部分。这位真人俗姓便是‘王’，无名，乡人只称其排行‘大郎’。清妙真人与我们今日抓到的乔亥既是同乡，又是同门。这乔亥原名黑豕，幼时下河摸鱼让鱼咬了，皮肉溃烂，用刀挖了，留下好大的疤。据他们当年的玩伴刘姓老叟说，还是那位真人亲自动的手。臣已经见过这疤了。

“陛下再看下面……”

吴王获罪，最开始便是由于那道士的谶言，后来牵扯越来越广，便有了更多“罪证”，林晏便从这根本上着手。那道士根本就是心怀叵测之徒，哪有什么谶言!

在这样的证据面前，皇帝实在说不出“只查眼下，当年的事就让他过去吧”这样的话。

皇帝微笑着看林晏：“查得这样全，不是一朝一夕之功。安然如何想起查吴王案来？”

“非为吴王，而是为了臣的岳父沈公。”林晏平静地道。

皇帝愣了一下才反应过来：“礼部侍郎沈谦？”

“是。”

皇帝微皱眉：沈谦怒陈道士祸国，为吴王抱不平，先帝盛怒，量刑颇重，其自身斩，子绞刑，妻女……入掖庭？

“臣的未婚妻沈氏是前年春放出的宫人。陛下或许见过，便是东市沈记之女店主。”

皇帝恍然大悟：林晏之前只说是沈记店主发现的端倪，自己只疑心他们是朋友。林晏便是那个给诗集写序的……

皇帝笑问：“那诗集上的序，可是你写的？”

林晏微笑：“是臣所写。”

皇帝笑起来：“我还只当野有遗贤呢，原来已经在朕的朝堂上了。”

林晏也笑。

想到沈记店主那不卖与禁军吃食的谨慎性子，还有那锅子、菜谱、诗集、戏弄，沈小娘子倒着实是个……皇帝有点犹豫：说“有才”好像不大对，京中才女也不是这样的；说“有趣”，好像也不只是如此……

皇帝意有所指地道：“安然好眼光啊。”

林晏微笑着点头：“她确实很好。”

皇帝没见过这么称赞自家娘子的，有点不知如何反应。

“去年夏，谣言案贼人的同伙曾妄图挟持她以要挟臣，她临危不惧，以杀鱼之刀授臣，后又根据那贼人身上的气味及吃菜的口味推测……”

听他又绕回到赵王，绕回到吴王案，或说沈谦案，皇帝微笑了一下：罢了，公道这东西，该给总是要给的。

听皇帝应允，林晏郑重行礼。

看他已经以沈谦半子自居，皇帝突然泛起些酸来，自己后宫佳丽这许多，本来也觉着很好，这会儿见他这样，却觉得自己仿佛缺了些什么。

“安然与沈小娘的六礼已经走到哪一步了？”

林晏抿了抿嘴：“还在等沈氏尊长来京主持。”

皇帝的酸意没了：原来林晏只是自己说得热闹……

林晏当晚没能回家。台阁重臣们纷纷冒夜禁入宫，皇帝与诸臣就赵王谋逆案仗下议政，商议对策。

北都位于军事要冲，往北临近几个都护府，往东是河朔三镇。赵王久居北都，节度兵权，如今又已与胡人勾结，若其举兵，战火或许会燃遍半个北国。

但事情也不是坏得一塌糊涂。

赵王年迈，旧年又曾犯了喘疾。其有四子，嫡长子意外坠马身亡；次子因“忤逆”被关押；三子懦弱无能，不与军事；四子为其宠妾所出，甚得宠爱——便是如今不知道藏在哪里的李棫。

河东诸部到底是朝廷军队，与赵王不是铁板一块，北都附近还有朝廷的雁门、关内两军。若擒得李棫，乱赵王心神，另离间其与所节度诸部的关系，稳住河朔三镇，大军与雁门军、关内军三面合围，克敌倒也不难。

诸臣商议克敌策略，颇有众志成城的意思。若是别个原因，朝中保不齐有主和派，但这是谋逆弑君案，即便再不主张域内用兵的人，此时也断然不敢说出个“和”字，大家只琢磨着如何把赵王摁死。李棫在这点上倒颇为通透：每年给京中亲贵大臣送的礼是没什么用的。

众人这一议就议到了半夜，策略有了，兵马调动、人事安排也有了大架子，更细的则要等明日了——几位相公都不年轻，这样熬，实在熬不住。

仗下议政散时已经过了子时，再有那么两个时辰又该上朝了。皇帝体恤老臣，要让几位老相公在侧殿休息，老臣们到底与林晏等几个年轻官员一同去皇城官署值宿的地方歇了。

行在宫城甬路上，林晏在李相身侧，李相迈台阶时他偶尔搀扶一下。李悦重重地握了一下他的手背，两人互视一眼，一切尽在不言中。

第二日，朝堂上又是一番震动。

但这些与沈韶光关系不大，她一个酒肆老板娘，一个刑事案件事发酒肆的老板娘，除了要配合官府调查，就是收拾自己店里的残局。

看看被砸坏的桌案屏风，满地的破碎瓷器，还有被砸伤了胳膊的跑堂，沈韶光苦笑，只能安慰自己：好赖不管是自己的人还有无辜食客们都没有大伤亡，尤其士子们，人家过两天还要考试呢。

沈韶光又觉得，这件事对自己的酒肆实在是个打击，之前设计要承“千秋百代”的“祝鼎宴”出师不利，八成是夭折了——别的不说，不吉利啊，有心理阴影啊，明年谁还愿意参加？

邵杰却不觉得：“这是救驾之功啊。你昨日就该告诉我，若告诉我，我定要留在这里的。”他一副热血的样子。

有之前挟持的事情在，林晏本不让沈韶光昨日在东市酒肆出现，但是沈韶光觉得这事自己一直在掺和，作为老板若不出现，怕会引对方怀疑，但还是掐着点提前离开了。临走时本着能挽救一个是一个的心理，沈韶光叫上了邵杰，只说有重要的事相商。

事后邵杰知道了，只能扼腕。

事实证明，邵杰不是少数人。

见沈记开了门，店主、管事、跑堂、庖厨和一些别的仆役在里里外外地收拾，又有京兆的衙差在，便有昨日的客人来打听情况。赵王的事已经传遍了全城，作为“适逢其会”者，开始有些蒙，后来有些怕，等事情过了，禁军搜捕、满城热议的时候，不少士子竟然兴奋起来。

他们就站在这一片破乱的酒肆中，站在这昨日的事发地，分析赵王的狼子野心和下一步的计划，讨论北都附近诸军分布，讨论若朝廷征讨，谁可为将，讨论更具体的战略战策。他们满是以天下为先的书生意气，誓为苍生立命，为君父解忧。

说至激昂处，便有人呼拿笔墨来，要当场写征讨檄书。

也有人呼拿酒来，大有一会儿摔了碗，便“投酒从戎”的意思。

沈记酒肆的小娘子也是妙人，要笔墨给笔墨，要酒水给酒水，关键是说得也好："正是因为有诸位君子这样忧国忘家、心系天下的人，我等小百姓才能安心过日子。"

家国天下是儒家士子的终极情怀，沈韶光的话实在是点在了士子们的穴位上，大家的情绪越发激昂起来。又有若干士子写了诗，众人并约定，不论登科与否，明年这个时候再齐聚于此。

"吾等可能终身都成不了鼎臣，然作为读书人，'赤心事上，忧国如家'[①]，不敢一时或忘。"一位士子道。

于是众人商议着，把"祝鼎宴"改成"赤心宴"。

沈韶光击掌："改得好！"

邵杰从市令处回来，见这场面，也跟着慷慨激昂了一回，于无人处又嘲笑沈韶光："我说什么来着？你啊，小娘子家家的，不懂我们儿郎。"

沈韶光无言以对。

他们此时不知道，在随后礼部试的殿试中，皇帝便以这成为热点的讨北之事为题出策论，有今日的事打底，聚在这里的士子中不乏发挥优异者。这"赤心宴"虽然是改了的名字，但多了底蕴和典故，也确实如沈韶光所期待的那样一年一年地传承了下去，成为士子们科考前必要参加的盛会。

沈韶光在邵杰这儿被嘲笑了，在林晏那儿却被狠狠地夸奖。

禁军查抄赵王府邸持续了一夜又半日，虽抓住了几个可疑人，但一审便知不是李棫。朝廷便只能悬影追捕了。

全城悬影追捕，需要各坊坊丁武侯的配合，这是京兆府的事。

鉴于李棫的重要性，秦祥亲自与京兆府交接此事。

看着李棫的画影图形，林晏微皱起眉。图中是个俊俏青年，一双漂亮的桃花眼，上面又写着二十四岁，身长七尺，耳后有枣大朱红胎记之类的信息。此时，很多海捕文书上的画影图形是这样的，甚至不如这个。这样的图可用于排查，但想用它在茫茫人海中快速找人，则太难了。

林晏突然想起沈韶光的图画来："沈小娘子见过李棫，她一向细致，或

---

① 语出韩愈《上李尚书书》。

许还记得旁的什么，且她精于画图，大将军可令人去问一问她。”

听他说得这般不避讳，秦祥挑眉。

林晏微笑：“沈小娘子是某的未婚妻。”

“既如此，某还是亲自去吧。”秦祥很给林晏面子地笑道。

“某陪大将军同去。”

饶是满心焦躁，秦祥还是一笑：年轻的郎君们啊……

刚送走了忧国忧民的士子们，又迎来了禁军统领和京兆少尹，沈韶光对他们行礼，又偷眼看看林晏：他的眼睛有些眍，胡楂儿也冒出来了，一副熬夜加班了的样子；然而年轻，颜值在线，倒有点落拓不羁的美感——或说性感。

林晏只温柔地看着她。

“咯——”秦祥清了清嗓子。

沈韶光微笑着看秦祥：对这位禁军中的大人物，自己当了那么久的宫女只见过两次，这出了宫倒见得多了。坊间有这位秦大将军颇厉害的传闻，如今看来，沈韶光觉得倒还好。

秦祥说了来意：“林少尹说小娘子细心，又擅画，不知能否请小娘子帮着画一幅李棫的图形？”

对李棫能逃脱追捕，沈韶光还是有点意外的：那位不像很精明谨慎的样子。不过她转念一想：他是占了身份的便宜，那位乔公无论如何也要保障他的安全。

“大将军有命，儿不敢辞。请稍候。”沈韶光正色道。

沈韶光学过人像素描，水平算不得多高，搁在后世如果在街头摆摊儿，十块钱一张，一天估计赚不了五十，但此时用来画通缉图则足够了——甚至有些让人震撼。

秦祥惊讶地道：“小娘子如何画得这般像？”有这样的图，配上查探之人的利眼，即便李棫变装，也能被认出来。这图画得简直太好了！

沈韶光不好解释这是前世所学，干笑道：“大约是——细心？”

林晏责备地看她一眼，却还是禁不住翘起嘴角。

秦祥本也不是想探究什么，不过表示惊讶赞叹之意，但听她说的竟是自己转述的林少尹的话，看两人又眉来眼去的，在心里啧啧两声：如今的小郎君、小娘子们……

说笑毕，秦祥又问沈韶光可还记得旁的什么。

沈韶光道："儿曾听说过一个词，叫'舒适区'，人总是倾向于待在他觉得舒适安全的地方。儿与那位李四郎打过两回交道，以儿看来，那位李四郎聪明外露，有些骄矜，想来是被娇宠着长大的。这种人在遇到危险时，尤其恋家，他即便有多个假身份，可以泯然于众人之中，但估计还是会选择藏在与赵王府有关的地方，别业、店铺，甚至奴仆家。"

想到李棫那双带钩子的桃花眼，沈韶光觉得这位或许还有另外的心理舒适区："李四郎似乎——性子有些风流，"穿越久了，沈韶光作为一个女郎，谈论这种事到底有些不好意思，"大将军和少尹或许可以让人去查探查探秦楼楚馆什么的。在这种地方，他或许反而会觉得安全。"

秦祥越发惊异了，笑赞："小娘子颇有刑狱老手的意思呢。若小娘子是儿郎，某一定要荐你入大理寺或者刑部。其实我禁军中也颇缺这样的人才。"说着还有些遗憾地摇了摇头。

沈韶光道谢，林晏则微笑，虽隐晦，秦祥也能看出两分与有荣焉的意思。

秦祥却有些同情他：你如今这般高兴，若日后有些什么别样心思，对这样的夫人恐怕不好隐藏……不过也说不定，秦祥又想起那漂亮的伏击战来，这两位也算棋逢对手了。秦祥突然想起前几日被圣人嘲笑的韩侍郎来，那位被其夫人拿着木杖赶出家门：不知沈小娘子拿着木杖赶林少尹是个什么景象？

有人来禀事，打断了秦祥的"畅想"。他同林晏和沈韶光笑道："某还有事，就不打扰了。"

林晏和沈韶光送他出来，沈韶光道："这两日，儿会多画几张图形送过去。"

"那就拜托小娘子了。"秦祥再次与他们道别，带着人骑马走了。

林晏也有一堆的事要忙，不能在这里久待。

他微笑着看沈韶光，沈韶光也眯起眼笑着看他。

有的人啊，就是只看着心里也觉得高兴，当然若是能做些别的就更高兴了。

林晏温声道："我走了，你自己当心些。莫要嫌带着人出门麻烦，有些恶徒的心你是猜不透的，要防着他们狗急跳墙。"在开始谋划这件事时，林晏到底又把周奎等几个功夫不错的侍从塞给了沈韶光。

沈韶光很乖地点头，又凑近一步，眯眼轻声笑道："晏郎——说句好听的话吧。"

林晏又想起围猎跑掉的那只狐来：那狐看到小鸟小兽入了自己的陷阱时，大约就是这个样子吧？

林晏却甘愿当那小鸟小兽，沉吟了片刻，微舔了一下嘴唇，轻声道："我的阿荠——是天下顶好的小娘子。"

沈韶光这回笑得像刚吃了鸡肉大餐的狐狸了。

第二十四章　进宫去觐见皇帝

虽然前方已经与赵王的军队开战了，但长安城里的日子还是该怎么过就怎么过。

柳树绿了，草青了，各种鸟雀叽叽喳喳，又是一年春来到。贵人们办起赏春的宴会，笙箫管弦，美人歌舞；平民们挖野菜拌了肉馅儿包时鲜馄饨，吃春盘咬春。新科进士们春风得意，走马长安；街上穿着轻薄春衫的小娘子明眸一转，对面的年轻郎君眼睛都直了……

这还没到上巳节呢，上巳节更热闹。

禁军对此也无可奈何，世情如此，风俗如此。事实上，禁军、武侯、坊丁们也有些疲沓了，也许那人犯早跑了呢？

升平坊的一所民宅里，几个侍从挡住院门，叉手恳求：“四郎，你还是少出去吧。如今外面虽盘查得不严了，但那街衢路口上还贴着你的画影图形呢。”

李棫指了指自己的脸：“我这样，他们还能看得出来？”

侍从们看着面前暗黄脸、八字眉、一把胡子的书生，为难地互视一眼：四郎一向珍视自己的容貌，如今“自污”若此，也实在难为他，但……

其中为首的一个道：“四郎，任校尉打探消息快回来了，你等等他再出去吧。”

李棫越发不悦起来：“他任奉也配让我等？”

任奉埋伏长安多年，口齿有些油滑，但李槭也不是傻子，看得出他是乔亥的人。他那样油嘴滑舌地敷衍，比乔亥那老顽固更招人厌烦。

谋刺皇帝之前，乔亥摆出一副忠臣的样子，以郑重的顿首之礼请罪，求李槭避一避，说什么四郎身份贵重，若有闪失，自己万死不能赎罪之类的。李槭虽觉得乔老叟太过小心，但到底心软，答应由任奉带着去别处避一避。

后来谋刺竟然真的失败，李槭不是不心惊的，也确实有些感谢乔亥：幸亏这老叟精明谨慎……

但如今如困兽一般天天窝在这小宅里不得见天日，关键是不知道这样的日子什么时候是个头，李槭实在焦躁。任奉说前面已经打起来了，想想家里已经做好的皇帝衣冠，阿爷会不会登基？为稳定民心，他会不会立三郎为太子，甚至放出二郎来？他从前也是很疼二郎的……

李槭要出门，侍从们是拦不住的。

怕引人注目，他只带着两个随身护卫，都是从赵王府带来的，功夫高，话少，对自己唯命是从。行在街上，李槭开始还有些胆战心惊，但出坊门时那坊丁也不过漫不经心地看了他们一眼，路上还遇到几个禁军，也并没发生什么事，他的胆气就壮了。

李槭也不是头一回出门，知道打探消息有两个去处，一为酒肆食店，一为秦楼楚馆。喝多了，有美人在怀，人的嘴里什么都说得。想到酒肆，就想起沈记，李槭抿抿嘴，径直去了平康坊。

进了平康坊，管弦之音盈耳，绮罗美人满目，李槭松弛下来：这才是人过的日子。

找了一家不算显眼但看着舒服雅致的院子，李槭走进去，坐在堂上角落里点了饮子糕饼，听一个妓子弹琵琶唱曲儿。

“一枝红艳露凝香，云雨巫山枉断肠……”唱的是李太白的《清平调》。

唱罢，有人道：“有没有新鲜的？成天听这个，都腻了。”

妓子轻轻一福，笑道：“新科进士们及第，往年这时候新词最多，今年的词却——未免铿锵了些，怕是不适合郎君们喝酒的时候听。”

因为朝廷正与赵王打仗，也或者与不少士子在沈记酒肆适逢谋刺案，又或者与“赤心宴”有关，今年新科进士们作的诗少了些绮靡香艳气，多了些慷慨悲壮之意。这样的词，实在不适合这时候唱，况且唱得好的人寥寥。

妓子笑道："儿这里倒还有段新曲子，说是某北国名姬写与一位世家郎君的。"

客人们笑道："公子美人，这个好！就这个！"

妓子又客气几句，说是还没练熟，请郎君们莫要见笑。

"不笑、不笑，只管唱来！云娘檀口，便是哼哼也是好听的。"一个客人调笑道。

妓子笑着轻唾那人一口，调弦唱了起来。

"梧桐叶落日，当君远游时……"

李棫心头一震。

"……咸阳夜宴晚，画屏春睡迟。臂膀新脂痕，不忆故人痴……"

这明明是当日自己与凤娘离别时的样子！凤娘因名凤，故而她的院子叫碧桐院。他从北都走时，梧桐叶落，秋意正浓，与凤娘缱绻之后，她嘱咐自己莫要在长安耽于冶游，忘却故人。

李棫紧张得厉害：恐怕这是自己多想了，毕竟秋意梧桐是常常入诗的，女子们想着新人故人的也是常有的事。但是不是太巧了？北国名姬……

若这就是唱给自己听的，幕后之人是谁？自然不是凤娘。会是来接自己的家里人吗？家里人最知自己的脾气，在这种地方唱这种香艳的调子，最不容易引人怀疑，且词里面满满的盼归之意。

这会不会是禁军设的圈套？但他们如何知道自己会来这里？又如何知道凤娘和碧桐院的？李棫翻来覆去地想这几种可能，心怦怦地跳，想赌一赌，又怕赌输了。

那边几个客人听罢了曲儿，让人上了酒菜，一人搂着一个佐酒娘子吃起酒来。

"北边打仗，不知道以后还能不能吃上这样的安乐饭。"

"瞎操心。"

先前操心的人道："听说那北都兵马壮得很呢。"

"再壮又如何，你莫非没听说赵王病了？他们刺杀圣人为了什么，不就是为了那个位子吗？赵王都多老了，如今一病——"

"我怎么不曾听说赵王病了？"

"你光顾着你那新纳的如夫人了，如何能知道？"

几个人笑闹着。

李棫想了想，不放心，带着两个侍从又换了一家院子，果然又听到了那首“北国名姬”的新曲，也再次确定了父亲生病的消息。

李棫实在等不得，便单叫了那唱曲儿的人去屋子里慢慢唱给自己听。

“不知这曲子是谁教与小娘子的？唱的倒似我一个朋友的事。”

“这曲子词是两个郎君教给奴的，说是他家女郎思念这郎君思念得很，便让人来京里寻。”妓子笑道。

妓子晓得，所谓“朋友”者多半便是这郎君自己。看着面前面色暗黄的书生，妓子心里十分失望：还以为是个什么样的檀郎呢。可见这文人们诗啊词啊的唱唱就好，不能信。

李棫皱眉，看她：“他们可曾说他们住在哪里？”

“说是在长兴坊青云观。”

李棫点头一笑，让侍从给了这妓子些银钱，负手走了出去。

妓子掂着银钱，回忆刚才他那一笑，还有身姿步态：倒有几分风流。在这种地方见惯了奇奇怪怪的事、奇奇怪怪的人，妓子撇撇嘴，把银钱放在了荷包里，自去接着唱曲儿了。

李棫回到住处时，任奉正着急上火，看他回来了终于放下心来，正要劝他，却听李棫问：“你如何不与我说我父亲病了？”

任奉赔笑道：“这消息还不确实，某告诉了四郎，也是让四郎白担心。”

李棫看他那张油滑的脸，突然猜测：他会不会是三郎的人？只要我滞留于此……随即他又劝自己打消这顾虑：乔老叟是一心为了阿爷的，三郎与乔亥……不会。

李棫松了面色，与任奉说了今日之事。

任奉皱眉：那他们如何没与自己联络？旋即他又想到：原先赵王府的地方都被禁军翻找出来了，如今这里是自己的私第，禁军固然找不到自己这些人，但赵王府的人也找不到。

任奉听了李棫的话，与他一样，既意动又怀疑。

思索了片刻，任奉与李棫道：“四郎莫急，我亲自去探一探这道观，再做定夺。”

李棫笑着赞许道：“如此就有劳任校尉了。”

任奉赔笑：得这位郎君一个好脸色真不容易。

第二日，任奉亲自去探这青云观。

过了大半日，任奉才回来。

“如何？”李棫急忙问。看清任奉的面色，李棫的心沉了下来。

“果然是圈套，那里有易装的禁军守着，多亏我发现得早，才得脱身。”

李棫皱眉看着他。

“郎君放心，我四处闲逛，又去东市转了一圈才回来。并没有人跟着。”

李棫放下心来，失望又怀疑：自己的事，禁军是如何得知的？

突然，外面有刀兵响动。屋内诸人大惊，还不及思索，窗户和门已经同时被破开，一群禁军闯了进来。

任奉等人还想护着李棫杀出去，然而李棫已经透过破了的窗看到外面墙上的弓弩手。

李棫摆了摆手：罢了……

秦祥走进来，微笑道：“四郎，随奴进宫去吧。”

押走了李棫，秦祥松了口气：此次固然是京兆林少尹计策好，禁军却也没在关键时刻坏事，像这样追踪一个探子大半天而没跟丢，也没让他看出来，除了禁军，再没有人有这本事。

林晏也这么觉得。他与沈韶光说如何利用从前在北都探得的消息和沈韶光的关于李棫“舒适区”的推测在平康坊布下引子，如何在道观打草惊蛇以及禁军追捕的过程时，称赞道：“禁军追踪术当真是一绝，京兆不能比。”颇为艳羡的样子。

沈韶光给他盛了一碗菠菜蛋花汤，似笑非笑地道：“京兆也自有好处。比如那曲词，能骗得李棫，想来感人得很吧？”

林晏翘起嘴角。

沈韶光一副等着他解释的样子。

林晏舔一下嘴唇，念与她听。

沈韶光的面色越发不好了：他能写出这种香艳的东西来……

看她抿着嘴，杏眼微瞪的样子，林晏只觉得可爱至极。

“林少尹——”

林晏抬手摸摸她的鬓发，轻声笑道：“你还从来没因我吃过醋呢，这滋味儿，好得很……”

沈韶光歪头让开他的手，又不解恨，拧了他的手臂一把。

林晏笑得越发厉害："并不是我写的，我哪有工夫写这个？是京兆一个钱录事写的。"那位确实有些——风流。

沈韶光面色稍霁，警告道："你要记得，与我成亲后，什么小妾婢子，什么歌姬舞女，通通不得有。便是出去宴饮，也体统着些，不然——"

沈韶光还在想放什么狠话，林晏已经微笑道："遇见你之前，不曾有人入得我眼；遇见你之后，我眼中再无旁个了。"

林晏神色颇郑重："阿荠，不会有'不然'的。"

沈韶光禁不住眯眼笑起来，又给他添了一勺汤："这菠菜嫩得很，郎君多喝点。"

林晏的眉毛跳了一下。

沈韶光有些狐疑地看着他："你是不是挑食啊？我总觉得你似乎对菠菜有偏见。"

沈韶光进宫觐见皇帝那天，正是三月初九，她上一世的生日。

林晏上完朝回来，接着沈韶光又返回去。

听说皇帝召见自己，沈韶光开始有点惊讶，不过想想也在情理之中：沈家冤案唯一的幸存者，还碰巧算是救驾有功，再有林晏和李相的关系，皇帝表示出个怜悯安抚之意也正常。

以沈韶光的眼光看，今上算不得什么雄才大略，什么睿圣英明，但这位皇帝脸皮有点薄，有那么点"不好意思"：不好意思太奢侈，国库里的银钱少，他就一个园子拖拖拉拉地修了好几年；上位后，不好意思狠狠给朝堂、军队大换血，只一点一点地掺水；既收了自己这些人的"好处"，就不好意思再压着沈家的冤案……

脸皮不够厚，心肝不够黑，今上可能算不得一个多好的皇帝，但庶几可以算个好人。

听沈韶光如此评价皇帝，林晏笑起来。他早就发现阿荠对皇家缺些尊重，反而带着点审视，颇有六朝士族的味道。

作为一个士族子弟，一个少年时就颇有才名的人，林晏也曾有过轻狂的时候，那时候与裴斐一同读史，臧否人物，评议古今，虽凤歌笑孔丘不至于，但是委实薄看过很多皇帝。

林晏颇同意沈韶光的话：今上脸皮薄，仁厚，固然有时候是不得不如此，但也与他的脾性有关，今上在皇帝中属于很有“人味儿”的。

沈韶光扑哧笑了：我们林少尹的一张嘴原来也可以这么尖利。人味儿……可不是吗？多少历史上有名的皇帝，韬略本事都不缺，就是缺点人味儿。

林晏倒不怕在她面前露了原形，反而有种畅快感：在心仪的人面前，把各方面的自己真真实实地展示给她看，就像洞房之夜……林晏咳嗽一声，微笑着对沈韶光道：“我们走吧。”

沈韶光狐疑地看看林晏，总觉得他不太自然。

沈韶光与林晏讨论皇帝，皇帝也与秦祥讨论他们。

秦祥是彻彻底底的自己人，皇帝不瞒他：“等北边的战事了了，大封功臣的时候，让林晏做京兆尹吧，让白老叟去洛阳养老，莫要占着窝不下蛋。”

听圣人说出这样俚俗的话来，秦祥笑起来，嗔道：“圣人莫要跟那起子小宦学说这样的话。小心在朝上说漏了嘴，让御史说道。”

皇帝笑道：“说就说吧，朕还让他们说得少吗？朕修园子他们管，上朝晚了他们管，连夏天穿个半臂衣服他们也要管，也不缺这一桩了。”

秦祥笑着说回林晏：“这林少尹年纪虽轻，倒是个有担当、有胆识的，难得还不迂腐，我们京兆啊，是该有个这样的人撑着。”

秦祥鲜少在皇帝面前评价朝中官员。听他如此说，皇帝饶有兴味地看他。

秦祥总结道：“委实是个能耐人。”

“我还看中他身上那点‘侠气’。”皇帝与秦祥说起林晏先前为崔伯渊奔走的事，“他虽面冷，却心热，颇有先贤之风。用这样的人，我放心。”

而提起沈韶光，秦祥不由得露出轻松的笑来：“委实是个不可多得的小娘子，样貌美，又极聪慧……”秦祥停住，可惜这人没有留在宫里。

两人主仆二十载，听他的话音，皇帝便知道他如何想的。皇帝又想起林晏那看似平实的夸耀来：这位小娘子的聪慧毋庸置疑，但选妻妾，谁又首重智谋呢？又不是选幕僚。

不过他想想那酒肆中逗趣的戏弄、谈吃的诗集、可以当书看的菜谱，还有那号称吃一个月不重样的火锅子，觉得这小娘子性子倒也有趣……

及至见了这位沈氏——虽是臣子妻，皇帝还是多打量了两眼——不得不承认，就连样貌也是出色的。她不是美在鼻嘴五官，而是好看在神气上，那双眼睛似藏了三月春晖一般。原来自己宫里从前还有这样的人……

皇帝断没有替自己父亲给臣下赔不是的，只是温言抚慰："这些年，女郎受苦了。"

沈韶光微笑，福一福："民女不敢言苦。"

不敢言苦，非不苦也。这是秉承臣道，又颇有士人骨气的一句话。她又不自称"臣女"，而称"民女"，因其父还没平冤狱。这位女郎说起话来跟朝中那些臣子真是一模一样，字字含大义，句句都有筋有骨。

皇帝适才还觉得林少尹真是找了个有才有貌又知情识趣的小娘子，此时却觉得还是自己的淑妃庞氏那样的好，明净如小溪流，她想什么，自己一眼便能看出来，即便再委婉，说话也不过拐一个弯儿。

皇帝看看林晏，有些怀疑：你们两口子平时就是这般说话的？林少尹每日在朝上衙间这般与人议事，去见小娘子，两人也这般，累不累？

皇帝清一清嗓子，提起在朝上对臣子们说话时的精神来："吴王案已经着有司重审了，女郎再等些日子。"

沈韶光郑重行礼："是。"

"女郎委实聪慧，去年夏捉住北方探子，今年又勘破那李棫、乔亥之案的首尾。"

皇帝这是要听细节的意思，沈韶光便说起那些细节。那贼人点的北都特色菜品、他们身上的气味儿、他们当时的神色……至于李棫身上的疑点就更多了，说是苏州士子，却爱北人的酪浆，明明有女儿酒，却选新丰酒，吃得惯粗犷的羊蝎子，爱酸、爱辣、爱面食，还有那与胡人一样的熏香味儿。

这些事，皇帝已经听林晏禀报过了。林晏禀报时只说重点，又着眼全局剖解阐发，而此时沈小娘子则就事论事，又是这样条分缕析的，颇似刑部呈送的那些死刑案宗。

与这样的小娘子说话，实在是个新鲜的体验，皇帝清了清嗓子："听闻捉拿乔亥那日，女郎还亲去酒肆赴险了？"

一个罪臣之后，一个年轻的小娘子，有如此眼界、如此胆色、如此忠心……皇帝点头："女郎委实难得。"

沈韶光腼腆一笑，老老实实地道："那日并不曾有什么危险，民女提前走了的。”

皇帝笑起来：这倒是个实在人。

沈韶光却端正了神色：“即便有些危险也没什么。先父曾教导民女‘苟利国家，勿惜其身’，民女不过是循先人之脚踪罢了。”

想到当年沈谦御阶下的悲壮，皇帝沉默了片刻道：“女郎放心，沈公之冤定能得雪。”

这次沈韶光大礼拜谢。

回家的路上，林晏没骑马，陪沈韶光坐车。

看着她的面色，林晏搂住她，另一只手轻抚其背：“乖阿荠……”

片刻后，沈韶光坐直，笑道：“今日是我的生日呢。”

林晏也不愿她沉浸在悲伤里，顺着她的话笑问：“不是前两日才过了生日吗？如何今日又是生日？”

沈韶光摸摸前两天林晏送给自己的钗子，挑眉一笑：“前两日是阿荠的生日，今天是韶光的生日，不行吗？”

林晏笑起来：“好、好，只是你没提前说，我没备下礼物。”

礼物……沈韶光看看林晏，目光扫过他的脖颈，眯眼笑了一下：“晚间你陪我吃饭，我告诉你我想要什么。”

林晏点头，摸摸她的头发。

晚间，在沈宅吃完饭，两人在榻上相对而坐喝茶的时候，林晏又问起来。

沈韶光凑近他，说了一句什么。

林晏抿抿嘴，看着沈韶光无赖又娇气的样子，无奈地笑了，真是恨死自己当时非要请沈刺史来代行六礼了。

“不行啊？”沈韶光再撩拨一句。

“乖，莫要闹，我怕我忍不住……”

沈韶光又扫一眼他的脖颈：不过是想摸一摸、玩一玩那颗小红痣罢了，至于吗？

第二十五章　林晏韶光成亲了

北面的战事结束得出人意料地快，吴王案复审却有些慢，林晏与沈韶光的婚期就更晚了，从预定的初夏直拖到中秋。

赵王在获知四子李棫被俘后喘疾加重，其被囚禁的次子李榉在故旧的帮助下夺取兵权，而一向软弱的三郎李棣在另一些兵将的支持下与其兄分庭抗争。李棣不敌其兄，干脆带人“弃暗投明”地转身奔向了朝廷。

征北军与雁门军、关内军三面合围，李榉兵败，逃往河朔成德军控制的恒州。经过斡旋，成德军献上李榉及一众主要幕僚、将领。

五月，前方大捷的露布被快马送回长安。诸臣露出轻松的笑来，皇帝也松了一口气。长安百姓倒不觉得有什么：早就知道那逆贼成不了事，暗地里谋刺的有什么本事？

听说大军进入北都时，赵王的尸身都已经臭了，并未装殓，旁边亦无人守护。这位大王盘踞北都要冲十余年，手握三郡兵权，先帝时借助道人之手在朝堂中翻云覆雨，谁想到一代枭雄下场如此凄凉。

对战事结束得这样干净利落，沈韶光是有些意外的，但想想，史书上像这样气势汹汹、结束却极快的战事多着呢。快，好啊，军中少死些人，李相等官员少长几根白头发，像自己这种和他有恩怨的人，可以早点家祭。

沈韶光给这世的父母兄长上香，善恶到底有报，你们在天之灵可以安息了。

吴王案却审得有些慢。其实皇帝本是授意三司加快进程的，想着先帝再暴戾也是自己的父亲，此事最好在北面战事结束前审理完毕，该恢复名节的恢复名节，该安抚劝慰的安抚劝慰，该发还田宅的发还田宅，等战事告捷，大军还朝，这件事也就淡了。

然而吴王案作为先帝末年的第一大案，牵扯太广，不少人因此被罢官免职，不少人因此被贬谪流放，不少人因此家破人亡，又岂是一时半会儿能结案的？

因为要重审沈谦案，也因为听说了沈韶光的事，分司东都员外郎沈朴专门请旨入京协理此事。

听林晏说这位堂叔父到京，沈韶光去馆驿拜见。

沈朴约莫三十岁，修眉俊眼，听说很年轻的时候就中了进士，如今却任东都分司尚书省的六品员外郎——真真正正的养老官。看他穿着家常宽袖衫和木屐子，一副洒脱旷达的样子，沈韶光觉得，叔父这个官做得妙得紧。

这样旷达的人，刚才却是快步如飞地来迎自己，沈韶光又觉得，或许当初出宫时，是自己想得太悲观了。

坐在馆驿客舍的堂上，沈朴打量她片刻，目露感慨之色："我从前见你，你才这么高——"沈朴比量比量坐榻边。

沈韶光笑道："儿实在不记得回洛下时候的事了。"

沈朴缓声道："不是你回洛下，是我来京里科考，住在阿兄处。"

两人都沉默起来。过了片刻，到底是沈朴先缓过神色来，笑道："那时候牵衣哭闹的小娃娃，如今也是个俏丽女郎了。那林少尹人品样貌不错，但听说性子颇冷。"

恰好婶娘带婢子端着茶点进来。

沈韶光站起，婶娘携着她的手坐下，嗔怪沈朴："郎君真是——"

沈朴笑道："这有什么的？婚姻大事，总要女郎们自己愿意才好。如今阿荠如此，以后阿菁亦如此。"

看看笑眯眯的比坐榻高不了多少的堂妹，沈韶光觉得叔父真是有远见。

而后到的族伯颍州刺史沈直又是另一副样子：五十上下，面白有须，一双眼睛透着威严。沈韶光在他面前不敢造次，摆出腼腆闺中女儿的样子。

沈直问起她在掖庭的日子，又问出宫后的事。他问得很细，沈韶光不好藏掖，没奈何，只好实说了寄身尼庵、摆摊儿开酒肆的经历。

沈直沉默片刻道："终究是我等之过，没有照顾好你。"

沈韶光觉得伯父误会大了，想说自己每天吃吃喝喝挺开心的，但好像又不合适，只好干笑。

沈直看着沈韶光，张张嘴，又闭上，片刻后终于开口，语气有些尴尬："林少尹品性不错，只是人有些冷，你……"沈直又停住了，实在不知道怎么跟一个小女郎说这些话。

沈直也有一女，许配给庐州刺史崔言之子，当时却没用他说，而是夫人与女儿说的——两家也算世交，夫人见过小郎君。

这次却不适宜夫人来说——"郎子"① 身份特殊，过不了几日便是三品京兆尹了，正正经经的紫袍高官。沈直只好自己勉为其难地开口。

然而两位叔伯很快便推翻了自己说的话。

林少尹每次来拜望，说话都十分恭敬，嘴边始终挂着笑；喝酒时虽面色已经红了却并不推辞，老实得很；关键是，偶尔看见阿荠，那目光温柔得如三春和风一般……

无人时，沈韶光笑话林晏："平日也不见你这般温和，真是装得一手好相。"

林晏也笑，承认道："要做沈家郎子，着实不易。"岂止不易，简直太难，京中还有个时常找自己喝酒的李相，那位眼利的楚先生也快到京了……

沈直被调为京官，时间充裕得很，故而六礼行得不紧不慢，到七月吴王案审完、沈谦沉冤得雪时，六礼也才到纳征这一步。

沈直带领兄弟子侄，郑重地举行了家祭，李悦、楚棣、林晏等都送了祭品来。祭祀完，沈直、沈朴还有沈韶光，眼睛都是红红的。

因为沈韶光的救驾之功和在捉拿李棫时起的作用，皇帝在发还原来沈家田宅的数目上，额外多赏了一倍出来——包括一处先前赵王的别业。

沈韶光终于体会到了一夜暴富的感觉。

沈韶光学着电影女主角的样子，调戏林晏："林郎君，我养你啊——"

林晏如今颇跟得上沈韶光的节奏，微笑着施礼："如此，就多谢夫

---

① 郎子：女婿。

人了。”

然而，他们可以这样随意说笑的时候并不多，因为若不是朝廷的这些事，婚前的两人是见不到几回的——如今沈韶光跟着伯父伯母住。

八月初十吉日，终于到了六礼的最后一步——迎亲。

沈韶光两辈子头一回出嫁，之前又在宫里，没亲身见过民间婚礼，这回是开了眼界，比如“下婿”。

伯父家和几位亲朋故旧家的阿嫂各执棍棒，要对林少尹，不对，应该说林府尹“痛下毒手”。

伯父家三阿嫂快人快语：“十一娘你莫要心疼，女婿是妇家狗，不揍一顿是不行的。①”

十一娘是沈韶光在家族中的大排行。

沈十一娘点头：“阿嫂尽管打就是，不揍不老实。”

阿嫂们都笑起来。

阿嫂们颇兴奋：听闻新妹婿风姿颀然、容貌甚好，又是紫袍高官，这样的女婿，能打到的机会不多啊……

林晏保持了他在“岳父团”面前的老实形象，没要什么计谋，让姑嫂们狠狠地捉弄了一回。沈韶光从楼上偷看他时，他帽子也歪了，头发也有些散了，笑容却还是那个笑容。

沈韶光促狭一笑，林晏似有所感地抬头，两人目光对上。

旁边却已经有人来叫沈韶光：“十一娘，快梳妆吧！”

梳妆，快是不能快的——习俗如此，她得等着外面的新郎念催妆诗。

沈韶光在屋里听得乐不可支。林晏虽然偶尔也说些甜言蜜语，但从没这么赤裸裸地夸赞过她，尤其没夸赞过她漂亮！沈韶光犯了小心眼儿：让他作，河东才子，少年进士，还怕这个？

阿嫂们纷纷赞许：“十一娘是个稳得住的。”

林晏可以想象沈韶光那得意的样子，从芙蓉面到杏子眼，到樱口贝齿、如云秀发，再到绰约风姿……我的阿莽确实是个美人啊。

---

① 出自唐传奇《游仙窟》：“女婿是妇家狗，打杀无文。”

又经过一系列烦琐的仪式，两人终于单独坐在青庐中时，沈韶光面上早已没了得意之色——结个婚太累了！

好在刚才婢子们已经帮她宽了大衣裳，卸了钗环和脸上的妆容，沈韶光扑在床榻上，觉得比前世加个通宵班还累。

“阿荠——”林晏坐在床榻边叫她。

沈韶光歪过头看他，突然有点紧张：那个什么，对，今天还有那个什么呢。

沈韶光坐起来：“郎君，你饿不饿，要不要吃点东西？”

“我让人煮了糯米圆子，就是你平时常煮的那种，一会儿送来。”

沈韶光笑起来：“挨了顿揍，还这么以德报怨，真是君子。”

林晏摸摸她柔顺的头发，只是笑。

沈韶光挑眉：“你笑什么？”

林晏看着她微笑道：“怕你一会儿没力气。”

沈韶光似笑非笑地瞥他一眼。

林晏笑得越发厉害，搂住她亲亲额头：“吃一点吧，婚仪烦琐，你晚间肯定没吃什么。”

婢子在青庐外说圆子煮好了。林晏让她们送进来。

沈韶光坐在食案前吃桂花酒酿汤圆，林晏不吃，只看着她吃。

沈韶光让他看得又紧张起来，开始说吃经：“这桂花酒酿圆子做得不错。桂花是糖渍的，好吃。酒酿也不错，是不是东市王家老酒买的？他家的酒好，酒酿也好，有别家没有的醇美，我估计是米好的缘故……”

“你莫怕，”林晏帮她把散落的碎发塞在耳后，轻笑着安抚道，“我会小心的……”

沈韶光放下碗，拿过茶盏漱漱口，然后郑重地与林晏道：“长公主给我一册东西。要不，我们先学学？”

作为一个电脑里有不少“学习资料”的人，沈韶光觉得自己的理论知识还是很过关的，但多学学总没有坏处，长公主给的册子可精致了呢……

林晏微笑着看她一眼，又将她拦腰抱起：“不必！”

“不是……真的不必吗？我觉得，那个……”

床帐里，沈韶光直接被消了音。

番外一　郎君竟然会烤肉

婚假九日，过了拜门礼，又过了中秋，还剩几天，林晏便与沈韶光商议去终南山秋游，并小住几日。沈韶光自然是乐意的，八九月正是野味最肥美的时候，烤兔、烤鸡、烤鹿、烤羊——取决于我们郎君能猎到什么。

沈韶光知道林晏剑法不错，但射箭猎取活物不是早起在自家院子里就能练出来的。郎君这二十几载，要读书，要考试，要游历，要做官，人的时间和精力毕竟有限，恐怕不大有空常常去山上追狐狸兔子。

不管心里怎么想，沈韶光嘴上都不会质疑什么，没办法，有前车之鉴在呢。想想自己之前说“相濡以沫”“南烛锅子”“汤圆肉丸”时候的得意，再对比后来的哭求耍赖耍挟……她觉得忒丢人！

一个理论派，遇上一个实干派，遇上一个不知根底的实干派，是一定要小心的。

林晏看娇妻神色变幻，笑问：“想什么呢？”

沈韶光眯眼笑道：“我琢磨着需要多带些胡椒粉、茱萸酱、蜂蜜、安息茴香之类的调料，到时候郎君猎了鹿啊羊啊獐子啊什么的，我们好烤了吃。”

巧言令色！林晏揉揉她的头发，笑问：“阿荠，你可知道你口不对心的时候，耳朵会红？”

沈韶光看林晏：你诈我的吧？像我这种老江湖，可不是说个瞎话会挂幌子的人。

"真的。"林晏颇为真诚。

沈韶光半信半疑地摸摸耳朵：不热啊……

林晏搂住她，笑得胸腔振动。

林晏亲她的鬓发，又顺着亲到耳朵，用牙齿轻磨她的耳尖，低声笑道："这不就红了吗？"

沈韶光只觉得半边身子酥麻，却还嘴硬道："你制造伪证，该当何罪？"

林晏已经在攻略她的耳垂了，带着些鼻音道："嗯，随你处置。"

沈韶光软在他的怀里。

"你某些时候耳朵真的会红起来……"那又羞又娇又凶的样子可爱至极。

沈韶光这回真的不争气地红了耳朵。在彻底沦陷之前，她还腹诽一句：郎君这"人设"真是崩塌得厉害，原来清肃冷淡都是假的。

新婚小夫妻闹够了，一起去见太夫人。

谁想太夫人道："不去、不去，这么远！正好你们走了，没人来晨昏定省，我也得两天假，睡个懒觉。"语气像极了送孩子去住校，终于可以躺着玩手机的家长。

沈韶光咧开嘴笑，林晏也微笑。

江太夫人实在是个既有趣又慈善的老太太，可惜身体真的不好。出了江太夫人的院子，沈韶光与林晏商量等重阳的时候带着祖母去乐游原转转吧，就在城里，她老人家的身体吃得消。

林晏点头：祖母不愿同去终南山，固然有不愿扰了自己与阿茅的缘故在，也确实受不住路途颠簸。

因为只住几天，沈韶光只带着婢子们收拾了些衣物和日用品，车也只备了两辆。侍从们骑马。

看她没大张旗鼓地把厨房搬上，林晏颇为诧异，旋即便明白过来。

"阿茅，你说的那安息茴香、胡椒、蜂蜜之类的调料，带上吧，到终南山恐怕买不到。"

沈韶光点头："带上了。"小瓶小罐地放在箱子里了。

“还有你那烤肉的炉子、枝子、网子的一套家什也带上吧。”

沈韶光：“好。”沈韶光又让人去搬烤肉套装。

她本是存了体贴之意的：带那么全乎，到时候炭盆子、铁枝子、铁网子阵仗摆开了，郎君空手而归……

平心而论，沈韶光是不觉得打猎技术不好有什么的，又不是以此为业。她想想漫山遍野追兔子追了大半天，最后一根毛无归回来的林郎君，还怪萌的呢。那时候她就可以揉揉他的大头，亲亲他，安慰他，跟他说无所不能的人生是不完整的。

沈韶光看看林晏，想象他委屈巴巴的样子，想象自己安慰他，顺势如此这般、这般如此一番……

“阿荞——”

沈韶光微笑道：“看见我们这烤炉子都带上的阵仗，终南山该百兽出逃了。”

林晏笑着看她一眼，使劲揉揉她的头发。

沈韶光偏头，皱眉道：“钗子都掉了！”

林晏买的这处别业就在山脚下，算不得很大，但颇为精致。前庭、正院、两个小跨院，又有后花园。园子是就着地势修的，里面垒着怪石假山、种了些花木。其中有一棵桂树，很粗大，已经开始开花了，满园秋风都吹不散的浓郁香气。

沈韶光围着这树转了一圈儿：这回不用福慧长公主接济桂花了，就这棵树，足够自己祸害的。明天她可以先熬些糯米桂花粥，顺便做些桂花饼吃，少加糖，免得坏了这天然的桂香气。

在别业里略走一走，松松坐了一上午车的筋骨，吃了简单的午食后，沈韶光去睡午觉，林晏则带着几个侍从进山。

沈韶光睡了大半个时辰，起来喝些清茶醒神儿，然后与阿圆再在自家院子里溜达一圈，便出了门。周奎和另一个侍从跟上。

不远处有小村庄，十几户人家，篱笆院里种着青菜养着鸡，沈韶光敲柴扉，与一个阿婆买了些青菜、鸡子之类的东西，周奎等拿着。

他们出了村子，顺着小径上山，行不到二里，便看到一道小溪流，清凌凌的水，可以看见溪底的沙石，略有阻碍处，便溅起白色的水花。

沈韶光蹲下，撩了一把水，凉凉的，抬头看看面前的苍茫群山和不远处叶子已经开始发红的树木，景致是真好——沈韶光又想起那秀色可餐的玩笑来。

这个地方确实可餐。不远处便有天然的大石台，正好放烤肉炉子。

沈韶光让周奎等人回去拿家什：“胡饼也拿几个，汤锅也要。”

沈韶光琢磨着：万一林晏没猎到什么，做青菜蛋花汤，吃烤得酥脆的胡饼，也挺好的。

周奎笑道：“娘子想得周全，胡饼夹烤肉，再有青菜汤，真好。”

沈韶光笑着点头。

夕阳西下，沈韶光正盘膝坐在石台上一边喝茶一边赏景的时候，林晏和他的人回来了。

看着刘常肩头那只肥大的、不知算是羊还是鹿的动物，再有另外几个侍从提的兔子、野鸡，沈韶光暗自庆幸，幸亏这回没多说什么……

一共就这么几个人，哪里吃得了这么多东西？几人便只把那羊剥洗干净，切了块儿用枝子穿了烤着，另用一只野鸡煮上汤。

林晏却道：“把那羊肋骨一段切下。”

刘常笑了，与沈韶光道：“阿郎要给我们做烤羊肋。当初阿郎做的烤羊肋，曾得先生和学堂中一众郎君盛赞呢。”

沈韶光转头看林晏。

林晏微笑着看她一眼，略抬了抬手。

沈韶光赶忙上前帮着卷袖子，又吹法螺：“郎君真是文韬武略，无所不能，上得厅堂，入得厨房，写得文章，捉得黄羊……”

林晏笑瞪这口是心非的小马屁精一眼。

沈韶光看林晏怎么操作。

他用匕首在羊肋排上插了许多孔洞，清洗过后，用花椒粉、盐、茱萸酱把羊排里里外外揉搓了几遍。

看着他长长的手指搓羊肉，沈韶光的脸突然有点烫。

林晏却没发现娇妻的异处，只把那揉搓过的羊肋骨放在铁丝网子上烤着。

那边与于三学得三招两式的周奎已经烤出了头一拨肉串儿，先给沈韶光送来。

沈韶光摇头笑道：“我要等你们阿郎烤的羊肋。”

众人都笑。

都是贴身仆从，没那么多礼节，阿圆、阿青，还有刘常、周奎他们便先吃起来。

沈韶光和林晏守着专门用网子做的烤炉说话。

“郎君这是与谁学的啊？还知道先揉搓入味儿？”

“从游记上看的，据说波斯人便是这样烤的。”

沈韶光玩笑道：“‘书中自有千钟粟’‘书中自有黄金屋’，书中自有肉馥馥……”说到后面自己先笑了。

林晏也笑：“嗯，还有什么？”

沈韶光故态复萌，拉过林晏的手，在他手掌上写字：“颜”“如”“玉”。

林晏反握住她的手，侧头看了她半晌，目光温柔：“嗯，你说得是。”

沈韶光眯眼一笑。

“是不是该撒些安息茴香了？”沈韶光问。

羊肉刺刺地冒着油，香味儿越发浓了，林晏去给肉撒孜然粉，翻面儿。

沈韶光没白饿着肚子等，我们林郎君烤的羊肋排委实不错，外面焦香，里面很嫩，一咬流出些油汁来，又有些特殊的松香味儿——沈韶光在这里等的时候，带着人在林子里捡了些松塔，烤肉的时候放在炭火上，肉果真如梁老先生说的，极有滋味儿。

本来已经吃饱的阿圆他们，又“勉为其难”地每人抢了一根肋排啃。

几人用胡饼夹着吃了烤羊肉，喝了野鸡青菜汤，又看刘常舞了剑，侍从们玩了一圈角抵，便该回去了。

侍从婢子们走在前面，林晏牵着沈韶光的手在后面慢慢溜达。

沈韶光与林晏坦白：“想不到郎君打猎的功夫也这般好。”

林晏点头：“嗯。”

“我白日里还怕你们猎不到什么呢。”

“嗯。”

“关键是郎君还会烤肉，烤得还这般好吃……郎君，你怎么这么厉害？”沈韶光再加一把劲儿。

林晏绷不住，笑了。

沈韶光放下心来。

然而她到底放心得太早了，晚间没能逃得“惩罚”。

“郎君，真的不行了……”

林晏含着她的耳垂：“不信，你惯常口是心非。”

“这回是真的，郎君……”

林晏笑。

“这羊肉是不是有什么古怪啊？又不是鹿肉。”

…………

“林晏！我生气了！”

…………

“郎君，我真乖了……”

番外二　怀孕生子百日筵

怀孕生子篇

林氏夫妇到渭水边小住已经是结婚第二年的夏天，沈韶光小腹微鼓，里面是大约五个月的娃。

她这回终于有点唐代美人的意思了，虽然才怀孕五个月，但已经胖了一圈。

沈韶光捏捏腰间的肉，不太开心地抿了抿嘴。

林晏安慰她："这样也很好。"为了增加可信性，又补了一句，"纤秾合度。原先你太瘦了，看了让人心疼。"

沈韶光笑着瞥他一眼。

我们林郎君如今说个甜言蜜语是差不多张口就来了，全不似从前要酝酿，要有情有境什么的。

沈韶光虽然嫌弃自己的肉，但管不住自己的嘴和胃。别人是怀孕的时候吃什么吐什么，沈韶光是胃不能空了，只有吃了什么，才不会吐什么。

她又格外馋，尤其怀念前世的东西，越是吃不着，越是惦记着。

比如，辣椒。

剁椒鱼、酸菜鱼、水煮鱼，辣子鸡丁、泡椒鸡爪、干煸辣子鸡块，辣椒炒肉、辣椒炒虾、辣椒炒肥肠……哪怕有一碗酸辣粉也行啊。

沈韶光觉得自己大概因为特殊时期，激素分泌异常，有点孕期抑郁，为了一碗酸辣粉，有点想哭。

听爱妻描述，要有辣、有酸，有炒芝麻、炸豆子，用高汤煮，要有肉末，稍微放一些胡椒粉，还要有芫荽。林晏点点头，亲自去厨房做，忙活了好半天，拿托盘给她端来一碗唐代孕妇专用版“酸辣粉”。

粉是绿豆粉，煮得有些过火；辣是食茱萸和蒜末，量很少，聊胜于无罢了；醋也只放了一点，略有酸味儿；高汤、肉末、豆子倒是没什么折扣……

这碗不酸不辣、里里外外散发着“中正平和”之气的酸辣粉，虽然堪称酸辣粉界的异类，但还是治好了沈韶光的孕期抑郁。

摸着丰足的胃，倒在簟席上，沈韶光又开心起来。

林晏却很心疼她：阿荠自有孕以来时常睡不好，又格外怕热，胃口虽不错，却有不少东西不能吃。听说妇人这时候心绪格外不稳，阿荠虽心大，想来有时候也是忍着。可惜岳母不在了……

林晏揉了揉她的头发。

沈韶光看他：这是怎么了？准爸爸也有产前抑郁症？

沈韶光存心逗他：“郎君，你说说，当初你是怎么想的？让人假扮商贩去给我送簟席？”

“看你怕热，便想送你一领，又怕你不收，所以才出此策。”林晏没什么不好意思地实话实说。

“你怎么不似从前送屏风一样，打着祖母的旗号送呢？”

“一个办法用多了，就不灵了。”

沈韶光笑起来。

“可惜，我的阿荠堪比刑狱老手。”林晏微笑，那时候以为还会有的磨，哪能想到如今这般的时光。

沈韶光得意地道：“那是！当时我便英明神武地觉得，这事‘非奸即盗’，本来我还以为是‘盗’，谁想到……”沈韶光意有所指地瞥林晏一眼。

林晏俯身小心地搂住爱妻，吻住她的红唇，却不敢做别的，在心里算一算，还要好久呢。

亲热了一会儿，沈韶光坐起来：“走，难得来这渭水边，我们出去走走。”

林晏也坐起，帮她戴上帷帽遮阳，牵着她的手出了门，缓缓朝着渭水堤岸走去。

“郎君，我略吃一点田螺，没有问题吧？”

“这等怪异之物，最好不要吃。”

“鳝鱼呢？”

“黄鳝性大温，你吃了恐怕会燥。”

“甲鱼呢？”

林晏有些不忍心了：“甲鱼活血……阿荠，我们喝些鲫鱼汤吧。今日趁你睡觉时我去钓了几条，已经让厨下熬上了，熬得奶白奶白的，用汤给你下馎饦，放一点园中刚摘的小青菜。”

沈韶光点头：“也行吧。”我们郎君这描述吃食的本事都快赶上我了，让他一说，竟然觉得鲫鱼汤面还不错，但还是很想吃辣炒田螺、甲鱼炖鸡、干煸黄鳝啊！等生完娃吧……

不管是沈韶光还是林晏，都盼望快点到生产的日子。过完了炎夏，秋风终于吹来了，秋天又熬了两个月，他们终于盼来了暮秋。天早晚都有些凉了，沈韶光的预产之日也已经到了，肚子却还没什么动静。

林晏紧张地请太医来诊了几次，太医每次都道很好，让再等等。福慧长公主、李相夫人也都来看过，沈直的夫人更是直接搬了过来。

如此又过了半月，一日上午沈韶光正循例在园子里散步时，突然觉出异样来。肚子终于发动了。

沈韶光开始倒还沉着，进了产房，换过衣服，又吃了一碗酥酪蛋羹补充体力，偶尔还跟伯母说笑几句。但渐渐地，阵痛一次强过一次，她便说笑不出来了。

林晏下了朝，得到消息，亲自去请太医，然后等不及，自己先打马回家。

祖母坐在堂上，看着大步走进来的孙子：“莫急，莫急——”

林晏攥了攥拳，在门外听。

屋里有伯岳母和稳婆说使劲儿的声音，有器具相碰声，有水声，却没有阿荠的声音。

林晏的心提了起来：阿荠不会有什么事吧？妇人生产，极其疼痛，阿荠又一向娇……

“阿荠，阿荠——”

听了他的声音，沈韶光突然有点想哭：这个浑蛋，才回来！

林晏没听到她回答，心沉了下去，直接推门进去。江太夫人来不及叫他，门口的仆妇又不敢拦，林晏快步转过屏风。

“郎子，你进来做什么？”沈直的夫人拦住他。

林晏看一眼半遮半掩的帷帘，还有铜盆中触目惊心的血水：“阿荠……”

“好着呢。”沈直的夫人道。

“我没事！”沈韶光呻吟一声。

林晏松一口气，对沈直的夫人一揖，退了出去。

江太夫人摇头，用指头点了点他。

“阿婆，我去外面迎一迎太医。”

江太夫人点头。

太医到底没用上，刚过午正，众人便听到了儿啼，屋里传来稳婆的恭喜声：“娘子，是个小郎君呢。”

外面江太夫人念了声佛，林晏则又是那个温文尔雅的士族郎君了。

他笑着对太医道了辛苦，言会亲自去拜谢，并请其百晬筵[①]时来喝杯水酒。

百晬筵

跟后代小孩儿起贱名好养活的道理一样，林家这样的高门士族，对孩子也只大郎大郎地叫着，连个乳名都不起。林家小大郎的百晬筵算不得多盛大，但来的人都尊贵得很，相公、尚书、侍郎，尽是朝中朱紫公卿……送礼来的人就更多了，便是皇帝都遣宦者送了一份过来。

后宅则是福慧长公主和夫人们。沈韶光抱出孩子来给夫人们看。一百日，已经过了红皮狐狸的阶段，白白胖胖的，父母又都长得好，这样的孩子怎会不可爱？

年长的夫人们便要抱一抱，年轻的夫人也要逗一逗，林小大郎皱起小

① 百晬筵：孩子满一百天办的宴席。

眉头，神情严肃。

福慧长公主笑起来，对沈韶光道："全不像你。"

李悦夫人也笑道："跟他阿爷一个模子刻出来的。"又笑着对江太夫人道："过不了多少年，又是一个探花郎了。"

沈韶光却知道，这是小祖宗要哭的前奏，果然——

"哇——"

李悦夫人赶紧拍一拍，把孩子还给沈韶光。

沈韶光笑道："他也许是饿了。"

夫人们齐声道："快去喂、快去喂，莫要饿着。"

沈韶光对长公主和长辈们微微一福，对几位年轻的夫人颔首，便带着婢子仆妇回了内室。

年轻夫人中有一位算是沈韶光的故人——秦五娘。秦五娘虽订婚早，因信阳公之孙为其外祖服丧，成婚倒比林晏和沈韶光晚一些。想想刚才小婴孩儿那一皱眉，倒确实像林晏……想起从前，秦五娘微笑一下：那时候真是一腔傻气。

百晬筵后，仆妇婢子收拾客人送的各种礼物，沈韶光看着邵杰送的格外逼真的玉猴子摆件儿，不由得笑起来：这是预祝我儿子也这么皮的意思吗？

礼物中也有先吴王第四子，今封了淮南郡王的李绪送的。

吴王案重审，朝廷派人去南边接吴王的儿子们——还在的便是四郎和五郎了。可惜当时只寻得五郎，李绪是今年春才自己到长安来的。

沈韶光见过他一次，除了吴王与沈家的关系，也因为于三。

沈韶光早把身契还给了于三，但于三还是在沈宅住着，帮她操持着一摊子事。

李绪长得好看，但没有沈韶光以为的纨绔浪荡气——她始终记得于三说的"换鱼宴"的事。

于三看见李绪，眼睛里瞬时迸出光芒，然后便又是那副"你是谁？我是谁？爱谁谁"的德行。

沈韶光留下场子给他们叙旧，行到门口，听得屋里隐约传出说话声。

"祖宗，可算找到你了，我还真当你被弄到受降城了呢。"是李绪的声音。

“朝廷的人没找到你，你是去受降城了？你不是要娶新妇了吗？那刘公道……”

“这种话你也信？鸟脑袋吗？不是，我是说我鸟脑袋……”

沈韶光一笑：罢了，都是劫数。

又过了一段时间，林家收到一份迟来的百晬礼。

那是先崔尚书家的郎君崔靖送的。林晏没什么瞒沈韶光的，把信给她看。

“……京中客至，得弟手书，知获麟儿，兄喜甚……兄有一砚，乃昔年肃原先生所赠，虽非前朝名砚，却系大儒遗泽，赠之于小郎君……”一手魏碑，质朴古拙，好得很。信洋洋洒洒好几页，崔靖说了些自己的情况，也问林晏的情况，都是家常事，可见确实与林晏是很亲近的朋友。

看到信中崔靖自言“残躯”，沈韶光想起当初听楚氏阿叔说过的林晏救助崔尚书一家的事。

当时因诗作“指斥乘舆”[①]，崔尚书被判徙刑两年，其子被判徙刑一年，流于岭南烟瘴之地，女收没掖庭。因林晏及崔氏几个亲友积极奔走，一向明哲保身的陈相动了恻隐之心，在皇帝面前说情，崔尚书及其子便被改判徙近一些的平州。她又听说当时崔靖正发疟疾，也因此得以延期，不然恐怕挨不到走到被徙的地方，便丢了性命。崔靖到了平州后没过多久，先帝崩，今上即位大赦，他得以回原籍，但那时候崔尚书已经病故了，崔小娘子也早已香消玉殒。

这是楚棣发觉林、沈二人之间的关系，专门打听了告诉沈韶光的，意在跟她说林晏的为人以及他与崔家的纠葛。沈韶光记得楚家阿叔评价林晏：“看着冷，倒也是有情有义的。”

沈韶光把信还给林晏，笑道：“以后要嘱咐臭小子小心着用，莫要糟蹋了好东西。”

林晏微笑：“弄坏了，打他屁股。”

---

① 指诽谤皇帝。

出差归来的阿爷

林小大郎三岁时终于有了大名，曰长龄。这个名字让沈韶光颇感意外，她以为林晏怎么也要于德于行对孩子有所期许，谁想到这般朴素，只盼着他平安长寿。

可惜，林长龄得名不久，其父改任刑部尚书，并任黜陟使赴江南，一走就是一年多。

林长龄是个长相漂亮、平时话不多，但是偶尔会滔滔不绝的小男孩儿。

沈韶光发现他想象力格外丰富，见一堆蚂蚁扛着个胖虫子，便猜测这里面有兵有将，有敌有我。这让沈韶光颇为欣慰，觉得是自己的遗传基因好，孩子以后即便做别的不行，至少可以写传奇混口饭吃。

林晏的同事很够意思，每隔一段日子，便来问有无信件带去江南，这随着家信带去的，便有林长龄小朋友的大作——《蚂蚁打猎图》。

图是用柳条烧的炭笔画的，“浓墨重彩”，勉强能辨认上面画的是什么，旁边又有沈韶光做的各种注解，连画加字，好赖算把小朋友想讲的故事说了出来。

后来林长龄小朋友收到回信，得到其父批改的“作业”，发现里面加了若干情节，原本简单的故事起承转合起来。对此，林小朋友十分喜欢，磕磕巴巴、半蒙半猜地认那图上的字，又磨着沈韶光，对照着图和信讲了一遍又一遍这个蚂蚁打猎的故事。

沈韶光偶尔也随意发挥，这个故事就更多了些细节，大有从儿童漫画变成小人书再变成小说的意思。

林晏归来，或许是有这些书信沟通，或许是沈韶光总说“阿爷最疼我们大郎了”，林长龄虽对父亲开始有些陌生，但待阿爷与他讲了一回书，做了一回游戏，就熟起来。

与林晏玩蹴鞠，林长龄一脑门儿的汗。沈韶光招呼他擦汗喝饮子，林长龄摆手，还要玩。

沈韶光笑骂：“你阿爷才回来，你就不理阿娘了？”

林长龄抱着球，与沈韶光说理：“我只是想玩蹴鞠。”

“你往常与阿圆、阿青玩，就不曾这般。”

林小郎君到底说了实话：“与阿爷一起，好玩。”

“与阿圆她们不好玩吗？”

林长龄也喜欢阿圆，但还是说："好玩，可与阿爷玩蹴鞠更好玩。"

可惜他对自己父亲的偏爱只持续到临睡的时候。

"时候不早了，阿爷去睡吧。"

林晏看着儿子："我便在这里睡。"

"可这是我与阿娘的床榻。"

林晏与他讲道理："大郎已经是大孩子了，不好再与你阿娘一起睡了。"

"阿爷更大。"林长龄搂住自己阿娘的胳膊。

看他防备的样子，林晏失笑，坐在床上想缓缓图之。

林长龄已经抢先道："阿娘说，要讲先来后到。"

沈韶光哈哈大笑。

林长龄皱着眉头，责备地看一眼自己的阿娘。

沈韶光连忙道："大郎说得对。"

林长龄露出与他父亲得意时同款的微笑来。

"如此大的床榻，大郎真的不愿分与阿爷一些吗？"林晏改了策略。

林长龄大约看出父亲的不罢休之意，琢磨了会儿，到底也退一步，以期达成和解："那——阿爷就睡在这里？阿娘？"

沈韶光勉为其难地点头："好吧，就让他睡这儿吧。"

林长龄躺在父母中间，开始对其父还有些芥蒂，后来听了父亲讲的两个睡前故事，终于放下芥蒂，一只手抓着阿爷的衣角，一只手搂着阿娘的胳膊，睡着了。

林晏轻轻地把他抱去旁室床榻，盖好被子，亲一亲儿子的小脸，回到只有夫妻两个的卧房。

沈韶光笑起来。

林晏也无奈一笑。

林晏上前紧紧搂住妻子，半晌才道："阿荠，我真是想你。"

沈韶光窝在他怀里，温柔地道："林晏，我也想你。"

番外三　真是再完满不过

本章为平行世界篇，阿荞父母哥哥都在，家庭幸福。在这一章里，阿荞胎穿，林晏通过梦境获得前面章节内容的记忆。

林晏坐在床榻上：昨晚竟然做了那样漫长而真切的一个梦，梦里自己中了进士，授了官，然后崔师家出事……林晏皱起眉来。

林晏接着回忆：后来，自己谋了外任，今上驾崩，自己升迁入京，任京兆少尹，遇上一位笑起来如三春光景的小娘子……

梦里，朝堂事并不尽如人意，有内忧有外患，自己亦有升迁有贬谪，一生两度为相，曾带兵征讨过南诏，亦曾平定过昭义之乱，七十岁在相位上致仕，也算善始善终；家事则要舒心得多，自己与妻子携手几十载，琴瑟和鸣，两子一女也都孝顺懂事。

想到那位在梦中时时出现的女子，林晏摇了摇头：果然是梦，也太没边了，梦里的“妻子”是沈谦之女，而沈谦沈侍郎正是今科主考！

林晏有些羞愧，梦到与主考之女成婚，却偏又编出人家灭门的事来，真是……林晏从不知道自己如此龌龊。

然而林晏还是止不住回味那梦里的场景。

“女郎桃李之年，因何故被放出宫？”

“因病弱出宫。”那笑，慧黠中带着些挑衅。

…………

“我们不是一条路上跑的车，各走各的，都能各自安好着，硬往一块儿凑，保不齐就磕碰坏了。我前阵子总想着能多走一段是一段……是我的错。相濡以沫不如相忘于江湖吧。”她哭得很伤心。

…………

“林晏，我也想你。”她伏在自己怀里温柔地说。

整个梦里都是她，那个小字叫阿荠的女子。

梦的最后，两人已经垂垂老矣，正互相搀扶着在花园子里散步。

“阿荠啊，秋风凉了，我们搬去终南山住一阵子吧？”

她笑话自己：“你定是又惦记那棵桂花树了。也没见过你这么挑嘴的，怎么就独独那棵树上的花做糕好吃？莫非那棵树得日月之精华要成精了？”

自己笑道：“非是树成精，而是到了那边，看见那满树的花，你总忍不住自己动手。别人都做不出你做的味儿来。”

林晏略不好意思地一笑，实在不敢想象自己胡子花白了，竟然还说出这样的情话。

“安然——你醒了吗？”同年赵彻敲门。

“醒了。”

林晏披衣下床，穿上鞋去开门。

“今日去城外逸园赏雪观梅，路上不好走，我们早些去。”赵彻笑道。

林晏点头。

已经进了腊月，士子们齐集京城，等着新年元正后的礼部试。这个时候，士子们要给达官显贵、名宿大儒投文章行卷，要想办法在游宴诗会上博些名气，以期传到主考耳中，为考试加些筹码。本朝世情便是如此，容不得谁清高——林晏自问是个俗人，也不清高。

科考之事，他是要努力的，门庭衰微，父母早亡，家里需要一个人支撑门户。

“逸园从前是吴王的园子。这位大王当真风雅，言‘斯梅斯雪，若我一人独享，实在罪过’，便开放了出来……”赵彻还在说赏梅的事。

听他说吴王，林晏又想起梦中事。在梦里，此时还在的吴王已经化为尘土了。

“我昨日听说，吴王与从前那位真人不睦，以那位真人的权势，若不是炼丹炸了炉子身死道消，这位大王恐怕活得有些艰难。”赵彻虽也是外郡人，来京城时日不多，但他交游颇广，不似林晏性子冷，因此知道不少朝中显贵的事。

林晏皱了皱眉：“这事我却不曾听说。”

“我也是听人说的，不知确否。说吴王曾经……”

就着吴王与大德清妙辅元真人的恩怨旧事吃过朝食，林晏与一众士子坐车去城外逸园。他们既是打着赏梅观雪的旗号来的，自然要走一走，赏一赏，谁想迎面碰到几位女郎，都锦衣华服，围着裘氅，身后跟着好些婢子奴仆，想来都是京中贵女。

士子们都颇有风度，避让在一旁，让女郎们过去。

女郎们也都微微一福，然后便走了过去。

“阿沈，你小心些。”

听到“沈”字，林晏下意识地回头。一个身量未足的小女郎趔趄了一下，被旁边的女郎和婢子扶住。

小女郎的声音隐约传来：“看来，我昨晚的梦准了一半。”

“如何还有准了一半的呢？”

“我梦见跌跤捡了狗头金，如今这跤差一点跌了，只是没见到金子。”

另一个女郎：“又贫嘴！阿陈快打她两下……”

女郎们渐渐远去。

赵彻看看前面，小声道：“女郎们似从吴王别业中出来的。”这园子虽谁都来得，那别业却不是谁都进得，刚才那几位贵女看来真是贵得很啊。

林晏神色淡然地点头，心里却震动异常：那分明是梦里的阿荠！虽然她年齿尚小，但两人毕竟“共度数十载”，她那慧黠活泼的样子，他不可能认错。

林晏再见沈韶光，是他曲江探花之时。

他终于再次看见了那张俏脸，她站在江畔停泊的楼船里，旁边还有一位英俊的郎君——这位林晏倒是认识，沈侍郎的长子，沈质文。自己去沈宅拜谢座主，曾与这位沈郎说过话。

去沈宅时，看着宅中似曾相识的一草一木，林晏不是不感慨的。越来越多的人和事都与梦中相似，林晏知道那梦不只是梦。

沈韶光笑嘻嘻地看着两位探花郎：哎哟，还真是好看呢。尤其靠江边的这位，有些冷的脸，刚才那一笑，便如——沈韶光努力想怎么形容，便如和风拂过，春山新碧。

沈韶光后悔："早知道探花郎这般好看，我也下船去砸个帕子什么的了。"

沈质文笑斥："小女郎家，一点也不矜持。"

沈韶光撇嘴："又不是只我这样。去年那么些女郎砸你帕子香囊，你怎么不说她们不矜持？"

沈质文恰是去年的探花郎。

沈质文一向说不过妹妹，只揉揉她的头发："你不行。"

沈韶光翻个白眼儿：没见过这么独裁的。

沈夫人与李悦夫人走到楼船上层来，两人也在说探花郎："今年探花的两位小郎君着实俊朗，站在一起宛如连璧。听闻靠这边那个是河东林氏的？他去拜座主，阿顾，你可曾见了？"

"我如何见得？倒是阿樟帮他阿爷招待。"

沈氏兄妹拜见李伯母。

李夫人笑道："阿樟是去年的探花郎，来招待今科士子们，也是一桩佳话了。"

沈夫人看看儿子，摇头笑道："阿樟到底让人家比下去了。"

沈韶光极没良心地点头。

李夫人笑起来，对沈质文道："莫听你阿娘的，她不过是隔锅的饭香罢了。"

沈质文被母亲和妹妹打趣惯了，只是笑。那位林安然学问是不错的，他们应试的诗文早已经誊抄了出来，自己与众同侪都看过了，后来也听阿爷点评过，由文章看人品，想来是个有担当的，只是人似乎有些冷。

但不久后，沈质文便对林晏改观了。

林晏过了吏部铨选，与沈质文一样授秘书省校书郎。校书郎官阶不高，却很清要，非才学出众、秀逸超群者不可担任，朝中科举出身的重臣当初不少担任过这个职位。

两人每日共同上下值，年岁相当——沈质文只长林晏两岁——又有沈谦的关系——此时座主与门生密切得很——故而走得颇亲近。

处得久了，沈质文觉得林晏这人只是说话少些，其实是个外冷内热的性子，人也确实有担当，不是那等虚头巴脑的人。

两人出了皇城，牵着马道别。沈质文笑道：“安然去哪里？我去东市逛逛。舍妹最近感于时气，有些不适，家母不让她出门，我去淘换些玩意儿给她。”

林晏微笑道：“某也正想逛逛东市，与子彬同去吧。”

“如此正好。”沈质文笑道。

皇城离着东市近，两人牵着马一起走，身后各跟着一个仆从。

林晏迟疑了一下，客气地笑问：“如今感染时气的颇多，令妹不要紧吧？”

“不要紧，只是咳嗽。”

林晏微笑，点头。

沈韶光在家里百无聊赖，见阿兄回来，很高兴。

“你又戴上这个了。”沈质文笑着皱眉，看沈韶光的口罩。

沈韶光只笑，拿过阿兄手里的胡人玩偶，端详端详，把手伸进娃娃的布套里面，举到阿兄面前，粗声粗气地道：“这位郎君，你剑术如何？我们比一场吧。”

沈质文笑着推开那玩偶：“你且等一会儿，我买了些秋梨，让人去给你熬些秋梨粳米粥。浇上点儿桂花卤子，当不难吃。”

沈韶光笑问：“阿兄竟然也会煮粥了？”阿兄什么都好，就是于这厨艺不擅长，如同阿娘一样。

“是我一个同僚说的饮食疗病的方子。”

“该不会是那位姓林的郎君吧？”

“就是他。听说你病了，他便说了这个方子，言佐着药吃，清肺化痰，效用颇好，关键是颇为好吃。”沈质文笑道。阿荠顶娇气，一吃苦的便皱起眉头，林安然这方子倒确实适合她。

沈韶光想不到那样冷的郎君居然是个爱鼓捣食疗方子的人……

晚间，沈韶光便吃上了阿兄专门让人煮的桂花梨粥，竟然吃出点前世的味儿来——不过，梨粥嘛，味道应该都差不多。

林晏再来拜访沈座主时，沈韶光正在外书房找书看。见奴仆领了外客至，又言阿郎一会儿便到，沈韶光便代父兄招待他。

奴仆奉上茶来，还有一些鲜菱、莲子、鸡头米饼之类的果子糕点。

沈韶光与林晏相对吃茶。

林晏看到小桌上放着的游记和《秋塞集》，总觉得这场景似曾相识。

“还未曾谢过林家阿兄的秋梨粳米粥方子，儿吃了觉得很好。”沈韶光笑道。她如今还未及笄，不把自己当大女郎看，按照惯常的叫法，把父亲的朋友叫阿伯、阿叔，哥哥的朋友叫阿兄，而不是称“某公”“某郎君”。

林晏抿了抿嘴，道：“女郎莫要客气。”然后端起茶盏饮一口茶。

沈韶光看林晏：这位小哥哥怎么耳朵有点红啊？

抬眼撞上少女懵懂的目光，林晏觉得自己龌龊得厉害，竟想起那梦中事——梦里的阿荠偶尔会在耍赖撒娇的时候叫他“好阿兄”。

“安然来了——”沈谦走进来。

林晏和沈韶光都站起行礼。

沈谦坐在榻上，让门生和女儿也坐。

拈起一块糕，沈谦不无得意地与林晏笑道：“尝尝小女做的渔樵饼，用鲜栗和鸡头米做的，很香甜。”

林晏笑道：“关键是名字起得好。”

沈谦哈哈大笑。

沈韶光无奈地看着父亲：又显摆，又显摆……